BASTEI LÜBBE

Taschenbücher von JERRY POURNELLE
im BASTEI LÜBBE-Programm:

22061 König Davids Raumschiff

24013 Die entführte Armee
23068 Clan & Krone
Neue Abenteuer der
entführten Armee

Jerry Pournelle
Roland Green

Wer den Wind sät...

Ins Deutsche übertragen von
Harro Christensen

BASTEI
LÜBBE

BASTEI-LÜBBE-TASCHENBUCH

Science Fiction Special
Band 23086

Erste Auflage: Januar 1989

Deutsche Lizenzausgabe 1989
Bastei-Verlag Gustav H. Lübbe GmbH & Co., Bergisch Gladbach
Originaltitel: Storms of Victory
Lektorat: Hans Altmeyer/Reinhard Rohn
Titelillustration: Alan Gutierrez
Umschlaggestaltung: Quadro Grafik, Bensberg
Satz: Fotosatz Schell, Bad Iburg
Druck und Verarbeitung:
Brodard & Taupin, La Flèche, Frankreich
Printed in France
ISBN 3-404-23086-8

Inhalt

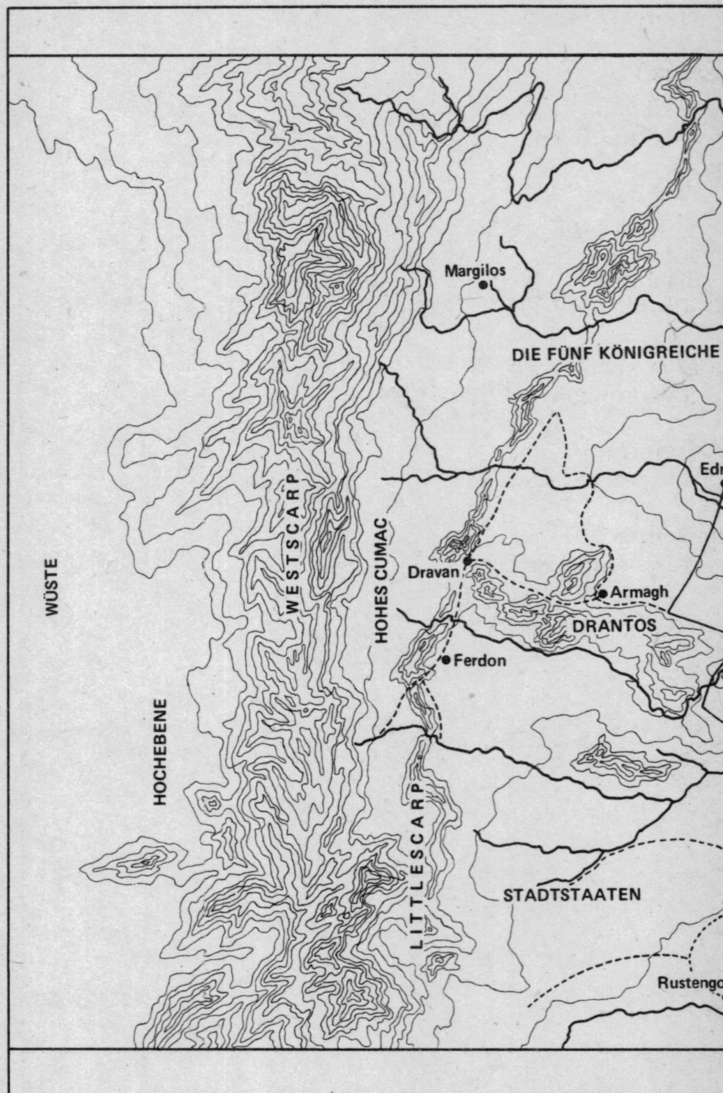

Margilos
DIE FÜNF KÖNIGREICHE
Edr
WÜSTE
WESTSCARP
HOHES CUMAC
Dravan
Armagh
DRANTOS
Ferdon
HOCHEBENE
LITTLESCARP
STADTSTAATEN
Rustengo

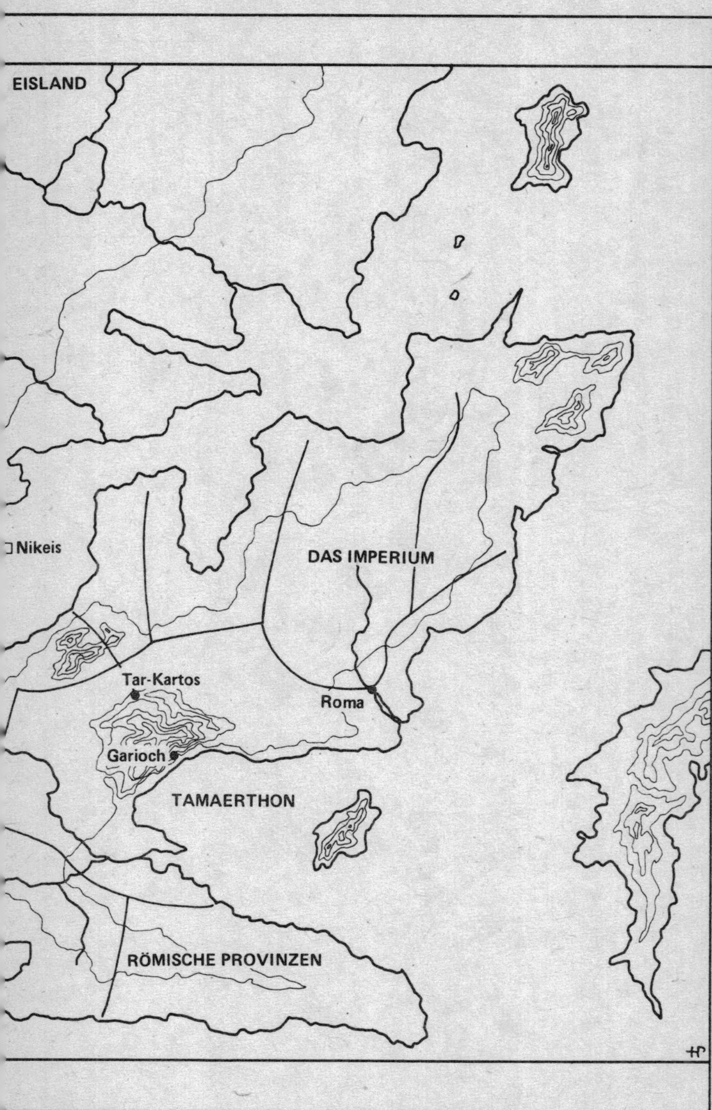
EISLAND
Nikeis
DAS IMPERIUM
Tar-Kartos
Roma
Garioch
TAMAERTHON
RÖMISCHE PROVINZEN
HP

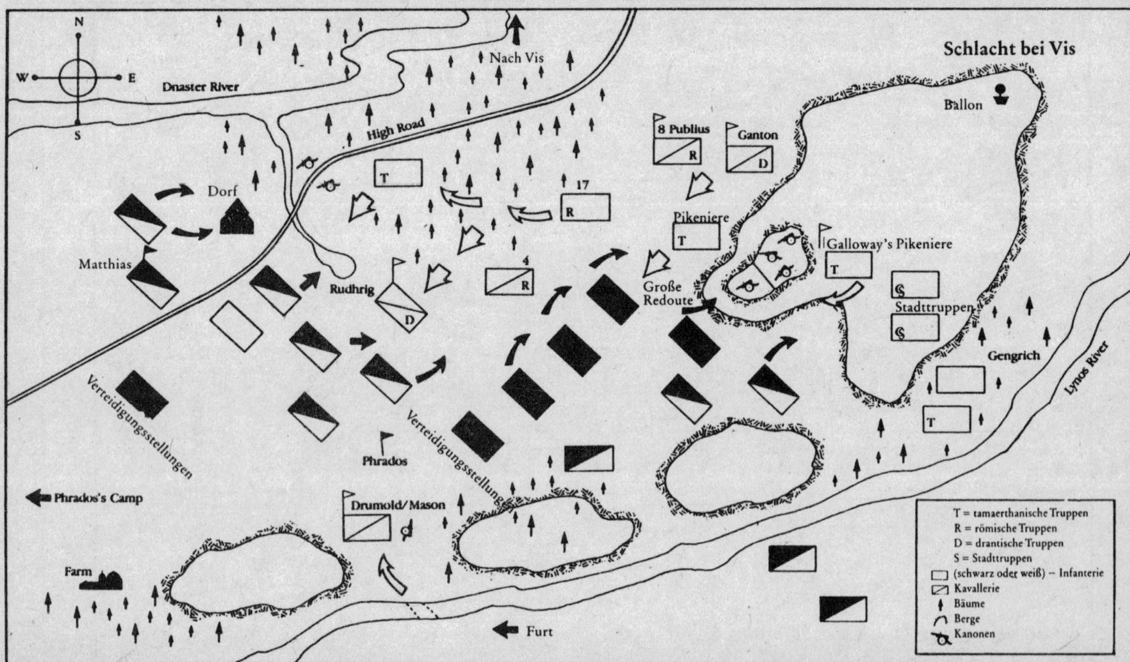
Schlacht bei Vis
N
W
E
S
Dnaster River
Nach Vis
High Road
Ballon
8 Publius
R
Ganton
D
17
R
T
Dorf
Pikeniere
T
Galloway's Pikeniere
T
Matthias
4
R
Rudhrig
D
Große
Redoute
S
Stadttruppen
S
Gengrich
T
Lynos River
Verteidigungsstellungen
Verteidigungsstellungen
Phrados
Phrados's Camp
Drumold/Mason
Farm
Furt
T = tamaerthanische Truppen
R = römische Truppen
D = drantische Truppen
S = Stadttruppen
(schwarz oder weiß) – Infanterie
Kavallerie
Bäume
Berge
Kanonen

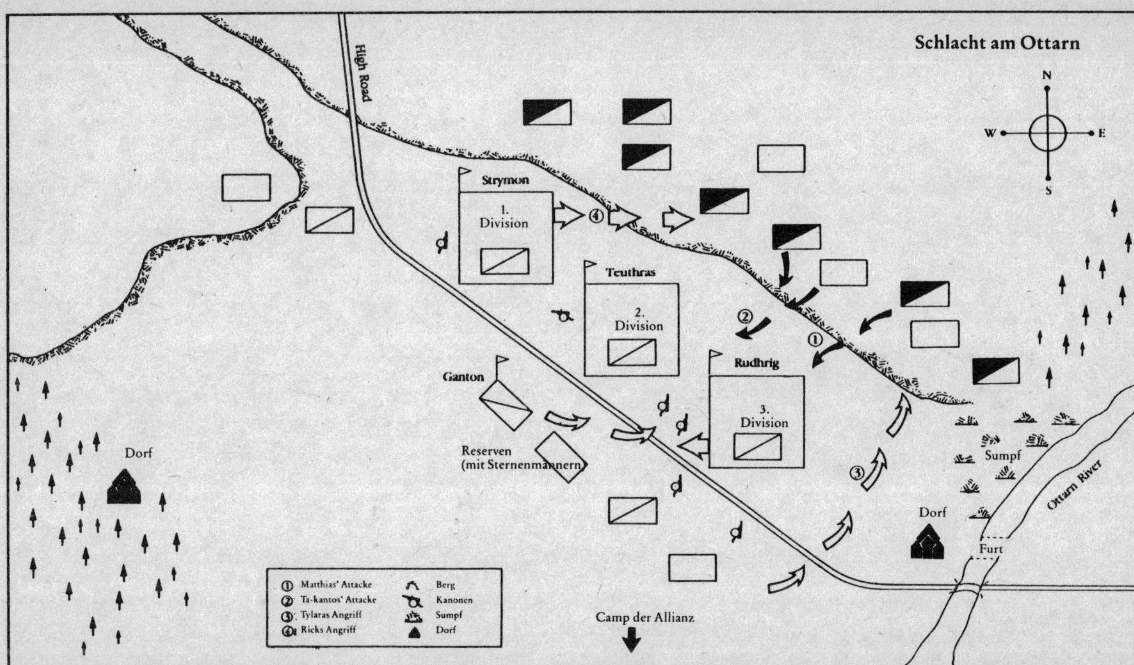
Schlacht am Ottarn
N
W
E
S
High Road
Strymon
1. Division
Teuthras
2. Division
Rudhrig
3. Division
Ganton
Reserven (mit Sternenmännern)
Dorf
Sumpf
Ottarn River
Dorf
Furt
Camp der Allianz
① Matthias' Attacke
② Ta-kantos' Attacke
③ Tylaras Angriff
④ Ricks Angriff
Berg
Kanonen
Sumpf
Dorf

TEIL EINS
Auf der Suche

1

»Wache raustreten! Wachhabender, Posten Nummer zwölf!« Rick Galloway trat ans Fenster und runzelte die Stirn. Vom sechs Stockwerke tief gelegenen Hof hörte er Geschrei, und er hörte Männer über den Hof laufen. »Was, zum Teufel, ist da unten los?« murmelte Rick. Dann zuckte er die Achseln. »Wenn ich es unbedingt wissen muß, werde ich es schon feststellen. Okay, Art, was machen wir als erstes?«

»Als erstes legen Sie Ihre Rüstung an. Zuerst die Flak-Jacke und dann den Kettenpanzer.«

»Verdammt noch mal! Ich werde ersticken. Ich brauche das Zeug heute nicht zu tragen.«

Mason antwortete langsam und bedächtig. »Colonel, warum immer wieder dasselbe Ritual? Sie werden diesen Raum nicht ohne Ihre Rüstung verlassen, es sei denn, Sie schickten mich sofort in den Knast. Hier haben wir diese hübsche Kevlar-Jacke, die Les Ihnen mitgebracht hat. Die gibt es auf diesem Planeten nur ein einziges Mal. Und fragen Sie mich nicht, wer Sie erschießen wird. Sie wissen doch selbst, daß der kleine König eine Browning hat.«

»Ganton würde niemals auf mich schießen.« Rick streckte die Arme aus und ließ sich von Mason die Kevlar-Jacke anlegen. Dann ließ er sich den Kettenpanzer überziehen.

»Ich glaube auch, Colonel, daß der kleine König nicht auf Sie schießen würde. Aber ich kann mir vorstellen, daß es an seinem Hof Leute gibt, die sich die Pistole gern einmal ausleihen würden. Mit oder ohne Genehmigung.« Mason zog die Gurte fest. »Und ich bin mir darüber klar, daß Ganton Sie braucht. Das Problem ist, daß er weiß, daß er Sie braucht. Das haben Könige nicht gern. Teenager erst recht nicht. Unser König ist ein Teenager, und wenn Sie wissen, was er tun wird, sind besser als ich.«

Wieder war von unten Geschrei zu hören. »Wachsergeant! Posten Nummer zwölf. Wachoffizier! Posten Nummer zwölf.«

»Scheint was Ernstes zu sein«, sagte Rick.

»Ja. Vielleicht sollte ich mal nachsehen.« Mason schaute auf die Uhr. »Aber lieber nicht. Die Truppe darf nicht auf den Gedanken kommen, daß ich ihr nicht traue. Dienst nach Vorschrift ...«

»Genau, Dienst nach Vorschrift.« Rick lachte. Dann ging er zum Tisch hinüber und schenkte zwei Becher Wein ein. Der Tisch war massiv und aus Holz geschnitzt, das nicht auf der Erde gewachsen war. Die Kelche waren aus Gold, und auf ihnen waren Darstellungen von Männern eingehämmert, die auf Zentauren ritten und seltsame Tiere jagten. Rick reichte Mason einen der Becher. »Wir trinken auf Dienst nach Vorschrift.«

»Ja.« Mason nippte von seinem Wein und runzelte die Stirn, als er sah, daß Rick seinen Kelch auf einen Zug leerte. »Verdammt noch mal, Colonel, Sie trinken zuviel.«

»Sie reden ja wie meine Frau. Sind Sie meine Frau?«

»No, Sir.«

»Ich könnte sagen, daß es Sie nichts angeht.«

»No, Sir, das könnten Sie nicht«, sagte Mason. »Es geht mich sehr wohl etwas an. Wenn Ihnen etwas passiert, muß ich das Kommando übernehmen. Aber Sie wissen verdammt gut, daß es so nicht funktioniert. Sergeant Major Elliot wird Ihren Nachfolger wählen, und der könnte ich sein. Oder auch nicht.«

»Nun, heute abend wird mir bestimmt nichts passieren«, sagte Rick. Er schenkte sich noch einen Becher Wein ein und nippte daran. »Wir haben eben auf Dienst nach Vorschrift getrunken. Haben Sie sich mal überlegt, wo wir heute wären, wenn wir Dienst nach Vorschrift gemacht hätten? Welche Vorschriften gelten denn, wenn man es mit einer fliegenden Untertasse zu tun hat?«

»Ja«, sagte Mason. »Bisher sind wir einigermaßen klargekommen. Gut, daß das Ding gekommen ist.«

»Das denke ich auch.«

»Das denken Sie auch! Verdammt noch mal, Colonel, wir

waren so gut wie erledigt, und das wissen Sie besser als ich.« Mit einer ausladenden Geste zeigte Mason auf die Steinwände, die Wandteppiche, den Kamin und die primitiven Möbel im Raum. »Dies mag alles nicht ganz unseren Wünschen entsprechen, aber es ist verdammt mehr, als uns die Kubaner gegeben hätten.«

»Ja, ich weiß, Art, aber ...« Rick sprach nicht weiter, denn von draußen waren wieder Schreie zu hören. »Glauben Sie, wir sollten nachsehen?«

»No, Sir«, sagte Mason. »Das ist ja gerade Ihr größtes Problem, Colonel. Ich gebe zu, wir wären ohne Sie schon ein dutzendmal verloren gewesen, und hier geschieht fast alles in Ihrem Namen – aber das bedeutet nicht, daß Sie alles selbst machen müssen. Erlassen Sie doch Vorschriften, und machen Sie die Politik, aber die Arbeit sollten andere tun. Sie werden zusammenbrechen, wenn Sie so weiter machen wie bisher.«

Rick saß an dem massiven Tisch und blätterte in einigen Dokumenten. Ein reichverzierter Dolch diente als Briefbeschwerer. »Ich würde wirklich gern die Arbeit anderen überlassen, aber wie kann ich Politik machen, wenn es um Dinge geht, die wir noch nie getan haben? Keiner von uns hat Erfahrung im Umgang mit Primitiven. Und mit Römern. Und mit Barbaren. Und ...«

»Schon richtig, Sir, aber ...«

»Und nicht einmal die Einheimischen wissen, wie sie sich verhalten sollen, wenn sich ein Dämonenstern nähert. Sie kennen nur Legenden.« Rick leerte seinen Becher auf einen Zug und schenkte sich wieder ein. »Politik! Vorschriften! Der ganze verdammte Planet geht zum Teufel, und sie haben nichts als ihre albernen Legenden. Ihre Legenden und uns. Und wir wissen nicht, was wir tun.«

Mason zuckte die Achseln. »Colonel, für jemanden, der nicht weiß, was er tut, waren Sie verdammt erfolgreich. Sie machen es schon irgendwie richtig, wenn ich auch finde, daß Sie zuviel arbeiten und zuviel trinken.«

»Ich werde ...«

Jetzt wurde heftig an die Tür geklopft.

»Ja?« rief Mason. Er zog eine .45 Automatik und prüfte das Magazin, bevor er sie in das Halfter zurückschob. »Wer ist da?«

Die Stimme war die von Ricks Ordonnanz. »Sternen-Lord Les möchte mit dem Marschall von Drantos sprechen.«

Mason sah Rick an. Rick zuckte die Achseln. Dann nickte er. Mason ging an die Tür und schaute durch das Guckloch. Dann öffnete er.

Der Eintretende war kleiner als Rick und ungefähr so groß wie Mason. Sonst unterschied er sich nicht sehr von den beiden anderen Männern. Ein Sternenmann, dachte Rick. Ein richtiger. Keine billige Imitation wie ich. Wie sollte also ein Sternenmann aussehen. Seine Bosse sehen weiß Gott seltsam genug aus.

»Hallo, Les«, sagte Rick. »Ein Glas Wein?«

»Hallo. Ja, aber nur ein kleines – und, Major Mason, wenn es Ihnen nichts ausmacht ...«

»Lassen Sie ihn hierbleiben«, protestierte Rick. »Er ist schließlich mein Stellvertreter.«

»Ist schon recht, Colonel. Ich sollte lieber mal nachsehen, was der Lärm im Hof zu bedeuten hat. Ich komme rechtzeitig zurück, um Sie zu Ihrer Versammlung zu begleiten.«

»Machen Sie sich keine Mühe. Das können Jamiy und die Wachen erledigen.«

Mason nickte. Seinem Gesicht war anzusehen, was er dachte. Seit Tylaras Leibwächter Caradoc bei einem Aufstand getötet worden war, gab es nicht mehr viele Einheimische, denen Rick trauen konnte. Außerdem hatten sich noch einige andere Dinge zum schlechteren verändert.

»Vielleicht sollten Sie doch lieber feststellen, was für Probleme es dort unten gibt.«

»Okay.« Mason grüßte flüchtig und ging, ohne Ricks Gruß abzuwarten.

Rick schenkte Wein in ein Glas und reichte es Les. Sie setzten sich an den Tisch, und Rick hob seinen Becher. »Zum Wohl.«

»Zum Wohl.«

Eine Weile saßen sie schweigend da. Endlich sagte Les: »Ich fliege in ein paar Tagen weg.«

»Zur Erde zurück?«

»Ja.«

»Ich fürchte, ich kann Sie nicht dazu überreden, uns mitzunehmen.«

Les schüttelte den Kopf. »Nein. Das würden Sie auch gar nicht wollen.« Er lächelte nicht.

»Probieren Sie das doch aus.«

»Sie würden es nicht wollen. Was wollen Sie denn tun? Den Behörden erzählen, Sie seien von einer fliegenden Untertasse gekidnappt worden und über eine Entfernung von Lichtjahren zu einem fremden Planeten gebracht worden, um dort Drogen anzubauen?«

»Das hätte immerhin den Vorteil, daß es stimmt.«

»Und den Nachteil, daß niemand Ihnen glauben würde«, sagte Les. »Und wenn jemand Ihnen glauben würde, wäre es noch viel schlimmer. Wie dem auch sei, Sie würden die Hohe Kommission irritieren, sich Inspektor Agzaral zum Todfeind machen und den Rest Ihres Lebens damit verbringen, sich vor uns zu verstecken. Nein, mein Freund, es kann nicht Ihr Wunsch sein, zur Erde zurückgebracht zu werden.«

»Aber wenn – nehmen wir an, wir versprechen zu schweigen. Niemandem zu erzählen, was mit uns passiert ist?«

»Nein«, sagte Les.

»Nun, ich vermute, Sie glauben uns nicht.«

»Selbst wenn ich das täte, könnte ich die Tatsache nicht geheimhalten, daß ich Sie zur Erde zurückgebracht habe. Vielleicht vor der Kommission, nicht aber Agzaral gegenüber. Ich weiß nicht, was er dann tun würde, aber das will ich gar nicht erst herausfinden.« Les nippte an seinem Wein. »Es gibt noch einen Grund. Vielleicht sind Sie auf Tran sicherer.«

»Was? Ach, hören Sie doch auf! Der Planet geht zum Teufel! Er wird von diesem Dämonenstern geröstet werden, die Gletscher werden schmelzen und die Küsten überflutet werden; Wanderungen werden einsetzen, die überall Kriege auslösen werden, und Ihre Freunde, die *Shalnuksi*, werden uns wahrscheinlich ohnehin in die Steinzeit zurückbomben – und da sagen Sie ...«

»Ich sagte, es *könnte* hier sicherer sein als auf der Erde«, sagte Les. »Alles geschieht so schnell. Atombomben. Raumfahrt. Große Strahlenbeschleuniger. Riesige Laser. Wenn man die Dinge treiben läßt, wird die Erde bald eine hochentwickelte Raumfahrt haben. Es gibt Leute in der Kommission, die das nicht wollen.«

»Und würden sie wirklich die Erde bombardieren?«

»Das weiß ich nicht. Jedenfalls wären sie dazu in der Lage.«

»Sie sagten, die Erde sei eine Brutstätte für – für wilde Menschen.«

»Wilde«, sagte Les. »Sie sind anders als ich. Keine Sklaven.«

»Sklavensoldaten. Janitscharen.«

»Ich bin kein Soldat«, sagte Les. »Aber die Beschreibung ist so gut wie jede andere.«

»Und Sie regieren das ganze verdammte Imperium.«

»Es ist kein Imperium.«

»Eine Konföderation. Aber sie wird von Menschen verwaltet. Sie haben die ganze militärische Macht; aber dennoch sind sie Sklaven. Das ergibt keinen Sinn.«

»So ausgedrückt, vielleicht nicht. Für Sie braucht es ja keinen Sinn zu ergeben. Und nun belästigen Sie mich nicht länger.«

»Was heißt belästigen! Ich muß es wissen. Werden sie die Erde bombardieren? Oder uns? Oder beides?«

Les schüttelte den Kopf. »Rick, ich weiß es nicht. Ich verstehe nichts von der Politik der Föderation. Agzaral weiß vielleicht, was abläuft. Er behauptet es wenigstens. Aber er hat mir nichts erzählt.«

»Sie haben mir auch nicht viel erzählt«, sagte Rick.

»Ich weiß. Aber betrachten Sie es doch mal aus meiner Sicht. Es fehlte gerade noch, daß die *Shalnuksi* erfahren, daß die Einheimischen auf Tran die Politik der Föderation diskutieren! Sie würden sofort wissen, wer Ihnen darüber berichtet hat.«

»Wie sollten sie das feststellen können?«

»Wenn wieder eines ihrer Schiffe nach Tran kommt, werden sie Veränderungen bemerken. Mehr Wassermühlen. Ihre Signaltürme. Sie könnten ein paar Einheimische verhören. Einen Ihrer Söldner. Vielleicht sogar Sie selbst. Sie sind ziemlich faul. Wahrscheinlich werden sie es nicht tun. Aber sie könnten es.«

»Gehört ihnen dieser Planet etwa?«

»Es ist kompliziert«, sagte Les. »Die Kommission hat Vorschriften für den Umgang mit Primitiven, aber für diesen Planeten scheinen sie nicht zu gelten. Die meisten Unterlagen über Tran sind verlorengegangen. Ich nehme an, die *Shalnuksi* haben viel dafür bezahlt, daß sie verlorengingen. Es gibt Vorschriften, mein Freund, aber wer will ihre Einhaltung erzwingen?«

»Agzaral?«

»Vielleicht. Wenn es in seinem Interesse liegt.«

»Was liegt denn in seinem Interesse?«

Les zuckte die Achseln und hielt sein Glas hin, damit Rick es wieder füllen konnte. »Ich weiß nicht. Er sagt es mir ja nicht.«

»Aber ...«

»Aber ich tue dennoch, was er von mir verlangt«, sagte Les. Er senkte die Stimme und wurde noch ernster. »Agzaral ist alles, was ich habe. Ich glaube, er tut sein Bestes, um für die Menschen zu sorgen. Für alle Menschen überall, und besonders für die auf der Erde. Nein, ich glaube nicht nur, ich *weiß* es. Er tut sein Bestes. Ob das gut genug ist, steht auf einem anderen Blatt, aber er versucht es wenigstens.«

»Okay. Aber was ist mit den *Shalnuksi*?«

»Ihnen gehört der Planet natürlich nicht eigentlich, aber Sie sollten so tun, als sei das der Fall. Und wenn es so aussieht, als fände auf Tran eine industrielle und wissenschaftliche Revolution statt, wird sich die Kommission vor schwere Entscheidungen gestellt sehen. Sie wird zur ständigen Überwachung einen Inspekteur entsenden müssen. So wie Agzaral es auf dem Erdenmond gemacht hat. Das könnte teuer werden. Einige werden argumentieren, daß es billiger und einfacher ist, Tran in die frühe Eisenzeit zurückzubomben.«

»Wie sie es schon früher getan haben ...«

»Wie die *Shalnuksi* es schon früher getan haben«, korrigierte Les. »Zwei- oder dreimal. Aber das war ihre eigene Arbeit. Wenn die Kommission eine Bombardierung befiehlt, wird diese sehr viel gründlicher ausfallen.«

»Wird die Kommission das denn tun?«

Les schüttelte den Kopf. »Keine ausreichenden Daten. Die *Shalnuksi* haben nicht mehr den Einfluß in der Kommission, den sie einmal hatten. Das ist das Gute daran. Und dann gibt es auch noch Agzarals Plan.«

»Was immer das sein mag.«

Les nickte. »Was immer das sein mag. Aber das ist so ungefähr alles, was wir haben.«

Im Licht des Dämonensterns sah der tote Wachposten häßlicher aus als andere Leichen. Lord Morrone wußte, daß es so etwas wie eine hübsche Leiche gar nicht gibt; obwohl er seinen elften Namenstag noch nicht erlebt hatte, war er doch schon in genügend Schlachten gewesen, um das zu wissen. Dennoch, mit seinem dunklen Gesicht, der heraushängenden Zunge und der besudelten und stinkenden Kleidung bot dieser Wachposten einen besonders üblen Anblick. *Es ist nicht so sehr sein Aussehen; aber die ganze Sache ist ein böses Omen.*

Morrone und seine Wachsoldaten fuhren mit den Händen an die Schwerter und wirbelten herum, als sie Schritte hörten.

»Beruhigt euch.«

Die Stimme klang leise, aber sie war unverwechselbar. »Lord Mason. Gut, daß Sie es sind. Ich fürchtete schon, es sei ein anderer.« Gut, daß Sie es sind? dachte Morrone.

Dann wende doch wenigstens deinen Sternenzauber an und stelle fest, wer dies getan hat.

»Wer hat ihn gefunden?«

»Wachsoldat Echaino. Durch Zufall. Er kam in diesen Durchgang, um sich zu erleichtern, fand den Wachposten, wo Sie ihn liegen sehen, und rief die Wachen.«

»Hast du die Leiche alleingelassen, Echaino?«

»Nein, Lord.«

»Etwas berührt?«

Echaino schüttelte sich. »Nein, Lord.«

»Sehr gut.« Mason kniete sich neben die Leiche und faßte an das Handgelenk des Toten. Er bewegte den Arm hin und her. »Noch nicht lange tot«, murmelte er und stand wieder auf. »Wie viele Männer haben Sie bei sich?«

Morrone preßte die Lippen zusammen. In diesem Befehlston sollte man einen Gefährten von Wanax Ganton nicht anreden. Aber Morrone ließ die Sache auf sich beruhen. Er kannte die herrische Art der Sternenmänner zur Genüge. Seltsam, daß diese Art so wirkungsvoll war. Irgendwann würde vielleicht darüber befunden werden, welche Stellung die Sternenmänner in Drantos wirklich einnahmen, aber dies war nicht die Zeit dazu.

»Zwölf Wachsoldaten und drei von meinen eigenen Bewaffneten. Sie selbst haben neun Männer mitgebracht. Ich fürchte, wir brauchen mehr, wenn wir den Bezirk jenseits der Außenmauer absuchen wollen, ohne jeden Suchtrupp so klein zu halten, daß er sich nicht mehr verteidigen kann.«

Mason nickte. »Sie haben recht.« Er wandte sich an einen seiner Männer. »Lugh, überbringe Leutnant Brionn eine Botschaft. Der Bereitschaftszug soll mit voller Bewaffnung ausrücken und sich am Hestia-Brunnen bei Lord Morrone melden. Sag ihnen, daß sie sich leise bewegen sollen, und wenn jemand sie sieht, sollen sie sagen, daß es sich um eine Übung handelt.«

»Sir!« Lugh schlug die Hacken zusammen und eilte davon. Morrone wußte, daß Brionn gehorchen würde, obwohl er der Sohn eines Ritters war und seine Befehle ihm durch den Sohn eines Zimmermanns übermittelt wurden. Vor einem Jahr hätte Mason den Bereitschaftszug vielleicht selbst holen müssen, aber in diesem Jahr hatte sich viel verändert. Zum Besseren oder zum Schlechteren?

Aber das war jetzt nicht wichtig. Wichtig war, daß sofort mit der Suche begonnen wurde. Doch die Suche würde nicht einfach sein. Edron war die Königsresidenz von Drantos, aber sie war nicht als solche geplant worden. Aus einem Festungsturm war eine Burg geworden und schließlich eine Stadt. Der Bezirk vor der Außenmauer war kein offener Hof mit ein paar an der Mauer errichteten Gebäuden, sondern Teil der Stadt Edron selbst. Dieser Bezirk war von Wanax Gantons Ur-Ur-Großvater eingerichtet und durch eine Mauer abgetrennt worden und sollte als Quartier für dessen Bewaffnete, Diener und (so hieß es) Mätressen dienen. Abgesehen von einer breiten Straße, die vom Äußeren Tor bis zum Großen Nordtor der Burg führte, unterschied sich dieser Bezirk mit seinem Straßengewirr kaum von den außerhalb der Mauer gelegenen Stadtteilen.

Im Krieg pflegten die Verteidiger diesen Bezirk in Brand zu setzen, um sich hinter den Flammen in die Burg zurückzuziehen. Das war in diesem Fall natürlich keine Lösung, wenn Morrone auch Lust dazu gehabt hätte. »Um was für ein Komplott geht es hier?« fragte er.

Mason lachte. »Da gibt es ungefähr fünfzig Möglichkeiten, meinen Sie nicht auch, Lord?«

»Das stimmt.« Zur königlichen Vermählung von Wanax Ganton mit der römischen Dame Octavia Caesar waren Lords, Senatoren, Kaufleute, Barone, Ritter, Soldaten und reiche Magnaten aus einem Dutzend Ländern angereist, von denen die Hälfte gegeneinander Krieg führten oder kurz davor standen.

»Wir werden suchen, bis die Wahre Sonne aufgeht«, sagte Mason. »Wer ist dort draußen?«

Morrone zuckte die Achseln. »Bin ich ein Schreiber? Leute von Rang, für die in der Burg kein Platz mehr war. Lords, Gefolgsleute, Geistliche und andere Große. Jeder von ihnen könnte Ziel einer Verschwörung sein.« Oder selbst ein Verschwörer, dachte Mason. »Wanax Ganton wird es nicht gefallen, wenn seine Gäste während der Nacht vor seiner Hochzeit gestört werden«, fuhr Morrone fort. »Und auch Caesar wird an Klagen seiner Senatoren nicht gelegen sein.«

»Ja. Das ist ein Problem. Haben Sie irgendwelche Vorschläge?«

Morrone schaute zum Himmel auf, aber Yatar Tagvater erschien nicht, um eine Lösung für dieses Dilemma anzubieten. Nur der Dämonenstern leuchtete unheilvoll – was einerseits die Suche erleichterte. Andererseits zeigte die Tatsache, daß er immer mehr Macht über die Dunkelheit gewann, daß die ZEIT näherrückte ...

»Ich denke, ich sollte den Rest meiner Bewaffneten antreten lassen, soweit sie dienstfähig sind«, sagte Morrone. »Außerdem – wissen Sie, wer in diesem Haus einquartiert ist?«

»Bin ich ein Schreiber?« sagte Mason, aber er lachte dabei und wandte sich an einen seiner Männer, der sofort ein Papier aus der Tasche zog.

Es war eine Liste. Morrone sah mit Befriedigung, daß auch Sternenmänner ihr Gedächtnis nicht mit Einzelheiten belasteten, um die sich die Schreiberlinge kümmern konnten und die sich zu merken unter der Würde eines Kriegers war.

»Dieses Haus wurde anscheinend niemandem zugewiesen«, meinte Mason. »Aber das dort links ist für den Ratsherrn Daettan von Dirstvaal, den Botschafter Lord Gengrichs, reserviert. Das auf der rechten Seite für Lady Gwen, Lord Warner und die übrigen Leute von der Universität. Das auf der anderen Straßenseite für Fabricius Maximus Valens, Marselius Caesars Botschafter, aber er ist noch nicht eingetroffen. Das ist schade; ich wäre froh, wenn diese Schweine über ein paar Legionäre hergefallen wären.«

»Zweifeln Sie am Mut der Männer von Drantos?«

»Durchaus nicht. Aber wenn ein Legionär ermordet worden wäre, hätten wir zuverlässigere Truppen für die

Suchaktion gehabt, ohne daß irgend jemand davon hätte erfahren müssen.«

»Da haben Sie allerdings recht.« Was Lord Mason sagte, klingt aufrichtig und vernünftig, und an der Vorliebe der Sternenmänner für die Römer war ohnehin nichts zu ändern. Das andere Rom auf der Heimatwelt der Sternenmänner – einst auch die Heimatwelt unserer Vorfahren, wie die Sternenmänner behaupten! – hatte den Sternenmännern viel Weisheit überliefert, besonders was Kriegsführung und Politik betraf. Es war ganz günstig, daß Publius Caesar, der Erbe Roms, die Sternenmänner als eine Art neue »Barbaren« betrachtete und ihnen ganz offen mißtraute; wenn die Sternenmänner und die Römer eine Allianz eingingen, könnten nur die Götter Drantos noch helfen.

»Okay, fangen wir an«, sagte Mason. »Sie übernehmen hier das Kommando. Stellen Sie einige Wachen auf. Vielleicht haben sie den Wachposten getötet, um zu verhindern, daß er etwas sieht. Die Männer sollen sich da aufstellen, wo sie alles sehen, was auch der Wachposten gesehen hätte. Dann durchsuchen Sie das Gebäude so gut Sie können.«

»Und Sie?«

»Ich warte auf den Bereitschaftszug, und anschließend muß jemand Lord Rick und den König informieren. Wollen Sie das übernehmen?«

»Nein. Aber Ihr Vorschlag ist gut. Soldat Garrakos, nimm drei Männer mit Fackeln und durchsucht dieses Haus. Die anderen umstellen das Gebäude.« Morrone schüttelte sich. »Es gefällt mir nicht, hier in der Dunkelheit herumzuschleichen. Ich komme mir vor wie ein Meuchelmörder. Darin kann keine Ehre liegen.«

»Darin stimme ich Ihnen zu«, sagte Mason. »Aber es wäre auch nicht ehrenhaft, wenn wir zuließen, daß in der Nacht vor der Hochzeit die Gäste des Wanax ermordet werden. Nur ruhig, Lord Morrone. Sobald ich kann, komme ich zurück.«

Morrone schickte einen Boten, der seine Leute holen

sollte. »Los, Garrakos, prüfen wir einmal, ob wir etwas finden.« Die Herbstnacht war kühl, wenn sich auch der Wind gelegt hatte, aber Morrone schwitzte unter seinem Kettenhemd, wie er seit der Schlacht am Hooey nicht mehr geschwitzt hatte. »Es gefällt mir nicht«, murmelte er vor sich hin. »Ein böses Omen. Es gefällt mir nicht.«

Art Mason knöpfte sein Schulterhalfter auf und wünschte, der nächste Tabak wäre nicht zehn Lichtjahre entfernt. Auf dem Hohen Cumac wuchs eine Art aromatisches Gras, aus dem einige der Soldaten sich Zigaretten drehten; auch Mason hatte es schon probiert. Das Zeug war wahrscheinlich mit dem Wahnsinnskraut verwandt. Sein Genuß führte einen leichten Rausch herbei, der aber den scheußlichen Geschmack bei weitem nicht kompensieren konnte.

Morrone gab sich große Mühe, nicht unruhig oder gar nervös zu wirken, aber ihm war deutlich anzusehen, daß die Aussicht, ein paar gedungene Mörder könnten die Hochzeit seines Freundes beeinträchtigen, ihn nicht gerade glücklich machte. Viele Leute auf diesem Planeten glaubten an böse Vorzeichen. Das mit dem Wachposten war schlimm genug. Was aber, wenn irgendeine hochgestellte Persönlichkeit ermordet wurde?

»Es ist während meiner Wache geschehen«, murmelte Mason. Nicht, daß man von ihm erwartete, daß er jedes Verbrechen verhinderte, aber hier ging es nicht um einen Einbrecher, den der Wachposten auf frischer Tat ertappt hatte. Der Mann hatte eine dünne Schnur um den Hals, und der Dolch hatte genau die richtige Stelle getroffen. Die Arbeit von Profis. »Verdammt professionell«, murmelte Mason »Green Berets?«

Es lohnte sich, darüber nachzudenken. Die meisten Angehörigen der Truppe, die von der Erde auf diesen verrückten Planeten gekommen war, hatten während ihrer Ausbildung schmutzige Tricks gelernt, und einige waren bei den Green Berets gewesen, bevor die CIA sie anheuerte und nach Afrika verfrachtete.

Wo unsere Truppen sind, läßt sich lückenlos belegen, dachte Mason. Allerdings sind ein Dutzend Männer mit Gengrich unterwegs. Und Gengrichs Botschafter ist in dem Haus da drüben. Er sagt, daß keine Sternenmänner bei ihm sind. Und ich habe auch keinen erkannt. Aber einer könnte eingeschmuggelt worden sein ...

Aber, zum Teufel, es gibt genügend einheimische Talente, die für so etwas gut sind!

Ich wünschte nur, es wäre nicht ausgerechnet während meiner Wache passiert.

»Wache, heh!« rief jemand. Mason hörte die Wachen am Äußeren Tor antworten. Er hörte auch Hufgeklapper von Pferden und Zentauren.

»Wer ist da?«

Mason konnte die Antwort nicht verstehen, aber eine der Stimmen kam ihm bekannt vor. Das Tor öffnete sich, und ein kleinerer Trupp Berittener kam mit seinen Pferden und Zentauren durch die Mauer in den inneren Bezirk.

Eine kleine Schar Berittener kam durch das Tor. Zwei Bewaffnete mit Fackeln ritten voran. Ihnen folgten fünf Gepanzerte, ein paar Männer ohne Rüstung und ein Bannerträger, der das Banner des roten Raben trug, das Banner des Bheromanns von Westrook.

Mein Gott, dachte Mason. Ben Murphy! Für einen gemeinen Soldaten hat er es ganz schön weit gebracht. Aber ich war ja selbst nur Korporal, als ich herkam.

Ben Murphy hatte die Burg Westrook und das umliegende Land verteidigt, als die Westmänner von den Hohen Ebenen heruntergeritten kamen. Als die Westmänner Lord Harkon und die meisten seiner Ritter getötet hatten, hatte der König Murphy zu einem wahren Yatargläubigen Edelmann gemacht, so daß er nach der hier geltenden Rangordnung höher stand als jeder andere, vom Captain selbst natürlich abgesehen.

»Hallo, Art. Wie geht's?«

»Ich werd' verrückt!«

»Hoffentlich nicht.« Der erste Reiter zog die Zügel an, stieg ab und ging auf Mason zu. Es war tatsächlich Ben Murphy – seine große irische Nase und sein Gang waren unverkennbar. Aber erst wenn man näher an ihn herantrat und das Schulterhalfter mit der .45 Automatik sah, konnte man ihn von den normalen Eisenköpfen von Drantos unterscheiden.

»Wie sieht's denn aus, Art?«

»Könnte schlimmer sein, viel schlimmer. Der halbe Planet ist zur Hochzeit in die Stadt gekommen; wenn du also glaubst, du könntest in der Burg unterkommen ...«

»Nein, nein. Meine – die Großmutter von Lord Harkons Sohn Jan will mich kennenlernen, um festzustellen, ob ich geeignet bin, den Sohn ihrer Tochter zu erziehen. Sie ist die verwitwete Eqetassa von Rhuinas, und deshalb bekommt sie alles, was sie will. Sie wird uns in ihrem Stadthaus einquartieren. Die Bewaffneten werden in den Ställen zwar wie Klafterholz aufgeschichtet werden müssen, aber wenigstens haben wir ein Dach über dem Kopf. Ich fürchtete schon, außerhalb der Mauern kampieren zu müssen, und das auch noch zusammen mit den Römern. Hat Publius wirklich eine ganze Legion zur Hochzeit mitgebracht?«

»Zwei Kohorten unter unserem alten Freund Titus Frugi.«

»Oh, das wird den kleinen Caesar gar nicht freuen.«

»Nein.« Titus Frugi hatte Streitkräfte befehligt, die dem alten Kaiser gegenüber loyal waren. Jetzt war er Marselius Caesar treu ergeben, aber nicht unbedingt dessen Sohn Publius. »Nein, das glaube ich auch nicht. Und wie kommst du zurecht?«

»Alles in allem gar nicht so schlecht. Die tamaerthanischen Bogenschützen, die die leerstehenden Höfe übernommen haben, ersetzen ungefähr die von den Westmännern getöteten Leute, und keiner von den Schützen ist zum Banditen geworden.«

»Lady Tylara wird sehr froh sein, das zu hören. Und wie geht es Honeypie – ich meine Lady Dirdre?«

»Sobald ich von der Hochzeit des Königs zurückgekommen bin, werden wir heiraten. Ich habe schon seine Erlaubnis, aber vorher will ich mich für Westrook den Lehnseid schwören und die Legalisierung unseres Verhältnisses rückdatieren lassen, damit Dirdre ohne Schwierigkeiten erbt, falls mir auf dem Rückweg etwas zustößt.«

»Sehr vernünftig. Sag mal, Ban, wie viele Männer hast du bei dir – hier und außerhalb des Tores?«

»Sechs habe ich hier, und zehn weitere sind draußen. Warum?«

»Ich habe ein Problem, und vielleicht kannst du mir helfen, es zu lösen. Vor ein paar Minuten wurde ein Wachposten ermordet.«

»Blutrache?«

»Sah eher wie die Arbeit von Profis aus. Irgend jemand hat etwas vor, und die Wachreserve ist schon unterwegs. Aber ich brauche einige zuverlässigere Leute schon bevor sie hier ankommen. Wenn du uns hilfst, kann ich den Wanax und den Captain vielleicht davon überzeugen, daß sie dir etwas schulden, zum Beispiel die Unterbringung deiner Leute in der Burg.«

»Hört sich nicht schlecht an. Wer hat das Kommando?«

Mason machte eine Kopfbewegung in Morrones Richtung. Murphy runzelte die Stirn, zog die Brauen hoch und senkte die Stimme. »Weiß der denn überhaupt was er tut?«

»So ungefähr. Er hat mehr Mut und Charme als Verstand, aber er zählt nicht zu diesen richtig sturen Eisenköpfen.«

»Mein Gott, hoffentlich nicht. Die meisten von ihnen waren gerade draußen auf ein schnelles Bier, als Gott den Verstand verteilte.«

»Stimmt. Sonst hättest du deinen Job auch nicht gekriegt.«

Murphy grinste.

»Wie dem auch sei. Bring deine Leute herein. Ich lasse mich von meiner Eskorte zum Captain bringen, um ihm zu berichten.«

Wieder grinste Murphy. »Eskorte? Du wirst doch nicht

etwa nervös? Ich dachte immer, jeder weiß, daß es Arbeit für die Friedhofsverwaltung gibt, wenn ein bewaffneter Sternenmann angegriffen wird.«

»Einige Leute lernen nur langsam, und ich bin ziemlich sicher, daß unser Mörder nicht allein ist. Außerdem bin ich jetzt ein hochrangiger Adliger: Lord Mason, Hofmarschall des Generalhauptmanns des Reiches, Major der Garde, amtlicher Nachttopfreiniger von Chelm, und Yatar weiß was sonst noch. Da muß ich schon ein bißchen angeben. Ben, du kennst doch den ganzen Unfug viel besser als ich.«

»Mag sein. Immerhin besser als umgeben von Kubanern auf einem Hügel in Afrika festzusitzen, mit einer fliegenden Untertasse als letzter Rettung.«

»Da hast du verdammt recht.«

2

Rick und seine Männer betraten den langen Korridor, der zum Versammlungssaal führte. Ein leises Pfeifen war zu hören, und eine zweite Gruppe kam von rechts die Treppe herunter. Ricks Männer gingen weiter, und die andere Gruppe folgte ihnen durch den Korridor.

Rick wartete. Nach einer Weile erschien Tylara. Schweigend schob sie sich neben ihn, und sie folgten den Leibwächtern, während die anderen sich ihnen anschlossen.

»Geht es Euch gut, mein Gatte?« sagte Tylara förmlich.

»Mir geht es gut. Und Euch?«

»Sehr gut. Ich danke Euch.«

Geht es Euch gut? Sehr gut. Was, um Gottes willen, ist mit uns passiert? fragte sich Rick. Wie lange dauerte das schon? Wochen? Monate?

Er erinnerte sich noch an die Zeit, da er schon bei ihrem Anblick Herzklopfen bekam. Mein Gott, sie ist schön, sie ist immer noch schön, und ich liebe sie immer noch, aber wenn wir uns in der Öffentlichkeit und unter Zeugen treffen, reden wir nur förmlich miteinander. Seit Wochen sind wir nicht mehr allein gewesen.

Wann und wie konnte das geschehen?

Nach dem letzten Feldzug. Nachdem Les angekommen war. Nachdem Caradoc bei Unruhen getötet worden war. Hatte sie Caradoc geliebt? Ihren Leibwächter, ihren Captain, ihren Retter? Sie kannte ihn, lange bevor sie mich kennenlernte.

Nein! Bevor und nachdem wir uns kennenlernten, hätte sie viele Gelegenheiten gehabt. Aber diese Art von Interesse an ihm oder anderen hatte sie nie gezeigt. Wir haben uns geliebt, und jetzt lieben wir uns nicht, und ich begreife das nicht.

»Der Wanax wird heute nicht kommen«, sagte Tylara.

»Was? Aber die Ladung zur Ratsversammlung ...«

»Wurde zurückgenommen«, sagte Tylara. »Wir treffen uns mit dem Eqeta vom Flußland.« Sie lächelte, als sie sein erstauntes Gesicht sah. »Es ist eine alte Tradition. Wenn der Wanax nicht anwesend ist, können keine Entscheidungen getroffen werden. Deshalb läßt sich Wanax Ganton durch den Eqeta vom Flußland vertreten. Der natürlich Ganton ist.«

»Oh. Etwas Ähnliches kannten wir auch auf der Erde. Es ist ganz gut so. Ich wüßte ohnehin nicht, was ich vorschlagen sollte.«

»Euch wird zweifellos etwas einfallen«, sagte Tylara.

Und sie sagt das, als ob sie es glaubt. Als ob sie noch an mich glaubt. Aber sie will nicht mit mir schlafen, sie will nicht einmal mit mir allein sein. Und jetzt gehen wir in den Saal, und dort treffen wir Gwen.

Gwen. Könnte Gwen der Grund sein? Tylara war Gwen Tremaine gegenüber schon immer skeptisch. Ob sie weiß, daß ich einmal mit Gwen – Unsinn. Auf keinen Fall. Das passierte schon lange bevor sie anfing, sich so komisch zu verhalten. Und das weiß nur Gwen, und sie wird bestimmt nicht darüber reden.

Jamiy, Ricks Ordonnanz und Chef der Leibwache, klopfte an die Tür des Versammlungssaals. Aus dem Saal ertönte eine Stimme, und Jamiy antwortete: »Lord Rick, Eqeta von Chelm, Generalhauptmann und Kriegsherr von Drantos, Lord der Sternen-Lords.«

Rick schaute Tylara an. Sie zwinkerte ihm zu.

Sie hat also immer noch ihren Humor. Und sie weiß, daß auch ich meinen Humor nicht verloren habe. *Was in Gottes Namen ist denn nur mit ihr los?*

Gwen Tremaine beendete ihren Vortrag und wartete, während der junge Mann am oberen Ende des langen Tisches die Karte an der weißgetünchten Wand betrachtete. Endlich begann er zu sprechen.

»Es gibt also keine Hoffnung mehr für uns, oder jedenfalls sind unsere Chancen nicht besser als vor der Ankunft der Sternenmänner. Haben sie nur deshalb so viel Blut vergossen, damit die Gefahr des *Himmelsfeuers* für uns größer ist als vorher?«

Rick runzelte die Stirn. Wer hatte mit dem König geredet? Ganton hatte verdammt allen Grund, Rick Galloway und seinen Truppen dankbar zu sein, warum also schlug er jetzt diesen Ton an? Rick wollte gerade etwas sagen, als Tylara ihm die Hand auf den Arm legte. »Laß sie doch weitersprechen«, flüsterte sie.

Feminismus? Kaum. Oder hofft sie, daß Gwen sich verhaspelt? Verdammt. Früher habe ich Tylara verstanden. Jetzt nicht mehr.

Die anderen warteten gespannt, als Gwen ihre Gedanken sammelte.

Sie hatte die Zukunft in düsteren Farben gemalt. Die Zwergsonne, die alle auf Tran den Dämonenstern nannten, näherte sich. Im Perigäum würde sich die Lichteinstrahlung auf den Planeten um zehn Prozent erhöhen. Das schien nicht viel zu sein, aber es genügte. Die Gletscher würden schmelzen. Das Wetter und das Klima würden sich verändern.

Und jetzt geschah das alles schon. Der Wasserspiegel stieg, und in den südlichen Zonen dieser Hemisphäre war es heiß. In weiten Landstrichen herrschte Dürre, in anderen gab es starke Niederschläge. Überall gab es Überschwemmungen. Stämme, ganze Nationen und Völkerschaften flohen nach Norden ...

Rick sah, daß Tylara nicht die einzige war, die Gwen Tremaine anstarrte. Sie hatte ihnen denkbar schlechte Nachrichten überbracht. Nun wartete der ganze Innere Rat darauf, daß sie ihnen wenigstens noch einen Fetzen Hoffnung zuwarf.

Yanulf, Hohepriester Yatars und Kanzler von Drantos, saß unbewegt da. Gwen hatte nichts gesagt, was ihn hätte überraschen können. Die Yatar-Hierarchie hatte die Legenden von früheren Besuchen des Dämonensterns bewahrt. Die Priester wußten, was die ZEIT bedeutete, sie wollten nur darauf vorbereitet sein. Yanulf würde schon glücklich sein, wenn es gelang, die Eishöhlen mit Korn und anderen Lebensmitteln zu füllen.

Sergeant Major Elliot. Berufssoldat der U. S. Army, für ein afrikanisches Abenteuer an die CIA ausgeliehen. Jetzt weit von zu Hause entfernt. Zuverlässig, dachte Rick. Solange ich keinen Mist mache. Seine Loyalität galt der Einheit, nicht irgendeinem Individuum. Aber notfalls würden genauso viele Söldner seinen Befehlen gehorchen wie meinen.

Stabsfeldwebel Larry Warner. Als er noch gemeiner Soldat war, wurde er Professor genannt. Jetzt war er Kanzler der Universität, und er leistete gute Arbeit. Mit Gwen als Rektorin und Warner als Kanzler brachten sie den Einheimischen nicht nur Rechnen bei, sondern auch die Herstellung von Papier und Seife. Mit etwas Glück würde diesmal das Wissen so allgemein verbreitet sein, daß auch der Dämonenstern es nicht aufhalten konnte.

Lucius war theoretisch nur Marselius Caesars Freigelassener. Er hatte Marselius' Sohn Publius unterrichtet, und jeder römische Senator wußte, daß Caesar ihn als seinen ältesten Freund bezeichnete. Eine Delegation von Senatoren war entsandt worden, um Rom offiziell zu vertreten. Vielleicht glaubten einige von ihnen, daß Caesar ihre

Berichte mit der gleichen Aufmerksamkeit las, die er Lucius entgegenbrachte. Vielleicht.

Und die anderen. Wie die junge König warteten jetzt alle darauf, daß Gwen ihnen sagte, welche Vorteile aus dieser Allianz mit den Sternenmännern zu erwarten seien.

Gwen schluckte und strich ein paar blonde Locken zurück, die sich unter ihrem Kopftuch hervorgewagt hatten. In ihrer Amtstracht sah sie wie eine altmodische Nonne aus – ein höchst irreführender Eindruck.

Aber das durfte er nicht einmal denken, schon gar nicht, wenn Tylara neben ihm saß!

»Eure – Lordschaft«, begann Gwen ihren Vortrag. »Ich weiß, daß Sie im Zorn und in Sorge um diejenigen Ihrer Untertanen sprechen, die Sie vor der ZEIT nicht werden retten können. Aber in Wirklichkeit ist viel geschehen, so daß die ZEIT uns diesmal nicht so sehr heimsuchen wird wie früher.«

Gewiß, dachte Rick. Es wird anders sein. Vorausgesetzt, Les hat Agzaral richtig verstanden und Agzaral weiß was er tut. Vorausgesetzt auch, daß die verrückte Vereinigung von Rassen, die diesen Teil der Galaxie beherrscht, nicht beschließt, die Dinge selbst in die Hand zu nehmen. Und es gibt noch eine Menge weiterer Voraussetzungen. Aber über nichts von alledem können wir hier sprechen.

»Wir wollen Näheres hören«, sagte Yanulf.

»Ungehobelter Bastard«, flüsterte Rick. Tylara berührte seine Hand, und ihre Nägel waren wie Dolche.

»Die Diener Yatars haben schon immer die ZEIT vorausgesagt«, fuhr Yanulf fort. »Oft hat man uns ignoriert. Aber jetzt, da die ZEIT näherrückt, glauben uns alle, und das ist gut so. Aber wieso wird diese ZEIT von den anderen verschieden sein? Was ist geschehen?«

»Für dieses Reich ist sehr viel geschehen«, sagte Gwen. »Die Waffen der Sternenmänner und ihre Kriegskunst haben dieses Reich gerettet. Und nicht nur einmal. Nacheinander hat Lord Rick Sarakos den Usurpator, Flaminius Caesar den Schwachsinnigen und die Westmänner bezwungen. Den Sternenmännern ist es zu danken, daß Drantos überlebt hat.«

Ja, dachte Rick, aber was haben wir in letzter Zeit für sie getan?

»Und es gibt noch mehr«, sagte Gwen. »Es gibt Wissen. Sie haben die Diener Yatars die Kunst gelehrt, Kranke und Verwundete zu heilen.«

Yanulf nickte weise. Er hatte vorher nichts von den kleinen Teufeln gewußt, die in der Fäulnis leben und die man durch Kochen und durch rituelle Sauberkeit abtöten kann. Dieses Wissen hatte die Kunst der Priesterheiler enorm verbessert.

Aber um einen gewissen Preis, dachte Rick. Yatar heilt, und Wotan, der Vater der Erschlagenen, nimmt weniger Gäste in seine Halle auf. Der Wotankult hat keinen Grund, uns besonders zu lieben.

»Und mit Hilfe des Ballons haben sie genaue Karten gefertigt, wo es vorher keine gab, Karten, um die uns selbst die Römer beneiden. Eiserne Pflüge bearbeiten den Boden tiefer und verbessern die Erträge, so daß mehr in den Höhlen des Bewahrers gelagert werden kann. Es gibt Papier für Aufzeichnungen, so daß das Wissen um die ZEIT festgehalten werden und der Wanax alles über sein Reich erfahren kann, was es zu erfahren gibt. Der verbesserten Heilkunst ist es zu danken, daß weniger Wunden eitern und weniger Frauen bei der Geburt ihrer Kinder sterben, so daß die Zahl der Untertanen seiner Majestät wächst.

Edler Lord, die Sternenmänner sind keine Götter. Sie beanspruchen auch nicht die Macht von Göttern. Und doch haben sie sehr viel Macht, und diese Macht haben sie im Dienste des Wanax und des Reiches von Drantos eingesetzt. Viel wurde getan, und es wird noch mehr getan werden.«

Jemand schrie unten im Hof. Ganton schaute zum Fenster hinüber und sah dann Rick an.

»Das war gut gesprochen«, sagte Ganton. »Ich bin sicher, daß der Wanax weiß, was er den Sternen-Lords zu verdanken hat. Aber er ist auch seinen Baronen verpflichtet. Und allen seinen Untertanen.«

Rick sah Tylara an, und sie nickte. Das ist es also. Die Bheromänner haben uns schon immer gehaßt. Gantons Vater verlor seinen Thron, als die Barone ihn verließen. Ganton will nicht denselben Fehler machen. Wir müssen vorsichtiger sein, als ich dachte.

»Das weiß ich«, sagte Gwen. »Ich habe alles gesagt, was ich weiß. Jetzt sollte der Generalhauptmann sprechen.«

Zur Hölle mit Gwen, dachte Rick. Sie hätte mir eine kleine Vorwarnung geben können.

Während er Gwens Aufforderung zur Kenntnis nahm, stieg ihm ein Hauch ihres Parfüms in die Nase. Es war dieselbe Kräuteressenz, die sie an jenem Tag getragen hatte – aber jetzt hatte er keine Zeit, daran zu denken. Nervös schaute er wieder Tylara an.

Ich muß mit dem anfangen, was sie schon wissen, wenn Gwen es ihnen eben auch schon gesagt hat. Ich werde es ihnen noch einmal erzählen. Wenn wir es ihnen oft genug erzählen, werden sie es vielleicht glauben. Vielleicht werde *ich* es dann sogar glauben.

Tran war ein Planet in einem System von drei Sternen. Zu diesem System gehörten die Wahre Sonne, der weiter entfernte Feuerdieb und der Dämonenstern. Alle sechshundert Erdenjahre – das Tran-Jahr dauerte 1,7 Erdenjahre – wurde der Dämonenstern auf seiner exzentrischen Bahn so nahe an Tran herangetragen, daß er dort das Klima beeinflußte. Während der zwei Jahre seiner größten Nähe wurden nur geringe Ernten eingebracht.

Aber während der Annäherung des Dämonensterns hatte das wärmere Klima auch sein Gutes. In den Jahren vor der größten Nähe gab es mehr und bessere Ernten. Es trat noch eine andere Wirkung ein. Die erhöhte Sonneneinstrahlung ließ die von den Einheimischen Wahnsinnskraut genannte Pflanze sehr gut wachsen – und Wahnsinnskraut war im interstellaren Handel als Droge sehr gefragt. ›Tran Natural‹ erzielte sehr hohe Preise, und die *Shalnuksi* hatten in diesem Handel ein Monopol, solange ihnen Soldaten zur Verfügung standen, die sie auf der Erde gekidnappt hatten und die das Kraut für sie einsammelten.

Und das ist schon seit dreitausend Jahren so, wie ich meine, und Gwen glaubt sogar, daß es seit fünftausend Jahren gemacht wird. Die *Shalnuksi* hatten Krieger aus der Bronzezeit nach Tran gebracht. Römer aus der Zeit des Septimius Severus und später Krieger aus Byzanz. Franken. Kelten. Skythen. Lauter verschiedene Kulturen, und keine durfte sich weiterentwickeln, denn sobald Tran zivilisiert zu werden drohte, bombten die *Shalnuksi* es in ein neues, finsteres Mittelalter zurück.

Aber diesmal nicht. Verdammt noch mal, diesmal nicht! Sie können die Technologie zerstören, aber wir werden etwas verbreiten, was stärker ist als jede Technologie. Wir werden die wissenschaftliche Methode lehren. Die läßt sich durch Bomben nicht zerstören. Wir müssen nur die nächsten paar Jahre überleben.

Das würde nicht ganz leicht sein. Es würde sogar noch schlimmer werden, als Gwen in ihrem Vortrag ausgeführt hatte – und das war schlimmer, als auch nur einer von ihnen, außer Yanulf, erwartet hatte.

Das ansteigende Wasser würde die meisten Küstenstädte verschlingen, und deren Bewohner würden sich den Flüchtlingen anschließen, die schon auf dem Weg nach Norden waren. Stürme und Springfluten, die schon das Ufer bei Rustengo verwüstet hatten, würden über das ganze übrige Küstengebiet hinwegfegen. Tamaerthon, Tylaras Heimat, würde sich in eine Felseninsel verwandeln. Rom würde zu einer Hochebene reduziert werden, auf der sich nur ein Teil der Bevölkerung würde ernähren können. Die Römer waren gut organisiert, aber selbst bei der besten Organisation war es unmöglich, mit einer Tonne Getreide fünftausend Menschen zwei Jahre lang zu ernähren.

Tran brauchte ein Wunder wie die Speisung der Fünftausend. Wie schnell wuchsen die Fische hier heran? Das veränderte Klima würde das Wasser in Bewegung bringen. Nährstoffe würden vom Meeresboden aufsteigen. Das

Pflanzenleben im Meer würde wuchern. Wie lange würde es dauern, bis der Fischbestand erheblich angewachsen war? Und würden die Leute sich das zunutze machen können? Eine weitere Aufgabe für die Universität.

»Ich sehe zwei Möglichkeiten«, begann Rick seinen Vortrag. »Beide beziehen die Fünf Königreiche ein. Drantos liegt im Binnenland. Es wird auch hier Überschwemmungen geben, aber keine so schlimmen wie in den Küstenregionen. Dennoch wird es Hungersnöte geben, und wir werden uns mit den Flüchtlingen aus dem Süden auseinanderzusetzen haben. Sie werden in Scharen kommen, und einige werden gut bewaffnet und verzweifelt sein. Wir werden ganze Armeen brauchen, um sie fernzuhalten, damit sie uns nicht alles wegessen. Hungersnöte und Grenzkriege werden unsere Armeen schwächen. Der Hohe Rexja der Fünf Königreiche ist schon einmal in Drantos eingefallen und hätte fast unseren Wanax Ganton gestürzt. Hätte sein Sohn Sarakos sich mehr den Regierungsgeschäften als dem Zerstörungswerk gewidmet, wäre Drantos heute vielleicht eines der Sechs Königreiche.«

Ganton runzelte die Stirn. »Ich hätte keine Lust, Wanax Ganton an zu viele schmerzliche Dinge zu erinnern.«

Rick zuckte die Achseln. »Und doch müssen diese Dinge erwähnt werden. Der Hohe Rexja hat seine Ansprüche auf Drantos nicht aufgegeben. In den frühen Jahren der ZEIT wird sein Land bessere und unseres schlechtere Ernten hervorbringen. Wir sind für ihn ein Bollwerk gegen die Flüchtlinge.«

»Wir könnten ihnen freien Durchgang nach Norden gewähren«, sagte Tylara.

»Wenn wir es doch nur könnten. Wir würden sie zu einer Zeit verpflegen müssen, wo wir kaum genug Nahrung für unsere eigenen Männer und für unsere Pferde haben. Nein, das halte ich für unmöglich.« Rick breitete die Hände aus. »Am Ende werden Toris und seine Minister denken, daß sie sich Drantos bloß zu nehmen brauchen, und mit einer Armee nach Süden ziehen.«

»Sternenwaffen«, sagte Ganton.

»Sternenwaffen«, sagte Rick und nickte. »Aber nicht genug. Ich habe kaum zwanzig Sternenmänner, und mehr werden wir nie haben. Und die Munition für unsere Waffen ist knapp. Wir können mehr Munition bekommen, aber um das zu erreichen, müssen wir weiterhin das Wahnsinnskraut anbauen und ernten. Und das macht sehr viel Mühe.«

»Mehr als Ihr denkt«, sagte Yanulf. »Sklaven und Sträflinge, die das Kraut anbauen. Kavallerie zur Bewachung der Sklaven, damit sie nicht davonlaufen.«

Das täte ich auch, wenn ich könnte, dachte Rick. *Das Zeug anzubauen und zu ernten, ist die scheußlichste Arbeit, die es gibt.*

»Soldaten zur Bewachung der Aufseher. Männer und Wagen, die den Sklaven und ihren Aufsehern und den Soldaten Verpflegung bringen. Und die Leute, die Nahrung anbauen und bringen, müssen ihrerseits ernährt werden.«

Er hat gut gelernt. »Genau«, sagte Rick. »Aber was das Wahnsinnskraut betrifft, haben wir keine Wahl. Wenn die großen Sternen-Lords nicht die gewünschte Menge Wahnsinnskraut bekommen, werden sie nicht nur aufhören, uns mit Munition zu versorgen, sie könnten in ihrer Wut sogar auf den Gedanken kommen, das *Himmelsfeuer* auf uns herabzuwerfen.«

»So wird es uns erzählt«, sagte Yanulf. »Und an diese Erzählung glaube ich. In den Tempeln haben wir Aufzeichnungen, und jeder weiß, wie gefährlich der Umgang mit den Dämonengöttern ist, die mit dem Dämonenstern kommen.«

»Ihr sagt also, daß sie in dem Maße stärker werden, wie Drantos schwächer wird«, sagte Ganton.

»Ja.«

»Und die zwei Möglichkeiten?«

»Ja. Entweder fallen wir jetzt in die Fünf Königreiche ein, oder wir schließen jetzt Frieden mit ihnen.«

»Jetzt ist nicht die Zeit, von Krieg zu reden«, sagte Yanulf. »Die ZEIT rückt näher. Wir brauchen Frieden.«

»Aber eine Allianz zwischen Rom und Drantos könnte die Fünf Königreiche überwinden«, sagte Ganton. »Wenn

Drantos während der ZEIT schwächer wird, könnte dann Rom nicht noch größeren Schaden erleiden? Ihre tiefergelegenen Felder werden überflutet sein – werden nicht viele Römer eine Zuflucht brauchen, hier und wo auch immer wir Nahrung für sie finden?«

»Es wäre gut, wenn man diese Wahl hätte«, sagte Lucius. »Lord Marschall, Ihr habt gesagt, daß es zwei Möglichkeiten gibt, aber Ihr habt nicht gesagt, welche der beiden Möglichkeiten Ihr vorzieht.«

»Den Frieden«, sagte Rick. »Die Götter selbst verbünden sich, um Tod und Verderben zu bringen. Sollten wir dem noch mehr hinzufügen?«

»Gut geredet.« Yanulf nickte zustimmend. »Gut geredet.«

Und Gott weiß, wenn wir in die Fünf Königreiche einfallen, werden wir genug Zerstörungen verursachen. Die Armeen von Tran leben von dem Land, durch das sie ziehen, und Disziplin bedeutet bei ihnen, daß sie nur Frauen vergewaltigen.

Auf dem Höhepunkt der ZEIT wäre der Norden der günstigste Aufenthaltsort. Es ist besser, Handel zu treiben, als sich zu bekämpfen. Gegen Eisen, Pferde, später vielleicht sogar Schießpulver Lebensmittel eintauschen. Dem Hohen Rexja zeigen, wie er seine eigene Universität einrichten kann, und ein paar geeignete Leute schicken, die ihm dabei helfen können. Versuchen, den Hohen Rexja zu einem Verbündeten zu machen, statt zu einem Feind, den man abwehren oder vernichten muß ...

»Können wir Frieden schließen?« fragte Ganton.

»Um das festzustellen, könnten wir eine zuverlässige Kommission entsenden.«

»Sonst nichts?« fragte Wanax/Eqeta.

»Zur Zeit nicht«, sagte Rick. »Wir dürfen keinen Übereifer zeigen. Sonst könnte der Hohe Rexja vermuten, wir seien schwach oder hätten Angst.«

»Da beides nicht zutrifft, warum sollte der Wanax nicht seine eigenen Ansprüche auf den Hohen Thron geltend machen?« sagte Ganton. »Die Schwester seines Großvaters war die Frau Toris', und daraus leitet Sarakos seinen

Anspruch auf den Thron von Drantos her. Warum kann ein solcher Anspruch außer nach Süden nicht auch nach Norden geltend gemacht werden?«

»Weil einen solchen Anspruch geltend zu machen Krieg bedeuten würde«, knurrte Yanulf. »Die ZEIT rückt näher, und nur die Götter wissen, welche Gefahren und welches Grauen uns noch erwarten, und dieser Rat sollte den Wanax ermahnen, nicht Gut und Blut auf einen kleinlichen dynastischen Streit zu verschwenden!«

»Wie kann dieser Streit kleinlich sein, wenn er uns das Land gibt, das wir dringend brauchen werden?« fragte Ganton.

»Wir könnten verlieren«, sagte Yanulf. »Wenn wir das, was wir brauchen, mit friedlichen Mitteln erwerben können, kann es dann irgend etwas geben, was einen Krieg rechtfertigen würde? Mit Sicherheit werden wir eine Armee nach Süden schicken müssen, um mit denen fertig zu werden, die zu den Stadtstaaten fliehen. Und auch von den Westmännern werden wir noch hören. Müssen wir seine Majestät darauf hinweisen, daß neue Kriege widersinnig sind, wo wir die alten noch nicht ausgestanden haben?«

»Das mag man Weisheit nennen«, sagte Ganton. »Was sagen unsere römischen Verbündeten?«

»Ich glaube nicht, daß der Hohe Rexja uns mehr als ein Almosen geben wird, es sei denn, wir bezahlen einen höheren Preis, als wir uns erlauben können.«

»Einen höheren Preis als es ein erneuter Krieg wäre?« murmelte Yanulf.

»Sehr wahrscheinlich«, sagte Lucius. »Toris mag keine Schwierigkeiten gemacht haben, aber er hat auch nicht Frieden geschlossen. Wenn ihm wirklich daran gelegen gewesen wäre, hätte er während des vergangenen Jahres jederzeit Frieden haben können.«

Ganton machte ein nachdenkliches Gesicht. »Das ist wahr. Wenn ein Angebot gemacht worden wäre, hätten wir – hätte der Wanax es dem Rat vorgelegt. Es wurde keines gemacht, aber dennoch ist weiterer Streit mit dem Hohen Rexja ausgeblieben.«

»Genau wie ich dachte.« Lucius hob die Hände. »Ich halte es für sehr wahrscheinlich, daß der Hohe Rexja nur den geeigneten Zeitpunkt abwartet, um Sarakos zu rächen. Warum sollte der Wanax warten, bis der erste Schlag geführt wird, anstatt sein eigenes Schwert aus der Scheide zu ziehen und die Bedrohung durch die Fünf Königreiche ein für allemal zu beenden?«

Nicht ein für allemal. Und was spielst du für ein Spiel? fragte sich Rick. Eine Möglichkeit: Herrschte erst Frieden zwischen dem Hohen Rexja und Drantos, könnte es zu einem Bündnis kommen. Es würde sogar bestimmt zu einem Bündnis kommen, wenn Rick den Fünf Königreichen einige Sternenweisheit zugänglich machte, von der Gründung einer Universität ganz zu schweigen. Eine solche Allianz könnte sich gegen die Römer wenden – und wenn auch Lucius als so vertrauenswürdig galt, daß er an den Ratsversammlungen teilnehmen durfte, so war er doch immer noch Marselius Caesars Freund und Berater.

Marselius wurde alt. Sein Sohn Publius war ein guter Soldat, aber er hatte sehr viele Feinde. Ganton war von einer römischen Legion als ›Imperator‹ begrüßt worden – als Mann also, der würdig ist, Römer zu befehligen – und Ganton war im Begriff, Caesars Enkelin zu heiraten.

Im Falle einer Allianz mit den Fünf Königreichen könnte der Wanax von Drantos versucht sein, selbst den Purpur anzustreben und so einen Bürgerkrieg in Rom auslösen, noch dazu unter der zusätzlichen Bedrohung der näherrükkenden ZEIT. Ein Krieg zwischen Toris und Drantos andererseits würde Roms gefährlichste Rivalen so lange beschäftigen, daß Marselius seine Angelegenheiten würde regeln können, vielleicht sogar so lange, daß er zugunsten seines Sohnes Publius zurücktreten konnte.

Man wußte, daß Lucius nicht uneigennützig raten würde. Uneigennützig? Verdammt noch mal! Man mußte fragen: Ist der Rat gut?

Rick dachte darüber nach, während die Debatte am Tisch fortgesetzt wurde. Lucius war für einen Krieg. Yanulf war natürlich dagegen. Gwen und Warner ebenfalls, wenn auch der Professor nur halbherzig für den Frieden eintrat. Warum? Warner fühlte sich in seiner Stellung an der Universität wohl. Was wollte er noch mehr?

Elliot war für einen Krieg, wenn nur zuerst die Rechnung mit Gengrich und den übrigen Meuterern beglichen wurde, die alle noch im Süden waren. Rick hatte das Gefühl, als sei es Elliot ziemlich gleichgültig, ob Gengrich und seine Männer nach dieser zu erwartenden Auseinandersetzung noch lebten oder nicht. Der Sergeant Major war Rick und dessen Plänen gegenüber loyal, und er wußte, daß Gengrichs zehn Leute die Ausführung dieser Pläne stören könnten. Er war außerdem ein zu guter Unteroffizier, als daß er sich gern auf Männer verlassen hätte, die schon einmal gemeutert hatten. Wie konnte er wissen, ob sie nicht noch einmal meutern würden.

Tylara nahm kein Blatt vor den Mund. »Wir werden Toris mehr als eine Niederlage beibringen müssen, damit er den Gedanken aufgibt, unser Land zu erobern. Seit zwei Jahrhunderten weiß jeder Hohe König, daß Drantos und Chelm einst ein Sechstes Königreich bildeten, und seitdem träumen sie davon, es wieder zu einem zu machen.«

»Toris ist alt und den Berichten zufolge kränklich«, sagte Yanulf. »Kann ein solcher Mann mehr tun als träumen? Wird er sich nicht vielmehr um die friedliche Nachfolge seines letzten überlebenden Sohnes, des Prinzen Akkilas, kümmern?«

»Das erreicht er am besten, indem er Drantos erobert und Sarakos rächt«, sagte Tylara. »Seine Eqetas und Bheromänner werden sich nicht für alle Zeiten mit ihrer Niederlage zufriedengeben. Wenn Akkilas als Eroberer von Drantos den Hohen Thron besiegt, wird er leichter seinen Weg machen. Wenn nicht, könnten sich die Krieger der Fünf Königreiche an einen Mann wenden, der ihnen diesen Sieg beschert. Da ist, zum Beispiel, Prinz Strymon von Ta-Meltemos, und er ist nur der stärkste von mehreren Heerführern.«

»Krieg jetzt oder Frieden«, sagte Ganton. »Können wir

siegen, wenn wir jetzt losschlagen? Wieviel Hilfe wird von Rom kommen?«

Er hat den Mythos vom Herrn des Nordens vergessen, dachte Rick. *Hier redet der König, und ein nervöser König dazu. Und wo, zum Teufel, bleibt Art?*

»Ich kann bei Caesar anfragen lassen«, sagte Lucius glatt. »Aber ich kann keine Zusagen machen.«

»Das reicht fürs erste«, sagte Tylara.

»Aber was sollen wir tun?« wollte Ganton wissen.

»Eine Kommission zu Toris schicken«, sagte Rick. »Und eine zweite nach Rom. Ab morgen dürfte es für Caesar ein wenig schwieriger sein, sich einer Bitte unseres Wanax zu versagen.«

»Er kann dem Wanax keine Soldaten versprechen, die er nicht hat«, sagte Yanulf. »Rom muß nach Süden schauen. Genau wie wir.«

Und das steht fest, dachte Rick. Von dort droht wirklich Gefahr. Und die geht nicht nur von den vielen Flüchtlingen aus. Es gab auch Gerüchte, im Süden habe ein fanatischer religiöser Führer Scharen von Flüchtlingen für sich gewonnen, um einen Kreuzzug gegen die neue Idee zu führen, daß Christus der Sohn Yatars sei. Rick hoffte, daß es bei Gerüchten bleiben würde. Religionskriege waren etwas, auf das das Völkergemisch von Tran verzichten konnte.

»Da ist noch etwas«, sagte Warner.

»Ja?«

»Gerüchten zufolge marschieren die Westmänner nach Norden. Darauf hatten sie sich nach dem großen Sieg des Wanax am Hooeys geeinigt.«

»So ist es«, sagte Rick.

»Ich denke, sie werden Margilos meiden und direkt in die Fünf Königreiche ziehen. Toris wird sie wahrscheinlich besiegen, aber ich wette, daß er ein Jahr braucht, sie wieder aus dem Land zu jagen.«

»Ein Jahr, in dem die Fünf Königreiche nicht stärker werden«, sagte Tylara nachdenklich. »Das ist eine gute Nachricht. Wir haben also ein Jahr Zeit …«

Jemand klopfte an die Tür.

Mit finsterer Miene stand Elliot auf. Er kam zurück und stellte sich neben Rick. »Entschuldigen Sie, Colonel. Art Mason ist draußen. Er will mit Ihnen sprechen. Anscheinend hat es in der Äußeren Burg Ärger gegeben.«

»Ärger?«

»Mord. Ein Wachposten ist schon tot. Mason hat den Bereitschaftszug alarmiert, und Ben Murphy steht mit ein paar Männern zur Verfügung.«

»Gut. Wem hat er das Kommando übergeben?«

»Morrone.«

»Ach du Scheiße.«

»Ganz Ihrer Meinung.«

»Ich sollte mal nachschauen. Hier wird ohnehin heute nichts entschieden.«

Und Tylara ist es gleichgültig, wo ich bin. Mein Gott, was ist nur mit uns passiert?

3

»Okay, Art, was ist los?«

»Verdammt, Colonel, ich hätte Sie nicht belästigt, aber Sie sagten, ich soll Sie rufen, wenn ich nicht weiß, was hier abläuft ...«

»Und?«

»Ich weiß es wirklich nicht. Ein Wachposten ist tot. Er wurde von Profis getötet. Zu verdammt professionell, als daß es sich um Blutrache handeln könnte. Aber wir haben nachgesehen, und wir können nichts finden.«

»Nachgesehen. Wo denn nachgesehen?«

»Überall da draußen. Vor der Außenmauer. Aber der Bezirk ist ziemlich unübersichtlich. Dort wurde noch nie jemand gefunden. Hören Sie zu, ich sollte Ihnen erzählen, was passiert ist. Das habe ich getan. Gehen Sie in Ihre Versammlung zurück. Ich komme schon allein klar.«

»Sicherlich, aber ich bin Versammlungen verdammt leid. Lassen Sie uns gemeinsam nachsehen.«

»Nun – ich denke, ich habe genügend Leute.«

Rick lachte. »Art, wenn wir nicht genug Feuerkraft hätten, um mit allem fertig zu werden, was diese Primitiven gegen uns aufbieten könnten ...«

»Diese Primitiven?«

Okay, so rede ich ja gewöhnlich nicht. Aber dieser kleinliche Unsinn macht mich krank. »Gehen wir.«

»Wessen Quartier ist dies?« fragte Rick.

»Es wurde noch niemandem zugewiesen«, sagte Mason. »Aber da drüben ist Daettan von Dirstvaal, und auf der anderen Seite wohnen Gwen und Warner.«

»Was?«

»Gwen und Warner. Und noch ein paar Leute von der Universität.«

»Wer ist jetzt in dem Gebäude?«

»Verdammt, Colonel, wie soll ich das wissen? Ihre Leute vermutlich.«

»Das werden wir überprüfen.«

»Wie bitte?«

»Nennen Sie es ganz einfach eine Ahnung.« *Man kann auch sagen, daß Tylara sich komisch benimmt und daß sie Angst vor Gwen hat, aber ich will verdammt sein, wenn ich dir das auf die Nase binde.* »Schauen wir nach.«

»Okay. Lugh.«

»Sir?«

»Gehen Sie mit ein paar Leuten um das Gebäude herum. Lord Rick und ich werden es durchsuchen.«

Lughs Augen weiteten sich ein wenig. Dann grinste er. »Sir.«

»Ich glaube nicht, daß irgendein anderer als wir ungestraft *ihr* Quartier durchsuchen dürfte«, sagte Mason.

»Das dürfen vielleicht nicht einmal wir. Aber was soll's.« Rick wartete, bis Lugh seine Männer hinter und neben dem Haus postiert hatte. »Okay.«

Mason klopfte heftig gegen die Tür. »Hier ist die Wache! Machen Sie auf!«

Er wartete und klopfte noch einmal. »Niemand zu Hause.«

Rick senkte die Stimme. »Unfug. Sie hat ein halbes Dutzend Diener. Warner ebenfalls. Jemand muß im Gebäude sein, der uns die Tür öffnen könnte.«

Mason pfiff leise. »Hundesöhne. Verdammt, Captain, Sie haben recht. Was sollen wir tun?«

»Wir klopfen noch einmal, und dann tun wir so, als gingen wir wieder.«

»Gut.« Mason donnerte noch einmal gegen die Tür. »Niemand zu Hause«, sagte er laut. »Gehen wir!«

Sie gingen um das leere Haus herum. Der tote Wachposten lag immer noch da, aber inzwischen war er mit einem Mantel zugedeckt worden. »Sir?« sagte Mason.

»Erstens. Gehen Sie mit fünf Söldnern zum Versammlungssaal. Niemand verläßt den Raum, bevor ich wieder da bin. Niemand. Alarmieren Sie Ihre Wache und postieren Sie die Männer im Korridor, aber wenn ich zum Versammlungssaal zurückkomme, sollen Elliot und seine Leute mit geladenen Waffen bereitstehen.«

Mason nickte langsam. »Sind Sie sicher ...«

»Es ist doch scheißegal, ob ich sicher bin. Besser, wir halten uns bereit, auch wenn es nicht nötig ist.«

»Sir.«

»Und wen, zum Teufel, haben Sie hergeschickt, um das Kommando zu übernehmen? Doch nicht Morrone?«

Mason hatte plötzlich einen gequälten Gesichtsausdruck. »No, Sir. Murphy hat die Stellung gehalten, bis ich Henderson finden konnte. Er ist da hinten.«

»Gut. Holen Sie ihn her, und machen Sie sich auf den Weg.«

Rick sah Mason um das Haus herumgehen. *Wahrscheinlich ist das alles nur Fledermausdreck. Wenn aber nicht?*

»Colonel?«

»Gut. Henderson, besorgen Sie mir eine der Töchter Yatars. In vollem Ornat. Es muß eine kleinere sein.«

»Sir?« Corporal Henderson runzelte die Stirn. »Äh, Colonel ...«

Rick prüfte die Liste, die Mason ihm dagelassen hatte und zeigte auf ein Gebäude. »Das Haus da unten. Da müßte ein Dutzend von den Mädchen sein. Ich brauche aber nur eine. Und da Sie gerade dabei sind, besorgen Sie außerdem ein paar Lakaien. Und nicht vergessen, eine ziemlich kleingewachsene Tochter Yatars. In vollem Ornat.«

»Sir? Yes, Sir.« Henderson stürzte davon, und Rick lachte in sich hinein.

»Okay, das geht so«, sagte Rick. »Lady Iris geht hinter unseren Soldaten. Lady Gwen ließ sich ihre Amtstracht nach dem Muster der Roben der Töchter Yatars anfertigen. Bei dieser schlechten Beleuchtung wird jeder denken, Iris sei Gwen, die gerade von der Ratsversammlung zurückgekommen ist. Ihr zwei Lakaien geht hinauf, klopft an die Tür und bittet im Namen der Rektorin um Einlaß. Und dann macht ihr, daß ihr aus dem Weg kommt.«

Die Lakaien schauten unsicher von einem zu anderen. Dann sahen sie die entschlossenen Gesichter der Wachen und der Sternen-Lords und resignierten.

»Sollte irgend etwas passieren«, er wandte sich Lady Iris zu, »dann vergessen Sie Ihre Würde, verstecken sich hinter den Männern und bleiben dort.«

»Gewiß. Es macht Ihnen doch nichts aus, wenn ich bete?«

Rick sah sie scharf an und lachte. »Für uns alle gleich mit, wenn es der Lady gefällt. Okay, Männer. Es geht los. Und denkt daran, Tote nützen uns nichts.«

Die Lakaien traten an die Tür und klopften. »Im Namen der Rektorin, öffnen Sie.«

Eine Weile geschah überhaupt nichts, dann flackerte im Gebäude Licht auf. Über der Tür öffnete sich ein Fensterladen, und jemand hielt eine Fackel nach draußen. »Lady?« rief eine gedämpfte Stimme. Dann wurde der Fensterladen wieder geschlossen.

Es ist also doch jemand im Gebäude. Rick wartete, bis er

hörte, daß der Riegel zurückgeschoben wurde. Es schien eine Ewigkeit zu dauern, aber dann öffnete sich die Tür. Er sprang vor und warf sich dagegen. »Hinein! Bewegt euch!« schrie er. Wuchtig traf die Tür den Mann, der geöffnet hatte.

Der Mann ist außer Gefecht. Er überließ ihn den Männern, die hinter ihm in das Haus stürzten, und rannte in den nächsten Raum. Rick spürte eine Bewegung und fuhr herum. Ein Mann hatte hinter der Tür gestanden und holte mit einem Knüppel aus. »Stehenbleiben!« Der Mann hatte den Knüppel hochgerissen.

Rick zielte tiefer und schoß ihm in den Unterleib. Das Mündungsfeuer blitzte auf, und der Mann brach zusammen. *Das war Nummer zwei. Wie viele mögen da noch sein?* Er ging durch das Zimmer. Der letzte Raum war die Küche. Sie war leer.

Hinter ihm stürmten seine Männer herein. »Hab' ich dich!« schrie Henderson.

Auch der ist erledigt. Rick fand den Aufgang zur Treppe. *Sie sind jetzt alle alarmiert und halten sich bereit. Ich sollte auf weitere Truppen warten. Oder das ganze Gebäude niederbrennen, damit die Sache erledigt ist. Wir haben zwei, und sie werden lange genug leben, um Fragen zu beantworten.*

Und du bist ein hervorragender Fahnder.

Das ist natürlich Unfug. Er stürzte die Treppe hinauf. Oben rannte er weiter, aber er duckte sich dabei, bereit abzudrücken und sich fallen zu lassen. Hinter ihm tauchten zwei Gestalten auf.

Rick gab einen Schuß ab, ohne zu treffen. »Eine Bewegung, und ich schieße euch die Hoden weg!«

Alle standen wie erstarrt. Henderson und die anderen kamen die Treppe herauf. Dann drehte sich einer der Männer um.

Rick bewegte sich, ohne eine Sekunde zu überlegen. Er sprang den Mann an und schlug ihm den ausgestreckten Arm hoch. Drei Schüsse hallten durch den geschlossenen Raum. Henderson und seine Männer waren sofort zur Stelle. Wieder wurde geschossen, und einer der Wachsoldaten stürzte zu Boden. Henderson schleuderte einen der Angreifer gegen die Wand. Jemand schlug mit einer Keule zu, und auch der zweite Gegner war ausgeschaltet.

Ein Fackelträger kam die Treppe hoch. Noch bevor er ganz oben war, erkannte Rick das Gesicht seines Gefangenen. Er nickte und sagte: »Gefreiter Rand, wenn ich mich nicht irre.«

»Sie können mit mir sprechen oder mit den Königlichen Vollzugsbeamten. Aber eins muß ich Ihnen sagen. Wenn ich Sie erst einmal an die Vollzugsbeamten überstellt habe, bekomme ich Sie nicht wieder zurück.«

»Verdammt, Captain, natürlich werde ich mit Ihnen sprechen. Lassen Sie mich nur erst einmal Luft holen.«

Harvey Rand hatte wenig Ähnlichkeit mit einem Sternen-Lord. Er trug einen Bart, wie die meisten Adligen auf Tran. Seine abgewetzte Kleidung entsprach der auf Tran üblichen höfischen Tracht, und die frühere Eleganz war ihr immer noch anzusehen.

Rick fummelte an der Walther PPK, die er dem Mann abgenommen hatte. Die Waffe war sauber und gut geölt. »Wieviel Munition hat Gengrich noch?«

»Nicht viel, aber Genaues sagt er mir nicht.«

»Mason, Sie sollten die Vollzugsbeamten benachrichtigen.«

»Verdammt noch mal, Captain, ich sage Ihnen alles, was ich weiß!« schrie Rand. »Sie wollen doch nicht, daß ich irgend etwas erfinde.«

»Dazu würde ich Ihnen auch wirklich nicht raten«, sagte Mason.

»Was wollten Sie hier?« fragte Rick.

Rand wirkte resigniert. »Ich habe versucht – wissen Sie, es ging um eine Entführung. Ich sollte die Lady kidnappen, die die Universität leitet.«

»Gwen Tremaine. Warum?«

»Könnte ich einen Drink bekommen?«

»Sicher.« Rick winkte Mason heran. »Und setzen Sie sich

doch.« Er zeigte auf die Bank neben dem Tisch aus Eichenholz. »Und denken Sie daran, mein Büro ist verdammt bequemer als das Loch, in dem man Sie einsperren wird, wenn ich keine Lust mehr habe, Ihnen zuzuhören. Und nun erzählen Sie mir, was das alles zu bedeuten hat.«

»Arnie will kommen.«

»Gut. Den suchen wir. Und was hat das mit Gwen Tremaine zu tun?«

»Als was sind wir denn hier?« fragte Rand. »Und nicht nur wir. Auch unsere Freunde. Unsere Frauen. Unsere Verwandten. Wir sind viele.«

»Und Gwen?« Rick legte eine trügerische Ruhe in seine Stimme.

»Es ging um einen Handel. Wir dachten, wenn wir sie in unserer Gewalt hätten, würden Sie uns zuhören, wenn wir uns mit Ihnen über unseren Status unterhalten wollen.«

Ricks Ordonnanz kam mit einer Karaffe Wein und einigen Gläsern. Rick schenkte drei Gläser voll. Mason schüttelte den Kopf und blieb in einer Ecke stehen. »Ich nehme nichts.«

»Verdammt, Art, Sie brauchen sich doch meinetwegen keine Sorgen zu machen«, sagte Rand.

»Es heißt Major Mason.«

»Nun gut – yes, Sir. Major Mason.«

»Und nun Schluß mit den Albernheiten, Rand.« Art Masons Stimme klang müde. »Ein Handel ist doch in Ordnung. Aber mit wem wollten Sie denn verhandeln?«

Jetzt schien Rand Angst zu haben.

»Dachte ich es mir nicht schon? Colonel, die Leute wollen das verdammte Wahnsinnskraut selbst anbauen und direkt verkaufen.«

»Sozusagen die Mittelsmänner ausschalten«, sagte Rick. »Stimmt das, Rand?«

Rand trank einen Schluck Wein. »Yes, Sir.«

»Und wieso dachten Sie, daß das funktionieren könnte?«

»Wir ...«

»Wer?« wollte Mason wissen. »Einer aus meiner Truppe?«

»Das weiß ich nicht.«

»Unsinn. Sie haben einen Spion in der Universität. Wahrscheinlich direkt in Lady Gwens Büro«, sagte Mason. »Das muß einer von meinen Leuten sein, und ich will den Hundesohn tot. Und wenn ich ihn nicht bekommen kann, schneide ich dir die Eier ab und mache mir daraus ein Portemonnaie.«

»Verdammt noch mal, Major. Ich weiß es nicht. Gengrich weiß es, aber ich doch nicht.«

»Und er hat Sie geschickt?«

»Nein.«

Mason wollte noch etwas sagen, aber Rick schnitt ihm mit einer Handbewegung das Wort ab. »Nein? Was soll das heißen?«

»Gengrich hat von der ganzen Sache überhaupt keine Ahnung.«

»Das sollten Sie mir aber erklären.«

»Das versuche ich ja gerade. Wir betreiben doch alle dasselbe Gewerbe, oder etwa nicht? Nur, Sie machen es besser als die anderen. Aber trotzdem sitzen wir alle in einem Boot.«

»Wir sitzen lediglich auf demselben Planeten«, sagte Rick. »Und nun?«

»Captain, wir sind nie desertiert. Als Parsons sich gegen Sie stellte, haben wir uns von ihm distanziert. Als Sie das Kommando wieder übernahmen, hatten wir im Süden zu tun. Jetzt kriegen Sie Nachschub von der fliegenden Untertasse, und wir kriegen überhaupt nichts. Verdammt noch mal, das ist doch nicht fair.«

Mason schnaufte verächtlich.

»Nun, okay. Art – Major. Sie verschwanden mit Captain Galloway. Das war sehr gescheit. Wir haben darum geknobelt. Wissen Sie das denn nicht mehr?«

»Verdammt! Er hat recht, Colonel. Das hatte ich ganz vergessen. Rand gehörte zu den Leuten, die freiwillig mit Ihnen gehen wollten, aber Elliot wollte nur einen mitnehmen.«

»Okay. Aber wieso ändert das die Lage? Für wen, zum Teufel, arbeiten Sie?«

»Für ein paar Einheimische. Daettan von Dirstvaal.«

»Gengrichs Botschafter.«

»Nun, ja, es ist nur – wissen Sie, Colonel, sie sind so viele. Einheimische. Sie haben Angst. Wenn Gwen in ihrer Gewalt wäre, so haben sie es sich ausgerechnet, hätten sie vielleicht eine Chance. Wir hätten mit Gengrich zu einer Einigung kommen können. Oder mit Ihnen. Oder wir hätten sonst etwas tun können.«

»Mit anderen Worten«, sagte Mason, »Gengrichs Munition wird knapp, er hat eine Menge Einheimische in seiner Truppe, und er hat keinen Topf, in den er pissen kann.«

»Das kommt der Wahrheit ziemlich nahe«, sagte Rand.

»Und er hat diese Aktion nicht gebilligt.«

»Um Gottes willen, nein. Aber er will verhandeln.«

»Gut. Mason, Sie können übernehmen. Ich muß in die Versammlung zurück.«

»Und was soll ich mit ihm anfangen?«

»Verdammt – Major – ich habe einen Namen, und Sie kennen ihn. Okay, wir haben Mist gemacht, und wir haben verloren, aber ich habe doch das Recht, für andere zu arbeiten. Was, zum Teufel, soll ich auf diesem stinkenden Planeten denn tun?«

Eine gute Frage. »Reden Sie einfach mit ihm, Art. Bleiben Sie ganz ruhig, Rand. Uns wird schon etwas einfallen.«

Rick verließ das Büro. Ein Dutzend Wachen nahmen ihn in die Mitte, als er den Korridor entlang zum Versammlungssaal ging.

Clavell und Beazeley standen vor der Tür zum Versammlungssaal. Sie waren mit Sturmgewehren bewaffnet. Ein Dutzend Wachen mit gezogenen Schwertern standen um sie herum.

»Der Alarm ist aufgehoben«, sagte Rick. »Wir haben sie. Erinnern Sie sich noch an Rand?«

»Harv Rand«, sagte Clavell. »Ja, er war in meiner Gruppe, als wir noch in Afrika waren. Der Mann ist gut, wenn er mit der Schlinge arbeiten muß.«

»Zu gut für einen unserer Wachposten.« Rick sprach Englisch, so schnell, daß die Einheimischen ihn nicht verstehen konnten. »Jedenfalls haben wir ihn. Und die anderen. Sie können wegtreten.«

»Yes, Sir.«

Im Versammlungssaal sah alles so aus wie vorher – nur daß Elliot, Warner und Gwen Pistolen vor sich auf dem Tisch liegen hatten. Gantons Browning steckte noch im Halfter, aber der Halfter war schon geöffnet.

Rick schaute zu Tylara hinüber. Bei ihr war keine Waffe zu sehen, aber sie hatte die rechte Hand in ihren linken Ärmel geschoben ...

Larry Warner las aus einem umfangreichen Dokument vor. Nach einer Weile wurde klar, um was es sich handelte. Es war die offizielle Geschichte der Ankunft der Sternenmänner.

»Der Alarm ist aufgehoben«, sagte Rick.

»Mehr haben Sie nicht zu sagen?« fragte Ganton.

»Es gibt nicht viel mehr zu sagen, Lord. Ein paar Diebe haben versucht, das Lady Gwen zugewiesene Haus auszurauben. Sie wurden festgenommen. Zwei Wachen wurden getötet, und ein Mann wurde verletzt.« *Das dürfte fürs erste genügen.* »Wenn Sie fortfahren wollen, Lord?« Rick nickte Warner zu.

»Yes, Sir.«

Warner las begeistert weiter. In zehn Minuten hatte er Sarakos in einem Dorf in eine Falle gelockt und in die Luft gesprengt, Tylara und Rick miteinander verheiratet, ihre Tochter Isobel zur Welt gebracht und mit Marselius Caesars Rebellion angefangen.

Es war eigentlich keine Rebellion. Nach unseren Angriffen auf seine Präfektur konnte er entweder rebellieren oder sich von Flaminius dem Schwachsinnigen töten lassen. So blieb ihm gar keine Wahl.

»So verbündeten sich Marselius Caesar, Tamaerthon und das Reich von Drantos gegen Flaminius. Ihre Heere marschierten in das Land des Schwachsinnigen und lieferten den Römern unter dem Legaten Titus Licinius Frugi eine große Schlacht. Die Römer fochten tapfer, aber sie konnten sich gegen die Sternenwaffen, den Ballon und den Mut der Männer von Drantos und Tamaerthon nicht durchsetzen. Als weiser Anführer gab Titus Licinius Frugi auf, um seine Männer zu retten, und so endete der römische Bürgerkrieg.«

Ganton lächelte. »Ich sehe, daß Lord Rick sich an die in Drantos herrschenden Sitten hält und sich seiner Taten nicht rühmt. Die Geschichte dieser Schlacht übergeht völlig, daß er Titus Frugi eigenhändig gefangennahm.«

»Es genügt, daß Ihr es wißt, Eure – Lord Ganton.«

Nach der römischen Allianz folgte Bischof Polycarps Vision. Eines Nachts hatte er geträumt, Yatar sei zu ihm gekommen und habe verkündet, daß Christus sein Eingeborener Sohn sei, geboren von Hestia, die die Gestalt einer Sterblichen angenommen hatte. Also müßten die Anhänger Yatars und die Anhänger Christi wie Brüder zueinander sein. Für einige Leute auf beiden Seiten war diese Vision ein Segen, und es entstand eine richtige ökumenische Bewegung. Für andere war es, als habe jemand mitten in einer Cocktailparty eine Handgranate geworfen. Es gab Gerüchte über diesen Verrückten im Süden, und von den Priestern Wotans hatte man noch nichts gehört. Rick mochte gar nicht darüber nachdenken, was die Priester zu sagen haben würden.

Der Rest der Geschichte hatte hauptsächlich den Feldzug gegen die Westmänner zum Inhalt, und sie endete mit Gantons großem Sieg am Hooey und dem Rückzug der Westmänner nach Norden. Es folgte ein Bericht über Caradocs Tod bei einem Aufstand und einer über die bevorstehende Eheschließung zwischen Ganton und Octavia Caesar (die als Geisel nach Drantos gekommen war und als Königin bleiben würde), zuletzt der Wunsch, daß Yatar und sein Sohn Christus alle segnen möge, die diese Zeilen lesen.

Rick applaudierte als erster.

Warner wurde rot. »Ich danke Ihnen, Lords und Ladies. Heißt das, daß ich die Schreiber mit der Herstellung von Kopien beauftragen kann?«

Ganton nickte. »Indem ich für den Wanax spreche, sage ich ja. Ich bin sicher, daß er möglichst vielen seiner Hochzeitsgäste diese Weisheit mit auf den Weg geben will.«

Wie viele von ihnen würden dies wohl Weisheit und wie viele es Ketzerei nennen? Gott (irgendeiner oder alle, nach Wahl) allein wußte es, aber sie mußten irgendwo anfangen. Rick fragte sich, ob das nicht ein gutes, wenn auch inoffizielles Motto für das Haus Galloway wäre: »Man muß irgendwo anfangen.«

Lucius tauchte seinen Möwenfederkiel in die Tinte und schrieb weiter. Zweifellos fanden die jungen Männer, die heute schreiben lernten, die neuen Stahlfedern besser, aber er selbst war ein zu alter Hund, um noch neue Kunststücke zu lernen.

Und ein ziemlich müder dazu, denn er konnte kaum hoffen, vor der Hochzeit noch eine Nacht durchzuschlafen. Der Dämonenstern sank schon zu den Hügeln jenseits des römischen Lagers hinab, die Hochzeitsfeierlichkeiten würden kurz nach Mittag am folgenden Tag beginnen, aber er mußte unbedingt noch diesen Brief an Marselius beenden, bevor er sich ausruhen konnte.

> Lord Rick hat dem Rat berichtet, daß Diebe in die Universität eingedrungen seien. Es können keine gewöhnlichen Diebe gewesen sein. Mein Agent beim Wachpersonal berichtet mir, daß einer der Diebe eine Sternenwaffe hatte und sich mit Lord Rick in einer fremden Sprache unterhielt. Der Mann gehörte zu einer Gruppe, die der Sternen-Lord Gengrich geschickt hat. Wir dürfen annehmen, daß dies kein gewöhnlicher versuchter Raub war. Ich könnte über die wahre Absicht spekulieren, aber meine Vermutungen wären nicht besser als Eure.
>
> Ob sich hier eine Gelegenheit bietet? Es könnte sein, daß Lord Gengrich neue Verbündete sehr begrüßen würde. Natürlich könnten wir bei der Rück-

gewinnung der verlorenen südlichen Provinzen Hilfe gebrauchen, und dort hält sich Lord Gengrich auf.

Es war der Wunsch des Wanax, daß Lady Octavia über die Ereignisse der Nacht informiert wird. Er wurde wütend, als man ihm sagte, daß sie die Nachricht möglicherweise nicht gut aufnehmen würde. Es sei eine Beleidigung seiner Braut und des Hauses Caesar, wenn man unterstellte, daß sie nicht den Mut habe, eine schlechte Nachricht zu ertragen.

Und ich war der Mann, der die Botschaft überbringen sollte. Lady Cyra, die oberste der Hofdamen, die in Drantos der Octavia zur Verfügung stehen, versuchte, mir den Weg zu verstellen, bis ich ihr mitteilte, was ich eigentlich nur Octavia hätte mitteilen dürfen. Als Octavia endlich kam, wollte Lady Cyra nicht gehen, und nur mit Gewalt hätte man sie vertreiben können.

Als ich Octavia informierte, bekam Lady Cyra einen Wutanfall und fing laut an zu schreien. Das sei ein schlechtes Omen für die Hochzeit des Wanax. Auch Octavia wurde wütend, so wütend, wie ich sie noch nie gesehen habe. Sie schalt Lady Cyra eine Närrin. Die Tatsache, daß dem Thron von Drantos treu ergebene Männer einen Angriff seiner Feinde so leicht abwehren konnten, sei ein sehr gutes Omen. Sie würde zu Christus und seinem Vater Yatar beten, daß dem Thron in den kommenden Jahren keine schlimmeren Feinde erstehen mögen.

Dann erkundigte sie sich, ob die getöteten Soldaten Frauen oder Kinder hätten. Als ich ihr sagte, daß einer eine dreijährige Tochter hat und daß seine Frau im Winter ein zweites Kind erwartet, schwor sie bei Yatar, Christus und Hestia, daß sie dem Mädchen zum Zeitpunkt seiner Volljährigkeit eine Rente aussetzen und für das ungeborene Kind die Patenschaft übernehmen werde.

Das brachte Lady Cyra zum Schweigen, eine Leistung, die ich nicht für möglich gehalten hätte. In ihrer Gegenwart mochte ich mich nicht lange aufhalten, aber ich versichere Euch, daß ich noch nie im Leben so stolz auf Octavia gewesen bin.

Ich weiß nicht, ob Lady Cyra von Natur aus keinen Verstand hat oder ob sie versucht, Macht über Octavia auszuüben. Ich weiß auch nicht, ob ein solches Bestreben von ihr ausgeht oder von ihrem Gatten, dem Bheromann Kilantis. Er war einer der Anführer der Lords, die Sarakos Treue geschworen hatten und später amnestiert wurden. Viele dieser Leute betrachten die Allianz zwischen Drantos und Rom mit Argwohn; sie fürchten, daß ein Warnax von Drantos, der über Legionen gebietet, versuchen könnte, nach Art Caesars ohne seinen Edlen und Ritter zu regieren. Diese Furcht ist um so größer, als Gantons Vater Loron genau das tat und damit so viel Leid für Drantos heraufbeschwor.

Und es wird Zeit, daß du diesen Brief beendest, Lucius! Du erzählst Caesar Dinge, die er schon weiß. Als nächstes erzählst du ihm noch, daß sein Sohn Publius es nicht gern sieht, daß Titus Frugi die Kohorten befehligt, die während der Hochzeitsfeierlichkeiten für seine Sicherheit sorgen sollen …

Lucius streute Sand auf das Pergament, schüttelte ihn ab, rollte den Bogen zusammen und schob ihn in eine hölzerne Kapsel, die er dann versiegelte. In das noch weiche Wachs drückte er sein Handsiegel ein und klingelte nach dem Boten.

4

Erzbischof Polycarp trug seine mit Perlen besetzte Mitra und eine Robe aus mit Gold durchwirktem Tuch. Der Hohepriester Yanulf trug ein Gewand aus *Garta*-Tuch und seinen großen, mit Edelsteinen verzierten silbernen Stab.

Apelles kamen die beiden Priester nicht halb so glänzend gekleidet vor wie das königliche Paar, das vor ihnen kniete.

Unter einem Hermelinmantel hatte Wanax Ganton seine schönsten Gewänder angelegt, und er trug die Große Krone von Drantos. Die Rubine und der Bernstein, mit denen sie verziert war, reflektierten das Licht der vielen hundert Kerzen um den Altar herum, so daß es aussah, als trüge der Wanax eine Flammenkrone.

Lady Octavia war eher nach römischer Sitte gekleidet. Über einem bronzefarbenen Gewand aus dem schönsten mit Perlen besetzten Leinen trug sie einen Umhang aus cremefarbenen *Garta*-Tuch. Außerdem trug sie an einem silbernen Diadem mit Blumenornamenten einen Schleier, nach Art der Frauen des Himmelvolks. Am Ende der Zeremonie würde der Wanax den Schleier lüften und seine Braut küssen.

Apelles wußte das, und im Zusammenhang mit der Hochzeit waren ihm auch alle anderen Einzelheiten bekannt. Er wußte sogar, welche Unterwäsche das königliche Paar heute trug. Als Yanulfs rechte Hand hatte er bei den Hochzeitsvorbereitungen härter als Herkules gearbeitet.

Einmal hatte er zu fragen gewagt: »Ich weiß, daß Publius Caesars Frau tot ist und daß seine Schwester wegen ihrer angegriffenen Gesundheit so spät im Jahr eine so lange Reise nicht antreten kann. Aber hätte nicht dennoch viel von dem, was mir aufgebürdet wurde, von der Eqetassa von Chelm oder von Lady Cyra erledigt werden können?«

»Lady Tylara wird bei der Hochzeit die Brautjungjern anführen«, hatte Yanulf geantwortet. »Bis dahin werden ihre Pflichten als höchste Beamtin von Drantos und als Herrin der Hofhaltung des Generalhauptmanns sie davon abhalten, so viel zu tun, wie sie zweifellos gern tun möchte.

Auch Lady Cyra ist an Octavias Hof sehr beschäftigt, und sie versteht so wenig von römischen Sitten, daß sie Anstoß erregen könnte, ohne es zu wollen.«

Apelles war jedoch der Ansicht, daß Lady Cyra sehr viel

von römischen Sitten verstand und lediglich verhindern wollte, daß sie am Hof von Drantos eingeführt wurden. Aber am Tonfall des Kanzlers hatte er erkannt, daß es unklug wäre, sich offen darüber zu äußern.

Jedenfalls aber hatte seine Arbeit Apelles einen guten Platz im Saal verschafft, in dem sich alles, was im Reich Rang und Namen hatte, zu drängen schien, und alle diese Leute bemühten sich selbst um einen guten Platz. Zwischen ihm und dem Altar standen nur die Brautjungfern und eine Doppelreihe von Wachsoldaten. *Für einen Schweinehirten keine schlechte Karriere.*

Eine Wolke von Weihrauch stieg auf. Und dann erhob Polycarp seine dünne Stimme.

»Ihr Lieben, wir haben uns hier unter den Augen Yatars des Tagvaters, Christi seines Sohnes, der heiligen Hestia, der Mutter Christi und dieser edlen Versammlung zusammengefunden, um diesen Mann und diese Frau im heiligen Ehestand zu vereinen, einem ehrenwerten Stand ...«

Apelles merkte, daß ihm jemand in die Rippen stieß. Die Feierlichkeiten der Zeremonie hielt ihn davon ab zurückzustoßen. Er drehte sich vorsichtig um und sah Eyan, den Sohn Fnors, den Wachsoldaten, der ihm als Bote zugeteilt war. Das hatte Yanulf jedenfalls gesagt; aber nachdem Apelles gesehen hatte, wie viele weitere ›Boten‹ sich in der Menge verteilt hatten, argwöhnte er, daß sie in Wirklichkeit die Gäste überwachen sollten, die dem Zugriff der um den Altar herum postierten Wachen entzogen waren.

»Was ist mit Wotan?« murmelte Eyan. »Es gefällt mir nicht, daß der Schlachtenlenker nicht erwähnt wird.«

»Wotan gehört dazu«, sagte Apelles. »Es steht geschrieben, daß Christus, als er auf Erden war, sagte: ›Ich bringe euch nicht den Frieden sondern das Schwert.‹ Wer anders als Wotan würde so etwas sagen? Und es steht auch geschrieben, daß er an das Kreuz geschlagen wurde und zu sterben schien, dann aber weiser auferstand, als er zuvor gewesen war. Sagt man das nicht auch von Wotan?«

»Aber Christus wird auch als ›Friedensführer‹ bezeichnet«, sagte Eyan.

»Hat das die Römer jemals vom Kämpfen abgehalten?« fragte Apelles. »Oder haben sie deshalb weniger wütend gekämpft, als sie gegen uns antraten?« Eyan schüttelte den Kopf.

»Auch die Sternenmänner sind Christen«, fuhr Apelles fort. »Und genießen sie etwa nicht die Segnungen Wotans?«

»Die Sternenmänner sind Christen?« Eyan runzelte die Stirn.

»Ja, und seit er in unserem Land ist, hat Lord Rick immer Yatar und Wotan genauso verehrt wie Christus.«

»Das ist wahr«, sagte Eyan langsam. Er schien noch etwas sagen zu wollen, aber Apelles merkte, daß ihr leises Gespräch schon Aufmerksamkeit erregte, und mit einer Geste brachte er den Mann zum Schweigen.

Wahrscheinlich hatte er bei dem Mann genauso viele Zweifel geweckt wie er ausgeräumt hatte. *Ich bin zwar kein Krieger, aber es wäre wirklich eine schlechte Welt, wenn mutige Männer nicht mehr hoffen dürften, nach dem Tod in der Schlacht in die Halle Wotans des Einäugigen aufgenommen zu werden.*

Polycarp leierte weiter seinen Text herunter »... aber in Demut, Bescheidenheit und Nüchternheit, in Furcht vor Yatar und Christus, und immer eingedenk des Zweckes, zu dem die Ehe eingerichtet wurde.

Erstens, sie wurde eingerichtet, auf daß die Menschheit sich nach dem Willen Yatars und Christi vermehre und auf daß die Kinder in Furcht vor ihnen und zum Lob Ihrer Heiligen Namen aufwachsen ...«

Tylara trat unruhig von einem Fuß auf den anderen.

»Drittens wurde sie eingerichtet, auf daß der Mensch nicht allein sei und jeder dem anderen helfe und ihn tröste in guten wie in schlechten Tagen.

Und in diesem heiligen Stand werden die beiden hier anwesenden Personen nun vereint ...«

Tylara hätte die Augen geschlossen, wenn Lady Gwen nicht neben ihr gestanden hätte. *So hätte es sein müssen. Wie es jetzt ist. Und ich habe die Liebe der Götter verloren, und schlimmer noch, die meines Mannes.*

Ich habe sie alle verraten. Und doch, was hätte ich tun können?

In ihrem Kopf überschlugen sich die Gedanken, und es wollte kein Ende nehmen. Caradoc. Er war Tylara und ihrem Haus gegenüber loyal gewesen. Und er war mit der treulosen Gwen verheiratet gewesen. Und Gwens eigentlicher Gatte war von den Sternen zurückgekehrt, zurückgekehrt mit einem Sternenschiff und mit *Himmelsfeuer*. Mit den Mitteln, alles zu zerstören, was Rick aufgebaut hatte.

Was könnte ich tun?

Den Sternen-Lord Les töten? Und wenn er starb, würde das Schiff *Himmelsfeuer* schicken. Das hatte Rick gesagt. Und sie hatte das Schiff selbst gesehen. Das Schiff war zu allem imstande, was Rick gefürchtet hatte, und zu noch mehr.

Lady Gwen töten? *Ich schulde ihr nichts. Aber die Universität ist mehr als nichts. Sie ist vielleicht das einzige Erbe, das ich meinen Kindern hinterlassen kann. Das sagen die Legenden der ZEIT. Und das sagt auch Rick.*

Aber Caradoc und Les durften nicht zusammentreffen.

Das war ziemlich einfach gewesen. Verschlüsselte Befehle an die Kinder des Achten Hauses Wotans. Und dann warten, das war schlimmer als jede Schlacht gewesen, warten und warten und …

Und dann kommt die Nachricht von einem Aufstand und einem Pferd, das stolperte, und ihr Beschützer und Retter …

Die Rettung. Sarakos hatte sie richtig eingeschätzt, und möge er verflucht sein; zum Schluß hätte sie ihn angefleht, ihm zu Willen sein zu dürfen, wenn das für sie ein schnelleres Ende bedeutet hätte … Bis Caradoc kam und sie zusammen mit Yanulf durch Yatars Höhlen führte und so in Sicherheit brachte.

Und jetzt ist er tot. Durch einen Unfall gestorben. Und niemand weiß, wie es passiert ist. Mein Mann hegt wahrscheinlich nicht den geringsten Verdacht; er denkt eben nicht wie ein Lord von Tran.

Nur ich weiß es. Und über mich werden die Götter richten. Nicht über meine Werkzeuge. Yatar möge den Kindern vergeben. Sie haben für mich gehandelt. Sie wissen es nicht besser.

Wenn jemand etwas erfährt? Blutrache von seiten derjenigen, die unserem Haus am treuesten ergeben waren! Und darüber hinaus habe ich Kälte und Unglück in unsere Ehe hineingetragen. Und welches Recht auf ›Hilfe und Trost‹ habe ich in den Augen Gottes oder der Menschen?

Sie schloß die Augen nicht, sondern starrte auf den mit Binsenmatten bedeckten Fußboden; sie hatte Angst vor dem, was sie vielleicht sehen würden, wenn sie aufschaute.

»Octavia Marselia Caesar, wollt Ihr diesen Mann zu Eurem angetrauten Gatten nehmen und nach den Gesetzen Yatars und Christi mit ihm im heiligen Stand der Ehe zusammenleben? Wollt Ihr ihn lieben, ihm beistehen, ihn ehren und ihm gehorchen in guten und in schlechten Tagen, bis daß der Tod Euch scheidet?«

»Ja.«

Publius hatte schon finster geblickt, als Yanulf anfing zu sprechen, und jetzt wurde seine Miene noch finsterer. Es empörte ihn, daß ein römischer Erzbischof eine so lächerliche dünne Stimme hatte, während ein Barbarenpriester mit donnernder Stimme sprach, wie ein Zenturio, der eine ganze Kohorte kommandiert. Und dazu noch dieses verdammte Versprechen Octavias, ihrem Gatten zu *gehorchen*!

Das mußten die Barbaren absichtlich in ihre neue Trauungszeremonie eingebracht haben, um seine Autorität über seine eigene Tochter auszuschalten. Es hätte so bleiben müssen, daß Caesars Haus bei jedem Disput zwischen Drantos und Rom die *patria potestas* hätte anrufen können, die es über Octavia besaß.

Es wäre auch so geblieben, wenn nicht einer der Barbaren Publius' Gedanken erahnt und dieses kleine Wort hinzugefügt hätte! War es wirklich einer der Barbaren gewesen?

Frugi. Ja! Hinter seinem nachdenklichen Lächeln mußte sich Verrat verbergen; hinter seinem vergoldeten Brustpanzer verbarg sich ein Herz, das für die Barbaren schlug. Wer anders hätte es sein können als der Mann, der der Vierten Legion gestattet hatte, einen Barbarenkönig als ›Imperator‹ auszurufen?

Frugi. Du hast hier das Kommando. Aber in Rom wird es anders sein.

Und doch. Er ist meinem Vater treu ergeben, und er ist ein guter Heerführer. Rom braucht solche Männer. Flaminius der Schwachsinnige ließ seine besten Heerführer hinrichten – und jetzt treiben seine Gebeine den Tiber hinab.

Und ich habe keinen Erben. Keinen außer Octavia. Und genau wie ich wird sie Heerführer brauchen!

Du sollst also leben, Titus Frugi. Und ich werde dich beobachten und dich dorthin schicken, wo ich dich brauche.

Publius' Lippen verzogen sich zu einem dünnen Lächeln. Er hoffte, schon bald Lucius über diesen Tag berichten zu können. Sein alter Lehrer hatte ihn immer ermahnt, erst zu denken und dann zu sprechen, und er hatte oft bezweifelt, daß sein Schüler es je lernen würde.

»Da nun Ganton, Sohn des Loron, Wanax von Drantos, und Octavia Marselia Caesar beschlossen haben, in den heiligen Stand der Ehe zu treten, und das vor Yatar, Christus und dieser edlen Versammlung bezeugt haben ...«

Gwen Tremaine war den Tränen nahe.

Aufhören, du Dummkopf. Willst du, daß Tylara dich weinen sieht?

Auf Hochzeiten weine ich immer.

Und auf wie vielen warst du schon?

Nun, auf der von Beth Allison, dann auf dieser und natürlich auf meinen beiden eigenen.

Du nennst Les zu heiraten eine Hochzeit?

Willst du mit Yanulf streiten? Oder mit Les?

Die Stimme war verstummt. Gwen blinzelte und dachte, daß sie vielleicht doch nicht weinen würde, aber sie war froh, daß es hier auf Tran keine Wimperntusche gab, die herablaufen würde, wenn sie weinte. Die Frauen in Drantos bentzten kein Make-up, sondern nur Parfüm. In dieser Hinsicht ging es ihnen besser als den römischen Damen, die Kosmetika benutzten, die zum größten Teil auf Bleibasis hergestellt waren, wie McCleve behauptet hatte. Gut, daß Octavia sich den in Drantos herrschenden Sitten anzupassen schien, aber mit ihren neun Tran- oder fünfzehn Erdenjahren benötigte sie kaum Make-up.

Zweifellos waren Octavia und Ganton ein hübsches junges Paar. Eine eigentliche Schönheit würde Octavia nie werden, aber sie war groß. Mit ihren roten Haaren und diesen Beinen war sie eine auffallende Erscheinung. Und vielleicht wuchs sie sogar noch! Ganton wirkte in seiner königlichen Robe fast ein wenig zu dick, aber Gwen hatte ihn auf dem Hof einmal mit seiner Streitaxt üben sehen und wußte, daß diese ganze Masse aus eisenharten Muskeln bestand.

Und wieder war Gwen den Tränen nahe, als sie an Octavias Glück dachte – in einem Jahr war aus einer Geisel eine Königin und aus einer dynastischen Verbindung eine Liebesheirat geworden. Sie war Ganton mehr oder weniger wie ein Spanferkel auf einer Platte dargereicht worden, aber sie hatte festgestellt, daß sie ihn lieben konnte, und nun würde sie Tag und Nacht an seiner Seite sein.

Gwen hatte sich ihren eigenen Mann gesucht, und weil sie ihn liebte, war sie an Bord einer fliegenden Untertasse gegangen, und in Zukunft würde sie alle zwei Erdenjahre nur einen Monat lang mit ihm zusammensein.

Das ist nicht fair, verdammt noch mal! Aber wer sagt denn, daß das Universum fair ist?

»... so erkläre ich sie zu Mann und Frau, im Namen Yatars des Tagvaters, seines Sohnes Christus und der heiligen Hestia, der Mutter Christi. Amen.«

Jetzt waren die Tränen nicht mehr aufzuhalten. Gwen versuchte es nicht einmal, denn sie sah, daß auch Tylara weinte.

Unter dem Klang von Trommeln und Trompeten wurden die Hochzeitsfeierlichkeiten fortgesetzt. Ein Captain der Garde schrie:

»Kanoniere! Salut!«

Verdammt! Einundzwanzig Schuß Salut! dachte Ben Murphy. *Ich wollte, ich hätte so viel Pulver in Westrook. Ich habe das Gefühl, daß ich es brauchen werde.*

Die Kanone übertönte das Hackenknallen und das Aufschlagen der Musketenkolben, als die Garde vom Eingang zur Kathedrale bis zur wartenden Kutsche eine Doppelreihe bildeten.

Mit der Hand an seinem Schwertknauf wartete Ben Murphy, bis der Mann neben ihm sich auf das von der Garde gebildete Spalier zubewegte. Lord Enipses. *Glaube ich wenigstens. Ich sollte mir alle Namen und Gesichter und Titel merken. Auch das gehört hier zu den guten Manieren, und ich habe nicht daran gedacht. Schlechte Manieren aber können tödlich sein. Und ich dachte immer, es sei leicht, ein Grundherr zu sein.*

Es sah aus, als sei die Hälfte aller Adligen gekommen, um sich zwischen die Männer der Garde zu stellen. Nicht nur die Edlen von Drantos, sondern auch Römer. Zum Beispiel Publius und Titus Frugi. Dann die Söldner. Der Captain, Elliot, Art Mason und die anderen. Natürlich abgesehen von den Jungs, die oben auf den Türmen ihre Gewehre bereithielten.

Ganton und Octavia waren jetzt oben auf der großen Steintreppe angekommen. Rick nickte Elliot zu, und dieser gab den Befehl zum Ziehen der Schwerter.

Murphy zog sehr vorsichtig, um Hilaskos nicht die Schwertspitze in die Zähne zu stoßen. Dann hörte es sich an, als feuerten die Kanonen eine ganze Salve ab. Murphy roch Pulverdampf. Die Leute applaudierten, als Ganton den Schleier von Octavias Gesicht nahm und sie inniger küßte, als es die Zeremonie erforderte. Dann gingen die Jungvermählten unter dem Bogen der gezogenen Schwerter die Treppe hinunter.

Murphy schaute geradeaus, aber er wußte, wann Ganton und Octavia das äußere Tor erreicht hatten, um sich der

Menge auf den Straßen der Hauptstadt zu zeigen. Selbst Elliot hätte den aufbrandenden Beifall nicht überschreien können. Dann steckten die einander im Spalier gegenüberstehenden Paare nacheinander ihre Schwerter wieder in die Scheide, als Yanulf und Polycarp den Gang herunterkamen. Es sah aus, als stützte Yanulf den Erzbischof, aber die beiden lächelten, als hätten sie soeben ihre Lieblingskinder miteinander verheiratet. Murphy tastete nach dem Rosenkranz, den er zuletzt als Junge getragen hatte. Seitdem hatte er nur wenige Male das Ave Maria gesprochen.

Vielleicht war dem alten Polycarp vom Himmel wirklich eine Vision gekommen. Selbst wenn es im Himmel niemanden gab, der ihm eine hätte schicken können, war es doch sinnvoll, daß Drantos und Rom Verbündete wurden.

Die römischen Trompeten schmetterten, und die römische Kohorte genau vor Art Mason marschierte unter Trommelwirbel davon. Er schaute nach seiner berittenen Garde, die sich in Viererreihen formiert hatte. *Eine hervorragende Truppe. Vielleicht leisten sie nicht das, was die Römer leisten, aber sie sind wirklich sehr gut, wenn man bedenkt, daß sie noch vor einem Jahr hinter dem Pflug gingen.*

»Abteilung marsch!«

Die Menge jubelte, als die Prätorianer auf das Feld hinausmarschierten. Fast wie zu Hause bei einem Football-Match – außerdem hätte man zu Hause von gutem Football-Wetter gesprochen. Mit ein bißchen Phantasie konnte Mason sich vorstellen, er säße auf der Tribüne, und die Sailors liefen gerade zum Anstoß ein.

Oder besser mit *viel* Phantasie. Der Himmel hatte die falsche Blautönung, die Hügel jenseits des Edre hatten die falsche Farbe, und der Geruch, den der Wind herbeitrug, war der von gebratenem Fleisch, Pulver, brennendem Holz und ungewaschenen Menschen. Auch die Musik war völlig anders als die einer Blaskapelle auf irgendeinem Football-Feld.

Die Signalkanone brüllte auf. Gott sei Dank benutzen sie

nur den kleinen Einpfünder und feuern keine Bombarden ab, dachte Mason. Sie müssen für den Salut die Hälfte von dem in Drantos vorhandenen Pulver verbraucht haben.

Art Mason hob sein Schwert und stieß es nach vorn. »Drantos!« schrie er und gab seinem Pferd die Sporen, das rasch antrabte. Die Prätorianer ließen sich Zeit, als wollten sie den Barbaren zeigen, daß niemand sie dazu veranlassen konnte, sich schneller zu bewegen, als sie es selbst für richtig hielten. Mason fürchtete schon, seine Truppe zurücknehmen zu müssen, aber dann waren die Prätorianer davongezogen, und rechts tauchten die hellen Behänge der Tribüne auf.

Er riß das Schwert hoch, Trompeten schmetterten, und der Sergeant brüllte: »Erste Garde, Augen – rechts!«

Zum Gruß vor dem König senkte Mason das Schwert, bis die Spitze auf den Boden zeigte. Während die Garde an der Tribüne vorbeitrabte, wünschte Mason, er hätte mehr Filme mit Kavallerieparaden gesehen. *Ich glaube, in Hollywood waren die Budgets für ausgebildete Pferde nicht groß genug, von ausgebildeten Reitern ganz zu schweigen.*

Da war der kleine König, der jetzt eine Rüstung trug und auch den goldenen Helm, den er bevorzugte. Aber selbst wenn das nicht der Fall gewesen wäre, hätten seine Adligen darauf bestanden, daß er ihn tragen möge, denn seit der Schlacht am Fluß Hooey galt der goldene Helm ihnen als Glückssymbol. Dasselbe galt für die Streitaxt des alten Camithon.

Octavia sah aus, als wandelte sie auf Luft, und ihr Lächeln war viel zu groß für ihr Gesicht. Publius setzte eine finstere Miene auf. Titus Frugi lächelte, und die beiden beachteten einander nicht, obwohl sie nebeneinander standen. Der Captain wirkte besorgt, aber an einem besonderen Tag wie diesem war das immer der Fall. Lady Tylara – sie sah aus, als hätte sie geweint ...

Und niemand vermutete etwas. Mason war mit seinen Vermutungen so weit gegangen, wie es nur irgend ging. *Vielleicht zu weit, verdammt noch mal.*

Eine verschlüsselte Botschaft. In einem Code, den keiner

von Masons Leuten entschlüsseln konnte. Auch keiner von Apelles' Leuten verstand die Botschaft. Selbst die Agenten des Captain konnten sie nicht lesen. Was, zum Teufel, war Lady Tylara eingefallen? Eine Botschaft abzuschicken, die der Captain nicht lesen konnte?

Lady Tylara hatte die Botschaft von Armagh aus nach Schloß Dravan übermitteln lassen – und die Botschaft traf gerade zu dem Zeitpunkt ein, als eine bestimmte Person die Stadt erreichte, in der Caradoc ums Leben kam. Bei einem sehr seltsamen Aufstand.

Ich glaube nicht so recht an diesen Aufstand.

Und was nun? Soll ich dem Captain erzählen, daß er vielleicht mit Lady Macbeth verheiratet ist? Maul halten und weitermachen!

Sie erreichten die Ecke des Paradeplatzes. Küchenjungen und Küchenmädchen rannten von den Bratenrosten an die für die Männer von der Garde bestimmten Tische. Sie blieben stehen und applaudierten, und Mason salutierte.

»Links schwenkt, marsch!«

Die Gardereiter vollführten die Schwenkung so präzise, als seien die vier Pferde in jeder Reihe aneinandergebunden.

Ein verdammt guter Haufen, dachte Mason. Und die Zweite Garde ließ sich auch gut an. Diese Einheit hatte an der Schlacht am Hooey nicht teilgenommen, und darauf wurden die Männer immer wieder hingewiesen. Deshalb wurde die Zweite Garde so hart ausgebildet, als müßte sie die nächste größere Schlacht ganz allein gewinnen.

Ein guter Haufen. *Ich bin mit diesem Haufen verheiratet.*

Vielleicht wäre es an der Zeit, viel mehr zu tun. Wir werden nie wieder nach Hause kommen. Wie denn auch? Für uns gibt es nur Tran und sonst nichts, und verdammt noch mal, ich fange an, mich einsam zu fühlen.

Und wenn man an eine Frau wie Lady Tylara geraten würde?

Allein zu bleiben hat unter diesem Aspekt bestimmt seine Vorteile.

Tylara stand vor dem Bett. Von Kopf bis Fuß war sie in eine pelzbesetzte Robe gehüllt. Rick erinnerte sich an bessere Zeiten, als sie ein Nachthemd aus *Garta*-Tuch getragen hatte. Gewiß, damals war es wärmer gewesen, und sie hatte zwei Becher Wein getrunken, aber …

Sie lächelte ein wenig. »Mein Gatte. Ihr habt die Hochzeit des Wanax gar nicht recht gefeiert.« Sie hielt ihm einen Becher Wein hin.

Er zwang sich zu einem Lächeln, als er den Becher nahm und ihren damit berührte. »Danke.«

»Ihr scheint besorgt zu sein.«

»Ein wenig. Ich weiß nicht so recht, was ich mit Harvey Rand machen soll.«

»Rand. Der Sternen-Lord, der an dem Anschlag auf Lady Gwen beteiligt war.«

»Derselbe. Ich glaube, ich habe eine Lösung, aber da Ihr die höchste Justizbeamtin von Drantos seid, könnte jeder Fall, in den ein Adliger verwickelt ist, vor Eurem Gericht enden.«

»Ja. Wenn er es verlangt.«

Wenigstens bezweifelst du nicht, daß er ein Adliger ist. Diese Frage hätte ich nun wirklich nicht gern diskutiert. »Wir können ihn nicht einfach aufhängen.«

»Natürlich nicht. Es wäre Arbeit für den Scharfrichter.«

»Auch das nicht. Er hat Freunde.«

»Das könnte ich mir vorstellen«, sagte Tylara.

»Und dann ist da noch Gengrich. Ich brauche jeden Soldaten, den ich bekommen kann. Es ist nur so: Wenn man genug Probleme hat, lösen sie sich vielleicht gegenseitig.«

Sie sah ihn erstaunt an.

Er grinste. »Es könnte vielleicht so funktionieren: Harvey muß den Blutpreis für den toten Wachposten bezahlen und den doppelten Betrag zusätzlich, weil er nicht vorausgedacht hat. Da er außer seiner Uniform nichts besitzt, werde ich die Buße für ihn zahlen. Dann ist er mir verpflichtet.« Rick trank das halbe Glas leer. »Guter Stoff.«

»Und was werdet Ihr als Ausgleich verlangen?«

»Nun, ich dachte an ein Jahr Dienst in der Garnison, die

die Arbeiten in der Wahnsinnskrautplantage überwacht. Die Arbeit will keiner tun, aber sie muß nun einmal getan werden. Selbst Rands Freunde werden das einsehen.«

»Dann wird er auch sehr weit entfernt sein von den Männern des Eqeta Rudhrig.« Sie lächelte nicht mehr.

»Genau. Wenn Gengrich kommt, wird er verhandeln wollen. Rand könnte für mich zu einer Trumpfkarte werden. Wenn Gengrich will, daß wir seinen Titel anerkennen, wird er die Verantwortung übernehmen müssen. Und seine Strafe zahlen.« Rick zuckte die Achseln. »Darin liegt sogar ein wenig Gerechtigkeit. Die Arbeit im Wahnsinnskraut zu überwachen, ist wirklich keine angenehme Arbeit.«

Tylara trat einen Schritt zurück. »Das ist eine kluge Lösung. Ihr habt die Gesetze und die Methoden der großen Lords gut gelernt.«

»Ja, ich dachte – heh, habt Ihr Probleme?«

»Was macht Euch glauben, ich hätte Probleme?«

»Ich weiß es nicht, aber Ihr schient nur ...«

»Es gibt kein Problem, Lord.«

Rick stand auf und trat auf sie zu. Er legte seine Arme um sie und versuchte, sie an sich zu ziehen. Aber dann ging er zum Bett zurück. »Natürlich. Es gibt kein Problem.«

Sie löschte die letzte Kerze und legte sich mit dem Rükken zu ihm auf das Bett.

Was nun? Wieder irgendein Alptraum im Zusammenhang mit Sarakos? Eine Minute lang wirkte sie wieder ganz normal. Habe ich, was die Gesetze betrifft, wieder ins Fettnäpfchen getreten? Oder was sonst? »Tylara, was habe ich denn jetzt schon wieder getan?«

»Nichts, Lord. Gute Nacht.«

Kann es mit Gwen zusammenhängen? Dafür, daß er sie entführen wollte, sollte ich Rand einen Orden verleihen.

Er lag in der Dunkelheit auf dem Bett und versuchte, seine Erinnerungen zu sortieren. Er dachte an Tylara und Gwen, und schließlich stand er auf und fand den Krug Wein, den seine Ordonnanz ihm dagelassen hatte.

»Mein Gatte!« sagte Octavia. Sie legte die Haarbürste weg, aber sie kicherte nicht, obwohl sie es gern getan hätte. Sie wußte, daß Ganton kichernde Frauen verabscheute.

»Ja, Lady?«

»Ich habe meine Wette mit Lady Gwen gewonnen.«

Ganton runzelte die Stirn. »Eine Wette?«

»Ja. Ich fürchte, Ihr könntet es für unziemlich halten, aber ...«

»Wir beide sind Lady Gwen sehr verpflichtet. Selbst wenn es unziemlich wäre, ich würde nicht darüber reden.«

»Euer Ehrenwort?«

»Bei Yatar, Christus, der Ehre des Thrones von Drantos, bei meiner Liebe zu Euch und bei meinen Füßen, die langsam kalt werden, schwöre ich, Lady Gwen weder durch Worte noch durch Taten auch nur den geringsten Schaden zuzufügen.«

»Nun gut. Sie hat gewettet, daß Ihr Eure Browning-Pistole mitführen werdet, wenn Ihr zum ersten Mal an mein Bett tretet.«

Selbst im Kerzenschein sah sie, daß Ganton errötete. Dann warf er den Kopf zurück und brüllte vor Lachen. Als er wieder sprechen konnte, zuckte er die Achseln.

»Lady Gwen hat nicht das Gemüt einer Frau. Ich bin auf jeden Fall ausreichend bewaffnet.«

»So könnte es scheinen. Aber jede Waffe muß gut benutzt werden.«

»So wird es sein, und das auf kurze Entfernung.«

»Dann soll der Kampf beginnen.«

5

Die engen Gassen außerhalb der Burg waren heute abend besser beleuchtet als sonst, wenn auch nicht so hell wie am Abend zuvor. Da hatte es an jeder Ecke Freudenfeuer gegeben und Kerzen in jedem Fenster, und fast alle Zecher, die von einem Drink zum nächsten stolperten, hielten Fakkeln in den Händen. *Ein schöner Abschluß der königlichen Hochzeitsfeierlichkeiten. Aber für mich war es kein besonders schöner Abschluß der letzten Nacht, die ich hier verbringe.*

Ein Haus war heller erleuchtet als die meisten anderen. Les blieb unter einem geöffneten Fenster stehen. Er hörte, daß oben englisch gesungen wurden.

What shall we do with the Wanax Ganton?
What shall we do with the Wanax Ganton?
What shall we do with the Wanax Ganton?
Early in the morning?

Give him a ladder as a wedding present.
Give him a ladder as a wedding present.
Give him a ladder as a wedding present.
Early in the morning.

Das waren natürlich die Söldner von der Erde. Mit Jack Beazeleys Lied über Gantons Hochzeit. Beazeley war ziemlich nervös geworden, als er den königlichen Befehl erhielt, es für Ganton singen zu lassen. Als sie zu der Strophe kamen: »Wrap their kid in a purple diaper«, lachte Ganton so unmäßig, daß er Wein kommen lassen mußte, als er sich wieder beruhigt hatte.

Vier Wachsoldaten standen vor dem Eingang zu Gwens Haus. Sie salutierten und ließen ihn ein. Zwei weitere begleiteten Les die Treppe hinauf. Les klopfte an die Tür zu den Privaträumen und fragte sich dabei, ob sie ihn auch noch ins Bett bringen würden. Dann hörte er Gwens Stimme.

»Herein. Lady Marva hat für den Abend frei bekommen.«

Les nahm Gwen in die Arme. Es dauerte eine Weile, bis er sich von ihr gelöst hatte und wieder sprechen konnte. Er schenkte Wein ein und sagte: »Hast du schon von der Sitzung des Großen Rates gehört?«

Sie nickte. »Larry Warner war hier und hat mich über

alles informiert. Sie dulden zwar eine Frau als Rektorin der Universität, lassen es aber nicht zu, daß sie die Universität im Großen Rat vertritt.«

Er ließ das Glas sinken, das er gerade zum Mund führen wollte.

Gwen runzelte die Stirn. »Les, du bist doch nicht etwa auf Larry Warner eifersüchtig?«

Les trank das Glas leer und stellte es mit ruhiger Hand auf den Tisch zurück. »Wenn ich ja sagte, würde ich dir nicht gerade schmeicheln. Es wäre auch nicht die Wahrheit. Ich wäre vielleicht manchmal eifersüchtig, wenn ich als dein Ehemann ständig bei dir wäre, aber jetzt, wo ich mit Glück einmal im Jahr nach Tran kommen kann ...«

»Ich bin sehr traurig. Du mußt öfter als ich über diese Dinge nachgedacht haben.« Er legte einen Arm um sie, und sie schmiegte ihren Kopf an seine Schulter und fing an zu weinen. Als sie sich endlich beruhigt hatte, küßte er sie. »Genau das meine ich«, sagte er. »Wenn ich fünfzig Lichtjahre von dir entfernt bin und du eine Schulter brauchst, an der du dich ausweinen kannst, warum dann nicht die von Larry Warner? Sie wäre verdammt ungefährlicher als die von Captain Galloway.«

»Nun, ja.«

»Das habe ich ganz einfach im Gefühl. Ich weiß nicht, ob Tylara eine gute Freundin ist, aber sie wäre eine gefährliche Feindin. Weißt du, daß sie versucht hat, mich über die Galaktische Föderation auszuhorchen?«

»Nein, aber das überrascht mich nicht. Die Frau ist mit allen Wassern gewaschen.«

»Ich glaube, man könnte sie sogar in eine Wildnis schikken und innerhalb von fünf Jahren würde sie alles beherrschen. Sie würde vielleicht erst den Häuptling davon überzeugen müssen, daß er dringend eine Konkubine mit rabenschwarzen Haaren braucht, aber das würde sie nicht schrecken.«

»Sie würde wahrscheinlich unter den Konkubinen eine freie Stelle schaffen. Was hast du ihr erzählt?«

»Nicht viel. Ich fürchte, sie hat den Plan noch nicht aufgegeben, mein Schiff zu kapern. Rick hat ihr schon mehr gesagt, als ich ihr jemals erzählen würde.« Er zuckte die Achseln. »Nicht, daß ich viel zu erzählen hätte. Das ist Agzarals Abteilung.«

»Wenn du nicht aufpaßt, wird sie mehr erfahren, als du selbt weißt.«

»Mag sein. Vielleicht denke ich zuwenig über die hiesige Politik nach. Jemand hat gestern nacht versucht, dich zu kidnappen.«

»Nein, das waren gewöhnliche Diebe ...«

»Das waren keine Diebe. Einer von den Leuten stammt von der Erde. Galloway hat ihn in eine Zelle sperren lassen. Gwen, Gengrich oder jemand, der ihm nahesteht, wollte dich entführen.«

Ihre Augen waren plötzlich doppelt so groß wie sonst. »Warum?«

»Weil du die Universität so verdammt gut verwaltest? Okay, ich weiß nicht, warum. Der Kerl von der Erde sagte, sie hätten es tun wollen, um Rick gegenüber eine bessere Verhandlungsposition zu haben. Ich glaube allerdings, daß sie hauptsächlich auf dein Funkgerät scharf waren. Dann hätten sie direkt mit den *Shalnuksi* verhandeln können.«

»Aha. Aber ... Aber Gengrich konnte doch nicht erwarten, daß ihm das gelingen würde.«

»Man weiß noch nicht genau, ob er überhaupt etwas damit zu tun hatte. Im Augenblick verdächtigt Captain Galloway Aidhos do Viz, den Captain der Leibwache des Botschafters. Sie haben keine Beweise, die es rechtfertigen würden, ihn zu verhaften. Immerhin ist er Diplomat. Aber sie sind ziemlich sicher, daß er in die Sache verwickelt ist. Hätte er Erfolg gehabt, wäre ihm Gengrichs Gunst sicher gewesen; bei einem Mißlingen der Aktion hätte Gengrich sich von ihm distanzieren können.«

»Gengrich kann gefährlich werden, wenn er Leute hat, die ihm gegenüber so loyal sind«, sagte Gwen.

»Der Ansicht ist auch Captain Galloway.«

»Okay. Und sie haben dich gebeten, mir nichts zu erzählen, nicht wahr?«

»Richtig.«

»Vielen Dank, daß du nicht auf sie gehört hast.«

»Ich *habe* auf sie gehört, jedenfalls eine Zeitlang. Dann – nun, jeder redet über Tylaras Stolz, aber sie kennen dich nicht so, wie ich dich kenne.« Er küßte sie.

Sie klammerte sich an ihn, bis er sie sanft von sich schob. »Hör zu«, sagte er, »wir müssen miteinander reden.«

Sie hielt ihn immer noch fest. »Dann rede doch.«

Les ging zur Tür, öffnete sie und schaute nach draußen. Die vier Wachen standen am anderen Ende der Halle. »Lord?«

»Nichts weiter. Bleibt auf eurem Posten.«

»Les, was ...«

»Ich wollte mich nur vergewissern, daß niemand lauscht.«

»Die Wachen verstehen kein Englisch.«

»Um die Wachen mache ich mir auch keine Sorgen.« Er senkte die Stimme zu einem Flüstern. »Hör zu, ich habe mir einen Plan zurechtgelegt. Ich kann dich zur Erde zurückbringen. Dich und die Kinder.«

Sie lief auf ihn zu, aber als sie sah, wie er sie anschaute, blieb sie stehen.

»Die Sache hat allerdings einen Haken«, sagte er. »Ich würde dich dann nie wiedersehen. Aber ich könnte dich mit einem gewissen Vermögen ausstatten. Du wirst nicht so reich sein, daß die Leute es bemerken, aber du wirst ein gutes Auskommen haben. Gold ...«

»Gold. Willst du dich freikaufen?«

»Nein! Ich meine ...«

»Was meinst du?«

»Es ist mir nur so eingefallen. Ich könnte deine Anwesenheit vor Agzaral nicht geheimhalten, aber ich könnte ihn dazu überreden, dich in Ruhe zu lassen.«

»Aber ich würde dich nie wiedersehen.«

»Wahrscheinlich nicht.«

»So ist das also. Ich gehe mit dir zur Erde zurück, lebe

von deinem Geld und sehe dich nicht wieder. Und was soll ich dann tun? Was würde ich sein? Les, selbst eine Frau, die sich aushalten läßt, will ihren Geliebten hin und wieder sehen.« Plötzlich lachte sie. »Im übrigen will ich mehr als Gold, wenn du mich zur Erde zurückschickst.«

»Was denn?«

»Weißt du, daß es hier auf Tran eine komplette Ausgabe von Ptolemäus' *Das Leben Alexanders des Großen* gibt?«

»Du meinst *Das Leben Alexanders* von Arrianus?«

»Nein, von Ptolemäus. Geschrieben von Alexanders bestem General und Halbbruder, nachdem er König von Ägypten geworden war. Arrianus hat das Buch wahrscheinlich als Quelle benutzt, aber auf der Erde ist es seit Jahrhunderten verloren. Octavia gab es Ganton als Hochzeitsgeschenk. Es gibt hier Tausende von Werken der klassischen Literatur, für die ich ein Vermögen bekommen könnte. Weißt du, daß ich den ganzen Nachmittag damit verbracht habe, eine lateinische Übersetzung von Äschylus' *Die Myrmidonen* zu lesen? Mary Renault bringt es fast genau richtig in *Die Maske des Apollo*, an der Stelle, als Nikeratos sie in Delphi aufsetzt.«

»Jetzt weiß ich, daß du verrückt bist.«

»Wieso? Wer kann diese Dinge wissen? Ich bin sicher, daß die Altphilologen an den Universitäten meine Fragen unbequem finden würden.«

»Vielleicht. Vielleicht auch nicht. Wenn es nicht ein wenig unelegant wäre, würde Agzaral nicht zögern, Agenten zur Erde zu schicken, um dich und die Kinder zu töten. Er würde euch töten und eure Leichen in ihre Bestandteile auflösen lassen, damit niemand hinsichtlich der Herkunft der Kinder irgendeinen Verdacht schöpfen kann.«

»Das würde er nicht tun.«

»Vielleicht nicht. Aber jemand anders würde auf den Gedanken kommen, Gwen. Ich weiß nicht, was sie mit der Erde vorhaben, aber wenn eure Leute etwas über die Föderation erfahren, könnte diese ... weißt du, es gibt eine starke Fraktion, die darauf drängt, daß die Erde schon jetzt zerstört wird.

Selbst wenn der Erde nichts passiert, so wäre doch Trans Geheimnis bekannt, und dann würden die *Shalnuksi* ihre Spuren verwischen müssen. Gwen, sie haben eine Waffe, mit der sie die Wahre Sonne in eine Nova verwandeln könnten.«

»Mein Gott! Du … nein, das muß ein Scherz sein. Aber wie dem auch sei, es spielt keine Rolle für mich. Ich werde nicht zurückgehen.«

Gott sei Dank. »Warum denn nicht?«

»Weil ich dich lieber einmal alle paar Jahre bei mir habe als nie, du Dummkopf.«

Sie sank in seine Arme, und er zog sie fest an sich.

Tran ist deine Heimat, und du bist hier wichtig. Aber vielleicht gehöre ich auch dazu.

»Du mußt nur wiederkommen. Bitte.«

»Ich werde immer wiederkommen.«

Die Alpträume waren zwar noch immer bedrohlich nahe, aber sie wußten, womit sie sie für eine Weile vertreiben konnten. Träume und Alpträume wechselten einander ab in dieser langen Nacht auf Tran.

Als Gwen aufwachte, lag sie allein im Bett, und das Kissen war voll von Tränen, die sie ganz gewiß nicht alle allein geweint hatte.

Ich bin schon so oft morgens ohne dich aufgewacht. Da kommt es auf ein weiteres Mal auch nicht mehr an.

Gwen glitt aus dem Bett und ging in die äußere Kammer. Marva lag in ihrem Bett und schlief, und die Kinder schliefen in ihren eigenen Betten, während die Dienstmädchen auf ihren Pritschen lagen.

Gwen klatschte in die Hände. »Los! Alle aufstehen! Es ist schon heller Tag.«

6

Nebel stieg auf, und der Weg war sogar noch schlechter, als Gengrich ihn in Erinnerung hatte. Seit dem Frühsommer, bevor die Westmänner oben im Norden den Krieg eröffneten, hatte er sich der Burg Zephron nicht mehr auf dieser Route genähert, und seitdem hatte es viel geregnet. Kein Wunder, daß es auf dem Weg Pfützen gab, in denen man hätte baden können!

Alex Boyd, der neben ihm ritt, blickte stirnrunzelnd zu den Hügeln hinauf, die langsam hinter einer Nebelwand verschwanden. »Arnie, wenn ich mich recht erinnere, führt dieser Pfad an der Seite eines dieser Hügel entlang. Weiter oben ist Wald, und zwar so viel, daß sich ein ganzes Bataillon darin verstecken könnte.«

»Du denkst an einen Hinterhalt?«

»Könnte doch sein.«

»Warum verlassen wir dann nicht diesen Pfad und reiten nach unten?«

»Das geht nur bei gutem Wetter. Ich habe es selbst einmal gemacht, als ich mit leichtem Gepäck ritt. Aber bei dem nassen Gras, dem weichen Boden und den müden Pferden – unmöglich.«

Als sie morgens an diesem letzten Tag ihrer Heimreise aufgebrochen waren, hatten sie es noch für eine gute Idee gehalten. Warum sollten sie nicht von Westen her zur Burg reiten? Da konnten sie doch unterwegs vielleicht ein paar Banditen ausräuchern, die sich an einem Ort sicher fühlten, an dem der Lord von Zephron sie niemals suchen würde. Sie hatten schon genug von diesem Gesindel aus anderen Gegenden verscheucht; der Stadtrat von Valus würde sich über die Köpfe, die sie dann schicken könnten, riesig freuen.

Aber jetzt fanden sie die Idee gar nicht mehr gut, denn der Herbstregen hatte eingesetzt, und sie mußten sich Meter um Meter vorwärtsquälen, selbst wenn sie abstiegen, um den Pferden den Weg durch den schlimmsten Morast zu erleichtern.

Der Nachmittag war schon fortgeschritten, die Sicht ging zum Teufel, und sie waren immer noch sieben Kilometer von der Burg entfernt. Außerdem war keine trockene Stelle in Sicht, wo sie ein Lager hätte aufschlagen können. Und auch trockenes Holz gab es nicht.

Es wäre besser, wenn sie weiterritten, um die Burg noch heute abend zu erreichen. Oder ein gewisser Lord Gengrich do Zephron, ehemaliger Corporal der U. S.-Army, zog sich den Groll von siebenhundert Männern zu. Genau genommen war er auf sich selbst wütend. *Diese Gegend ist schlimmer als das Hochland von Vietnam.* »Alex.«

»Ja?«

»Die Männer werden so nahe der Heimat nicht in der Nässe schlafen wollen. Nimm Clayton und Gree, doppelte Munition und fünfzig Mann. Dann reitet ihr voraus und erkundet den Weg. Sollte es irgendwo nach einem Hinterhalt riechen, kommen wir und holen euch raus. Wenn nicht, setzen wir unseren Weg fort.«

Boyd nickte langsam. »Wenn du meinst.«

»Worüber machst du dir Sorgen, Alex? Munition?«

»Ja. Es macht mir nichts aus, sie zu verschießen, aber wir dürfen nicht riskieren, daß jemand sie erbeutet ...«

»Hast du denn eine bessere Idee?« Boyd schüttelte den Kopf. »Dann beweg dich. Wir wollen doch nicht noch hier draußen sein, wenn es dunkel wird.«

Gengrich schaute zu, als Boyd davonritt, um die anderen beiden Söldner zu holen und für seinen Stoßtrupp eine halbe Kompanie Einheimischer zusammenzustellen. Er spuckte in einen Schafhundsbusch neben dem Pfad. *Ich wußte nie, was Offiziere tun. Bis ich selbst einer sein mußte.*

Verdammt, am liebsten würde ich aufgeben. Aber das würde natürlich auch nicht funktionieren. Es ist schlimm genug, für zweitausend Leute sorgen zu müssen, aber, verdammt noch mal, es ist noch schlimmer, allein zu sein. Verdammter lausiger Planet.

Ein Lied ging ihm durch den Kopf. Es stammte aus

irgendeinem Film. »And it is a pleasant thing, to be a pirate king.«

Es ist schon ein verdammter Mist!

Wenigstens waren die Ernten ganz gut gewesen, und das hatte ihm die Zeit verschafft, seine einzige Karte auszuspielen. Es war jetzt wirklich seine einzige Karte. Er wußte nicht, ob etwas Gutes daraus entstehen würde, daß er einen Botschafter nach Norden zu Gantons Hochzeit geschickt hatte, aber der alte Daettan hatte den Ruf, ein sehr geschickter Unterhändler zu sein.

Zu fragen kann nicht schaden. Vielleicht nimmt der Captain uns alle zurück. Aber was passiert, wenn er nur die Söldner will und keinen der Einheimischen? Was, zum Teufel, soll ich dann tun?

Als Alex mit seiner Patrouille davonritt, befahl Gengrich den anderen abzusteigen. »Schont die Pferde.« Es gab Murren und einigen Widerspruch. Einer seiner Unteroffiziere schrie etwas, und er hörte das Geräusch von Schlägen.

Keine verdammte Disziplin, und was kann ich tun? Piratenkönig! Zum Teufel damit.

Es war gerade so dunkel geworden, daß man es schon merkte, als Gengrich die Schüsse hörte. Sechs Schüsse hörten sich an, als seien sie aus einem der H & K-Gewehre gekommen, und ein Schuß war aus einem Revolver Kaliber .45 abgefeuert worden. Das bedeutete Ärger, es sei denn, Green hätte geschossen, der als schießwütig bekannt war.

»Höchste Alarmstufe!«

Gengrich hörte, wie der Befehl weitergegeben wurde, als er sich wieder in den Sattel schwang. Wenn Green tatsächlich wieder Munition verschwendet hatte, dann würde er so drastisch bestraft werden wie vor ihm noch kein Söldner …

»Banditen!« schrie jemand, aber die Banditen waren im Nebel nicht auszumachen. Dann zwei weitere Feuerstöße und wortloses Geschrei, das sich anhörte, als käme es nicht aus menschlichen Kehlen.

Gengrich merkte, daß seine Hände zitterten, wie sie es immer taten, wenn er wußte, daß eine Schießerei bevorstand. Es hatte ihn noch nie gestört, wenn er selbst schießen konnte, aber nur dazusitzen und zuzuschauen oder, schlimmer noch, die Schüsse nur zu hören, machte ihn fertig.

»Erste und Vierte Kompanie aufsitzen! Zweite und Dritte Kompanie Flankenschutz übernehmen und zu Fuß vorrükken!« Man konnte nur hoffen, daß die Reiter mit ihren Tieren umgehen konnten und daß die Banditen weiter vorn waren und nicht hier unten lauerten, um sich die Pferde zu greifen.

Gengrich zog sein Schwert und gab seinem Pferd die Sporen. Der Schlamm spritzte auf, als er mit dem Captain der Vierten Kompanie gleichauf war. Als sich die Reiterkolonne in Bewegung setzte, entstand so viel Lärm, daß alle Banditen in weitem Umkreis hellwach werden mußten. Aber immer noch waren Schüsse zu hören. Gengrich konzentrierte sich darauf, mit einer Hand sein Pferd unter Kontrolle zu halten. Inzwischen konnte er schon ganz gut mit einem Pferd umgehen, wenn er sich einige Mühe gab, aber er wußte, daß die meisten der mit Pferden aufgewachsenen Einheimischen sich hinter seinem Rücken über seine Reitkünste lustig machten.

Er war so sehr mit seinem Pferd beschäftigt, daß er gar nicht merkte, daß der Kampflärm lauter wurde. Plötzlich sah er lauter Feinde um sich, und er sah Alex Boyd hinter seinem toten Pferd knien. Boyds rechter Arm hing kraftlos herab, und er mußte mit der linken Hand schießen.

Gengrich wollte Boyd gerade etwas zurufen, aber bevor er Atem holen konnte, hörte er nicht nur von allen Seiten den Kampflärm, sondern er war selbst mitten im Getümmel. Aus einem Gebüsch von Krüppeleichen brachen zerlumpte Gestalten hervor. Der Captain der Vierten Kompanie kippte rückwärts aus dem Sattel. Ein Bandit hatte ihm mit einer Keule das Gesicht zu Brei geschlagen. Jemand schwang sich in den Sattel, riß das Pferd herum, schrie laut auf und stürzte unter die Hufe des Tieres. Boyd hatte ihm in den Bauch geschossen.

Zwei andere Banditen drangen auf Gengrich ein. Er schlug dem vorderen das Schwert über den Schädel. Dabei schlitzte der lange Dolch des Mannes ihm den Stiefel auf. Der Bandit wollte noch einmal zustoßen, aber er taumelte zurück und ging zu Boden. Sein Schädel war gespalten. Der andere stieß einen markerschütternden Schrei aus, sprang wie ein Frosch auf das Pferd zu, griff mit der linken Hand den Sattelknauf und nahm mit der rechten die Zügel. Gengrich stellte plötzlich fest, daß der Bandit eine Frau war. Im gleichen Augenblick riß sie das Messer hoch, um es dem Pferd in den Hals zu stoßen. Gengrichs Schwerthieb traf nur ihre Schulter, aber sie mußte loslassen, und das Pferd blieb unverletzt. Wieder schlug er wild mit dem Schwert auf sie ein, und spürte, daß er etwas traf, aber er sah nicht, was dann mit ihr geschah. Die Banditen, die an ihm vorbeigerannt waren, kamen zurück, und hinter ihnen tauchte die Erste Kompanie auf. Die Banditen warteten nicht, bis alle vier Kompanien versammelt waren, sondern liefen mit dem, was sie erbeutet oder den Toten abgenommen hatten, davon. Gengrich wollte gerade die Verluste überschlagen, als er aus der Richtung, wo die Pferde der abgesessenen Kompanien standen, in gleichmäßigen Abständen vier Gewehrschüsse hörte. Als er sein Tier herumriß, hörte er ein Pferd schreien und noch einen Schuß – dann Stille. Er seufzte erleichtert. Was immer dort hinten vor sich ging, es war kein massiver Angriff auf die Nachhut.

Was die Banditen vorn angerichtet hatten, war schlimm genug. Joe Green mußte leider mit der linken Hand schießen, denn jemand hatte ihm die beiden ersten Glieder des rechten Zeigefingers abgehackt. Alex Boyd würde mit einem gebrochenen Arm für eine Weile außer Gefecht sein. Eine Katastrophe! Zwölf von den Einheimischen waren tot, und ungefähr zwanzig hatten Verwundungen gemeldet. Das bedeutete, daß die doppelte Anzahl ärztliche Hilfe brauchte. Die örtliche Sitte, Mut zu beweisen, indem man Verwundungen verschwieg, war nicht mehr so verbreitet, seit Gengrich dem medizinischen Personal den Nutzen der Antisepsis erklärt hatte. Jetzt konnte man seinen Mut dadurch beweisen, daß man sich kochendes Wasser über die Wunden gießen ließ. Noch immer aber liefen Leute herum, die kein Sterbenswort über eine Verwundung verloren hatten, wenn sie auch eigentlich ein Verwundetenabzeichen verdient hätten.

Die Banditen ließen vierzehn Mann zurück, von denen die Schwerverletzten wahrscheinlich sterben mußten. Aber sie hatten andererseits ein Dutzend Waffen und fünf Pferde erbeutet. Gott sei Dank keine Sternenwaffen und keine Munition. Gengrich sah jetzt, daß Alex Boyd mit seiner Prophezeiung recht gehabt hatte.

Ein Schreiber vermerkte gerade die Zahlen auf einer hölzernen Tafel, als Soldat Alan MacAlister den Pfad entlanggeritten kam. »Das stimmt nicht«, sagte er und zeigte auf die Zahlen.

»Wieso nicht?«

»Ich habe da hinten noch fünf mehr erledigt. Die wollten durchbrechen. Ich glaube, sie hatten es ziemlich eilig.«

»Das kann ich mir denken«, sagte Gengrich. »Schließlich ging es hier nicht gerade zu wie in einem Sanatorium.«

»Ich weiß. Wie ich schon sagte, ich habe da hinten noch fünf mehr erledigt.«

Es blieb keine Zeit, jemanden zu schicken, um die Leichen zu zählen, und das war auch gar nicht nötig. MacAllister war der mürrischste Mann im ganzen Haufen, und das war er schon immer gewesen. Aber er war außerdem der beste und kaltblütigste Schütze, den Gengrich je kennengelernt hatte, und er legte großen Wert darauf, daß seine Leichen genau gezählt wurden.

Das bedeutete also neunzehn tote Banditen gegen ein Dutzend Einheimische, plus zwei verwundete Sternenmänner und etwa zwanzig verwundete Einheimische. Bei der Beute, die sie gemacht hatten, könnten die Banditen es sogar einen Sieg nennen.

Sieg. Richtig. Wer sagte doch einmal: »Noch einen solchen Sieg, und wir sind erledigt?«

Wind kam auf und ließ die Flammen der Fackeln am Tor unruhig flackern, aber der leichte Regen reichte nicht aus, sie zu löschen. Helme und Schilde glitzerten, als die Wache ihre Waffen präsentierte. Gengrich salutierte und ritt durch die übelriechende Dunkelheit des Tores in den Hof der Burg Zephron.

Hinter ihm ritten die Söldner und seine Leibwache. Anschließend wurden die Verwundeten auf Bahren in die Burg getragen. Die anderen hatten sich wahrscheinlich schon in Neu-Zephron versammelt, wie sie das von einem Wall umgebene Lager am Fuß des Hügels nannten.

Natürlich hatten sie erst ihre Pferde versorgt und sich um ihre Rüstungen gekümmert, bevor sie Wein holten und sich Zuhörer suchten. Von Anfang an hatte es Gengrich zur Regel gemacht, daß ein Mann, der sein Pferd vernachlässigte, zur Infanterie versetzt wurde, und einer, der seine Rüstung oder seine Waffen nicht pflegte, zu den Banditen gejagt wurde.

Zweimal hatte er kämpfen müssen, einmal gegen sechs Männer, bevor er diese Regel durchsetzen konnte, aber jetzt hatte er ganz andere Probleme.

Frank Guilford kam, grüßte und kümmerte sich, ohne eine Antwort abzuwarten, um die Verwundeten. Dann kam Meister Arranthos, der Seneschall. *Meister Arranthos, Meister von was? Irgendeine städtische Zunft, bevor er in die Politik ging. Aber darüber äußert er sich bestimmt nicht.*

»Meister Khemos meint, daß das südliche Tor verstärkt werden muß, damit es wenigstens den Winter über hält.«

»Kann er die Reparaturen nicht jetzt erledigen?«

»An der linken Seite muß an den Fundamenten gearbeitet werden. Es wäre gefährlich, jetzt zu graben, weil der Boden zu naß ist. Wir müssen auf den Frost warten.«

Dann würde der Boden natürlich zu hart sein. Schöne Aussichten – einen Baumeister überstimmen und mit der

Arbeit anfangen und dabei riskieren, daß Khemos weggeht oder daß Leute umkommen; den Fluchtausgang der Burg für den Rest des Winters gegen Berittene blockieren oder nichts tun und damit rechnen müssen, daß das Tor beim ersten Schneesturm jemandem auf den Kopf fällt.

»Richten Sie Meister Khemos meine Grüße aus, und sagen Sie ihm, daß er das Tor verstärken soll.« *Das habe ich mal in einem Roman gelesen. Das paßt hier genau.*

Hier, so weit im Süden, konnte eine Armee leichter Infanterie, die kein Futter für Pferde und keinen Train brauchte, fast das ganze Jahr hindurch Krieg führen, aber das wäre für die Burg Zephron keine Bedrohung. Vor dem Frühjahr würde ohnehin nichts geschehen, und wenn sie dann schnell die Burg verlassen mußten, würde es für immer sein, und sie würden ganz bestimmt nicht reiten.

»Ja, Lord. Lord Holloway sagt, daß die Schmiede in zehn Tagen in der Lage sein wird, Kanonen herzustellen. Er fragt, ob Sie Kanonen aus Eisen oder aus Bronze haben wollen.«

Das war ja fast eine gute Nachricht! Siggie Holloway war ein genauso guter Schmied, wie er von sich behauptete, und außerdem ganz besessen von seiner Aufgabe. Als sie festgestellt hatten, daß ihr Pulver so gut war, daß es für Kanonen verwendet werden konnte, hatte er das Personal und das Werkzeug aufgetrieben.

Bronze oder Eisen war immer noch die Frage. Eisen hatten sie, aber niemand auf Tran schien zu wissen, wie man es gießt, außer vielleicht die Römer. Sie würden Kanonen aus Schmiedeeisen zusammenhämmern müssen; sie würden schwer sein und einem wahrscheinlich ins Gesicht fliegen, wenn man sie nur schief ansah.

Bronze konnte gegossen werden, und das würde leichtere und wirkungsvollere Kanonen bedeuten, Kanonen, die nicht rosten. Aber Bronze und auch Bronzeschmiede würden aus Rustengo importiert werden müssen. *Wen, zum Teufel, kennen wir in Rustengo außer Mort Schultz? Ich muß mich mal erkundigen. Ich denke, wir werden mit Schultzy Frieden schließen müssen. Aber jetzt noch nicht.*

»Eisen, denke ich. Wir haben die Männer, die es bearbeiten können, und es ist leichter zu beschaffen. Wir werden eine Menge brauchen.«

Arranthos warf einen Blick auf Gengrichs H & K. »Die Sternenwaffen scheinen eine gewaltige Wirkung zu haben, obwohl sie nur klein sind.«

Warum bluffen? »Das stimmt. Sie sind auch aus Sternenmetallen hergestellt, die es auf dieser Welt vielleicht gar nicht gibt, und in ihnen liegt ein Zauber, den keiner der Sternenmänner kennt, nicht einmal Lord Rick.«

Arranthos machte ein nachdenkliches Gesicht. »Nun ja. Lady Helena bittet um Ihren Besuch, sobald Ihre Pflichten es erlauben. Ihr Sohn Dan hat schon seit drei Tagen Lungenfieber. Lord Guilford hat nur noch wenig Hoffnung.«

»O mein Gott!«

Gengrich schloß die Augen und hatte Mühe, sich im Sattel zu halten. Das alles war einfach zuviel. Dan war so ein liebenswertes Kind. Er hatte die blonden Haare seiner Mutter und die dunklen Augen seines Vaters, und für Helena war es eine sehr schwere Geburt gewesen. Sie war so stolz auf ihren Sohn, denn Erika hatte eine Tochter und später eine Fehlgeburt, so daß sie keine Kinder mehr bekommen konnte …

Aber einer Lungenentzündung ist es gleichgültig, ob man jemanden liebt. Nicht gleichgültig waren ihr lediglich Medikamente, mit denen man sie bekämpfen konnte. Die aber gab es nicht, und es würde sie auch nie geben. Das war nicht zu ändern. Allerdings hatte Frank mit Hausmitteln, die er von den einheimischen Hebammen bekommen hatte, schon gute Arbeit geleistet.

»Verzeiht mir, Lord, aber ich habe …«

»Es ist doch nicht Ihre Schuld. Sagen Sie Lady Helena, daß ich sie aufsuchen werde, sobald ich zu Hestia gebetet habe.« *Und mich gewaschen habe, aber das begreifen sie ohnehin nicht.*

»Ja, Lord.«

Gengrich stieg ab und ging zum Schrein der Hestia, ohne sich zu vergewissern, daß seine Leute sein Pferd festhielten. Bitte, Gott oder Hestia oder sonst jemand, laß Dan nicht sterben. Er hat doch niemandem etwas getan.

Vielleicht würde Hestia antworten.

Und vielleicht würde Elliot mit einem Ballon aus dem Himmel kommen und eine Packung Penicillin und einen Kasten Lone-Star-Bier mitbringen.

Dan starb, bevor am nächsten Morgen die Wahre Sonne aufging. Das letzte, was Gengrich auf Tran oder einer anderen Welt ganz getan hätte, war, im Krankenzimmer zu bleiben und die Leiche seines Sohnes zu betrachten. Aber Helena weinte so sehr, daß er sie nicht alleinlassen mochte.

Verdammt, sogar Erika weinte. Vielleicht war es ein gutes Zeichen, daß Erika über den Tod des Sohnes ihrer Rivalin weinte …

Am späten Vormittag hatte Helena sich ausgeweint. Gengrich wankte in sein Zimmer und ließ sich auf das Bett fallen. Er verzichtete darauf, sich die Stiefel auszuziehen, aber er griff noch nach einem Krug mit Guilfords Spezialschnaps, der vierzig Prozent Alkohol enthielt und noch schlechter schmeckte als Gengrich sich fühlte.

Er hatte geglaubt, daß ein Drink ausreichen würde, aber er war schon beim dritten, als jemand an die Tür klopfte.

»Geh zur Hölle.«

»Es ist Lord Vinicianus, Lord Gengrich.«

»Er soll ebenfalls zur Hölle gehen.«

»Lord«, sagte eine etwas gepflegtere Stimme. »Ich fürchte, ich habe einen Grund, Sie zu stören. Wenn Sie mich angehört haben und es immer noch wünschen, werde ich zur Hölle gehen.«

»Lassen Sie ihn herein«, stöhnte Gengrich.

Marcus Julius Vinicianus betrat den Raum. Vor zehn Jahren hatte Flaminius ihn ins Exil geschickt, weil er eine Satire über Caesars mangelnde Entschlußkraft geschrieben hatte. Seitdem trank er viel. Der Schnaps hatte seine Nase, seine Augen und seine Wangen gerötet, und er hatte einen fetten Wanst, aber er hielt sich immer noch wie ein alter Soldat. Nun? Was gibt's?«

»Verzeihen Sie mir, daß ich Sie in Ihrem Kummer störe. Mögen Christus und alle seine Heiligen Ihren Sohn zu sich aufnehmen, und möge er Ihnen und Lady Helena ...«

»Beileidsbekundungen nehme ich später entgegen. Was noch?«

»Eine Nachricht aus dem Norden. Ich fürchte, wir haben einen Mann falsch eingeschätzt, von dem wir glaubten, daß wir ihm trauen konnten, und das könnte sehr unangenehme Folgen ...«

»Marcus, wenn Sie unbedingt wollen, daß ich Ihnen den Hals umdrehe wie einer Henne, dann reden Sie weiter so geschwollen. Raus mit der Sprache.«

»Captain Aidhos do Vis hat zusammen mit dem Sternenmann Harvey Rand versucht, Lady Gwen Tremaine zu entführen, um sie zu Ihnen in den Süden zu bringen.«

»Mein Gott! Warum?«

Unaufgefordert schenkte Vinicianus sich ein Glas Whiskey ein und trank. »Er glaubte, daß man auf diese Weise den Sternen-Lord Les zwingen könnte, Ihnen zu helfen, mit dem Himmelsvolk Verbindung aufzunehmen. Oder daß sie selbst Ihnen dabei helfen könnte. Dann hätten Sie Wahnsinnskraut gegen Sternenwaffen und Werkzeug eintauschen können. Oder gegen Medikamente. Aidhos hat zweifellos erwartet, daß Sie ihm dankbar sein und ihm Ehrungen und Reichtum zukommen lassen würden.«

»Verdammt!« *In was haben die mich hineingeritten?* »Das hat er also versucht. Und was geschah dann?«

»Vier seiner Leute wurden getötet oder gefangengenommen, auch der Sternenmann Rand.«

Der wäre kein Verlust.

»Zwei haben unter der Folter gestanden und wurden hingerichtet, aber niemand scheint zu wissen, was mit Rand passiert ist. Lord Rick hat im Rat Meister Daettan angegriffen und ihn beschuldigt, er habe zu einer königlichen Hochzeit Diebe mitgebracht.«

»Diebe?«

»Ja. Außer dem Inneren Rat von Drantos wird allen erzählt, daß die Männer gewöhnliche Diebe waren. Und als diese Botschaft Edron verließ, war Captain Aidhos auch noch nicht verhaftet worden.«

Möglicherweise wurde er inzwischen doch verhaftet. Aber wenn sie Aidhos gehen ließen, damit Captain Ricks Story glaubhaft blieb ... »Marcus, haben Sie zuverlässige Informanten in Vis?«

»Müssen Sie das wirklich fragen?«

»Eigentlich nicht.« Vinicianus hatte überall Informanten. *Auch in meinem Haus, wie ich vermuten muß. Aber er ist nützlich.*

»Sie sollen alles über Aidhos' Freunde und über seine Verwandten in Erfahrung bringen. Ich will nicht, daß halb Vis mich bekämpft, weil die Sache Aidhos den Kopf kostet. Aber ich will seinen Kopf, wenn ich ihn ungestraft haben kann.«

»Und zu welchem Zweck?«

»Als Geschenk für Lord Rick.«

»Um mit ihm Frieden zu schließen, müssen Sie schon mehr aufbieten.«

»Wieso glauben Sie denn, daß ich mit Lord Rick Frieden schließen will?«

»Wenn erst der Frühling kommt, werden wir wohl keine andere Wahl haben.«

»Wenn ich Voraussagen brauche, hole ich mir einen Wahrsager.«

»Wie Sie meinen. Sie wissen besser als ich, ob der ›Zauber‹ der Sternenwaffen diesen Winter überdauert, wenn kein Nachschub kommt.«

Dagegen gab es keine Argumente. »Natürlich möchte ich gern Frieden schließen. Wenn er uns haben will, möchte ich sein Verbündeter sein. Aber bis zum Frühling können wir nicht warten.«

»Dann sind wir ja einer Meinung.«

Wie nett von dir. »Gut. Sie kümmern sich um Vis, und ich werde jemanden nach Rustengo schicken, damit er mit Schultz sprechen kann.«

»Ein Bündnis mit Rustengo würde den Propheten Phrados sehr verärgern.«

»Sagen Sie Phrados, daß er mich am Arsch lecken kann.«

»Das wäre unpraktisch. Wie kann man den Herrn über hunderttausend Soldaten zu etwas zwingen?«

»Der Mann behauptet nur, daß er hunderttausend Soldaten hat.«

»Ja. Das ist natürlich nicht ganz dasselbe. Aber mit Sicherheit hat er eine starke Armee, und in der haben wir kein Spione.«

»Dann werde ich es eben geheimhalten, daß ich mit Schultz reden werde. Um Gottes willen, lassen Sie mich doch endlich in Ruhe.«

»Wie Sie wünschen.«

»Halt.« Der Schnaps und die Erschöpfung machten sich jetzt bemerkbar; Gengrich hatte das Gefühl, als seien seine Beine und seine Augenlider bleischwer. »Manchmal weiß ich nicht, was ich ohne Sie tun sollte, Marcus.«

»Heute würden Sie wahrscheinlich mit Ihren Stiefeln ins Bett gehen«, sagte Vinicianus. Mit einer geschickten Bewegung legte er Gengrichs Beine auf das Bett und fing an, ihm die Stiefel aufzuschnüren. Er hörte nur noch ein Schnarchen. Dann zog er ihm die Stiefel aus und legte ein Fell über den schlafenden Sternen-Lord.

»Schlaf, mein Freund, und Gott möge dir den Frieden geben, den die Menschen dir nicht geben können.«

7

Mortimer Schultz, Kommandeur der Fußsoldaten, stand auf den Achterbänken des Bootes. Das Boot drehte nach Backbord, als der Rudergänger die Ruderpinne herumriß, um den Trümmern einer Mauer unter Wasser auszuweichen. Schultz machte einen Ausfallschritt, um bei der plötzlichen Richtungsänderung nicht das Gleichgewicht zu verlieren. Sie glitten in das offene Wasser hinaus. Zwei Männer von der Besatzung holten das Segel ein und zogen das Seitenschwert hoch. Wenig später liefen sie an einer Stelle auf Grund, die früher der Hang eines Hügels über einem Fischerdorf östlich von Rustengo gewesen war.

»Gut gemacht«, sagte Schultz. Der Rudergänger grunzte etwas, das ›danke‹ bedeuten mochte. Die Seeleute von Rustengo waren sehr wortkarg, und der Rudergänger vermutete zweifellos, daß Schultz wenig von Schiffen verstand. Er hatte recht; bevor Schultz zur Armee ging, um eine Ausbildung zum Rabbiner zu vermeiden, beschränkten sich seine Erfahrungen mit Schiffen auf die Fähre von Staten Island.

Schultz' vier Wachsoldaten gingen an Land und nahmen Positionen ein, von denen aus sie den Hang mit ihren Armbrüsten abdecken konnten. Schultz folgte ihnen. Dann rief er zu der Mannschaft hinüber: »Wenn wir vor Einbruch der Dunkelheit nicht wieder zurück sind oder jemand das Boot angreift, müßt ihr das Haus von Mahros benachrichtigen.«

»Kommandeur ...«

»Ich zweifle nicht an eurem Mut, aber wenn uns heute Gefahr droht, werden so viele Männer kommen, daß ihr drei nicht gegen sie bestehen könntet, auch nicht, wenn jeder von euch ein Achilles wäre.«

»Wie Sie wünschen, Kommandeur Schultz.« Für den Rudergänger bedeutete das schon eine ganze Rede. Als Schultz mit seinen Männern den Hügel hinaufging, stieß die Mannschaft das Boot schon wieder ab, um in tieferem Wasser sicher vor Anker zu gehen.

Nicht, daß Schultz mit Schwierigkeiten rechnete, wenn der Prophet Phrados auch ein Ganove der übelsten Sorte war und sein Gesandter nicht viel besser. Er hatte vier sorgsam ausgewählte Männer aus der Kohorte des Bronzeschmieds als Leibwächter, und deshalb konnte er nicht leicht oder gar unauffällig ermordet werden. *Er kann mich nicht töten, ohne daß die ganze Stadt es erfährt. Reicht das nicht? Verdammt, ich bin mit der Tchter des Meisters der Bronzeschmiede verlobt. Das muß reichen.*

Nicht einmal Phrados war verrückt genug, einen neuen Krieg mit den städtischen Zünften anzufangen.

Den Hügel hinauf, über den Kamm des Hügels hinweg und auf der anderen Seite wieder hinunter. Der Mann, der vorausging, hatte eine Art Machete, ein großes gebogenes Stück Holz, das wie ein Bumerang aussah und an dessen Innenseite eine kaltgeformte Schneide befestigt war. Er mußte von dem Gerät ausgiebig Gebrauch machen, denn der Pfad war im Sommer fast zugewachsen, seit die Flutwelle und die steigende See das Dorf am Fuß des Hügels verschlungen hatte. Die Vegetation ging schon zurück, denn der Herbst rückte näher, aber hier wuchs noch immer so viel, daß Schultz sich ins Mekong-Delta zurückversetzt sah.

Fünfzig Meter jenseits des Kamms führte der Pfad steil nach unten. *Dabei war es hier früher ganz eben.* Der ganze Hügel rutschte ins Meer. *Ein Beben? Oder ist der Hügel von Wasser unterspült? Aber das ist unwichtig. Wir sind ohnehin zum letzten Mal hier.*

Er glitt an einer schlammigen Stelle aus und stützte sich mit seinem Gewehrkolben ab. Wieder einmal dankte Schultz seinem Schöpfer, daß es Gengrich und Warner, als sie die Meuterei in Szene setzten, gelungen war, für alle Männer H & Ks zu erbeuten. Die M-16-Gewehre hätten den hiesigen Bedingungen und der mangelhaften Wartung nicht standgehalten. Er streichelte den Plastikkolben seiner Waffe.

Der Pfad schlängelte sich bis zum Wasser hinunter, wo er verschwand. Ein weiterer Pfad führte nach links an der neuen Uferlinie entlang zu einem langgestreckten, aus Baumstämmen und Treibholz errichteten Haus. Ein von ungelenker Hand beschriftetes Schild über der Tür verkündete der Welt, daß dies ›Charons Hütte‹ sei.

Vor einiger Zeit hätte man den Fluß, der durch dieses kleine Tal führte, an einem Sommertag durchwaten können. Dann ließen Erdbeben und Flutwellen einen ganzen Hügel in seine Mündung rutschen, und jetzt war das Tal über eine Länge von acht oder neun Kilometern überflutet.

Zwischen dem Ende des Tals und der nächsten guten Straße nach Norden lag eine zerklüftete Hügellandschaft, und da gab es so viele Banditen, daß man sich ohne die Unterstützung wenigstens einer Hundertschaft kaum mit ihnen hätte einlassen mögen, obwohl man vermutete, daß Gengrich langsam die Oberhand über diese Hurensöhne gewann.

Jetzt allerdings mußte jeder, der die Küstenstraße entlangkam, den Besitzer von Charons Hütte dafür bezahlen, daß er ihn mit seinem Boot durch das Tal brachte. Wenn es so spät war, daß der Reisende Rustengo nicht mehr erreichen konnte, bevor die Tore geschlossen wurden, mußte er gesalzene Preise für schlechtes Essen, noch schlechteren Wein und ein verwanztes Bett zahlen. Bevor die See Charons Hütte wegriß, würde ihr Besitzer ein reicher Mann sein – wenn nicht ein Erdbeben das Gebäude schon viel früher im Wasser verschwinden ließ.

Die rostigen Ketten, an denen das Schild hing, knarrten im aufkommenden Wind, als Schultz seinen Männern voraus durch die Tür ging. Die Frau des Besitzers begrüßte ihn. »Ihr Freund ist schon angekommen. Er ist im Hinterzimmer.«

Schultz gab ihr zwei römische Silberstücke und fünf rustenganische Messingmünzen. Sie biß auf eines der Silberstücke und nickte. »Er ist allein. Ein anderer Mann ist mit ihm zusammen gekommen und versorgt gerade die Pferde.«

Das schloß Verrat vermutlich aus. »Wie sieht er aus?«

»Er ist gekleidet wie ein Kaufmann aus dem Gebiet nördlich der Sonnenländer, aber eigentlich sieht er nicht so aus. Er wirkt eher wie ein Soldat. Er spricht wie ein gebildeter Mann aus dem Norden.«

»Danke.«

Heute liefen viele Leute in der Gegend herum, denen man nicht ansah, was sie waren, und zu ihnen gehörte auch Anna Schultz' Sohn Mortimer. *Ein Mann aus dem Norden. Könnte sein. Ob er wohl weiß, was hier unten los ist?*

Schultz nickte seinen Männern zu. »Folgt mir.«

Matthias, Hohepriester Wotans, sah den Sternenmann hereinkommen. Er war nicht größer als die meisten Männer dieser Welt, aber seine seltsame grünbraune Tunika und seine Hosen gaben ihm ein ganz anderes Aussehen. Außerdem hatte er eine große und eine kleine Sternenwaffe.

Zwei rustenganische Soldaten folgten Schultz in das Hinterzimmer. Einer von ihnen blieb an der Tür stehen und hielt seine Armbrust schußbereit, aber so, daß ein ungeübtes Auge das nicht bemerken konnte. Matthias war zufrieden. Der Sternenmann schien ihn als den Kaufmann zu akzeptieren, für den er sich ausgegeben hatte.

Dennoch mußte er vorsichtig sein. »Ich hatte Sie gebeten, allein zu kommen, Kommandeur Schultz.«

»Wir werden uns allein unterhalten, nachdem meine Männer den Raum nach versteckten Spionen abgesucht haben. Glauben Sie etwa, der Besitzer würde den Mund halten? Gegen Gold oder wenn man ihn zwingt, würde er unsere Geheimnisse Gott weiß wem verraten.«

Schlutz glaubte also, daß es nur einen Gott gab. Das bedeutete, daß er Christ war wie die anderen Sternenmänner. Schade. Es wäre besser gewesen, wenn er auch andere Götter verehrt hätte, selbst wenn es nicht die richtigen waren. Damit hätte er sich von Lord Gengrich unterschieden, und aus einem solchen Streit hätte man etwas machen können.

Die Rustenganer kannten ihr Gewerbe. Nach der Durchsuchung erklärte einer der Männer, der Raum sei ›sauber‹, ging nach draußen und blieb vor der Tür stehen. Der andere verschwand und kam nach wenigen Minuten mit Würsten, Käse und Wein zurück. Dann setzte er sich zu seinem Kameraden. Schultz schloß die Tür und schenkte Wein ein.

»Ich trinke auf das Wohl aller ehrlichen Handelsleute«, sagte er.

Matthias bezweifelte zwar, daß es ehrliche Handelsleute gab, aber er konnte diesen Trinkspruch nicht zurückweisen, nachdem er sich selbst als Kaufmann ausgegeben hatte. Er trank, nahm eine Wurst und schnitt sich mit seinem Messer ein Stück vom Käse ab.

Schultz aß keine Wurst. Er aß nur Käse und verdünnte seinen Wein mit Wasser aus seiner Feldflasche. Sie unterhielten sich über verschiedene Dinge – ob es nützlich sei, die Mauern von Rustengo wieder aufzubauen, wie viele bewaffnete Begleiter eine Karawane brauche, um gegen Banditen geschützt zu sein, welche die besten (oder doch wenigstens sichersten) Rasthäuser für auswärtige Kaufleute seien und vieles andere.

Matthias hatte das Gefühl, daß er sich die Zunge beschmutzte, wenn er über solche Dinge redete. Aber er wußte, daß er das auch im Dienste Wotans getan hatte, und im Dienste Issardos', des Hohen Kanzlers der Fünf Königreiche, würde er noch Schlimmeres tun.

»Können wir uns ein empfindliches Gewissen erlauben, wenn wir gegen Männer kämpfen, die gar kein Gewissen haben?« hatte der Kanzler gefragt, und in vielen Nächten, die er fastend und meditierend vor Wotans Schrein verbrachte, hatte Matthias kein klare Antwort auf diese Frage gefunden.

Dann sprachen sie darüber, ob gewisse bei den Erdbeben eingestürzte oder beschädigte Tempel Yatars wiederaufgebaut werden sollten. »Einige behaupten, es sei vergebene Mühe, weil die ZEIT so nahe ist und es daher wichtigere Dinge gibt«, sagte Schultz. »Andere sagen, daß es immer gut ist, die Götter zu ehren. Selbst einige Christen sagen, daß sie helfen wollen, den Vater Christi zu ehren, aber ich weiß nicht, was sie gesagt hätten, wenn ihre eigenen Kirchen nicht zum größten Teil unversehrt geblieben wären.«

»Und die Vision des Erzbischofs?«

»Polycarp.«

»Hat diese Vision in Rustengo Anhänger gefunden?«

»Würde Sie das überraschen?«

»Nein, denn ich weiß ja, daß in Rustengo die Anhänger Christi und die Anhänger Yatars schon lange miteinander Frieden geschlossen haben. Dennoch muß ich Sie warnen. Es wird dem Propheten Phrados nicht sehr gefallen.«

In diesem Augenblick fürchtete Matthias, daß der Sternen-Lord seine Waffe ziehen würde. Das wäre ein gottloser Verrat, aber wenn die Sternen-Lords sich den Göttern so nahe wähnten, daß sie sie nicht zu fürchten brauchten ...

Der Augenblick ging vorüber, aber das unangenehme Angstgefühl blieb. Matthias trank noch etwas Wein, und er war froh, daß seine Hand nicht zitterte.

»Ich danke Ihnen für diese Warnung«, sagte Schultz. »Es ist bekannt, daß der Prophet Phrados die Ehre der Götter dadurch verteidigen will, daß er alle vernichtet, die an Polycarps Visionen glauben. Aber auch ich muß Sie warnen. Rustengo hat diese Dinge auch unter dem römischen Imperium immer selbst entschieden, und das ist heute nicht anders. Wer immer der Stadt eine Religion aufzwingen will, tut gut daran, eine Armee mitzubringen.«

»Genau die hat der Prophet.«

»Er *soll* eine haben, mein Freund. Sie haben doch sicherlich schon von so vielen Geisterarmeen gehört, daß Sie nur glauben, was Sie sehen.«

»Das habe ich. Der Prophet marschiert mit einer Armee, wie sie noch kein Mensch gesehen hat. Ich habe mit eigenen Augen gesehen, wie zehntausend Mann ihm den Treueid leisteten. Ich habe dreimal so viele gesehen, die das schon getan hatten, und täglich kommen neue hinzu. Rustengo hat Schiffe, Männer und Befestigungen genug, um sich gegen jeden verteidigen zu können, der den Großen Frieden bricht.«

»Männer und Schiffe vielleicht, aber Befestigungen?«

»Was eingestürzt ist, kann auch wieder aufgebaut werden.«

Matthias zuckte die Achseln. »Möge Yatar über Rustengo wachen, und möge Wotan seinen Verteidigern Kraft verleihen.«

Der Wein war überraschend gut. Matthias trank sein Glas leer und stellte es wieder auf den Tisch. »Man sagt, daß Lord Gengrichs Leute ebenfalls an Polycarps Vision glauben. Das hörte ich jedenfalls in den Lagern des Phrados.«

Schultz' Gesichtsausdruck verriet nichts. »Mit Lord Gengrich habe ich weiter keinen Streit, aber ich kann auch nicht sagen, daß ich sein besonderes Vertrauen genieße. Die Sternen-Lords selbst glauben an Christus, aber wie alle klugen Männer ehren sie auch seinen Vater und den Kriegsgott. Ich weiß nicht, welche Götter Gengrichs Männer verehren. Ich habe gehört, daß er jeden in seine Dienste nimmt, der bereit ist, ihm zu gehorchen.«

»Auch Geächtete und Banditen?«

»Geächtete sehr wahrscheinlich, Banditen aber wohl nicht. Ich weiß, daß er zusammen mit den Soldaten mehrerer Stadtstaaten und mit einigen Söldnereinheiten gegen die Banditen gekämpft hat. Die meisten reden gut über ihn, aber es heißt auch, daß er hart im Verhandeln ist, wenn es um höheren Sold geht, und daß es gefährlich ist, ihn zu betrügen.«

»Würde er für jeden arbeiten?«

»Ich habe noch nicht gehört, daß er jemals ein Angebot ausgeschlagen hätte, es sei denn, er stand gerade in den Diensten eines anderen oder die Bezahlung war zu gering.«

Das waren Schultz' Worte. Was Matthias aber in Gedanken hörte, war: »Warum sagst du nicht gleich, was Phrados für Lord Gengrichs Männer zahlen würde?«

Wieder einmal erinnerte Matthias sich daran, daß ein Kaufmann nicht den Zorn eines Edelmannes zeigen durfte. »Es könnte für Lord Gengrich von Vorteil sein, wenn er sich nicht mit denen verbündet, die der Prophet Feinde nennt.«

»Ich bin sicher, daß Lord Gengrich die Botschaft verstehen wird, aber was er anschließend unternimmt ...« Schultz zuckte die Achseln, und damit war nicht nur das Thema erledigt, damit war Matthias fast schon verabschiedet.

Matthias war nicht wütend, als er aufstand, aber er schwor sich, daß Kommandeur Schultz beim nächsten Gespräch lernen würde, einen Mann zu respektieren, der Wotan diente und außerdem mit dem Königshaus von Ta-

Lataos verwandt war. Er sagte nur: »Sollen wir noch Wein kommen lassen?« Und er war erleichtert, als Schultz den Kopf schüttelte.

Schultz hockte mittschiffs. Er lehnte sich gegen den Mast und versuchte, sich mit seinem Regenmantel gegen das aufspritzende Wasser zu schützen. Immer wieder tauchte das Boot mit dem Bug in die Gischt, und das Wasser war ihm schon in die Stiefel gelaufen. Bald würden sie ausschöpfen müssen, und es war schon dunkel geworden …

Früher war hier ein Sumpf gewesen, aber jetzt war überall Wasser, aus dem ein paar Baumwipfel herausragten. Es wurden jeden Tag weniger.

Der Rudergänger schrie etwas. An Steuerbord sah Schultz in etwa tausend Meter Entfernung ein Licht flakkern. Das mußte der neue Leuchtturm sein. Das Licht war viel heller, als er es vom letzten Mal kannte. Wahrscheinlich waren die neuen Reflektoren installiert worden. Als er das letzte Mal vorbeigesegelt war, hatten die Fischtranlampen so trübes Licht abgegeben, daß ein größeres Schiff auf Grund gelaufen wäre, bevor die Besatzung das Licht überhaupt gesehen hätte.

Wieder schrie der Rudergänger, und das Schiff legte sich auf die Seite. Schultz legte einen Arm um den Mast. Er hätte viel lieber einen Arm um Diana gelegt, aber das würde er in einer Stunde tun können, denn sie hatten schon fast den Hafen erreicht.

Schultz lächelte, als er daran dachte, daß Diana jetzt auf ihn wartete. Sie würde ein weißes Kleid tragen, und ihr blondes Haar würde ihr über die Schultern fallen. Sie würde ihn natürlich in das Bad führen. Komisch, daß die Rustenganer an der Jungfräulichkeit ihrer Töchter nicht interessiert waren. Das lag wahrscheinlich daran, daß sie so lange unter römischer Herrschaft gelebt hatten, ohne eigentlich Christen zu werden. Römische Bäder und willige Mädchen konnten einen wirklich dafür entschädigen, daß man sich mit einem idiotischen Botschafter des Propheten auseinandersetzen mußte, der sich als Kaufmann ausgab!

Was wollte der Kerl überhaupt? Was Rustengo betraf, war alles klar. Wenn die Stadt irgend etwas gegen den Propheten unternahm, würde sie in Schwierigkeiten geraten – in Schwierigkeiten, die die Armee des Propheten ihr bereiten konnte.

Und diese Schwierigkeiten könnten erheblich sein. Die Stadtmauern waren wirklich nicht in gutem Zustand. Ein General, der seine Truppen nicht schonte, konnte die Stadt wahrscheinlich im Handstreich erobern. Die Rustenganer konnten auch nicht ausfallen und in offener Feldschlacht kämpfen, jedenfalls nicht, wenn die andere Seite über gute Kavallerie verfügte. Soweit Schultz über die Sonnenländer informiert war und über die Länder, aus denen die Flüchtlinge kamen, mußte er vermuten, daß dem Propheten keine Kavallerie zur Verfügung stand, aber wenn einige gut ausgerüstete Söldnereinheiten ihm zur Seite standen …

Vielleicht brauchte er deshalb Gengrich. Arnie hatte eine einigermaßen brauchbare Kavallerie. Eher Dragoner als Kavallerie, aber nicht schlecht. Er hatte außerdem Kontakt zu anderen berittenen Söldnereinheiten.

Mort, du solltest nach Norden zur Burg Zephron reiten und das Ganze Gengrich unterbreiten, bevor dieser schurkische Prophet ihm ein Angebot macht, das er nicht ablehnen kann.

Es wäre sehr viel schwerer, mit dem Captain Frieden zu schließen, wenn Gengrich in die Dienste eines Mannes träte, der die neue Religion des Captains bekämpft. *Arnie muß das wissen. Wenn nicht …*

Wenn er es nicht weiß, sind wir beide erledigt.

Zur Hölle mit dem Propheten! Nach Norden zu gehen, würde die Trennung von Diana bedeuten. Es würde bedeuten, den Laden zu einem Zeitpunkt zu verlassen, wo alles gerade einigermaßen klappte – und *das* wäre eine Garantie dafür, daß der Captain für ihn einen roten Teppich auslegen würde. Für ihn und für jeden, den er mitbringen würde. Es bedeutete auch, daß er seine Hundertschaft zurücklassen mußte, obwohl sie doch gerade jetzt immer besser wurde …

Arnie, du bist mir einiges schuldig. Hoffentlich weißt du das.

Es war unter den Bäumen so dunkel, daß Matthias die Laternen der Wachen erst sah, als sie ihn anriefen.

»Wer da?«

»Der wahre Diener.«

»Wotan sei Dank! Wir hatten uns schon Sorgen gemacht, Herr. Ist alles in Ordnung?«

Matthias stieg ab, ohne zu antworten, und nahm von einem der Bewaffneten einen Napf mit heißer Suppe entgegen. Der nächtliche Ritt würde beschwerlich werden, aber es gab keine andere Möglichkeit, bis zum Morgengrauen sicher die Hügel zu erreichen. Die Banditen würden es nicht wagen, achtzig bewaffnete Männer anzugreifen. Jedenfalls nicht, wenn sie erheblich in der Unterzahl waren. Mit größeren Banden hatten Lord Gengrich und seine Verbündeten so ziemlich aufgeräumt.

Lord Gengrich war sicherlich ein guter Krieger. Ob man ihn dazu veranlassen könnte, sich gegen den Generalhauptmann zu stellen? Dann könnten die Fünf Königreiche die Sternenmänner und ihre Verbündeten einen nach dem anderen vernichten. Aber das mußte schnell geschehen, bevor die ZEIT sie alle einholte.

Der Yatarkult kannte Legenden über die ZEIT. Das galt auch für die Priester Wotans, aber die taten sich damit nicht hervor. Wenn die ZEIT anbrach, würden die Fünf Königreiche stark werden – und die Horden aus dem Süden würden anrücken. Das sagten die Legenden.

Als die Bewaffneten anfingen, das Lagerfeuer zu löschen, wieherten plötzlich die Pferde. Der Wind ließ nach. Matthias war wie betäubt. Dann erzitterte der Boden. Matthias hatte das Gefühl, auf dem Rücken eines großen Tieres zu stehen.

»Vergeßt das Lagerfeuer!« schrie er. »Führt die Pferde ins Freie!«

Als sie die Pferde ins Freie geschafft hatten, war das Lagerfeuer kaum noch zu sehen. Wer jetzt zum Lagerplatz kam, würde denken, die Banditen hätten zugeschlagen.

Matthias schwang sich in den Sattel und ritt den anderen voran nach Norden. Er war immer noch ein wenig verwirrt. Wenn schon der Boden unter den Füßen der Männer erzitterte, dann war es wohl nicht gut, dem Willen von Männern zu entsprechen, die nur ihre eigene Magie zu verehren schienen.

Was aber, wenn ihre Magie eine Gabe der Götter war?

Er ritt weiter, und er wußte die Antwort nicht. Der Pfad führte steil den Hügel hinan, und er hatte alle Mühe, sich im Sattel zu halten.

Es gab keine Bebenwellen mehr, aber als sie in den Hügeln waren, begann es zu schneien.

Zwischenspiel

Luna

Der Mann, den Rick Galloway als Inspektor Agzaral kannte, studierte das unter seinem Schreibtisch angebrachte Anzeigegerät und lächelte. Während der nächsten Stunde würde jeder Lauscher nur belangloses Geschwätz hören. Als die Tür zu seinem Büro sich öffnete, stand er auf und ging der Frau entgegen, die hereinkam. Er führte ihre Hand an seine Lippen, ein Akt, der Menschen und Nichtmenschen, die ihn kannten, in Erstaunen versetzt hätte. Es hätte nur diejenigen nicht überrascht, die sein Verhältnis zu Jenah Sae Leern kannten, aber solche Personen, welcher Rasse auch immer, hatte es seit vierzig Erdenjahren nicht gegeben.

»Sie haben sich nicht sehr verändert«, sagte sie. Sie schaute auf seinen Schreibtisch.

»Wir können reden«, sagte er. »Oder ...«

»Später.« Sie lächelte.

»Wie war die Ratsversammlung?«

»Für alle außer uns simple Routine.«

»Wurde auf irgend jemanden Druck ausgeübt, seine Position hinsichtlich der Zukunft der Erde bekanntzugeben?«

»Nicht offen.«

»Dann glaubt also keine Fraktion, daß sie gewonnen hat.«

Wieder lächelte Jehna. »Man kann nur bei Tageslicht die Sonne erkennen. Und doch, ich hatte das Gefühl, daß einige warteten. Sie warteten darauf, zuschlagen zu können oder die Seite zu wechseln – ich weiß es nicht. Ist irgend etwas in diesen Karaffen?«

Agzaral nahm eine Waterford-Kraffe und zwei skandinavische Gläser, die wie Drachen geformt waren. »Ein neuer Sherry. Sie werden ihn genießbar finden.«

»Ich hätte lieber Whiskey.« Sie hoben die Gläser. Jehna trank mit abgespreizten Fingern. »Auf die freien Sterne.«

Agzaral schaute auf das Instrument an seinem Schreibtisch. »Freie Sterne! Sind Sie verrückt?«

»Ich glaube nicht. Wenn ich die Versammlung richtig

verstanden habe, könnte es für uns Möglichkeiten geben. Bessere als in den letzten fünfhundert Jahren.«

»Eine lange Zeit.«

»Das habe ich ernst gemeint. Wenigstens drei der Fünf Familien wären vielleicht froh, wenn die Erdenmenschen von sich aus in den Weltraum aufbrächen. Es ist alles auf dem Band. Hören Sie es sich an, und sagen Sie mir Ihre Meinung.«

»Ich werde es mir anhören. Aber warum sollten sie das wollen?«

»Weil sie sich langweilen. Betrachten Sie es doch mal aus ihrer Sicht. Jahrhundertelang erleben sie immer dasselbe, und am Ende ist alles genauso, wie es am Anfang war. Sie brauchen dabei noch nicht einmal etwas zu unternehmen. Das tun Sie und ich für sie.«

»Krieg als Mittel gegen Langeweile. Interessant. Aber die Ader'at'eel sind darüber hinaus.«

»Wirklich? Hören Sie sich das Band an, und sagen Sie das noch mal. Ich meine ja nicht, daß sie unbedingt Krieg wollen. Sie sind nur gelangweilt und kümmern sich nicht weiter um die Föderation. Haben Sie schon mal einen auf der Erde gedrehten Film mit dem Titel *La Dolce Vita* gesehen? Es mag eine Krankheit der herrschenden Familien aller Rassen sein. Überall.«

»Sind die Ehk'mai unter den drei Familien, die so denken?«

»Aha. Ich glaube, Sie haben verstanden.«

»Vielleicht. Sie werden die instabile Situation ausnutzen wollen – Hah! Wenn man wilde Menschen in den Weltraum schickt, kann das unabsehbare Folgen haben.«

»Wollen wir nicht genau das? Jedenfalls weiß ich nicht, was die Ehk'mai planen.« Sie lachte. »Sie erwarten, daß ich eine Menge weiß. Ein Kurier Ersten Ranges ist nicht einmal der höchste Rang, den Menschen im Dienst der Ehk'mai erlangen können.«

»Aber Sie können doch einiges in Erfahrung bringen?«

»Ich habe Zugang zu Menschen und Ader'at'eel auf der

richtigen Ebene. Aber ist es klug, eine solche Frage zu stellen?«

»Wir müssen etwas erfahren. Ist es denn gefährlich zu fragen?«

»Natürlich, und seit wann machen Sie sich um mich Sorgen?«

»Mir geht es nur um den Zeitpunkt. Wenn man ein Risiko eingeht, muß man es im rechten Moment tun.«

Jehna lächelte. »K'yar, Sie können mich nicht täuschen, und schon gar nicht sich selbst. Sie machen sich Sorgen – um mich und um das, was die Ader'at'eel vielleicht planen.«

Agzaral nippte an seinem Sherry. »Könnte sein.« Er wirkte nachdenklich, aber dann wurde er energisch. »Sie sollten zu diesem Zeitpunkt kein Risiko eingehen. Sie würden nicht genug erfahren. Aber die Zeit wird kommen, und zwar früher, als wir erwartet haben.«

»Das hört sich ja fast so an, als ob Sie sich freuten.«

»Überrascht Sie das?«

»Ein wenig. Sie waren schon immer der perfekte Zyniker. Jetzt scheinen Sie sich über eine Situation zu freuen, in der Sie gezwungen sein könnten, sich auf die eine oder die andere Seite zu schlagen.«

»Sie staunen, daß ich bei Tageslicht die Sonne erkenne?«

»Das ist mir alles nicht so ganz klar.«

»Vielleicht wird es Ihnen klarer, wenn Sie einen Film sehen, den ich für Sie mitgebracht habe.«

»Einen Film?« Sie hob die Brauen. »Von der Erde?«

»Nein, so etwas nicht. Sie glauben ja gar nicht, wie sich die terrestrischen Erotika in den letzten Jahren verschlechtert haben. Von den meisten wird einem übel, oder man ist mindestens gelangweilt, wenn man nicht gerade Sadist ist.«

»Sie verblüffen mich.«

»Ich wäre ein schlechter Gastgeber, wenn ich das nicht täte.« Er schaltete den Zerhacker ab und stand auf. »Kommen Sie. Der Kaviar ist nicht persisch, aber der Räucherlachs ist Fortnums bester. Sie kriegen eine Scheibe extra.«

Den Hintergrund der Filmaufnahmen bildete eine grüngespritzte Wand aus Mondfelsen. Les hielt ein Photo hoch, während er sprach.

»Gwen ist nicht die einzige, die sich nicht entmutigen läßt. Zum Beispiel Jack Beazeley. Sein Hobby sind Volkslieder, aber er hatte keine Gitarre. Deshalb lernte er Lyra spielen und schrieb viele Lieder für dieses Instrument um. Dann setzte er sich mit einem Instrumentenmacher in Verbindung und entwickelte mit ihm zusammen eine Gitarre mit zwölf Saiten. Ich glaube nicht, daß ein Sänger von der Erde sie als solche erkennen würde, geschweige denn auf ihr spielen könnte, aber Beazeley hat mit ihr ein zweistündiges Konzert gegeben. Nächstes Mal bringe ich ein Band mit seinen weniger ordinären Kompositionen.«

Les lächelte nicht mehr. »Ich glaube, die *Shalnuksi* haben das, was sie auf Tran losgelassen haben, grob unterschätzt. Es hat ein paar Versager wie Parsons gegeben, aber die meisten von Ricks Leuten sind von der Sorte, mit der man sich nicht gern anlegt. Und sie wurden auf einem Planeten ausgesetzt, der von widerstandsfähigen Leuten bewohnt ist – von Leuten, die in einer feindlichen Umgebung, noch dazu unter gelegentlichem Beschuß mit Atomwaffen überlebt haben.

Wenn ich einer der *Shalnuksi* wäre, hätte ich Angst, aber ich bin keiner von diesen Hundesöhnen. Ich bin stolz darauf, daß ich ein Mensch bin und daß Gwen mich zum Mann genommen hat. Darauf werde ich immer stolz sein, ganz gleich, was mir oder Tran geschieht.«

Das Bild verschwand vom Schirm. Jehna aß ein Stück Sachertorte und legte die Gabel wieder hin.

»Das ist also Les.«

»Ein interessantes Exemplar, nicht wahr? Nicht besonders diskret, aber ...«

»Ich würde ihn gern kennenlernen.«

»Um festzustellen, ob er unwiderstehlich ist?«

»Eifersüchtig, K'yar?«

»Eher neidisch. Les – ich glaube so heißt der Satz ›kann sich der Frauen nur noch mit einem Knüppel erwehren‹.«

»In dem Fall möchte ich lieber Gwen kennenlernen. Offensichtlich hat er *sie* unwiderstehlich gefunden.« Jehna aß den Rest ihrer Torte und rieb sich den Magen. »Ich werde den halben Weg nach Aderat fasten müssen, um die Pfunde zu verlieren, die ich mir dank Ihrer Gastfreundschaft angegessen habe.«

»Wenn Sie meinen, daß Sie ein wenig zuviel gegessen haben …«

»Wenn man einen Appetit befriedigt, befriedigt man nicht jeden. Das haben Sie doch mal gewußt. Haben Sie es vergessen?«

Er stand auf und trat hinter sie. Er legte ihr die Hände auf die Schultern und küßte ihren Nacken. Als sie leise stöhnte, legte er ihr die Hände an die Hüften. »Nein, das habe ich nicht vergessen.«

»Das merke ich schon.«

Sie legte ihr Gewand ab, und er sah, daß sie ihre Gewohnheit nicht aufgegeben hatte, nackt zu baden und nackt in der Sonne zu liegen; ihre langen Beine waren so braun und geschmeidig wie immer. Er zog sie an sich. Sie wußten beide, daß sie in Gefahr waren, und wie immer versetzte sie das in Erregung.

Die Gefahr war für ihn ein ständiger Begleiter, so daß er nicht sonderlich erregt war, aber Jehnas Zustand gefiel ihm sehr. Nie würde er ihren gemeinsamen Aufenthalt in Seoul im Jahre 1950 vergessen. Damals waren sie zum letzten Mal auf der Erde zusammengetroffen …

Dann verdrängte das Verlangen jeden Gedanken. Agzaral fragte sich, ob Les die Wahrheit erkannt hatte. Hatten die *Shalnuksi* eine Gefahr für die ganze Föderation heraufbeschworen?

Gwen Tremaines Tagebuch

25/Nebel/Ganton 2 – den ganzen Tag Routinearbeit in der Universität – Brennholz- und Kohlenvorräte inspiziert und neue bestellt. Berichte gelesen und den Vorsitz in einem Untersuchungsausschuß geführt, wobei es um zwei Legionäre ging, die betrunken im Frauenquartier angetroffen wurden, etc., etc., *ad nauseam.*

Das abendliche Dinner mit Larry Warner entschädigte mich für den Tag. Er benimmt sich jetzt immer sehr höflich, und er hat sich einen Wanst angefressen, aber er geht dagegen an, indem er jeden Morgen mit den Römern trainiert. Er ist offensichtlich immer noch an mir interessiert, aber er übt keinen Druck auf mich aus.

Um so besser. Ich fühle mich noch nicht einsam, aber das wird noch kommen, wenn erst das Kind da ist.

Hätte ich Les sagen sollen, daß ich ein Kind erwarte? Er war mir gegenüber doch auch ehrlich, als er mir von dem Entführungsversuch erzählte. Ich weiß einfach nicht, wieviel er mir erzählen wird. Er sagt, daß ich mir keine Sorgen machen soll. Wenn er mir genug von dem verheimlicht, was er über die Galaktischen weiß, werde ich mir auch keine Sorgen zu machen brauchen. Dann werde ich tot sein! Ich weiß es nicht, aber jedenfalls wird niemand fragen, von wem dieses Kind ist!

Bisher wurde mir morgens noch nie schlecht. Deshalb habe ich es nur Marva und Sergeant McCleve erzählt. Auf ihn kann ich mich verlassen, falls ich wieder Schwierigkeiten haben sollte. Er hat die Geburtszange neu erfunden. Das könnte der Vermehrung der Bevölkerung genauso förderlich sein wie die Antisepsis.

Beim Dinner las Larry mir einen Brief von Lance Clavell vor, unserem Sonderbotschafter, Bevollmächtigten etc. in Nikeis, einem Insel-Stadtstaat. Das hört sich an wie eine Kreuzung aus Venedig und Mont-St. Michel. Besser als Venedig, denn die Insel ragt hoch aus dem Meer heraus. Sie wird nicht untergehen, und wenn die ZEIT kommt, wird sie nicht überflutet werden. Larry hat erfahren, daß dort zwölf Schiffe gleichzeitig gebaut werden können.

Nikeis wird von einem Rat von Zünften und Kaufmannsfamilien regiert. Auch das hört sich wie Venedig an. Sie haben einen Eqeta als Galionsfigur, und theoretisch sind die Nikeianer Untertanen von Drantos, aber ich habe festgestellt, daß Drantos dort keine Steuern erhebt! Und als der letzte Eqeta sich dem Rat widersetzte, bekamen sie einen neuen. Der alte und seine Erben wurden von einer Klippe gestürzt, als Opfer für die Götter, damit das Wetter gut bleibt ...

Die meisten Lebensmittel müssen die Nikeianer importieren, aber sie bauen auch selbst einiges auf Terrassen an. Nach Larrys Zahlen sind die Ernteerträge so hoch, daß wir sie kaum glauben können. Wenn die Zahlen stimmen, wollen wir in Erfahrung bringen, wie sie es machen. Als Dünger benutzen sie Guano von der Gletscherküste. Wir haben Clavell beauftragt, wegen einer Schiffsladung Guano für die Versuchsfarmen der Universität zu verhandeln. Larry Warner sagt, er möchte gern Marvas Gesicht sehen, wenn sie erfährt, daß sie Lagerraum für zehn Tonnen Möwenmist zur Verfügung stellen muß!

Clavell meint, daß sein Assistent und Stabschef Clarence Harrison so viel arbeitet wie eine ganze Kompanie. Nikeis wurde einst von einem Admiral gerettet, der ebenfalls seine linke Hand verloren hatte. Nur wenige Leute glauben, Lord Harrison sei eine Wiedergeburt dieses Mannes, aber viele schreiben ihm übernatürliche Fähigkeiten zu.

Gerüchte besagen, Gengrich habe Captain Aidhos do Vis hinrichten lassen, da er die zu Gantons Hochzeit entsandte Delegation ›entehrt‹ habe. Als ich meine Befriedigung darüber äußerte, sah Larry mich ganz komisch an. Ich hatte ganz vergessen, daß ich offiziell gar nicht wissen durfte, daß Aidhos versucht hatte, mich zu kidnappen. Ich darf nicht allen Männern, die übermäßig um mich besorgt sind, vor das Schienbein treten. Nein, das darf ich wirklich nicht.

Larry meinte, der Mann habe sein Schicksal wahrscheinlich verdient, aber hoffentlich habe er keine Familie, die

Gengrich Blutrache schwört. Aber wie ich Gengrich kenne, würde er damit wohl fertig werden. Ohne die einheimischen Gebräuche zu kennen, hätte er nicht so lange leben können.

Larry kennt Gengrich schon aus Afrika. Nachdem er eine Weile über ihn geredet hatte, meinte ich, Gengrich käme mir vor wie der intelligente Anführer einer Straßenbande, was mir wieder einen komischen Blick von Larry eintrug. Genau das sei Arnie gewesen, sagte Larry. Wenn Rick ihn dazu überreden kann zurückzukommen, wäre er für uns eine Bereicherung.

Als die Kerzen anfingen zu tropfen und zu rauchen, beendeten wir das Dinner. Larry sagt, daß er eine Kerze entwickeln will, die sauberer brennt, und ich versprach, ihm dabei zu helfen. Ich muß versuchen, mich an alles zu errinnern, was ich jemals über die Herstellung von Kerzen gelernt habe. Wenn wir doch nur ein paar Exemplare von *Wie Funktioniert Das* hätten.

TEIL ZWEI
Entdeckung

1

Mason kniff die Augen zu, denn die Sonne von den schneebedeckten Hügeln blendete ihn. Dann hob er die Hand in den eisigen Wind. »Erster und zweiter Zug die Farm umstellen. Dritter und vierter Zug absitzen und bereithalten. Zugführer, es könnte zum Kampf kommen.«

Mason schlug die klammen Hände zusammen, während der Befehl weitergegeben wurde. Für eine mittelalterliche Gesellschaft war die Winterkleidung auf Tran verdammt gut, und die Truppen und die Sternenmänner hatten die beste. Mason war sogar noch besser ausgerüstet: Er trug ein Trikot aus Polystyren und darüber aluminiumbeschichtetes Tuch, das ihn vor Nässe schützte. Wenn man darüber noch einen Pelz trug, würde man sich sogar in einem Schneesturm wohl fühlen.

Die Einheiten, die die Farm umstellen sollten, setzten sich in Bewegung. Die Hufe der Pferde warfen den Schnee auf, der in kleinen glitzernden Flocken wieder herabfiel. *Beeilt euch! Wir wollen das hinter uns bringen.*

Er hoffte immer noch, daß er sich, was diese Farm betraf, geirrt hatte. *Vielleicht ist niemand da. Vielleicht sind sie verschwunden. Nachdem die Kundschafter die Farm gefunden hatten, wäre ihnen genügend Zeit dazu geblieben.*

Diese Farm war nicht registriert, und auch die Besitzverhältnisse waren unklar. Das Land lag nicht nur brach, es war total verwildert. Etwas Ähnliches gab es im Umkreis von einem Tagesritt um die Burg Dravan sonst überhaupt nicht. Die Farm hatte keinen Verwalter und mußte direkt dem Eqeta gehören. Oder der Eqetassa …

Hoffentlich sind sie abgehauen. Wenn sie noch hier sind, könnte es Ärger geben.

»Was, zum Teufel, ist das hier, Major?« Jack Beazeley hatte keine Schwierigkeiten, Art Mason mit seinem Dienstgrad anzureden, wenn sie auch vor Masons Beförderung Freunde gewesen waren. Er sagte ›Sir‹, aber er stellte dennoch Fragen.

»Jack, das weiß ich verdammt nicht. Ich habe so eine Ahnung ...«

Beazeley zeigte zu den Soldaten hinüber, die das Haus umstellt hatten. »Sir, Sie haben mehr als nur eine Ahnung. Wieviel Ärger erwarten Sie, Sir?«

»Gar keinen, vielleicht aber auch eine Menge.«

»Eine Menge. Wie bei Söldnern, die genug Munition haben?«

»Was? Nein, das nicht. Einheimische, aber verdammt gute.«

»Okay. Solange ich nur weiß, was auf uns zukommt.«

»Ich gehe zuerst hinein.«

»Das werden Sie verdammt nicht tun.«

»Corporal, ich gehe zuerst hinein.«

Beazeley zuckte die Achseln. »Yes, Sir.«

In zwei Reihen hatten die Soldaten inzwischen das Gebäude umstellt. Die eine Reihe stand dem Gebäude zugewandt, die andere sicherte nach außen. Der Rest der Truppe hielt sich in Reserve. Die Musketiere nahmen ihre Waffen von der Schulter und zählten nervös ihre Patronen.

»Wir tun ja so, als hätten wir es mit einer ganzen verdammten Armee zu tun«, sagte Beazeley.

»Ja. Aber das ist natürlich nicht der Fall.« Er stellte sich in die Steigbügel. »Sergeant Bisso!«

»Sir.«

»Bleiben Sie hier draußen. Sie haben das Kommando. Wenn irgend etwas passiert, melden Sie es dem Colonel. Machen Sie Gefangene, wenn Sie können. Das wird vielleicht nicht leicht sein.«

»Sir.«

Bisso war Sergeant, als ich noch Corporal war. Das scheint ihm nicht viel auszumachen, doch alles, was er weiß, erfährt auch Elliot. Aber das kann eigentlich nicht schaden.

Mason stieg ab, zog seinen .45 und prüfte die Ladung. Dann gab er Beazeley ein Zeichen.

»Jack, folgen Sie mir. Wer immer in dem Gebäude ist, weiß, daß wir nicht gerade in friedlicher Absicht kommen. Wenn es sich hier um das handelt, was ich vermute, werden sie sich zur Wehr setzen. Ich will Gefangene. Aber lebende. Denken Sie daran.«

Beazeley nickte. »Yes Sir.«

An dem Gebäude mußten in letzter Zeit Reparaturen vorgenommen worden sein, grob ausgeführt, aber solide. Das einzige Ungewöhnliche war ein auf die Tür gemaltes Bild des Einäugigen Wotan.

»Wieder ein Waisenhaus für die Kinder Wotans?« fragte Beazeley.

»So sieht es aus.«

»Aber warum hier draußen?«

»Gute Frage. Und nun halten Sie den Mund.« Mason klopfte mit dem Kolben seiner Waffe gegen die Tür.

Stille.

Wieder klopfte Mason. Nach einer Weile hörte er etwas klicken und sah eine Bewegung hinter dem Auge Wotans.

»Wer begehrt Eintritt in das Haus des Wolfes?« Die Stimme klang ungebildet.

»Öffnet im Namen des Kriegsherrn von Drantos.«

»In diesem Haus ist die Pest ausgebrochen, Lord.«

Mason und Beazeley schauten einander an. »Um so mehr Grund, uns zu öffnen. Wir bringen Sternenheilkunst und Medikamente.«

»Lord, wir ...«

»Öffnet im Namen des Wanax und des Generalhauptmanns von Drantos!«

Stille.

»Wir werden die Tür einschlagen müssen.«

Beazeley reichte seine M-16 einer Ordonnanz und nahm eine Handgranate. »Aufsprengen?«

»Wenn es nicht anders geht.«

»Gut. Es geht los.« Beazeley band einen Faden an den Auslöser der Handgranate und verkeilte sie an der Tür. »Zurück!«

Jetzt hörten sie, daß der Riegel zurückgeschoben wurde. Beazeley nahm die Handgranate weg, ließ sich sein

Gewehr wiedergeben und brachte die Waffe in Anschlag, als sich die Tür langsam öffnete und ein unrasierter Mann in bäuerlicher Kleidung vor ihnen stand.

»Ich heiße Bartolf, Lord. Ein krankes Kind und ich sind die einzigen Bewohner des Hauses. Die Pest hat diejenigen dahingerafft, die nicht rechtzeitig davongelaufen waren, um Heilung zu suchen, die ich ihnen nicht bieten konnte. Die Götter mögen es fügen, daß sie Heilung finden.«

»In der Tat«, sagte Mason. »Und nun lassen Sie uns ins Haus.«

»Lord, Sie könnten sich anstecken.«

»Aus dem Weg, Bartolf!«

Mason schob ihn zur Seite. »Folgen Sie mir, Jack.«

»Sir.«

Bartolf ging ihnen durch einen langen, von Binsenfakkeln erleuchteten Korridor, in dem kaum Staub lag, so daß keine Fußspuren zu erkennen waren.

»Verdammt schnelle Pest«, murmelte Beazeley.

»Ja.«

»Der Junge ist dort«, sagte Bartolf und zeigte auf einen mit einem Vorhang verhängten Durchgang. Beazeley schlug den Kolben seines Gewehrs an die gegenüberliegende Wand. Die Wand war massiv. Beazeley lehnte sich dagegen, als Bartolf den Vorhang zur Seite schob.

In diesem Raum gab es eine Reihe von Pritschen. Auf einer lag eine in eine Decke gehüllte Gestalt, die sich stöhnend hin- und herwälzte. Bartolf ging voran. Mason hob seinen Revolver und betrat den Raum seitwärts. *Es ist wahrscheinlich das, was ich vermute. Auf jeden Fall muß ich Jack freies Schußfeld geben.*

Jetzt war kein Stöhnen mehr zu hören, und die Decke wurde abgeworfen. Die kleine Gestalt auf der Pritsche hielt eine Armbrust in der Hand. Mason duckte sich und schoß. Die Kugel ließ den Putz von der Wand spritzen, und der Pfeil aus der Armbrust riß Mason den Mantel auf. Ein Keulenhieb traf ihn auf die gepanzerte Schulter, und er fiel auf die Pritsche.

Wer? Bartolf stand an der Tür, aber noch jemand war im

Raum, und darüber konnte Mason jetzt nicht nachdenken. Der Junge warf seine Armbrust weg und zog unter dem Kissen einen Dolch hervor. Mason ignorierte den Mann, der hinter ihm stand. *Um den kann Jack sich kümmern!* Art sprang hoch und trat den Jungen mit beiden Füßen. Seine Stiefel trafen den Ellenbogen des Jungen, dem sofort das Messer aus der Hand flog.

Art trat dem Jungen gegen den Kopf und drehte sich zu Bartolf um.

Bartolf riß die Hände hoch. »Lord …«

Was er sagen wollte, war nicht wichtig. Mason versetzte dem alten Mann einen Schlag an die Kehle, und als Bartolf die Hände hob, um den Schlag abzuwehren, traf Mason ihn hart mit beiden Füßen zugleich. Bartolf schrie auf, und Mason schleuderte ihn an den Türpfosten, trat ihm gegen das Knie und wandte sich wieder dem Jungen auf der Pritsche zu.

Als Bartolf zu Boden gegangen war, konnte Beazeley den Raum betreten. Der dritte Mann sprang ihn mit einem kurzen Schwert an. Das Schwert riß die Jacke auf, die Beazeley sich um den Arm gewickelt hatte. Beazeley brachte den Mann durch eine Finte dazu, die Arme hochzureißen, dann stieß er dem Angreifer vier ausgestreckte Finger mit solcher Wucht in die Magengrube, daß der Mann vom Boden abhob.

Als Mason sich umdrehte, sprang der Junge mit dem Dolch in der Hand auf ihn zu. Mason hatte keine Hemmungen mehr, auch ein Kind kampfunfähig zu machen. Er sprang zur Seite und versetzte dem Jungen einen Handkantenschlag in den Nacken. Dann drückte er ihm die Halsschlagader zu. Vergebens versuchte der Junge, sich loszureißen, aber es gelang ihm nicht, und nach zehn Sekunden war er bewußtlos. Mason hielt ihn noch zehn Sekunden fest, dann zog er seinen Colt.

Jetzt standen nur noch er und Jack Beazeley auf den Füßen.

Mason brauchte eine Sekunde, um zu registrieren, daß alles vorüber war. »Danke, Jack.«

»Es war mir ein Vergnügen, aber worum ging es hier eigentlich?«

»Später. Jetzt gehen Sie hinaus und geben Sie Bisso ...« Der Sergeant und fünf Soldaten stürzten in den Raum.

»Wir haben Schüsse gehört. Draußen ist nichts los, und der erste Zug hat das Gebäude umstellt. Deshalb ...«

»Nicht mehr nötig, Bisso. Hier waren zwei Kranke statt eines einzigen. Wickelt sie so fest ein wie Mumien. Jack, Sie kommen mit.«

Mason und Beazeley saßen an einem Tisch in einem Raum, der früher das Schlafzimmer des Hauses gewesen sein mußte. »Mein Gott!« Mason zeigte auf die Gegenstände, die auf dem Tisch lagen. »Sehen Sie sich das Zeug an.«

Da lag einiges. Henkerstrick, Garrotte, Kletterschuhe. Masken, Halstücher und Kapuzen. Dolche, Armbrüste und der Pfeil, den der Junge auf Mason abgeschossen hatte. Auf dem Tisch standen auch mehrere Tonkrüge, die mit Bleistöpseln verschlossen waren. Die Spitzen der Armbrustpfeile und der Dolche waren mit einem dunkelgrünen Öl bestrichen. »Wetten, daß die vergiftet sind?« fragte Mason.

»Wir brauchen nicht zu wetten. Ich weiß, wie Schlangengift riecht. Art, was, zum Teufel, geht hier vor?«

»Ich bin immer noch nicht ganz sicher, aber – Jack, haben Sie schon mal was von Ninjas gehört?«

»Japanische Totschläger. Hin und wieder behauptet irgendein Söldner, daß er eine solche Ausbildung hat. Ich habe noch nie einen kennengelernt, der etwas davon verstand. Aber ich habe davon gehört. Die Leute sollen die Wände raufgehen und sich unsichtbar machen können.«

»Ich glaube, darum handelt es sich hier. Dieses Haus ist eine Ausbildungsstätte für das hiesige Äquivalent.«

»Hmm. Der Junge kann nicht älter als zwölf sein. Und hier ist alles auf Kinder zugeschnitten. Schüler! Das könnte stimmen.«

»Sie sind mehr als Schüler. Sie haben doch gesehen, wieviel Mühe ich mit dem Jungen hatte. In Vietnam wurden viele unserer besten Leute von Kindern getötet, die nicht älter waren als er.«

»Ja, das ist mir bekannt, aber mein Gott! Art ... Major ... Teenager als Ninjas? Für wen arbeiten sie?«

»Was denken Sie?«

»Für das Denken werde ich nicht bezahlt. Aber da Sie mich fragen, lassen Sie mich überlegen. Nicht für die Römer. Auch nicht für Ganton, denn der ist noch zu jung. Dies Ding existierte schon vor seiner Krönung. Auch nicht für den Captain. Das entspricht nicht seiner Denkweise. Für wen also?«

»Dies ist ein Haus Wotans. Wer hat diese Häuser gegründet?«

»Verdammt, Major! Glauben Sie, daß der Captain davon weiß?«

»Ich *weiß*, daß er nichts davon weiß. Nächste Frage: Sollen wir es ihm sagen?«

»Warum nicht? Seine Frau unterhält also ein ganzes Rudel von ausgebildeten jugendlichen Killern?«

»Ja, und einer von ihnen hat Caradoc getötet.«

Beazeley pfiff durch die Zähne. »Scheiße. Sind Sie ganz sicher, Sir?«

»Bevor wir in dieses Gebäude gingen, war ich es nicht. Jetzt schon.«

»Okay. Und was machen wir jetzt?«

»Wir werden es den Leuten sagen. Bei Bisso und Elliot fangen wir an. Wenn die bösartigen kleinen Kinder uns erwischen, ist dann wenigstens noch jemand übrig, der es dem Captain sagen kann.«

Mason fummelte an einem Weinkrug. »Ich würde wirklich gern etwas trinken, aber ...«

»In diesem Haus würde ich nichts anfassen. Okay, wir erzählen es also. Und was machen wir mit Bartolf und den anderen?«

»Gute Frage. Dieser Laden gehört Lady Tylara, und die ist in gewisser Hinsicht unsere Chefin. Es sind ihre Leute.

Aber, verdammt noch mal, sie hat nicht das Recht, sich private Killer zu halten.«

»Was sollen wir also tun?« fragte Beazeley.

»Wir lassen sie frei. Ich werde schwören, daß ihnen und dem Haus nichts geschieht, wenn sie schwören, nur erklärten Feinden der Krone von Drantos zu schaden. Wenn sie damit einverstanden sind, können wir sie in Ruhe lassen. Ich werde Bartolf einen Bericht für unsere große Lady Eqetessa schreiben lassen, in dem er erklärt, was wir wissen und was sie uns versprechen mußten. Das dürfte die Sache vorläufig regeln.«

»Das hoffen Sie. Sind Sie sicher, daß es nicht doch schiefgeht, Sir?«

»Verdammt, wahrscheinlich wird es schiefgehen. Die meisten der Kinder sind verschwunden, und frischer Schnee ist gefallen. Wir werden sie bestimmt nicht aufspüren können. Wir müssen diese drei entweder unter Bewachung mitnehmen oder freilassen. Ich sehe keine andere Möglichkeit.«

»Erzählen wir es nun dem Captain?«

»Scheiße. Fragen Sie Yatar. Fragen Sie Christus. Fragen Sie Ghu, aber um Gottes willen fragen Sie nicht mich!«

»Es ist immer noch Ihr Job.« Beazeley lachte. »Major, ich bin wirklich froh, daß *ich* kein Offizier bin.«

Der Raum war klein und hatte Wände aus Lehm. Der einzige Eingang lag hinter dem Verschlag für die Kohlen versteckt, aber im Hause Wotans führten Rohre in alle Zimmer. Chai hörte Mason und Beazeley zu und lächelte dabei. Er verstand nicht alles, was sie sagten, denn sie benutzten oft die Sternensprache, aber als sie Bartolf und den Jungen, der Bennok hieß, riefen, mußten sie alles noch einmal erklären.

Er war zufrieden. Die Sternenmänner würden den Kindern nichts tun. Sie würden das, was sie erfahren hatten, auch nicht ihren Soldaten mitteilen. Sie hatten ja auch keinen der Angreifer getötet.

Yatar sei Dank, daß wir das Blut keines Sternenmannes vergossen haben.

Bei diesem kurzen Gebet grinste er. Er hatte nicht immer ›Chai‹ geheißen, und er war früher ein Priester Yatars gewesen. Das war gewesen, bevor diese teuflischen Sternenmänner mit ihrer neuen Weisheit merkten, daß er Tempelsteuern veruntreut hatte. Eine Namensänderung und eine neue Tätigkeit hatte er einem Termin bei dem Henker der Equetessa vorgezogen.

Chai nahm ein Stück Wurst aus seiner Robe und biß ein Stück ab. Sie würde vielleicht mehrere Tage reichen müssen, jedenfalls so lange, bis die Sternenmänner mit ihren Leuten abzogen.

Möge es bald geschehen. Im Untertauchen hatte Chai viel Erfahrung, aber obwohl es zu ertragen war, machte es ihm keinen Spaß. Aus mehreren Gründen war es das beste, wenn die Soldaten möglichst schnell verschwanden. Lord Mason hatte gemerkt, daß vier der Zimmer länger leergestanden hatten als die anderen, aber er hatte daraus nicht die richtigen Schlüsse gezogen. Jetzt war es zu spät. Die vier, die nach Süden gezogen waren, würden ihren Auftrag bestimmt ausführen ...

Dennoch mußte man jemanden schicken, um Lady Tylara darüber zu informieren, daß dieses Haus gefunden worden war. Wenn der Bote und die vier, die nach Süden gegangen waren, zurückkehrten, konnten alle Kinder des Wolfes in das andere Haus ziehen, das Haus auf dem Littlescarp, das nie jemand finden würde. Dann sollte Mason ruhig toben.

Eide? Was bedeuteten Eide jenen, die für Wotans Halle bestimmt waren und die Wotan auserwählt hatte, seinen Willen auf dieser Welt durchzusetzen?

2

Gengrich schaute zum grauen Himmel auf. Die Dorfleute, die vor ihm standen, glaubten wahrscheinlich, daß er Yatar um die Weisheit anflehte, ein gutes Urteil zu fällen. In Wirklichkeit wollte er nur prüfen, ob es Regen geben würde bevor er zu Hause war.

Aber der Himmel sagte ihm weder über das Wetter noch über ein Urteil irgend etwas. Auf den Regen konnte er warten, aber das Urteil mußte jetzt ausgesprochen werden. Die Dorfleute hatten den halben Tag nicht gearbeitet, und kein Urteil würden sie genauso übelnehmen wie ein schlechtes Urteil.

»Ich habe alle Zeugen aus den Dörfern Fallen Eagle und Oak Creek gehört. Ich habe zu Yatar um Erleuchtung gebetet. Nun verkünde ich, Lord Gengrich do Zephron, in der Sache der aus Oak Creek entlaufenen Kuh folgendes Urteil:

Ich stelle fest, daß die Kuh in der Tat auf den Weiden von Fallen Eagle angetroffen wurde. Ich stelle außerdem fest, daß die Kuh nur wegen der Nachlässigkeit des Hütejungen Benis, des Sohnes Nestors entlaufen konnte.«

Die Gesichter der Dorfleute waren so finster wie der Himmel. »Ich meine aber auch, daß der Hütejunge versucht hat, die Kuh wieder nach Hause zu treiben, als die Männer von Oak Creek kamen. Deshalb hatten sie keinen Grund, ihn so zu schlagen, daß er in den letzten zehn Tagen nicht arbeiten konnte. Sie hatten auch keinen Grund, das Tier so schnell zu treiben, daß es ein totes Kuhkalb zur Welt brachte.«

»Das alte Vieh hätte ein totes Kalb zur Welt gebracht, wenn wir es nur mit einer Feder gekitzelt hätten!« schrie jemand aus Fallen Eagle. »Das weiß doch jeder.«

»Die Kuh war so gesund wie dein großes Maul, Kuris!« kam eine ebenso laute Antwort von einem der Männer aus Oak Creek.

Jetzt erhoben sich Stimmen auf beiden Seiten, und auch vereinzelte Fäuste flogen schon. Als nächstes würden es

Messer und Keulen sein. Gengrich winkte Boyd zu, der laut schrie: »Ruhe für das Urteil des Lords!« und der Truppe ein Signal gab. Die Männer stießen rhythmisch ihre Lanzenspitzen auf den Boden, und das stellte die Ruhe einigermaßen wieder her.

»Deshalb halte ich das Vergehen der Männer von Fallen Eagle für das schwerere, und sie schulden ein Bußgeld von vier Silberstücken plus zwei Silberstücke für die Behandlungskosten des Hütejungen. Ich habe außerdem gehört, daß die Kuh schon zum dritten Mal ein totes Kalb hatte. Ich werde sie deshalb dem Dorf Oak Creek für acht Silberstücke abkaufen, damit sie geschlachtet wird und die beiden Dörer ein gemeinsames Festmahl ausrichten können. Wenn sie anläßlich dieses Festmahls versprechen, miteinander Frieden zu halten, werde ich Brot und Wein aus meinen eigenen Kellern schicken.«

Gengrich beobachtete die Männer, und zu seiner Erleichterung verwandelten sich lange Gesichter in lächelnde. Einige der Dorfleute aus Fallen Eagle sahen immer noch mürrisch aus, und einige Männer aus Oak Creek vollführten obszöne Gesten, aber es sah aus, als sei eine Fehde vermieden worden.

»Ich danke euch für die Loyalität, mit der ihr mit die Sache vorgetragen habt. Yatar schenke euch warme Betten für den Winter und gute Ernten und gesundes Vieh im nächsten Jahr.«

Dafür stehen die Chancen verdammt schlecht, sagte er zu sich selbst. Laut rief er nach seinem Pferd.

Sie ritten an den Eichen vorbei, die Oak Creek seinen Namen gegeben hatten, als Boyd an ihn heranritt. »Arnie, woher wußtest du von den toten Kälbern dieser Kuh? Man sieht es ihr zwar an, aber du bist doch ein Stadtjunge. Das ist natürlich nicht bös gemeint.«

»Ich bin ein Stadtjunge, der weiß, wie man Spione einsetzt. Einer von Vinicianus' Leuten ging als reisender Schuster verkleidet hin. Er hielt die Ohren offen und den Mund geschlossen und kam dann nach Hause zurück.«

»Aha.«

Die Brücke über den kleinen Fluß war während der letzten Beben eingestürzt, aber es hatte ein paar Tage lang nicht geregnet, und als sie an einer Furt den Fluß überquerten, reichte das Wasser den Pferden nur bis an die Bäuche. Als sie am anderen Ufer anhielten, kamen ihnen vier Männer in Gengrichs Farben entgegengeritten, die einen seiner Streithengste mit sich führten.

»Lord Gengrich! Eine Botschaft von Lord Vinicianus. Er bittet Sie, sofort zur Burg zurückzukehren. Er hat ein frisches Pferd mitgeschickt.«

Das Pferd war Buster, Gengrichs Lieblingstier. Wenn Vinicianus es riskiert hatte, *dieses* Pferd zu schicken, mußte es etwas Schlimmeres sein als eine verstopfte Toilette. Allerdings mußte er noch über Fälle in drei weiteren Dörfern entscheiden ...

»Worum handelt es sich?«

Der Bote senkte die Stimme. »Er sagt, es sei eine wichtige Nachricht aus dem Norden.«

»In Ordnung. Alex, nimm fünfzehn Männer und reite in die anderen drei Dörfer. Höre dir die Zeugen an.«

»Ich? Ich bin doch kein Richter!«

»Du bist der beste, den sie heute bekommen werden, Kumpel. Oder willst du den halben Winter damit verbringen, auf ihren Feldern herumzureiten, um Brandstifter und Viehdiebe zu fangen?«

»Wenn du mich so fragst, nein. Okay, ich höre, was die Zeugen zu sagen haben, und dann ...?«

»Sag den Leuten, sie sollen alle je einen Mann nach Burg Zephron schicken. Ich werde morgen die Urteile verkünden.«

Gengrich wartete, bis Boyd seine Männer ausgesucht hatte. *Alex hat seine Probleme. Aber er führt Befehle aus, und man muß ihn nicht jede Minute überwachen.*

Blutige Tränen flossen aus den weit aufgerissenen Augen des Mannes, der auf dem Bett lag. Die Finger seiner bandagierten Hände endeten alle am ersten Glied. Seine Wangen und seine Nase waren schwarz angelaufen und stanken nach Fäulnis.

Sein Stöhnen schwoll zu lautem Geschrei an, als Guilford von einem Fuß den Verband entfernte. Gengrich wandte sich ab.Ihm drehte sich der Magen um. Der Fuß war bis fast an die Ferse schwarz. Die Zehen hingen als Fleischfetzen herab, und einen so entsetzlichen Gestank hätte sich Arnie Gengrich vorher gar nicht vorstellen können.

Ihm wäre fast übel geworden, als Guilford das tote Fleisch abschnitt, die zerstörten Zehen amputierte, alles mit Antiseptika besprühte und mit Salbe bestrich. Als Guilford mit dem anderen Fuß anfangen wollte, stürzte Gengrich zur Tür. Im Hinausgehen hörte er den Mann plötzlich sprechen:

»Üble … Banditen … dachte, sie hätte die geschickt … wuße nicht … getötet … getötet …«

Gengrich blieb stehen. »Was?«

Guilford schüttelte den Kopf. »Es hat keinen Zweck, daß du bleibst, Arnie. Das war noch das Sinnvollste, was er in den letzten paar Stunden gesagt hat. Geh lieber, bevor ich dich auch noch behandeln muß.«

Gengrich nickte und stolperte durch die Tür.

Er stand auf der Burgmauer und atmete tief die feuchtkalte Luft ein. Dabei beobachtete er die Zimmerleute bei ihrer Arbeit am Südtor. Die Burg war bei den letzten Beben einigermaßen davongekommen. Anders als Rustengo. Es hieß, die große Hafenstadt sei zu einem Drittel zerstört worden, und vom Rest würde viele einstürzen, wenn man nur laut nieste.

Gengrich fragte sich, ob das Schultz nicht etwas Wind aus den Segeln nehmen würde. Bei seinem letzten Besuch hatte Mort sich wie ein königlicher Botschafter aufgeführt. Vielleicht hatte er in Rustengo wirklich einigen Einfluß; er wußte schon immer seinen Vorteil zu wahren. Außerdem hatte er auch oft Glück, und Gengrich wußte aus eigener Erfahrung, daß Glück sehr viel zählt.

»Arnie?«

Guilford stand hinter ihm. »Ja, Frank?«

»Ich habe ihn mit einer Riesendosis von dem Saft ruhiggestellt. Wenn er Glück hat, wacht er davon gar nicht erst wieder auf.«

»Steht es so schlecht?«

»Ja. Selbst wenn ich wirklich Arzt wäre, könnte ich seine Hände und Füße nicht retten. Der Wundbrand breitet sich im ganzen Körper aus, er hat hämorrhagisches Fieber, und jetzt entwickelt sich auch noch eine Lungenentzündung. Ich wundere mich, daß er überhaupt so weit gekommen ist, daß unsere Patrouillen ihn fanden.«

»Kommt er aus dem Norden?«

»So weit ich weiß. Als er noch normal reden konnte, sagte er, er sei auf Schloß Drantos eine Art Schreiber gewesen. Dann fühlten er und ein paar Freunde sich plötzlich bedroht. Sie erfanden irgendeine Geschichte von einer Mutter, die im Sterben lag, und ritten in den Schneesturm hinaus. Sie nahmen an, daß niemand sie verfolgen würde, und wenn sie nicht zurückkamen, würde jeder annehmen, daß sie dem Schneesturm zum Opfer gefallen seien.

Bei einem war das ja auch der Fall – ich glaube, er heißt Karl –, und er zog sich schon bald diese schrecklichen Erfrierungen zu. Südlich von Vis wurde ein anderer von Banditen getötet. Karl konnte kaum noch kriechen, als unsere Patrouillen ihn fanden.«

Guilford wühlte in seiner Tasche und zog ein mit Wachs versiegeltes Päckchen hervor. »Das war in das Futter seiner Jacke eingenäht. Ich denke, das solltest du als erster sehen.«

Gengrich zog ein Messer und schlitzte den Lederbeutel auf. Ein zusammengefaltetes Pergament fiel heraus. Er fing es auf und begann zu lesen.

»Mein Gott!«

»Als ich den zuletzt anrief, mußte ich ...« Er sprach nicht weiter, als er Gengrichs Gesichtsausdruck sah. »Ärger?«

»Ja, aber – Frank, hast du das wirklich nicht gelesen?«

»Du mußtest es doch aufschneiden oder etwa nicht? Ist das Ding denn wichtig?«

»So wichtig, daß wir hier gar nicht darüber reden können. Es bedeutet Ärger, aber vielleicht nicht für uns. Ich muß mit Freund Marcus sprechen.«

Der lange erwartete Regen verwandelte sich in nassen Schnee. Gengrich hoffte, daß Alex und seine Männer gut nach Hause kommen würden. Inzwischen bekämpfte er die Kälte mit einem Krug von Guilfords Selbstgebrautem.

Marcus Julius Vinicianus saß ihm am Tisch gegenüber und drehte das Pergament in den Händen. Während des Lesens hatte er keinen Schluck getrunken. Endlich schüttelte er den Kopf. »Ich kann es kaum glauben, daß Lady Tylara Mörder damit beauftragt hat, den Mann zu töten, der sie vor Sarakos gerettet hat.«

»Nicht nur Caradoc. Es wird vermutet, daß sie auch Dughuilas getötet hat. Und dann hat sie es auch noch auf einen anderen abgesehen.«

»Und der sitzt wahrscheinlich vor mir.«

»Haben Sie einen besseren Kandidaten?«

»Nein. Sie halten Ihre Leute als organisierte Macht zusammen. Wenn Sie sie nicht unter Kontrolle hätten, würden die Erdenmänner kämpfen. Ihre einheimischen Soldaten würden sich gegeneinanderstellen, und viele würden desertieren. Wenn Lord Rick bereit ist, die überlebenden Männer unter sein Kommando zu nehmen, könnte er dafür jede beliebige Bedingung stellen.«

»Genau daran habe ich gedacht.« Gengrich leerte sein Glas und füllte es wieder. »Und das bedeutet, daß ich am Leben bleiben muß. Das ist eine interessante Situation, zumal ich zulassen muß, daß einer dieser Killer versucht, mich zu ermorden.«

Vinicianus schaute in sein Glas. »Redet der Wein oder hörte ich Sie eben sagen, daß Sie einen Anschlag auf Ihr Leben zulassen müssen?«

»Sie haben richtig gehört.«

»Dann ... darf ich sagen, daß ich Ihren Mut bewundere, aber ihre Urteilfähigkeit ...«

»Das ist okay. Hören Sie zu, Marcus. Dies ist etwas, das

Ricks Allianz im Norden völlig zerschlagen kann. Wenn er zu seiner Frau hält, steht er in blutiger Fehde mit Caradocs Clan. Läßt er sie fallen, ist er nicht länger Graf von Chelm. Er hätte dann also kein eigenes Land. Das würde es Ganton sehr schwermachen, ihn als Generalhauptmann zu behalten. Was bleibt Lord Rick dann noch?«

»Anarchie. Und die ZEIT rückt näher. Auch die Priester Yatars werden nicht sehr erfreut sein.«

»Niemand wird glücklich sein, wenn diese Sache bekannt wird. Das schlimmste ist, daß wir nichts *wissen*. Wir haben nur dieses Papier, und es ist von niemandem unterschrieben. Es beweist nicht, daß sie es getan hat.«

»Aber Sie glauben ...«

»Ich glaube nicht an Zufälle. Nicht an solche. Wenn Caradoc nicht nach Westen gegangen wäre, hätte es Ärger gegeben. Alles wäre auseinandergebrochen.«

»Zu dem Schluß bin ich auch schon gekommen. Caradocs Tod kam gelegen. Zu gelegen. Aber was hat das damit zu tun, daß Sie einen Anschlag auf Ihr Leben zulassen wollen?«

»Es geht um knallharte Beweise. Sie sollen es versuchen, und wir erwischen einen auf frischer Tat. Dann präsentieren wir ihn dem Captain.«

Der Römer machte ein nachdenkliches Gesicht. »Das könnte funktionieren. Aber Sie müssen das Kaninchen fangen, bevor sie es braten können. Sie bieten sich Mördern als Köder an, deren Anzahl und Fähigkeiten vielleicht größer sind, als wir denken.«

»Nennen Sie mir einen besseren Plan, und ich werde ihn befolgen.«

»Bleiben Sie unter Bewachung.«

»Wie? Ich muß die Runde machen, um Urteile zu verkünden. Und mit Wachen unter dem Bett kann ich nicht leben. Marcus, ich will verdammt sein, wenn ich den ganzen Winter in diesem Raum auf dem Arsch sitze.«

»Sie haben mein Mitgefühl. Aber ich möchte nicht an Ihrer Stelle sein. Wenn ich an Lady Tylaras Ruf denke, möchte ich annehmen, daß sie nur ihre besten Leute schikken würde, um Sie zu ermorden. Sie brauchen Beweise für einen Anschlag auf Sie, damit Sie mit Lord Rick einen Handel abschließen können. Was wollen Sie ihm sonst noch anbieten?«

Gengrich schüttelte den Kopf, denn der Wein zeigte schon Wirkung. »Ich weiß nicht, was Sie meinen.«

»Ich finde, wir sollten in der Lage sein, Lord Rick zu helfen, anstatt ihm lediglich zu drohen. Drohungen allein würden bei ihm vielleicht nichts ausrichten, aber wenn wir Zuckerbrot und Peitsche hätten ...«

»Mit etwas Glück bekomme ich die Peitsche. Und worin soll das Zuckerbrot bestehen?«

»Wir haben die Handwerker von Rustengo. An Lord Ricks Universität werden viele neue und nützliche Geräte entwickelt, aber in Tamaerton und Drantos gibt es zu wenig Handwerker, als daß sie hergestellt werden könnten. Die Römer würden gern helfen, aber Lord Rick traut den Römern nicht so ganz.«

»Weil er schlau ist.«

Marcus lächelte ein wenig verkrampft. »Wenn es stimmt, was er sagt, dann hat Lord Schultz einigen Einfluß bei den Zünften von Rustengo.«

»Er übertreibt wahrscheinlich, aber er ist kein Spinner. Wenn er sagt, daß er die Zünfte beeinflussen kann, werden sie ihm wenigstens zuhören.«

»Ausgezeichnet. Dann sollten wir ihm anbieten, alle rustenganischen Handwerker nach Norden zu geleiten, die dort wohnen wollen. Ich kann mir vorstellen, daß viele von ihnen schon nach Norden gegangen wären, wenn es nicht auf See die Winterstürme und an Land die Banditen gegeben hätte. Gegen das Wetter und den Mangel an Schiffen sind wir machtlos. Gegen die Banditen haben wir schon Erfolge erzielt, aber mit Lord Rick verbündet, könnten wir mehr tun.«

»Das hört sich vernünftig an. Verdammt, Marcus, er würde vielleicht noch viel mehr tun. Um ein paar tausend Handwerker für die Werkstätten zu bekommen, würde er uns vielleicht so viel Munition zur Verfügung stellen, daß wir Phrados' ganze verdammte Armee bekämpfen können!« Er sprang auf die Füße und packte Marcus an den Schultern. »Freund Marcus, wir trinken. Wir trinken darauf, daß Sie und ich nie Feinde werden!«

3

»Präsentiert – die *Waffen!*«

Zwanzig Soldaten schlugen die Enden ihrer Lanzenschäfte auf den Boden auf. Die Offiziere zogen ihre Schwerter. Ein Herold in einer mottenzerfressenen Scharlachrobe ritt nach vorn.

»Wer erscheint vor Arnold, Sohn des Maximilian, Lord Gengrich, Lord von Zephron?«

Schultz nickte seinem eigenen Herold zu. Der Junge zog seine Robe hoch, die zu lang für ihn war. Sie war nur aus einfachem blauem Tuch, aber sie hatte keine Mottenlöcher. Dann trat er vor, und Schultz hoffte nur, daß er endgültig aus dem Stimmbruch heraus war. Der Junge schrie:

»Kommandeur der Fußsoldaten Mortimer Schultz von Rustengo, als Sprecher der Großen Zünfte der Freien Stadt Rustengo.«

»Führt Ihr Beweise dafür mit?«

»Ja.«

Der Junge hatte mit klarer und deutlicher Stimme gesprochen. Auch seine Hände zitterten nicht, als er Schultz' Beglaubigungsschreiben aus einer Ledertasche zog und dem anderen Herold überreichte. Schultz nahm sich vor, den Jungen dafür zu loben, daß er seine erste Aufgabe als Herold so gut gelöst hatte. Das Amt hätte eigentlich von einem erfahreneren Mann übernommen werden sollen, aber die Großen Zünfte hatte sich über die Besetzung nicht einigen können. Deshalb fiel es an den jungen Dylos, einen entfernten Verwandten von Diana. Er hatte beim letzten Beben den größten Teil seiner Familie verloren, und als er in Schultz' Haus aufgenommen wurde, besaß er nichts als seine Kleider. Schultz hatte ihn nicht gut abweisen können, und deshalb war es gut zu wissen, daß er seinen Unterhalt auch selbst verdienen konnte.

Tatsächlich hatten sich die Großen Zünfte auf fast nichts einigen können, von der Entsendung dieser Delegation abgesehen. Schultz hoffte nur, daß Vinicianus' Spione nicht so gut waren, wie immer behauptet wurde, denn sonst würde Gengrich wissen, daß Schultz keine besonders guten Karten hatte.

Der andere Herold wandte sich dem Podium zu, auf dem Gengrich saß »Bei meiner Ehre und der meines Amtes, bei Yatar und bei Wotan schwöre ich, daß dies die wahren Siegel der Großen Zünfte der Freien Stadt Rustengo sind.«

Gengrich nahm das Pergament entgegen. »Dann grüße ich Euch, Kommandeur Schultz. Wie steht es in der Freien Stadt?«

»Ganz gut.« Das kam der Wahrheit sogar ziemlich nahe. Die Rustenganer waren zäh, und noch bevor alle tausend Opfer des Bebens geborgen und begraben waren, hatten sie sich schon wieder aufgerafft. Allerdings waren die Mauern so stark zerstört, daß die Stadt bis zum nächsten Frühjahr nicht wieder verteidigungsbereit gemacht werden konnte, und im Frühjahr würde Phrados mit seiner Armee anrücken …

»Wir ehren die Männer von Rustengo und trauern mit ihnen um ihre Toten. Aber wenn es in der Stadt gut steht, was verlangen die Großen Zünfte dann von uns? Und warum schicken sie einen Botschafter, der es ablehnt, seine Waffe niederzulegen?«

Dylos öffnete den Mund, aber bevor er etwas sagen konnte, legte Schultz ihm eine Hand auf die Schulter. »Lord Gengrich, zwei starke Männer könnten vielleicht noch stärker sein, wenn sie sich zusammentun. Das könnte der Fall sein zwischen der Freien Stadt und dem Herrn von Zephron.«

»Da gebe ich Euch recht.«

»Und wenn es darum geht, warum ich meine Waffe nicht

ablegen will – ich möchte Eure tapferen Männer nicht beleidigen, aber ich konnte doch nicht wissen, ob sie entsprechende Befehle von Euch erhalten hatten. Aber wenn Ihr es wirklich wünscht ...«

Schultz sprach nicht weiter. Er sah Gengrich nur scharf an. *Diese albernen Spiele beherrsche ich selbst.*

In dieser Gegend war das schon immer strittig gewesen: War der Kommandeur der Fußsoldaten einer Freien Stadt als Adliger zu betrachten, der das Recht hatte, bei einer formellen Audienz seine Waffen zu tragen? Oder stand er auf der Stufe eines Kaufmanns, der seine Waffen abgeben mußte?

Persönlich war das Schultz völlig gleichgültig. Er hatte immer noch seine Pistole und das Messer, das in seinem Stiefel steckte. Aber für Gengrich schien es wichtig zu sein. Seine Leute würden ihm nicht erlauben nachzugeben.

Es würde auch den Großen Zünften nicht gefallen, wenn sie sich vor einem Alliierten demütigen mußten. Dann würden sie vielleicht sogar auf die Bündnisse verzichten. Aber wenn Schultz sich ganz einfach weigerte, seine Waffen niederzulegen, würde ihnen dieses Bündnis vielleicht nicht einmal angeboten werden.

Der Gedanke, daß Diana beim nächsten Beben umkommen oder Phadros' Männern ausgeliefert werden könnte, gab für Schultz den Ausschlag. »Lord Gengrich, um die Sitten zu achten, werde ich mich der Versiegelung meines Schwertes nicht widersetzen. Ihr braucht nur in meiner Gegenwart den Befehl dazu zu geben, und ich werde nichts mehr sagen.«

Gengrich nickte herablassend. »Ich sehe, daß die Großen Zünfte ihren Botschafter klug ausgewählt haben. Um ihn selbst und diese Klugheit zu ehren, werde ich das Schwert des Kommandeurs Schultz mit meinen eigenen Händen versiegeln.«

Schultz fühlte sich sehr viel besser. Das war eine Ehre, die man oft Männern erwies, die in ihrem eigenen Land, wenn auch nicht hier, als adlig galten – Römern vom Range eines Ritters zum Beispiel.

Gengrich trat vom Podium herab. Einer seiner Soldaten reichte ihm einen Lederriemen, der etwa einen Meter lang war. Er wickelte ihn einige Male um den Knauf des Kurzschwertes, das Schultz trug, und fing an, einen komplizierten Knoten zu schlagen. Dabei trat er so nahe an Schultz heran, daß sein Mund fast an dessen Ohr lag.

»Schultzy?« flüsterte er auf englisch.

Schultz nickte.

»Nichts sagen. Pistole behalten, aber niemandem zeigen. Wie steht es in Rustengo wirklich? Einigermaßen?«

Wieder nickte Schultz.

»Eure Lage ist also besser als die von Bettlern?«

Ein drittes Nicken.

»Das hatte ich vermutet. Nun, ich denke, ich werde um nichts bitten, das ihr nicht anbieten könntet.« Er war mit dem Knoten fertig und zog den Riemen straff. »Eine Kerzenlänge nach Sonnenuntergang wird jemand dich mit meinem Siegelring in deinem Quartier aufsuchen. Aber du mußt allein kommen.«

Schultz schüttelte den Kopf.

»Okay. Du kannst deinen Herold mitbringen. Aber sonst niemanden. Ist das klar? Sonst gibt es keinen Vertrag!«

Schultz nickte. Gengrich richtete sich auf. »Möge diese Versiegelung ein Zeichen dafür sein, daß zwischen Zephron und der Freien Stadt auch in Zukunft Frieden herrscht. Es lebe die Freie Stadt Rustengo!«

Der Beifall war dürftig, aber der Lärm der Trommeln sorgte dafür, daß niemand hörte, daß Schultz erleichtert aufseufzte. Er hatte schon einiges erreicht, ohne irgend etwas Wichtiges aufzugeben. Jetzt würde Arnie ernsthaft mit ihm reden.

Schultz trat vom Podium zurück. *Ich könnte mich ganz einfach umdrehen, aber es kostet nichts, höflich zu sein. Aber ganz sicherlich werde ich meine Rüstung tragen, wenn Arnies Bote mit diesem Ring kommt.*

Gengrich seufzte zufrieden, als die Dienerin noch einen Eimer heißes Wasser in die Wanne goß.

»Ich denke, du solltest jetzt das Öl anwärmen.«

»Ich habe es schon angewärmt, Lord. Dann habe ich ein heißes Handtuch um das Gefäß gewickelt.«

»Sehr gut, Risha. Du lernst sehr schnell.«

Das Mädchen errötete und schaute zu Boden. Sie war ziemlich scheu und antwortete nur, wenn sie gefragt wurde. Wahrscheinlich glaubte sie, daß jeder sie wegen ihrer eingeschlagenen Nase und der Narben, die sie am Kinn und am linken Ohr hatte, für häßlich hielt. Dabei hatte sie eine gute Figur und dazu noch schöne blonde Haare – wenn Gengrich nicht Angst davor gehabt hätte, mit seinen beiden Frauen Schwierigkeiten zu bekommen, hätte er sie aufgefordert, sich auszuziehen und zu ihm in die Wanne zu springen.

Es war eine Wanne in japanischem Stil, einer der wenigen Luxusgegenstände, die er auf Burg Zephron eingeführt hatte. Ursprünglich war hier ein römisches Lager, denn damals gehörte dieses Land zu den römischen Provinzen. Aber das war schon so lange her, daß man heute einen Dampfbagger brauchen würde, um die römischen Bäder wieder auszugraben. Bei jedem Bad flossen ein paar Gallonen Wasser ab, denn die Wanne hatte ein Leck, aber dies war immer noch besser, als nackt in einem eiskalten Raum zu stehen und sich mit einem Schwamm abzuwaschen.

Vor der tür zum Badezimmer schrie jemand. Dann hörte Gengrich schnelle Schritte. Fäuste hämmerten gegen die Tür.

»Lord Gengrich! Lord Gengrich!«

»Der Lord badet gerade«, sagte einer der vor der Tür postierten Wachsoldaten.

»Die Küche brennt!« schrie jemand.

»Verdammt!« sagte Gengrich. Er stand auf, und das Wasser spritzte aus der Badewanne. Ein Feuer in der Küche könnte gefährlich werden, denn da war viel Öl gelagert. Selbst wenn sich das Feuer nicht ausbreitete, würde doch der Rauch durch alle Räume ziehen und die Leute zwingen, in die feuchtkalte Nacht hinauszulaufen.

»Einer von euch muß nach unten gehen und helfen, das Feuer zu bekämpfen«, sagte er zu den Leuten. »Die anderen bleiben hier, aber die Tür muß offen bleiben, für den Fall, daß wir hier schnell raus müssen. Risha, du solltest auch verschwinden.«

»Danke, Lord, aber wenn Sie hier sind, gibt es keine Gefahr.«

Gengrich grinste, aber er war nicht sicher, ob ihm jetzt geschmeichelt oder ob er beleidigt wurde. Er sollte ihr eigentlich davon abraten, Alex Boyd gegenüber eine ähnliche Bemerkung zu machen …

Einer der Soldaten rannte davon, um bei den Löscharbeiten zu helfen. Der andere klemmte einen Deckel unter die Tür, damit sie nicht zufallen konnte, und schaute nach draußen. Risha trat an den Herd und nahm ein in ein Tuch gewickeltes Bündel auf. Wieder hörte Gengrich in einiger Entfernung Schreie. Er schnüffelte nach Rauch.

Wieder hörte er draußen schnelle Schritte. Ein Mann in einem nassen Mantel schaute zur Tür herein. »Lord Gengrich! Es brennt am Südtor! Das Gerüst – aah!« Er stöhnte auf und griff sich an den Nacken. Dann stürzte er zu Boden.

Als er aufschlug, sah Gengrich, daß Risha ihre blauen Augen weit aufriß. Ihr Gesicht war nicht mehr das eines hübschen Teenagers, sondern das einer Dämonin.

»Vorsicht! Das Mädchen!« schrie Gengrich.

Die Warnung kam für den Wachsoldaten zu spät. Risha schleuderte ihm den Öltopf an den Kopf. Gengrich hörte den Aufprall. Der Mann stürzte auf den Arbeiter und krümmte sich vor Schmerzen. Er griff sich an die vom heißen Öl geblendeten Augen.

Risha griff unter ihr Kleid und zog ein Messer hervor, das aussah, als sei es über einen halben Meter lang.

Er stieg gerade aus der Wanne, als sie ihn erreichte. Sie stieß von unten zu und versuchte, ihn in der Leistengegend zu treffen. Gengrich wich aus, und der Stoß verfehlte sein Ziel, aber durch die heftige Bewegung stürzte krachend die Wanne um, und das Wasser ergoß sich über den Fußboden. Es erreichte den Herd; das Feuer zischte, und erstickender Qualm stieg auf. Risha rutschte auf dem plötzlich glatten Fußboden aus und ging zu Boden. Gengrich stand und wollte weglaufen. Sie rollte sich herum und sprang auf die Füße wie eine trainierte Athletin. Ihr Messer traf Gengrich am Oberschenkel und hinterließ eine rote Spur.

»Heh, Wachen! Mörder! Zu eurem Lord!« Als Risha zwischen ihn und sein Schwert sprang, schrie er noch einmal nach den Wachen.

Das Messer streifte Gengrichs Arm, und auch hier floß Blut – die Schmerzen an seinem Schenkel konnten nicht nur von einem leichten Schnitt herrühren. War Gift an dem Messer? Mein Gott, was für ein Ende, von einem halbwüchsigen Mädchen in Stücke geschnitten zu werden!

»Fahr zur Hölle!« Er schlug nach ihr, aber er traf nicht. Dann warf er sich nach links, und als sie sich umdrehte, trat er zu. Sie war schnell, aber nicht schnell genug. Mit dem nackten Fuß traf er hart ihren linken Arm.

Wieder wich er aus, um sie zu täuschen, und trat dabei auf ein Stück von dem zerbrochenen Öltopf. Gott verdammt! Er stürzte und schoß dabei auf sie zu. Wieder versuchte sie, ihn am Oberschenkel zu treffen, aber dabei kam die Hand mit dem Messer in Reichweite. Er packte sie am Handgelenk, und mit einer einzigen Bewegung drückte er hart zu und drehte ihr den Arm um. Sie trat zu und verfehlte mit der Ferse gerade noch seine Leistengegend. Er umklammerte ihren Fuß mit den Schenkeln, ohne ihren Arm loszulassen, und warf sich nach vorn. Sie ging zu Boden, aber ihr dichtes Haar milderte den Aufprall.

»Gib auf, du verdammtes Weib!«

Sie antwortete nicht. Ihr linker Arm bewegte sich nicht, aber sie versuchte, mit der rechten Hand seine Augen zu erreichen. »Genug!« schrie Gengrich. Mit den Fingern seiner freien Hand griff er ihr ins Haar und schlug ihren Kopf auf den Boden. Sie stöhnte, aber immer noch wehrte sie sich. Wieder knallte er ihren Kopf auf den Fußboden, dann ein drittes Mal.

Sie atmete immer noch. Er atmete tief durch und widerstand dem Impuls, ihr auf die Kehle zu treten.

Schultz ging hinter dem Mann, der ihn führte, um die Ecke herum und fluchte über die Kälte und die Feuchtigkeit. Schon bevor sie das Ende des Korridors erreicht hatten, mußte er niesen. *Verdammter Mist!* Auf einem um Lichtjahre von Nasen-Spray und Kleenex entfernten Planeten wäre eine Erkältung wirklich kein Vergnügen!

Vielleicht wäre es besser gewesen, wenn er keine Rüstung getragen hätte. Die Kälte des Panzerhemdes spürte er sogar durch das Wams darunter. Ein paar Schichten Wolle mehr hätten ihm jetzt sehr geholfen.

»Vorsicht!« Bei diesem Ruf zog der Mann, der sie geführt hatte, sein Schwert und rannte durch die Halle zu einer halb geöffneten Tür an der linken Seite. Er hatte vielleicht drei Meter zurückgelegt, als der Schatten eines Balkens plötzlich Gestalt anzunehmen schien und dem Mann ein Messer in den Leib stieß.

Den Eindruck hatte jedenfalls Schultz. »Dylos, bleib hinter mir!«

Der zur Gestalt gewordene Schatten stürzte sich mit dem Messer in der Hand auf Schultz.

Bevor der Angreifer zustoßen konnte, hatte Schultz seine 9-mm-Star gezogen und drei Schüsse abgefeuert. Er kam gar nicht dazu, sich zu fragen, warum der Mann so klein aussah. Schultz gab noch einen Schuß ab, obwohl der Mann schon am Boden lag. *Das war Nummer eins.* Er drehte sich vorsichtig um.

Weiter unten im Korridor wurde eine Armbrust abgeschossen, und der Bolzen fuhr Dylos in die Brust. Verdammt, warum hatte der Junge keine Rüstung angelegt? Schultz feuerte zweimal in die Dunkelheit, und ein Schrei belohnte ihn. Er hörte, daß ein Mann auf den Boden aufschlug. *Sechs Schuß. Nur noch zwei übrig.* Er ärgerte sich, daß er seine 9-mm H & K mit ihren fünfzehn Schuß nicht bei sich hatte, und tastete sich zu einem Gewölbe vor.

Kleine Finger umklammerten sein Handgelenk mit eisernem Griff. Gleichzeitig traf ein Messer seinen Oberschenkel, aber die Klinge glitt von der Rüstung ab. Mit hoher Stimme stieß sein Gegner einen Fluch aus, und Schultz spürte, daß der Junge sein Handgelenk fester packte.

Der Angreifer war so klein, daß Schultz ihn hochheben konnte. Er schleuderte ihn gegen die Steinwand. Der Junge mußte ihn loslassen, und Schultz brachte seine Star in Anschlag, aber dann überlegte er es sich anders und stieß ihm den Lauf an die Kehle. *Nicht zu hart. Ich darf ihn nicht gefährlich verletzen.* Dann schlug er ihm den Knauf der Waffe über den Schädel.

Plötzlich stürzten von allen Seiten Wachen in die Halle. Mißtrauische betrachteten sie seine Pistole.

»Schultzy?«

»Alles okay, Alex. Ich hörte Arnie von da hinten rufen. Sag diesen Idioten, daß ich nicht zu den Angreifern gehöre.«

»Ach, Scheiße. Joe, du bleibst hier und regelst die Sache. Schau dir an, wen Schultzy sich da gegriffen hat.«

»Wen hast du da?« fragte Green. Er nahm dem Jungen die Kapuze ab. »Verdammt, der ist doch höchstens zwölf Jahre alt.«

»Zwölf oder fünfzig, um ein Haar hätte er mich umgebracht«, sagte Schultz.

Die anderen beiden waren vielleicht ein Jahr älter. Eine war ein Mädchen. Sie waren beide tot oder starben gerade.

»Gut getroffen«, sagte Green.

»Nun ja.«

»Wie in Cui Nol.« Green drehte sich zu den Soldaten um und zeigte auf den Jungen. »Fesselt ihn. Wenn er stirbt, bringe ich den Mann um, der ihn getötet hat. Wenn er entkommt, werden die Familien dafür büßen.«

»Ziemlich hart«, sagte Schultz auf englisch.

»Arnie will einen lebend. Wir sind dir dankbar, Schultzy.«

Das nützt Dylos überhaupt nichts mehr, hätte Schultz gern gesagt, aber er verzichtete darauf. Er beugte sich über den sterbenden Jungen. Die Armbrust war nur klein, eine, mit der man Niederwild schießt, aber der Bolzen hatte sich tief in Dylos' ungeschützte Brust gebohrt.

»Das hast du gut gemacht, Dylos. Deine Familie wird stolz auf dich sein.«

»Nicht die Familie, Kommandeur ... nicht die Familie. Nur Sie. Ich ... wollte Sie nicht entehren. Es ... ging auch um die Ehre ... des Herolds. Ich hätte ... den Männern Mißtrauen gezeigt, wenn ich eine Rüstung getragen ...«

Aus Dylos' Mundwinkeln lief Blut, und sein Blick wurde ganz starr. Die Hand des Jungen, die Schultz in seiner hielt, zuckte ein paarmal und hing dann schlaff herab.

Schultz hielt immer noch Dylos' Hand, als Boyd neben ihm auftauchte. »Drüben bei Gengrich ist noch jemand. Ein Mädchen von ungefähr fünfzehn Jahren. Sie lebt. Gute Figur.«

Alex hatte mit Frauen schon immer Probleme. Das war nicht besonders gut für das Mädchen, aber schließlich hatte niemand sie dazu gezwungen, sich ihren Lebensunterhalt damit zu verdienen, daß sie Leute mit Messern stach.

»Was ist mit Arnie?« fragte Schultz.

»Das Mädchen hat ihn ein paarmal mit einem vergifteten Messer getroffen«, sagte Boyd. »Frank ist jetzt bei ihm. Er sagt, es ist nicht so schlimm. Wahrscheinlich war das Mädchen die Anführerin. Die anderen standen in Reserve. Sie sind mit einem Enterseil über die Mauer gekommen. Dann haben sie mit Würfeln aus Vulkanbuschharz am Südtor und in der Küche Feuer gelegt und die Verwirrung ausgenutzt.«

Schultz war nicht sicher, ob er richtig gehört hatte. War Boyd vielleicht verrückt geworden? »Alex, das sind doch Kinder! Was, zum Teufel, geht hier vor?«

»Schultzy, das sagen wir dir, sobald wir es selbst wissen.«

Gengrich zuckte zusammen, als Frank Guilford den letzten Verbandstreifen von seinem linken Arm abriß. »Kannst du eine Faust machen?« fragte er. Gengrich verzog vor Schmerzen das Gesicht, aber er schaffte es.

»Gut.«

»Kann es Nachwirkungen geben?«

»Nicht bei Schlangengift in dieser geringen Dosierung. Du wirst Narben behalten, aber im übrigen bist du gut davongekommen.«

Gengrich hoffte nur, daß Frank sich nicht irrte. Sein Arm und sein Oberschenkel sahen aus, als seien sie mit einem rotglühenden Schürhaken behandelt worden.

»Es liegt an dem Öl«, sagte Frank. »Das Gift löst sich in Öl auf. Dein komisches Badewasser hat dir das Leben gerettet, oder doch wenigstens das Bein.«

Gengrich nahm einen Schluck gewärmten Wein und knirschte mit den Zähnen, als Guilford die Wunde reinigte und einen neuen Verband anlegte.

»Du wirst für ein paar Wochen keine Ringkämpfe bestreiten können, und an deiner Stelle würde ich nicht so viel Wein trinken. Ich werde noch ein wenig Saft machen.«

»Ich werde die kleinen Bastarde trockenwringen, und dazu brauche ich keinen Saft«, sagte Alex Boyd.

»Verdammt noch mal, damit wollen wir nicht wieder anfangen!« schrei Gengrich. »Ich will sie lebend. Nicht nur, damit sie reden, sondern weil ich sie dem Captain übergeben will.«

»Ich werde sie schon nicht umbringen«, sagte Alex. »Aber vielleicht würden sie sich das wünschen.«

»Vielleicht würdest du es doch tun«, sagte Guilford. »Alex, du hast das Mädchen ja nicht gesehen, als ich sie behandelte. Sie muß die Hölle erlebt haben. Ich wette, du würdest jedes Interesse verlieren, bevor sie auch nur den Mund aufmacht.«

»Nun hör mal zu, du gottverdammter ...«, fing Boyd an.

»Schluß jetzt, ihr beiden«, sagte Gengrich müde. Dies war ein alter Streit zwischen Guilford und Boyd. »Hast du sonst noch was zu sagen, Frank?«

»No, Sir.«

»Okay. Abtreten.«

Guilford verließ den Raum. Gengrich mißachtete seinen Rat und schenkte sich noch mehr Wein ein. Über das Glas weg schaute er zu Schultz und Vinicianus hinüber, die beide so taten, als wäre ihnen völlig entgangen, daß Guilford und Boyd sich angeschrien hatten.

Jedenfalls taten sie nicht mehr so, als existierte der jeweils andere nicht. Vinicianus war es nicht angenehm, daß Schultz bei diesem kleinen Kriegsrat anwesend war. *Zur Hölle damit. Schultz hat mich schließlich gerettet, und wovor er mich gerettet hat, wird er wohl noch herausfinden.*

Vinicianus warf Schultz immer noch böse Blicke zu, wenn er sich unbeobachtet glaubte.

»Okay, wir haben Lady Tylara und ihre bösen kleinen Kinder erwischt. Aber, verdammt noch mal, der Captain wird es nur glauben, wenn er mit den Kindern sprechen kann. Sie müssen unbedingt am Leben bleiben. Ich meine es ernst, Alex! Und das bedeutet gute Behandlung und nicht etwa ›auf der Flucht erschossen‹.«

»Das könnte heißen, daß Leute aufgefordert werden, sich umbringen zu lassen, nur um diese kleinen Bastarde am Leben zu erhalten.«

»Na und? Dann kriegen sie ein Staatsbegräbnis. Aber die Kinder müssen geschützt werden, denn nur durch sie besteht die Chance, daß Galloway uns in seine Dienste nimmt. Vergiß das nicht! Hoffentlich sind wir uns jetzt einig. Sobald der Captain es uns gestattet, gehen wir nach Norden.«

»Das ist mir klar«, sagte Boyd.

»Und was springt für die Zünfte dabei heraus?« wollte Schultz wissen.

»Sie dürfen unbehelligt nach Norden ziehen. Alle Handwerker, die mitkommen wollen, stehen unter unserem Schutz. Was dich betrifft, werden wir mit Galloway verhandeln.«

Schultz dachte kurz nach. »Damit kann man leben«, sagte er dann.

»So ist es. Vergeßt nicht, der Captain hat doppelt soviel

Verstand, wie Parsons glaubte. Und jetzt haben wir ein As im Ärmel, denn die Lady des Captains hat wirklich Scheiße gemacht. Wir trinken auf die Lady, auch bekannt als Tylara do Tamaerthon, Eqetassa von Chelm und Mrs. Rick Galloway.«

Sie tranken sich zu. Als Schultz an den Kamin ging, um noch etwas Wein zu wärmen, hatten sie schon den Text des Briefes entworfen, der nach Norden gehen sollte.

»Ich werde ihn in Tex-Mex schreiben. Larry Warner versteht das. Sonst wahrscheinlich niemand und ganz sicher keiner der Einheimischen. Larry ist intelligent; er wird dafür sorgen, daß das Schreiben dem Captain vorgelegt wird. Marcus, ich vermute, daß es Ihren Leuten ohne Schwierigkeiten gelingen wird, einen Brief zur Universität zu bringen?«

Vinicianus lächelte. Er war nüchterner als sonst, obwohl genug Wein zur Verfügung stand; Gengrich hatte beobachtet, daß er sich nur zweimal eingeschenkt hatte. Hörte er mit dem Saufen auf, weil er jetzt einen Rivalen zu fürchten hatte?

»Wenn meine Leute das nicht schafften, hätte ich eine Menge Gold sinnlos ausgegeben.«

Als wieder Wein aufgetragen wurde, hatten sie schon einen Vertrag zwischen dem Lord von Zephron und der Freien Stadt Rustengo entworfen. Dabei waren auch die jeweiligen Verbündeten berücksichtigt worden.

»Ihre Leute und Rustengo«, sagte Vinicianus. »Aber nicht die römischen Provinzen.«

»Und die wären?«

»Die Grenzen sind strittig. Aber wenn Sie Leute zu Ihren Verbündeten zählen wollen, die Marselius Caesar für seine Untertanen hält, kann das nichts Gutes bewirken, sondern viel Schaden anrichten.«

»Dann lassen wir sie weg«, sagte Gengrich. »Das kostet nicht viel. Wir kontrollieren ohnehin nur Teile des früheren römischen Territoriums.« Er rülpste und trank noch einen Schluck Wein. »Wir müssen herausfinden, was die Leute wollen, und uns dann auf die Schwachstellen konzentrieren. Vielleicht haben wir Glück. Wir hatten ja schon einmal Glück.«

4

»... problemas formidables por el Capitan. Yo creo que el Capitan es un hombre muy sensible, y el Capitan esto tambien comprende. Es imposible que el Capitan no vide una ruta que no me permitera la silencia sobre la muerta de los caballeros Cara – y Duig ... Usted sabe que los fueron.

Su amigo
Arnold G

Larry Warner legte die zweite Seite von Gengrichs Brief auf die erste. Er hatte den Brief schon dreimal gelesen. Er hatte den ersten Schock überwunden, aber seine Hände zitterten noch. *Hier gibt es tatsächlich problemas formidables. Für den Captain, für die Universität und für alle anderen.* Es war kalt im Raum, und er machte sich über dieses Problem Gedanken, aber seine Hände hätten auch gezittert, wenn das nicht der Fall gewesen wäre.

Wenigstens gegen die Kälte konnte er etwas unternehmen.

»Hamar!«

Der Junge steckte den Kopf zur Tür herein. »Ja, Lord Warner?«

»Holz für das Feuer und einen Krug von McCleves Bestem.«

»Sofort, Lord.«

Eigentlich wollte er sich nicht betrinken. *Können wir Arnie trauen?* Er versuchte, sich an das zu erinnern, was er über Gengrich wußte. Er wußte nicht sehr viel über den Mann.

Guter Kämpfer. Mittlere Führungsqualitäten. Er hat uns dazu überredet, uns von Parsons zu trennen, aber er konnte die Gruppe nicht zusammenhalten. Als Offizier nicht geeignet. *Haha! Vielleicht nicht, aber jetzt hat er ein Offiziersproblem!*

Aber ich auch. Was, zum Teufel, soll ich machen? Wen soll ich informieren?

Die Kerze auf Warners Schreibtisch brannte gleichmäßig; sie qualmte und flackerte nicht. Komisch, daß etwas so Einfaches wie ein aus drei Fäden zusammengedrehter Docht einen solchen Unterschied machte. Er hatte lange probieren müssen, aber jetzt brachten die in der Universität hergestellten Kerzen guten Profit, und das würde noch eine Weile anhalten. Irgendwann allerdings würden die einheimischen Kerzenmacher den Trick kennen. *Bestimmt. Solche Kenntnisse verbreiten sich von selbst.*

Warner merkte, daß er den Brief zu dicht an die Flamme hielt. Noch einen Zentimeter näher, und diese heiße Kartoffel hätte sich in Asche verwandelt. *Und was wäre dann? Wenn Arnie mir einen Brief in Tex-Mex schreiben kann, dann kann er einen in Englisch an den Captain schreiben. Oder im einheimischen Dialekt an jeden, dem er schreiben will.*

Eins steht fest. Arnie blufft nicht. Gengrich hatte zu viele Namen, Orte und Daten genannt, als daß es frei erfunden gewesen sein könnte.

Warner legte den Brief auf den Tisch und schaute zur rußgeschwärzten Decke hinauf. Er wußte, wie Gwen seinen gegenwärtigen Gesichtsausdruck bezeichnet hätte. »Warum denn ausgerechnet ich, lieber Gott?« hätte sie gesagt. Und genau das Gefühl hatte er.

Gwen – sollte er sie informieren? Warner stand auf und ging im Zimmer auf und ab. *Es ist ihre Schuld. Zuerst heiratet sie Caradoc, und sobald Les auftaucht, wirft sie sich dem wieder an den Hals.*

Sie hat Scheiße gemacht, und deshalb mußte ein guter Mann sterben. Das würde für immer zwischen ihr und Warner stehen. Er würde sie höflich behandeln, das wäre kein Problem, aber im übrigen würde er auf Distanz gehen, und das würde sie natürlich merken. Sie würde sich Gedanken machen und vielleicht fragen. Wenn aber die Antwort ausblieb, würden sie dann noch zusammenarbeiten können? Doch wenn sie an der Universität Fehler machten, würde der Captain ihnen einiges erzählen.

Jemand klopfte an die Tür.

»Herein, Hamar.«

Der Junge stellte einen Krug mit Selbstgebrautem auf den Tisch, warf einen Armvoll Holz auf das Feuer und füllte Warners Becher. Der Becher war aus Silber. Warner hatte ihn von einem römischen Soldaten bekommen, der Silberschmied gewesen war, bevor er zu den Legionen ging. Eine hervorragende Arbeit. An seinem Rand jagten sich Zentauren und Pferde. Zu Hause hätte er wahrscheinlich tausend Dollar gekostet.

Auf der Erde meinst du natürlich. Jetzt ist Tran das Zuhause. Tran oder gar nichts. *Und Tran ist nicht einmal so schlecht. Das milde Klima. Die seltsamen Sitten der Einheimischen, die Möglichkeit, wie im Mittelalter zu leben. Die ständige Gefahr, die verhindert, daß man verweichlicht, der Ärger mit den aufgeregten Weibern …*

Warner trank seinen Becher leer. Nun ja, es gab eine Möglichkeit, die heiße Kartoffel loszuwerden: Es gab den Dienstweg. Die nächste Station war Elliot. Sollte sich doch der Sergeant Major Sorgen machen. Sollte er es doch dem Captain sagen.

»Wir trinken auf den Dienstweg!«

Mason drehte seinen Stuhl um, damit er mit den Füßen zum Feuer sitzen konnte.

Elliot servierte Kräutertee, der mit McCleves Bestem versetzt war. »Das Zeug ist nicht schlecht«, sagte Elliot. »Ich denke, der Major könnte davon noch ein bißchen mehr gebrauchen.«

»Weiß Gott. Auf den Pässen liegt Schnee. Sie nennen das einen milden Winter.« Mason trank seinen Becher halb leer. »Da möchte ich aber keinen strengen erleben. Worum geht es jetzt eigentlich?«

»Einen Moment noch«, sagte Warner und schenkte wieder ein.

»Wo ist Gwen?« fragte Mason ein paar Schlucke später.

»Sie interviewt ihre neue – nun, man muß sie wohl Büroleiterin nennen«, sagte Warner. »Sie ist keine Sekretärin – für die Einheimischen käme das einem Schreiber gleich, und das wäre keine Arbeit für eine Adlige. Das Mädchen ist eine Enkelin des alten Camithon.«

»Sieht sie gut aus?« fragte Mason.

»Was ist los, Major? Haben Sie sich schon wieder vergeblich beworben?«

»Ich hab's gar nicht erst versucht«, sagte Mason. »Eigentlich brauche ich einen professionellen Heiratsvermittler oder, besser noch, eine Polaroid-Kamera.«

»Da müßten Sie beim Photographieren aber vorsichtig sein«, sagte Warner. »Irgend jemand könnte glauben, daß die Kamera ihm seine Seele stiehlt.«

Elliot lachte. »Die Araber glauben das. Jedenfalls die Jemeniten. Daß die Einheimischen das glauben, habe ich noch nicht gehört.«

»Ich auch nicht«, sagte Warner. »Aber sehr viele Einheimische glauben, was gut genug für Oma war, ist auch für sie und ihre Kinder gut. Man braucht nur mit den einheimischen Kerzenmachern über meine neue Kerzendochte zu reden. Ich hatte geglaubt, sie würden sie kopieren, um Geld zu verdienen, aber nein, sie warten auf ein Zeichen von Yatar.«

»Okay, Sie haben gute Kerzen. Aber ich bin nicht über halb Tran durch den Schnee geritten, um mir davon erzählen zu lassen. Reden Sie schon, Professor.«

Warner seufzte. »Ja.« Er zog zwei eng beschrieben Pergamentbögen aus der Tasche. »Es ist in Tex-Mex, und Sie müssen sich schon auf meine Übersetzung verlassen.«

»Ich kann die Sprache selbst lesen, Professor«, sagte Elliot.

»Das hat Arnie wahrscheinlich nicht gewußt.«

»Arnold Gengrich weiß nicht annähernd soviel wie er glaubt«, sagte Elliot.

»Ich lese den Brief jetzt vor«, sagte Warner. Er las und reichte Elliot die Seiten.

Art Mason stand auf und schenkte Tee ein. »Haben Sie das genau verstanden, Elliot?«

»Yes, Sir.«

Yes, Sir. Plötzlich ist Elliot froh, daß er nichts entscheiden muß. Mason wandte sich an Warner. »Glauben Sie, daß er blufft, Professor?«

»No, Sir.«

»Das tut er auch nicht. Ich habe selbst einiges herausgefunden.« Er sah Elliot bedeutsam an, und der nickte. »Er blufft nicht, und er hat alle nötigen Beweise.«

»Weiß der Captain es schon?« fragte Elliot.

»Noch nicht. Es sei denn, Larry hätte einen Bericht geschrieben.«

»Habe ich nicht«, protestierte Warner.

»Wir müssen ihn informieren.«

»Ja, Sergeant Major, wir müssen ihn informieren.«

»Major, wir hätten ihn schon informieren müssen, als Sie dieses verdammte Wolfshaus gefunden hatten.«

»Vielleicht. Warner, mit wem sonst haben Sie über diese Sache gesprochen?«

»Mit niemanden, Sir.«

Mason hob eine Brause. »Nicht einmal mit Gwen?«

»No, Sir. Das Ding war mir zu brisant.«

»Sie haben richtig gehandelt«, sagte Elliot. »Halten Sie Gwen gegenüberr das Maul, und dann werde ich langsam denken, daß Sie wirklich so gescheit sind, wie Sie immer behaupten.«

Art Marson stand auf und ging im Zimmer auf und ab. »Okay, Larry, Sie kommen mit uns nach Edron. Denken Sie sich einen Grund dafür aus. Wir werden den Captain antreffen, wenn wir sofort aufbrechen. Sie kennen Gengrich besser als wir. Wieviel Zeit hätten wir?«

»Es eilt nicht. Bis zum Frühjahr wahrscheinlich. Arnie weiß, daß wir im Winter nicht marschieren können. Er will zu uns zurück, und ganz bestimmt will er uns keine Schwierigkeiten machen.«

»Es könnte Schwierigkeiten geben, wenn wir sagen ›komm zurück, es ist alles verziehen‹«, sagte Elliot. »Er hat sich selbständig gemacht. Und er war erfolgreich. Wenn er zu uns kommt, könnten wir ihn mit reichlich Munition ausstatten. Die Frage ist: Können wir ihm trauen?«

»Ich weiß es nicht, Sergeant Major. Aber haben wir eine Wahl? Haben Sie bessere Vorschläge?«

Längeres Schweigen. »Keine, Sir.«

»Okay. Noch etwas. Dies Ding geht nicht über die Signalanlage. Auf keinen Fall. Wenn noch mehr Dechiffrierer desertieren, bricht das ganze System zusammen.«

»Yes, Sir«, sagte Elliot.

»Sonst noch was?« Art hielt seinen Becher hoch. »Können Sie noch mal einschenken, Professor? Diesmal dürfen Sie den Tee weglassen.«

Sie waren weit von der Erde entfernt, und die unter Miltärs üblichen Rituale galten hier eigentlich nicht, aber Warner, Elliot und Mason standen in Halbachtstellung vor Rick Galloways Schreibtisch. Rick legte die Pergamentbögen beiseite und schaute die drei Männer an.

»Okay. Sie sind nicht die ersten, die dem Alten etwas verheimlichen. Ich brauche keine Erklärungen und keine Entschuldigungen, ich brauche Antworten. Mason.«

»Sir.«

»Sie sagen, daß das Wolfshaus kurz nach Ihrer Ankunft verlassen wurde. Die Leute haben sich also nicht an den Eid gehalten, den sie Ihnen geschworen hatten. Habe ich recht?«

»So sieht es aus, Colonel.«

»Gibt es eine Chance, die Kinder irgendwo aufzuspüren?«

»No, Sir. Die Spur ist kalt, und es hat heftig geschneit. Ich habe Beazeley und ein paar Agenten losgeschickt, aber mehr konnte ich nicht tun. Wenn ich ein paar hundert

Mann aufgeboten hätte, wären die Leute neugierig geworden.«

»Sie hätten also überall hingehen können, möglicherweise sogar nach Süden.«

»Yes, Sir«, sagte Elliot. »Und das bedeutet, daß Gengrich sich mehr Sorgen machen müßte, als er ahnt.«

»Verdammter Mist – wir können ihn nicht einmal warnen«, rief Warner. »Ich wüßte nicht wie. Das Signalsystem ...«

»Daran habe ich auch schon gedacht«, sagte Rick. »Aber vielen Dank, daß Sie mich darauf ansprechen. Sie haben sich alle drei korrekt verhalten. Nichts läuft über die Signalanlage. Elliot, wir müssen das System ändern. Kümmern Sie sich darum. Es muß sicherer werden, und wir müssen es wieder voll unter *unsere* Kontrolle bringen.«

»Ich werde dafür sorgen, Sir.«

»Es gibt vielleicht eine Möglichkeit, sie zu finden«, sagte Mason. Dann schwieg er.

»Reden Sie schon«, sagte Rick.

»Wenn wir nur wüßten, wo wir suchen sollen.«

»Oh.« Rick dachte darüber nach. »Sie müßte es doch eigentlich wissen, nicht wahr?«

»Darauf gehe ich jede Wette ein, Sir.«

Art wirkt erleichtert. Warum? Weil ich das Ganze so gut aufgenommen habe. Du hast einen Oscar verdient, Galloway. »Die Frage ist, soll ich ihr sagen, daß wir es wissen?«

»Das können nur *Sie* entscheiden«, sagte Warner. Elliot warf ihm einen schiefen Blick zu.

»Darf ich etwas sagen, Sir?« fragte Mason.

»Ja.«

»Wie ich Beazeley schon sagte, ist Lady Tylara unberechenbar, aber sie ist nicht verrückt. Deshalb habe ich die Kinder auch nicht eingesammelt, als ich noch die Gelegenheit dazu hatte. Ich weiß nicht, was sie plant ...«

»Aber Sie denken, es könnte nützlich sein?«

»Yes, Sir. Genau.«

»Ich bin ganz sicher, daß sie das Kompliment zu würdigen wüßte.«

»Da ist noch etwas«, sagte Elliot.

»Ja?«

»Sie wissen es schon, Colonel. Wenn wir zuviel unternehmen, wird die Geschichte herauskommen. Gott weiß, was dann passiert, aber Gutes wird es nicht sein.«

»Blutrache. Und nicht nur Lady Tylara wäre betroffen, sondern auch ihr Vater und der ganze Clan«, sagte Larry Warner. »Und natürlich Caradocs Leute. Das würde bedeuten, daß sich große Teile der Universitätsgarnison im Bürgerkrieg befänden.«

»Dann müssen wir eben dafür sorgen, daß es nicht herauskommt«, sagte Rick. »Das ist von höchster Priorität. Aber was können wir tun, wenn es dennoch herauskommen sollte?«

Art Mason schüttelte den Kopf. »Colonel, Sie wissen genauso gut wie ich, daß Lady Tylara ihre kleinen Mörder fallenlassen und sie lebend Caradocs Verwandten ausliefern muß. Oder ihre Köpfe auf Stangen stecken.«

Was sie nicht tun wird. Wenn sie die Befehle gegeben hat, wird sie die Kinder, die sie ausgeführt haben, schützen. Ich kann wirklich nicht glauben, daß sie das nicht tun würde. Verdammt, kein Wunder, daß sie nicht mit mir schlafen will! »Aber selbst das würde nicht funktionieren.«

»Wahrscheinlich nicht«, sagte Warner. »Blutgeld reicht in diesem Fall nicht aus ... Dies war ... war ...«

»Kaltblütiger Verrat an einem loyalen Untertanen«, beendete Rick den Satz für ihn. »Ja, Mr. Warner, das ist mir völlig klar.« *Und so sollte ich wirklich nicht mit ihm reden.*

»Wir haben ein zusätzliches Problem, Colonel«, sagte Mason. »Caradoc befehligte die Berittenen Bogenschützen, die zu unseren loyalsten Truppen gehören. Wenn die es erfahren ...«

»Wer soll uns dann den Rücken freihalten?« sagte Rick. »Danke, daß Sie mich daran erinnern. Wir haben keine Wahl. Wenn wir die Sache also geheimhalten können ...«

Elliot wollte etwas sagen, aber Rick fuhr fort: »Und das können wir, aber dabei kommt es auf Gengrich an. Wie intelligent ist er eigentlich, Mr. Warner?«

»Colonel, darüber habe ich auf dem ganzen Weg hierher nachgedacht. Ich halte ihn für ziemlich intelligent. Er wird sich rückversichert haben. Bestimmt hat er einige Leute informiert. Es sind zu viele, als daß wir sie beseitigen könnten, aber nicht so viele, daß es nicht geheimgehalten werden könnte, wenn wir mit Gengrich zusammenarbeiten.«

»Sind Sie sicher?«

»Ziemlich sicher, Sir.«

»Elliot?«

»Ja. Er wird es auf diese Weise versuchen.«

»Hat er seine Leute wirklich im Griff?«

Elliot zögerte. »Ich denke doch, Sir«, sagte er dann.

»Gut. Gengrich verlangt also volle Amnestie für sich und seine Leute und eine Bestätigung seiner Beförderung. Können wir damit leben?«

»Eine Amnestie wäre kein Problem«, sagte Elliot. »Was die Beförderung betrifft, könnte es Probleme geben.«

»Aber über Beförderungen läßt sich doch verhandeln«, sagte Warner. »Ich bin sicher, daß Arnie mehr verlangen wird, als er zu bekommen hofft.«

»Wir können ja auch unsere eigenen Leute befördern«, sagte Rick. »Jeder steigt um ein paar Ränge nach oben.« *Und dabei ist es ganz nützlich, daß wir ein Dutzend Organisationen haben, in denen jeder verschiedene Ränge bekleidet.* »Gengrichs Söldner werden alle Sternen-Lords sein.«

»Und das ist hier von weit größerer Bedeutung als dort unten«, meinte Mason.

»Vielleicht«, sagte Rick. »Wir leben hier besser, aber wir haben auch mehr Disziplin. Elliot, was für Probleme bringt Gengrich mit?«

»Das größte Problem ist Boyd. Ein tüchtiger Mann, aber er jagt jedem Weiberrock hinterher, verheiratet oder nicht.«

»Hier wird er das Ding in der Hose behalten«, sagte Rick. »Achten Sie darauf.«

»Sir.«

»Das wäre erledigt. Nächste Frage: Gwen. Wieviel weiß sie?«

»Ich sagte doch schon, daß ich sie nicht informiert habe, Colonel.«

»Ich weiß, was Sie gesagt haben, Mister Warner, aber sind Sie sicher, daß sie nicht andere Möglichkeiten hat, die Sache in Erfahrung zu bringen?«

»Der Brief war versiegelt.«

»Und in Tex-Mex abgefaßt«, sagte Elliot.

»Gwen kann Latein«, sagte Rick.

»Verdammt, natürlich kann sie das.«

»Wie war der Brief versiegelt?« fragte Rick.

»Sah gut aus. Eingenäht und in Leder versiegelt. Überall war er mit Wachs versiegelt. Arnie hat dafür seinen Klassenring von der High-School verwendet. Ich möchte wetten, daß niemand den Brief vor mir geöffnet hat.«

»Wir wetten ziemlich viel. Wenn sie es weiß und wir nicht wissen, daß sie es weiß – verdammt, ich hätte nicht übel Lust, es ihr selbst zu sagen.«

»Das wäre vielleicht gar keine schlechte Idee«, sagte Warner. »Das könnte …«

»Drei können ein Geheimnis für sich behalten, wenn zwei von ihnen tot sind«, sagte Mason. »Colonel, über diese Angelegenheit sind wirklich schon genug Leute informiert. Ganz gleich, was wir unternehmen, ich bin ganz sicher, daß die Sache an die Öffentlichkeit dringen wird. Je später das der Fall sein wird, desto besser. Wenn es lange dauert, werden die Leute es wieder mal für ein Gerücht halten.«

»Okay. Wir werden sie also nicht informieren.« *Ihr werdet sie nicht informieren, aber ich vielleicht. Wäre ein guter Vorwand, sie mal wieder aufzusuchen.* »Sonst noch was?«

»No, Sir.«

»Gut. Abtreten.«

Rick wartete, bis die anderen gegangen waren. *Les hat immer geglaubt, daß Gwen mich heiraten würde. Wahrscheinlich hat er damit gerechnet, daß ich bei seiner Rückkehr großzügig reagieren würde.* Er hob sein Glas und betrachtete es eine Weile. Dann schüttelte er den Wein ins Feuer.

Gwen Tremaines Tagebuch

... der erste Tag seit Caradocs Geburt, an dem ich Lust habe, mich wieder ein wenig zu bewegen. Ich habe immer noch nicht genug Milch, ihn zu stillen, aber er gedeiht prächtig von dem, was die Ammen ihm geben, und sonst hat es mit ihm noch keine Probleme gegeben. Ich habe also eine schwere Geburt und zwei ziemlich leichte erlebt. Vielleicht habe ich dazugelernt. Wenn ich auf einem Planeten, auf dem es nur eine mittelalterliche Gynäkologie und mittelalterliche Geburtshilfe gibt, noch weitere Kinder kriegen soll, war das auch dringend nötig.

Bloß wegen des Namens wird niemand ihn für Caradocs Sohn halten, jedenfalls niemand, der rechnen kann. Aber das ist nicht so wichtig. Seltsam, daß die Leute so nachsichtig mit mir sind, seit mein so lange verloren geglaubter irdischer Soldatengatte von den Toten auferstanden ist.

Das Wetter ist jetzt so mild, daß ich wirklich erwarte, den Frühling zu erleben, bevor ich alt und grau bin. Es ist nicht gut, im Winter schwanger zu sein, aber es sieht wirklich so aus, als wäre der Winter bald zu Ende.

Larry Warner kam zum Lunch. Er ist immer noch so nervös, wie er es war, bevor er nach Burg Edron ging. Weiß er etwas, das er mir nicht sagen will? Und was könnte es sein? Ich habe versucht, es herauszufinden, aber er redete immer nur über eine Guanolieferung von den Nikeianischen Inseln ...

Was oder wer auch immer Larry so nervös gemacht hat – ich hasse es oder ihn. Dadurch ist die einzige Freundschaft zum Teufel gegangen, die ich auf diesem verdammten Planeten hatte.

Es hilft auch nicht viel, daß Marva Campbell akzeptiert hat. Sie werden heiraten, wenn Rick auf dem Weg nach Süden hier vorbeikommt. Bei der Gelegenheit werden wir einigen hochrangigen Besuch haben. Marva wird weiterarbeiten, wenigstens bis die Kinder kommen, aber jetzt wird sie Campbell Dinge verraten, die er vielleicht lieber nicht erfahren sollte.

Ich hatte angenommen, daß Lady Siobhan in der Lage gewesen wäre, Marvas Stelle einzunehmen, aber jetzt sieht es so aus, als hätte Mason Ansprüche auf sie angemeldet. Er schreibt ihr Briefe, und als er das letzte Mal hier war, hat er angefangen, ihr Englischunterricht zu erteilen. Natürlich wird er sie wohl weiterarbeiten lassen. Die Universität ist weit und breit so ziemlich der sicherste Ort. Aber sie ist erst siebzehn Jahre alt. Wird ihre Loyalität ihrem Gatten gelten oder der Universität? Nun habe ich eine weitere Vertraute verloren. Sie wird hier nicht viel anderes sein als Ricks Spionin.

Rick. Ich habe Larry Warner gefragt, wie es ihm und Tylara geht, da hat er mich nur ganz seltsam angeschaut. Das hat mich eigentlich nicht überrascht; aber – ich wüßte gern, was Rick denkt. Als er das letzte Mal hier war, waren er und Tylara nicht gerade sehr freundlich zueinander. Nehmen wir an ... Nein, daran darf ich nicht denken. Ich darf es ganz einfach nicht.

Les, du fehlst mir so sehr. Verschwinde bloß nicht in einem Schwarzen Loch, und mach auch sonst keine Dummheiten.

TEIL DREI
Propheten

1

Es war Frühling auf Burg Armagh. Frühling bedeutete, daß es kein Eis mehr gab. Die Wege waren so voll Schlamm, daß sie nur langsam vorankommen würden. In einem normalen Jahr müßte das zwar im Sommer besser werden, aber darauf wollte Rick diesmal nicht wetten.

»Wir können morgen abrücken«, meldete Art Mason. »Das gefällt zwar niemandem so recht, aber wir können es schaffen.«

»Dann marschieren wir eben morgen. Richten Sie sich darauf ein, daß wir früh aufbrechen.«

Rick inspizierte die Feldausrüstung, die vor ihm auf dem Tisch lag. Neben Rüstung und Waffen lag dort eine komplette Schlafausstattung. Außerdem stand ein Heißluftofen auf dem Tisch, in dem man Zweige und Tannennadeln verbrennen konnte und der das Teewasser in Minutenschnelle erhitzte.

»Wir schleppen ziemlich viel Zeug mit uns herum«, sagte Rick.

»Nur, daß wir es nicht schleppen müssen«, meinte Art Mason.

»Stimmt, aber ich komme mir komisch vor. Die Soldaten dürfen weit weniger mitnehmen.«

»Ein hoher Rang hat nun mal seine Privilegien, Colonel. Ich glaube nicht, daß auch nur ein Mann in der Armee Ihnen den kleinen Luxus mißgönnt.«

»Sind Sie sicher?«

»Yes, Sir, da bin ich ganz sicher.«

»Okay. Auf die Antwort hatte ich gehofft. Verdammt, Art, ich habe keine Lust mehr, Feldzüge zu führen.«

»Dann lassen wir es eben.«

»Das geht nicht. Zu viele Komplikationen. Religionskrieg. Gengrich. Die Handwerker aus Rustengo. Die römischen Verbündeten. Die Verschmelzung der Religionen. Wir müssen mit zu vielen Bällen jonglieren.«

Mason seufzte. »So sehe ich das auch, Sir. Aber diese Sache müssen Sie selbst regeln.«

Jemand klopfte an die Tür.

»Wer ist da?«

»Tylara.«

Rick hob eine Braue. »Dann komm doch herein.«

Sie war ohne Begleitung gekommen. Ihre Bekleidung bestand aus einem langen Kleid aus hellrot gefärbtem Garta-Tuch. *Steht ihr eigentlich nicht,* dachte Rick. *Aber es war bestimmt teuer.* Außerdem trug sie das Halsband aus Malachit, das Rick ihr geschenkt hatte.

»My Lord Mason«, sagte Tylara.

»Guten Tag, My Lady. Ich wollte gerade gehen«, sagte Mason. Er verließ den Raum und machte die Tür hinter sich zu.

»Du kommst ohne Begleitung. Ob das klug ist?«

Sie lachte. »Ich fühle mich sicher. Wer sollte uns in unserer eigenen Burg etwas antun?«

Das müßtest du besser wissen als ich. »Was führt dich her?«

»Du reitest morgen fort.«

»Ja.«

»Es gab eine Zeit, wo das genügend Grund gewesen wäre, uns zu treffen.«

»Das stimmt wohl«, sagte Rick.

»Wie du sagst.« Tylara lächelte. »Meine Gründe für diesen Besuch sind nicht nur frivoler Natur.« Sie zog ein kleines Päckchen aus ihrem Ärmel.

»Für *mich*?« Er machte es auf und entnahm ihm ein Paar lange gestrickte Wollsocken. Die Socken trugen das Wappen von Chelm, und die Wolle war extrem fein. »Sie werden bestimmt passen. Vielen Dank. Das muß viel Arbeit gekostet haben.«

»Ich hatte Hilfe.« Wieder lächelte Tylara.

Hilfe. Wie wahr. Die hast du immer, wenn du sie brauchst. Er befühlte die Socken. Ein vergifteter Dorn in der Ferse? Mach dich doch nicht lächerlich. Er stopfte die Socken in die Tasche am Bein seines Overalls. »Nochmals vielen Dank.«

Sie runzelte erstaunt die Stirn. »Rick, ich ...«

»Verdammt noch mal, wo ist Mason hingegangen?« Er rannte an ihr vorbei in die Halle hinaus, aber dann blieb er stehen. *Nein! Sie ist gekommen, um sich mit mir zu versöhnen. Warum bin ich nur so mißtauisch?* Aber als er wieder ins Zimmer ging, war sie schon durch die andere Tür verschwunden.

»Heh, nimm deinen Arsch aus dem Sattel und führ dein Pferd!«

Apelles richtete sich zu einer würdigen Pose auf. Wer …

»Heh, ich rede mit dir. Du da mit dem blauen Nachthemd! Du und dein Diener, ihr steigt jetzt ab und führt eure Pferde. Niemand reitet über diese Brücke, nicht einmal Caesar persönlich.«

Der Befehl kam von einem römischen Centurio, der den Weg zu einer Floßbrücke üb er den Dnaster versperrte. Apelles drückte seine Knie in die Flanken seines Pferdes. Der Weg war schlammig, und er war kein guter Reiter. Das Tier ging im Schritt weiter.

»Halt, oder ich brauche Gewalt!« Der Römer hob die Hand, und mehrere Bogenschützen, die am Ufer gesessen hatten, sprangen auf.

»Sind Sie verrückt?« Apelles hielt an und glitt aus dem Sattel. Niemand hielt sein Pferd oder den Steigbügel, und er wäre fast gestürzt. Der Schlamm reichte ihm bis über die Sandalen.

»Zenturio, ich bin Apelles, ein Priester Yatars und Nuntius von …«

»Apelles?« sagte der Centurio. Plötzlich redete er in einem ganz anderen Ton. »Ich will verdammt sein!«

»Hoffentlich nicht, Quintus«, sagte Apelles erleichtert. Quintus Pollio von der Elften Legion war Captain der römischen Universitätsfeuerwehr gewesen. Zum ersten Mal seit Tagen sah Apelles wieder ein vertrautes Gesicht.

»Das sollen Christus und St. Michael – und Wotan – bestimmen«, sagte Quintus heiter. »Aber niemand wird mich retten, wenn ich Sie oder irgendeinen anderen über diese Brücke reiten lasse. Schauen Sie sich die Brücke gut an, Freund Apelles, dann werden Sie mit mir einer Meinung sein.«

Apelles warf seinem Freigelassenen die Zügel des Pferdes zu und folgte Quintus zum Ufer hinunter, um die Brücke zu inspizieren. Die Brücke war knapp zwei Meter breit, und zwischen den einzelnen Planken war eine Handbreit Abstand. Die Planken hoben und senkten sich, wenn die Boote, auf denen sie lagen, sich in der schnellen Strömung des Dnaster an ihren Ankerketten auf und ab bewegten. »Äh … Freund Quintus, kommt man überhaupt sicher an das andere Ufer?«

»Zu Fuß, wenn man vorsichtig ist«, sagte Quintus. Wir haben heute schon drei Leute verloren. Der Fährmann unten am Fluß hat zwei geborgen. Einen dritten haben die Hydras erwischt.«

»Hydras?«

»Ich glaube, die großen haben wir inzwischen alle gefangen. Wir haben Schwertspitzen zu Haken gebogen, und …«

»Es gibt eine Fähre? Dann nehme ich die.«

»Keine Chance. Nur Wagen. Alles andere geht über die Brücke.«

»Erzbischof Polycarp erwartet mich noch vor Einbruch der Nacht.«

»Warum haben Sie das nicht gleich gesagt. Sie gehen. Ich schaffe Ihr Pferd hinüber.«

»Möge Yatar Sie segnen«, sagte Apelles inbrüstig.

Als Apelles das andere Ufer erreicht hatte, wäre er am liebsten auf seine Knie gefallen, um den schlammigen Boden zu küssen. Die Brücke hatte noch stärker geschwankt als er befürchtet hatte. Während er den Fluß überquerte, hatte er zwei Leichen flußabwärts treiben sehen. *Es können keine Hydras übriggeblieben sein. Jedenfalls keine großen.*

Apelles fühlte sich sehr viel besser, als er wieder sein Pferd bestieg. In seinem Dorf Nials Mercy besaßen, abgesehen vom Hof des Bheroman Rhegmur, nur drei Leute Pferde. *Selbst auf dieser graubraunen langsamen Schindmähre bin ich einem Ritter ebenbürtig. Nun ja, nicht ganz.*

Tatsächlich aber hatte er mehr Macht als jeder Ritter und sogar mehr als fast jeder Bheroman. Als Assistent des Kanzlers von Drantos konnte Apelles im ganzen Königreich Vollmachten und Verfügungen erwirken. Wenn er die Feder in sein Tintenfaß tauchte, konnte es für Leute, die nur Ritter waren, sehr wohl um Leben oder Tod gehen.

Apelles hatte noch nie ein Heer im Felde gesehen. Er hatte ein riesiges Feldlager, eine ganze Stadt voller Soldaten erwartet. Statt dessen fand er ein Dutzend kleinere Lager vor, einige von ihnen überhaupt nicht befestigt, andere mit Wall und Graben. An keinem aber war die Sorgfalt zu erkennen, mit der, wie er gehört hatte, die Römer ihre Lager zu errichten pflegten.

»Wohin?« fragte sein Freigelassener.

»Palomas, du redest zuviel. Ich hätte dich nie freilassen sollen.«

»Wir haben uns also verirrt.«

Das stimmte. Apelles wußte nur, daß Polycarps Zelt sich in Caesars Lager befand. Wo aber was das?

»Wir hätten den Centurio fragen sollen«, sagte Palomas.

»Ja, natürlich, und du hältst jetzt den Mund, sonst stecke ich dich zu den Lehrlingen in die Küche.«

»Das könnte besser sein als das, was uns heute abend erwartet.«

»Frag die Frauen da drüben.«

Die beiden Frauen trugen Eimer und Säcke mit Wäsche. Palomas ritt zu ihnen hinüber. *Er reitet besser als ich. Er hat mir nie erzählt, wie es dazu kam, daß er Sklave wurde.*

»Seid gegrüßt, gute Frauen«, sagte Palomas. »Könnt ihr uns sagen, wie wir Caesars Lager finden?«

Eine der Frauen schaute ihn von oben bis unten an und zeigte mit einem breiten Grinsen ihre Zahnlücken. »Dort werdet Ihr wenig Vergnügen haben. Publius der Satyr beansprucht alles für sich selbst. Bei uns könntet Ihr es besser haben.«

»Chara, der eine ist Priester«, sagte die andere Frau.

Chara zuckte die Achseln. »Er ist kein Bischof und auch kein Hohepriester. Bleibt bei uns, Freund. Chara aus Glinz hat einen Namen ...«

»In Vis sind also keine Soldaten einquartiert«, sagte Apelles.

»Nur Offiziere«, sagte Chara. »Woher wißt Ihr das?«

»Ihr bringt mich in Versuchung, edle Dame«, sagte Apelles. »Aber wir müssen vor Einbruch der Dunkelheit Bischof Polycarps Zelt finden. Könnt Ihr uns den Weg zeigen?« Er ließ ein paar Kupfermünzen klimpern.

»Oh«, sagte Chara. »Seht Ihr den Hügel dort im Westen?« Sie streckte eine große rote Hand aus. »Caesars Lager liegt gleich dahinter.«

Apelles schaute in die angegebene Richtung. »Danke.« Er warf ihr zwei Kupfermünzen zu.

Ihr Blick verriet ihm, daß er ihr zuviel gegeben hatte.

Die Kerzen auf Erzbischof Polycarps Tisch flackerten nicht, und sie qualmten auch nicht. Ihre Flammen waren genauso unbewegt wie Polycarps Blick. »Der Centurio hat Euch nicht erlaubt, zu reiten und Euch die Fähre verweigert?« fragte er.

»Ja, Lord.«

»Das wird er bereuen.«

»Lord, es ist nicht wichtig.«

»Ihr seid Nuntius des Hohepriesters Yatar. Ihr seid Stellvertreter des Kanzlers der mächtigsten Verbündeten Roms. Caesars Offiziere müssen Respekt lernen.«

Mein Amt gebietet Respekt. Nicht meine Person. Aber gleich wird er Befehle geben ... »Ich habe viel erfahren, Lord. Wißt Ihr, daß Händler aus Vis Hydrafleisch gekauft haben? Nicht nur die Fischer, die es als Köder benutzen.«

Polycarp hatte gestanden. Jetzt setzte er sich wieder. »In Vis herrscht also Hungersnot.«

»So scheint es.«

»Ich werde mit Caesars Versorgungsoffizieren sprechen. Vis ist eine wichtige Stadt. Wir können nicht … seid Ihr ganz sicher?«

»Ja, Lord.«

Polycarp lächelte. »Ich denke, mein Kollege vom Tempel Yatars hat sich die richtigen Diener ausgesucht.« Das Lächeln verschwand aus seinem Gesicht. »Ich hätte es gedacht, wenn ich nicht gestern einen Brief von Hohepriester Yanulf erhalten hätte. Er spricht von der jungen Frau namens Maev.«

Wie im Namen Yatars hat er das erfahren? »Ja, Lord?«

»In welcher Beziehung steht Ihr zu dieser Frau?«

»Wir – wir wurden einander vor dem Schrein Hestias, der Mutter Christi, versprochen.«

»Aha. Euer Herr fürchtete weit Schlimmeres.«

Haha. Maev hätte mich niemals auch nur in die Nähe ihres Bettes gelassen, ohne …

»Ist Euch bekannt, daß nach Unterzeichnung des Vertrages über die Vereinigung kein verheirateter Priester innerhalb des vereinigten Glaubens höhere Ämter bekleiden darf?«

»Es ist mir bekannt.« Yanulf selbst hatte ihm gesagt, daß Polycarp auf dieser Klausel bestanden habe. »Wir haben nicht die Absicht zu heiraten. Jedenfalls jetzt noch nicht.«

»Natürlich.« Polycarp wandte sich ab, und Apelles glaubte, geflüsterte Gebete zu hören. Dann wandte er sich ihm wieder zu, und Apelles hätte lieber eine Hydra vor sich gesehen als den Erzbischof, wenn dieser auch mit leiser Stimme sprach.

»Apelles, Ihr bietet ganz den Anschein, als habet Ihr Euch einer Sünde schuldig gemacht, die bei einem Priester schwerer wiegt als die Sünde der Lust. Ihr seid ehrgeizig. Ihr wollt im Dienste Gottes aufsteigen und Ihm gegenüber Eure Pflicht tun, aber Ihr wollt nicht Eure Pflicht denen gegenüber erfüllen, die Ansprüche an Euch haben. Beleidigt mich nicht dadurch, daß Ihr mir sagt, daß Eure Pflicht gegenüber Gott über allem stehe. Maev und das Kind, das sie Euch gebären mag, zu ehren, ist ebenfalls eine von Gott aufgetragene Pflicht.«

Es hieß, daß Polycarp in seiner Jugend ein eifriger Anhänger Yatars gewesen sei, und daß er in der Lage gewesen sei, jedem Geheimnis auf die Spur zu kommen und jede Lüge aufzudecken.

»Lord«, sagte Apelles, und er war überrascht, daß er so gelassen war. »Der Gedanke an ein Kind hat uns veranlaßt, vor Hestias Altar zu schwören. Keiner von uns wollte, daß Maevs Kind ein Bastard genannt werde.«

»Dann ... erwartet sie also ein Kind von Euch?«

»Als wir uns trennten, war das nicht der Fall.«

»Dann hat Christus Euch gesegnet. Ihr habt noch Zeit, ihn um Erleuchtung anzuflehen, und vielleicht wird sie Euch zuteil.«

»Erleuchtung?« fragte Apelles, und sein Erstaunen war nicht vorgetäuscht.

»Damit Ihr wißt, was Ihr wirklich für Euch und Maev wollt.«

»Und wenn ich sie nun nicht heiraten, sondern lieber Hohepriester werden will?«

Polycarp runzelte die Stirn. »Habt Ihr nicht zugehört, als ich darüber sprach, daß Ehrgeiz für einen Priester eine große Sünde ist?«

»Ich habe zugehört, aber Ihr habt nicht gesagt, was Ehrheiz ist. Ist es Ehrgeiz, wenn man Gott dort dienen will, wo man es am besten kann? Und wenn man fühlt, daß man ein guter Hohepriester oder Bischof werden könnte, würde man dann Gott in einer niedrigeren Stellung besser dienen?«

»Es ist Eitelkeit, wenn man glaubt, daß man diese Fähigkeiten hat.«

»Ist es Eitelkeit zu glauben, daß man diese Fähigkeiten *vielleicht* hat? Und sollte man nicht, wenn es so ist, diese Fähigkeiten in den Dienst Gottes stellen?«

»Es ist ...«, sagte Polycarp. Dann lachte er. »Halt, mein Sohn. Ich glaube, Ihr könntet den Teufel dazu beschwatzen, ohne Vertrag die Hölle aufzugeben.«

»Verzeiht mir, Lord. Ich wollte nicht respektlos erscheinen.«

»Ich habe darin auch keine Respektlosigkeit gesehen. Yanulf hatte recht. Ihr denkt manchmal nicht, bevor Ihr handelt, aber Ihr würdet nie wissentlich jemandem schaden. Es ist gut zu wissen, daß der Kanzler von Drantos ein hervorragender Menschenkenner ist.«

»Lord, ich bin dankbar – für Euer Verständnis und für Yanulfs Vertrauen in mich.«

»Gott hat schon in schlechteren Männern, als Ihr es seid, gute Diener gefunden. Ich habe noch eine Frage, bevor ich Euch entlasse. Habt Ihr ein Testament zu Maevs Gunsten gemacht?«

»Ich glaube nicht, daß ...«

»Tut es noch vor der Schlacht.«

»Aber Phrados ist kein guter Heerführer. Ich glaube nicht, daß er gegen Ganton oder Publius bestehen könnte.«

»Gott wird uns den Sieg über diesen Diener des Teufels schenken, aber Er garantiert niemandem, daß er am Leben bleibt, um sich über diesen Sieg zu freuen. Nehmt Pergament und Feder. Ich werde bezeugen, was Ihr schreibt.«

Apelles' Hand zitterte beim Schreiben nicht, aber anschließend hatte er das Bedürfnis zu beten. Er und Polycarp hatten sich gerade hingekniet, als sie den Klang römischer Hörner und tamaerthanischer Trommeln hörten. Eine große Abteilung Berittener rückte aus.

Ein Bote stürzte herein. »Lord Erzbischof! Lord Gengrichs Männer und die Rustenganer wurden gesichtet. Die tamaerthanischen Husaren und eine Kohorte der Vierten Legion reiten nach Süden, um sie zu begleiten.«

»Yatar und Christus seien gepriesen! Laßt uns weiterbeten.«

Matthias unterdrückte ein Niesen. Der Weihrauch und die Kräuter in den Kohlenpfannen verloren ihren Kampf gegen die übrigen Lagergerüche. Ungewaschene Menschen. Lagerfeuer – zu wenige für ein so großes Heer, aber zu viele Zugpferde waren verendet, so daß man nicht genug Holz hatte holen können. Geröstetes Fleisch. Küchenschwaden. Und über allem der Gestank faulender Leichen. Acht Hingerichtete hingen hoch über dem Lager an einem Galgen, wo jeder sie sehen konnte.

Ich muß mich vor Phrados hüten, sonst werde ich der neunte sein.

»... ist zu weit nach Norden gezogen, ohne mir Treue zu schwören. Daran sieht man, daß er das auch nicht beabsichtigt. Er hat die Götter verraten, und deshalb muß er sterben.«

»Gengrich muß sterben!« schrien die zwölf Verteidiger des Glaubens, die vor Phrados standen.

»Gengrich muß sterben!« schrien auch die anderen Anwesenden. »Gengrich muß sterben! Gengrich ...«

»Aufhören!« schrie einer der Verteidiger des Glaubens und stieß seinen Speer auf den Fußboden. Phrados stand von seinem Sitz auf und ging auf die Männer zu, die vor ihm standen. Obwohl er einen Kopf kleiner war als der kleinste von ihnen, mieden sie alle seinen Blick, als er an ihnen entlangschritt.

»Tyras«, sagte Phrados und blieb vor dem Häuptling einer südlichen Stadt stehen, die vom Beben zerstört worden war und deren Trümmer wahrscheinlich schon von der Vegetation überwuchert worden waren. »Du hast nicht so laut geschrien wie die anderen.«

»Aber ich empfinde dasselbe wie sie, Prophet.« Er leckte sich die Lippen. »Und doch ... vergebt mir ...«

»Ich werde dir nicht vergeben, wenn du deine Gedanken vor mir verbergen willst. Aber vielleicht verzeihe ich dir deine Gedanken.« Phrados hob die Hand, vier Verteidiger des Glaubens hoben ihre Speere oder Schwerter.

Tyras schluckte, und dann sprudele es aus ihm hervor: »Sollten wir nicht abwarten, wie Gengrich von den anderen Sternenmännern aufgenommen wird? Wenn sie ihn als Verräter betrachten, könnte er vielleicht gezwungen sein, sich mit allen seinen Männern zu uns zu schlagen.«

»Du willst die Vernichtung eines Verräters an den Göttern verzögern?«

»Ich würde Lord Gengrich nicht so rasch als einen Verräter an Göttern verdammen, die zu verehren er nicht geboren wurde. Ich denke ...«

»Du hast zuviel gedacht, Tyras, und du weißt zu wenig von der Weisheit Gottes. Gengrich ist verurteilt. Du auch.«

Bevor Tyras Luft holen konnte, stürzten vier der Verteidiger des Glaubens auf ihn zu. Zwei packten seine Hände und hielten sie hinter seinem Rücken fest, während der dritte ihm die Kehle durchschnitt. Er sank zu Boden, und in diesem Moment stieß ihm der vierte den Speer in die Brust. Jetzt verband sich der Geruch von Blut mit den anderen Gerüchen im Raum.

Phrados hatte die ganze Zeit nicht lauter gesprochen als bei einer normalen Unterhaltung.

»So verderben die Verräter an den Göttern!« schrie Matthias.

»So verderben die Verräter an den Göttern!« schrien die anderen. Eine oder zwei Stimmen kamen Matthias ein wenig verhalten vor; er wagte nicht hinzuschauen, obwohl er gern gewußt hätte, wer hier so zaghaft war. Als Phrados die Männer entließ, ging Matthias, genau wie die anderen, kerzengerade hinaus und dachte nicht daran, sich umzuschauen.

Der Prophet ist verrückt. Tyras war nicht der erste, der aus einer Laune heraus getötet wurde, aber er war der erste von Phrados' alten Anhängern, die mit ihm aus dem Süden gekommen waren, der auf diese Weise sterben mußte. *Früher oder später werden wir alle sterben.*

Früher hatte Matthias gebetet und meditiert, um mit seinen Zweifeln fertig zu werden, aber das funktionierte schon lange nicht mehr.

Als Matthias am Galgen vorbeiging, hing Tyras' Leiche schon neben den anderen.

2

Alex Boyd ließ das Fernglas sinken. »Da kommen sie. Glaubst du noch immer, daß es nur Späher sind?«

»Wenn die Hauptmacht anrückt, würden wir doch die Infanterie sehen«, sagte Gengrich.

»Späher?« sagte Boyd. Dafür sind es zu viele. Einige der Patrouillen, die wir gestern abend ausgeschickt haben, mögen die Infanterie gesehen haben, ohne daß sie in der Lage waren, uns zu informieren.«

»Du bist ein Pessimist, Alex.«

»Ja. Aber ich lebe noch.«

Was dadurch bewiesen wurde, wußte Gengrich nicht genau, aber irgend etwas war gewiß dadurch bewiesen. Alle Söldner, die mit ihnen zusammen von Burg Zephron nach Norden aufgebrochen waren, lebten noch, aber bei den einheimischen Truppen hatte es zweihundert und bei den Abhängigen mehrere hundert Tote gegeben. Sie hätten noch höhere Verluste gehabt, wenn die rustenganische Infanterie sich nicht aus den Kämpfen herausgehalten hätte. Die Rustenganer hatten Heilkundige, und in ihren Wagen hatten sie genügend Platz für Verwundete und Kranke, und so lange ihre eigenen Leute nicht betroffen waren, zeigten sie sich sehr großzügig.

Die Rustenganer hatten von den Römern manches über Hygiene im Lager gelernt, und das bedeutete weniger Pestepidemien und andere ansteckende Krankheiten. *Dennoch haben wir zu viele Menschen verloren,* dachte Gengrich. *Alte und Kinder sind an Fieber gestorben. Leute, die ihre Zugtiere verloren haben und zurückgefallen sind. Aber wir dürfen nicht langsamer werden, nicht solange wir von Phrados und seinen Horden verfolgt werden.*

Sie hätten noch mehr Leute verloren, wenn Gengrich nicht enorm viel Munition verschossen hätte. *Es hat keinen Zweck, mit Munition zu sparen. Wenn wir Captain Galloway erreichen, bekommen wir neue. Erreichen wir ihn nicht, sind wir tot.«*

»Da kommen noch mehr«, sagte Boyd.

»Ja.« Gengrich hob sein Fernglas. Zwei Gruppen Kavallerie, beide etwa hundert Mann stark. Die führende Gruppe war ungeordnet, aber die zweite hielt gute Formation hinter blauen und silbernen Bannern. Die meisten Lanzenreiter trugen breitrandige Helme und Brustpanzer statt Felljacken oder Lederkoller.

»Die zweite Gruppe scheint aus regulären Truppen irgendeiner Stadt zu bestehen«, sagte Boyd.

»Ja. Alan!«

Ein Arm winkte aus dem Laubwerk einer Eiche in der Mitte iher Stellung. Die Eichen wirkten ganz natürlich neben der einheimischen Vegetation, aber auf diesem Planeten konnten sie sich nicht entwickelt haben. *Gott weiß, wie die Bäume hierher gekommen sind. Von den* Shalnuksi *verstreute Eicheln? Vor tausend Jahren von Schweinehaltern gepflanzt?*

»Wenn die zweite Gruppe in Schußweite ist, mit den Bannerträgern anfangen!«

MacAllister hockte im Baum, von wo aus er sehen konnte, ohne gesehen zu werden, und mit den hundert Schuß, die ihm zur Verfügung standen, konnte er in alle Richtungen schießen. Das war genau ein Sechstel der noch vorhandenen Munition, und einige Leute waren nicht sehr glücklich darüber. Aber das ließ sich nicht ändern; wenn sie mehr Munition haben wollten, sollten sie schießen lernen wie Alan.

»Köpfe hoch!« sagte Boyd. Er bedeutete den Leuten, die bei ihren Pferden standen, mit ihren Tieren weiter nach vorn zu kommen. Als sie aufgesessen waren, hatte sich die erste Gruppe auf Schußweite genähert. Gengrich winkte ihm zu und gestikulierte zu den anderen Söldnern hinüber. Als diese ihre sechs Schuß verbraucht hatten, gab es in der ersten Reihe mehr Lücken als Pferde. Die zweite und die dritte Reihe schlossen sich zusammen, aber sie waren von den Bogenschützen noch nicht zu erreichen. Sie waren so ungeordnet, daß man sie nicht mehr als Formation bezeichnen konnte.

Aber auch der ganze zweite Trupp rückte vor. Die geordneten Formationen waren jetzt direkt hinter dem ersten Haufen, und sie verhinderten nicht nur den Rückzug der ersten Reihen, sondern trieben sie vorwärts. Als sie so weit vorgerückt waren, daß die Bogenschützen ein gutes Ziel hatten, bildeten die ersten Reihen für den nachfolgenden Trupp eine Art Schild.

»Wenn einer aus der ersten Reihe das überlebt, wird er die Jungs, die hinter ihm waren, nicht mehr so gut leiden können«, sagte Gengrich.

Boyd nickte zustimmend. »Aber wir müssen aufpassen, daß wir selbst die Party noch mitfeiern können.«

Da hat er recht. Gengrichs Bogenschützen waren nicht mehr gut genug ausgerüstet, um sich mit massierter Kavallerie auseinanderzusetzen. Sie hatten keine Fußangeln mehr, und die Hindernispflöcke wurden knapp. *Die Bogenschützen sollten sich zwischen den mit Lanzen bewaffneten Fußsoldaten verteilen.* Viele Bogenschützen hatten den Ritt auf ihren Pferden begonnen, und als diese verendeten, wurden sie zu Infanteristen. Wenn sie bei ihrem ersten Kampf als Fußsoldaten eine ordentliche Tracht Prügel kriegten, würden sie keine nennenswerte Moral mehr haben, wenn sie sich mit dem Captain und seinen Leuten vereinigten.

»Erste Kompanie zu den Eichen! Zweite und dritte Kompanie zu den Lanzen links und rechts!« Auf einem Planeten zu kämpfen, auf dem mittelalterliche Zustände herrschten, hatte einen Vorteil: Die meisten der Männer würden sich in Reichweite der Stimme ihres Befehlshabers befinden, wenn dieser rasch einen Befehl geben mußte. Eine Legende allerdings besagte, daß einmal eine Schlacht verloren wurde, weil irgendein Lord sich erkältet hatte. Immerhin war dies besser als defekte oder gestörte Funkgeräte.

Die Bogenschützen setzten sich jetzt in Bewegung. Die Bogenschützen des Gegners waren noch nicht nahe genug herangerückt, so daß Gengrichs Bogenschützen das Feld für sich hatten. Sie konnten sich zugweise bewegen und alle paar Meter anhalten und ihre Pfeile abschießen. Schon prasselten Pfeile in die führende Formation der Feinde.

Nein, man kann es keine Formation nennen. Es ist ein Haufen. Sie würden die Flucht ergreifen, wenn die Nachfolgenden sie nicht vorwärtstreiben würden.

»Scharfschützen, nehmt euch die Offiziere der zweiten Gruppe vor!« schrie Gengrich. »Überlaßt die ersten den Bogenschützen.« Er hörte, wie der Befehl weitergegeben wurde. Die Bannerträger fielen nacheinander, aber immer noch kamen zwölfhundert oder mehr Berittene auf sie zu.

Die Söldner bewegten sich auf die Eichen zu und schossen im Laufen. Joe Green fummelte im Laufen nach einem neuen Magazin. Die Bogenschützen zur Linken waren hinter den Lanzen fast sicher; wegen der Eichen konnte er nicht sehen, was rechts vor sich ging. Weitere Bannerträger waren jetzt in Schußweite. McAllister holte drei von ihren Pferden, und Gengrich und Boyd gaben jeder vier Schüsse ab, bevor sie den Kopf einzogen und ihren Tieren die Sporen gaben. Als Gengrich seine neue Position zwischen den Eichen erreicht hatte, prüfte er, wieviel Zeit sie gewonnen hatten.

Vielleicht genug. Die rustenganische Infanterie war in Stellung gegangen. Die Männer von der rustenganischen Miliz waren hungrig, und sie waren es nicht gewohnt, im Freien zu kämpfen. Aber sie würden dennoch kämpfen. Nur sie standen zwischen ihren Familien und Phrados.

McAllister hatte direkt über Gengrichs Kopf hinweg ein halbes Magazin leergeschossen, und plötzlich sahen sie weit weniger Banner vor sich. Aber es reichte noch nicht. Die erste Gruppe war immer noch das Hauptziel, und viele gingen zu Boden, aber sie ergriffen nicht die Flucht. Vielleicht war es Mut, aber vielleicht war es auch nur die Angst vor Phrados oder den Jungs hinter ihnen.

Ein paar hundert Männer und Pferde waren jetzt ausgeschaltet; Gengrich hätte gern Augen und Ohren geschlossen, um nicht zu sehen, wie sie aussahen, und um sie nicht zu hören. Pferde treten nicht auf Leichen oder Verwundete, aber es gab noch viel freies Feld, und die Männer der zweiten Gruppe sahen wie gute Reiter aus, wenn ihre Pferde auch ein wenig dürr wirkten.

Eine Welle Berittener, die meisten von der zweiten Gruppe, hatte jetzt einen Zug Bogenschützen erreicht; Gengrich sah, wie die Männer ihre Bogen als Keulen benutzten, während sie zu Boden gingen. Er sah, wie die Männer hinter den Reitern ihre Lanzen einlegten. Von weiter hinten zischten Pfeile heran.

Eine zweite Welle griff einen Zug Bogenschützen an, der von Sternenwaffen unterstützt wurde. Von den Eichen her flogen wieder die Pfeile. Im Süden benutzte man nicht den tamaerthanischen Langbogen, aber mit dem Bogen aus dem Süden konnte man jede Rüstung durchdringen.

Die Überlebenden des Zuges rannten zu den Eichen hinüber. Sie waren noch kampffähig und hatten noch ihre Bogen. Einige von ihnen sammelten Schwerter und Helme der Feinde auf. Gengrich zählte sie; er war bei zwanzig angelangt, als er einen sah, der eine H & K trug, und zwei andere, die einen hinkenden Mann stützten.

»Larry!«

Joe Green sprintete zwischen den Bäumen hervor. Er hatte ungefähr die halbe Entfernung zu seinem Freund Larry Brentano zurückgelegt, als die dritte Welle den Hang heraufkam. Green ging auf ein Knie und gab Dauerfeuer. Gengrich, Boyd und McAllister schossen in die anrückende Kavallerie hinein, als gäbe es weder ein Morgen noch Munitionsmangel.

Es waren einfach zu viele Männer und Pferde. Selbst einige reiterlose Tiere gehörten zu der Masse, die Green überritt, bevor sie unter Beschuß mit Pfeilen und Kugeln weiter zusammenschmolz. Gengrich stieß jeden dreckigen Fluch aus, den er kannte. Dann riß er vor Erstaunen den Mund auf, als er die letzten paar Bogenschützen über das Schlachtfeld laufen sah: Sie trugen immer noch Brentano!

»Ich bin über meine eigenen Füße gestolpert, Arnie«, sagte er. »Dabei hab' ich mir den Fuß verstaucht und das Handgelenk verdreht. Hat Joe …? Oh, verdammt!« Er schwieg, als er Gengrichs Gesichtsausdruck sah.

Immer noch mehr von diesen Bastarden mit ihren blauen Bannern! Gengrich fluchte darüber, daß sie vor ein paar

Tagen ihre letzte Steinschleuder verloren hatten. Die massierte Kavallerie wäre ein wunderbares Ziel gewesen für ein Rohr, in dem zehn Pfund Schwarzpulver und zehn Pfund Eisenschrott und kleine Steine stecken.

»Heh, Corporal!« schrie MacAllister. »Da greift noch jemand in den Kampf ein!« Von seinem Sitz im Baum aus war er der einzige, der über die Köpfe der Angreifer hinwegsehen konnte.

»Laß sie kommen!« schrie Gengrich. »Wir haben genug für alle.« Das heißt, noch für einen Angriff, und dann werden wir keine Munition mehr haben und verdammt wenig Pfeile, aber Gott sei Dank sind Erika, Helena und Chrissie hinten bei den Rustenganern, und Schultzys Diana paßt auf sie auf.

»Heh! Das ist ein tamaerthanisches Banner! Unsere Freunde sind da!«

Mit ruhigen Händen hängte Gengrich sich das Gewehr um; in diesem Kampf war er zu beschäftigt gewesen, als daß er hätte zittern können. Er flüsterte ein Dankgebet.

Für den Rest der Schlacht waren Gengrich und seine Männer nur Zuschauer. Ein paar Minuten nachdem die Tamaerthaner den Feind von hinten angegriffen hatte, ritt eine Kohorte Römer durch die rustenganische Linie und schlug von vorn auf sie ein. Jetzt waren Gengrichs Männer eher in Gefahr, von den Pferden ihrer Alliierten zertrampelt als von den Tieren ihrer Feinde überrannt zu werden.

Gengrich und Boyd schauten zu, wie die Römer unter den letzten blauen Bannern aufräumten.

»Sie kämpfen immer noch«, sagte Alex Boyd. »Warum nur?«

»Vielleicht hat Phrados ihnen diese Verteidiger des Glaubens in die Häuser gesetzt, und nun haben sie Angst um ihre Familien«, sagte Gengrich.

»Oder sie haben gar keine Häuser mehr.«

»Hörst du?« sagte Gengrich. »Ich wette, daß war eine M-16«

»Schultzy hat eine H & K. 308 …«

»Ja. Captain Galloway hat diese Truppen geschickt.« Gengrich hätte am liebsten laut geschrien.

»Vielleicht ist er selbst mitgekommen.«

»Das ist ganz gleich. Auf jeden Fall werden wir ihm das nicht vergessen.«

Der Kampf war fast vorbei, aber kleine Gruppen von Feinden kämpften noch weiter. Von den römischen Legionären mit ihren berittenen Bogenschützen und den von Rick Galloway ausgebildeten Tamaerthanern eingeschlossen, hatten sie keine Chance. Als die Überlebenden endlich aufgaben und um ihr Leben ritten, ließen sie tausend Mann zurück.

»Okay, Alex, wie hoch ist die Schlachterrechnung?«

»Green tot. Brentano für eine Woche außer Gefecht. Vierunddreißig Einheimische tot. Siebenundzwanzig verwundet. Drei vermißt.«

»Es hätte schlimmer kommen können.«

»Stimmt. Und dieser Bursche will mit Ihnen reden.«

Boyd zeigte auf einen jungen tamaerthanischen Adligen, der auf sie zuritt. Wenn der Kerl statt einer Rüstung eine Lederjacke getragen und auf einer alten Harley gesessen hätte, wäre er das genaue Ebenbild von Panzer Klewicki gewesen, den Gengrich zu Hause an der Southwest Side gekannt hatte. Fuhr Panzer immer noch Motorrad? Oder hatte er sich inzwischen das Genick gebrochen?

Aber spielte das eine Rolle, wo er das doch nie erfahren würde? In diesem Augenblick sehnte Gengrich sich verzweifelt zur Erde zurück.

»Lord Gengrich?« Der Tamaerthaner zügelte sein Pferd.

»Derselbe. Darf ich fragen, wem ich für das rechtzeitige Eingreifen zu danken die Ehre habe?«

»Teuthras, Sohn Kevins vom Clan MacClallan. Colonel der Ersten tamaerthanischen Husaren und Cousin von Tylara, Eqetassa von Chelm.«

»Wir sind Euch dankbar. Ich bezweifle nicht, daß wir am

Ende gesiegt hätten, aber mit Eurer Hilfe haben wir die Feinde viel vernichtender geschlagen.«

»Das ist wahr. Sie waren tapfere Gegner. Haben alle Männer, die Phadros ins Feld schickte, so gut gefochten?«

»Diese waren am besten. Ich weiß allerdings nicht, ob die anderen den Befehl hatten, unbedingt zu siegen.«

»Darüber können wir morgen sprechen. Ich habe Befehl vom Lord Generalhauptmann, Euch zur Rückkehr in seine Dienste willkommen zu heißen. Er hat die Lords Bisso und Beazeley geschickt, Euch neue Kraft für Eure Sternenwaffen, Feuerpulverbomben, Medikamente und starkes Wasser zu bringen.

Wir hatten gehofft, euch vor dieser Schlacht zu treffen, um euren Sternenwaffen ihre Kraft wiederzugeben. Aber als wir Euch erreichten, griff der Feind schon an. Es erschien uns besser, nicht erst zu warten. Lord Rick zitierte oft einen seiner alten Kommandeure, den Hohen Rexja Napolyon: ›Bittet mich um was ihr wollt, aber nicht um Zeit.‹«

Der Captain behauptete also, er habe unter Napoleon gedient. Wenn immer größere und bessere Lügen erzählt werden ... Immerhin würde das die anderen Sternenwaffen erklären. Wieviel Munition sie wohl bekommen würden? Und welche Befehle hatte Bisso hinsichtlich der Ausgabe? Inzwischen wurde kaum noch gekämpft. Die meisten Römer waren in Verfolgung der Feinde davongeritten. Viele der Tamaerthaner waren abgestiegen, um die Leichen auszuplündern und, wenn nötig, dafür zu sorgen, daß die Gefallenen auch wirklich tot waren. Außerden hatten sie eine halbe Schwadron Wachen ausgestellt, und die Beute wurde sorgfältig zusammengetragen. Der Captain hatte diese Leute gut ausgebildet. Das war zwar keine Überraschung, aber es war gut anzusehen.

Zum ersten Mal seit langer Zeit fühlte Gengrich sich sicher.

Sie brachten Greens Leiche, die sie auf ein Maultier gebunden hatten. Mit Blut an seiner rustenganischen Rüstung kam Schultzy herbeigeritten. Er sah Boyd wütend an, als er abstieg. Gengrich fragte sich, ob Alex vielleicht wieder um Diana herumgeschnüffelt hatte. Ich müßte fragen, aber nicht hier. Jetzt wollte sich Gengrich von Joe Green verabschieden. Joe war kein Musterknabe gewesen, aber Munition zu verschwenden war sein einziges wirkliches Laster. Er war zuverlässig, fleißig und vernünftig gewesen, und mit ihm hatte es nie Ärger gegeben. Verdammt noch mal. *Eine Stunde früher …*

Gengrich ging zu dem Maultier, das Greens Leiche trug. Ein Mann in Bauernkleidung stand auf der anderen Seite des Tieres, ein weiterer an seinem Kopf. Ein paar Jungen spielten mit einem zu einem Ball zusammengebundenen Lederwams, dessen Besitzer es nie wieder benötigen würde.

»Bringt die Leichen zu Lord Brentano, Leute. Er und Lord Green waren Kameraden.«

»Ja, Lord.«

»Vorsicht, Lord Gengrich!«

Der laute Warnschei ließ Gengrich zurückspringen, bevor der Mann, der auf der anderen Seite gestanden hatte, mit einem Messer in der Hand unter den Bauch den Maultiers tauchte. Die Klinge fuhr hoch, und der Mann wollte sie Gengrich in den Leib stoßen. Plötzlich schleuderte der Junge seinen Ball. Er traf den Mann am Kopf, und der Stoß ging fehl.

Der Mann, der am Kopf des Maultiers gestanden hatte, zog ebenfalls ein Messer, aber das Maultier bäumte sich auf, und er verlor das Gleichgewicht. Als er wieder stand, hatte Gengrich schon seinen Colt gezogen. Er schoß dem Mann in die Brust, als der erste gerade wieder zustoßen wollte. Der Junge sprang auf das Maultier, hielt sich an Joe Green fest und trat dem Mann mit den bloßen Füßen ins Genick. Der Stoß warf den Mann zu Boden. Die Riemen, die die Leiche hielten, rissen, und die Leiche und der Junge stürzten auf den Mann. Gengrich trat ihm hart auf das Handgelenk. Der Mann ließ das Messer los.

Zwei weitere Männer rannten auf Gengrich zu, und ein dritter spannte seine Armbrust. Teuthras sprengte auf den

Armbrustschützen zu und schwang sein Schwert. Plötzlich steckte ein Pfeil in seiner Brust, und er stürzte aus dem Sattel. Das gab Boyd und Schultz freies Schußfeld, so daß sie auf die anderen beiden schießen konnten. Wer wen zuerst traf, ließ sich nicht ermitteln, und es war auch gleichgültig; sie gingen beide zu Boden.

Jetzt war nur noch der Armbrustschütze übrig, der drei Meter neben einem Pferrd stand und schon losrannte, wobei er erneut seine Armbrust spannte. Zu viele Leute standen hier herum, als daß man hätte schießen können, und keiner von diesen Idioten rührte einen Finger, um den Mann aufzuhalten.

»Greift den Mann!« brüllte Boyd.

Der andere Junge holte den Flüchtenden ein, als er das Pferd erreicht hatte. Die Armbrust sirrte, und ein Pfeil fuhr dem Jungen in den Bauch, aber er hatte schon mit den Armen den Oberschenkel umklammert. Dann grub er ihm durch das Leder die Zähne ins Fleisch. Der Mann kreischte auf und schlug nach dem Jungen. Für einen Augenblick bot sein Kopf eine klare Shilhouette – und ein Augenblick genügte McAllister, um einen Mann auch auf weite Entfernung zu treffen. Der Kopf des Mannes flog zurück, und er stürzte vom Pferd herab auf den Jungen.

»Sanitäter!« brüllte Schultz.

Gengrich sagte nichts. Er wollte irgendwo allein sein, um zittern zu können. Er wußte, daß er sich nach Teuthras' Befinden erkundigen müßte – aber ein Mann, der schon wieder auf seinem Pferd saß und so fluchte, wie er es jetzt tat, konnte nicht allzu schwer verletzt sein.

Allerdings würde er einer jungen Dame namens Monira ein paar eindringliche Fragen stellen. Er schob Boyd und ein paar Leute, die ihn etwas fragen wollten, zur Seite und ging zu seinem Pferd.

»Der eine bei dem Maultier war Alanis, so wie Sie ihn mir beschrieben haben. Der andere war Cyra.«

Hatte es in ihrer sonst ruhigen Stimme ein kleines

Zögern gegeben? Hatte es in dem steten Blick ihrer Augen ein wenig geflackert? Gengrich glaubte, beides bemerkt zu haben. Und bedeutete das etwa, daß das verkleidete Mädchen, das um den Preis seines eigenen Lebens den Armbrustschützen angegriffen hatte, Monira nicht bekannt war? Stammte das Mädchen aus einem anderen Haus des Wolfes?

Der Gedanke, daß noch mehr von diesen kleinen Mördern frei herumliefen, machte Gengrich krank.

Das Ganze würde sehr bald Captain Galloways Problem werden. Aber eines mußte er noch fragen.

»Warum haben ... deine Freunde mich gerettet?«

Fast sah es so aus, als wollte Monira lächeln. Aber dann zuckte sie nur die Achseln. »Wo es jetzt Tylara dient, daß Sie am Leben sind, war es unsere Pflicht. Wir haben einen Eid geschworen.«

Wir haben einen Eid geschworen. Und weil sie diesen Eid geschworen hatten, waren einige der Kinder nach Süden gezogen, um ihn zu töten, und andere waren ihnen gefolgt, um sich unter seinen Männern zu verstecken und ihn zu beobachten, ohne entdeckt zu werden, und das seit dem letzten Winter. Wie viele gab es? Er wußte, daß er darauf nie eine Antwort bekommen würde.

Wenigstens gab es eine Frage, die nicht beantwortet zu werden brauchte. Was wäre mit ihm passiert, wenn sie entschieden hätten, daß es weiterhin ihre Pflicht sei, ihn zu töten? Das wußte er nur zu genau.

Er wollte ›Danke, Monira‹ sagen. Die Worte blieben ihm im Hals stecken. Er verließ diesen dunklen, stinkenden Wagen, in dem Monira und Euris halb nackt auf fauligem Stroh saßen, wobei ihre Gesichter so ausdruckslos waren wie die von ein paar gottverdammten Tempelstatuen.

Gengrich war zwanzig Meter vom Wagen entfernt und stieß mit Schultz zusammen, bevor er wußte, wo er war. Schultz packte seinen Arm.

»Mein Gott, Arnie. Du siehst ja aus wie dein eigenes Gespenst. Hast du gefunden, was du suchtest?«

»Ich denke schon.«

»Du siehst aus, als könntest du einen Drink vertragen. Hier.« Er hielt eine Flasche hoch und zog den Korken heraus. »McCleves beste Pantherpisse. Die habe ich mir bei Jack Beazeley eingetauscht.«

»Danke. Ah! Guter Stoff. Wie geht es Teuthras?«

»Frank sagt, er hat ein paar angebrochene Rippen und einen Bluterguß. Das passierte, als er vom Pferd fiel. Der Pfeil hat ihm nur die Haut ein wenig aufgerissen. Frank hat die Wunde schon desinfiziert.« Schultz grinste. »Der Kerl hat Frank fast den Kopf abgerissen, als der sagte, er würde wahrscheinlich die große Schlacht verpassen. Er sagte, das hieße, ihn ein schwaches Weib nennen.« Das Grinsen verschwand aus seinem Gesicht. »Wir haben ihm nicht erzählt, daß der ›Junge›, der ihn gerächt hat, ein Mädchen war.«

»Das war auch besser so.«

»Darf ich übrigens die Flasche wiederhaben?«

»Sei mein Gast.«

Schultz nahm einen Schluck und verkorkte sie. »Arnie, meinst du, daß du Alex mal sagen kannst, er soll Diana in Ruhe lassen, bevor ich es tue? Wenn ich es nicht tue, wird ihre Familie etwa unternehmen.«

»Ich habe Vinicianus gesagt ...«

»Zur Hölle mit diesem verdammten Römer. Diana sagt, die letzten paar Male, als Boyd aufkreuzte, war Vinicianus dabei. Er hat keinen Finger gerührt, den Unfug zu beenden.«

»Schultz, wenn du versuchst, Ärger zu machen ...«

»Arnie, den macht schon Alex, dieser geile Bock, und dein römischer Berater unterstützt ihn noch dabei. Ich versuche ja gerade, Ärger zu vermeiden.«

Gengrich griff nach der Flasche. »Ich werde mit beiden reden.«

»Das wäre gut.«

Gengrich trank. Vielleicht war es doch keine so gute Idee gewesen, Schultz und Vinicianus gegeneinander auszuspielen, wenn es um den Posten des, sagen wir, Großwesirs ging. Wenn Vinicianus Boyd zu etwas anstiftete, wofür er erschossen werden konnte – nicht, daß Alex angestiftet werden mußte, wenn es um Frauen ging …

Aber das ist nicht mehr mein Problem. Der Verlorene Sohn ist wieder zu Hause, und jetzt übernimmt Daddy!

3

»Willkommen, Lady Tylara. Hatten Sie eine angenehme Reise?«

Tylara stand an der Schwelle zu den privaten Räumen der Rektorin und ließ sich von Lady Siobhan den Mantel abnehmen. Dies war das erste Mal, daß sie seit Les' Rückkehr die Universität besuchte; hatte Gwen noch mehr Luxus installieren lassen, und wenn, hatte das irgend etwas zu bedeuten?

Ich muß aufhören, Lady Gwen als Feindin zu betrachten, deren Stärken und Schwächen ich ausspionieren muß. Sie ist keine Närrin; wenn ich es tue, wird sie es merken und es Rick mitteilen. Und falls sie durch irgendeine seltsame Fügung des Schicksals tatsächlich nicht meine Todfeindin ist …

Es wäre wirklich eine seltsame Fügung des Schicksals, es sei denn, mein Mann wäre nicht so wie andere Männer.

Tylara zwang sich zu einem Lächeln, bevor ihr Schweigen peinlich wurde. »Einigermaßen. Um diese Jahreszeit kann man selbst größere Entfernungen ohne besondere Schwierigkeiten zurücklegen. Ich wäre allerdings nicht unglücklich, wenn ich den Tag noch erleben würde, wo Tran Autobahnen hat, wie es sie auf der Erde gibt.«

Damit habe ich wieder eine Schwäche zugegeben, und das ausgerechnet Gwen gegenüber. Muß ich denn immer so geistlos daherreden?

»Lassen Sie uns hoffen, daß wir alle so lange leben. Möchten Sie etwas Tee, oder trinken Sie lieber Wein? Ich habe noch etwas Sherry, den ich für einen besonderen

Anlaß aufbewahrt habe, und ich denke, dies ist einer. Es ist ein süßer und besonders schwerer Wein.«

»Danke, Lady Rektorin. Ich nehme gern ein Glas.«

Ein Glas wird mir schon nicht den Verstand nehmen oder mich unvorsichtig werden lassen, es sei denn, die Götter hätten es so beschlossen.

»Lady Siobhan. Zwei Gläser Bristol Cream – oh, und bringen Sie den Brief, den Sie gestern von Lord Mason bekommen haben.« Das Mädchen trat an einen geschnitzten Schrank neben dem Fenster und entnahm ihm eine von der Erde stammende Flasche und zwei römische Gläser.

»Sie kann schon ganz gut englisch lesen«, fuhr Gwen fort. »Ich wünschte, ich wäre halb so sprachbegabt wie sie.«

Brauchst du das, wenn du ... andere Begabungen hast? Nein, das ist ungerecht. Keinen der Männer, die sich von ihr anscheinend angezogen fühlen, könnte sie durch simple Hurenkunst um den Finger wickeln.

Deshalb ist es so schwer, sie nicht zu fürchten. Der Sport im Bett ist eine Sache. Aber eine wahre geistige Verbindung ist weit mehr. Und da es inzwischen Rick und mir seit Mitte des Winters weder das eine noch das andere gab ...

»Danke, Lady Siobhan.« Der Sherry war tatsächlich schwerer als andere Weine. Tylara nippte vorsichtig an ihrem Glas. Sie war nicht sicher, ob sie die Süße des Getränks mochte. »Geht es Lord Mason gut?«

»O ja, Lady. Wenigstens war das der Fall, als er vor zwölf Tagen diesen Brief schrieb. Ich bete darum, daß ihm seitdem nichts passiert ist.«

Siobhans Empfindungen standen ihr im Gesicht geschrieben. Lord Mason hat also Erfolg mit seiner Bewerbung. Nun, beide hätten es viel schlechter treffen können. Sie bekommen einen der größten der Sternen-Lords und einen guten Mann zum Gatten, und er eine Enkelin des treuen alten Camithon zur Frau. Und mein eigener Mann ...

Tylara konnte den Gedanken jetzt nicht zu Ende denken. Aber dann zwang sie ihre Gedanken vorwärts, wie man ein widerspenstiges Pferd dazu zwingt, einen Fluß zu durchqueren.

Mein Mann wird glücklich sein. Hat er nicht einmal gesagt: »Art Mason muß sich ab sofort auf einem Offizier angemessene Frauen beschränken. Keine Schankmädchen mehr. Er sollte eigentlich heiraten.«

Und habe ich denn so wenig Loyalität und Verstand, daß ich meinen Mann unglücklich sehen will? Besonders in einer Angelegenheit, die einen Mann besonders betrifft, dem er so großes Vertrauen entgegenbringt und dem auch ich so viel verdanke?

»Schenken Sie sich ein Glas ein, Siobhan, und setzen Sie sich zu uns«, sagte Gwen. »Wir können die Förmlichkeiten ruhig einmal weglassen.«

»Danke, Lady.« Das Mädchen nahm den Drink nicht, aber sie setzte sich, faltete drei Bogen Papier auseinander und fing an zu lesen.

»Ich grüße meine liebe Lady Siobhan und hoffe, daß es Ihnen genauso gut geht wie mir.

Wenn Sie diesen Brief lesen, haben wir die große Schlacht gegen die Horden des Propheten Phrados schon geschlagen. Sie wird eher früher als später geschlagen werden. Sie haben das Land hinter sich ausgeplündert und können jetzt nur noch vorwärtsmarschieren. Sie können auch nicht nach Osten in die römischen Provinzen gehen, denn dann könnten wir sie in der Flanke und von hinten angreifen. Das letztere scheint Publius Caesar zu bezweifeln. Er hat drei von seinen sechs Legionen in den Provinzen gelassen, zusammen mit mehreren Kohorten Garnisonstruppen und mehreren tausend Milizsoldaten. Vielleicht fürchtet er Rebellen oder Banditen und möchte das nicht zugeben. Wenn ich in seiner Situation wäre, würde ich wahrscheinlich genauso handeln.«

Aha. Er fürchtet, daß unfreundliche Augen diese Botschaft lesen. Unfreundliche Augen oder ein Fremder. Wer in Caesars Lager versteht Englisch? Ein Sternenmann aus dem Süden? Einer der Deserteure? Könnte sein. Und Gengrich.

Wird Lord Gengrich wirklich loyal sein? Er ist amnestiert wor-

den, aber wird er erneut Verrat begehen? Und wenn er loyal ist, was sagt das dann über meines Gatten Vorstellungen darüber aus, wie man mit Verrätern umgeht?

Und meine eigenen Vorstellungen darüber?

Wieder war die Antwort Schweigen.

Siobhan las weiter: »Wir haben allerdings genug Leute hier, um es zu schaffen. Zwei Legionen Kavallerie, eine Legion Fußsoldaten, die Tamaerthaner, die Ritter und die Infanterie von Drantos, Gengrichs Männer und Infanteriekontingente aus Rustengo, Vis und einem Dutzend anderer Städte. Dann haben wir noch ... Lady, was bedeutet dieses Wort?«

»Die Artillerie. Das sind die großen Feuerpulverwaffen.«

»Die Artillerie, die Sternenwaffen, den Ballon und ein paar Tricks, die dem Generalhauptmann zweifellos einfallen werden. Das sind vierzigtausend Mann und eine Menge Waffen, von denen die Horde noch nie gehört hat. Schon gar nicht sind sie gegen solche Waffen jemals angetreten. Sie haben hundertzwanzigtausend Mann, wie unsere Späher uns berichten, aber nur ungefähr ein Viertel davon ist mehr als ein bewaffneter Pöbel ...«

Während Siobhan weiterlas, hörte Tylara immer weniger zu. Statt dessen versuchte sie sich Ricks Gesicht vorzustellen, während er die Schlacht plante.

So sehr sie sich bemühte, sie konnte sich nur die kalte Maske vorstellen, die er seit der Mitte des Winters ihr gegenüber zur Schau getragen hatte. Ja, auch während der paar Male, während seine Gedanken weit weg waren, bei einer anderen ...

Was sonst konnte sich denn hinter dieser Maske verbergen, wenn nicht eine Treulosigkeit? Wenn durch irgendeinen bösen Zufall das Geheimnis der Kinder Wotans entdeckt worden wäre, hätte er doch genügend Verstand gehabt zu erkennen, daß sie diese Angelegenheit unter Ebenbürtigen diskutieren konnten. Sie hatten doch ein gemeinsames Interesse daran, dafür zu sorgen, daß ihre Kinder vor den Konsequenzen geschützt wurden, die sich daraus ergaben, daß Gwen Tremaine keine keusche Frau war – oder keusch doch nur nach den Maßstäben, die auf der Erde galten, die sie nie wiedersehen würde.

Wenn Rick so lange geschwiegen hatte, konnte es dafür nur einen Grund geben: Was ihn von ihr trennte, war etwas, das durch Worte nicht im geringsten zu beeinflussen war. Und dabei konnte es nur um *eines* gehen.

Bin ich angesichts seiner Treulosigkeit wehrlos?

Vielleicht nicht. Aber ich muß vorsichtig handeln. Wenn Rick seine Gefühle so lange und so gut vor mir verborgen hat, könnte es sein, daß er sich inzwischen genauso gut verstellen kann wie jeder Tran-Lord. Er kennt jetzt unsere Art zu intrigieren. Wie sonst hätte er das Problem mit Lord Rand so weise lösen können? Der Mann, der mich gerettet hat, hätte nicht so weise gehandelt.

Wenn er so weise ist wie ein Tran-Lord, ist er dann auch – so grausam? Es ist schon vorgekommen, daß ein Lord die Kinder seiner ersten Frau als Druckmittel für ihre Zustimmung zur Wahl einer zweiten benutzt hat. Wenn diese zweite Frau fruchtbar ist. Und das ist Gwen bestimmt, Yatar möge mir helfen ...

Ist es meinem Mann endlich gelungen, mich in Angst zu versetzen?

Ja. Die Götter mögen mir gnädig sein.

Sie zitterte.

»Lady Tylara, ist Ihnen kalt? Hier, Siobhan. Schließen Sie die Läden und bereiten Sie Tee.«

Noch schlimmer, ich muß es ertragen, daß diese Intrigantin ihren Triumph hinter der Maske der Höflichkeit verbirgt!

Die Feuer an beiden Enden der Brücke und die Fackeln der Wachposten zeigten den Wagen den Weg. Die Brücke hing bis etwa fünfzig Zentimeter über dem Wasser durch, aber sie war durch einige weitere Boote verstärkt worden, und sie hielt.

Rick war sehr erleichtert, als der letzte Wagen von der Brücke auf das Nordufer des Dnaster rumpelte. Er drehte sich um und sah Drumold, der ihn leise lächelnd anschaute.

»Du wirkst wie ein Mann, der hofft, daß ein Mann, auf den man sich verlassen muß, auch weiß, was er tut.«

»Ist das so offensichtlich?«

»Als einer, der dich gut genug kennt, Rick, muß ich sagen, daß du deine Gedanken nicht sehr gut verbergen kannst.«

»Das kann ich besser als du denkst, mein Freund, denn sonst würden wir heute nicht hier stehen und uns freundlich unterhalten.«

»Nun, ich bin nicht überrascht, daß Lord Holloway sein Gewerbe kennt«, sagte Rick. »Er ist fast ein so guter Ingenieur wie Lord Campbell. Ich bin aber überrascht, daß er so viele Vorschläge gemacht hat. Er war nicht der einzige von Gengrichs Männern, der mehr getan hat, als ich erwartet hatte.«

»Vielleicht weiß Gengrich, daß sein Schicksal jetzt mit deinem verbunden ist, und vielleicht will er lieber stehen als fallen.«

»Wahrscheinlich, denn dumm war er nie.« Vielleicht, aber nur vielleicht wird Gengrich intelligent genug sein, von jetzt ab keine krumme Sachen mehr zu machen. Dann wird das Geheimnis, das er kennt, auch nicht herauskommen.

Das heißt hoffen, daß ein Pferd singen lernen kann. Ist überhaupt noch etwas von unserer Ehe übrig, selbst wenn Gengrich für alle Zeiten sein großes Maul hält?

Aber ich darf mich nicht in etwas hineinsteigern, denn sonst wird Drumold Lunte riechen und Fragen stellen, die ich lieber nicht beantworten möchte.

Die Fackelträger gingen nun auf die Brücke. Einige der Wachposten knieten mit Werkzeugen in den Händen, während die anderen die Fackeln hielten.

»Wir werden die Brücke auseinandernehmen, sie heute nacht in vier Teilen stromabwärts schaffen und sie unter den Mauern von Vis wieder zusammensetzen. Wo sie jetzt ist, wäre sie schwer zu verteidigen. Außerdem werden wir einen kürzeren und leichter zu verteidigenden Weg zur Brücke haben, wenn wir da kämpfen, wo ich es erwarte.«

»Das solltest du lieber nicht Publius Caesar sagen.«

»Welcher verdammte Narr ...?«

»Erkennst du keinen Scherz, wenn du ihn hörst?«

»Entschuldigung.« *Ich bin nervös. Das darf ich nicht zeigen. Weder Drumold noch sonst jemandem.* »Hat Publius irgend etwas gesagt, das er lieber nicht hätte sagen sollen?«

»Nicht seit dem letzten Kriegsrat.« Beim letzten Kriegsrat hatte Publius vorgeschlagen, daß alle Kontingente der von Rom beanspruchten Städte unter römischem Kommando oder gar nicht kämpfen sollten. Er war wenigstens intelligent genug gewesen, das als Vorschlag vorzutragen, aber dennoch hatte er damit viele verstimmt.

»Publius kann seine Zunge nicht im Zaum halten«, sagte Drumold nachdenklich. »Wenn wir ihn höflich bitten, würde er uns dennoch vielleicht einen Gefallen tun. Ich habe Gengrichs Mannschaftsverzeichnis gelesen. Zu den Leuten, die ihm folgten, gehören etwa zweihundertvierzig Männer vom Clan MacBrayne und von den Roten Mac Beans.«

»Mir sagt das nicht so viel, wie es vielleicht sollte, Drumold.«

»Daraus kann ich dir keinen Vorwurf machen, Rick. Du beherrschst die Kriegsführung so gut, daß ich dich für einen Hexer gehalten hätte, wenn du mir nicht so gut bekannt wärest.

Aber du hast weniger Kenntnisse, was Tamaerthons Clans betrifft, und für wen außerhalb der Hügel träfe das nicht zu?

Seit mein Großvater den Titel trug, lagen die MacBraynes und die Roten MacBeans in Fehde mit MacClallan Muir. Es spielt keine Rolle, wer angefangen hat, und es mag sogar mein Großvater gewesen sein. Von der Wiege bis zum Grab hat ihm sein Temperament Feinde geschaffen. Die beiden Clans, die er ächtete, haben im Gegenzug viel Blut vergossen. Nun liegen sie nicht nur mit mir und den Meinen in Fehde, sondern auch mit den MacBretachs und mit so vielen anderen, daß der Morgen dämmern würde, bis ich alle aufgezählt hätte ...«

»Ich nehme an, daß du die beiden Clans nicht gern in der Nähe der übrigen Tamaerthaner wissen möchtest.«

»Nein. Es sei denn, du möchtest, daß sie von vorn und von hinten beschossen werden.«

»Mein Gott, nein! Aber wo sollen wir sie aufstellen? Gengrich wäre nicht sehr glücklich, wenn er sie ganz verlöre.«

»Natürlich nicht. Aber wenn er kein Narr ist, wird er wissen, daß du ihm keine Truppe lassen kannst, die nur ihm gegenüber loyal ist. Was macht es aus, ob sie vor oder nach der Schlacht aufbrechen, wenn sie nur gute Dienste tun. Wenn Publius anbieten würde, sie als Hilfstruppen in seine Dienste zu nehmen, mit der Hoffnung, daß sie die römische Bürgerschaft erwerben können, müßte sich Gengrich dann nicht geehrt fühlen? Und wenn Publius ein solches Angebot nicht macht, können wir uns dann nicht an Titus Frugi wenden?«

»Ohne Publius' Erlaubnis dürfen wir uns Frugi nicht einmal bis auf eine Meile nähern. Frugi ist Oberster Legat und Publius' stellvertretender Kommandeur. Aber hast du bemerkt, daß Publius eine ganze Prätorianerkohorte um sein Zelt herum postiert hat, um zu verhindern, daß Frugi an seine Stelle tritt ...?«

»Wenn Publius nicht aufhört, in seinem Zelt nach Mördern zu suchen, könnte er einen finden, wo er gar nicht gesucht hat.«

»Du weißt es. Ich weiß es. Aber Publius weiß es nicht.« Mein Gott, nahmen die Intrigen und Komplotte und Betrügereien denn nie ein Ende? Wahrscheinlich nicht, und nun war er selbst zu Hause nicht vor ihnen sicher. Ganz im Gegenteil. Rick freute sich geradezu auf die bevorstehende Schlacht. Es würde grauenhaft werden, eigentlich nur ein Wettstreit im Töten, aber es würde einfach sein.

»Lords?« Rick hörte hinter sich eine schüchterne Stimme. Er drehte sich um und sah Apelles, Yanulfs jungen Assistenten. »Ja, Apelles?«

»Erzbischof Polycarp schickt mich. Er will, wenn der Sand halb verronnen ist, in seinem Zelt einen gemeinsamen Gottesdienst abhalten, und es wäre ihm eine Ehre, wenn Ihr daran teilnehmen wolltet.«

Und er wäre beleidigt, wenn wir es nicht täten. Ganz zu schweigen von den Gerüchten, die dann die Runde machen würden: Innerlich sei Lord Rick kein Befürworter der Vereinigung beider Religionen, sondern er sei ein heimlicher Anhänger Christi oder Wotans oder Ronald MacDonalds ...!

Ich bin Politiker. Ich küsse Babies, esse Pasteten und besuche Messen. Und wenn es nötig ist, trage ich indianischen Federschmuck und lasse mich von einem Indianerstamm adoptieren. Na und? »Wir danken Euch, Apelles. Wir werden kommen. Wo seid Ihr für die Schlacht eingeteilt?«

»Zur Vorhut der Kavallerie von Drantos, Lord Rick. Ich soll die Heilkundigen dorthin schicken, wo sie gebraucht werden, und die Toten und Verwundeten aufschreiben.«

Eine Kombination von Sanitäter und Stabsoffizier, aber selbst wenn es gut verlief, würde er im dicksten Getümmel stecken. Und wenn nicht – nun, es war etwas an der fatalistischen Vorstellung, daß Wotan der Einäugige den Mann bekommen würde, den er wollte, wie weit er auch suchen mußte, wie alt oder wie jung der Mann auch sein mochte. Genaugenommen war Apelles gar nicht mehr so jung – knapp vierundzwanzig Erdenjahre alt, und Rick war nicht viel älter gewesen, als er sich von der CIA zu etwas anwerben ließ, das sich als Marsch auf ein wirklich ›unbekanntes Ziel‹ herausstellte.

Rick Galloway, du wirst zu schnell zu alt, und du kennst den Grund.

Gottverdammt, Tylara. *Warum?*

4

»Die Reiterei wird in zwei zahlenmäßig gleiche Einheiten aufgeteilt. Die eine wird links vorrücken. Die andere wird rechts vorrücken. Das Fußvolk wird in der Mitte vorrükken. Die Ehre der Götter wird gerächt werden.«

»Zu Ehren der Götter!« schrien die Verteidiger des Glaubens, die dreifach gestaffelt um den Propheten Phrados herumstanden.

»Zu Ehren der Götter!« schrien alle Offiziere, die in einem weiteren Kreis um den Propheten herum auf ihren Pferden saßen.

Der Hohepriester Matthias schrie so laut wie alle anderen. Es wäre nicht vernünftig, wenn die Verteidiger des Glaubens ihn jetzt, in Anwesenheit des Feindes, vom Pferd holten und ihm die Kehle durchschnitten – aber viele Dinge, die Phrados in den letzten paar Tagen befohlen hatte, waren nicht vernünftig gewesen. In welches Land das Opfer eines Wahnsinnigen nach seinem Tode auch immer geht, Tyras hatte dort jetzt zahlreiche Gesellschaft.

Selbst diejenigen, die sich daran gewöhnt hatten, daß Phrados aus einer Laune heraus morden ließ, waren über die Morde an den Frauen und Kindern von Myreis entsetzt gewesen. Als Phrados erfahren hatte, daß ihre Männer dem Himmelsvolk unterlegen gewesen waren, ließ er über tausend von ihnen in einer einzigen Nacht grausam abschlachten.

Natürlich lag es in Phrados' Absicht, daß seine Soldaten ihn und die Verteidiger des Glaubens mehr fürchten sollten als den Feind und seine Zauberwaffen. War dem Propheten das gelungen? Matthias bezweifelte es, aber Phrados hatte soviel Angst und Schrecken verbreitet, daß Matthias über seine Zweifel mit niemandem zu sprechen wagte.

Er bezweifelte auch, ob diese Angst die Verteidiger des Glaubens lange überleben würde. Wenn sie in der Schlacht starben, ob sie nun gewonnen oder verloren wurde, würde danach nicht einer von zehn der Soldaten dem Propheten noch blind gehorchen. Aus einer solchen Situation heraus konnte ein Mann, der als Adliger, als Krieger und als Priester bereit war, die Offiziere zu beraten, viel für sich und seine Vorgesetzten gewinnen.

Aber das hieß das ungeborene Kalb verkaufen. Mit seiner gepanzerten Hand vollführte er eine Geste des Abscheus und zog die Zügel an. Sobald Phrados genauere Befehle für die Schlacht gegeben hatte, wollte er seine Männer auf der rechten Seite in Position führen.

Jetzt traten die Sänftenträger des Propheten vor. Matthias merkte mit Entsetzen, daß es keine genaueren Befehle geben würde. Er fragte sich, ob die anderen Offiziere ebenso entsetzt waren, aber die, deren Gesichter unter den Helmen zu erkennen waren, hätten genausogut Masken tragen können.

Prophet oder nicht Prophet, es hieß, die Götter versuchen, für eine Schlacht, von deren Ausgang so viel abhing, so dürftige Pläne zu machen. Sie waren dem Himmelsvolk und seinen Verbündeten zahlenmäßig zwar dreifach überlegen, aber selbst ihr Fußvolk war besser als das des Propheten. Zwei Drittel ihrer Reiterei setzte sich aus den gepanzerten Rittern von Drantos und Tamaerthon und den noch furchtbareren Legionen Roms zusammen. Mit oder ohne Sternenwaffen, der Prophet sah sich einem furchtbaren Feind gegenüber.

Und sie würden die Sternenwaffen erleben. Die Berichte von ihrer Wirkung in den Schlachten gegen die Rustenganer und Lord Gengrich waren unvergessen. Matthias war überzeugt, daß es tatsächlich furchtbare Waffen waren, aber waren sie vielleicht weniger gefährlich, wenn man nicht in einer so dichten Formation gegen die Sternenmänner vorrückte?

Ganz gleich. Eine solche Kriegslist war von den Truppen des Propheten nicht durchzuführen. Sie hatten zu viele Offiziere und zu viele, die ihr Handwerk nicht verstanden, und Phadros wußte, daß die meisten Männer nicht kämpfen würden, es sei denn unter seinen Augen.

Und selbst wenn ein Offizier seine Männer an eine Stelle

führen würde, an der die Sternenwaffen nicht so massiert waren, würde er dann nicht sofort vom Ballon aus gesehen werden? Dort oben war er. Er hing über einem Hügel hinter der Streitmacht der Sternenmänner. Aus dem Korb unter ihm quoll Rauch hervor. Aus dieser Entfernung konnte Matthias die Männer im Korb nicht erkennen, aber er wußte aus den Berichten über die Schlachten der letzten Jahre, daß sie da waren.

War der Ballon eine lebende Kreatur von der Erde? Aus der Zeit, als die ersten Menschen nach Tran kamen, gab es keine Legenden über diese Dinge, aber das war ja auch schon lange her. Die Kunst, Ballons zu zähmen, mochte damals noch unbekannt gewesen sein.

Oder war es ein Zauberwesen? Oder – und solche Geschichten wurden immer wieder verbreitet, obwohl sie Matthias unwahrscheinlich vorkamen – war es einfach nur eine Maschine wie ein Wagen oder ein Schiff? Konnte wirklich jemand die Kunst beherrschen, Ballons zu bauen, um dann von oben mit einem alles sehenden Auge auf seine Feinde herabzuschauen?

Vielleicht würden sie es heute erfahren, wenn die Götter dem Propheten trotz seiner Torheit gnädig waren. Es gab eine Möglichkeit, die Auswirkungen dieser Torheit vielleicht ein wenig zu begrenzen. Wenn er seine Männer nach links führen könnte statt nach rechts, würde er bestimmt Offiziere finden, die bereit waren, ihm zuzuhören, wenn die Verteidiger des Glaubens nicht mehr lauschen konnten. Er könnte sich dafür einsetzen, daß das Dorf an der High Road gehalten wird, daß die High Road selbst, wo sie den Wald verläßt, gehalten wird, und daß niemand die High Road hinunter vorrückt, weil dort mit Hinterhalten gerechnet werden muß.

Darüber hinaus konnte er selbst seinen besten Freunden in Phrados' Armee nichts als seine Gebete anbieten.

Die Vorhut der Ritter von Drantos hatte den dritten Angriff der feindlichen Reiterei abgeschlagen, als ein römischer

Tribun an Apelles vorbeiritt. Der Priester schaute nach, ob der Verband, den er gerade einem Krieger angelegt hatte, auch nicht zu straff gewickelt war, und dann beobachtete er den Tribunen. Mit seinem reich verzierten und versilberten Brustpanzer und mit seiner Eskorte von fast ebenso kostbar ausgerüsteten Soldaten der Prätorianergarde bot er einen prächtigen Anblick.

Der Tribun ritt zum Banner Rudhrigs, des Eqeta von Harms, und salutierte nach Art der Römer.

»Heil, Lord Rudhrig. Publius Caesar begrüßt Euren Sieg und den Mut Eurer Ritter und befiehlt Euch, Eure Ritter bis an den Hang jenes Hügels eben über dem Waldrand zurückzuziehen, um dort weitere Befehle abzuwarten.«

Selbst aus dieser Entfernung sah Apelles, daß das Gesicht des Eqeta sich verfärbte. »Die Ritter von Drantos geben keinen Boden auf, den sie dreimal gehalten haben. Wir werden unsere Befehle hier erwarten.«

»Publius Caesar befiehlt ...«

»Publius Caesar kann Euch befehlen, zu uns zu kommen, um uns zu sagen, wir sollten uns entehren. Er kann uns nichts befehlen, es sei denn, er kommt selbst.«

»Ein durch einen Tribunen Caesars überbrachter Befehl ist ...«

»Ein Furz in ein Weinglas, soweit es mich betrifft. Nun, Tribun, überbringt Ihr Publius Caesar diese Botschaft oder nicht? Für mich ist es ohne Bedeutung.«

Was immer der Tribun geantwortet haben mochte, ging im Schmettern der Hörner der Feinde unter, das einen neuen Angriff signalisierte. Im Gesicht des Tribunen las Apelles widerstrebende Regungen: Zu Caesar zurückreiten oder beweisen, daß er einem Feinde wenigstens nicht den Rücken zuwandte?

»Sie kommen!« jammerte einer der Gehilfen. »Der Feind kommt, und wir sind verloren!«

»Ruhig«, sagte Apelles, obwohl er selbst alles andere als ruhig war. »Sie kommen nicht alle. Sie sind nicht klug genug, mit ihrer gesamten Macht einzugreifen. Wir haben sie schon früher geschlagen, und wir werden sie auch jetzt schlagen. Die Ehre jedes einzelnen Bheroman von Drantos wird uns beschützen. Sie werden uns nicht verlassen.« Oder wenigstens werden sie ihre Toten und Verwundeten nicht zurücklassen.

»Hier, du vernachlässigst die Reinigung. Laßt uns gemeinsam unsere Hände waschen und gemeinsam die Gebete des Exorzismus sprechen.«

Als Apelles wieder aufschaute, sah er, daß der Tribun sich am Gegenangriff beteiligte. Die Feinde hatten so schnell angegriffen, daß ihm keine Wahl blieb.

»Ich glaube, sie haben keinen Captain, der sie befehligt«, sagte Apelles zu einem Ritter, dem er gerade ein Desinfektionsmittel in eine tiefe Oberschenkelwunde goß. Sein Bein war außerdem gebrochen und würde gerichtet werden müssen.

Der Ritter stöhnte vor Schmerzen. »Wer immer sie befehligt, der Mann ist intelligent. Er ist mit seinem Angriff durchgekommen.«

Das ist er allerdings, dachte Apelles.

Die berittenen Bogenschützen des Feindes stoben jetzt links an den Rittern von Drantos vorbei und erreichten das Gebüsch an den Ausläufern des Waldes. Apelles hätte kaum Zeit gehabt, ein Glas schlechten Wein zu trinken, als auf den Boden der Vorhut von Drantos ein Pfeilhagel niederprasselte. Einige gingen in der Nähe der Verwundeten nieder, und einige Maultiere und Packpferde brachen zusammen.

Dann erschienen am Waldrand die tamaerthanischen Bogenschützen. Eine Trompete ertönte. Sie waren zu weit entfernt, als daß Apelles die Stimme ihres Befehlshabers hätte hören können, aber in Gedanken hörte er den Ruf: »Laßt die grauen Möwen fliegen!«

Dreihundert Pfeile zischten auf die Männer des Propheten zu. Dann wieder dreihundert, und einen Atemzug später ein weiterer Pfeilhagel. Die berittenen Bogenschützen sanken reihenweise aus dem Sattel, und auch viele Pferde gingen zu Boden. Einige Mutige ritten auf den Waldrand zu, aber nur wenige kamen so nahe heran, daß sie ihre eigenen Pfeile abschießen konnten. Dann wurden auch sie aus den Sätteln geschossen.

Der Rest der Feinde zog sich zurück, aber bevor sie entkommen konnten, wurden die berittenen Bogenschützen und die Lanzenträger durch den Ansturm der Ritter von Drantos durcheinandergewirbelt. Eqeta und Tribun ritten Seite an Seite in die Reihen des Feindes hinein.

Sobald der Weg nach hinten frei war, ritten der Tribun und seine überlebenden Prätorianer durch. Der Eqeta führte seine Männer zurück und an Apelles vorbei und lud dabei fünf weitere Tote und fünfzehn weitere Verwundete ab. Apelles befahl einem der Gehilfen, die Verwundeten nach schwer und leicht Verwundeten zu trennen. Einem Schreiber befahl er, die Namen der Toten aufzuschreiben.

Es war gut, daß es bisher weniger als zweihundert Verwundete gegeben hatte, und viele von ihnen wurden von ihren Knappen oder Dienern versorgt. Dennoch hätte Apelles dreimal so viele Gehilfen und doppelt so viele Schreiber brauchen können.

Ich bin *Administrator* und kein Heilkundiger, dachte er. Weder Yanulf noch Polycarp hatten das bestritten, aber dennoch hatten sie ihn hergeschickt, und nun mußte er im Feldlazarett Dienst tun. Wenn er in seinem Büro saß, umgeben von Akten und Papieren und mit einem Dutzend Schreibern, die ihm ständig zur Verfügung standen, war er ein Mann von Bedeutung. Hier waren die Ritter nur allzu bereit zu vergessen, daß Yatar ihn zum Priester gemacht hatte, aber sie erinnerten sich genau daran, daß sein Vater Schweinehirt war.

Aber es kann nicht schaden, die Heilkunst zu erlernen, und ein Administrator muß auch etwas vom Krieg verstehen.

Wenige der Verwundeten benötigten mehr als die Reinigung ihrer Wunden und einen Verband. Apelles hatte Zeit, sich umzuschauen, und er bemerkte, daß die Masse des Fußvolks im Zentrum des Feindes größer geworden war. Sie hatte eine Vorhut von Männern in Rüstungen, oder doch wenigstens Helmen und Brustpanzern. Sie waren mit Schwertern oder Speeren bewaffnet und trugen Schilde.

Apelles fand, daß in Publius Caesars Befehl Weisheit gelegen hatte. Gewiß, die achthundert Lanzenträger der Vorhut von Drantos hatten sich gut geschlagen; sie hatten anderthalbmal soviel wie sie selbst waren getötet oder vom Pferd geholt. Wenn aber der Feind seinen nächsten Angriff mit dieser Menge Fußvolk unterstützte, würden die Ritter es dann noch ebenso leicht haben, ihren Rückzug zu sichern? Apelles verstand nicht viel vom Krieg, aber er wußte, daß es für schwere Kavallerie nicht leicht ist, sich durch einen Wald zurückzuziehen und daß Drantos es sich nicht leisten konnte, achthundert Lanzenträger zu verlieren.

Ganz zu schweigen von den Toten und Verwundeten, die die Ritter von Drantos nicht einem Feind überlassen durften, der keine Gefangenen machte.

Apelles arbeitete gerade an einem Pfeil, der links drei Finger tief in das Gesäß eines Ritters eingedrungen war, als er Hörner und Hufe hörte und erschrocken auffuhr. Zuerst dachte er, es sei ein erneuter Angriff, aber diese Hörner waren die tieftönenden der Römer, und die Reiter, die angeritten kamen, waren römische Prätorianer. Römische Prätorianer, eine ganze Kohorte – und in ihrer Mitte ritt eine kleine vertraute Gestalt in vergoldeter Rüstung und mit einem von den Schultern fließenden Purpurmantel.

Publius Caesar war gekommen, um seine Befehle persönlich zu geben.

Apelles bedeutete seinen Gehilfen, sich um ihre Arbeit zu kümmern, anstatt in der Gegend herumzustarren. Er selbst trat näher heran, um nichts zu versäumen. *Wenn Heilen zu meiner Ausbildung gehört, dann auch dies.*

»Nach der Schlacht am Hooey dachte ich, Ihr hochgeborenen Witzemacher wüßtet, wie man kämpft«, donnerte Publius. »Titus Frugi bezweifelte sogar, daß Ihr Barbaren seid. Jetzt weiß ich, daß er sich geirrt hat und daß Ihr Barbaren geblieben seid, die nichts können außer ehrenvoll sterben.«

»Wer ist hier der Barbar?« erwiderte der Eqeta. »Diejenigen, die ehrenvoll sterben können, oder diejenigen, die von Ehre noch nie etwas gehört haben?«

Der Streit ging weiter. Zweifellos reichte die Anwesenheit von fünfhundert Prätorianern aus, zu verhindern, daß jemand Hand an Publius legte, aber es waren nicht genug, um die Ritter zum Abrücken zu zwingen.

»Ihr wolltet meinem Befehl nicht gehorchen, als ich ihn Euch überbringen ließ«, beendete Publius den Disput. »Jetzt *bringe* ich ihn Euch zu einer Zeit, da ich und meine Prätorianer unseren gemeinsamen Feind bekämpfen könnten. Ihr sagtet, Ihr würdet mir gehorchen. Ob Ihr lebt oder sterbt, Ihr werdet nicht sehr ehrenhaft erscheinen, wenn Ihr es nicht tut. Jetzt befehle ich Euch und der Vorhut von Drantos, Euch an einen Punkt zurückzuziehen, den ich für Euch auswählen werde.«

Lord Rudhrigs Zögern dauerte nur Sekunden, aber Apelles kam es sehr lange vor. Dann nickte er und hob die Hand. Ein Bote ritt die Front entlang, um den Befehl zum Rückzug weiterzugeben.

»Hier.« Apelles zeigte auf einen Graben, der die äußerste Grenze des Feldlazaretts bildete. Es sollte hinter einer Anlage errichtet werden, die alle die Große Schanze nannten. Die Gehilfen eilten herbei, um das Zelt aufzubauen. Es hatte ein solides Dach gegen die Sonne und ein sehr engmaschiges Netz zur Belüftung, das aber gleichzeitig Fliegen und Zecken abhielt. Wieder so eine Sternenweisheit, aber es schien zu funktionieren. *Irgend etwas* funktionierte hier. Wenn man die kleinen Teufel, die sich im Dreck verbergen, daran hinderte, in den Körper einzudringen, heilten die meisten Wunden. Und gewiß hatten Fliegen und Zecken Dreck an den Beinen ...

»Ich habe noch nie jemanden so mit dem Eqete sprechen hören.« Fnarg war sein Chefgehilfe. Sein Vater war Silberschmied und Stadtrat gewesen.

»Ich auch nicht«, sagte Apelles. »Und wenn wir schlau

sind, werden wir uns nicht daran erinnern, daß *wir* es gehört haben.«

Apelles wußte, daß Publius Caesar recht hatte, aber sein Herz war bei den Rittern von Drantos. Vielleicht hatten sie nicht die klügste Methode gewählt, ihre Ehre zu wahren, aber welche Ehre liegt darin, wenn man ihnen ins Gesicht sagt, daß sie ›Barbaren‹ seien?

War im übrigen die römische Art von Gehorsam das, was er in Drantos sehen wollte? Publius hatte achthundert Lanzenträger der Ritter von Drantos, die von einem der fünf größten Adligen des Reiches angeführt wurden, herumkommandiert, als seien sie Straßenkehrer. Nicht einmal der Bheroman von Apelles' Heimatdorf hätte Apelles' Vater so herumkommandiert – jedenfalls nicht, wenn es um Wissen über Schweine ging und wo sie fressen durften.

Was Maev betraf, so stellte Apelles fest, daß er nicht sicher war, ob das, was er früher zu wünschen geglaubt hatte, wirklich sein wahres Verlangen war. Er dachte darüber nach, aber er war sich immer noch nicht darüber klar, als die Ritter endlich an der Großen Schanze vorbeiritten.

Gerade als sie vorbeikamen, signalisierten Hörner und Trommeln einen weiteren Angriff des Feindes.

Hilflos mußte Rick zusehen, als die Nachhut der Kavallerie, zwei Kohorten der Vierten Legion, sich beim Angriff der massierten feindlichen Kavallerie auflöste. Wenn sie Platz zum Manövrieren gehabt hätten oder wenn noch Pfeile in ihren Köchern gewesen wären, hätte es zu einem Kampf kommen können. Mit dem Wald im Rücken konnten sie nicht manövrieren, und ihre Pfeile hatten sie verschossen, als sie den Rückzug der Ritter von Drantos decken mußten. Die im Wald postierten tamaerthanischen Bogenschützen und die Sternenwaffen in der Großen Schanze hatten genügend Munition, aber keine klaren Ziele.

Ein paar Zenturien der *cohortes equitates* stürmten den Hügel herab, aber sie konnten lediglich am Rande des Schlachtfelds einige Verwundete bergen. Diese Legion hatte heute noch eine Blutschuld zu regeln. Rick hoffte nur, daß sie nicht so geschwächt und demoralisiert waren, daß sie eine eventuelle Chance nicht wahrnehmen konnten.

Als die Aktion der Kavallerie beendet war, sah Rick, daß der Feind jetzt im Begriff war, ihm den Rückzug abzuschneiden. Ganton brauchte ihn als Generalhauptmann, die Tamaerthaner und die Infanterie der Stadtstaaten brauchten ihn als Oberkommandierenden. Niemand brauchte ihn als Leiche.

»Los, wir verschwinden!« rief er Elliot zu.

»Sir.« Elliot winkte Befehle.

Zwanzig Männer von der Garde setzten sich sofort an die Spitze. Rick hatte sich schon lange daran gewöhnt: diese Elitesoldaten ließen es nicht zu, daß er sie im Kampf anführte. Mit eingelegten Lanzen ritten sie durch die Vorhut der Armee des Propheten, und wenn sie die Lanzen wieder hochrissen, tropfte von ihnen das Blut. Säbel blitzten. Rick, Elliot und die fünfzig Gardesoldaten von den Truppen seines Hauptquartiers ritten im Galopp durch das Fußvolk des Feindes.

Als sie durch waren, sahen sie die Kavallerie.

»Verdammt noch mal!« schrie Elliot. Er hob seine Ingram. »Wir werden schießen müssen, wenn wir durchkommen wollen.«

»Du hast recht wie immer«, sagte Rick. Und unsere Munition wird knapp. Müßte noch etwas in der Großen Schanze sein. Er lächelte. Die Große Schanze. Wie Borodino. Rundherum Artillerie installieren. Genügend Sternenwaffen deponieren. Und warten. Der Prophet würde seine Truppen angreifen lassen, und sie würden zu Tausenden niedergemäht.

Guter Schlachtplan, dachte Rick. *Aber ist er gut genug?*

Elliots Ingram hörte sich an, als würde Papier zerrissen, als er einen ganzen Streifen auf die Lanzenreiter abschoß, die sich ihnen in den Weg stellten.

Immer Ärger mit den Dingern. Man verschießt leicht zuviel Munition bei zu geringer Wirkung. Und wir haben nur noch wenig für 9 mm Parabellum – Er hob seine Automatik und schoß einen heranreitenden Kavalleristen aus dem Sattel. *Wie lässig du das machst. Hast du Spaß daran, Galloway?*

Dann waren sie durch. Ein Dutzend Gardisten rissen ihre Pferde herum und setzten sich hinter Rick, um seinen Rückzug zu decken. Er drehte sich um und wollte sie drängen, ihm zu folgen, aber er sah, daß sie gebraucht wurden. Die feindliche Kavallerie zog sich durchaus nicht zurück. *Fanatiker. Sie kämpfen wie Fanatiker. Ich denke, die Gerüchte stimmen, der Prophet hält alle ihre Familien als Geiseln.*

Noch fünfzig Meter. Er gab seinem Pferd die Sporen. Hinter ihm riefen die Männer der Garde. Rick schrie Elliot etwas zu.

»Roger.« Elliot ritt zurück und schob einen neuen Streifen in seine Waffe.

Rick erreichte den Graben und die Baumsperre der Schanze. Larry Brentano winkte ihm zu. Es sah fast aus, als ob er salutierte.

»Helfen Sie Elliot«, befahl Rick.

Wieder winkte Brentano und rannte an die Brüstung. Nach ein paar Sekunden ratterte seine H & K los. Dann kam Elliot hereingeritten und hinter ihm die Männer von der Garde.

»Wen haben wir verloren?« fragte Rick.

»Keinen«, sagte Elliot stolz. »Zwei Verwundete.« Er zeigte zu der Lazarettanlage hinüber. »Bring sie dort hinüber, Sarkas.«

»Sir.« Der Lieutnant der Garde schrie seine eigenen Befehle.

»Colonel!« rief Brentano. Er zeigte den Hügel hinab.

In einer riesigen Welle Infanterie rückte die Armee des Propheten an.

»Übernehmen Sie jetzt das Kommando, Sir?« fragte Brentano.

»Ja. Aber zuerst brauche ich etwas zu trinken.« Er griff nach dem Weinschlauch, der an seinem Sattel hing und versuchte, einen gleichgültigen Eindruck zu machen, während die Trommeln und Hörner des Propheten wieder und wieder ertönten.

Rick zog ein Bein hoch und versuchte, möglichst lässig auf seinem Pferd zu sitzen, während er beobachtete, wie die riesige Streitmacht vorrückte. Irgend jemand mußte sie inzwischen organisiert haben. So gut organisiert wie dieser Haufen je sein würde. »Vierzigtausend?« fragte er Elliot. Er bemühte sich, ganz ruhig und gelassen zu sprechen.

»So viele könnten es sein«, sagte Elliot. »Vielleicht ein paar mehr. Wie nahe wollen Sie sie heranlassen?«

»Nicht sehr viel näher.« Er winkte seinen Signalunteroffizier heran. »Trompeter, blasen Sie *Allgemeinen Alarm* und dann *Alle Einheiten.*«

Die Signale ertönten.

Die Kanoniere standen an ihren Kanonen bereit.

»Blasen Sie *Feuer auf Kommando*«, sagte Rick. Er streckte die Hand zu seinem Signalunteroffizier aus, nahm die rotweiß gestreifte Flagge, hob sie hoch in die Luft und wartete, während die Infanterie weiter vorrückte. Als sie das Gebüsch erreichte, das er sich in Gedanken ausgesucht hatte, schlug er sie scharf nach unten.

In der Schanze schien ein Vulkan auszubrechen. Bombarden, Musketiere, alle Söldner, auch die Mörser und die Crew mit dem Carl Gustav. Die Geschosse der Mörser lagen genau im Ziel: Rick sah im Zentrum der feindlichen Reihen ganze Schwadronen fallen. Inzwischen rissen die zwanzig Pfund schweren Steinkugeln aus den Bombarden tiefe Schneisen in die feindliche Formation. Sie waren so tief, daß Rick ihr Ende nicht mehr erkennen konnte.

Wieder blitzte die Eins-Null-Sechs auf. Weißer Phosphor explodierte in den ersten Reihen. Männer schrien vor Entsetzen und rannten. Einige zogen eine Rauchwolke hinter sich her.

»Das müßte sie aufhalten«, sagte Elliot.

»Ja, das müßte es«, sagte Brentano. »Aber es sieht nicht so aus.« Er hob seine H & K und feuerte langsam und überlegt. »Und ich glaube nicht, daß wir sie überhaupt aufhalten können.«

»Feuer!«

Die Eins-Null-Sechs brüllte los, und wieder erlitt die Armee des Propheten erhebliche Verluste.

Es reichte nicht. Rick hob seine eigene H & K und feuerte langsam und bedächtig. Einige Männer sanken zu Boden.

»Sie kommen immer noch«, sagte Elliot. »Gottverdammt, Colonel, solche Truppen könnte ich gut gebrauchen.«

»Ja.« Unter guter Führung könnten diese Männer jede Armee auf Tran besiegen. Gott sei Dank hatten sie keine gute Führung.

»Die Verteidiger des Glaubens«, murmelte Elliot. Er zeigte auf eine Formation, die noch weit entfernt war. »Es sollen sechstausend sein. Das ist das verdammte Geheimnis. Alle in dieser Armee wissen, daß die Verteidiger des Glaubens jeden töten, der wegrennt. Und außerdem verwüsten sie noch das Dorf, aus dem er kam und nehmen Rache an den Familien.« Er stand im Sattel auf. »Ernikos! Die Musketiere sollen vernünftig laden. Die letzte Salve taugte nichts.«

»Ja, Lord«, erwiderte der Mann.

»Sie werden hier eindringen«, sagte Elliot. »Absteigen?«

»Nein. Wir müssen uns zurückziehen.«

Elliot sah ihn spöttisch an, aber er sagte nichts.

»Ich erinnere mich an einen Korea-Veteranen«, sagte Rick. »Der sagte, wenn ich sehe, daß Männer ins Feuer springen, um es auszumachen, werde ich immer nervös, wenn ich daran denke.«

»Richtig«, sagte Elliot fröhlich. »Dann denken wir eben nicht daran.«

»Klar.« Aber man mußte schon ein sehr erfahrener Soldat sein, um nicht daran zu denken, was geschehen würde, wenn man es mit so einem Kerl zu tun hätte. Die meisten Einheimischen waren nicht so erfahren.

Was, zum Teufel, Rick Galloway? Hast du denn selbst wirklich so viel Erfahrung?

»Sappeure«, sagte Elliot. Er deutete voraus. »Sie verstekken sich hinter der ersten Welle. So viel Infanterie hätte ich dort nicht erwartet. Gute Planung.«

Die Infanterie kümmerte sich um die Verwundeten. Hinter ihr kamen dichtgedrängte Formationen von Männern, die Reisigbündel und Äxte trugen.

»Sie kommen, Colonel«, sagte Elliot. »Wir haben vielleicht noch fünf Minuten. Mehr nicht. Und jetzt muß ich mich um die Kanoniere kümmern.«

»Okay.«

Elliot ritt davon. Die Gardeoffiziere schrien Befehle, und die Musketiere luden gleichzeitig. »Beiß in die Kartusche. Spucken. Laden. Ladestock raus ...«

Die Artilleristen bemühten sich, die Rohre der Bombarden nach unten zu bringen. Für einen solchen Winkel waren sie nicht konstruiert. Dann eröffnete in der Mitte das leichte Maschinengewehr das Feuer. Arkos Pasovopolous schoß, und seine Nummer zwei war Gardner; das Gerät war in guten Händen. Ben Murphy wäre besser gewesen, aber er mußte mit den Rittern von Drantos reiten, wenn er Westrook behalten wollte.

Für ein paar Minuten herrschte auf dem Schlachtfeld fast Stille. Nur die Mörser und die Schüsse aus den rückstoßfreien Geschützen trafen die Sappeure, und der Artilleriechef Pinir, der Sohn des Schmiedes, brüllte seine Männer an. Dann waren die Sappeure am Graben und an der Baumsperre, und was ihnen an Fertigkeit mangelte, glichen sie durch ihre Zahl aus. Die Baumstämme der Sperre schienen sich aufzulösen wie die Kohorten der Vierten Legion, und plötzlich war die ganze Südseite der Schanze für die Feinde offen.

»Geordneter Rückzug!« schrie Rick. Diesmal gab es kein Trompetensignal. Er ritt vor den anrücken Feinden davon. In Abständen feuerte er aus seiner H & K. *Ein Beispiel geben. Mehr kann ich nicht tun.*

»Die Ersten Pikeniere an das Nordende der Schanze!« rief Rick einem Offizier zu. Der Mann ritt davon, und ein anderer trat an seine Stelle. »Die Infanterie von Vis zu den Ersten Pikenieren. Nach Norden. Die Ersten Pikeniere zu den tamaerthanischen Bogenschützen. Und sorgen Sie dafür, daß die Bogenschützen genügend Pfeile haben.«

»Sofort, Lord.«

Hast du auch verstanden? Ich sollte schriftliche Befehle geben, aber dazu habe ich keine Zeit. Nicht, wenn der Feind nur noch fünfzig Meter entfernt ist und weiter vorrückt.

Immer wieder schoß er. Dann schmetterten hinter ihm Trompeten. Er stellte sich in die Steigbügel und wandte sich wieder ab. Die Ersten Pikeniere hatten ihn nicht im Stich gelassen.

»Zu den Ersten Pikenieren! Hinter die Pikeniere!« Zwei Berittene gaben die Befehle nach beiden Seiten weiter.

Elliot ritt heran. »Sie haben bessere Disziplin als ich gedacht hätte«, sagte er. Er zeigte auf die Gardemusketiere, die nachluden, während sie sich zurückzogen und sich jetzt umdrehten, um auf kurze Entfernung eine tödliche Salve abzugeben.

Jetzt herrschte nur noch Verwirrung. Für einen Augenblick schien es in der Schanze von Männern zu wimmeln, viele mit und andere ohne Waffen, und jeder schien in drei Richtungen zugleich rennen zu wollen. Ricks Gardesoldaten mußten ihre Schwerter ziehen und sich ihren Weg freikämpfen. Dann zogen sie sich gemeinsam mit den Musketieren und Kanonieren zurück.

Einige Kanoniere zogen ihre Schwerter, bereit, neben ihren Bombarden zu sterben.

Rick ritt an den Kanonieren vorbei. »Rückzug! Hinter die Pikeniere zurück! Wir werden die Kanonen wiedererobern, und ihr werdet sie wieder benutzen! Zurück!«

Sie gehorchten, aber sie hätten nicht gehorcht, wenn nicht Rick, sondern ein anderer den Befehl gegeben hätte.

Das ist noch gutgegangen. Selbst meine Kanoniere haben die Mentalität der Ritter von Drantos. Kein Rückzug. Niemals weichen.

Ein Haufen halbnackter Männer mit geschorenen Köpfen, die lange Messer schwangen, drangen jetzt auf die Maschinengewehrstellung ein. Im Geiste verlieh Rick Ark und Gardner posthum die Tapferkeitsmedaille; sie hatten lange ausgehalten und die Feinde dezimiert.

Die Männer blieben stehen und zogen sich sofort zurück, als Ark aus der Stellung heraussprang. Er hielt das LMG unter dem Arm, schwenkte es hin und her und schoß den letzten Gurt leer. Dann warf er es Gardner zu, zog mit der einen Hand ein kurzes Schwert, mit der anderen eine Keule und drang auf die Feinde ein.

Ihr schneller Rückzug zeigte, daß sie auf etwas gestoßen waren, vor dem sie mehr Angst hatten als vor den Verteidigern des Glaubens.

Gardner und Passovopoulos zogen sich zurück. Sie hatten die Pikeniere noch nicht erreicht, als Gardner mit einem Pfeil im Bein zu Boden ging. Ark hob seine Nummer zwei vom Boden auf, warf ihn sich über die Schulter und nahm außerdem noch das Maschinengewehr mit.

Im Geiste strich Rick das ›posthum‹ von den Tapferkeitsmedaillen und gewährte Ark unbegrenzten Kredit bei Madame Echenia. Gardner gestand er einen Kasten von McCleves Bestem zu.

Alle jubelten, als Ark mit seiner Last die Pikeniere erreicht hatte. Sie jubelten auch, als Lord Rick heranritt. Er dankte, indem er mit seinem Fernglas winkte, aber er hatte Mühe, die Hände ruhig zu halten. »Kein Schlachtplan überlebt den Kontakt mit dem Feind«, sagte er. Aber dieser war zu kurzlebig gewesen, als daß er beruhigt sein könnte.

Oder doch nicht? Der Feind hatte seine Energie und fast seine ganze Munition verbraucht. Er hielt einen großen Teil der Schanze besetzt, aber es hatte ein furchtbares Blutbad gegeben, und die Schanze war für den Feind wertlos – und gegen die Pikeniere hatte er nichts ausrichten können.

»Mörser!« rief Rick. »Sie sollen es bereuen, daß sie in der Schanze sind!«

»Roger!« schrie jemand. Ein paar Mörsergranaten detonierten in der Schanze. Tote und Lebende wurden durcheinandergeschleudert. Die Geschosse der Null-Eins-Sechs versprühten brennenden weißen Phosphor. Das Innere der Schanze war ein Inferno.

»Die Infanterie der Städte hält die Stellung.«

Rick drehte sich um und sah Elliot zu seiner Rechten. Der Sergeant Major wirkte so ruhig, als sei das Ganze eine Parade.

»Die Garde auch.« Elliot hob die Hand und schlug sie nach unten. Eine Salve krachte, und weitere Männer des Propheten fielen.

Die Infanterie der Städte an der linken Flanke hielt in der Tat die Stellung, aber dort führte der Feind nur einen zaghaften Angriff mit Kavallerie. Auch die Kavallerie der Verbündeten war außer Gefahr, die Ritter von Drantos und die beiden berittenen Legionen, die Achte Legion und die angeschlagene Vierte.

Das Schlimme war, daß die feindliche Infanterie so weit vorgestoßen war, und das in einer solchen Massierung, daß Ricks Kavallerie praktisch keinen Angriff führen konnte. Rick hatte gehofft, daß der Feind sich zwischen dem Fluß und dem Wald festrennen würde wie der Korken in einer Flasche; was er nicht erwartet hatte, war, daß sie es so schnell tun würden, daß seiner Kavallerie kein Freiraum blieb. Jetzt standen die beiden Armeen einander gegenüber wie zwei Stachelschweine in einem Abflußrohr. Keine konnte sich zurückziehen, ohne der anderen einen Vorteil zu verschaffen.

»Zur Hölle mit Rudhrig«, sagte Rick. »Wenn er nur ein wenig weiter zurückgeblieben wäre ...«

»Wenn nur«, sagte Elliot.

Mit wenn *kommen wir nicht weiter.* »Der Schlüssel sind die Verteidiger des Glaubens«, sagte Rick. »Wenn wir sie ausschalten, fällt die ganze Armee auseinander.« *Hoffentlich.*

5

Art Mason schaute von der Karte auf und nickte. »Keine Frage, Colonel. Die Verteidiger des Glaubens sind der Schlüssel. Wenn wir sie aus dem Weg räumen, rennt die Infanterie wie verrückt. Sie halten nur durch, weil sie nicht wissen wohin.«

»Gut. Freut mich, daß Sie mir zustimmen. Elliot?«

»Ich bin auch der Meinung«, sagte Elliot.

Mason betrachtete die Gegend durch sein Fernglas. Die Infanterie des Propheten hatte mindestens fünfzehn Prozent Verluste; stellenweise war der Graben voller Leichen. Einige der Gefallenen bewegten sich noch, aber die meisten waren tot. Wenn sie könnten, würden sie alle weglaufen.

»Womit können wir die Verteidiger des Glaubens schlagen?« fragte Colonel Galloway.

Mason dachte nach. *Gute Frage.* »Nun, wir könnten die Römer nehmen. Übrigens auch die schwere Reiterei von Drantos. Wir können sie nur über die High Road erreichen.

Der Colonel nickte. »Ein Engpaß. Wir können ihn mit einer kleinen Streitmacht halten. Aber das gilt auch für die andere Seite. Wir kommen nie durch ihre Absperrung. Können wir sie vielleicht weglocken?«

Mason schüttelte den Kopf. »Habe ich versucht. Es funktioniert nicht. Die Leute, die das Gelände besetzt halten, wissen, was sie tun, und sie haben gute Truppen.«

»Verdammt«, sagte Elliot, »woher bekommt ein Wahnsinniger wie der Prophet so gute Truppen?«

Wen kümmert das schon?

»Von hier bis zum Lynos ist es schwierig«, sagte der Colonel. »Aber weiter südlich liegt eine Furt.«

»Ja, Herdsman's Ford«, sagte Art. »Ganz richtig. Sie ist so breit, daß wir ganze Schwadronen Kavallerie hinüberschicken können. Wenn ...« Er runzelte die Stirn.

»Ich glaube, wir können es schaffen«, sagte der Colonel. »Wenn wir ein paar tausend Berittene über den Fluß bringen könnten, würden wir den Verteidigern des Glaubens einige Sorgen machen. Aber wen schicken wir?«

»Ich weiß«, sagte Mason. »Ich hole mir Freiwillige zusammen. Was kann ich haben?«

»Erst einmal die Carl Gustav.«

»Gut. Die werde ich auch brauchen. Ich brauche genügend Feuerkraft, um die Absperrung am Fluß zu durchbrechen. Sagen wir eine Schwadron Gardesoldaten. Und die Hauptstreitmacht – Colonel, können wir uns ein paar Römer ausleihen?«

»Ich zweifle, ob sie sich unter Ihr Kommando stellen würden, Major«, sagte Elliot. »Und ich bezweifle auch, daß Publius seine Männer hergeben würde.«

»Ich glaube nicht, daß er es tun würde«, meinte der Colonel. »Man hat uns doch immer beigebracht, daß ›Einheit der Führung‹ im Krieg ein wichtiges Prinzip ist. Haha.«

»Schlimmer da unten«, sagte Elliot. Er zeigte zum Feind hinüber.

Das ist verdammt richtig. Aber wem kann der Colonel direkt Befehle erteilen? »Sir, was ist mit Gengrichs Truppen?«

»Die sind zu weit weg«, sagte Galloway. »Außerdem sind sie im Augenblick nicht besonders zuverlässig. Sie brauchen Ruhe und eine bessere Ausbildung. Nein, Art, wir können nur eine Truppe schicken: Drumolds thamaerthanische Ritter. Er hat etwa dreitausend Mann.«

»Und gleichzeitig ist das der gesamte Adel Tamaerthons«, sagte Elliot.

»Irgendwelche Einwände, Sergeant Major?«

»Keine Einwände, Colonel. Ich wollte Sie nur daran erinnern, Sir.«

»Danke. Aber das müssen wir riskieren. Mason, ich gebe Ihnen einen schriftlichen Befehl an Drumold. Nehmen Sie Ihre Garde und unsere Leute und setzen Sie sich in Bewegung.«

Ganton studierte die Nachrichten vom Ballon. Dann betrachtete er durch das Fernglas das Schlachtfeld, bevor er sich dem Stab des kaiserlichen Hauptquartiers zuwandte. »Der Feind weiß nicht, was er tun soll«, sagte er. »Während sie unschlüssig sind, sollten wir zuschlagen.«

»Woher wißt Ihr, daß der Feind unentschlossen ist?« fragte Publius. »Wenn Eure Ritter sich zurückgezogen hätten, als ich es befahl, hätten wir über den Ausgang dieser Schlacht keine Zweifel mehr.«

»Die haben wir auch jetzt nicht«, sagte Ganton. »Aber ganz sicher habe ich Grund, über meine Ritter und Barone ungehalten zu sein.« *Wie Ihr vielleicht über Eure Vierte Legion ungehalten seid. Die Legion, die mir als einem Mann gehuldigt hat, der es wert ist, Römer zu führen.*

Es war ein stolzer Augenblick gewesen, damals nach der Schlacht am Hooey, als die Römer ihn als Imperator feierten. Wert, Römer zu führen, aber kein Römer. Ich stelle für Publius Caesar keine Bedrohung dar, aber ist er auch davon überzeugt? Ganton schaute verstohlen zu Titus Frugi hinüber, der intensiv die Schlacht beobachtete.

»Geduld ist eine römische Tugend, und ich wünschte, meine Barone würden sie auch erwerben. Wenn wir in die Schlacht reiten, wollen wir unsere Feinde immer gleich unter den Hufen unserer Pferde zertrampeln. Manchmal ist das die beste Methode. Oft aber auch nicht.«

»Es scheint, Titus Frugi, als hätte mein Schwiegersohn einiges gelernt.«

»Danke, Caesar«, sagte Ganton. »Geruht Ihr, mich auch heute zu belehren?«

Publius sah ihn scharf an, aber Gantons Gesicht zeigte keine Regung. *Es stimmt. Ich habe viel zu lernen. Mehr von Titus Frugi als von Publius, aber …*

»Die High Road«, sagte Publius schließlich. »Sie ist der Schlüsselpunkt dieser Schlacht.« Er winkte, und ein Mann brachte ihm eine auf eine Tafel aufgezogene Karte. »Der Ballon berichtete, daß fünftausend Berittene und fast so viel Fußvolk die High Road besetzt halten. Ihnen stehen die tamaerthanischen Bogenschützen gegenüber.«

Jetzt zuckte Publius zusammen. Jeder wußte warum. Tamaerthanische Bogenschützen und Pikeniere, mit der

Unterstützung von nur zwei Sternenmännern, hatten eine römische Legion geschlagen und eine römische Stadt geplündert. Das war zwar lange her, aber es war unvergessen.

Ganton tat so, als studierte er die Karte, aber in Wirklichkeit hatte er sich das Terrain eingeprägt. Er hatte festgestellt, daß die Römer in dieser Kunst nicht so erfahren waren. Das hatten sie auch nicht nötig. Sie hatten immer Karten.

»Schlechter Boden für Kavallerie«, sagte Ganton. Er zeigte auf das Gelände neben der High Road. »Eng. Am besten für Fußvolk geeignet.«

»Ich bin Eurer Meinung«, sagte Titus Frugi. Er zeigte auf die Truppen, die sich um die Große Schanze herum gruppiert hatten. »Ihr seht, daß Lord Rick die Ritter von Thamaerthon zur Furt an den Fluß schickt. Sein Plan ist leicht zu erraten.«

»Und auf jeden Fall wird ein Bote kommen, um uns genauer zu informieren«, sagte Ganton. »Daran zweifle ich nicht, obwohl Lord Rick die Tamaerthaner unabhängig von mir befehligt.«

»Ihr habt einen Plan, Frugi«, sagte Publius.

»Ja, Caesar. Schickt Fußvolk, um die feindlichen Truppen an der High Road zu bedrohen. Ich behalte die Überlebenden der Vierten und die cohortes equitates, um Wanax Ganton zu unterstützen. Die Siebzehnte wird unter Eurem Kommando bleiben und bereit sein, sich in jede Richtung zu bewegen. Wir werden sehen, wer zuerst vorrücken kann.«

»Ein guter Plan«, sagte Publius. »Ich stimme zu.«

»Danke, Caesar«, sagte Ganton. *Und dir danke ich auch, Titus Frugi. Ich belohne meine Freunde, und du bist ein wahrer Freund.*

Drei Pfeile zischten an Matthias vorbei. Zwei fanden ihr Ziel. Einer traf den Bauch eines Zentauren und ein zweiter den Oberschenkel eines Mannes. Der Mann schwankte im

Sattel, aber er sagte nichts. Der Zentaur kreischte, bis der Reiter abstieg und ihm die Kehle durchschnitt.

»Rückzug«, befahl Matthias. »Zurück, aber langsam.« Er ritt an der Reihe seiner Männer auf und ab, um dafür zu sorgen, daß es ein Rückzug wurde und keine Flucht. Welche Fähigkeiten die tamaerthanischen Männer aus den Hügeln auch haben mochten, was immer Ganton von Drantos gelernt hatte, wenigstens die Römer würden den Wert der High Road erkannt haben, und bestimmt hielten sie Truppen bereit, die jede hier entstehende Unordnung ausnutzen würden.

Ich könnte diese Schlacht in einer Stunde verlieren und Phadros, der Falsche Prophet, würde es nicht einmal wissen. Ein Narr. Er schaute zum Himmel auf und erhoffte ein Zeichen von Wotan. *Gehöre ich heute zu den Auserwählten? Oder hast du noch mehr Arbeit für mich?*

Sie zogen sich so weit vom Waldrand zurück, daß sie außer Reichweite der feindlichen Bogenschützen waren. Zum dritten Mal waren sie die High Road entlanggeritten, um die Verteidigungsanlagen zu überprüfen, und zum dritten Mal hatten die tamaerthanischen Bogenschützen sie vor weiterem Vorrücken gewarnt.

»Es ist hoffnungslos.« Der Captain der Söldner sprach so leise, daß nur Matthias ihn verstehen konnte. »Wir brauchen Infanterie, um im Wald aufzuräumen.« Er zeigte auf mehr als dreihundert Leichen und Kadaver von Zentauren und Pferden, die auf der Straße und in den Gräben lagen. »Allein kommt die Kavallerie nicht durch. Wir brauchen Infanterie.«

»Wir haben keine, Captain Marikos. Der Prophet, sein heiliger Name sei gelobt, hat dem Fußvolk, das er hergeschickt hat, befohlen, hier zu bleiben und die Straße zu bewachen.«

»Wenn sie angreifen würden, könnten sie diesen verdammten Kerlen einige Schwierigkeiten bereiten.«

»Aber sie können nicht angreifen. Sie haben ihre Befehle vom Propheten selbst. Den Göttern sei Lob und Preis.«

Marikos schaute Matthias seltsam an. »Es ist, wie Ihr

sagt. Aber Ihr könntet um neue Befehle bitten. Oder um mehr Infanterie.«

»Ich habe Boten geschickt, die genau das erbitten sollen«, sagte Matthias.

»Aber sie sind nicht zurückgekehrt«, sagte Captain Marikos.

»Ja.«

»Sie wurden von den Verteidigern des Glaubens als Deserteure hingerichtet.«

Matthias runzelte die Stirn. »Das will ich nicht hoffen.«

»Ihr wißt, daß sie getötet wurden. Die Verteidiger des Glaubens sind verrückt und der Prophet ebenfalls. Ein Kind hätte diese Schlacht gewinnen können, aber statt eines Kindes hatten wir Phrados.«

»Das ist Gotteslästerung ...«

Marikos winkte ab. »Meine Truppen sind näher als Eure. Aber Ihr seid kein Anhänger des Glaubens. Das seid Ihr nie gewesen. Ihr seid ein orthodoxer Priester Wotans.«

»Warum sagt Ihr das?«

»Ich habe Augen. Ich sehe, wo Ihr nach Zeichen sucht. Und ich weiß, was Ihr unter Eurer Rüstung tragt. Ich habe gehört, wie Eure Diener Euch anreden. Es erstaunt mich, daß die Verteidiger des Glaubens das nicht herausgefunden haben.«

Das erstaunt mich wahrscheinlich selbst. »Gut. Aber was nun?«

»Wir retten, was zu retten ist. Ich habe Beobachter hinter uns aufgestellt. Wenn die Verteidiger des Glaubens angegriffen werden – und das wird heute oder morgen geschehen –, führe ich meine Truppen von hier weg.«

»Und wohin werdet Ihr sie führen?«

»Irgendwohin. Nach Norden. Ich habe gehört, daß Prinz Strymon gute Soldaten gebrauchen kann. Ich habe zweitausend Mann Kavallerie.«

»Und ihre Familien?«

»Die sind schon vorgewarnt. Anders als Eure, waren meine Boten wirklich Deserteure. Sie kamen durch. Und einer ist zurückgekommen. Er war Zeuge, als Eure Boten von den Verteidigern des Glaubens hingerichtet wurden. Keine Botschaft, die Ihr dem Propheten schicktet, hat ihn jemals erreicht.«

»Und wie wollt Ihr an Eurem eigenen Fußvolk vorbeikommen, das zwischen Euch und der Freiheit steht, um Euch an der Flucht zu hindern?«

»Das ist meine Sache.«

»Natürlich. Und was wollt Ihr von mir?«

»Nichts. Bleibt mir nur aus dem Weg. Aber da Ihr ein Freund wart, will ich Euch warnen. Drei Trompetensignale, denen zwei weitere folgen. Wenn Ihr sie hört, rettet Euch und Eure Männer. Wenn Ihr könnt.«

»Danke.« *Was sonst kann ich tun? Es wäre närrisch, Phrados zu warnen. Hier sind keine Verteidiger des Glaubens, und Marikos hat seine Offiziere und seine loyalen Truppen. Als Freund hat er mich gewarnt. Jetzt muß ich überlegen, was ich auf diese Warnung hin tun soll.*

Der Reiter sprengte direkt auf Art Mason zu. Er schwang eine schwere Streitaxt und schrie Lobpreisungen der Götter hinaus. Mason schoß zweimal mit seinem Colt, und selbst dann hatte er Mühe, der Axt auszuweichen. Einer seiner Männer schlug seine eigene Axt in den Schädel des Angreifers, und ein anderer nahm sein Pferd.

»Keinen Pardon für diese Fanatiker«, sagte der Gardesergeant verächtlich. »Aber einige von ihnen haben gute Pferde.«

»Das stimmt. Wir reiten jetzt.« Mason wies Teuthras an, mit der leichten Kavallerie vorzurücken.

Erstaunlicherweise verschwand der Feind im bebauten Land westlich des Flusses.

»Wenn man an diesen Burschen hier denkt, sollte man meinen, daß sie wie die Tiger kämpfen würden«, sagte Mason laut.

»Lord?« sagte seine Ordonnanz.

»Ach, weiter nichts.«

Die leichte Kavallerie des Feindes zog sich zurück, und

Teuthras und die Husaren hatten die Verfolgung aufgenommen. Mason wollte sie schon zurückrufen lassen, als Teuthras die Verfolgung abbrach und Wachen aufstellte, um den Feind zu beobachten.

Gut gemacht, dachte Mason. Immer mehr Einheimische lernen vorauszudenken. Noch vor kurzem hätten sie die feindliche Kavallerie bis in alle Ewigkeit verfolgt.

»Ein Bote vom Ballon«, rief seine Ordonnanz.

»Okay.«

Der Mann war schnell geritten. Er und sein Pferd waren schweißnaß. Der Mann reichte Mason ein Papier.

»Danke. Ordonnanz! Wein für den Boten. Ein Mann soll sich um sein Pferd kümmern.«

»Sofort.«

Art las die Botschaft laut, als Teuthras heranritt.

WARNUNG AN KAMPFGRUPPE DRUMOLD; FEINDLICHE KAVALLERIE AM WESTUFER DES FLUSSES IN DER NÄHE VON HERDSMAN'S FORD.

Teuthras grinste. Zu lachen hätte ihm wahrscheinlich Schmerzen bereitet; er ritt in einer Art Korsett aus Bandagen, denn seine angebrochenen Rippen mußten zusammengehalten werden. Die Priester hätten es lieber gesehen, wenn er im Bett geblieben wäre, aber nur ein direkter Befehl von Yatar persönlich hätte Teuthras davon abhalten können, an dieser Schlacht teilzunehmen.

»Hatte Lord Rick nicht bestimmt, daß die Männer im Ballon das sehen sollen, was andere nicht sehen können, und uns dann warnen? Aber wenn sie uns nur sagen können was wir selbst sehen ...«

»Ja, das kann passieren. Aber erinnert Euch an Pirion. Da hat der Ballon uns den Arsch gerettet.«

»Daran erinnere ich mich. Ich erinnere mich auch an die Schlacht am Hooey.«

Daran erinnerte sich auch Mason und der Captain. Darum war der Ballon auch so weit zurückgezogen worden; seine Verankerung und die Bodenmannschaft mußten vor den Feinden sicher sein. Die Westmänner hatten die Bodenmannschaft überrannt und nicht nur sie, sondern auch die Aeronauten getötet. Es hatte lange dauert, diese Mannschaften auszubilden: nicht nur die Techniker für den Ballon, sondern auch gute Beobachter.

Alles gut und schön, aber es wäre noch besser, wenn sie mehr Informationen hätten. Und wer ist nervös, weil er Offizier ist? Ja. Ein Corporal, der um ein paar Ränge zu hoch befördert wurde, und jetzt ist es zu spät, sich darüber Gedanken zu machen.

Die restlichen Tamaerthaner rückten im Eilmarsch an. Drumold erschien und mit ihm sein Sohn Balquhain in diesem grünen Mantel von Zeltgröße, den er trug, damit man ihn auf dem Schlachtfeld erkennen konnte.

Wichtig war die rückstoßfreie Carl Gustav und ihre Mannschaft. Es wurde Zeit, die Truppe in Gefechtsformation zu bringen.

»Feuerbereitschaft«, sagte Mason.

Rudolf Frick grinste wie ein Wolf. Er kniete sich hin, und Doug McQuade hockte sich links hinter ihn. Drei Gardisten brachten Munition von den Packmaultieren.

Mason stellte sich in die Steigbügel und schaute sich um. Die tamaerthanischen Ritter standen in drei Linien hintereinander. Sie hielten ihre Lanzen aufgerichtet, und ihre Rüstungen schimmerten.

Ein imponierender Anblick, aber die Wirklichkeit entsprach dem nicht ganz. Tamaerthon war gebirgig und kein gutes Land für Pferde. Seine wahre Stärke lag in der Infanterie, besonders in den Langbogenschützen und neuerdings in den disziplinierten Formationen der Pikeniere, die Colonel Galloway ausgebildet hatte. Aber die Adligen von Tamaerthon trugen Rüstungen und versuchten glauben zu machen, sie seien genauso gut wie die Ritter von Drantos.

»Mehr habe ich nun einmal nicht«, murmelte Mason.

Jenseits der Herdsman's Ford führte der Weg durch eine Talsenke zwischen zwei niedrigen, aber steilen Hügeln. Dort hatte der Kommandeur der feindlichen Kavallerie seine Kräfte massiert, und auf den Hügeln hatte er Bogenschützen postiert. Vor den Bogenschützen einen Schutzwall. Es war kein sehr solider Schutzwall, aber gut genug, der tamaerthanischen Kavallerie Schwierigkeiten zu bereiten.

Aber zuerst das Wesentliche. Die feindliche Kavallerie bildete ein wunderschönes Ziel. Hatten diese Idioten noch nie etwas von Sternenwaffen gehört? »Sechs zur Abschrekkung, Rudy. Konzentrieren Sie sich auf die Kavallerie.«

»Ja.« Frick nahm Maß.

»Vorsicht dahinten!« schrie McQuade und rammte eine Ladung in die Rückstoßfreie, die von der Schulter abgefeuert wurde.

»Feuer!« Die Carl Gustav brüllte auf, und hinten und vorn schossen Flammen aus dem Rohr. Das erste Geschoß traf genau in das Zentrum der feindlichen Kavallerie, zwanzig Meter neben dem Banner des Kommandeurs. Der zweite Schuß fegte das Banner weg.

Als der vierte Schuß unterwegs war, hatte sich die erste Linie der feindlichen Kavallerie schon aufgelöst. Sie versuchten, nach hinten auszuweichen, und das brachte die ganze Formation in Unordnung. Mason drehte sich zu seinem Trompeter um. »Zum Angriff blasen!«

Das hatte er gerade noch rechtzeitig gesagt. Die schwere Reiterei von Tamaerthon hatte die Rücken der Feinde gesehen, und weder Drumold noch Balquahin konnten ihre Leute noch aufhalten. Als die Trompete schmetterte, hatten sie sich schon in Bewegung gesetzt, und innerhalb von Sekunden waren sie bis an die Hüften im Wasser.

Ein Stück stromaufwärts schrien zwei Reiter auf. Sie wurden von fast durchsichtigen Greifarmen gepackt. Wild schlugen die Männer mit ihren Schwertern zu, während ihre Pferde in Panik das Ufer zu erreichen suchten. Die anderen Reiter überquerten rasch den Fluß. Als sie das andere Ufer erreichten, hatten sich an einigen Pferden ein halbes Dutzend Hydras festgekrallt. Die Kameraden schlugen mit der flachen Seite der Schwerter zu, und die Hydras fielen zu Boden. Dann wurden sie von den Männern zertrampelt.

Jetzt war die schwere Reiterei gerade in Reichweite der auf den Hügeln postierten Bogenschützen. Bei der Flußüberquerung hatte sie keinen Mann verloren, aber jetzt sah Mason drei Männer fallen. Zwei weitere Pferde gingen zu Boden.

Frick feuerte noch viermal in die fliehende feindliche Kavallerie, und dann nahm er die Infanterie auf dem linken Hügel unter Feuer. Nach drei Schüssen warfen die ersten Männer ihre Waffen weg und rannten. Nach dem fünften Schuß rannten alle, und auch die Bogenschützen wandten sich zur Flucht.

Teuthras überquerte gerade den Fluß. Er sah, daß der Hügel frei war, und führte seine leichte Kavallerie hinten an der angreifenden schweren Reiterei vorbei den Hügel hinauf. Es war nicht einfach, den steilen Hang hinaufzureiten, aber es gab keinen Widerstand mehr, und bald hatte er die feindliche Kavallerie in der Talsenke umgangen.

Alles auf eigene Initiative, dachte Mason. Bei Gott, wir haben inzwischen wirklich gute Offiziere.

Die tamaerthanische schwere Reiterei legte die Lanzen ein und griff die feindliche Kavallerie in der Senke an. Der Feind zog sich schon zurück. Aus dem Rückzug wurde eine kopflose Flucht. Die Infanterie auf dem rechten Hügel warf ihre Waffen weg. Die Männer knieten sich hin, und einige hielten zum Zeichen der Übergabe Yatar und Wotan geweihte Amulette hoch. Eine Viertelstunde nachdem der erste Schuß abgefeuert wurde, war kein bewaffneter Feind mehr zu sehen.

Drumold und Balquhain hielten ihre Banner hoch und warteten, bis ihre Truppen sich versammelt und formiert hatten. Dann ritten sie ihnen voran weiter in die Talsenke hinein.

Das wär's, dachte Mason. Das Ganze übersteigt meinen Verstand. Hier hätte jede Menge Feinde sein müssen. Bisher war es leicht. Zu leicht, verdammt noch mal.

Drumolds Banner hatte das Ende der Senke erreicht, als Mason es anhalten sah. Art gab seinem Pferd die Sporen und ritt an der Kolonne entlang nach vorn, aber bei dem schweren Boden kam er nicht schnell voran. Als er wieder ebenes Gelände vor sich sah, setzten sich die Verteidiger des Glaubens in Bewegung, aber zwischen ihnen und den Tamaerthanern trabte massierte Kavallerie heran.

Drumold stellte sich in die Steigbügel. »In Gefechtsformation!« schrie er.

»Da waren sie also«, murmelte Mason. »Frick! Folgen Sie mir. Garde, hier sammeln!« Er ritt den Hügel zur Linken hinauf. »Nach oben und dort in Stellung gehen! Ihr Ziel ist die anrückende Kavallerie. Feuer frei!«

Gerade noch rechtzeitig, dachte er. Gerade noch. Aber sie verhalten sich, als könnte nichts sie aufhalten.

In Felle gekleidete Gestalten schienen links von Mason wie Pilze aus dem Boden zu schießen. Er erschoß einen und hackte einem anderen, der einen Speer schleudern wollte, mit seinem Schwert den Arm ab. Aus dem Augenwinkel sah er eine Bewegung, und dann krachte ein aus einer Schleuder abgeschossener Stein in seinen Helm. Er sah blutrotes Feuerwerk gegen einen schwarzen Himmel und hatte noch Zeit für einen einzigen Gedanken, als er aus dem Sattel stürzte.

Vielleicht hatte der feindliche Kommandeur recht, wenn er glaubte, daß nichts ihn aufhalten könnte.

Ganton schaute durch sein Fernglas, und jetzt war das Banner auf dem Hügel bei Herdsman's Ford klar zu erkennen. Lord Ricks Plan hatte bisher gut funktioniert; die Tamaerthaner standen hinter den Verteidigern des Glaubens, und sie waren eine beachtliche Streitmacht.

Aber die Verteidiger des Glaubens hatten Kavallerie zu ihrer Unterstützung. Könnte die vereinte Macht des Feindes für Drumold und Lord Mason nicht zuviel sein? Das war denkbar, und ganz gleich, ob die Schlacht gewonnen oder verloren wurde, Tamaerthon würde sich für lange

Zeit nicht vom Verlust seiner Ritter und Bogenschützen erholen.

Ich bin Titus Frugi sehr zu Dank verpflichtet, und das ist ein guter und ausreichender Grund, ihn nicht ohne Not zu beschämen. Den Tamaerthanern bin ich noch mehr zu Dank verpflichtet – ihnen verdanke ich meinen Thron. Aber ist das Grund genug, Titus Frugi zu beschämen, ganz zu schweigen von einem Streit mit dem Vater meiner Frau?

Das weiß nur Yatar oder Sein Sohn. Ich weiß nur dies: ich will nicht, daß jemand sagt, Wanax Ganton von Drantos sei, wie sein Vater, ohne Ehre. Er konnte nicht zulassen, daß die tamaerthanischen Adligen in Stücke gehackt wurden, wo er ihnen doch helfen konnte.

»Morrone!«

»Majestät?«

»Laßt die Trompeten schmettern und zieht das Banner des Kämpfers auf. Wir reiten, um den Tamaerthanern zu helfen.«

Morrone grinste. »Wie Ihr befehlt.«

»Ach, und schickt einen Boten zu Lord Rick.«

»Und einen zu Publius?«

»Auch einen zu Publius. Aber schickt den zu Lord Rick zuerst.«

Die schwere Reiterei von Drantos nahm den ganzen Raum zwischen dem Hügel und dem Wald ein, so daß die Römer ihr folgen mußten. Die Männer ritten im Schritt, bis sie ebenes Gelände erreichten, das nicht von den Leichen früherer Angriffe bedeckt war. Dann formierten sich die Ritter von Drantos zur Attacke. Selbst von oberhalb der großen Schanze konnte Rick Gantons Goldhelm erkennen; der junge König setzte sich an die Spitze des Zuges. Dann ritten die Männer im Trab hinten an Phrados' Herr vorbei direkt auf die Verteidiger des Glaubens zu und auf die Kavallerie, die die Tamaerthaner bedrängte.

Das löste eines von Ricks größten Problemen, ohne daß er nur ein Wort gesagt hätte. Und das war gut so, denn

Publius konnte das Ganze nicht gefallen. Vielleicht riskierte er es nicht, seinen Schwiegersohn zu beleidigen, aber wie hätte er sich verhalten, wenn der Generalhauptmann seines Schwiegersohns den Befehl gegeben hätte?

Denke ich nicht wie ein Politiker des Mittelalters – wie meine Frau?

Wenig später sah er die Römer vorrücken. Voraus der Adler der Prätorianer. Dicht darauf folgte die Vierte Legion, und die Achte bildete den Abschluß. Eine sehr schöne Formation.

Ein Bote ritt mit einer Botschaft davon, die der Ballon übermitteln sollte: AN DIE TAMAERTHANISCHEN BOGENSCHÜTZEN AUF DER HIGH ROAD; FERTIGMACHEN ZUM VORRÜCKEN AUF DER HIGH ROAD, UM DIE SIEBZEHNTE LEGION ZU UNTERSTÜTZEN, SOBALD SIE EINTRIFFT.

Wenn Publius Verstand hätte, müßte er jetzt seine Pikeniere und Bogenschützen vorrücken lassen, um die Absperrkette zu verstärken, die seine Kavallerie schon bald um die Infanterie des Feindes gezogen haben würde. Dann würden die tamaerthanischen Bogenschützen ihre Dekkung verlassen können, um die Siebzehnte zu verstärken – Tamaerthaner und Römer an zwei Seiten und der Fluß an der dritten.

Und wenn ich die Große Schanze zurückerobern kann, wären sie völlig eingeschlossen. Wir müssen wieder kämpfen.

Rick schickte einen weiteren Boten zu den schweren Waffen und ritt dann zu den Pikenieren hinüber. Er stellte sich in die Steigbügel. »Erste Pikeniere, Garde, Kanoniere! Folgt mir! Laßt uns dieses Ungeziefer ausräuchern.«

Er zog sein Schwert, um das Signal zum Angriff zu geben. Plötzlich ließen die Männer auf beiden Seiten ihre Piken und Bogen fallen und rannten herbei. Sie packten den Zügel, die Steigbügel und sogar den Schwanz des Pferdes.

»Zurück, Lord Rick!«

»Bleibt hinten, Lord Rick!«

»Wir rücken erst vor, wenn Ihr in Sicherheit seid, Lord Rick!«

Dann: »Lord Rick nach hinten!«

Elliot kam angeritten und lachten wie ein Idiot. »Captain, es sieht aus, als seien Sie überstimmt. Die Männer halten Sie für ihren Glücksbringer. Vielleicht sind Sie das ja auch.«

»Elliot ...«

»Denken Sie doch darüber nach, Colonel. Sie gehorchen Ihnen, okay. Aber wenn Sie das Besteck abgeben, fällt dieser Haufen auseinander, und wir alle wissen das. Verdammt noch mal, Sir! Sie brauchen doch nichts mehr zu beweisen.«

Ich brauche nichts mehr zu beweisen. »Okay, Sergeant Major. Machen Sie weiter.«

»Sir!«

Elliot ritt vor die Pikeniere, feuerte mit seiner Ingram in die Luft und schrie: »Okay, ihr verrückten Hunde! Wollt ihr ewig leben?«

Hochrufe ertönten. Die Pikeniere folgten ihm, und der Gegenangriff hügelabwärts begann. In der ersten Reihe überragten zwei riesige Gestalten alle anderen, der Große Ark, in Patronengurte eingewickelt, und der Kanonier Pinir mit einem Faß Pulver unter dem Arm und einem Ladestock über der Schulter.

Die feindlichen Truppen in der Schanze standen noch einen Augenblick. Dann schrie jemand: »Die Verteidiger des Glaubens! Sie fliehen!«

Das stimmte. Gantons Kavallerie hatte die Verteidiger des Glaubens von der Flanke her angegriffen, als diese auf die tamaerthanischen Ritter eindrangen, und der Feind löste sich in unkoordinierte Gruppen auf. Einige kämpften wie Dämonen, aber die meisten rannten davon, als sie merkten, daß ihre Götter sie verlassen hatten.

»Sie fliehen! Die Verteidiger des Glaubens fliehen!« Überall in der Großen Schanze wurden diese Schreie laut.

Die Piken gesenkt, rückten die Ersten Pioniere vor, im Gleichschritt, wie bei einer Parade. Einige der Bombardenkanoniere rannten vor die Pikeniere, um die letzten

Männer des Propheten von den Kanonen zu vertreiben, um die Bombarden wieder feuerbereit zu machen. Drei Bombarden feuerten tatsächlich auf den fliehenden Feind, als die Siebzehnte Legion und in ihrem Gefolge die tamaerthanischen Bogenschützen aus dem Wald herausmarschierten.

Art Mason wachte mit Kopfschmerzen auf, und auch sein Bein schmerzte. Er versuchte sich aufzusetzen, aber er wurde daran gehindert. Er hatte Mühe, die Augen zu öffnen. Irgendwo in der Nähe schrie ein Mann. Nein, viele Männer schrien.

Als erstes sah Mason das lächelnd Gesicht von Yanulfs Stellvertreter Apelles.

»Yatar der Heiler sei gepriesen«, sagte Apelles. Er drehte sich um und schrie einem der Gehilfen zu: »Benachrichtige Lord Rick!«

»Sofort.«

Der Colonel lebt also auch noch. Langsam werden wir zu alt für diesen Unfug. Er lauschte und hörte in der Ferne Schüsse, aber es waren nicht sehr viele.

»Könnt Ihr die Finger zählen, die Ihr vor Euch seht?« fragte Apelles.

»Finger? Vier. Nein.« Er schüttelte den Kopf, und auch das schmerzte. »Zwei.«

»Gut.« Apelles wischte Masons Gesicht mit einem nassen Tuch ab. »Wir haben schon Lord McCleve rufen lassen.«

»Zur Hölle mit McCleve. Wer hat gewonnen?« fragte Mason.

»Es ist alles in Ordnung.«

»Rede schon, verdammt noch mal!«

»Ihr solltet Euch ausruhen – es ist alles gut.« Wieder wischte Apelles Mason die Stirn ab und hielt ihm einen Becher Wasser an die Lippen. »Trinkt. Dann werde ich berichten.«

Das Wasser schmeckte bitter.

»Wo soll ich anfangen?« fragte Apelles.

»Die verdammte Kavallerie war im Begriff, meine Truppen aufzureiben.«

»Ach ja. Der Captain der Kavallerie hatte angegriffen, ohne Phrados vorher zu verständigen. Phrados hielt die Männer für Deserteure. Er befahl den Verteidigern des Glaubens, die Kavallerie anzugreifen.

Als die Verteidiger des Glaubens vorrückten, hielt Lord Balquhain seine Truppen zurück, bis die Verteidiger des Glaubens ihre Aufgabe erledigt hatten. Dann griff er an.«

»Ein hervorragender Mann.« Mason grinste, aber schon das bereitete ihm Schmerzen.

»Dann führte unser gnädiger Wanax Ganton die Ritter von Drantos gegen die Verteidiger des Glaubens! Er warf sie zu Boden, und sie sind nie wieder aufgestanden!

Publius Caesar, der unserem König den Ruhm nicht gönnte, führte seine Legionen gegen den Feind, und Lord Rick eroberte die Schanze und die Kanonen zurück.

»Der Tag ist unser.«

Der Tag ist unser. Sein Kopf dröhnte. Apelles mußte irgend etwas in das Wasser getan haben. Er schloß die Augen, und im Einschlafen lächelte er. *Wieder einmal überlebt.*

Das Zelt des Propheten stand noch, aber das Innere war kahl und leer. Der große fahrbare Altar lag auf der Seite. Wo vorher Bronzegriffe und silberne Beschläge gewesen waren, klafften jetzt Löcher.

Matthias wandte sich ab. Er reichte seine Fackel einem Soldaten und stieg auf sein Pferd.

Captain Pharikos kam herbeigeritten. »So ist es jetzt überall, Sir.« Er zuckte die Achseln. »Eines allerdings ist gut. Wenn man Phrados' Leiche nicht findet, kann jeder sich für ihn ausgeben. Wenn Drantos jedes Jahr einen neuen Phrados bekämpfen muß, wird es aus den Feldzügen nicht mehr herauskommen. Wenn wir all diesen Propheten Silber und Waffen schicken ...«

»Seid ruhig. Die Götter haben Phrados gerichtet. Es ist nicht an uns, ihr Urteil zu bezweifeln.«

Matthias wußte, daß er in scharfem Ton gesprochen hatte, aber er wußte nicht warum. Er riß sein Pferd herum und ritt seinen Truppen voran aus dem Lager hinaus.

Hinter sich hörte er Schreie. Schreie von Männern und Frauen. Matthias war froh, daß er zweihundert bewaffnete Reiter hatte. *Männer, denen ich trauen kann. Hier gibt es nur noch wenige ehrliche Männer.*

Erst als das Lager schon einige Stadien hinter ihm lag, dachte Matthias über die scharfen Worte nach, mit denen er Captain Pharikos bedacht hatte. *Die Strategie ist gut. Sie würde verhindern, daß die Sternenmänner ihren heutigen Sieg wirklich nutzen können.*

Schweigend ritt er weiter. *Nein, die Sternenmänner mit immer neuen falschen Propheten zu bedrängen, würde nur ihre Allianz mit den Stadtstaaten festigen. In einer solchen Allianz würden keine Männer aus alten Familien aufsteigen, die die alten Werte noch aufrechtzuerhalten wußten. Außerdem Söldnerführer und Handelsleute. Neue Männer, die sich vermehren würden wie Lemminge in der Brunftzeit.*

Und darüber muß ich mit Isardos sprechen und mit dem Hohen Rexja Toris selbst.

Aber über das Urteil der Götter würde er nur mit Wotan sprechen.

6

Gwen schickte ihre Dienerin weg und half Siobhan, Art Masons verletztes Bein auf den geschnitzten Eisenholztisch zu heben.

»Und Publius Caesar hat kein Wort von dem zurückgenommen, was er den Rittern von Drantos gesagt hat?« fragte Siobhan.

Art Mason stöhnte, als Siobhan die Binden des Breiumschlags löste, den Apelles ihm vom Knöchel bis zum Oberschenkel angelegt hatte. »Nicht, daß ich wüßte, aber er würde es kaum öffentlich tun. Er würde sich allenfalls privat Ganton gegenüber äußern.«

Siobhan war wütend. »Dann haben also die Ritter von Drantos eine schwere Beleidigung hinnehmen müssen, ohne Wiedergutmachung zu erfahren. Wird der Wanax sich damit abfinden?«

Mason und Gwen lächelten einander verstohlen an. Erdenmenschen gegen Einheimische, aber auch besonnenes Alter gegen hitzköpfige Jugend. Von Art angelächelt zu werden – oder von Sergeant Major Elliot, Larry Warner oder Rick –, verbesserte Gwens Stimmung mehr, als sie für möglich gehalten hätte. Was immer alle vier dazu veranlaßt hatte, durch sie hindurchzusehen und ihr jede Erklärung schuldig zu bleiben, der Sieg über Phrados und das Ende des Krieges im Süden hatten die Situation verbessert.

Verbessert, ja, aber nicht beendet. *Was wissen sie, und warum wollen sie es mir nicht sagen?*

Sioban hatte die verständnisinnigen Blicke bemerkt und lachte leise. Auch Gwen lächelte. Wenn er erst verheiratet war, würde Mason mit dieser jungen Dame alle Hände voll zu tun haben – und daß die beiden heiraten würden, war jetzt so gut wie sicher. Siobhans Reaktion, als sie von Masons Verwunderung erfuhr und als er in einer Pferdesänfte durch das Universitätstor getragen wurde, war nicht zu mißdeuten. *Wieder einmal können wir festhalten, daß eine Vernunftehe sich in eine Liebesheirat verwandelt hat. Haha. Les hatte das für mich und Rick ebenso geplant.*

»Publius Caesar schnappt so schnell ein, wie eine Hydra frißt«, sagte Mason. »Das ist ohne große Bedeutung. Ich denke, wir werden damit leben müssen.«

Siobhan runzelte die Stirn.

»Ganton wird Rudhrig beim nächsten Mal wahrscheinlich einen wichtigen Posten anvertrauen«, sagte Mason. »Ich hoffe nur, daß Rudhrig allmählich lernt, daß er wegen seiner verdammten Ehre keine guten Männer opfern darf. Aber das muß fürs erste genügen. Ganton hat inzwischen andere Probleme.« Er grinste. »Wie zum Beispiel, Vater zu werden.«

»Ist das also offiziell?« fragte Gwen. »Ist Octavia schwanger?«

Siobhan schaute angestrengt ins Feuer.

»Die Priester sagen es«, sagte Mason. »Ich habe gehört, daß die offizielle Ankündigung in ein paar Tagen über die Signalanlage gehen wird. Wenn die römischen Bischöfe sagen, daß die Zeichen gut sind.«

»Hallelujah«, sagte Gwen. *Hoffentlich hört sich das so an, als sei ich überrascht.* Sie dachte an den Brief, den Octavia ihr vor zehn Tagen geschrieben hatte.

»Das ist gut«, sagte Siobhan. Sie seufzte. »Lady Prygisia hat dem ganzen Hof erzählt, daß unsere Königin unfruchtbar sei. Und einige haben es ihr geglaubt.«

»Das wäre damit erledigt«, sagte Art.

»Das meine ich auch.« Gwen strich sich das Haar zurück. »Die Damen von Drantos waren nicht sehr froh darüber, daß unser Wanax sich seine Königin aus Rom holte.« *Die arme Octavia. Sie hat kaum Freunde. Wenn Ganton nicht zu Hause ist, brütet sie vor sich hin.* »Das dürfte diesen Gerüchten ein Ende setzen.«

»Besonders, wenn es ein Junge ist«, sagte Siobhan. Sie kicherte.

Jetzt schaute Art Mason angestrengt ins Feuer.

Siobhan war mit Arts Bein fertig und schnitt ihm jetzt die Haare. Art Mason nahm ihr die Schere weg und betrachtete sie. »Stahl?«

»So ungefähr«, sagte Gwen. »Ein Mittelding zwischen gehärtetem Eisen und richtigem Stahl. Sie werden in der Universität hergestellt. Eigentlich suchten wir nach Möglichkeiten, bessere Schwerter und Bajonette herzustellen, aber einer unserer Lehrlinge stellte Scheren her, und mittlerweile verkaufen wir sie mit gutem Gewinn.«

»Sehr zum Unwillen der Zunft der Schmiede«, sagte Siobhan.

»Ja. Ich habe mir schon überlegt, wie wir unsere Erfindungen lizensieren können. Patente. Irgend etwas in der Art ...«

»Was den Captain betrifft, könnt ihr alles verschenken«, sagte Mason. »Das Wissen und die Kenntnisse müssen verbreitet werden.«

»Ja, aber wenn wir uns die Forschungsarbeit nicht mehr leisten können, wie sollen wir dann Wissen verbreiten?« fragte Gwen.

»Hmm. Es geht mal wieder um das Budget, nicht wahr?« Art grinste.

»Woher wissen Sie das? Leider ist es so. Wir müssen mit den Einheimischen zurechtkommen, aber wir müssen auch unsere Leute für ihre gute Arbeit belohnen.«

»Richtig. Ich werde das bei der nächsten Stabsbesprechung zur Diskussion stellen.« Mason nahm ein zusammengefaltetes Papier aus der Tasche und machte mit einem Kugelschreiber eine Notiz. »Ich würde mich sehr freuen, wenn Ihr Gatte uns vernünftige Notizbücher mitbringen könnte.«

»Art, ich will nicht unbedingt das Thema wechseln, aber sind einige Verteidiger des Glaubens entkommen?«

»Nicht viele. Sobald die Truppen des Propheten erkannten, daß sie sich uns ergeben konnten, ohne getötet zu werden, griff die Infanterie – ihre zusammen mit unserer – die Verteidiger des Glaubens an. Es war nicht sehr schön. Aber von der Hauptstreitmacht des Propheten sind viele entkommen. Zehn- oder zwölftausend, vielleicht auch mehr.«

»Aha. Ich habe mich gefragt, warum Publius Ricks und Yanulfs Bedingungen hinsichtlich der strittigen Territorien akzeptiert hat.«

»Daran hatte ich gar nicht gedacht, aber ich denke, daß es für Rom schon ein Problem ist, wenn so viele von den Männern des Propheten frei herumlaufen. Rechnet man noch die Banditen hinzu, die an Yatar glauben, braucht Publius mindestens zwei Legionen, um das Gebiet zu befrieden. Und er kann nicht eine einzige Legion entbehren.«

»Nicht, wenn er seine alten südlichen Provinzen neu besiedeln will.« Gwen machte ein nachdenkliches Gesicht. »Das könnte schon sehr bald zu einem Pulverfaß werden.«

»Ja, bis alle verhungert sind.«

»Verhungert oder von Flüchtlingen aus dem Süden getötet.« Gwen schüttelte sich. »Und im nächsten Jahr wird alles noch viel schlimmer.«

»Die Stadtstaaten sind Ricks geringste Sorge«, sagte Mason. »Oben nicht so viel weg!«

»Lord?« fragte Siobhan.

»Nichts. Dieser Witz läßt sich nicht übersetzen.«

»Lord, warum hat sich denn Lord Rick überhaupt Sorgen wegen der Stadtstaaten gemacht? Haben sie denn ihre Bündnisverpflichtungen nicht erfüllt?«

»Jetzt erfüllen sie sie.« Mason nahm Siobhans Hand. »Aber sie haben nicht viele Truppen, und ganz sicher haben sie nicht genügend Kavallerie, um die strittigen Territorien unter Kontrolle zu halten. Aber irgend jemand muß diese Territorien halten, um zu verhindern, daß die Flüchtlinge aus dem Süden einbrechen.«

Gwen mußte lächeln. Siobhan hing förmlich an Arts Lippen. *Sie ist tatsächlich interessiert. Das sollte sie auch sein. Das sollten wir alle sein.*

»Wie dem auch sei«, sagte Art, »so wurde Morrone Protektor der südlichen Moore. Das gibt ihm den Rang eines Eqeta, und er hat eine eigene kleine Armee, zu deren Unterhalt alle beitragen. Er hat Männer von den Stämmen aus dem Bergland, einige der geächteten Tamaerthaner, mit denen Gengrich nach Norden gekommen ist, ein paar Kavalleristen, die vorher für Phrados gekämpft haben, und Wotan weiß, was er sonst noch hat.«

»Dennoch wird Lord Morrone ganz zufrieden sein«, sagte Gwen.

»Er ist kreuzfidel. Der einzige, der auch nur eine Braue gehoben hat, war Rudhrig. Er sagte, Lord Morrones große und unbezweifelte Fähigkeiten qualifizierten ihn eher für eine Stellung bei Hofe.«

Siobhan lächelte. »Will er selbst Protektor werden, oder hält er Morrone für unfähig?«

Sie ist hübsch, wenn sie lächelt. Und das war eine vernünftige Frage. Mason hätte es schlechter treffen können.

»Ich weiß es nicht. Seine Lordschaft von Harms benimmt sich zur Zeit wie Publius. Er schlägt nach allen Seiten aus, und man weiß nicht, was er wirklich meint. Andererseits – ich mag Morrone, aber er hatte noch nie ein unabhängiges Kommando.«

Gwen nickte. *Und vielleicht haben die Römer dafür, daß sie seine Ritter – Rudhrigs Ritter – beleidigt haben, durch ein Geschenk an seinen Gefährten einen Ausgleich geschaffen.*

Dieser Gedanke beunruhigte Gwen. Ließ Ganton sich von den Römern bestechen? Ein Kompromiß mußte nicht viel bedeuten, aber – sie dachte an König Stephan von England. *Er konnte niemals nein sagen. Und er löste einen der schlimmsten Bürgerkriege der englischen Geschichte aus. Ein König, der seinen Mantel nach dem Winde hängt, ist unerträglich.* »Wird Morrone seiner Aufgabe gerecht?« fragte sie.

Mason zuckte die Achseln. »Ich glaube nicht, daß er ein guter Diplomat ist, aber er wird ohnehin ein Jahr lang im Sattel bleiben. Bis dahin stellen wir ihm einen Mann wie Apelles zur Seite. Oder vielleicht diesen komischen Vinicianus.«

»Ich verstehe.« Der Haarschnitt war fast fertig. Gwen stand auf. »Wenn Sie mich entschuldigen wollen. Ich habe noch zu tun. Wenn Sie irgend etwas brauchen, klingeln Sie bitte. Ich werde in meinem Büro sein.«

Sie stieg die Wendeltreppe zu ihrem Büro hinauf. Es war die einzige Wendeltreppe, die es auf Tran gab. Sie hatte die Treppe und das kleine Büro während ihrer letzten Schwangerschaft bauen lassen. Eine Adlige zu sein und genug billige Arbeitskräfte zur Verfügung zu haben, hatte seine Vorteile. *Natürlich läuft die Spirale verkehrt herum. Aber wie konnte ich wissen, daß man einen Mann, der ein Schwert trägt, rechts herum laufen läßt? Nun ja, das wußte ja auch sonst niemand. Außer Rick. Und schließlich habe ich meine Pistole.*

Das Fenster ihres Büros war kaum größer als eine Schießscharte, aber es gewährte einen guten Ausblick auf die Westwand der Universität und den darunterliegenden Friedhof. Inzwischen waren viele Grabsteine hinzugekommen. Die Toten von Vis waren, wo sie gefallen waren, verbrannt oder beerdigt worden, aber die Römer, die zurückgekommen waren, hatten eifrig Grabsteine für ihre gefallenen Kameraden gemeißelt.

Sie haben uns eine Atempause verschafft. Sie haben ihre Denkmäler verdient.

Der Wind drehte sich und wehte eine Wolke Steinstaub von der Stelle herauf, wo die Römer die neuen Unterkünfte für die Arbeiter und einen Block mit Läden und Werkstätten bauten. Auf diesen Block hatte Mortimer Schultz ein Auge geworfen, denn hier wollte er gern Trans erste Druckerpresse installieren.

Der Baulärm verstärkte sich und wurde von den Schreien der Sergeanten übertönt; die eingewanderten Handwerker der Universität erhielten ihre Grundausbildung. Elliot wollte sie alle an den tamaerthanischen Langbogen ausbilden. Gwen hatte ihn nicht davon überzeugen können, daß es Jahre dauert, bis ein Schütze seinen Bogen wirklich beherrscht, obwohl Elliot selbst mit dem Bogen so gut schießen gelernt hatte, daß er Preise gewann.

Es gab noch ein Problem. Die Tamerthaner sahen es nicht gern, daß Fremde ihre Nationalwaffe zu benutzen lernten.

Wenn es nicht das eine ist, dann ist es das andere. Was würde mehr Ärger verursachen? Die Fremden am tamaerthanischen Langbogen auszubilden oder ihnen die Benutzung der Musketen beizubringen? Über keins von beiden würden die Tamerthaner sehr glücklich sein.

Aber wir müssen etwas unternehmen. Gesetzt den Fall, die Römer kündigen uns das Bündnis auf? Dieser Ort läßt sich nicht verteidigen. Aber er wird verteidigt werden müssen!

Das Wichtigste zuerst. Sie würde Bogenschützen und

Musketiere brauchen. Schießpulver. Haubitzen. Wie hieß es noch in dem Gedicht von Kipling? *No, said the cannoneer, shooting from the wall. Iron, cold iron shall be master of you all.*

Verdammt richtig, verausgesetzt, ich kann das Buschwerk roden, das vor den Mauern wächst. Schußfeld ...

Erst bin ich ein mittelalterlicher Politiker und jetzt ein mittelalterlicher General. Was kommt als nächstes?

Wie dem auch sei. Tran verändert uns so schnell, wie wir Tran verändern. Und keiner von uns wird später noch wissen, was wir waren, bevor Rick Galloway mit einer fliegenden Untertasse voller Söldner hier ankam.

D'jorr

Der Bildschirm auf dem polierten Holztisch war so einfach wie alles andere in der Kammer, aber er war von hoher Qualität. Die Wächter der Wege des Kriegers lebten nicht luxuriös, aber sie lebten gut.

In diesem Augenblick erschien Les' Kopf als Silhouette vor dem Hauptbildschirm im Kommandostand.

»Du wirst bemerken, daß sein Schirm nicht eingeschaltet ist«, sagte Agzaral.

Der Mann in der Robe, der hinter dem Tisch saß, nickte. »Sagtest du nicht, daß dies sein dritter Besuch auf Tran ist? Warum will dein Pilot dann seinen Standort vor uns geheimhalten?« Ein schwaches Lächeln spielte um Wilnos Lippen. »Agzaral, ich glaube, du hast mir nicht alles gesagt.«

Auch Agzaral lächelte. »Alles Wichtige. Konzentriere dich auf seinen Bericht.«

Les wirkte gelassen. Dann berichtete er: »Captain Galloway ist weiterhin bemüht, ein stehendes Berufsheer aufzustellen, das seinen Offizieren gegenüber loyal ist und nicht wie die mittelalterlichen Haufen ihren Feudalherren gegenüber. Er muß langsam vorgehen, und das aus verständlichen Gründen. So ist er zum Beispiel auf Wanax Gantons Unterstützung angewiesen.

Seit Ganton einen männlichen Erben hat, fühlt er sich auf seinem Thron sicherer, aber er erinnert sich stets daran, daß sein Vater seinen Thron verlor, weil er den Rat und die Interesse seiner Adligen ignorierte, und er ist entschlossen, nicht den gleichen Fehler zu machen. Praktisch gesehen hat er auch gar keine Wahl. Wenn irgendeiner seiner Adligen genügend verärgert ist, kann er sich jederzeit auf die Seite des Hohen Rexja Toris schlagen, wenn der Krieg gegen die Fünf Königreiche beginnt.

Inzwischen tut Captain Galloway, was die berittenen Bogenschützen und die Garde betrifft, was er kann. Das ist nicht eben viel, denn die berittenen Bogenschützen folgen ihm, weil er Kriegsherr von Tamaerthon, die Garde, weil er Generalhauptmann des Reiches Drantos ist. Verlöre er einen dieser Titel, hätte er einige Schwierigkeiten. Er könnte sich dann nur noch der Männer sicher sein, die ihm als dem Eqeta von Chelm Treue geschworen haben.«

Agzarals Gefährte lachte. »Das ist ja nicht viel anders als die Ratspolitik, mein Freund.«

»Genau. Das ist einer der Gründe, warum ich Tran so faszinierend finde.« Agzaral stellte das Bild besser ein.

»Der Krieg mit den Fünf Königreichen ist unvermeidlich. Ich bin der Ansicht, daß er im nächsten Jahr stattfinden wird. Der Hohe Rexja hat sich vom Sarakos-Krieg erholt, und er verfügt über erhebliche Mittel. In Kronprinz Strymon von Ta-Meltemos hat er einen populären und verdammt kompetenten Oberbefehlshaber. Strymons Armeen haben die Westmänner sehr wirkungsvoll bekämpft. Die Westmänner sind immer noch zahlreich, aber ich bezweifle, daß sie während der nächsten paar Jahre viel Ärger machen können.«

»Der Sieg ernährt den Sieg«, sagte Agzaral. »Der Hohe Rexja hat einen Befehlshaber und eine kampferfahrene Armee. Ganz bestimmt wird er sie auch einsetzen.«

»Die Waffen, die ich ihm anläßlich dieser Reise übergeben habe, könnten entscheidend sein«, fuhr Les fort. »Aber Galloway vertraut den Einheimischen ungern moderne Waffen an.«

»Klug von ihm«, sagte Agzarals Gefährte.

»Er hat nicht genug Söldner, und inzwischen bauen sie an verschiedenen Stellen außerhalb der Felder von Armagh *Surinomaz* an. Das alles muß verteidigt werden, zusammen mit den eingelagerten Lebensmitteln und den Vorräten an fertig verarbeitetem *Surinomaz.*«

Der Mann in der Robe runzelte die Stirn. »Ich denke, das ist nicht alles, was Captain Galloway verteidigen will.«

»Vielleicht nicht«, erwiderte Agzaral.

»... entscheidender wird die Rolle der beiden nördlichen Stadtstaaten Nikeis und Margilos sein. Nikeies wird bestimmt neutral bleiben. Fast sein gesamter Handel ist darauf angewiesen, daß mit den Fünf Königreichen Frieden herrscht. Das gilt auch für Nikeis' Reisernte auf dem Festland.

Margilos wird wahrscheinlich neutral bleiben, aber möglicherweise wird es einen hohen Preis fordern. Sie haben nicht vergessen, daß Drantos und Rom als Verbündete die Westmänner nach Norden getrieben haben, so daß Margilos einen schweren Feldzug gegen sie führen mußte. Sie lieben die Fünf Königreiche nicht und haben sie nie geliebt, aber Drantos hat ihnen erst kürzlich Schaden zugefügt.«

»Wer wird diesen Krieg gewinnen?« fragte Wilno.

»Ich weiß es nicht, aber es liegt in unserem Interesse, daß Captain Galloway gewinnt.«

»Kannst du ihm keine weiteren Waffen zur Verfügung stellen?«

»Nicht mehr, als ich ihm schon geschickt habe. Er gibt sich nicht damit zufrieden, ein kleines Territorium zu sichern und dort *Surinomaz* anzubauen. Er will auf dem ganzen Planeten die Zivilisation verbreiten.«

»Dieser Gallowy ist kein typischer Söldner.«

»Offensichtlich nicht.«

Agzaral und sein Gefährte schauten schweigend auf den Schirm, während Les Details über den Status seines Schiffs durchgab und sich höflich verabschiedete. Der Bildschirm wurde grau, und der Mann in der Robe drehte sich zu Agzaral um.

»Er war ziemlich diskret.«

»Ich kann mir denken, daß es Entwicklungen gegeben hat, über die er die *Shalnuksi* zu diesem Zeitpunkt nicht informieren will. Ich kann mir kaum vorstellen, daß jemand von Les' Intelligenz ihrem Urteil traut. Du etwa?«

Der andere lächelte dünn. »Kaum. Aber ich kann mir auch kaum vorstellen, daß ein Mann von deiner Intelligenz einem Kommilitonen Informationen vorenthält, die er zur Durchführung seines Auftrags braucht. Trotzdem ist das der Fall. So wird Les vielleicht ...«

»Wilno, warum denkst du, daß ich dir die nötigen Informationen vorenthalte?«

»Und warum denkst du, daß ich vergessen habe, daß ich einmal die anderen ablenken mußte, während du den Computer neu programmiertest? Dafür hätte ich von der Akademie fliegen können!«

»Stimmt. Aber du bist nicht geflogen, und du wirst dich erinnern, warum du nicht geflogen bist.«

»Gewiß, du hast auf deine unnachahmliche Art die Situation gerettet. Wie immer. Aber diesmal wirst du Lichtjahre entfernt sein, wenn das, was ich für dich tun soll, gerade in seiner kritischen Phase ist.«

Wilno lächelte nicht, aber Agzaral ließ sich nicht täuschen. Aus alter Freundschaft heraus und nicht aus Schwäche versuchte er zu verhindern, daß die Atmosphäre unangenehm wurde.

»Die Sache ist sehr wichtig, mit der ich dich beauftrage«, sagte Agzaral.

»Das kann ich mir denken. Du bist nicht der Mann, der wegen einer Kleinigkeit mit vier verschiedenen Schiffen hundertsiebzig Lichtjahre weit fliegt.«

»Sie ist außerdem geheim.«

»Wie könnte es anders sein, wenn es um die *Shalnuksi* geht?«

»Nun gut. Ich will, daß du als Waffenoffizier in dem Schiff mitfliegst, das die *Shalnuksi* nach Tran schicken werden, wenn sie glauben, daß sie kein *Surinomaz* mehr bekommen. Das könnte eine heikle Aufgabe werden.«

»Wie üblich weiß der Rat nichts davon?«

»Wie üblich wissen es einige, andere aber nicht. Wilno, wir sind gefordert. Die Zukunft unserer Spezies ist schließlich keine Kleinigkeit.«

»Nein. Aber warum glaubst du, daß wir dafür entscheidend sind?«

»Wir sind es nun einmal.« Er reichte Wilno einen Plastikumschlag. »Leg das eine Minute lang in Wasser und spiel die Scheibe ab, die in dem Umschlag steckt. Dann erfährst du das meiste von dem, was du wissen mußt. Wenn du für dein Terminal einen Schutz brauchst ...«

Sein Gefährte lachte. »Danke, aber ich brauche deine Fertigkeiten nicht zu bemühen. Der Geheimdienst der Föderation kümmert sich wenig um die Häuser der Wächter. Wenn wir uns belästigt fühlten, wären wir weniger nützlich.«

Die kontrollierte Wut in Wilnos Stimme und die Hast, mit der er nach dem Umschlag griff, stimmten Agzaral ein wenig hoffnungsvoller. Aber er ließ es sich nicht anmerken, als er zur Tür ging und Wilnos Kammer verließ.

Die rote Zwergensonne von D'jorr berührte die Gipfel der Berge am Horizont. Das Tal unter der Aussichtsplattform lag schon im Schatten, aber die Sonne schien noch gleißend auf den Schnee am Gipfel des riesigen dreikantigen Berges jenseits des Tales. Schnee fiel vom Gipfel wie die Feder von einem Kriegshelm.

Noch höher kroch eine Kondensspur über den Himmel, die vorn einen goldschimmernden Punkt hatte. Menschen oder Angehörige der Föderation? Aus dieser Entfernung war es nicht zu erkennen. Agzaral beschloß, bei Gelegenheit seine Augen untersuchen zu lassen. Das scharfe Sehvermögen seiner Jugend benötigte er nicht mehr, aber er würde jedes Jahr nutzen müssen, das ihm noch blieb. Er durfte keines damit verschwenden, sich neue Augen einsetzen zu lassen.

Wahrscheinlich ein Schiff der Föderation, dachte er. Nur wenige Menschen kamen zu diesen Bergen, die an Höhe und Pracht das Himalaya-Massiv übertrafen. Nur die Wächter kamen in diese Gegend und einige unverzagte Kletterer. Beide näherten sich den Bergen über Land. Andererseits war die fliegende Stadt Nesha nur eine Flugstunde entfernt.

Zweifellos waren einige Galaktische an Bord, die die Berge noch nie gesehen hatten und es sich nicht nehmen ließen, über sie hinwegzufliegen.

»Ein wunderschöner Anblick«, sagte eine leise Stimme hinter Agzaral.

Er drehte sich um und sah Wilno. Der Wächter hatte eine

rote Robe und seine Stiefel ausgezogen und trug nur eine Tunika, einen Kilt und Sandalen.

»Ja, sehr schön. Der Himalaya auf der Erde und Chrins Giganten sind fast ebenso schön.«

»Ich kenne beide nicht, aber das brauche ich auch nicht, seit ich diese gesehen habe. Ich habe mich in diesen Anblick schon verliebt, als ich noch Laiendiener war. Ich glaube, ich wäre nur dieses Anblicks wegen im Haus der Wächter geblieben, selbst wenn ich nicht höher aufgestiegen wäre.«

»Laß uns in mein Quartier gehen.«

Als sie allein waren, wurde Wilnos Lächeln breiter, und zuletzt war es wieder das vertraute Grinsen. Agzaral hatte dieses Grinsen gesehen, als Wilno einen ausgesuchten Auftrag von einem Rivalen annahm.

»Ich vermute, daß du diese Mission deiner Aufmerksamkeit für wert befindest?« fragte Agzaral.

»Du müßtest mich schon erschießen, wenn du mich jetzt noch davon abhalten wolltest.«

»Vielleicht ersparen mir unsere *Shalnuksi*-Freunde ja diese Mühe.«

Wilno zuckte die Achseln. »Dann sterbe ich eben im Kampf. Das ist besser als hier als Chef-Wächter zu sterben und verdammt besser als in irgendeinem Sklavenhospital oder durch eigene Hand zu enden.«

Agzaral wußte darauf nichts zu erwidern. Er kannte noch besser als Wilno die hohe Selbstmordrate unter den Sklaven der Föderation. Wie leicht seine Ketten auch waren, ein Sklave war immer noch kein Herr, nicht einmal seiner selbst.

»Ein paar Fragen, bevor wir Einzelheiten besprechen«, sagte Wilno. »Ich glaube, ich verstehe, warum du Les mit dieser Mission nicht betrauen willst. Selbst ein *Shalnuksi* würde bei seiner Anwesenheit auf einem Bombenschiff mißtrauisch werden. Außerdem sehe ich Umstände, unter denen unsere Interessen mit denen der *Shalnuksi* identisch sind. Vielleicht wünschst du, daß Tran bombardiert wird.«

»Das würde ich nur sehr widerwillig zulassen.«

»Ich wünsche es genauso wenig wie du. Laß uns an diese unangenehmen Dinge lieber nicht denken.«

»Und deine andere Frage?«

»Gibt es eine Möglichkeit, daß unsere grauhäutigen Freunde selbst jemanden für diese Aufgabe benennen?«

»Das ist unwahrscheinlich. Wenn ihr Geheimdienst irgendwie zu dem Schluß kommt, daß das Geheimnis durchgesickert ist, werden sie vielleicht den Rat der Kaufleute überstimmen.«

»Warum glaube ich dir nicht, daß du mir alles gesagt hast?«

»Ich habe dir alles gesagt, was ich weiß, Wilno. Ich tue, was ich kann. Alles, was ein Mann in meiner Position tun kann.«

»Und du fürchtest, das ist nicht genug.«

Agzaral hob die Hände. »Es gibt vielleicht Möglichkeiten, weitere Hilfsmittel zu beschaffen.«

»Mein Freund, die *Shalnuksi* zu täuschen, ist nichts Besonderes, sie aber zu berauben, ist eine völlig andere Sache.«

Agzaral lächelte.

Wilno zuckte die Achseln. »Seit ich dich kenne, Agzaral, habe ich mich schon über manches beklagen müssen, aber Langeweile gehörte nie dazu.«

TEIL VIER
Das königliche Opfer

1

Gwen Tremaines Tagebuch

Heute herrscht fast Sommerwetter, selbst nach den für Iowa gültigen Maßstäben. Nach hiesigen Maßstäben ist es eine sengende Hitzewelle. Ich würde versuchen, Bikinis einzuführen, aber wer würde sich schon etwas kaufen, das er in sechs Jahrhunderten allenfalls zehn Jahre tragen könnte.

Lunch mit Larry Warner. Er reitet mit Rick und einer ganzen Reihe anderer harter Männer nach Margilos. Ich fragte ihn warum, wo doch die Margilaner als feindselig gelten, und wo es doch die Regel gibt: ›Keine Leute von der Universität in den Kampf schicken.‹

Er sagte, die Margilaner hätten der Mission freies Geleit zugesichert, und allen Berichten zufolge haben sie einen eisernen Ehrenkodex, der es ihnen verbietet, Gästen etwas anzutun, von denen sie nicht beleidigt werden. Ich fragte ihn, ob er wisse, was die Margilaner als Beleidigung betrachten, und er meinte, er werde wohl den Mund halten müssen. Als ob er das könnte.

Als die Westmänner auf sie losgelassen wurden, gab es offenbar einen Kampf, der härter war, als es ihnen gefiel. Jetzt wollen sie feststellen, ob das Teil einer neuen Politik ihnen gegenüber war oder ob es sich nur um die Zufälligkeiten des Krieges handelte. Vielleicht sind also die Margilaner gar nicht so gefährlich, aber es gibt immer noch umherschweifende Banden von Westmännern. Larry sagt, die Expedition wird bis an die Zähne bewaffnet sein. Hoffentlich. Wir brauchen Rick. Und ich brauche Larry.

Larry sagt, selbst wenn das Risiko viel größer wäre, würde es sich lohnen, Margilos zu besuchen. Sie haben offenbar eine ungewöhnliche Methode, Gold zu schürfen, und außerdem haben sie heiße Quellen, in denen sie das Gold lagern können, wenn die Stadt in Gefahr ist. Außerdem dressieren sie ihre Zentauren auf eine Weise, die sonst niemand beherrscht. Sie können ihnen zum Beispiel beibringen, mit einfachen Waffen umzugehen.

Nach dem zweiten Becher Wein merkte ich, daß ich Larry sehr vermissen werde. Deshalb küßte ich ihn zum Abschied. Er wurde rot und erwiderte meinen Kuß nicht, aber er entzog sich mir auch nicht. Ich habe das Gefühl, daß Larry mir gegenüber langsam brüderliche Gefühle entwickelt, aber das ist besser als gar nichts. Außerdem nehme ich an, daß er für Ricks Pläne mindestens so wichtig ist wie dieser Widerling Alex Boyd. Aber Boyd reitet mit nach Margilos, und wenn die Margilaner ihn aufhängen, weil er ihren Weibern nachgestellt hat, laden sie mich hoffentlich ein!

Später – Ein Brief von Octavia aus Benevenutum. Der Besuch, bei dem sie Publius seinen Enkel Adrian zeigte, war ein voller Erfolg. Vielleicht wird das Publius milder stimmen. Ich weiß, daß Rick darauf hofft.

Rick. Was ist los mit ihm? Die Diener verbreiten Gerüchte. Seit einem Jahr war er nicht mehr mit Tylara allein. Seit einem Jahr! Rick ist ein ganz normaler Mann, und das kann ihm nicht gefallen. Komm bloß nicht auf dumme Gedanken, Tremaine …

Natürlich sind die römischen Matronen genauso klatschsüchtig wie die Damen von Drantos, nur, daß es bei ihnen heißt: ›Octavia hat einen Barbaren zum Mann genommen‹ anstatt ›der Wanax hat sich seine Frau aus Rom geholt‹. Aber wenigstens hat Octavia genug gelernt, um über die alten Hühner zu lachen.

Alt? Sie sind eigentlich nicht alt. An diesem Ort altert man schnell. Ich auch?

Publius ist ein stolzer Großvater. Ich wußte gar nicht, daß er sich so geben kann. Vermutlich macht das Wissen, daß sein Stamm nicht aussterben wird, bei ihm sehr viel aus. Selbst wenn er durch seine Tochter weiterleben wird. Merke: mit Catwin mußt du noch vorsichtiger umgehen als mit Les und Caradoc. Solange Caradocs einziges legitimes

Kind lebt, ist seine Familie gehalten, dir zu helfen, oder doch wenigstens nicht deinen Feinden zu helfen.

Noch später – Mortimer Schultz war hier. Er sagt, daß es Diana gutgeht. Campbell sagt, daß das Kind jeden Tag zur Welt kommen kann. Hauptsächlich wollte er sich mit mir über Druckerpressen unterhalten. Ich gebe zu, daß ich stöhnte, als er damit anfing, denn er ist ganz besessen von dem Gedanken, bewegliche Lettern einzuführen, bevor das Himmelsfeuer herabfällt. Aber in seinen Ideen liegt Sinn.

Er meint, daß wir mehrere tragbare Pressen bauen sollten, bei denen alle Metallteile aus Bronze sind, damit sie nicht rosten können. Außerdem sollten wir einige Gehilfen Yatars als Drucker ausbilden. Anschließend lagern wir die Pressen in den Höhlen des Bewahrers, zusammen mit allem anderen, das wir vor den Bomben in Sicherheit bringen wollen. Wenn der Fallout verschwunden ist und wir die Höhlen wieder verlassen können, können wir anfangen, Bücher zu drucken. Die *Shalnuksi* werden lange Zeit nicht mehr zurückkommen ...

Ich vermute, daß dieser Plan ein paar Löcher hat, und wahrscheinlich werden die Priester Yatars dann ein Druckmonopol erlangen. Aber spielt das eine Rolle? Aber Schultz hat recht: bewegliche Lettern gehören zu den Dingen, die die ZEIT überleben *müssen,* ganz gleich, wie wir es schaffen. Ich bat ihn um eine Schätzung der benötigten Arbeitskräfte und Materialien, und sobald ich sie bekomme, werde ich an Yanulf schreiben.

Und jetzt ist Rick nach Margilos geritten und Larry mit ihm, und Les ist Gott weiß wo, und Caradoc ist tot. Wann wird Rick zurückkommen? Und wenn er zurückkommt – genug. Ich muß weiterarbeiten.

Elliot hielt sein Pferd an und sprach leise. »Colonel, Sam hat vor irgend etwas Angst.« Er zeigte auf den älteren der beiden Zentauren, die ihm die Margilaner zum Zeichen ihres guten Willens geschenkt hatten.

Larry Warner betrachtete die Schleuder, die von Sams Hals hing. »Ich weiß immer noch nicht, ob man diesen Dingern Waffen anvertrauen sollte.«

»Mein Problem, Professor«, sagte Elliot.

Es könnte größer sein, dachte Rick. Die meisten Gardesoldaten dachten wie Warner. Aber zweifellos war Elliot stolz auf Sam, und er würde sich nicht von ihm trennen wollen. Wir trauen doch auch Hunden, die Zähne haben, nicht wahr?

Sam zog die Nase in Falten und bewegte seinen grauen Kopf hin und her. Seine Hände ballten sich zu Fäusten. Pete, der jüngere Zentaur, schnüffelte nicht in der Luft herum, aber Sams Nervosität hatte auch ihn unruhig gemacht.

»Dachsbären? Katzen?« fragte Rick.

»Dies ist kein Katzenland. Jedenfalls war es das nicht im letzten Jahr.«

»Sicher. Aber eine Menge wilde Herden sind nach Norden gezogen. Wenn die Katzen ihnen gefolgt sind ...«

Die Großkatzen waren größer als Berglöwen, und wenn sie hungrig waren, würden sie sogar einen Reiter angreifen. »Okay. Aber so nahe bei Westrook möchte ich nicht noch halt machen.«

»Sir!«

Rick hob seine Feldflasche. Fast leer. Aber es war nicht mehr weit bis Westrook, und es gab hier Bäche. Er bewegte sich im Sattel. In voller Rüstung fünfundzwanzig Meilen an einem Tag. Aber heute abend würde er in Murphys Burg sein und ein Bad nehmen – heißes Wasser! Und vielleicht hatte Murphy noch etwas Präparat H übrig ...

Sam schrie und griff nach seiner Schleuder. Er nahm einen Stein aus dem Stoffbeutel unter der Schlinge. Pete warf den Kopf hoch und wedelte mit den Armen. Er trat ein paar Schritte zurück, um seinem Freund und Mentor Platz zu machen.

»Sam! Halt!« schrie Elliot.

Über dem nächsten Hügelkamm stieg Staub auf. Ein halbes Dutzend Männer in Lederrüstungen, die struppige Ponys ritten, kamen in Sicht.

»Westmänner!« schrie einer der Gardesoldaten. Ein anderer legte einen Pfeil ein und spannte den Bogen, als der Sergeant ihn stoppte.

»Schützen nach links und rechts!« befahl Elliot. »Colonel, was unternehmen wir?«

»Halten Sie Ihre Leute zusammen«, sagte Rick. Er deutete nach vorn. Die Westmänner standen immer noch auf dem Hügel, und weitere waren nicht gekommen. Die Westmänner blieben auf dem Hügel, bis klar war, daß jeder sie gesehen hatte. Dann trabten sie heran. Eben außerhalb der Reichweite der Langbogen blieben sie stehen und warteten wieder.

»Seltsam«, sagte Elliot. Er hob sein Fernglas.

»Ja, wirklich seltsam.« *Und Gott sei Dank sind es nicht mehr.* Während der letzten ZEIT vor sechshundert Jahren war eine Armee der Westmänner durch Drantos gestürmt und hatte fast die Tore Roms erreicht.

»Der eine da vorn hat die Hände ausgestreckt, Colonel. Und keiner von ihnen hat eine Waffe gezogen.«

»Das sehe ich«, sagte Rick.

Außerdem tragen sie Grassoden an ihren Lanzen. Ich habe keine Erfahrung mit Westmännern, aber diese scheinen wirklich keine feindlichen Absichten zu haben.«

Mason kam herbeigeritten. »Captain, ich glaube, sie wollen verhandeln.«

»Aber worüber?« fragte Elliot.

»Ich weiß es nicht, aber das könnte man ja herausfinden«, sagte Rick.

Mason runzelte die Stirn. »Okay, Captain. Nicht Sie. Ich werde mit ihnen reden.«

Drei weitere Reiter erschienen auf dem Hügel. Sie ritten normale Pferde und trugen die Rüstungen der Ritter von Drantos. Ihr Anführer hielt einen Bogen, wie ihn die Westmänner benutzen. Er hielt kurz an und wechselte ein paar

Worte mit den Westmännern, bevor er auf die Kolonne zuritt.

Es kommt mir immer seltsamer vor, dachte Rick.

»Das sind Murphys Truppen«, sagte Mason. »Hat er Westmänner als Verbündete?«

»Ich möchte ihm schon gern ein paar Fragen stellen«, sagte Elliot.

Ich auch.

Die drei Männer ritten zu Rick hinüber. »Lord Murphy heißt Euch auf seinem Land willkommen und hofft, daß Ihr seine Gastfreundschaft auf Burg Westrook in Anspruch nehmen werdet.«

»Einen Augenblick, verdammt noch mal ...«, fing Mason an. Rick hob die Hand.

»Vielleicht habt Ihr die Güte, uns zu sagen, wer Ihr seid. Und wer Eure Freunde dort sind.«

»Ich bin Etro, Sohn des Panar, Häuptling von Irakla, Verwalter des Haushalts von Lord Murphy. Das war meine Belohnung dafür, daß ich gut gekämpft habe, als die Westmänner nach Irakla kamen; es war das Jahr, in dem Wanax Ganton seinen großen Sieg am ...«

»Wer, zum Teufel, sind diese Westmänner?« Rick merkte nicht, daß er geschrien hatte, aber Etro war wie benommen, und Sam holte wieder einen Stein für seine Schleuder aus der Tasche.

Elliot beruhigte den Zentauren. »Lord Eqeta«, stammelte Etro, »es sind keine Feinde. Es sind Krieger, die dem Häuptling Wilder Bär Treue geschworen haben. Wilder Bär hat Feinde in seinem eigenen Volk gefunden und ist hierher geflüchtet.«

Diejenigen der Gardesoldaten, die einander nicht verblüfft ansahen, starrten Etro an.

Eine recht merkwürdige Geschichte, dachte Rick. Ein Häuptling der Westmänner, der Zuflucht sucht? Oder eine Allianz? Ich muß noch mehr über Tran lernen als ich dachte. Oder Ben Murphy ist ein verdammter Narr. Oder beides.

Es gibt nur eine Möglichkeit, das festzustellen. Er gab der Kolonne das Zeichen zum Abmarsch.

Wilder Bär war knapp ein Meter siebzig groß und hatte O-Beine. Seine Haut war von der Farbe der Lederhosen und der Tunika, die er trug, und sein Kopf war kahl, von einer grauen Skalplocke abgesehen. Von seiner Tunika und von seinem Gürtel hing Schmuck aus Knochen und Golddraht, und in einer Scheide aus Pferdeleder trug er am Gürtel einen Dolch, wie ihn die Männer von Drantos tragen.

Er sah aus, als hätte man ihn in Dschingis-Khans Armee in die erste Reihe stellen können, ohne daß jemandem etwas aufgefallen wäre.

Rick wünschte sich, Wilder Bär hätte auch an ein Bad gedacht, bevor er für den Besuch beim großen Häuptling der Eisenhäuser seinen Schmuck anlegte. Oder daß dieses Treffen im Freien stattgefunden und Wilder Bär gegen den Wind gestanden hätte, statt in Ben Murphys Büro. Wenigstens hielten Westrooks dicke Steinmauern die Hitze ab. *Ich könnte selbst ein Bad gebrauchen.*

Wilder Bär sprach über einen Dolmetscher. Rick erkannte den margilanischen Priester Wotans. Er hatte zehn Jahre lang unter den Westmännern als Sklave gelebt, bis Murphy ihn während der Kampagne am Hooey befreite. Seitdem hatte er als eine Kombination von Kaplan, Verwaltungsassistent und Übersetzer für Murphy gearbeitet. *Ben berichtet zwar alles, aber ich könnte diesen Mann zu Hause in Armagh gut gebrauchen.*

»So kam es zur NEUEN GRASZEIT«, sagte Wilder Bär. »Wieder wurde ich zum Häuptling der Silberwölfe gewählt. So konnte ich bei den Göttern und nach den Gesetzen nichts anderes tun als das, was ich tat, als der Krieger Chintua einen Mann vom Zelt des Wandelnden Steins erschlug. Es war ein ehrenhafter Kampf, denn der Mann hatte gesagt, Chintua sei nicht der Vater seiner Söhne, und dann zuerst zugeschlagen.

Aber Wandelnder Stein kam nicht heraus, um seinen

Zeltgenossen zu rächen. Statt dessen schickte er nachts Männer aus, die Chintua erschlugen und die Leiche forttrugen, so daß seine Verwandten ihm nicht die letzte Ehre erweisen konnten. So starb in dieser Nacht nicht nur Chintuas Körper sondern auch sein Geist.

Ich ging zu Wandelnder Stein und verlangte, daß er sich mir stellt oder überall als Mann bekannt werden soll, der weder Ehre noch Scham hat. Wandelnder Stein sagte, daß jetzt er und die Häuptlinge, die ihm Treue geschworen hätten, unter den Pferdemenschen über Ehre befinden würden. Ein Mann wie Chintua habe keine Ehre. Männer wie Chintua seien wie schwächliche Fohlen, die ausgestoßen werden müßten, damit sie nicht noch weitere Schwächlinge zeugen.

Ich konnte nicht glauben, daß auch nur einer der Häuptlinge einem solchen Mann folgen würde. Und doch war es so. Ich will sie nicht nennen, denn vielleicht finden sie eines Tages zur Ehre zurück. Aber es waren so viele, daß ich Glück hatte, Wandelnder Steins Zelt lebend verlassen zu können.

Wandelnder Stein konnte nicht ohne Warnung über die Silberwölfe herfallen wie er über Chintua hergefallen war, aber wir konnten nicht in seiner Nähe bleiben. Wenn wir rasch handelten, würden die Götter uns dennoch vielleicht mit unserem Stamm und unseren Herden ein Leben ohne Schande gewähren. So ritten wir in das Grüne Land und schickten Boten zum Großen Häuptling von Westrook. Er behandelte uns ehrenhaft in unserer Not, so wie er uns in unserer Niederlage ehrenhaft behandelt hat.«

Wilder Bär saß mit gekreuzten Beinen und mit über der Brust verschränkten Armen auf dem Fußboden.

Murphy zuckte die Achseln und wandte sich an Rick. »Wilder Bär brachte die Botschaft selbst, Captain, er und sechs andere, und sie hatten Grassoden auf ihre Speere gesteckt.

Er schwor jede Menge Eide, daß er Frieden halten würde. Ich stellte genügend Truppen bereit, um ihn daran zu hindern, irgendwelche Dummheiten zu machen, und gab ihm einen Lagerplatz und Lebensmittel. Die Ernten waren im letzten Jahr sehr gut.«

Und der Überschuß müßte in die Höhlen des Bewahrers gebracht werden, aber darauf wollen wir jetzt nicht eingehen. »Haben sie sich vernünftig verhalten?«

»Soweit ich weiß. Es hat Beschwerden gegeben über ein paar fehlende Schafe, aber das konnte ich mit ein wenig Silber aus der Welt schaffen. Ich habe darüber berichtet, aber ich nehme an, daß Sie zu der Zeit gerade Margilos verließen. Aber irgend etwas mußte ich ja unternehmen.«

Irgend etwas unternehmen. Es ist immer leichter, Verzeihung zu erlangen, als eine Erlaubnis zu bekommen. Trotz Murphys ausgefeilter Höflichkeit war Rick überzeugt davon, daß Ben mit Wilder Bär ein Bündnis eingehen wollte, ganz gleich, wie Rick darüber dachte.

Typisch für die Adligen von Drantos. Aber, verdammt noch mal, er berichtet mir doch wenigstens.

»Okay, Sergeant. Wie viele Krieger hat er?«

Wilder Bär hatte die Frage offensichtlich verstanden. Er gestikulierte mit den Händen. Rick bemerkte über den Knöcheln der linken Hand eine lange Narbe.

Baldy, der Dolmetscher, nickte. »Er sagt – dreihundertfünfzig. Und er spricht die Wahrheit. Ich war im Lager und habe ungefähr so viele gezählt, aber nicht mehr.«

»Okay. Ich nehme an, daß wir da irgend etwas machen können, wenn es wahr ist, daß er ...«

Wilder Bär sah ihn mit funkelnden Augen an, und seine Hände zuckten. Dann knurrte er etwas, das Rick auch ohne Übersetzung begriff, und fuhr mit einer Rede fort, die Baldy unter seinenr Bräunung erblassen ließ. Der Priester hatte Mühe, die Wortflut zu übersetzen.

»Er sagt, er hat schon alle Eide vor allen Göttern geschworen, die ein Krieger ehren darf. Wenn der Große Häuptling des Steinhauses seine Worte bezweifelt, dann soll Häuptling Murphy diese Eide schwören. Besser sollte der Große Häuptling diese Eide selbst schwören – oder wenn er zu feige ist, das Feuer, die Sonne oder den Wind zu ertragen, soll er mit dem Stahl des Kriegers zu Wilder

Bär kommen. Als einzige Waffen wird Wilder Bär ein Messer und seine Ehre haben, und dann sollen die Götter darüber richten, wer lügt.«

»Ich wollte ihn nicht beleidigen.« Rick war plötzlich froh, daß er seine .45 im Schulterhalfter bei sich trug. »Sagen Sie ihm das. Bieten Sie ihm das Übliche an.«

Wieder sprach Wilder Bär. Diesmal schien er nicht mehr so wütend zu sein. Der Priester übersetzte. »Ich hoffe, der Große Häuptling der Steinhäuser ist weise genug zu erkennen, wieviel er durch eine Freundschaft mit den Silberwölfen gewinnen kann. Früher oder später wird Wandelnder Stein andere Stämme dazu treiben, sich so zu verhalten wie wir. Wenn sie auf Freundschaft zwischen den Steinhäusern hoffen dürfen, werden sie in Frieden kommen.

Wenn das nicht so ist, werden sie vielleicht doch Wilder Bär und seinen Bannern folgen. Wir haben gut gekämpft, als unsere Pferde mager waren. Überlegt Euch, wie wir kämpfen werden, wenn unsere Pferde fett sind.« Er setzte sich wieder.

Murphy zuckte die Achseln. »Es ist so, wie er sagt, Captain. Die Weiden sind im Nordwesten besser. Wenn Wandelnder Stein alle Westmänner vereinigen kann, werden es nicht wenige sein. Nach dem, was Wilder Bär sagt, wurden sie nicht aus den Fünf Königreichen vertrieben. Wandelnder Stein und einige andere große Häuptlinge haben den Rückzug befohlen und durchgeführt.«

Es war sinnvoll, den Häuptlingen und Stämmen, die diesem selbsternannten Dschingis-Khan nicht folgen wollten, einen Ausweg zu eröffnen. *Aber wollen wir überhaupt Westmänner als Verbündete? Wilder Bär kam nach Süden, weil er Blutrache fürchtete. Aber was werden die Häuptlinge sagen, wenn sie feststellen, daß sie im Süden weniger Freiheit haben, ihre alten Bräuche zu üben?*

Er will eine Antwort. Schneller denken, Galloway.

Wilder Bär grinste. »Ich weiß, daß wir Euch für unseren letzten Angriff vielleicht immer noch Blutgeld schulden. Ich werde die Götter befragen. Wenn Sie es sagen, werden wir Euch schwören, mit Euch zusammen gegen Eure

Feinde im Norden zu reiten. Wir wissen, daß sie davon träumen, sich an Euch für ihre Niederlage zu rächen. Die Gefangenen, die wir machten, haben es gesagt. Wenn die Götter es wollen, werden wir an Eurer Seite in der Schlacht unser Blut vergießen.«

Das hörte sich ganz wie ein Bündnisangebot an – wenn die Götter es wollen. »Werden die anderen Häuptlinge dasselbe tun?«

»Ich kann keinen anderen Häuptling dazu verpflichten. Aber wenn die Silberwölfe den Häuptlingen der Steinhäuser einen Freundschaftseid schwören, wird das für andere ein Zeichen sein.«

Das bedeutet, frei übersetzt, daß Wilder Bär vielleicht ein paar Leuten die Arme umdrehen würde.

Ben Murphy machte ein erwartungsvolles Gesicht. Auch Baldy. Wilder Bärs Gesicht zeigte keine Regung.

Ich hasse es, mit ihm zu pokern. Mann für Mann waren die Westmänner die beste leichte Kavallerie auf Tran. Aber auch als Gruppe waren sie nicht schlecht, wenn sie sich hinter einen einzelnen Häuptling stellten. *Zur Hölle mit Ben Murphy und zur Hölle mit Wilder Bär. Ich brauche ein Bad und Präparat H, keine neuen Probleme …*

»Gewiß muß Wilder Bär den Willen der Götter erforschen. Kein Mann von Ehre könnte darauf verzichten.« *Und ich hoffe nur, daß das kein Menschenopfer bedeutet, oder ich kriege Ärger mit Yatars Leuten. Aber ich glaube, sie opfern nur Pferde.* »Wenn es der Wille der Götter ist«, sagte Rick, »daß die Silberwölfe mit uns gegen unsere gemeinsamen Feinde reiten, werden sie mit Ehren willkommen geheißen. Wenn es nicht der Wille der Götter ist, mögen die Silberwölfe in Frieden weiterziehen.«

Wilder Bär grinste breit, als Baldy Ricks Worte übersetzt hatte. Auch die anderen beiden grinsten. Rick wünschte, er könnte sich so erleichtert fühlen wie sie. Er hatte nicht nur sich selbst, sondern die gesamte Allianz auf eine Freundschaft mit Rebellen gegen Wandelnder Stein festgelegt. *Geschieht mir ganz recht, denn ich habe eine Entscheidung getroffen, ohne Gott und die Welt zu konsultieren.* Rick erinnerte sich an ein chinesisches Sprichwort. »Sei vorsichtig, wenn du dir etwas wünschst. Du könntest es bekommen.«

Der Kriegsrat fand nach dem Dinner statt, das Murphy auf dem Dach des Hauptturms hatte anrichten lassen. Murphy hatte einen Tisch, Bänke und mehrere Fässer Bier heraufholen lassen. Dann hatte er die Diener weggeschickt, und nun saß er unten am Tisch, während Rick oben Platz genommen hatte; Bisso, Elliot Warner und Mason saßen an den Seiten.

Rick hatte zuviel Rindfleisch und Wild gegessen und zuviel Bier getrunken. Er fühlte sich ein wenig groggy, und er wußte, daß es nur zum Teil an der guten Mahlzeit nach zu vielen Tagen im Sattel lag. Er versuchte zu vergessen, auf was er sich, auch im Namen seiner Freunde und Allierten, eingelassen hatte, und schon gar nicht mochte er an das denken, was Tylara vielleicht sagen würde. *Du hast dich nun auch noch mit Westmännern und Verrätern verbündet.*

So war es immer, wenn sie versuchten, miteinander zu reden. Innerhalb von Sekunden fand sie etwas auszusetzen. Oder er selbst. Es war leichter, wenn sie einander mieden. *So kann es nicht weitergehen. Die Kinder sind noch nicht so alt, daß sie etwas merken könnten, aber ich glaube, sie spüren es, und ich weiß genau, daß diese verdammte einheimische Kinderschwester mich haßt.*

Wenn ich nach Hause komme, müssen wir es austragen. Ich sage ihr, was ich weiß, und sie sagt mir ihre Gründe.

Der Feuerdieb und die Dämonensonne waren hinter Wolken verborgen, aber Murphy hatte Laternen aufgestellt, und das Feuer im Hof trug zur Beleuchtung bei. Rick schaute über die Brustwehr und sah Gestalten um das Feuer tanzen. Es war erstaunlich, daß zwei Trommeln, eine Leier und ein paar Flöten soviel Lärm machen konnten.

Alex Boyd taumelte durch das schwache Licht, und in jedem Arm hielt er eine Frau. Heute abend schienen alle ledigen Frauen von Westrook sich zur Verfügung zu halten. *Alex wird heute abend kein ›nein‹ als Antwort bekommen, aber das ist meine geringste Sorge. Es würde nicht schaden, wenn irgendein Ehegatte oder Vater sich den Freiwilligen Boyd einmal richtig vornehmen würde.* Verschwommen registrierte Rick, daß die anderen erwarteten, daß er etwas sagte.

»Okay. Wir haben die Westmänner, ob wir sie mögen oder nicht. Das ist wie mit Flöhen. Murphy, wie denken die Leute hier darüber?«

»Nun, einige denken, der einzige gute Westmann ist ein toter Westmann. Aber sie denken nicht alle so. Wilder Bär hat seine Eide vor einem paar Dutzend Dorfältester und Ritter geleistet. Baldy hat übersetzt. Ihm vertrauen sie. Ich habe ihm eine Menge ›Sternenmedizin‹ beigebracht, und er hat bei der Geburt von vielen Babys geholfen, die sonst nicht durchgekommen wären.«

»Sie haben also nichts gegen die Westmänner, solange die sich benehmen?«

»Das kann man sagen, Sir. Und sie werden sich benehmen, solange Wilder Bär ihr Häuptling ist.«

»Okay. Nächste Frage. Nehmen wir an, er stirbt. Oder die Götter wollen nicht, daß er ein Bündnis mit uns schließt. Was dann?«

Murphy zuckte die Achseln. »Wenn Wilder Bär stirbt, wählen die Silberwölfe einen neuen Häuptling, und alles fängt wieder von vorn an.«

»Der neue Häuptling wäre nicht an die Eide gebunden, die Wilder Bär geschworen hat?«

»Nein, aber wenn er schlau ist, wird er nicht kämpfen. Jeder Häuptling muß ein erfahrener Krieger sein, und ich glaube nicht, daß solche Leute so dumm sind, gegen Sternenwaffen oder gegen eine Burg zu kämpfen.«

»Und wenn die Götter es nicht wollen?«

»Captain, das weiß ich so wenig wie Sie. Eins steht aber fest: Ich werde ihn nicht zwingen, zu Wandelnder Stein zurückzukehren. Wir könnten das tun, wenn wir wollten, aber dann würden sie sich bis auf den Tod bekämpfen.«

»Murphy …«, sagte Elliot nachdenklich.

Rick schüttelte den Kopf. »So etwas würde ich natürlich nicht tun, Sergeant. Die Tatsache, daß Sie Bheroman sind, gibt Ihnen nicht das Recht, Ihren Oberbefehlshaber für einen Idioten zu halten.«

»Yes, Sir.«

»Dennoch könnten wir ihn und seine Leute nicht für immer hier dulden. Einmal ist hier nicht genug gutes Weideland. Zum anderen würde irgendein Hitzkopf unter den Kriegern oder ein Dorfbewohner, der eine Beschwerde hat, früher oder später Ärger machen.«

Warner runzelte die Stirn. »Captain, ich weiß nicht, was Ihre Lady sagen würde, wenn wir Land fortgeben, das zu Chelm gehört ...«

Das weißt du genau, aber danke für die Höflichkeit. »Es kommt darauf an, um welches Land es sich handelt.«

»Unten im Süden. Ich bin da durchgekommen, als ich vor Parsons floh. In der Gegend wird es ziemlich warm werden, aber es gibt Quellen. Für den Ackerbau ist das Land zu felsig, aber grasen können die Tiere dort. Ein paar Hügel, nichts mit dem die kleinen struppigen Ponys der Westmänner nicht zurechtkämen.«

»Ich kenne die Gegend – aber wächst dort denn Gras von der Erde? Pferde können das Buschwerk, das es auf Tran gibt, nicht fressen.«

»Die Pferde der Westmänner können es«, sagte Elliot. »Sie brauchen zusätzlich etwas Getreide, aber sie kommen zurecht.«

»Eine genetische Veränderung?«

Elliot zuckte die Achseln. »Ich weiß es nicht, Sir, aber es steht fest, daß die Ponys der Westmänner eine Zeitlang von dem Buschwerk, das es hier gibt, leben können.«

»Es gibt dort auf jeden Fall auch Gras von der Erde«, sagte Warner.

Wahrscheinlich von den *Shalnuksi* vor mehr als tausend Jahren gesät. So schienen sie es gehalten zu haben: sie brachten Pflanzen und Tiere von der Erde und setzten sie aus. Dadurch entstand zwar eine seltsame Ökologie, aber es gibt immer *irgendeine* Ökologie. »Das ist in der Nähe der Stadtstaaten«, sagte Rick. »Aber, zum Teufel! Wenn die

Stadtstaaten nicht mit dreihundert Westmännern fertig werden, wozu sind sie dann überhaupt gut?«

Die anderen lachten. Ein Diener füllte ihre Gläser.

Es würde immer noch bedeuten, Land, das zu Chelm gehört, Fremden zu überlassen. Ich muß Tylara von der Notwendigkeit überzeugen. Im anderen Fall gäbe es Ärger mit dem einen oder anderen Bheroman oder Ritter. Von Morrone ganz zu schweigen; sein Anspruch auf Chelm war so begründet oder unbegründet wie immer, aber jetzt hatte er eine erfahrene kleine Armee. Daß er jetzt Grenzherr war, hatte ihn zwar stärker gemacht, aber nicht intelligenter. Er würde auf jeden Bheroman hören, der behauptete, der Eqeta habe seine Eide gebrochen. *Ein weiterer Grund, warum Tylara und ich miteinander reden müssen. Als hätten wir nicht schon genug Gründe!*

»Okay, ich bin einverstanden, wenigstens grundsätzlich.« Rick zuckte die Achseln. »Wir müssen Wilder Bär und seine Leute in einer sicheren Gegend ansiedeln.« An das Wort ›Reservat‹ darfst du nicht einmal denken, und vielleicht kannst du das vermeiden, was normalerweise geschieht, wenn ein Nomadenvolk auf ein seßhaftes stößt. *Wenn die Zivilisation überlebt und sich auf Tran verbreitet, sind die Westmänner verloren; aber vielleicht können wir ihnen ein würdigeres Ende bereiten als den amerikanischen Indianern vergönnt war.*

Und vielleicht sinkt Tylara vor dir auf die Knie und bittet dich um …

»Entschuldigen Sie, Captain.« Ein Diener stand an der Treppe. Murphy ging zu ihm hinüber und kam mit einer versiegelten Botschaft zurück. Rick brach das Siegel auf.

»Verdammt!«

»Sir?« fragte Elliot.

Rick las die Botschaft laut vor.

> ARMEE VON TA-MELTEMOS UNTER PRINZ STRYMON IN REGION SUTMARG EINGEDRUNGEN. ARMEE VON DRANTOS SAMMELT SICH, UM IHR ZU BEGEGNEN. HABE IM NORDEN

ARMEE ZUSAMMENRUFEN LASSEN. NICHT IDENTIFIZIERTE REITER IM HOHEN CUMAC MÖGEN SPÄHER FÜR ZWEITE ARMEE DES HOHEN REXJA SEIN. WANAX KEHRT AUS BENEVENUTUM ZURÜCK. ICH FÜHRE DIE VORHUT DER ARMEE VON DRANTOS NACH NORDEN, UM AUF STRYMON ZU TREFFEN. SCHLAGE RESPEKTVOLL VOR, DASS IHR IM WESTEN BLEIBT, UM DER DORTIGEN INVASION ZU BEGEGNEN.

MORRONE,
PROTEKTOR DER SÜDLICHEN MOORE
STELLVERTRETENDER GENERALHAUPTMANN

TYLARA DO THAMAERTON,
EQETASSA VON CHELM
JUSTITIARIN VON DRANTOS

»Ist der kleine Bastard verrückt geworden?« sagte Mason.

»Nein. Wenigstens noch nicht«, schränkte Rick ein. »Da Ganton und ich von Edron und Armagh abwesend sind, ist er der höchstrangige Offizier. Er hat das Recht, die Armee aufzustellen und nach Norden zu führen.« Rick dachte eine Weile nach. »Er hat tatsächlich recht. Strymon rückt sehr schnell vor. Wenn wir ihm die Chance lassen, marschiert er in kürzester Zeit durch Sutmarg nach Süden. Wenn Morrone schnell reitet, kann er ihn vielleicht so lange aufhalten, bis wir die Römer ins Spiel gebracht haben.«

»Wenn sie uns helfen«, sagte Mason ruhig.

»Ja.« *Das müssen sie.* »Sergeant Major.«

»Sir.«

»Wir brauchen verdammt viele Informationen. Was hat Strymon? Wie kam er kampflos bis Sutmarg?«

»Vielleicht ...«

»Vielleicht. Genau. Alles ist vielleicht. Wir brauchen Informationen. Sofort.«

»Ich schicke Patrouillen aus.«

»Schicken Sie genug Männer, damit sie eine Botenstafette aufstellen können. Ich muß sehr schnell Nähreres erfahren. Eine gute Gelegenheit, den Spiegeltelegraphen auszuprobieren.«

»Natürlich«, sagte Elliot. »Ich werde Armagh bitten, eine Truppe zu schicken, die uns nördlich von hier treffen kann.«

»Gut. Wir werden selbst nach Armagh reiten müssen, aber es ist besser, wenn sie uns entgegenkommen. Murphy.«

»Yes, Sir.«

Rick stand auf. Sein Kopf war wieder klarer. »Murphy, Westrook ist jetzt das vorläufige Hauptquartier des Generalhauptmanns. Die Signalanlage muß rund um die Uhr besetzt sein. Nach Norden und Osten Patrouillen ausschikken. Sucht diese ›mysteriösen Reiter‹. Es kann sich um verstümmelte Berichte über Ihre Westmänner handeln. Sie können aber auch zu Strymons leichter Kavallerie gehören. Stellen Sie das fest. Schicken Sie ausreichend Truppen. Wir brauchen lebende Zeugen, keine toten Helden.«

»Sir! Äh – Captain?«

»Ja?«

»Dann habe ich keine Leute mehr zum Pflügen und Pflanzen.«

»Mein Gott, Murphy, glauben Sie, er weiß das nicht?« sagte Elliot.

»Schon gut, Elliot. Murphy, ich erwarte doch nicht, daß Sie Ihre Männer den ganzen Sommer über mobilisiert halten, aber es kann doch nicht schaden, sie zusammenzurufen, damit wir feststellen, was sie haben.«

»Yes, Sir.«

»Ich muß nach Dravan zurück. Diese Burg liegt zu weit im Westen, als daß sie unser Hauptstützpunkt sein könnte. Wenn Sie sich hier organisiert haben, schicken Sie mir alles, was Sie entbehren können. Das muß ich Ihnen überlassen.«

»Wenn wir gepflanzt haben, wird sehr viel zur Verfügung stehen«, sagte Murphy. »Aber bis dahin kann ich Ihnen nicht viel schicken.«

»Ja, das weiß ich. Noch eins. Wenn die Götter sagen, daß Wilder Bär sich uns anschließen soll, schicken Sie ihn als Eskorte für einige unserer Husaren. Wenn er sich uns nicht anschließt, müssen Sie ihn aus unserem Territorium hinausführen. Nach Süden. Seien Sie höflich, wenn Sie es ihm sagen, aber entweder schließt er sich uns an oder er geht.«

»Yes, Sir.«

»Bisso und Warner, Sie führen fünf Soldaten und die halbe Garde nach Edron zurück. Nehmen Sie den Scharfschützen MacAllister und mindestens einen von Gengrichs Leuten mit. Nicht Boyd, der bleibt hier.«

Elliot sah ganz unglücklich aus.

»Okay, ich weiß, daß Sie sich auf Bisso verlassen, aber das läßt sich nicht ändern.«

»Yes, Sir.«

»Warner, wenn Sie in Edron sind, prüfen Sie die strategische Lage. Sie sind ermächtigt, die Universität zu evakuieren und soviel Sie können nach Edron zu schaffen. Nehmen Sie die Garde, und lassen Sie sich auch von Drumolds Leuten helfen, wenn das möglich ist. Bisso, Sie sind Feldkommandeur. Warner sagt die Schüsse an, aber Sie befehligen außerhalb der Mauern. Außerdem sind Sie ab sofort Stellvertretender Rektor der Universität mit vorläufiger Amtsgewalt.«

Rick beobachtete Larry Warner, aber der ließ keine Mißbilligung erkennen. *Vielleicht lernt er allmählich.*

»Yes, Sir.« Bisso schien nicht sehr glücklich zu sein.

Rick unterdrückte ein Grinsen. Ein unabhängiges Kommando war immer ein schöner Traum, und wenn es soweit war, wurde es plötzlich zur heißen Kartoffel. *Wir sollten mehr von unseren Unteroffizieren zu Offizieren befördern.*

Was die Einheimischen betraf, waren sie es natürlich schon. Sternen-Lords. Mutige und weise Männer, die aus dem Himmel gekommen waren. Haha.

»Sollen die Männer von der Universität mitkämpfen?« fragte Warner.

»Nur im Notfall, aber wahrscheinlich werden Sie mitkämpfen müssen«, sagte Rick. »Sie kennen die Situation besser als ich, aber ich vermute, daß einige der kleineren Stämme hier eine große Gelegenheit sehen.«

»Ich gehe ungern von der Universität weg.«

»Warner, die Universität besteht aus Menschen. Gebäude sind leicht zu bekommen, ausgebildetes Personal nicht. Und Gwen ist überhaupt nicht zu ersetzen.« *Da, jetzt habe ich es gesagt.*

Niemand widersprach ihm.

»Und ich, Colonel?« fragte Art Mason.

»Sie stehen zur Verfügung. Wir gehen alle so schnell wie möglich nach Dravan, und dann muß jemand die Munition aus dem Depot in Armagh holen. Und jemand muß sich um das *Surinomaz* kümmern.«

»Das wären Sie oder ich, Colonel«, sagte Mason.

»Ja.« Rick dachte an den langen Ritt nach Dravan und den noch längeren nach Armagh, und ihm graute.

»Sonst noch was?« fragte Mason.

»Nicht, daß ich wüßte.« Er mußte jetzt dringend zur Toilette. Als er zur Treppe ging, hörte er Warner zu Murphy sagen: »Heh, Ben, mir ist gerade etwas eingefallen. Wenn wir gewonnen haben, geben wir Wilder Bär Land in den Fünf Königreichen.«

Verdammt noch mal, dachte er. Sie haben alle so viel Vertrauen in mich. Ja, und früher oder später werde ich einmal kein Glück mehr haben, und was dann?

Und was ist jetzt? Alles hängt an einem seidenen Faden, und Tylara verhält sich so, als hätte sie Angst vor mir. Und gerade dieses Problem kann noch alles verderben.

Was ist ein Held? Ein Planet, dem der Raum für seine Umlaufbahn fehlt. Und das bin wirklich ich.

2

Der Wind heulte über den Hügel hinweg, und die Leichen an dem dort errichteten hohen Galgen bewegten sich. Einige der Leichen hatten noch Gesichter – Gesichter so grau wie der Himmel über ihnen. Tylara fröstelte. Der Wind schien durch sie hindurchzublasen, und die Leichen schienen ihr zu winken, sich zu ihnen zu gesellen.

Wartet noch ein wenig, meine Freunde. Schon bald werden die Götter richten. Tut nicht, was ich getan habe. Denkt nicht, daß ihr es besser wißt als die Götter.

»Der eine in Ketten ist Calgar der Schmied«, sagte ihr Führer. »Er wollte vor Lord Ajacias Verrat warnen, aber er wurde ergriffen und gefoltert, weil er den Namen des Boten nicht preisgeben wollte. Er starb lieber, als daß er den Mann verriet.«

Und Carlgas Sohn ist mit der Garde geritten. Es wird eine traurige Heimkehr für ihn sein.

»Er wird gerächt werden«, sagte Tylara in einem Tonfall, in dem sie auch »Es regnet« hätte sagen können. Die Christen glauben, die Rache sei Gottes, aber es gab Dinge, die ehrenhafte Männer nicht Gott oder Wotan anvertrauen konnten. Ajacia durfte nicht ungehenkt und sein Schweinestall von einer Burg nicht unzerstört bleiben.

Tylara war unschlüssig. Wenn sie sich dem Richtspruch der Götter unterwarf, würde sie vielleicht nicht mehr leben, um zu sehen, wie der Wanax den Verräter bestrafen ließ.

Das könnte das einzige Vergnügen sein, das ihr im Leben noch bevorstand. Aber die Blutschuld, die sie auf sich geladen hatte, würde deshalb nicht leichter wiegen, und das Urteil der Götter stand fest. Wenn es nicht auf sie fiel, worauf dann? Vielleicht auf Drantos. Vielleicht hatte es damit begonnen, daß Ajacia zum Verräter wurde und Prinz Strymon die Grenze überqueren ließ.

Nein. Die Blutschuld war ihre, ihre ganz allein. Das war so sicher, als ob sie Caradoc mit eigener Hand ein Messer in die Brust gestoßen hätte. Sie selbst mußte sich dafür verantworten.

»Laß sie herabnehmen und ehrenvoll verbrennen«, sagte sie. »Und jetzt gehen wir zu Lord Morrone zurück.«

Morrone war vorausgeritten, um das Terrain zu sondieren, als Tylara das Lagerfeuer erreichte. Sie aß gerade Haferbrei und Wurst, als er zurückkam.

Er grinste breit. »Entweder sind die Geschichten Lügen, die behaupten, seine Armee sei zehntausend Mann stark, oder er hat den Fehler begangen, seine Kräfte zu teilen. Unsere Späher haben nur dreitausend Reiter und tausend Mann Fußvolk gefunden. Sie haben sich am Hang von Piro's Hill zusammengezogen. Ich werde meinen Männern befehlen zu essen, und dann reiten wir direkt in die Schlacht.«

Das wäre klug, wenn viertausend Mann Strymons wahre Stärke waren. Siebentausend Mann gegen viertausend. Und tausend von den sieben waren tamaerthanische Bogenschützen. Das versprach einen Sieg. Aber ...

»Kann Strymon nicht einen Teil seiner Kräfte verborgen haben, um Euch zu einer solchen Aktion zu verleiten, Lord? Oder vielleicht kann er seine Stellung halten, bis Verstärkungen eintreffen?«

Morrone zuckte die Achseln, aber er grinste immer noch. »Wenn Strymon mehr als dreitausend Mann verstecken kann, ist er ein größerer Zauberer als jeder Sternenmann. Meine Späher drehen jedes Blatt um. Und was das Warten auf die – *Reserven* angeht: je schneller wir zuschlagen, desto weniger Zeit hat er, sie zu rufen.«

Tylara teilte nicht sein Vertrauen in die irreguläre leichte Infanterie, die er aus dem Süden mitgebracht hatte. Gewiß waren sie ihrem Herrn gegenüber loyal, sie waren zäh und ausdauernd – und sie konnten genauso gut Gasthäuser und Farmen plündern, wie sie kämpfen konnten. Tylara hätte größeres Vertrauen in halb so viele Gardesoldaten oder Bogenschützen gehabt, aber die Garde war bei Rick und Ganton.

Außerdem konnte Morrone keine Kritik an seinen treuen Truppen ertragen. Schmeichelte ihm ihre Loyalität so sehr, daß er zu keinem klaren Urteil mehr fähig war? Tylara wußte nur, daß es zweimal fast zum Streit gekommen war, weil sie die schlechte Disziplin der Truppe kritisiert hatte. Ein dritter Streit am Tage der Schlacht hätte Strymon nur den Vorteil eines uneinigen Feindes gebracht. Morrone mußte schon seine ganze Höflichkeit aufbieten, um ihr in Kriegsangelegenheiten überhaupt zuzuhören.

»Ich erwarte Eure Befehle, Lord Morrone.«

»Ich würde Euch befehlen, auf Eure Sicherheit zu achten, aber ich weiß, was Ihr darauf antworten würdet.« Tylara zwang sich zu einem Lächeln. »Eure Bogenschützen stehen zu Eurer Linken. Das ist gut. Führt sie bis auf Schußweite an den Feind heran und stört die Infanterie, bis meine Ritter sich zum Angriff formiert haben. Dann schützt unsere linke Flanke. Falls Strymon aus dieser Richtung einen Angriff führt, darf ich wohl erwarten, daß Ihr einen klaren Kopf behaltet und nicht fünfzig Männer für tausend anseht.«

»Danke, Lord.«

Morrone winkte seinen Knappen herbei und sprang in den Sattel, ohne die Steigbügel zu berühren. Wieder winkte er und ritt in scharfem Trab davon, gefolgt von den Hochrufen der Männer, die um das Lagerfeuer herumsaßen.

Auch Tylara spendete Beifall, aber dann wandte sie sich ab. *Er kann die Herzen der Krieger gewinnen. Aber kann er eine Schlacht so gut gewinnen wie mein Gatte, den ich verraten habe? Oder braucht er unbedingt selbst einen Sieg? Braucht er ihn so dringend, daß er nichts sieht, was er nicht sehen will? Und wenn das so ist und ich das Urteil der Götter annehme, wer soll dann die Armee von Drantos anführen, bis der Wanax nach Norden reitet?*

Nein. Das sind nur weitere Ausreden. Ich habe geschworen, mich den Göttern zu unterwerfen. Ich habe meinen

Eid Caradoc gegenüber gebrochen; diesen Eid werde ich nicht brechen.

Die Armee von Drantos traf auf den Feind, als die Wahre Sonne die niedrigen Hügel am Horizont berührte. Es blieb nicht genug Zeit, und es war nicht hell genug, den Feind von der von ihm gewählten Position fortzulocken, und man konnte sich auch nicht hinter ihn setzen. Der Angriff mußte direkt in den Feind hinein vorgetragen werden, und mochten die Götter der Kühnheit den Sieg verleihen. Sie führte ihre Bogenschützen bis auf dreihundertfünfzig Schritte an die feindliche Infanterie. Ihr Arm fuhr hoch und wieder herab.

»Laßt die Möwen fliegen!«

Die tamaerthanischen Pfeile schleuderten Tod und Verderben gegen die mit Schilden bewaffneten Krieger. Die Hälfte der Pfeile wurde hoch geschossen, um die zu treffen, die ihre Schilde hoben, die andere Hälfte tief, um die zu schlagen, die unbewegt stehenblieben. Infanteristen fielen. Einige drehten sich um und rannten.

Rick sagte immer, daß Frontalangriffe gegen einen vorbereiteten Feind ungünstig seien, aber vielleicht ist Wotan heute auf unserer Seite. Nun, Lord Morrone! Ein Angriff der Ritter hat schon mehr als eine Schlacht für Drantos gewonnen.

Morrones Angriff nahm Formen an. Der Himmel war bleifarben. Die wahre Sonne war nur noch halb zu sehen, als die Vorhut von Drantos den feindlichen Riegel aus leichter Kavallerie durchbrach. Wieder schmetterten Trompeten, und die Reiterei von Drantos wandte sich nach beiden Seiten, um Strymons Kavallerie vom Feld zu jagen.

Dann rückte die Hauptmacht der schweren Kavallerie von Drantos vor.

Die tamaerthanischen Bogenschützen konnten nicht mehr helfen, denn sie hätten die eigenen Leute treffen können, aber das spielte keine Rolle. Die feindliche Infanterie löste sich auf und rannte. Der Weg war frei für den großen Angriff durch die fliehende Infanterie, um die Ritter, die hinter ihnen standen, zu zerschmettern. Die Schlacht könnte in einer Stunde gewonnen sein.

Die Götter mögen es so fügen. Tylara wußte nicht, zu wem sie betete. Sie ritt auf den Hügel und die Krüppeleichen zu, die ihre Bogenschützen beobachten sollten. Auch dort waren Feinde, aber nur wenige. Gewiß nicht genug, um eine Front von tausend tamaerthanischen Bogenschützen zu durchbrechen, die aus vierhundert Schritten einen Mann aus dem Sattel schießen konnten.

Die Hörner gaben das Signal zum Angriff. Tylara drehte sich im Sattel um und schaute zu. Die Ritter in ihren Stahlrüstungen rückten in gedrängter Formation vor, und ihre Banner waren ausgerichtet wie bei einer Parade. Als sie die Lanzen einlegten, hätte man glauben mögen, daß sie alles vor sich herjagen würden. Ein Signal leitete den Trab ein. Dann den Angriff.

Die stählernen Lanzenspitzen erreichten die fliehenden Fußsoldaten des Feindes – und plötzlich war Morrones halbe Angriffsfront ein einziges Chaos; Pferde kreischten und stürzten, Ritter fielen aus dem Sattel. Aus panisch fliehenden Fußsoldaten wurden gefährliche Feinde. Sie rannten zwischen die gestürzten Pferde und stachen mit langen Messern zu und warfen kurze Speere.

Gruben. Morrones Rechte war in eine Kette von Gruben gelockt worden, die vor Strymons Infanterie ausgehoben und getarnt worden waren. Die betroffenen Ritter konnten froh sein, wenn sie mit dem Leben davonkamen. Es war jedoch unmöglich, daß sie ihren Angriff erfolgreich zu Ende führen konnten. Aber die Linke war noch intakt – und jetzt griff Strymons Kavallerie an, um in etwa gleicher Anzahl Morrone in die linke Flanke zu fallen. Dabei hatte sie den Vorteil, von oben angreifen zu können.

Nein, die Feinde waren in der Überzahl. Über den Kamm von Piro's Hill ritt eine geordnete Formation Kavallerie heran. Es war teils leichte, teils schwere Reiterei, aber sie kamen rasch näher, und in der Mitte war das Große Banner von Ta-Meltenos zu erkennen.

Trompeten sangen, und die Linke der Ritter von Drantos

formierte sich neu, um Angriffe aus zwei Richtungen abzufangen. Morrone war kein solcher Narr, daß er jetzt noch an einen Sieg glauben mochte. Wie ein Verrückter ritt er vor der Front seiner Reiter auf und ab. Tylara konnte es nicht hören, aber sie konnte sich gut vorstellen, was er jetzt herausschrie.

Er könnte immer noch viele der Ritter in Sicherheit bringen.

Wenn Morrone den ersten Angriff abwehren konnte, bis seine Rechte sich aus den Gräben befreit hatte, könnte er sich immer noch geordnet zurückziehen. Und dann zählte nur noch die zahlenmäßige Überlegenheit.

»Heh, Schützen! Schaut nach vorn! Laßt die grauen Möwen fliegen!« Der Ruf ging durch die ganze Linie der Tamaerthaner, und Tylara fuhr herum. Leichte Kavallerie brach aus dem Krüppeleichengehölz hervor. Einige Reiter wurden schon von den Pfeilen der Bogenschützen aus dem Sattel gerissen, aber immer mehr folgten ihnen. Tylara hatte nur noch zwei Gedanken:

Ich habe gesehen, wie ein guter Captain von einem großen in die Flucht geschlagen wurde.

Die Götter haben ihr Urteil gefällt. Jetzt. Wie kann ich mich diesem Urteil am besten unterwerfen?

Am klügsten schien es, wenn sie blieb, wo sie war, und den Feind herankommen ließ. Bald würden sich ihre Bogenschützen unter dem Druck von Strymons Kavallerie zurückziehen; wenn sie dann nur ein paar Schritte nach vorn ritt, stünde sie nicht mehr unter dem Schutz ihrer Truppen. *So soll es sein. Die Schuld lastet allein auf mir. Ich werde keinen meiner Männer mit in den Tod nehmen.*

Einige der feindlichen Kavalleristen waren berittene Bogenschützen. Ihre leichten Bogen hatten nicht die Reichweiten der tamaerthanischen Langbogen, aber das war für Strymons Bogenschützen kein Handicap. Sie näherten sich unter dem Schutz der Krüppeleichen. *Sie können aus dem Sattel schießen oder im Liegen, während meine Bogenschützen stehen müssen.* Tamaerthaner fielen, und Pfeile pfiffen an Tylara vorbei. *Wenn mein Pferd getötet wird …*

»Lady, es ist Zeit, daß Ihr Euch in Sicherheit bringt«, rief ein Captain der Bogenschützen. Er griff in die Zügel und wollte das Pferd von der vorderen Linie wegführen.

»Danke, aber es ist besser, wenn ich bleibe.«

»Lady, Ihr werdet gehen, und wenn ich ...«

Tylara erfuhr nicht mehr, was der Captain getan hätte. Ein Pfeil fuhr ihm ins Gesicht, und er fiel, die Finger noch um den Zügel gekrampft. Tylaras Pferd scheute und bäumte sich auf.

Ganz deutlich sah sie, wie sie ihre leichte Streitaxt zog und mit der flachen Seite zuschlug, bis die Hand des toten Mannes vom Zügel glitt. Sie gab ihrem Pferd die Sporen, und das Tier sprang über die Leiche des Captains hinweg. Andere Bogenschützen rannten auf sie zu, und wieder schlug sie dem Pferd die Sporen in die Flanken. Ihr Wallach galoppierte an den herbeistürzenden Bogenschützen vorbei durch die vorderste Linie.

Tylara schwang im Reiten die Axt. Tamaerthanische Flüche und Siegesschreie aus Drantos kamen ihr über die Lippen. Der Pfeilhagel von beiden Seiten ließ nach, als die Tamaerthaner zu schießen aufhörten, und der Feind nutzte die Pause, um sich zu sammeln. Vor Tylara formierte sich die Kavallerie neu. Sie rückte sich im Sattel zurecht und ritt direkt auf sie zu.

Zwei Pfeile trafen ihr Pferd in die Flanke. Das Tier bäumte sich auf und schrie. Sie hielt sich im Sattel, aber die Streitaxt glitt ihr aus der Hand und hing nur noch an dem um ihr Handgelenk geschlungenen Lederriemen. Ein Reiter sprengte auf sie zu, und sie sah das Urteil der Götter in Gestalt einer Lanzenspitze.

»Für Caradoc! Wotan!«

Die Lanzenspitze fuhr ihrem Pferd in die Brust. Der Wallach stolperte, und sie versuchte, sich aus dem Sattel zu werfen. Zu spät. Ihr Bein hatte sich im Steigbügelleder verfangen, und ihr Pferd stürzte. Der Wallach rollte über sie hinweg, und die stumpfe Seite der Streitaxt traf ihre Stirn. »Ich habe versagt«, dachte sie, und dann war um sie herum nur noch Dunkelheit.

Apelles hatte sein Feldlazarett auf einem Hügel errichtet, in dessen Nähe es gutes Wasser gab und von dem aus man das ganze Schlachtfeld überblicken konnte. Er hätte eine Lage bevorzugt, die er mit seiner Handvoll Männer hätte verteidigen können. Außerdem fürchtete er den Feind weniger als Morrones Truppen aus dem Süden, wenigstens dann, wenn ihr Herr zu sehr mit Kämpfen beschäftigt war, um sie genügend zu beaufsichtigen.

Er applaudierte zusammen mit den anderen, als die Armee von Drantos angriff. Dann hatte er einen guten Überblick über die Niederlage, und er sah auch Lady Tylaras entsetzlichen Sturz.

Hinter dem Hügel hatte sich leichte Kavallerie formiert, die jetzt hervorbrach und die tamaerthanischen Bogenschützen einschloß. Die Stammesleute bildeten ein Viereck. Die leichte Kavallerie griff einmal an und wurde durch einen Pfeilhagel zurückgetrieben. Dann ritten sie außer Schußweite und beobachteten die Bogenschützen. Für Strymons Schlacht waren die Tamaerthaner keine Gefahr mehr. Apelles fragte sich, ob sie sich zurückziehen konnten oder ob sie stehenbleiben würden, bis Prinz Strymon ihnen Pardon gab.

Zur Rechten liefen Morrones Truppen aus dem Süden auseinander. Die Ritter von Drantos bildeten Gruppen und leiteten einen geordneten Rückzug ein. Apelles hoffte, daß er ihnen gelingen werde, aber um sie machte er sich weiter keine Sorgen. Als er Tylara auf die Feinde zureiten sah, hatte er sofort gewußt, was er zu tun hatte.

Ihr sinnloser Angriff hatte ihn nicht sehr überrascht. Seit die Armee von Drantos nach Norden gezogen war, hatte er Lady Tylara dreimal gesehen, wenn sie glaubte, daß niemand sie beobachtete. Jedes Mal waren ihre Augen wie die Augen eines Menschen gewesen, der in die Hölle der Christen hineingeschaut hatte.

Wenn Lady Tylara gefunden hatte, was sie suchte, könnte er ihrer Familie wenigstens die Nachricht von ihrem Tod überbringen, so daß sie sie von einem Freund hören würde. Wenn sie lebte – könnte sie sich schon in dieser

Welt wie in der Hölle fühlen. Niemand dürfte einer solchen Situation allein gegenüberstehen.

»Culin!«

»Ja, Vater Apelles?« Das war zwar nicht der übliche Titel eines Priesters des Tagvaters, aber man konnte es dem Jungen nicht abgewöhnen, ihn zu benutzen.

»Ich werde hinuntergehen und vor dem Feind kapitulieren.«

»Ihr könnt doch nicht ...«

»... um eine ehrenvolle Behandlung unserer verwundeten Gefangenen sicherzustellen. Du wirst eine Botschaft an Yanulf überbringen. Bitte ihn, für Maev und unsere Tochter zu sorgen.«

»Vater – das können Sie mir nicht befehlen. Das würde heißen, daß ich dem Feind den Rücken kehre.« Er schaute Apelles empört an.

Apelles merkte, daß Culins Augen jetzt mit seinen auf einer Höhe waren. Wenn er am Leben blieb, würde er ihm bald über den Kopf wachsen. Apelles erinnerte sich an den hageren einfältigen Jungen, den er vor Jahren in einem der Häuser Wotans gefunden und zu seinem Diener gemacht hatte. Jetzt konnte Culin lesen und schreiben, und seine Kleidung hätte selbst einem Diener des Königs keine Schande gemacht. Und er hatte noch sein ganzes Leben vor sich.

Er würde sein Leben nicht verlieren, wenn Apelles irgend etwas dazu beitragen konnte.

»Culin. Wenn du nicht zu Yanulf gehst, wird er glauben, daß ich verrückt geworden bin. Das würde mich entehren. Und es würde auch dich entehren. Außerdem, wenn Yanulf glaubt, daß ich verrückt geworden bin, wird er dann noch für Maev und unsere Tochter sorgen? Willst du, daß sie sich ihr Brot erbetteln müssen, wenn die ZEIT kommt?«

»Nein, Vater.«

»Und du hast mir Gehorsam geschworen. War das ein falscher Eid?«

»Nein, Vater.«

»Dann mach dich auf den Weg. Ich wette um eine Mahlzeit in einem guten Gasthaus, daß wir uns wiedersehen werden.«

»Und wie soll ich bezahlen, wenn ich verliere?«

»Indem du das Pferd verkaufst, das du stehlen mußt, um Yanulf zu erreichen.«

Culin öffnete den Mund, aber er brachte keinen Laut hervor. Dann kniete er sich hin, küßte Apelles die Hand und rannte davon.

Apelles schaute ihm nach und war froh, daß er selbst nicht rennen mußte. Seine Knie hatten nicht mehr die Kraft wie heute morgen. Sein Mund war trocken, und sein Atem ging so schnell, als wäre er tatsächlich gerannt.

Jetzt würde er vielleicht niemals zwischen seiner Familie und einem Bistum wählen müssen. Wie gern hätte er Maev wiedergesehen. Und wie gern hätte er den Vertrag über die Vereinigung der Religionen mit dem alten Polycarp diskutiert. Wie angenehm würde es sein, in seiner eigenen Kammer in seinem eigenen Bett zu schlafen und ein Glas von dem guten Wein zu trinken, den er sich als Sohn eines Schweinehirten niemals hätte leisten können …

Nichts von alledem war von irgendwelcher Bedeutung. Sein Gott hatte ihn zu Lady Tylara gerufen. Er ging den Abhang hinunter und schaute sich nicht ein einziges Mal um.

TEIL FÜNF
Ehrenhändel

1

Rick hielt auf dem Kamm des kleinen Hügels sein Pferd an. In der Ferne war Burg Armagh schon zu erkennen. Er stieg ab. Es war Zeit, die Pferde zu führen. Jede Stunde zehn Minuten lang. Jede Bewegung strengte ihn an, und er hatte das Gefühl, als hätte jemand auf seinem Rücken gestanden.

Nur noch zehn Meilen, dachte er. Wir sind von Dravan aus in der letzten Woche sehr schnell geritten. Noch zehn Meilen. Fünfzehn Minuten mit dem Auto. Eine Stunde mit einer Vierrädrigen. Und für uns ist es ein halber Tagesritt. Im stillen verfluchte er die *Shalnuksi* und alles, was sie getan hatten. *Aber wenn sie dich in Afrika nicht von diesem Hügel geholt hätten, wo wärest du jetzt, Rick Galloway?*

Vermutlich tot. Aber ich wäre nicht für die Rettung der Zivilisation eines ganzen Planeten verantwortlich.

Felder mit jungem Weizen breiteten sich zwischen der Straße und dem Hügel aus. Es sah aus, als würde die Ernte gut werden, genug, um die Bevölkerung der Region zu ernähren, und reichlich Überschuß zur Lagerung in den Höhlen. *Wenn wir Strymons Armee daran hindern können, es zu zertrampeln. Oder zu verbrennen. Oder wenn wir es nicht selbst verbrennen, aber das werden wir nicht tun. Gewiß, für die nächsten paar Jahre haben wir reichlich Lebensmittel. Aber dann wird die ZEIT kommen, und die* Shalnuksi …

Rick konnte die Felder auf der anderen Seite des Hügels nicht sehen, aber er wußte, was auf ihnen wuchs. *Surinomaz*-Büsche – Wahnsinnskraut, wie die Einheimischen es nannten –, die von Sträflingen und Sklaven unter den wachsamen Augen bewaffneter Wachen versorgt wurden. *Ich würde den Sklaven keinen Vorwurf machen, wenn sie wegrennen. Wahnsinnskraut anzubauen, ist harte Arbeit, und es ist auch eine gefährliche Arbeit. Aber wenn wir das Zeug nicht anbauen, haben wir nichts für die* Shalnuksi, *und sie würden den Planeten bombardieren und in die Steinzeit zurückwerfen. Und wenn ich mir das oft genug sage, glaube ich vielleicht allmählich, daß es ganz in Ordnung ist, Herr über Sklaven zu sein. Vielleicht.*

Als sie sich Burg Armagh näherten, öffneten sich die Tore, und vier Priester Yatars in blauen Roben kamen herausgeritten. Als sie näherkamen, sah Rick, daß ihr Anführer Yanulf war.

Was tut er denn hier? wunderte sich Rick. Er gehört nach Edron. Oder er müßte beim Wanax sein. Hier gibt es nicht viel mehr als Söldner und Wahnsinnskraut, und das alles ist meine Angelegenheit, nicht seine.

»Heil, Lord Rick.«

»Heil.«

Yanulf winkte, und die jungen Priester und der Gehilfe, die mit herausgeritten waren, zogen sich zurück. »Ich möchte mit Euch allein sprechen«, sagte Yanulf.

Rick schickte seine Leute zurück und ritt mit Yanulf weiter. »Schlechte Nachrichten?«

»Die schlechtesten«, sagte Yanulf.

Die schlechtesten. »Tylara ist tot.«

»Nein, Lord. Sie wurde von Prinz Strymon gefangengenommen. Morrone hat die Hälfte seiner Streitkräfte verloren, und er und die Eqetassa gerieten in Gefangenschaft.«

»Aber sie lebt.«

»Ja, nach dem letzten Bericht. Aber da ist noch etwas, das Ihr wissen solltet.«

Rick versuchte, in Yanulfs ausdruckslosem Gesicht zu lesen. »Wenn sie mißhandelt wird ...« Ihn schauderte. Yanulf wußte genauso gut wie Rick, wie entsetzlich Tylara bei Sarakos hatte leiden müssen. Er wußte es sogar noch besser.

»Das ist es nicht, Lord. Sie ritt durch die Linie ihrer Bogenschützen und griff die feindliche Kavallerie ganz allein an.«

»Das ist doch sinnlos!«

»Sie ist die Anführerin eines Stammes der Tamaerthaner.

Könnte es sein, daß sie geglaubt hat, sie habe die Gnade Gottes verloren?«

Rick schaute auf die Uhr und hielt sein Pferd an. »Es ist Zeit, die Pferde zu führen«, sagte er.

»Lord ...«

»Einen Moment, bitte.« Er stieg vorsichtig ab und ging mit dem Pferd weiter.

Die Gnade Gottes verloren. Ja, und die ihres Gatten und die aller Freunde ihres Gatten. Und ...

Verdammt, sie hat versucht, mit mir zu reden. Warum gab ich ihr dazu nicht die Möglichkeit?

»Wer brachte die Nachricht?« fragte er Yanulf.

»Der junge Culin. Als Apelles sah, daß Lady Tylara gefangengenommen worden war, schickte er seinen Diener zu mir und folgte seiner Lady ins Lager des Feindes.«

»Ein guter Mann. Ich bin ihm zu Dank verpflichtet. Ich vermute, er schickt Botschaften über die Priester Yatars in Strymons Armee?«

»Natürlich. Jene, die Yatar dienen, wissen, daß die ZEIT heranrückt, und wer ihre wahren Freunde sind.«

Rick schaute auf Yanulfs Robe, wo unter einem Brustkreuz der von einem Kreis umgebene Blitzstrahl Yatars hing. »Was haltet Ihr von der Vereinigung im Glauben?«

»Einige akzeptieren sie, andere nicht. Diejenigen, die sie akzeptieren, helfen, so gut sie können.«

»Strymon läßt den neuen Glauben in seinem Lager zu?«

»Ein Viertel und mehr seiner Soldaten akzeptiert ihn. Wie sollte er da andere handeln können?«

»Oh. Danke. Ich wußte nicht, daß Ihr so viele bekehrt habt.« Er ging noch ein paar Schritte, dann drehte er sich um. »Wenn die Priester Botschaften aus dem Lager hinausschicken, kann ich doch eine hineinschicken?«

Yanulf nickte. »Das läßt sich machen.«

»Danke.« *Und was, zur Hölle, soll ich ihr sagen!* Er lachte bitter. *»Komm nach Hause, alles ist verziehen.« Aber wie, zum Teufel, soll ich ihr das in einer Botschaft sagen, den die halbe Priesterschaft lesen wird?*

»Was wollt Ihr tun?« fragte Yanulf.

»Reitet sofort hinauf und prüft, wie viele von Gantons Leuten mir helfen werden, sie herauszuholen.«

»Nur ruhig. Ich weiß, daß Ihr handeln wollt, aber vorher solltet Ihr denken. Prinz Strymon hat den Ruf, ein Mann von Ehre zu sein, und ganz sicher wird er kein überhöhtes Lösegeld fordern. Wenn Ihr versucht, sie zu befreien, könnte sie getötet werden. Ich bin kein Soldat, aber übereilt begonnene Schlachten gehen leicht verloren.«

Rick schwieg eine ganze Weile. »Okay. Ich lade das Zeug auf, das ich hier abholen wollte, und reite nach Dravan zurück. Bis dahin werden wir mehr wissen. Wenn Ihr Botschaften in Strymons Lager schicken könnt, dann schickt ihm diese: Wenn er ihr in irgendeiner Weise etwas antut, wird es im nächsten Frühjahr in seinem Königreich kein einziges lebendes Wesen mehr geben.«

»Ich werde die Botschaft schicken, aber ich bezweifle, ob er sie glauben wird.«

»Sagt es ihm trotzdem.«

Gwen und Siobhan erwiderten den Gruß der Wache und gingen die Halle hinunter zu Octavias Räumen. Sie hörten Stimmen, bevor Gwen nahe genug heran war, um an die Tür zum königlichen Appartement zu klopfen. *Sollte Octavia jemals an der Spitze einer Legion stehen, würde sie bestimmt jeder hören. Das steht fest.* Sie bedeutete Siobhan, hinter ihr zu bleiben, und trat dicht an die Tür heran.

»... Edron aufgeben, das noch nie gefallen ist, außer durch Aushungerung oder Verrat? Wir haben Verpflegung für mindestens zwei Winter. Wenn Ihr Verräter unter uns vermutet, sagt es mir auf der Stelle, damit ich nicht in einer von Euch einen vermute!«

Octavias Befehl wurde mit unzusammenhängenden Protesten quittiert. *In ihrem Gemach muß sich die Hälfte aller Hofdamen versammelt haben. Das hört sich interessant an.* Gwen wandte sich von der Tür ab und schaute sich in der Halle um. Die Wache war nirgends zu sehen. Sie wartete und hatte die Hand ausgestreckt, um sofort anklopfen zu können.

»... am Piro's Hill sind viele von Morrones Soldaten entkommen und werden bald wieder kämpfen. Der Wanax wird mit den Rittern, die Morrone nicht zur Verfügung standen, gegen Strymon ins Feld ziehen. Tamaerthanische Pikeniere werden sich ihnen anschließen. Tamaerthanische Pikeniere und Bogenschützen allein haben schon einmal eine römische Legion geschlagen! Und dazu gibt es die Sternenwaffen – Gott weiß, wie viele *Kanonen* wir gegen Strymon in Stellung bringen können. Die Armee von Ta-Meltemos sollte daran denken, sich in Sicherheit zu bringen! Nicht wir.«

»Aber Eure Majestät, Ihr könnt doch nicht ...«

»Euer Sohn, Prinz Adrian ...« Diese Proteste klangen schon etwas zusammehängender.

»Nein, ich bin die Tochter und die Enkelin von Soldaten, die ihre Stellung hielten, wo immer Gott und Caesar sie hinschickten. Soll ich weniger tun? Welche Ehre bringt es ihnen und dem Wanax, wenn ich meinen Sohn lehre, beim ersten Zeichen von Gefahr zu fliehen? Ich kann nicht. Ich will nicht. Schluß mit diesem Unsinn. Ich will nichts mehr hören.« Octavias Tonfall hatte die Schärfe und Endgültigkeit einer Henkersaxt.

»Das ist unser Stichwort«, sagte Gwen. Sie nahm Siobhans Hand und führte das Mädchen durch die Halle von der Wache weg. Sie gingen um die Ecke und drückten sich an die Wand, als die Hofdamen aus dem königlichen Appartement herauskamen. *Nicht hier entlang, meine Damen. Einige von euch sind ohnehin schon verärgert, weil Octavia euch aus ihren Gemächern gejagt hat, um mir Platz zu machen, als wir die Universität evakuierten. Ihr braucht nicht zu wissen, daß ich gehört habe, daß die Königin euch wie junge Rekruten abgefertigt hat.*

Gwen wartete, bis die Damen die Halle verlassen hatten. Dann bedeutete sie Siobhan, ihr zu folgen, und ging mit ihr die Halle hinunter. Sie klopfte an Octavias Tür, und sie wurden von einer Dienerin eingelassen. Octavia saß auf einer Bank am Fenster und tat so, als strickte sie. Gwen hatte ihr das Stricken beigebracht, und sie konnte es schon ganz gut – wenn ihre Hände nicht gerade zitterten.

Octavia wandte Gwen ihr blasses Gesicht zu, als die Erdenfrau eintrat. »Ich hatte Euch früher erwartet. Habt Ihr diese wimmernden alten Weiber gehört? Glauben sie vielleicht, daß sie irgendeinen Ort finden, der sicherer ist als Edron? So weit wird Strymon niemals kommen. Dafür wird Ganton schon sorgen.«

Octavias Lächeln wirkte ein wenig bemüht. Gwen merkte, daß das Mädchen genauso viel Angst hatte wie die Hofdamen. *Sie verbirgt es nur besser. Wahrscheinlich weil sie Königin ist.* Gwen lächelte. »Verzeiht mir. Ich zweifle nicht daran, daß der Wanax mit Strymon schnell fertig werden wird.«

»Ich freue mich, daß Ihr das glaubt. Aber ... ich habe Angst. Sicher werden wir siegen, aber um welchen Preis? Viertausend gute Leute sind schon gefallen oder gefangengenommen worden, und Lady Tylarfa und Morrone sind ebenfalls Gefangene.«

Ja, um welchen Preis. Wenn ich die Antwort auf diese Frage wüßte, wäre ich Yatar oder irgendeine andere Hohe Autorität. Aber wie die Dinge nun einmal stehen ... »Ich habe auch Angst, Octavia. Wir müssen aber unser Bestes geben. Eines noch, Ihr müßt Euren Hofdamen gegenüber zugeben, daß Ihr Euch über Euren Gatten Sorgen macht. Die meisten von ihnen sorgen sich wahrscheinlich um ihre eigenen Männer.«

»Danke, Gwen. Werdet Ihr ... werdet Ihr mir mit Rat zur Seite stehen? Yanulf kommt heute zurück. Wenn er mit der Armee nach Norden reitet, werdet Ihr die einzige sein, mit der ich reden kann.«

»Natürlich.« Gwen merkte, daß sie an die Macht dachte, die eine solche Position ihr verleihen würde. *Noch schlimmer ist, daß ich mich dafür nicht verachte. Ist das damit gemeint, wenn man sagt, daß man sich wohl tut, wenn man Gutes tut?*

Ein leises Klopfen rief Octavias Dienerin zur Tür. »Der

Kanzler der Universität, Lord Warner, bittet um Audienz bei der Wanaxxae Octacia und Lady Gwen.«

»Tretet ein.«

Octavia und Gwen saßen Seite an Seite, um Larry Warners höfliche Verbeugung entgegenzunehmen. *Er wird wirklich zu einem Höfling. Ich möchte wissen, wie viele Damen er schon ins Bett gelockt hat.*

»Eure Majestät. Mein Bericht über den Beitrag der Universität zu Eurem bevorstehenden Sieg. Mit Eurer Erlaubnis?«

Octavia lachte. »Lord Rick hat *sehr* deutlich gesagt, daß die Universität nicht Teil von Drantos oder Rom ist. Ihr braucht mir nicht zu berichten.«

»Nun, Majestät ...« Warner war offensichtlich amüsiert. »Das stimmt, aber ich muß Gwen berichten, und außerdem habe ich einige Truppen mitgebracht, um die Verteidigung von Edron zu verstärken.«

»Aha. Dann fahrt fort.« Octavia lächelte. »Ihr dürft zu mir oder zu Gwen sprechen, wie es gerade paßt.« Dann lachte sie.

»Ja, Madame«, sagte Warner. »Alle wichtigen Unterlagen und Geräte der Universität sind nach Edron in Sicherheit gebracht worden. Die Römer haben die meisten ihrer Universitäts-Kohorten abgezogen, um die Verteidigung im Süden zu verstärken. Da die größte Bedrohung vom Süden ausgeht, ist das nicht so schlimm, wie es sich anhört. Dennoch, wir haben jetzt nicht viel mehr als die Rustenganer und andere Handwerker, die für den Kriegsdienst entweder zu alt oder zu jung sind, und einige Tamaerthaner aus den größeren Stämmen.«

»Aus allen Stämmen?« fragte Gwen.

»Aus den meisten.«

Gwen nickte zufrieden. »Gut. Dann würde jeder Tamaerthaner, der die Universität angreift, sich der Blutrache seiner eigenen Verwandten ausgesetzt sehen.«

»Ganz richtig. Jedenfalls wollte der römische Tribun die gesamte Kohorte abziehen, aber Lucius konnte ihn davon überzeugen, daß es besser sei, einige der Männer bei uns zu lassen. So würfelten er und seine Centurionen darum, wer gehen mußte. Ich glaube, er hat seine eigenen Würfel benutzt, denn er selbst mußte gehen.«

»Larry, wie stark ist denn die Verteidigung?« fragte Gwen auf Englisch.

»Ja, Madame. Nun, die Universität wird verteidigt von den tamaerthanischen Stammesleuten, knapp der halben römischen Kohorte, der Stadtmiliz und Gott dem Allmächtigen. Ich habe eine etwas ausgedünnte Zenturie Römer, eine Kompanie tamaerthanische Bogenschützen und alle Universitätshandwerker, die glauben, daß sie in der Miliz dienen können. Außerdem die Erste Ballonschwadron unter dem Befehl Eures Dieners, des leitenden Offiziers Warner.«

»Ballon? Larry ...«

»Nun, ich gebe zu, daß ich im Westen nützlicher wäre, aber es würde eine Ewigkeit dauern, dort hinzukommen.«

»Der Wanax wünscht, daß jeder den Feind bekämpft, der in seiner Nähe ist«, sagte Octavia. »Ich denke, Ihr werdet bald viele von ihnen ganz in der Nähe finden.«

»Ja – ja, Majestät, ich fürchte, Sie haben recht.«

»Das ist eine gute Strategie und eine noch bessere Politik«, sagte Gwen. »Den Feind zu bekämpfen, wo er ist, muß besser sein, als nur das eigene Land zu verteidigen. Drantos hat keine nationale Armee. Rom schickt Truppen, wenn sie gebraucht werden.«

»Vielleicht werden die Ritter von Drantos es noch lernen, vielleicht aber auch nicht«, sagte Warner. »Jedenfalls sind wir hier, und ich war kaum angekommen, als wir den Befehl erhielten, uns Gantons Armee anzuschließen. Wir rücken noch heute abend ab. Womit habe ich es zu tun?«

»Ich weiß nicht, wie viele Truppen der Feind hat«, sagte Gwen, »aber ich kann Ihnen sagen, wie stark die Streitmacht des Wanax ist.« Sie schaute Octavia an, die zustimmend nickte. »Mit Ihren Leuten – und ich glaube, er kann Ihre Aeronauten gut gebrauchen – müßte er fast zehntausend Mann haben. Hinzu kommen die Feldgeschütze und sieben Söldner mit Gewehren. Acht, wenn man Sie mitzählt.«

»Keine Römer«, sagte Warner.

»Caesar wird Hilfe schicken«, sagte Octavia.

»Majestät«, sagte Warner leise, »ich bin sicher, daß Marselius Caesar gern Hilfe schicken würde. Aber ich weiß auch, daß selbst eine einzige Kohorte für ihn in diesem Augenblick sehr wichtig ist. Die Unruhen im Süden werden immer schlimmer, und wenn das Wetter besser wird und der Dämonenstern näherkommt, wird Rom sogar noch mehr Legionen brauchen, um die südlichen Grenzen zu halten.«

»Nach der letzten Sommerkampagne haben sie zwei Legionen aufgelöst«, sagte Gwen.

»Gewiß«, sagte Warner. »Und sie werden sie wahrscheinlich wieder einberufen, aber das wird erst geschehen, wenn die Saat ausgebracht ist. Was wollen sie sonst im Herbst essen?«

Und man braucht Zeit, um eine Miliz aufzubieten, dachte Gwen.

»Was immer die Römer tun können, sie werden heute abend keine Legionen schicken«, sagte Warner. »Und heute abend marschieren wir. Eure Majestät, Lady Gwen. Dies ist ein endgültiger Abschied, bis wir mit Prinz Strymons Kopf zurückkommen.«

»Gott sei mit Euch«, sagte Octavia.

Gwen suchte nach Worten. »Kommen Sie heil zurück«, hatte nicht den richtigen Klang, aber was ... »Waidmanns Heil«, sagte sie schließlich und grinste.

Warner umarmte sie und küßte ihr auf eine etwas weniger brüderliche Art als sonst die Stirn. Gwen spürte, daß Octavia herüberschaute, und sie wurde rot. Sie war immer noch rot, als sich die Tür hinter Warner schloß.

»Lady Gwen«, sagte Octavia und betrachtete intensiv ihr Strickzeug.

»Ja, Eure Majestät?«

»Ist Lord Warner Euer – Geliebter? Er hat den Ruf ...«

»Einen fast so schlechten wie Lord Morrone?«

»Ich wollte ihn nicht beleidigen, aber ...«

Das kam einer Bestätigung des Gerüchts gleich, daß Morrone eifersüchtig darauf war, daß Octavia die Gattin *und* die Vertraute seines Freundes Ganton war. Das ließ auch vermuten, daß Octavia, die ihren Vater als Don Juan von Rom erlebt hatte, jede Unkeuschheit bei anderen mit Mißbilligung betrachtete.

Wenn ich Octavias Freundin und Vertraute sein will, bedeutet das dann, daß ich meinen Slip anbehalten muß, außer wenn Les mich besucht? Und – würde ich das durchhalten?

Vielleicht. Wenn Rick nicht interessiert ist. Aber ich kann Octavia die Wahrheit sagen ...

»Lord Warner ist nicht mein Geliebter, und er ist es nie gewesen. Wenn Caradoc nicht zuerst gekommen wäre, hätte ich Lord Warner vielleicht geheiratet, da wir viel ... viel gemeinsam haben. Aber ich bin Lord Les immer treu gewesen und bete zu Yatar, Christus und allen heiligen Erzengeln, daß sie ihn am Ende seiner Reisen sicher zu mir zurückgeleiten.«

Wenigstens der letzte Teil des Satzes war die Wahrheit und nichts als die Wahrheit.

»Bitte setzt Euch, Lords. Wein?«

Murphy und Bheroman Traskon setzten sich an den großen Tisch in Ricks Konferenzraum auf Burg Dravan. Es war das erste Mal, daß er eine Gruppe von Adligen ansprach, zu der auch Murphy gehörte. Früher hatte Ben sich, wenn er als Lord angeredet wurde, umgeschaut, um zu sehen, wer gemeint war. Jetzt trug Murphy seinen Titel so lässig wie seine Tran-Kleidung.

Rick saß oben am Tisch. Die Mittagssonne erhellte die getünchten Wände, auf die mit Holzkohle Karten gezeichnet waren. Immer wieder schaute Murphy hinüber.

»Sie sind korrekt, soweit ich weiß«, sagte Rick. »Aber wenn es etwas zu korrigieren gibt, könnt Ihr das vielleicht nach dem Essen erledigen.«

»Die Hauptsache ist, daß wir keine neuen Bedrohungen festgestellt haben«, sagte Murphy.

»Gut.«

»Andererseits stimmen alle darin überein, daß wir es mit zwölftausend Feinden zu tun haben.« Murphy zeigte auf den Pfeil, der auf eine Abteilung der Armee Strymons zeigte, die in Richtung Dravan vorrückte.

»Die können wir halten.« Ricks Stimme klang fast gleichgültig. Dann wandte er sich an Traskon: »Lord Bheroman.«

»Lord Generalhauptmann«, sagte Traskon. »Meine Ritter und ich erwarten Eure Befehle. Ich habe die Armee versammelt, um unsere Länder zu verteidigen, und meine Ritter sind bereit zu marschieren. Sagt uns, wie wir die Schande rächen können, die Eurer Lady Eqetassa zugefügt wurde.«

»Danke. Ich habe nichts Geringeres erwartet.« Rick schluckte hart, wie er es immer tat, wenn er daran dachte, daß Tylara in Strymons Händen war. *Tylara hätte Traskons Stiefmutter sein können, wenn Sarakos seinen Vater nicht von Burg Dravans Zinnen gestoßen hätte. Und ich hätte sie nie kennengelernt. Wäre das besser gewesen? Nein. Aber – Traskon hat etwas auf dem Herzen. Was?*

Murphy räusperte sich. »Lord Generalhauptmann, es ist mir zu Ohren gekommen, daß Ihr plant, die Dorfleute zu bewaffnen, damit sie sich verteidigen können, wie sie es gegen die Westmänner getan haben.«

»Ja, Sergeant?«

»Captain, es heißt, Sie wollten ihnen Kanonen geben – nichts Großes vielleicht, aber *Kanonen*!«

»Das habe ich auch gehört«, sagte Traskon. »Als die Westmänner kamen, machte Hilon, der Schmied von Clavton – einer Stadt in meinen Ländern –, den Vorschlag, die Stadt möge Kanonen kaufen, um sich verteidigen zu können. Ich fragte damals, und ich frage heute, wie können wir sicher sein, daß die so bewaffneten Städte nur gegen unsere gemeinsamen Feinde kämpfen werden und nicht auch gegen ihre rechtmäßigen Herren? Wie soll ein Bheroman seine Pflicht tun, wenn die Städte das verweigern können? Es schien mir auch – und verzeiht, Lord, wenn Euch das kränkt – aber die Lady Eqetassa schien bereit, mich anzuhören.«

Verdammt richtig. Tylara ist nicht im Begriff, die Städte gegen den Adel zu bewaffnen. Und was nun? Rick lachte laut.

»Lord?« fragte Ben Murphy.

»Nichts. Verzeiht mir.« *Eines steht verdammt fest: Ben Murphy ist ein Einheimischer geworden. Der Urenkel eines Mannes, der wegen Mordes an einem Mieteintreiber aufgehängt wurde, will die Leute daran hindern, seine eigenen Mieteintreiber zu erschießen.*

Rasch sprach Rick einen Satz auf englisch: »Festgestellt, daß es nicht so leicht ist, Boß zu sein, was, Sergeant?«

»Sir.«

Und nun zum Problem. »Lord, ich werde niemals Rebellen bewaffnen. Im übrigen haben wir viel zuwenig Kanonen, als daß wir sie den Dörfern zuteilen könnten. Das gilt auch für Feuerpulver.«

»Danke, Lord Generalhauptmann«, sagte Traskon. »Und – darf ich sagen, daß unsere Gedanken mit Euch sind in Eurem Kummer um die Lady Eqetassa?«

»Danke.« Rick zwang sich zu einem Lächeln. »Es könnte schlimmer sein. Die Eqetassa lebt, und wenn erst das Lösegeld gezahlt ist, werden wir sie bald wiedersehen: Sie wird mir wahrscheinlich einen Topf an den Kopf werfen, weil ich so viel ausgegeben habe.«

Die beiden Adligen lachten pflichtgemäß, verneigten sich und verließen den Raum. Rick saß reglos da, bis sich die Tür hinter ihnen geschlossen hatte. Dann stand er auf und schenkte sich ein Glas von dem Wein ein, den die anderen verschmäht hatten.

Ich habe ein Jahr lang nicht mit ihr gesprochen, und nun ist sie eine Gefangene. Das ist ein Alptraum für sich allein.

Es war schwer, so zu denken wie der tamaerthanische Adel, aber könnte sie nicht denken, das sei Strafe genug gewesen? Er wußte es nicht. *Sie denkt, daß alles Schlimme, das im letzten Jahr geschehen ist, ihre Schuld gewesen sei. Von den Mißernten im Süden bis zu Morrones Niederlage.*

Das einzig Gute in dieser Situation war Appelles. *Ich*

bin froh, daß er mit ihr gegangen ist. Er ist kein Psychiater, aber er ist intelligent, und sie hört auf Priester. Wenn jemand außer mir ihr diese verrückte Vorstellung, die ganze Welt laste auf ihren Schultern, ausreden kann, dann ist er es.

Und inzwischen befehligte er achttausend Mann gegen zwölftausend auf der anderen Seite, und trotz seiner Versicherungen Murphy und Traskon gegenüber, war er davon überzeugt, daß die Stärke des Feindes noch wuchs. Er trat an die Karte und betrachtete sie. Es hatte gute Männer gekostet, die inzwischen eingezeichneten Informationen zu bekommen, aber jetzt wußte er, daß Strymon alle Straßen nach Norden in die Fünf Königreiche besetzt hielt und folglich alle benötigten Reserven heranschaffen konnte.

Das einzige, was ihren Vormarsch verlangsamen konnte, waren die Reste von Morrones Truppen und die logistischen Probleme, die ein Vormarsch im Frühling mit sich brachte, wo es nicht viel Gras gab und die Kornspeicher leer waren. Für einen solchen Vormarsch waren *viele* Transportmittel erforderlich, und auch die Zugpferde brauchten Futter.

Wenn dieser verdammte Ajacias alle Kornvorräte in seinem Schloß behalten hätte, dann würde Strymon ...

Wenn Wünsche Pferde wären, könnten die Bettler reiten.

»Jamiy!«

Seine Ordonnanz öffnete die Tür.

»Offiziersappell in einer Stunde.«

Der Bringer des Todeswindes hing tief über dem Horizont, und er war so aufgeschwollen, daß er mehr als je zuvor wie das Auge des Bösen aussah. Um ihn herum kamen die Sterne zum Vorschein, als Wilder Bär vom Lager der Silberwölfe zum Wachhügel hinüberging.

Nach alter Sitte ging er langsam, aber seine Gedanken eilten seinen Füßen voraus. Das Opfer auf dem Hügelkamm war vorbereitet.

Es war ihm noch nie vorher eingefallen, den Göttern zu

trotzen. Aber jetzt glaubte er, er würde den Häuptlingen des Steinhauses helfen, ganz gleich, was sich aus dem Opfer ergab. Der Gedanke war beängstigend.

Wenn er nicht bei den Häuptlingen des Steinhauses blieb, würde es für die Silberwölfe keine Heimat geben, und ohne Heimat würden sie verderben. Wandelnder Stein hätte sein Werk vollbracht, seine Feinde würden den Mut verlieren, und all das, ohne daß es diesen mit Dung aufgezogenen Sohn einer kranken Mähre auch nur einen einzigen Krieger gekostet hätte!

Das war die Wahrheit, aber nicht die ganze Wahrheit. Der Rest der Wahrheit war, daß Wilder Bär angefangen hatte zu erkennen, daß die Himmelszauberer selbst das Zeichen der Götter sein könnten. Wenn sie überhaupt Zauberer waren. Wilder Bär fing an, selbst das zu bezweifeln. Gewiß, sie konnten zaubern, aber sie bluteten und starben wie Männer – und wenn sie starben, starben sie wie Krieger.

Was er in dem Zelt, in dem er als Gefangener der Zauberer aufwachte, zuerst gedacht hatte, schien wahr zu sein. Nichts zwischen Göttern und Menschen würde je wieder so sein wie vorher, und ein weiser Mann sollte tun, was seine eigene Weisheit ihn tun ließ, und nicht auf Zeichen warten, die die Götter vielleicht schon gegeben hatten.

Wilder Bär wußte, daß er nicht mehr erleben würde, was aus der Herrschaft der Krieger, die zaubern konnten, entstehen mochte. Dennoch, vielleicht würde er Söhne haben, die das erleben würden, und *ihre* Söhne würden vielleicht als Blutsbrüder der Zauberer sogar weit draußen unter den Sternen kämpfen.

Er selbst würde sich damit zufriedengeben müssen, seinen letzten Schluck aus Wandelnder Steins Hirnschale zu trinken.

Der Pfad zum Hügel hinauf wurde steiler. Wilder Bär ging noch langsamer und hob seinen Speer gegen das Kind des Feuers. Er würde Wache halten, wie es die Sitte vorschrieb, und auch selbst sein Urteil abgeben. Dann würde er das Pferdeopfer vollziehen.

Er würde es allerdings allein vollziehen, ohne daß jemand ihm half. Falls er die Götter *wirklich* ergrimmt haben sollte, dann sollte ihre Strafe auch direkt auf ihn fallen.

2

Tylara wachte mit Kopfschmerzen auf. Es war ein Gefühl, als würden in ihrem Kopf große Kanonen abgefeuert. Immer wenn sie atmete, stachen ihr stumpfe Messer in die Rippen. Ihr linkes Handgelenk und ihr rechter Knöchel schmerzten so stark, daß sie froh war, daß sie im Bett lag und sich nicht zu bewegen brauchte.

Es war kein besonderes Bett – unter sich fühlte sie Stroh, und sie roch die feuchten Schaffelle, mit denen sie zugedeckt war –, aber es war ein Bett in einem Gebäude. Um sich herum sah sie weißgetünchte Wände und über sich ein Strohdach. Der Gedanke, daß sie sicher in einem Bett lag, vor dem Wetter geschützt und vielleicht in den Händen von Freunden, ließ sie so stöhnen, wie sie es vor Schmerz nicht hätte tun können.

Sie hatte sich als Opfer in die Hände der Götter gegeben, um ihre Rache von ihrem Gatten und ihren Kindern abzuwenden, von Chelm, Tamaerthon und Drantos. Sie dürfte nicht mehr lachen. Sie *konnte* nicht mehr leben, es sei denn, die Götter hätten ihr Opfer zurückgewiesen.

Was sie jetzt empfand, war schlimmer als der Schmerz ihrer Wunden, obwohl sie seit der Geburt ihrer Tochter Isobel nicht mehr solche Schmerzen hatte ertragen müssen. Es war eine so tiefe Verzweiflung, wie sie sie nicht empfunden hatte, seit sie in Sarakos' Schlafraum kauerte und sich fragte, wer als nächstes kommen würde, Sarakos oder die alte Frau mit der Peitsche.

Sie war nicht so sehr über sich selbst verzweifelt, obwohl sie wußte: wenn die Götter ihr nicht erlaubten, ihr Leben für das Caradocs hinzugeben, würden sie etwas viel Schrecklicheres verlangen. Sie war verzweifelt wegen der unschuldigen Männer und Frauen, die nun mit ihr zusammen in die Dämonengrube herabgezogen würden, die nur die Götter kannten.

Außer, daß man in einer Dämonengrube wußte, daß man schon tot war und daß es nicht schlimmer werden konnte. Tylara wußte, daß die Bestrafung ihres Gatten, ihrer Kinder, Gantons – alle so beginnen würden wie ihre eigene, nämlich während sie noch lebten, so daß sie das Schreckliche grausam erfahren mußten.

Stolz zwang sie, sich die Faust hart an den Mund zu pressen, um ein weiteres Stöhnen zu unterdrücken. Wenig später sah sie Gesichter, die sich über ihr Bett beugten. Eine Frau und zwei Männer. Einer der Männer war bewaffnet, während der andere ihr vage bekannt vorkam. Sie glaubte, ihn zu kennen, aber sie konnte sich an seinen Namen nicht erinnern. Die Frau wusch ihr Gesicht und Hals, und der Mann hielt ihr einen Becher mit kaltem Wasser an die Lippen, das nach Wein und Kräutern schmeckte. Sie machten irgend etwas mit ihrem Handgelenk, ihrem Fußknöchel und ihrem Kopf, das zugleich schmerzte und Schmerzen linderte.

Sie versuchte immer noch, sich an den Namen des Mannes zu erinnern, als ihre Lider schwer wurden. Sie schloß die Augen.

Als Tylara zum zweiten Mal aufwachte, waren die Schmerzen in ihrem Kopf nur noch wie Musketenfeuer, nicht mehr wie das von Kanonen. Sie erkannte, daß ihr Fußknöchel verstaucht und geschwollen war, und daß sie sich wahrscheinlich das Handgelenk und mindestens zwei Rippen gebrochen hatte. Außerdem merkte sie, daß sie einen furchtbar leeren Magen hatte.

Der Gedanke an Nahrung verursachte ihr Übelkeit. Die Geräusche und die Bewegung riefen ihre Pfleger herbei. Jetzt wußte sie, wie der Mann hieß, der ihr bekannt vorgekommen war. Es war Apelles. Er hatte sich das Gesicht gewaschen und irgendwo eine saubere Robe gefunden. Er lächelte, als er ihr Handgelenk hob, um den Verband zu prüfen.

»Meinen Gruß, Lady Eqetassa. Ich freue mich, Euch wach zu sehen. Das ist ein gutes Zeichen.«

Tylara versuchte den Kopf zu drehen. Das ließ die Muskeln in ihrem Kopf ganze Salven feuern, aber sie sah, daß an der gegenüberliegenden Wand jetzt ein Teppich mit Drachen hing, die *Himmelsfeuer* spuckten. Auf dem Fußboden lagen Matten aus frischen Binsen, und die nassen Felle waren durch trockene Pelze ersetzt worden.

Tylara war nicht sicher, ob ihre allmähliche Genesung ein Grund zur Freude war. Es war nicht unwahrscheinlich, daß sie allen viel Ärger ersparte, wenn sie starb. Sie wußte auch, daß sie an diesen Wunden kaum sterben würde, selbst wenn sie jede weitere Behandlung ablehnte – aber wenn sie das tat, würde man sie zweifellos wie eine Verrückte behandeln und nur noch mehr über ihr Schicksal bestimmen.

Ihre Gedanken mußten in ihrem Gesicht zu lesen gewesen sein. Apelles runzelte die Stirn und zeigte auf die Tür. Die Frau und der Bewaffnete gingen hinaus. Tylara sah den zerfetzten und schlammbespritzten Mantel, den der Mann über seinem kurzen Panzerhemd trug. Er war früher weiß und grün gewesen – die Farben von Ta-Meltemos.

»Apelles«, sagte Tylara, als sie allein waren, »wer ist denn hier der Gefangene – dieser Soldat Strymons oder …?«

Apelles mied ihren Blick. Diesmal hatte sie die Kraft zu weinen, aber ihr Stolz hielt ihre Augen trocken.

»Morrone führte einen letzten Angriff, als die Bogenschützen zurückwichen«, sagte Apelles. Er sah sie immer noch nicht an und beschäftigte sich damit, sich die Hände und Füße zu waschen. »Strymons Ritter waren darauf nicht vorbereitet. Sie dachten, die Schlacht sei schon gewonnen. Die Ritter von Drantos trieben die Ta-Meltemos vom Feld.«

»Dann haben wir also gesiegt?« fragte Tylara erstaunt.

»Nein. Strymon gelang es, seine Kräfte wieder zu sammeln, und er wehrte Morrones Angriff ab. Drantos war schon geschlagen, als er Morrone zum Zweikampf herausforderte. Von diesem Zweikampf werden die Barden noch tausend Jahre singen. Morrone schlug sich hervorragend, aber er wurde vom Pferd gestoßen und dann betäubt. Anschließend ergaben sich die Ritter, die noch auf dem Feld waren, zu den üblichen Lösegeldbedingungen. Die Vierten Pikeniere ergaben sich ebenfalls. Sie behielten Leib und Leben.«

»Und die tamaerthanischen Bogenschützen? Morrones Truppen?«

»Die meisten seiner Truppen warteten nicht den Ausgang des Angriffs ab, sondern flohen vom Schlachtfeld. Die Tamaerthaner ... sie rückten vor ... sie rückten vor ...«

»Sie sind zu weit vorgerückt, weil sie versuchten, mich zu retten, und dann konnten sie sich nicht mehr zurückziehen?«

»Gut zweihundert konnten sich zurückziehen, Lady Eqetassa.«

Zweihundert von mehr als achthundert. Wieder einmal hatte sie die Stammesleute zur Schlachtbank geführt, wie sie es schon gegen Sarakos getan hatte. Hätten sie fliehen und Strymon weiter lästigfallen können, wenn sie sie nicht alle hinter sich hergezogen hätte?

Nur die Götter kannten die Antwort darauf. Sie wußte nur, daß ihr Volk schon einen Teil der Strafe erlitten hatte, die sie durch ihr Opfer hatte abwenden wollen. Sie hatte die Männer verraten, so wie sie Caradoc verraten hatte, und ihr Blut klebte genauso an ihren Händen wie seines.

Schlimmer noch, sie hatte grobe Fehler gemacht. Rick hatte nur mit tamaerthanischen Pikenieren und Bogenschützen eine römische Legion besiegt! *Wären sie von mir richtig eingesetzt worden, hätte Morrone vielleicht das Feld behauptet.*

Sie machte ein animalisches Geräusch in der Kehle und versuchte zu schlucken, aber um ihre Kehle schien sich ein Eisenband gelegt zu haben. Dann war Apelles neben ihr, und eine überraschend kräftige Hand packte ihr rechtes Handgelenk.

»Lady. Es ist nicht ganz unbekannt – was Ihr zu tun versuchtet. Ich weiß nicht, warum Ihr ein solches Urteil über Euch fällt. Ich will es auch nicht wissen, es sei denn, Ihr wolltet es mir aus freien Stücken erzählen. Ihr tätet allerdings sehr gut daran, es mit Yanulf zu besprechen, wenn es Euch solche Last auf die Seele legt und Ihr mit Eurem Lord und Gatten nicht darüber sprechen könnt.«

Tylaras Augen füllten sich mit stummen Tränen.

»Ich kann nur dies sagen: Ihr fürchtet, die Götter hätten Euch eines Opfers für unwürdig befunden und würden eine andere Strafe bereithalten.«

»Ist nicht eine verlorene Schlacht, sind nicht Tausende von Toten, ist nicht die Tatsache, daß Drantos den Feinden offenliegt, Strafe genug in den Augen jedes Gottes und jedes Menschen?«

Apelles' Gesichtsausdruck verriet ihr, daß sie so laut gesprochen hatte, daß man sie außerhalb des Raumes hatte hören können. Sie sprach leise weiter. »Apelles, Ihr sollt mich nicht wie ein Kind behandeln.«

Jetzt sagte ihr sein Gesicht, daß er ihr nicht den Gefallen tun würde, die Beherrschung zu verlieren. Dann lächelte er.

»Lady Eqetassa, ich bin nur ein geweihter Priester Yatars. Deshalb bin ich mir Seines Willens und des Willens Seines Sohnes Christus nicht so sicher wie Ihr es zu sein scheint. Ich nehme an, es ist möglich, daß unglaubliche Schrecken auf Euch und die Euren warten, weil Ihr als Opfer nicht für würdig befunden wurdet.

Und doch halte ich es für wahrscheinlich, daß Eure Sünde, worin sie auch immer bestanden haben mag, eine solche war, daß Yatar dafür nicht Euer Leben und das Leben Eures Volkes fordern würde. Es gibt nur wenige so große Sünden. Und hütet Euch davor anzunehmen, die Urteile der Götter seien immer so einfach, daß Menschen sie leicht verstehen könnten.«

»Ein schwacher Trost ...«

»Hört mich zu Ende an. Lady, ich weiß, daß es für Euch ein schwacher Trost ist. Was würdet Ihr denn als geeigneten Trost empfinden, den ich Euch, als Priester durch Eide Yatar verpflichtet, nicht spenden kann, wenn gesunder Menschenverstand dem vielleicht auch entgegensteht. Wollt Ihr bei Yatar, Wotan, Hestia und Eurer eigenen Ehre schwören, niemals Hand an Euch selbst zu legen, und auch nicht Mittel und Wege ersinnen, Euch durch andere dabei helfen zu lassen? Wenn Ihr es nicht wollt, muß ich Prinz Strymon die Angelegenheit unterbreiten.«

Tylara wußte jetzt, warum Apelles ihre gesunde Hand gepackt hatte, bevor er anfing zu sprechen. Wenn sie frei gewesen wäre, hätte sie irgend etwas nach ihm geworfen. Mit Stahl in der Hand ...

Und ob er nun recht hatte oder nicht – und vielleicht war der Wille der Götter *wirklich* schwerer zu erraten, als sie gedacht hatte, als sie gegen die Feinde anritt –, er hatte sie gewiß so fest im Griff wie ein eingewickeltes Baby in einer Wiege. Sie mußte weiterleben. Sie hatte dabei nur die Wahl, ihre Geheimnisse für sich zu behalten oder die Schande zu erleben, daß sie vor einem Todfeind ausgebreitet wurden.

»Bei Yatar, bei Wotan, by Hestia und beim Leben meines Sohnes Mikail und meiner Tochter Isobel schwöre ich, mir nichts anzutun – während ich Prinz Strymons Gastfreundschaft genieße.«

»Yatar und Christus mögen Euch segnen, Lady.«

Tylara mußte lächeln. »Ich denke, wir haben genug Zeit damit verbracht, zu raten, was die Götter wünschen. Wäre es möglich, daß man mir etwas zu essen bringt? Ich habe nicht geschworen, daß ich Euch nicht den Arm ausreiße und ihn abnage, wenn man mich hungern läßt!«

»Prinz Strymon hat befohlen, daß Ihr und Lord Morrone von seinem eigenen Tisch bedient werdet. Ich werde Euch sofort etwas bringen.«

»Ich danke Euch, Apelles.«

Der Priester verschwand, und die Frau und der bewaffnete Mann betraten wieder den Raum. Tylara fiel ein, daß sie sich gar nicht nach Morrones Befinden erkundigt hatte. Nun, Morrones Schädel war dick genug. *Er hat ohnehin nicht viel Verstand. Hoffentlich haben sie ihm nicht noch mehr aus dem Hirn geklopft.*

Die Mahlzeit bestand aus einer mit Gerste verdickten Fleischbrühe und einem kleinen Stück Brot. Sie verlangte dreimal so viel, aber dieses Verlangen wurde von Apelles freundlich ignoriert. Wenigstens erlaubte er ihr, die Suppe selbst zu löffeln. Während sie aß, öffnete der Wachsoldat die Läden des einzigen Fensters, das der Raum hatte. Tylara sah draußen einen Misthaufen, einen Schweinekoben, und dahinter sah sie die Wahre Sonne untergehen. Apelles brachte den gewohnten Schlaftrunk, diesmal einen größeren Becher – einen silbernen Becher mit seinem stilisierten Wappen –, und von irgendwo her kam eine magere braunweiße Katze und rollte sich am Fuß des Bettes zusammen. Durstig trank Tylara den Becher leer und streckte sich unter ihren Pelzen aus.

Dabei fiel ihr ein, daß sie sich bei ihrem Gespräch mit Apelles verhalten hatte, als hätten ihr die Götter erlaubt, Caradocs Tod und die verlorene Schlacht ganz einfach zu vergessen. Diese Schuld war noch unbeglichen, und durch den Tod der Bogenschützen, die ihr zu Hilfe gekommen waren, hatte sie neue Schuld auf sich geladen. Außerdem war sie den Angehörigen der gefallenen Männer verpflichtet.

Das war allerdings ein guter Grund, am Leben zu bleiben. Es gab noch einen weiteren Grund: Sie konnte vielleicht mehr über Strymons Lager erfahren, über seine Armee und möglicherweise sogar über seine Pläne. Es müßte eine Möglichkeit geben, ihren Gatten und Wanax Ganton über alles zu informieren.

Haben die Götter mich dadurch bestraft, daß sie mich am Leben lassen, damit ich den Schaden, den ich angerichtet habe, wieder gutmache?

Die Bewegungen der Sänfte, in der Tylara saß, veränderten sich, als die Träger den Schritt wechselten, um auf einer Holzbrücke den Fluß zu überqueren, der als Sigbard's Run bekannt war. Tylara schlug die Seitenvorhänge zurück und schaute nach draußen. Der Wasserspiegel war abgesunken, und die Strömung war langsamer als vor sieben Tagen, als sie zum ersten Mal das ihr zugewiesene Farmhaus verließ, um über den Fluß getragen zu werden.

Das überraschte sie nicht; es hatte seit zwölf Tagen nicht geregnet, und außer an tiefgelegenen Stellen war der Schlamm, der die Gerätewagen beider Seiten aufgehalten hatte, verschwunden. Die Überlebenden der Tamaerthaner und der Truppen Morrones würden in den Hügeln nicht mehr kalte Nahrung zu sich nehmen und in feuchten Lumpen unruhig schlafen müssen. Wahrscheinlich bereiteten sie Hinterhalte gegen die Patrouillen von Ta-Meltemos vor. Gewiß würden sie auch Nachschubwagen der Ta-Meltemos plündern, Vieh und gar Pferde davontreiben und unaufmerksamen Wachposten der Ta-Meltemos die Kehle durchschneiden.

Unter dem Schutz des schlechten Wetters hatten sie das inzwischen schon oft getan. *Tamaerthanische Stammeskrieger und Geächtete aus dem Süden. Es ist noch nicht so lange her, daß Drantos ganz Tamaerthon lediglich als Heimat von Banditen betrachtete. Kein Wunder, daß Strymons Offiziere mir finstere Blicke zuwerfen. Sie müssen durch unsere Leute viele Männer verloren haben.*

Rick hat es einmal als ›Guerillakrieg‹ bezeichnet. Ritterschaft und Bauern hatten damit Sarakos und Parsons schwere Verluste zugefügt. Jetzt war Strymon an der Reihe. Zweifellos würde es eine Abrechnung geben, aber bis dahin konnte Tylara Trost finden in ihrer wiederkehrenden Gesundheit und Kraft und in dem Wissen, daß ihr Volk Rick half, diesen Krieg zu gewinnen.

Sie zweifelte nicht im geringsten daran, daß er siegen würde. *Die Götter hassen ihn nicht. Er hat keinen Anteil an meiner Sünde.*

Es waren kaum hundert Schritte von der Brücke bis zu

dem Haus eines reichen Bauern, das als Quartier für Tylara eingerichtet worden war. Strymon hatte ihr Unterkunft auf der Burg von Bheroman Ajacias angeboten, aber allein bei dem Gedanken, von diesem Verräter auch nur ein Stück Brot anzunehmen, drehte sich ihr der Magen um.

Das allein wäre Grund genug, aber sie vermutete, daß Ajacias eher mit Prinz Teodoros verbündet war, einem jüngeren Bruder von Prinz Strymon, als mit Prinz Strymon selbst. Den Ruf, ein ehrenhafter und ritterlicher Mann zu sein, verdiente Strymon voll und ganz. Bei seinem Bruder war sie da nicht so sicher, und erst recht fürchtete sie die Männer um Prinz Teodoros. Besonders unheimlich war ihr ein stämmiger Priester Wotans, der redete wie ein Mitglied des Königlichen Rats, sich aber wie ein Krieger bewegte. An dem wenigen, was sie ihn hatte reden hören, erkannte sie, daß er viel zuviel über Drantos und Tamaerthon wußte, und sogar über Ricks Sternenkrieger.

Die Sänftenträger hatten fast das Haus erreicht, als etwa zehn Reiter die Zügel verhielten. Die behelmten, mit Streitäxten bewaffneten Männer umringten einen großen barhäuptigen Mann in einer silbernen Rüstung. Sein blondes Haar glänzte in der aufgehenden Wahren Sonne. Er trug einen Mantel von nikeianischem Rot und ein Reichsschwert mit elfenbeinernem Griff. An seinen Ohrläppchen blitzten Juwelen. Tylara lächelte; man konnte nicht sagen, daß Prinz Strymon stolz auf sein gutes Aussehen war, aber er versuchte es auch nicht direkt zu verbergen!

Tylaras Lächeln verschwand, als er vom Pferd stieg. Prinz Strymon war so freundlich wie ein Kriegshelm.

»Willkommen Lord«, sagte Tylara. »Ich bitte euch einzutreten, aber werdet Ihr mir ein paar Minuten Zeit lassen?«

Er nickte kurz und ging auf und ab, während Apelles Tylara ins Haus führte und auf einem kleinen Sofa Platz nehmen ließ. Er legte ihr gerade eine helle Seidendecke über die Beine, als Prinz Strymon ungebeten hereinstürmte. »Laß uns allein«, befahl er Apelles.

»Eure Hoheit«, protestierte Tylara, »Apelles ist ein geweihter Priester Yatars. Seine Eide ...«

»Ich kenne die Eide der Yatar-Priester. Ich weiß auch, daß ihr Herr Yanulf ist, der Kanzler von Drantos, und daß die Hälfte der Yatar-Priester diesem Yanulf folgen, ganz gleich, in welchem Land sie dienen.«

Tylara wurde zornig. »Zweifelt Ihr an meiner Ehre?«

Strymon zeigte eine ermutigende Version seines normalen Lächelns. »So wenig, Lady Eqetassa, wie ich an Eurem guten Aussehen und Eurer scharfen Zunge zweifle. Aber zweifelt Ihr an meinem Verstand? Ich möchte mit Euch allein sprechen.«

Tylara seufzte. »Bitte, Apelles ...«

»Gewiß, Lady. Ich werde draußen warten.«

Apelles verließ den Raum; zwei Wachen Strymons brachten Honigkuchen, hübsche, mit Muscheln ausgelegte Bronzebecher, einen Krug Wasser und einen zweiten mit Wein. Ein dritter brachte einen kleinen mit Elfenbein und Silber besetzten Klapptisch. Während einer Kampagne verhielt sich Strymon fast wie ein Römer. Er genoß den Luxus eines Prätors, aber er befestigte auch seine Lager, schickte Späher aus, kümmerte sich um sanitäre Anlagen – und mischte den Wein zur Hälfte mit Wasser.

Genau das tat er nämlich jetzt und füllte zwei Becher. Tylara nippte an einem. Die braunweiße Katze, die Tylara zugelaufen war, sprang auf das Sofa. Zerstreut brach Strymon ein Stück von dem Honigkuchen ab und reichte es der Katze. Sie nahm den Bissen und sprang auf den Fußboden.

»Lady. Ich kann mir nicht vorstellen, daß Sie nicht wissen, daß die Überlebenden Ihrer – Ritterschaft von Drantos in den Hügeln um uns herum immer noch gegen uns kämpfen. Der Nachschub und die Botschafter sind nicht sicher, es sei denn, sie werden von hundert oder mehr bewaffneten Reitern begleitet. Viele Männer wurden, von Möwenfedern durchbohrt, zu Wotan geschickt, ohne daß sie den Feind überhaupt gesehen hätten. Andere schliefen zu dritt unter einer Wolldecke, und als der mittlere morgens aufwachte, lagen seine Kameraden mit durchschnittenen Kehlen da.«

Tylara erinnerte sich daran, daß Rick einmal erzählt

hatte, daß solche Tricks auch auf der Erde angewandt wurden, zum Beispiel von Kriegern, die in einem Land namens Vietnam kämpften. »Ihr klagt doch gewiß nicht darüber, daß meine Leute den Euren zeigen, wie dumm es ist, auf Posten zu schlafen? Wenn meine Leute ihre Arbeit verrichtet haben, wird Euch eine kleinere Armee zur Verfügung stehen, aber ganz gewiß eine bessere.«

»Dies ist kein Anlaß für Scherze. Ich will, daß das aufhört!«

»Das ist leicht zu bewerkstelligen. Laßt uns frei und kehrt in Euer Land zurück. Dann werden wir Euch nicht mehr belästigen.«

»Für diese Halsstarrigkeit könnte es einen Blutpreis geben. Und es wäre nicht Euer Blut allein.«

»Drohungen, Hoheit? Gegen Gefangene? Euch genügen wohl nicht die Lieder, die die Barden über Euren Zweikampf mit Morrone singen werden. Ihr wollt, daß sie auch über Eure Ehrlosigkeit singen.«

»Lady ...«

»Eure Hoheit, Ihr könnte mir und Lord Morrone nichts antun, was Euch in den Hügeln auch nur den kleinsten Sieg bringen könnte. Ihr würdet nur einen Krieg bis aufs Messer erreichen. Ihr glaubt, Ihr habt einen Sieg errungen, weil Ihr besser wart als ein närrischer Gefährte des Königs und eine Frau. Wartet, bis Ihr nicht den Rittern von Drantos gegenübersteht, sondern Römern und tamaerthanischen Pikenieren und Bogenschützen, die sogar schon Römer besiegt haben, von den Großen Kanonen und Musketen – und Sternenwaffen – ganz zu schweigen. Wartet, bis Ihr dem Wanax Ganton gegenübersteht, der euch ebenbürtig ist, und Lord Rick, der besser ist als wir alle! Wenn Ihr besser seid als *sie,* erst dann mögt Ihr Euren Sieg verkünden.«

»Genug!«

Tylara lächelte. »Vergebt mir, Eure Hoheit. Ich bezweifle nicht Euren Mut. Ich warne Euch aber. Wenn mir ein Leid geschieht, wird Lord Rick Eure Armeen zerschlagen, und er wird die Stammeslosen von Tamaerthon ausschicken, und sie werden Ta-Meltemos bis auf die Knochen zernagen. Und das ist so gewiß wie irgend etwas, das ein Sterblicher wissen kann.«

»Euer Lord oder Wanax Ganton mögen mehr Wert auf Leib und Leben derer legen, die ich gefangenhalte. Seid Ihr sicher, daß Ihr für sie sprechen könnt?«

»Hah! Wer kann schon für einen Wanax sprechen? Aber glaubt Ihr, ich hätte einen Narren geheiratet, oder ich hätte viele Jahre mit ihm zusammengelebt und ihm Kinder geboren, ohne ihn zu kennen? Für ihn darf ich sprechen; und ich sage Euch, er kennt schreckliche Dinge, und in seinem Zorn wird er sie gegen Euch alle verwenden. Ihr habt gewiß gehört, daß er und seine Männer nicht von dieser Welt sind. Ich sage Euch, das ist wahr. Und hütet Euch. Wenn Ihr dem Wenigen, was für ihn in dieser Welt wertvoll ist, Schaden zufügt, könnte er dieser Welt den endgültigen Untergang bereiten.«

Strymon war nachdenklich geworden. Er nahm ein Papier aus seinem Handschuh, schaute darauf und steckte es wieder weg. »Lady, viele sind gegen mich marschiert. Keiner ist zurückgekommen. Ich stehe auf Eurem Land, nicht Ihr auf meinem.«

Tylara lachte. »Verzeiht mir, Hoheit. Auch hier bezweifle ich nicht Eure Fähigkeiten. Aber fragt Euch dies: Mit Hilfe des Verräters Parsons konnte Sarakos Drantos erobern, aber er konnte es nicht halten. Drei Tage nachdem Lord Rick Parsons getötet hatte, trieb er die Armeen der Fünf Königreiche aus unserem Land. Wäre er jetzt nicht zu mehr imstande, jetzt, wo er seine Kräfte gesammelt hat? Ich sage Euch, Ihr wißt nicht, mit wem Ihr es zu tun habt.

Bedenkt die Sternenwaffen, deren kleinste einen Mann auf vier Stadien Entfernung töten kann. Es gibt eine andere Waffe, die nach einem König aus einer anderen Welt benannt ist, mit der Lord Rick aus zwei Bogenschußweiten ein Burgtor in Splitter reißen kann. Wie lange könnte Eure Burg dagegen bestehen?«

»Ich nehme an, das wird davon abhängen, ob die Burg mehr Tore hat als dieser – Carl Gustav – Bomben.«

Tylara brach der kalte Schweiß aus. Strymon wußte sogar

den Namen der Sternenwaffe! Was wußte er sonst noch? Und aus welchen Quellen?

Einen Augenblick lang spielte sie mit dem Gedanken, zu versuchen, Strymon zu töten. Lächerlich. *Außerdem wäre es unehrenhaft, und was er weiß, weiß auch sein Bruder.* »Das ist nur eine der Waffen meines Gatten«, sagte Tylara. »Er hat mehr. Viel mehr. Eure Spione haben Euch die Wahrheit berichtet; die Sternenwaffen sind wie Bogen – nutzlos, wenn die Pfeile fehlen. Es stimmt sogar, daß wir nicht so viele Pfeile haben wie Ihr Burgen. Wir haben genug, um jede Burg zu zerschmettern, die unglücklich genug war, Euch und Eurer Familie Unterschlupf zu gewähren. Und sicherlich habt Ihr gehört ... Nein! Ich habe genug gesagt. Aber bedenkt all diese Dinge, bevor Ihr die Hand gegen einen Eurer Gefangenen hebt.« Sie lachte. »Meine Tamaerthaner draußen in den Hügeln werden sich geschmeichelt fühlen, wenn sie hören, daß Ihr sie für eine so große Bedrohung haltet, daß Ihr sogar bereit seid, etwas Unehrenhaftes zu tun.«

Tylara nippte an ihrem Wein und schaute zu, wie er sich erneut einschenkte.

Er ließ sich Zeit dabei, und als er sich ihr wieder zuwandte, war sein Gesicht ausdruckslos. Dann lächelte er plötzlich. »Ich wußte, daß es nicht funktionieren würde«, sagte er. »Aber Matthias fand, es sei einen Versuch wert. Lady, ich plante nichts Unehrenhaftes, aber wenn ich Euch hätte überreden können, hättet Ihr Euren Männern vielleicht die entsprechenden Befehle gegeben.« Er zuckte die Achseln. »Ich schuldete meinen Soldaten diesen Versuch.«

Tylara lächelte, aber dann überlegte sie. Würde dies bei Morrone funktionieren? Aber unter Strymons Bewachung konnte sie sich nicht mit ihm in Verbindung setzen. Tylara trank noch einen Schluck Wein und griff nach einem Honigkuchen. Sie hatte den Teller noch nicht berührt, als er sie plötzlich am Handgelenk packte.

»Moment, Lady. Wo ist die Katze?«

»Ihr gabt ihr ein Stück von dem Kuchen. Dieser schamlosen kleinen Bettlerin. Seitdem habe ich sie nicht mehr gesehen.«

»Ich auch nicht.« Strymon stellte den Teller außerdem Tylaras Reichweite auf eine Bank und schaute sich im Zimmer um. Dann kniete er sich auf den Fußboden und schaute unter das Sofa. Wenig später hörte Tylara einen gemurmelten Fluch, und er richtete sich wieder auf. Er hielt die Katze in beiden Händen.

Die Katze hing schlaff herab, die Augen geschlossen, und aus ihrem Maul tropfte blutiger Schaum.

3

Entsetzt starrte Strymon die Katze an. »Wachen! Zu eurem Prinzen!«

Krachend öffnete sich die Tür, und fünf von Strymons Wachen wollten durch eine Tür stürzen, die für zwei fast zu schmal gewesen wäre. Sie gruppierten sich neu und traten ein, und ihnen folgte Apelles. Einer der Wachen hob seine Axt und wußte nicht recht, wer den Prinzen hier bedrohen könnte.

»Halt! Bewache diese Lady!« Strymon winkte, und die Wache ließ die Waffe sinken. Zwei Wachen postierten sich zu beiden Seiten des Sofas. Die anderen stellten sich an die Tür.

»Hol Gythras!« schrie Strymon. Der fünfte Mann salutierte und rannte aus dem Zimmer. Apelles kniete sich auf den Fußboden, um die tote Katze zu untersuchen.

Tylara beobachtete Strymon, der wütend im Zimmer auf und ab ging. *Er muß unschuldig sein. Kein Mann ist ein so guter Schauspieler. Außerdem weiß er, daß mein Tod meine Bogenschützen nicht aus den Hügeln vertreiben würde. Gewiß bin ich in Gefahr, aber die geht nicht von ihm aus.*

Der fünfte Mann kam mit einem Yatar-Priester zurück,

der eine blaue Robe trug. Strymon zeigte auf Apelles und die Katze. »Stellt fest, woran sie gestorben ist.«

Gythras kniete sich neben Apelles. Die beiden Heilkundigen stocherten an der Katze herum und wechselten leise ein paar Worte. Dann stand Gythras auf und roch an dem Teller mit den Honigkuchen.

»Wahrscheinlich Ziegenohrenwurzel, Eure Hoheit. Sie schmeckt ein wenig nach Moschus, aber sie ist süß genug, so daß man sie mit Honig mischen kann.«

»Allerdings«, sagte Strymon. Gythras nahm die tote Katze und den Teller mit den Honigkuchen und ging hinaus. Strymon nickte seinen Wachen zu. Sie verließen den Raum, und Apelles ging mit ihnen. Der Prinz schloß die Tür, zog die Bank näher an das Sofa heran und setzte sich.

»Lady, ich bitte Euch zu glauben, daß ich nicht der Mann bin, der sich durch eine solche Tat entehren würde.«

»Daran habe ich keine Sekunde gezweifelt«, sagte Tylara. »Aber ich vermute, daß weniger ehrenhafte Männer Macht über einen Eurer Köche haben.«

Strymon lächelte grimmig. »Man wird die Köche verhören.« Er winkte eine seiner Wachen heran. »Stellt alle Lagerköche unter Arrest. Bringt den Küchenmeister in mein Zelt und wartet dort auf mich.«

»Eure Hoheit.« Der Mann salutierte und verschwand.

»Wahrscheinlich sollte ich keine Fragen stellen, die Ihr nicht beantworten könnt, bevor die Köche verhört worden sind«, sagte Tylara. »Aber Ihr solltet Euch über Eure eigene Sicherheit Gedanken machen. Wissen wir denn, ob das Gift mir oder Euch zugedacht war?«

Strymons Züge entspannten sich, und Tylara lächelte ihn an. *Kein Mann, Prinz oder nicht, kann widerstehen, wenn er von einer schönen Frau hört, daß sie ihn lieber am Leben weiß.*

»Ich glaube, uns beiden. Gestern abend habe ich kein Geheimnis daraus gemacht, daß ich Euch heute morgen aufsuchen würde.«

Tylara nickte langsam. »Eure Hoheit, wenn es in Eurer Macht liegt, würdet Ihr mir dann meine Sternenwaffe zurückgeben? Der nächste Versuch, mich zu ermorden wird wahrscheinlich mit Stahl erfolgen. Ich bin eine bettlägerige Frau, die nur eine Hand gebrauchen kann, aber mit der Sternenwaffe in dieser Hand kann ich gut bestehen. Es ist – ein Zauber.« Er hob eine Braue, und sie antwortete mit einem Grinsen. »Aber dieser Zauber ist zu schwach, als daß ich jemanden außerhalb dieses Raumes gefährden könnte. Ich könnte kaum eine Eurer Wachen verletzen, geschweige denn die ganze Armee. Und ich könnte mich auch nicht aus diesem Lager befreien – da könnte ich leichter nach Burg Dravan fliegen, indem ich mit den Armen wedele.«

»Ihr verlangt viel.«

»Ihr riskiert viel. Wenn ich getötet werde, wird man immer *Euch* verdächtigen.«

»Das ist wahr.« Er dachte eine ganze Weile nach. »Nun gut. Ihr sollt Eure Sternenwaffe haben. Mit Dank dafür, daß Ihr mir die Möglichkeit gabt, sie zu inspizieren.«

Natürlich hatte Strymon den Colt auseinandergenommen. *Und wenn ich ihn bekomme, wird er mit sieben Patronen geladen sein statt mit acht. Was soll's. Rick sagt immer, daß es nicht mehr lange dauern wird, bis jeder das Geheimnis der Feuerpulverwaffen kennt, und der Sieg wird an den fallen, der den besten Gebrauch von dem macht, was er hat.*

Tylara gab sich betont lässig. »Ich hoffe, Ihr habt das mit der nötigen Sorgfalt getan.«

Strymon legte den Kopf schief und nickte ein wenig ironisch. »Ich bin, wie Ihr seht, unverletzt ... Würdet Ihr Lord Rick die Bitte übermitteln, daß eine solche Sternenwaffe dem Lösegeld für Euch hinzugefügt werde?«

»Ich kann die Bitte übermitteln, aber nur Lord Rick kann sie gewähren.«

»Natürlich.«

»Bei Yatar und Wotan, Eure Hoheit, ich schwöre, daß niemand außer Euren Feinden den Zauber dieser Sternenwaffe kennenlernen wird, so lange ich in Eurem Lager bin.«

Strymon hob Tylaras Hand an die Lippen. Plötzlich

wurde an die Tür geklopft. Strymon ließ ihre Hand fallen und packte den Griff seines Schwertes.

»Herein.« Die Tür öffnete sich, und Apelles betrat den Raum.

»Lady ...«, begann er.

»Es ist schon in Ordnung, Apelles. Seine Hoheit gewährt uns ein paar Minuten, damit Ihr Euch um meine Wunden kümmern könnt.« Sie lächelte Strymon an. »Er wird mir nach dem Essen meine Sternenwaffe bringen.«

»Lady.« Strymon nickte und verließ den Raum, und Apelles fing an, den Verband an ihrem Bein zu lösen.

»Sagt, Apelles, wann werde ich wieder gehen können?«

»In etwa sieben Tagen, Lady. Vielleicht ein wenig früher, aber das bezweifle ich.«

Tylara seufzte. Vielleicht würde sie den Colt nicht nur als Symbol für Strymons ehrliche Absichten brauchen.

Die Lampe an der Tür war schon längst ausgebrannt. Tylaras Augen sahen nur Dunkelheit, und doch war sie sicher, daß sie Geräusche gehört hatte. Vor der Tür oder von oben.

Wieder hörte sie die Geräusche. Oben *und* vor der Tür. Tylara zog ihren Colt unter den Pelzen hervor und entsicherte ihn. Er war mit sieben Patronen geladen. Mochte Yatar dafür sorgen, daß sie nur eine brauchte.

Das Geräusch von oben hörte sich jetzt an, als huschten dort Ratten hin und her. Dann roch sie Qualm. Hatte jemand das Dachstroh in Brand gesetzt?

Einen Augenblick später ...

»Feuer! Feuer! Wachen, rettet Lady Tylara!«

Die Geräusche draußen waren jetzt die von stampfenden Füßen, und dann donnerten Fäuste gegen die Tür. Dann ...

»Nein, Lady Tylara«, schrie Apelles von draußen. »Verrat! Verrat! Ver ...«

Sie mochte gar nicht daran denken, wie man ihn zum Schweigen gebracht haben mochte. Sie hob den Colt und zielte, als die Tür aufflog und zwei Männer hereinstürzten. Sie trugen dieselben Farben wie Strymons Wachen.

Sie schoß dem ersten Mann in den Magen. Er fiel nach rückwärts und riß den andern mit sich zu Boden. Draußen machte sich ein Mann bereit, über die beiden gestürzten hinwegzuspringen, als ein weiterer Mann aus dem Himmel auf ihn zu fallen schien. Der letzte Mann, der noch stand, nahm einen Kurzbogen von der Schulter, als Tylara ihm ins Gesicht schoß.

Apelles taumelte herein. Einer seiner Arme war blutüberströmt, aber in der gesunden Hand hielt er ein Messer, und er stieß höchst unpriesterliche Flüche aus. Ein Dutzend oder mehr Männer von Strymons Armee rannten herbei. Apelles sah jeden prüfend an, bevor er ihn einließ. Plötzlich war der ganze Raum voller Menschen. Tylara sicherte ihren Colt. Ihre Hand zitterte so stark, daß sie sonst vielleicht aus Versehen geschossen hätte.

Sie hörte erst auf zu zittern, als Strymon erschien. Er trug eine Schlafrobe, aber darüber hatte er sich sein Schwert umgeschnallt. Hinter ihm betrat Gythras den Raum, gefolgt von zwei mit Flaschen und Instrumenten beladenen Dienern. Von oben hörte man statt des Knisterns der Flammen nun das Zischen von Wasser, und statt Rauch roch Tylara jetzt Dampf.

Die drei Attentäter, die noch gehen konnten, wurden abgeführt. Während Gythras Tylara untersuchte, kniete Strymon neben den beiden Männern, die Tylara erschossen hatte. Stirnrunzelnd betrachtete er den Mann mit dem Bauchschuß, dann den, dem Tylara in den Kopf geschossen hatte.

»Mögen die Götter uns gnädig sein! Ich hätte nicht gedacht ...«

Zwei Wachen hielten den Toten hoch. Er sah so aus, wie Rick es ihr beschrieben hatte – vorn ein blutiges Einschußloch und der Hinterkopf fast abgeplatzt, so daß Blut und Gehirn heraussickerten.

Gythras unterbrach die Untersuchung und starrte hinüber. Dann machte Apelles ein paar unbeholfene Schritte und stürzte zu Boden. Gythras drehte sich zu ihm um und murmelte Verwünschungen gegen Priester, die sich für Ritter halten und nicht zugeben wollen, daß sie verwundet sind.

Als Gythras sich wieder beruhigt hatte, wurden Sänften für Tylara und Apelles hereingebracht. Gythras mischte einen Schlaftrunk und gab ihn Tylara. Als die Sänftenträger sie aus dem Haus trugen, schlief sie ein – aber es war ein unruhiger Schlaf, in dem sich Strymon zuerst in den Hohen Rexja Toris verwandelte, dann in einen der *Shalnuksi* und schließlich, und das war das schlimmste, in den Wanax Sarakos!

Bei diesem letzten Traum wachte sie schreiend auf und blieb wach bis kurz vor Aufgang der Wahren Sonne.

Als Tylara aufwachte, waren die Wände um sie herum aus Leinwand, und sie hatten keine Fenster. Die Tür war ein Behang, der jetzt halb zurückgeschlagen war. Sie sah ein Stück zertrampelten Boden, auf dem Strymons Wachen praktisch Schulter an Schulter standen. Weiter hinten sah sie ein Zelt in Strymons Farben.

Es war klar, daß man sie in den dem König vorbehaltenen Teil des Lagers gebracht hatte. So sicher wie Strymon hoffte, würde sie hier wohl nicht sein; jedenfalls nicht, so lange Prinz Teodoros und seine Leute noch hier waren. Es war aber ein weiterer Beweis für Prinz Strymons Sorge um sie.

Gythras tauchte so schnell auf, daß er draußen auf ihr Erwachen gewartet haben mußte. Er und eine Priesterin der Hestia untersuchten Tylara von Kopf bis Fuß.

»Durch Yatars Gnade ist sie unverletzt«, sagte Gythras. »Ich danke Hestia ...«

Es kam Tylara vor, als wollten sie nicht so sehr sie, sondern eher sich selbst beruhigen. Nun, das war ihr gutes Recht; ein unangenehmes Schicksal würde die beiden erwarten, wenn sie starb, und ihr schreiendes Erwachen mußte von einem Ende des Lagers bis zum anderen zu hören gewesen sein.

Sie ließen sich Zeit, und als sie gingen, betrat Prinz Strymon selbst das Zelt. Sein Haar war ungekämmt, und er hatte sich nicht rasiert. Unter seinen Fingernägeln sah sie Blut und Asche.

Er zog einen Schemel so nahe an ihr Lager heran, daß er nur zu flüstern brauchte, und setzte sich, ohne ihre Aufforderung abzuwarten. Dann stand er auf und band den Behang los, damit der Zelteingang geschlossen war.

»Euer Priester Apelles lebt«, sagte Strymon. »Er hat einen langen und tiefen Schnitt über Schulter und Arm und hat sehr viel Blut verloren. Er hat Gythras schon gelehrt, wie man die Eiterteufel aus Wasser, Wunden und Verbänden vertreibt, und das erkennt man an dem guten Zustand seiner Wunden. Er wird allerdings eine Zeitlang mit der linken Hand schreiben müssen – wenn seine Wunden nicht doch noch zu eitern anfangen.«

»Liegt das nicht bei Yatar und Hestia?« fragte Tylara. Sie erkannte eine Unruhe in Strymon, die nicht nur mit seiner Sorge um seine Ehre zusammenhängen konnte.

»Ja, wenn Apelles und die anderen Heilkundigen, die sich um Eure Verwundeten kümmerten, von den Sternenmännern die Wahrheit erfahren haben. Es heißt, daß man andere und schlimmere Teufel einläßt, wenn man die Eiterteufel austreibt, wie Apelles es lehrt.«

Man brauchte nicht zu fragen, wer das gesagt hatte. »So hat er mich auch behandelt. Seht Ihr mich von Eiterteufeln heimgesucht?«

»Nein – Lady, warum wollt Ihr, daß Eure Feinde dieses große Geheimnis erfahren? Wenn es stimmt, werden viele Soldaten leben, die sonst gestorben wären. Meine Soldaten.«

»Lord Rick hat befohlen, daß diese Weisheit – und vieles andere, das er weiß – an alle auf dieser Welt weitergegeben wird«, sagte Tylara stolz. »Er sagt, daß Wissen nicht gehortet werden darf, wie ein Geizhals Gold hortet, sondern es muß in alle Winde gestreut werden.«

»Ich – verstehe«, sagte Strymon. »Nun, Lady, fühlt Ihr Euch gut genug, ernsthafte Dinge zu diskutieren?«

»Ich fühle mich ganz gut. Haben Euch die Heilkundigen das nicht gesagt?«

Strymon wurde rot. »Vergebt mir, aber in der Nacht hörten wir Euch schreien – lauter als die Elenden, die wir wegen ihres Mordversuchs an Euch verhörten. Gythras wollte mir nichts sagen, aber mir scheint ...«

»Es war ein Alptraum, Eure Hoheit. Ein Alptraum aus einer Zeit, die ich längst überwunden glaubte.«

Die grauen Augen waren plötzlich so kalt und hart wie die Steine von Burg Dravan. »Dann sind die Erzählungen, die berichten, wie Sarakos Euch entehrt hat, also keine Märchen.« Das klang nicht wie eine Frage.

Tylara mußte zweimal schlucken, bevor sie antworten konne. »Nein. Aber Sarakos ist tot und Nahrung für die Würmer.«

»Die Würmer, die von Sarakos' Leiche fraßen, sind wahrscheinlich daran gestorben.« Sein Gesicht zuckte. »Ich war immer etwas unruhig, weil ich mich geweigert hatte, unter Sarakos zu dienen. Wäre ich dabeigewesen, hätte ich es vielleicht verhindern können – Lady, ich kann Euch nur um Verzeihung bitten. Ich habe zu sehr daran gedacht, meine eigene Ehre zu verteidigen, und nicht, wie ich die anderer verteidigen könnte.«

»Ihr habt nicht wissen können, daß Sarakos nicht nur eine Bestie ist, sondern dazu noch ein Narr ...«, sagte sie, aber Strymon hob die Hand, und sie schwieg.

»Ich mache dem Hohen Rexja keine Vorwürfe, aber sein ältester Sohn hat sich immer benommen, als sei er in einem Haufen von Küchenabfällen gezeugt worden. Sagte ich, ich hätte es nicht besser wissen können, wäre ich unehrlich.«

»Eure Ehre ist rein wie Feuer, Strymon. Und das macht Euch zu einem weniger guten Richter über die, die keine Ehre haben.«

Ungebeten und überraschend, aber in dieser Situation nicht unwillkommen, kam Tylara ein seltsamer Gedanke.

Wie wäre alles abgelaufen, wenn Strymon bereit gewesen wäre, als Captain unter Sarakos gegen Drantos zu reiten?

Wahrscheinlich schlecht für Drantos, vermutete Tylara; die Reiterei und das Fußvolk von Ta-Meltemos hätten Sarakos' Kräfte um ein Drittel verstärkt, von Strymons Fähigkeiten ganz zu schweigen. Das Ergebnis der Schlacht wäre vorgezeichnet gewesen. Aber wenn Sarakos seiner Blutgier und seinen verräterischen Machenschaften nicht mehr ungehindert hätte frönen können, hätte dann nicht ein viel größerer Teil der Ritterschaft von Drantos die Kapitulation als ehrenhafte Alternative angesehen?

Und ihr eigenes Schicksal – was wäre damit gewesen? Sie wäre dann vielleicht niemals Witwe geworden, denn Strymon hätte ihrem Gatten Lamil nicht so übel mitgespielt, wie Sarakos es tat. Er hätte ihn nicht von einem Dutzend Männern festhalten lassen und ihm dann wie einem Schwein die Kehle durchgeschnitten. Strymon hätte sich Lemil im Zweikampf gestellt, und mit großer Sicherheit hätte er ihn besiegt, aber er hätte ihn am Leben gelassen, wenn er bereit gewesen wäre aufzugeben.

Wenn Lamil dennoch gestorben wäre, hätte Strymon die Männer von Burg Dravan ganz gewiß nicht niedergemetzelt. Dann wäre Bheroman Trakon am Leben geblieben und hätte seine Werbung um sie fortsetzen können. Oder vielleicht hätte Strymon selbst ihr den Hof gemacht. Seine erste Frau war ein Jahr vor dem Krieg bei der Geburt seiner Tochter gestorben. Sie konnte sich gut vorstellen, daß er sie früher oder später erobert hätte, mit seinem Charme, seinem guten Aussehen, mit seiner Sorge um ihre Ehre genauso wie um seine eigene …

Und was wäre aus den Sternenmännern geworden, wenn sie keinen Verbündeten gebraucht hätte, um Sarakos zu schlagen und Chelm wiederzugewinnen, und wenn Sarakos keinen Mann wie Parsons gebraucht hätte, um die Guerilleros in Drantos niederzuhalten?

Waren die Götter wirklich so launisch, wenn sie Männern und Frauen ihr Schicksal zuteilten? Und wenn sie so launisch waren, wie konnte man dann überhaupt jemals sicher wissen, was sie verlangten?

Eine weitere Frage an Yanulf – und jetzt merkte sie plötzlich, daß Strymon über die Ereignisse der letzten Nacht sprach, während sie sich in Träumen darüber erging, wie alles hätte ausgehen können.

»... hatte Männer kaufen können, aber diese Männer waren nicht mutig genug, einfach in Eure Kammer zu stürzen und Euer Blut mit eigenen Händen zu vergießen. Hätten sie das getan, wären einige sicherlich durch die Sternenwaffe gestorben, aber die anderen hätten Euch getötet.

Aber so wie es war, entwickelten sie einen ausgeklügelten Plan. Sie teilten sich in drei Gruppen auf, und alle Männer waren als meine Wachen verkleidet. Die erste Gruppe steckte das Dach in Brand. Die zweite gab vor, Euch aus dem Feuer retten zu wollen, aber sobald sie Euch aus dem brennenden Haus geholt hätten, wäre die dritte Gruppe herbeigestürzt und hätte Euch erdolcht. Trotz all dieser närrischen Komplikationen hätten sie ihr Ziel erreichen können, wenn Apelles nicht gewesen wäre. Er erkannte, daß die zweite Gruppe nicht zur Ablösung der Wachen gekommen war, sondern das nur vortäuschte, und er gab Alarm. Der Mann, der ihn verwundete, stieß bei dem Handgemenge die Leiter um. Ein Mann fiel von der Leiter, der andere konnte nicht mehr vom Dach flüchten und kam in den Flammen um.«

Tylara konnte ein Lächeln nicht unterdrücken. Ihre ›Mörder‹ schienen eine Bande hochkarätiger Narren gewesen zu sein. Hatte Yatar ihre Sinne verwirrt, um sie zu retten?

»Habt Ihr – könnt Ihr mir etwas darüber sagen, wer diese Männer bezahlt hat?«

»Matthias, der Wotan-Priester, floh aus dem Lager, bevor die Wahre Sonne aufging«, sagte Strymon. »Mehrere seiner Männer begleiteten ihn. Sie erreichten unsere nördlichsten Vorposten, bevor Alarm gegeben wurde, und erzählten dem Wachoffizier, sie seien in dringenden Angelegenheiten für den Hohen Rexja unterwegs.«

»Das kann man wohl die Wahrheit nennen«, sagte Tylara. »Vor dem Scharfrichter flieht man am besten in großer Eile.«

Strymons Lächeln wirkte ein wenig gezwungen. »Lady, was wißt Ihr über Ta-Meltemos?«

Sie zuckte die Achseln. »Wir hören so einiges ...«

»Ja, ja. Geschichten, die zu wiederholen Ihr zu höflich seid. Aber sie stimmen. Mein Vater hat ein angenehmes und versöhnliches Gemüt. Aber ...« Strymon schluckte heftig. »Ohne Führer findet er nicht mehr von seinem Schlafgemach in den Thronsaal, und seit einiger Zeit wagen wir es nicht mehr, ihn bei offiziellen Anlässen auftreten zu lassen.«

»Davon habe ich gehört«, sagte Tylara leise.

»Beim letzten Mal befragte er den Hohen Marschall von Ta-Boreas über Süßigkeiten und Spielzeug für Kinder.«

»Dann regiert Ihr das Land.«

»Ich muß gestehen, daß ich das nicht tue. Ich bin immer Soldat gewesen. Ihr müßt verstehen, bis vor einigen Jahren war Wanax Palamon der beste Herrscher, den das Land je gehabt hat. Erst als er sich ... veränderte, nahm Toris sich neue Ratgeber, und die ersten Kriege zwischen Drantos und den Fünf Königreichen begannen.«

»Euer Bruder ...«

»War damals viel jünger. Lady, Ta-Meltemos wird von Kanzler Rauros regiert. Issardos schickte ihn uns, und Rauros stand in meines Vaters Gust, als dessen Verfall schon eingesetzt hatte. Nun ist er manchmal ... Lady, es ist nicht leicht, darüber zu reden. Manchmal erkennt Palamos niemanden außer Rauros. Nicht einmal seine eigenen Söhne.«

»Es kann nicht leicht sein, an einem solchen Hof zu leben«, sagte Tylara. »Ich verstehe jetzt, warum Ihr und Euer Bruder lieber ins Feld zieht. An Eurer Stelle hätte ich genauso gehandelt. Prinz Strymon, glaubt Ihr, daß Rauros von diesem Komplott gegen Eure Ehre Kenntnis hat?«

Strymons Lippen wurden zu einem dünnen Strich. »Ich weiß es nicht, aber ich werde es erfahren.«

»Wie?«

»Ja. Das ist die Frage, nicht wahr? Die einzigen Männer, denen ich trauen kann, sind Soldaten, die sich genauso wenig auf Intrigen verstehen wie ich.«

Du brauchst eine Frau. Ich werde eine für dich suchen. Aber vorläufig … »Es gibt Priester Yatars, deren Loyalität der Ehre und den Göttern gilt. Sie könnten Euch gute Diener sein.«

»Priester dieser neuen Religion?«

»Sie ist nicht neu, Hoheit. Sie ist die Religion der Sternenmänner. Wir – die Neuen Christen – ehren alle Gebote Yatars. Aber wir erkennen auch Christus, seinen Sohn an.«

»Ich muß darüber nachdenken.«

»Natürlich. Aber jetzt müssen wir überlegen, wer hinter dem Komplott stecken könnte. Der Hohe Rexja …«

»Auch hier kann ich nur sagen, ich weiß es nicht. Ich kann nichts gegen den Hohen Rexja vorbringen. Auch Teodoros kann das nicht.«

»Habt Ihr ihn gefragt?«

»Ja, Lady. Mein Bruder sagt, er weiß nichts von einem Komplott.« Strymon zuckte elegant die Achseln. »Ich wäre auch sehr überrascht, wenn er etwas davon wüßte. So etwas liegt nicht in seiner Natur.«

»Issardos«, sagte Tylara vorsichtig.

Strymon nickte. »Es würde mich nicht überraschen, wenn Kanzler Issardos die Hände im Spiel hätte. Das würde Krieg bis zum Tod zwischen Ta-Meltemos und Drantos bedeuten. Wenn auch nur die Hälfte von dem stimmt, was Ihr über Lord Ricks Fähigkeiten berichtet – und Matthias hat Lord Rick, wie es scheint, in der Schlacht erlebt –, dann könnte ich in einem solchen Krieg sehr wohl sterben. Dann würde mein Thron Teodoros gehören.«

»Als Issardos' Marionette«, sagte Tylara sanft.

Strymon seufzte. »Ich liebe meinen Bruder, aber – ja. Ich kann Teodoros vertrauen, aber ohne meine Anleitung wäre er kein Gegner für Issardos. Es wäre Issardos wahrscheinlich gleichgültig, wenn Teodoros über Ruinen und Bettler herrschte, solange er nur nicht in der Lage wäre, den Frieden der Fünf Königreiche zu stören.«

»Issardos ist ein Narr«, sagte Tylara. »Die ZEIT wird den

Frieden aller stören, und dem Himmelsvolk wird es noch schlechter ergehen.«

»Vielleicht ist er ein Narr, aber ein gefährlicher.« Er richtete sich auf und nahm die Schultern zurück. »Wenn Ihr schlaft, werdet Ihr von meinen Wachen umgeben sein, und Ihr werdet nichts essen oder trinken, das nicht vorgekostet wurde.« Strymon hob die Stimme. »Der Bäcker, der die Honigkuchen präpariert hat, und die beiden Männer, die gestern nacht Euer Leben wollten, haben eine Verabredung mit dem Henker. Ihre Leichen werden in die Küchenabfälle geworfen und ihre Köpfe auf Stangen durch das Lager getragen werden, und dazu werden Herolde rufen: ›Hier sind tollkühne Verräter, die das Leben der Gefangenen der Krone auslöschen wollten.‹«

Strymon schaute sich im Zelt um. Dann senkte er die Stimme zu einem Flüstern. »Das sollte die weniger Mutigen abschrecken. Da Matthias geflohen ist, haben die Stärkeren keinen Führer mehr. Und wenn diese Maßnahmen nicht ausreichen, das schwöre ich bei Yatar, Wotan und Hestia, werde ich Euch entlassen und zu Eurem Gatten zurückschicken, ohne ein Lösegeld zu fordern.

Ich werde das jedoch erst tun, wenn wir uns noch ausführlicher unterhalten haben. Ich habe über das, was Ihr mir gestern sagtet, nachgedacht, und ich habe meine eigenen Yatar-Priester über das Herannahen der ZEIT reden hören. Mir scheint, daß es für die Fünf Königreiche nie leicht gewesen ist.«

»Das sagt auch mein Gatte.«

Strymon schwieg. Dann drehte er sich um und ging nachdenklich im Zelt auf und ab. Einen Augenblick lang blieb er vor dem Wandbehang stehen und betrachtete die Drachen, die das *Himmelsfeuer* auf eine zerschmelzende Stadt niederregnen ließen. Dann holt er tief Luft und wandte sich wieder Tylara zu. »Lady, es mag Möglichkeiten geben, den Reichen von Drantos und Ta-Meltemos dauerhaften Frieden zu bringen.«

Tylara hielt den Atem an. Sie war eigentlich nicht sehr überrascht. *Aber ich hätte gedacht, es würde länger dauern.* Im stillen dankte sie Matthias und Issardos, die ihr die Arbeit so sehr erleichtert hatten.

Jetzt weiß ich, warum die Götter mich verschont haben. Kann ich diese Aufgabe bewältigen? Tagvater, Krieger, Mutter, ihr habt mir mein Leben zurückgegeben. Nun gebt mir die Kraft und die Wahrheit, es in eurem Dienst anzuwenden.

4

Rick Galloway betrachtete die Karte, die vor ihm auf dem Feldtisch lag. Ein Tintenfaß, ein Dolch und ein Paar Handschuhe hielten ihre Ecken fest und hinderten den heißen Wind vom Westcarp daran, nicht nur den Staub, sondern auch die Karte gegen sein Zelt zu wehen. Wenn Karten Gesichter hätten, sagte sich Rick, dann würde diese ganz besonders mißmutig dreinblicken. Er erinnerte sich daran, daß er seinen ›Generalstabs‹-Klassen immer empfohlen hatte: »Wenn Sie nicht wissen, was Sie als nächstes tun sollen, müssen Sie immer auf eine Karte schauen. Die Karte wird Ihnen fast immer irgend etwas zu sagen haben.«

Die Schwierigkeit dabei war, daß die Karte einem nicht immer etwas sagte, was man nicht schon wußte. Die Karte, die vor ihm lag, war so ein Fall. Die Nadeln mit den blauen Köpfen zeigten die zwölftausend Mann der Armee von Chelm genau da, wo sie gestern und vorgestern und vorvorgestern gewesen waren. Das gleiche galt für die über zwanzigtausend Mann der Armee des Hohen Rexja im Westen.

Es war nicht die zahlenmäßige Überlegenheit des Feindes, die ihm Sorgen machte. Ein Verhältnis von zwei zu eins würde gegen Sternenwaffen und tamaerthanische Bogenschützen nicht ausreichen. Einige der feindlichen Captains waren natürlich Veteranen aus Sarakos' Kampagne. Sie hatten die Bogenschützen und die Waffen in Aktion gesehen und hatten vielleicht Taktiken entwickelt, die darauf abzielten, ihre Wirksamkeit zu verringern. Allerdings würde keine Taktik eine Truppe zusammenhalten, wenn die Eins-Null-Sechs aus fünf Stadien Entfernung ihre Geschosse auf die Formationen des Gegners losließ. Schwarze Magie trug viel dazu bei, die Moral zu brechen – jedenfalls beim ersten Mal. Rick war ziemlich sicher: Wenn er bereit war, fast seine gesamte Munition zu verbrauchen, würde er die Armee aus dem Westen für mindestens sechs Monate kampfunfähig machen.

Das Problem war, daß die Captains des Hohen Rexja nicht nur gelernt hatten, wie man Sternenwaffen begegnet, sondern etwas sogar noch Wichtigeres – sie hatten das Ausspähen gelernt. Vielleicht hatten sie schon immer etwas davon verstanden – sie hatten sehr viel leichte Kavallerie, die auf Zentauren ritt oder auf diesen struppigen kleinen Gäulen, die aussahen wie Hochlandponys. Diese Ponys konnten sich über das ganze Land verteilen und selbst dort noch Futter finden, wo die Pferde der schweren Kavallerie verhungern müßten.

Zweifellos hatten sie in einem Jahr der Kämpfe mit den Westmännern viel gelernt. Diejenigen, die überlebt hatten, waren leichte Kavallerie von einer Qualität, wie Rick sie auf der Seite des Feindes für eine ganze Weile nicht hätte sehen mögen. Jedenfalls hatte er gehofft, sie nicht zu erleben. Eine dumme Hoffnung, wie er jetzt merkte – niemand außer Yatar konnte dafür sorgen, daß der Feind stets langsamer lernte als die eigenen Freunde, und Yatar schien dieses Ding aussitzen zu wollen.

Er konnte also nicht darauf hoffen, Generalhauptmann Ailas überraschen und seine Einheiten einzeln schlagen zu können. Ailas würde rechtzeitig informiert werden und dann seine drei ›Divisionen‹ zusammenziehen. Oder vielleicht würde er mit nur zwei verteidigen und Rick mit der dritten von hinten angreifen. Er könnte sogar bleiben, wo er jetzt war, und brauchte seine Einheiten gar nicht zusammenzufassen. Getrennt würden sie sich besser mit Futter und Wasser versorgen können. Er brauchte nur abzuwarten, wie Rick sich bewegen würde – vorwärts oder rückwärts, es spielte keine Rolle. Solange Rick und seine Männer hier im Westen waren, während die Hauptarmee der

Fünf Königreiche weiter östlich in Drantos eindrang und es von Rom abschnitt, half Ailas seinem König, den Krieg zu gewinnen, ohne einen einzigen Feind zu töten!

Es war auch nicht sehr hilfreich, daß Ricks Armee nur zur Hälfte aus Kavallerie bestand, und daß deren Pferde nicht in bester Verfassung waren. Die Regenfälle hatten aufgehört, und jetzt fingen die Wasserläufe an auszutrocknen. In Kürze würde Rick seine Armee vielleicht bewegen müssen, nur um in der Nähe von Wasser zu bleiben.

Was ich brauche, sind die Tamaerthaner. Pikeniere und Bogenschützen. Dann könnte ich sie hinführen, und zur Hölle mit Ailas. Er kann gute Pikeniere mit schwerer Kavallerie angreifen und abserviert werden, oder er kann sich zurückhängen lassen und wird dann von den Bogenschützen erledigt. So oder so …

Aber das waren müßige Überlegungen, denn er hatte die Pikeniere und Bogenschützen nicht. Die hatte Ganton. *Und ich hoffe zu Gott, daß er sie besser einsetzt als Morrone es getan hat.*

Ich muß dahin, wo die eigentlichen Aktionen stattfinden. Dies hier ist nichts als ein Aufhaltemanöver.

Aber da er nun einmal hier war, würde er bald etwas unternehmen müssen. Wenn er sich ohne Kampf zurückzog, würde er seinen Ruf verspielen, unbesiegbar zu sein. Wenn das passierte, würde er viele Männer verlieren, einige, weil sie keinem glücklosen Befehlshaber folgen, andere, weil sie ihr Land nicht aufgeben wollten und Toris Treue schwören würden, um es zu behalten.

Das würde Tylara nicht gefallen. *Niemals.* Wenn sie sich jemals zusammensetzten, um die Sache mit den Aktivitäten ihrer Mordkinder auszutragen, würde sie behaupten können, er habe seine eigenen Männer und sie genauso übel verraten.

Wieder schaute er auf die Karte. Verlorener Ruf oder nicht, es wäre gut, wenn er mit der Armee weiterrückte, bevor er weiterrücken mußte, um in der Nähe von Wasser zu bleiben. Dann hätte Ailas eine zu gute Chance, ihn vom Wasser abzuschneiden und wenigstens einem Teil seiner

Armee das Schicksal zu bereiten, das die Kreuzritter am Horn von Hattin fanden.

Der Schlüssel zu der Kampagne war diese verdammte leichte Kavallerie. Ailas hatte sie dazu benutzt, vor seiner Armee aufzuklären. Sollte Rick den Feind nicht lieber von hinten beobachten? »Verdammt richtig«, sagte Rick laut. »Aber wen schicke ich?«

Es gab nicht viele Kandidaten. Die Kampfgruppe durfte nur aus Kavallerie bestehen, und es war ziemlich wahrscheinlich, daß sie nicht so bald zurückkehrte. Das schloß aus, daß er selbst sie befehligte, aber der Kommandeur mußte moderne Taktik und moderne Waffen kennen. Es mußte jemand sein, dem sowohl Söldner als auch Tran-Soldaten gehorchten, und er mußte das Gelände so gut kennen, daß er mit einer kleinen Streitmacht die Arbeit einer großen verrichten konnte.

Und auf genau einen Mann traf diese Beschreibung zu.

»Jamiy!«

Seine Ordonnanz erschien, und als er salutierte, knallte er die Hacken zusammen. (Rick fragte sich, wieviel von seinem Einkommen an Bestechungsgeldern Jamiy wohl für Stiefel ausgab, in denen man besonders gut mit den Hakken knallen konnte.)

»Meinen Gruß an Lord Murphy, und ich würde mich freuen, ihn sofort sehen zu können.«

»Sir.«

»... noch ein paar Tage trocken bleibt, wird der Dead-Gunkel-See so flach sein, daß wir hier entlangreiten können.« Ben Murphy beschrieb mit dem Zeigefinger auf der Karte eine Linie.

»Da kämen wir ja Ailas' Zweiter Division ziemlich nahe, nicht wahr?«

»Über dem Ufer liegt zwischen dem See und seinem Lager ein über drei Kilometer breiter Streifen mit Buschwerk und Dickicht. Selbst die Banditen gehen dort nicht sehr gern hin. Dort gibt es nämlich viele Stellen mit

Treibsand und einer Pflanze, die eine wilde Verwandte des Wahnsinnskrauts sein muß. Sie stinkt genauso, sie hat genau solche Dornen, und wenn man sie in seinen Schnaps tut, wird man verrückt.«

»Sie könnten dennoch von Ihren Bewegungen Wind bekommen und am Gorgon-Paß einen Hinterhalt legen, um Ihnen den Weg abzuschneiden.«

»Nicht, wenn wir ein paar schwere Waffen mitnehmen. Wir könnten sie mit einem Mörser wegpusten oder mit der Carl Gustav, und wenn sie rennen, setzen wir mit einem der LMGs nach.« Er runzelte die Stirn. »Ich glaube, Mörser wären besser. Wir brauchen das Ding nicht in Sichtlinie zu haben, seit wir den einheimischen Jungs den Umgang mit Signalflaggen beigebracht haben.«

»Sergeant Murphy, wie zum Teufel kommen Sie darauf, daß Sie überhaupt schwere Waffen bekommen?«

»Captain, ich habe darüber nachgedacht. Ich weiß, daß es ein Risiko ist, denn wir könnten sie verlieren. Aber wenn ich nicht wenigstens etwas von dem großen Zauber mitnehmen kann, werden sich meine Leute fragen, ob sie auf ein Himmelfahrtskommando geschickt werden. Ich würde sie vielleicht gar nicht aus dem Lager herausbekommen, geschweige denn an der Flucht hindern können, wenn es dick kommt. Mit schwerer Feuerkraft können wir doch viel mehr Schaden anrichten. Ich denke, Sie wollen die Bastarde zusammendreschen und nicht nur kitzeln.«

»Sergeant Murphy, in Wirklichkeit meinen Sie damit, daß Sie Ihre Leute nicht ausrücken lassen *wollen*, wenn Sie keine schweren Waffen bekommen.«

»So ungefähr sieht es aus.«

Klar. Und was nun? Ich kann jetzt wirklich keine Krise gebrauchen.

Jamiys ausdrucksloses Gesicht entsprach dem Ben Murphys. Hoffentlich gelang es niemanden, Jamiy diese Geschichte zu entlocken. Ein Sternenmann versucht, mit Lord Rick zu feilschen! Das würde schon eine Geschichte abgeben. Schatten von Parsons' und Gengrichs Meutereien!

Aber eigentlich doch nicht. Hier war es kein Offizier, der sich mit einem aufsässigen Unteroffizier auseinandersetzen mußte. Hier verhandelte der Generalhauptmann von Drantos mit einem Bheroman, der es seinen Leuten schuldig war, sie nicht unnötig Gefahren auszusetzen. Murphy konnte eigentlich gar nicht anders handeln. *Aber ich wette, der Ordonnanz macht es Spaß.*

»Okay, Lord Murphy. Die Carl Gustav können Sie ohnehin nicht haben, und ich würde Ihnen lieber ein paar Gewehrgranaten als ein LMG geben. Sie werden sich wohl keinem massierten Angriff gegenübersehen.«

»Captain, wenn Sie mir ein LMG geben, könnte ich wahrscheinlich meine Truppe mit Wilder Bärs Westmännern verstärken. Sie sind diese Art von Angriffen gewohnt, und wenn sie denken, daß sie ein paar richtig große Zauberer auf ihrer Seite haben … Außerdem sind sie nicht sehr glücklich darüber, daß sie die halbe Zeit im Lager herumsitzen müssen.«

Das stimmte schon. Obwohl Wilder Bär seine Eide geschworen hatte, waren seine dreihundert Krieger in dieser Kampagne noch überhaupt nicht zum Zuge gekommen, denn niemand außer Ben und ein paar seiner Bewaffneten wußte mit ihnen umzugehen. Und es gab nur wenige in der Armee, die ihnen trauten. Es hatte einige unangenehme Zwischenfälle gegeben – nicht viele, wenn man bedachte, daß manche im Lager durch die Westmänner ihre Hütten oder gar ihre Familien verloren hatten, es reichte schon aus, sich Sorgen zu machen.

»Was das LMG betrifft, Lord Murphy, werde ich mich nicht erweichen lassen, aber wie wäre es mit einigen Raketen?«

Das Feilschen dauerte so lange, daß Jamiy mehr Wein holen mußte. Dann kam es zu einem Kompromiß: Eine Abteilung der Ersten Raketen mit fünfundzwanzig Schuß und das tragbare Wurfgeschütz der Zweiten Technischen Abteilung mit zwanzig Bomben, aber kein LMG. Ben wollte zweihundertfünfzig Krieger der Westmänner mitnehmen; der Rest sollte im Lager bleiben, um die Frauen und Kinder und die Ersatzpferde zu beschützen.

»Das sind fast fünfhundert Mann«, sagte Rick.

»Yes, Sir.«

»Das dürfte reichen. Während des Amerikanischen Bürgerkriegs hat Ben Grierson mit nicht viel mehr Leuten General Grants Vormarsch auf Vicksburg aufgehalten, und ihm standen wesentlich bessere Leute gegenüber, als Ailas sie hat.«

»Tatsächlich? Yes, Sir. Ich will's versuchen. Da ist noch etwas ...«

»Ja?«

Murphy schenkte sich noch etwas Wein ein. »Ich brauche Ihre Erlaubnis, mit Wilder Bär Blutsbrüderschaft zu schließen.«

»Um Himmels willen – warum das denn?«

»Captain, es ist so: wenn Wilder Bär mein Blutsbruder ist, kann er nie wieder gegen Sie kämpfen, es sei denn, ich entbinde ihn von seinem, Eid, oder Sie mich von meinem.«

Lieber nicht fragen, was Murphy denn möglicherweise dazu veranlassen könnte, sich von seinem Eid gegenüber seinem Generalhauptmann entbinden zu lassen. »Kein schlechter Gedanke. Weiter.«

»Das wird auch nützlich sein, wenn ich die Männer aussuche, die mitreiten sollen, denn sie werden alle mitkommen wollen, und ich werde einigen befehlen müssen, zurückzubleiben. Wenn ich Wilder Bärs Blutsbruder bin, werden sie es besser aufnehmen. Außerdem muß ich möglicherweise Nachtmärsche befehlen. Wilder Bär macht sich nicht mehr so viele Gedanken über Dämonen, aber viele seiner Leute tun es. Wenn ich geschworen habe, niemals wissentlich einen Krieger in die Nähe von Dämonen zu führen ...«

»Okay, okay. Schwören Sie, was Sie halten können, ohne gegen mich rebellieren zu müssen, aber berichten Sie mir später darüber. Ist das so in Ordnung?«

»Vollkommen, Captain.«

Als Murphy gegangen war, dachte Rick über die neue

Lektion nach, die er gerade gelernt hatte. Nicht die dummen Söldner waren gefährlich. Es gab einige, die glaubten, moderne Waffen erlaubten es ihnen, wie kleine Könige zu leben, aberdie stellten kein Problem dar. Problematisch waren die intelligenten wie Gengrich und Murphy. Diejenigen, die wußten, wie man Loyalität anbietet oder verlangt.

Diejenigen, die wußten, wie man als Feudalherr auftritt.

Ben Murphy stieg aus dem warmen schlammigen Wasser des Stroms. Äste mit rauher Borke und scharfe Grashalme zerkratzten und stachen seine nackte Haut. *Eine Scheißparty. Kein einziges Weib in Sicht. Und wenn eines hier wäre, würde es Dirdre nicht gefallen.* Es war komisch, wie besitzergreifend sie geworden war, seit sie fest miteinander verbunden waren. Dirdre war ein verdammt feines Mädchen, auch wenn sie Lafe Reznick wahrscheinlich nie vergessen würde. Reznick war ein guter Mann gewesen. Die Einweihung des Schreins für Lafe war für Ben einer der schönsten Tage gewesen, seit er auf Burg Westrook lebte. Nun konnten die jungen Männer zum Schrein kommen und Lafes Geist bitten, ihre Waffen zu segnen und ihnen Mut für die Schlacht zu geben …

»Komm, künftiger Bruder.« Wilder Bärs Stimme unterbrach seine Gedanken. »Es ist Zeit zu laufen.«

Sie trabten an der Nordseite des kleinen Tals entlang. Ben knirschte mit den Zähnen, als die Steine und das Buschwerk seine nackten Füße mißhandelten, aber er trieb sich immer wieder an. Er wollte nicht, daß Wilder Bär auf ihn warten mußte.

Als sie ebenes Gelände erreichten, hatte Ben genügend Schweiß produziert, um jeden vernünftigen Gott zufriedenzustellen. *Würde der alte Vater McCarthy nicht einen Anfall bekommen, wenn er das hörte?*

Er stolperte mit dem linken Fuß über eine Wurzel und wäre fast gestürzt. Er brauchte Wilder Bärs warnendes Räuspern nicht, um zu wissen, daß es ein schlechtes Omen für ihre Blutsbrüderschaft wäre, wenn er jetzt auf das Gesicht fiel. Murphy versuchte, an nichts mehr zu denken, und konzentrierte sich auf das Laufen.

Der Feuerdieb versilberte das Wasser des Stroms hinter ihnen und gab so viel Licht, daß Murphy einen Weg durch das Buschwerk fand. Nachtvögel stießen ihre Rufe aus, aber Murphy hörte nur seinen Herzschlag, seine stampfenden Füße und seinen rasselnden Atem. *Benjamin Murphy, du bist verdammt zu alt für diese barbarischen Rituale.* Aber jetzt war es zu spät. Murphy wußte jetzt, daß sich alles auf diesen Eid und auf den morgigen Angriff hin entwickelt hatte, seit Wilder Bär und sein Stamm in die Burg Westrook hineingeritten war.

Die Frauen und Kinder waren der Grund gewesen. Murphy hatte sie nicht zurückschicken können, denn dann wären ihre Männer von Wandelnder Stein und seinen Leuten niedergemetzelt worden. Das hatte er nicht tun können. Genauso gut hätte er sagen können: »Natürlich werde ich mit Vergnügen diesen Schuppen voller Kinder und Großmütter in die Luft sprengen, wenn nur ein paar von ihnen Protestanten sind.«

Der Lauf war zu zwei Dritteln beendet. Noch einen halben Kilometer, dann der Sprung über das Feuer und der Applaus. *Ich bin nie gern gesprungen. Hoffentlich komme ich rüber, ohne etwas zu verlieren, das Dirdre vermissen könnte.*

Aus größerer Nähe war das Feuer weniger furchterregend. Es brannte in einer kleinen Grube, und der von den Seiten der Grube reflektierte Lichtschein ließ es größer erscheinen, als es war. Murphy spannte seine Beinmuskeln an, als er den Rand der Grube erreichte. *Heiliger Jeremias!* Ab geht's – Er segelte über das Feuer hinweg und landete auf den Füßen. Aber das Gras war glatt und der Boden geneigt. Er verlor das Gleichgewicht, hockte auf Händen und Knien vor einem Dutzend Westmännern.

Wilder Bär landete neben ihm auf den Füßen, aber die Stammesleute zischten und murmelten schon. *Nicht zu schnell, Murphy. Was nun? Ah.* Er erinnerte sich an einen der Geschichtsvorträge des Captains. Mit jeder Hand riß er einen Klumpen Erde und Gras heraus und hielt sie hoch, als er wieder auf die Füße kam. »Ich halte dieses Land, das ich mit beiden Händen ergriffen habe«, rief er. »Keiner der Hunde des Hohen Königs wird mich von ihm vertreiben. Zusammen mit meinem künftigen Bruder werde ich sie in ihre Zwinger zurückpeitschen.« Aus seinen Augenwinkeln sah er, daß Wilder Bär grinste. Das Zischen erstarb, und das Gemurmel verstummte.

Sie tranken Wasser aus demselben Becher und schlürften gegorene und mit Blut vermischte Stutenmilch, wieder aus demselben Becher. Sie aßen von demselben mit Salz bestreuten Stück Brot. Es schmeckte scheußlich, aber das war Murphy egal. Das Ritual schrieb vor, daß man ab Untergang der Vatersonne fasten mußte, und jetzt war er so hungrig, daß er auch ein rohes Kaninchen gegessen hätte.

Murphy zog sein Messer. *Eigentlich Wilder Bärs Messer. Ankor hatte es ihm gegeben, als er Gefangener war.* Er hielt es hoch, dann legte er die Klinge an sein Handgelenk. Wenig später reichte er Wilder Bär die Klinge, der ein Gleiches tat. Sie hielten die Schnittwunden aneinander, während jemand anfing, eine Trommel zu schlagen. Ein anderer warf mehr Äste auf das Feuer, und Wilder Bär fing an zu singen.

»Vater Sonne, Vater Pferd, Vater Gras, seht uns.«

»Sie sehen uns«, sagte Murphy.

»Wir haben das Wasser durchquert.«

»Das haben wir getan.«

»Wir haben beim Laufen unseren Schweiß vergossen.«

»Das haben wir getan.«

Sie rezitierten, wie sie über das Feuer gesprungen waren, wie sie Wasser und Milch getrunken, Brot gegessen und ihr Blut gemischt hatten. Endlich schrie Wilder Bär:

»Sind wir nicht Brüder?«

»Wir sind Brüder!« brüllte Murphy, und die Westmänner stimmten in das Geschrei ein: »Sie sind Brüder!« Ein Junge reichte Murphy noch eine Schale mit gegorener Stutenmilch. *Selbst ohne Blut kann sie Tullamore Dew niemals erset-*

zen. Aber diesmal brauche ich mir wenigstens nicht die Nase zuzuhalten.

Elliot spielte die Rolle eines Verwandten Murphys. Er trat vor und reichte Murphy seinen Kampfanzug und sein Gewehr. Elliot sollte den Angriff nicht mitmachen; Jack Beazeley, der vor kurzem zum Corporal befördert worden war, würde jetzt nach Murphy der Ranghöchste sein. *Jack ist ein vernünftiger Kerl. Wenn es zum Kamp kommt, hat er den Kopf so aufgeschraubt, daß die Nase nach vorn steht.*

Elliot gab Murphy seine M-16. Murphy hängte sie um und fing an, aus einer Schale, die ihm der Junge gereicht hatte, rohes Pferdefleisch und einen Salat aus Wildgräsern zu essen. *Dies ist nicht das Savoy Grill. Aber wir werden das Lager morgen erst nach Untergang der Wahren Sonne verlassen, und ich werde wahrscheinlich den ganzen Tag so beschäftigt sein, daß ich kaum Zeit finden werde, etwas zu essen.*

»Colonel ...«

»Verdammt noch mal, Art, ich gehe. Mich kümmert einen Scheißdreck, was sie über Strymons Ehre sagen. Er hat meine Frau, und ich werde sie mir zurückholen.«

»Und wie wollen Sie das machen?«

Rick lachte. »Gute Frage, aber sehen Sie denn nicht? Hier werde ich nicht gebraucht. Sie werden mit der Situation genauso gut fertig wie ich. Warten Sie, bis Murphy einiges von der Kavallerie abzieht, und dann halten Sie den Druck aufrecht. Es heißt nun einmal abwarten. Wir können den Krieg nicht schon gleich hier gewinnen.«

»Nein, aber wir können ihn hier verlieren, Colonel.«

»Können, aber wir werden nicht. Das Schlimmste, was passieren kann, ist, daß Sie sich nach Dravan zurückziehen. Sie können das tun. *Ich* kann es *nicht* tun, ohne daß alle denken, ich hätte keine Fortune mehr.«

Mason war nachdenklich geworden. »Wissen Sie, das scheint mir sinnvoll zu sein.«

»Ich werde Ihnen noch etwas erzählen, das sinnvoll ist.

Ich kann mit den tamaerthanischen Pikenieren und Bogenschützen umgehen. Ganton nicht, aber er hat sie.«

»Ja. Okay, das nehme ich Ihnen ab. Aber, verdammt noch mal, Colonel, diese Ritter werden mir doch nicht gehorchen.«

»Natürlich werden sie das. Hören Sie zu, wir haben all die großspurigen Typen zu Ganton geschickt. Sie haben es nur mit ein paar niederen Baronen und Stadtvätern zu tun. Sie *wollen*, daß jemand ihnen sagt, was sie tun sollen. Wenn Sie als Vorsitzender ds Kriegsrats das nicht können, habe ich den falschen Mann befördert.«

»Vielleicht sollten Sie ...«

»Ach, hören Sie doch auf mit der Scheiße. Alles, was wir hier tun, ist aufpassen, daß Ailas nicht durch die Hintertür nach Drantos kommt. Außerdem binden wir seine Armee hier, so daß er sich nicht Strymon anschließen kann, der mit seinen Streitkräften nach Edron vorrückt. Er siegt ganz einfach, indem er existiert, aber das ist bei uns nicht anders. Und sagen Sie mir nicht, daß Sie das nicht genauso gut können wie ich, denn ich will es nicht hören.«

»Colonel ...«

»Art, ich nehme ein paar Schwadronen und verschwinde, und Sie halten das Maul und gehorchen.«

5

Wanax Ganton hielt sein Pferd am Fuße des Galgens an und blickte nach oben, als eine Windbö die herabhängenden Ketten rasseln ließ. *Hier soll Ajacias hängen. Ich denke, ich werde für ihn einen neuen Galgen bauen lassen. Dann wird sein Geist nicht die guten Männer beleidigen, die er hier umgebracht hat.*

Natürlich sagten die Christen, daß ein Mann wie Ajacias zur Hölle fahren und dort vom Teufel bis zum Ende aller Zeiten gequält werden würde. Die Vorstellung, daß Ajacias die Ewigkeit in den Händen eines Wesens verbringen mußte, daß man mit einem römischen *quaestionarius* vergleichen konnte, gefiel Ganton. *Aber bedeutet das, daß ich an diesem elenden Verräter nicht selbst Rache nehmen darf? Ich werde Octavia oder Erzbischof Polycarp fragen müssen.*

Im Schein des Dämonensterns zeichneten sich auf den Hügeln die Silhouetten von Reitern ab.

Lord Enipses und Lord Hilaskos stellten Patrouillen zusammen. Jeder von ihnen führte hundert Lanzen an, deren Hauptaufgabe es war, für die Sicherheit des Wanax zu sorgen. Da Strymons Lager nur fünfzig Stadien entfernt war und seine Späher vielleicht schon auf der anderen Seite des Hügels standen, waren zwei Hundertschaften gerade ausreichend.

Eine Stimme rief die Parole, und Lord Drummond antwortete. Dann bemerkte ein anderer laut, wenn ein gewisser Bastard-Sohn einer Ziege dem Wanax das Dinner nicht rechtzeitig servierte, würde er am nächsten Morgen den Hunden des Wanax servieren müssen.

Ganax befahl einem Knappen, sein Pferd zu halten und stieg ab. Er wollte denjenigen seiner Ritter ein gutes Beispiel geben, deren Stolz auf ihre schimmernde Rüstung sie im Sattel hielt, ganz gleich, ob ihre Eitelkeit die Pferde ermüdete. Hatten nicht die Ritter des Wanax von Frankia eine große Schlacht gegen den Wanax von Angeland verloren, weil sie genau das getan hatten? Lord Rick hatte ihm diese Geschichte erzählt, und seine Berichte über Schlachten trugen stets den Stempel der Wahrheit, auch wenn er selbst nicht im Feld gewesen war. Gewiß, Lord Rick spricht über Schlachten, als hätte er selbst an ihnen allen teilgenommen. *Um an so vielen Schlachten teilgenommen zu haben, müßte er mindestens dreihundert Jahre alt sein. Aber das ist gleichgültig. Es sind schöne Geschichten für einen Winterabend, und sie machen den Soldaten Mut und geben ihnen Vertrauen in unseren Generalhauptmann.*

Lord Rick ist wirklich so erfahren in der Kriegskunst, als sei er schon seit Jahrhunderten Soldat gewesen, und bis jetzt hat er sein Wissen an das Reich von Drantos weitergegeben. Mögen Yatar, Wotan und Christus geben, daß er das auch weiterhin tut.

Das Essen und Drumold kamen gleichzeitig. Ganton und Drumold stellten sich ein wenig abseits und aßen schweigend ihre Wurst, ihr Brot und ihren Käse. Es war eine kalte Mahlzeit. Ganton hatte verboten, daß so nahe am Feind Feuer angezündet wurden, wenigstens bis morgen die Zweite Division eintraf und die Armee komplett war.

»Mergil«, rief Ganton leise.

»Lord?«

»Geht zu dem diensthabenden Kommandeur und laßt ihn zwei Schwadronen Husaren ausschicken. Sie sollen auf den Straßen zwischen der Ersten und der Zweiten Division patroullieren.«

»Glaubt Ihr, mein Sohn habe das vergessen?« fragte Drumold.

Ganton lauschte auf Töne des Unmuts, aber er hörte keine. »Nun, Lord, da der Feind so nahe vor uns steht, haben die Lords Balquhain und Teuthras vielleicht nicht an die Nachhut gedacht. Wir alle müssen die neue Art der Kriegsführung noch lernen. Aber ich bin Wanax, und wenn etwas Wichtiges nicht getan wird, bin ich verantwortlich.«

»Ja«, brummte Drumold. »Wir alle lernen vom Gatten meiner Tochter.« Dann wandte er sich wieder seiner Mahlzeit zu.

Und ich danke Yatar für dieses Bündnis. Wir brauchen die Stammesleute in diesem Krieg. »Nicht, daß Strymon starke Kräfte zwischen Balquhain und Teuthras bringen kann«, sagte Ganton. »Unsere Späher werden uns sofort warnen, wenn Strymon Truppen von nennenswerter Stärke vorrükken läßt.«

Drumold grunzte nur.

»Aber man braucht nicht viel Kavallerie, um unseren Nachschub zu beeinträchtigen. Wir brauchen all unser Feuerpulver und auch das Futter für die Pferde.«

»Ja, Junge – Majestät«, sagte Drumhold. Er kicherte.

»Und auch ich habe an Abenden vor der Schlacht das Kommando geführt. Es ist keine leichte Sache.«

Sie hörten den Stabsoffizier fortreiten, um Gantons Befehl an die Husaren weiterzugeben. Wenige Augenblicke später hörten sie von der anderen Seite des Hügels her das Stampfen von Hufen. Ganton hob seine Streitaxt. Drumold aß weiter seine Würste.

»Wer da?« rief die Wache.

»Bote von Lord Balquhain für Wanax Ganton!«

Unverständliches Gemurmel, dann bewegten sich mehrere Pferde im Trab. Ganton legte seine Axt ab und saß schon wieder im Sattel, als der Bote ihn erreichte.

»Majestät! Majestät! Eine Botschaft für Euch. Eine wichtige Botschaft! Ich bin gehalten ...«

»Du bist gehalten, mit dem Gestottere aufzuhören und mir die Botschaft zu übergeben. Und je eher desto besser.« Aus dem Augenwinkel sah Ganton, daß Drumhold Mühe hatte, ein Lächeln zu unterdrücken.

»Ja, Majestät. Prinz Strymon hat die Eqetassa Tylara do Tamaerthon freigelassen, und zusammen mit ihr so viele Ritter, daß ein Ehrengeleit gebildet werden konnte. Sie sind auf unsere Späher gestoßen. Lord Balquhain wird sie mit frischen Pferden versorgen, und begleitet von einer Schwadron Husaren werden sie zu Euch kommen.«

Drumold öffnete den Mund und ließ ein Stück Käse fallen. Ganton lächelte und wandte sich ab. Drumold mußte sich erst einmal sammeln. Er weiß seit einiger Zeit, daß seine Tochter lebt, und wir haben von den Priestern Yatars gehört, daß sie in guter Verfassung ist, aber wer kann das schon wissen? Und es gibt ein übles Gerücht, Tylara habe am Piro's Hill ganz allein Strymons Kavallerie angegriffen. Das muß eine Lüge sein, aber gleichzeitig hat es ihrem Vater viele schlaflose Nächte bereitet.

»Lord Mac Clallan Muir. Werdet Ihr mit mir reiten, die Eqetassa zu begrüßen?« Drumolds Gesicht gab Ganton die Antwort.

»Hat man etwas von Lord Morrone gehört?« Es hieß

zwar, er habe die Schlacht überlebt, aber seine Wunden und die Gefangenschaft mochte ein übriges getan haben.

»Ich bin gehalten, zu berichten, daß Lord Morrone lebt, und daß es ihm gutgeht. Er leistet dem Reich ehrenhafte Dienste.« Der Bote schaute Drumold an, dann Ganton. »Eure Majestät, das war nur für Eure Ohren bestimmt ...«

Drumold fluchte, und Ganton sah den Boten wütend an. »Du wagst es, Lord Drumold zu beleidigen? Oder hast du einen Grund anzunehmen, daß sein Sohn ihm nicht trauen sollte?«

Der Bote schluckte. »Pardon, Majestät. Lord Balquhain sagt auch, daß die Eqetassa eine wichtige Botschaft von Prinz Strymon bringt, dem Erben des Wanax von Ta-Meltemos.«

»Ist das so?« Ganton sprach, damit ihm der Mund nicht offenblieb, eine einem Wanax völlig unangemessene Verhaltensweise. »Dann ist es um so wichtiger, daß wir die Lady Eqetassa sicher nach Hause geleiten.« Er atmete tief durch und richtete sich hoch auf.

»Knappen! Aufsitzen!«

Ganton, Drumold, Balquhain und Tylara hockten an einem winzigen Feuer. Zwanzig Leibwachen standen außer Hörweite, und andere Wachen patrouillierten noch weiter entfernt.

»Frieden«, sagte Ganton. »Zu welchen Bedingungen?«

»Hilfe beim Überleben der ZEIT«, sagte Tylara. »Allianz gegen Invasoren und das Versprechen von Hilfe, nachdem sich der Dämonenstern aus unserem Himmel zurückgezogen hat.«

»Und die Gegenleistung?« wollte Ganton wissen.

»Ta-Meltemos zieht sich aus Drantos zurück. Majestät, Prinz Strymon wird vielleicht sogar Drantos persönlich helfen. Er hat nicht sehr viel Sympathie für den Kanzler Issardos und dessen Agenten Matthias.«

»Ihr sprecht von Prinz Strymons Versprechungen, aber er ist nicht Wanax von Ta-Meltemos. Noch nicht.«

Tylara lächelte gezwungen. »Majestät, Strymon verrät weder den Wanax noch den Vater. Die Geschichten, die wir gehört haben, sind wahr. Wanax Palamos hat den Verstand eines Kindes.«

Ganton schauderte. »Yatar gewähre mir vorher den Tod. Es scheint, Prinz Strymon und ich sollten uns treffen, und das bald. Der Verlust der Armee des Prinzen Strymon wird Toris sehr schaden.«

»Als General wäre Strymon ein noch größerer Verlust«, sagte Balquhain.

»Das ist wahr. Aber nun sagt mir, Lady Tylara, warum wurde Morrone nicht freigelassen?«

Tylara trank heißen Tee mit Branntwein. »Er wünschte es nicht, Majestät. Lord Morrone sagte, meine Entlassung aus der Gefangenschaft könne erfolgen, ohne die Captains des Hohen Rexja zu beleidigen oder Strymons Wunsch nach Frieden mit Drantos zu offenbaren. Aber Lord Morrone fand es unehrenhaft, seine Entlassung ohne Lösegeld zuzustimmen, wenn nicht auch alle übrigen Gefangenen freigelassen worden wären. Das hätte dem Feind mit Sicherheit mehr als nur einen Hinweis auf unseren Plan gegeben.«

»Ach was! Wir brauchen ein bißchen weniger Ehre und ein bißchen mehr Verstand.« Drumold spuckt ins Feuer.

An Gantons Gesicht war seine Reaktion nicht zu erkennen. Tylara hielt es nicht für wichtig zu wissen, was er dachte. *Etwas ist sicher. Der Wanax hat nur noch sehr wenig von einem kleinen Jungen an sich.* Sie fand diesen Gedanken auf seltsaame Weise tröstlich.

»Ich habe weiterhin mit Strymon gesprochen«, sagte Tylara. »Er fürchtet niemanden. Aber er hat Angst vor der ZEIT.«

»Das sollte er auch«, sagte Ganton.

»Das sollte er wirklich. Dann kam die Nachricht, daß Toris mit der Vorhut seiner großen Armee heranrückte, um sich mit Strymon zu vereinen. Wir hörten auch, daß die Armee von Drantos sich auf dem Weg nach Norden befand. Prinz Strymon fürchtete, daß eine Schlacht unvermeidlich sei, und habe sie einmal begonnen, könnte der Frieden in weite Ferne rücken. Dann konnte Morrone entkommen.«

»Entkommen?« fragte Ganton. »Gewiß hatte er sein Wort gegeben ...«

»Es scheint nicht so. Es war ihm nie abverlangt worden. Von dem Augenblick an, wo man ihn aufhob, wo er gefallen war, wurde er als Gast und nicht als Gefangener behandelt.«

Balquhain kicherte. »Ein kleiner Fehler.«

»Aber wo ist Morrone?« fragte Ganton.

»Ich kenne nur seinen Plan«, sagte Tylara. »Er hat ihn mir erklärt. Er will seine südlichen Streitkräfte, wenn es nur geht, wieder sammeln. Er sucht auch Stammesleute, die ihm folgen würden. Dann will er nach Norden marschieren, um Toris entgegenzutreten und seinen Vormarsch aufzuhalten oder doch zu verzögern.«

Endlich lächelte Ganton. »Nördlich vom Sutmarg gibt es Stellen, wo fünfzig Bogenschützen eine ganze Armee mindestens einen Tag lang aufhalten können. Vielleicht sollten wir Verstärkungen schicken.«

»Ja«, sagte Tylara. *Das habe ich auch einmal getan, im Krieg gegen Sarakos. Es ist lange her.*

»Das sollten wir vielleicht«, sagte Balquhain. »Aber wie sollen wir durch Sutmarg kommen, wenn es wieder Regen gibt und die Flüsse anschwellen?«

Tylara schaute ihren Bruder bewundernd an. Vor zwei Jahren hätte er diese Frage nicht gestellt. *Mein Gatte, du findest weit gelehrigere Schüler, als du dir vorstellen kannst.*

»Um so besser, denn weder die feindliche Armee noch Morrones Männer werden in der Lage sein, Stumarg zu durchqueren«, sagte Ganton. »Wir werden Zeit genug haben, mit Strymon zu verhandeln. Gleichzeitig bereiten wir dem Feind einen heißen Empfang, falls er *doch* durchkommen sollte.«

»Im Gedenken an alte Zeiten«, sagte Drumhold, »will ich nicht zurückkehren, wenn nicht ein Sieg die Erinnerung an Piro's Hill vergessen macht.«

»Morrone ist also nach Norden geritten?« fragte Ganton.

»Vor drei Tagen«, sagte Tylara. »Seine Flucht hat meine Freilassung verzögert. Prinz Strymon war nicht erfreut, einen freilaufenden Wolf in seinem Rücken zu wissen. Aber dann sah der Prinz ein, daß er nicht länger warten durfte. Toris hätte Reiter nach Süden schicken können, die meiner Eskorte überlegen waren. Wir ritten aus dem Lager, als die Dämonensonne gerade aufging.«

»Und Apelles?« sagte Ganton. »Yanulf wird sich nach ihm erkundigen.«

»Er ist nicht mehr in Gefahr, seit Matthias und seine Diener geflohen sind. Er ist bei Strymon geblieben, um die Kranken und Verwundeten zu pflegen.«

»Und um uns so gut wie möglich zu informieren«, sagte Drumold. »Durch ihn erfuhren wir, daß du lebst.«

»Dann müssen wir schnell handeln«, sagte Ganton. »Bevor Toris seine Armee mit der Strymons vereint.«

»Majestät, ich habe noch mehr zu berichten ...«

»Lady, das kann bis morgen warten. Ihr aber müßt Euch noch heute ausruhen.« Ganton stand auf. »Lord Enipses!«

»Majestät!«

»Nehmt Eure Lanzenreiter und schließt Euch den Spähern an. Unsere Patrouillen müssen nicht nur imstande sein, den Feind zu finden, sie müssen ihn auch bekämpfen können. Während der nächsten drei Tage müßt Ihr alle feindlichen Spione daran hindern, unser Reich lebend zu verlassen. Das ist von größter Wichtigkeit.«

»Majestät.«

»Lord Hilaskos. Ihr werdet morgen mit mir nach Norden reiten, um das Schlachtfeld zu besichtigen, das unsere Kommandos ausgesucht haben. Wir müssen in der Lage sein, eine, keine oder beide feindlichen Armeen zu bekämpfen, die in das Land Drantos eingedrungen sind. Das bedeutet, daß wir die großen Kanonen und die Musketiere brauchen – was ist, Lord Enipses?«

»Majestät. Wollt Ihr nicht mit der gesamten Armee nach Norden reiten? Laßt doch wenigstens mich Euch begleiten.«

»Ich hatte Euch Eure Aufgabe zugewiesen. Weigert Ihr Euch, sie zu erfüllen?«

»Nein, Majestät.«

»Gut.«

»Und wenn nun Verrat im Spiel ist?« fragte Balquhain. »Ich habe noch nie einen Mann kennengelernt, der meine Schwester täuschen könnte, aber es gibt immer ein erstes Mal.«

Drumold schien seinen Sohn wütend anzustarren, aber sein Stirnrunzeln zeigte wohl eher an, daß er besorgt war.

»Ich wurde nicht getäuscht«, sagte Tylara. »Auf jeden Fall werde ich mit Euch reiten, Majestät.«

»Das werdet Ihr *nicht* tun«, sagte Ganton. »Ich werde von den besten Kriegern von Drantos und Tamaerthon umgeben sein. Keiner, der sich uns entgegenstellt, kann uns schlagen. Aber jetzt ist Schluß. Oder gibt es noch etwas zu – diskutieren?«

Niemand sagte etwas. Welche Zweifel auch immer blieben, niemand mochte sie vor einem Wanax äußern, der offensichtlich seinen Entschluß gefaßt hatte.

Ganton rief seine Stabsoffiziere und besprach mit ihnen die Futterbeschaffung und andere Details zur Vorbereitung der Schlacht.

Tylara zog ihren Mantel enger um sich.

Drumold stand auf. »Du bist erschöpft, Mädchen. Komm.«

Sie erinnerte sich, daß er sie vom Feuer weg zu einem Zelt führte, das Meilen entfernt zu sein schien. Sie erinnerte sich, daß er sie auf ein Bett legte, als sei sie ein Kind, und daß er Pelze über sie legte, bis sie nicht mehr vor Kälte zitterte. Sie erinnerte sich, daß sie fast einen ganzen Becher heißen Wein trank. Dann erinnerte sie sich an gar nichts mehr.

Die Wahre Sonne war aufgegangen und schon fast wieder untergegangen, als Tylara aufwachte und ihren Vater an ihrem Bett sitzen sah. Seine Augen waren rot, weil er kaum geschlafen hatte, und zum ersten Mal sah sie, wieviel von dem Grau in seinem Bart sich in Weiß verwandelt hatte.

Sie lächelte. »Danke, Vater.«

Auch er lächelte. »Ich wäre wenig wert, Mädchen, wenn ich dir in Schwierigkeiten nicht helfen könnte. Wenn die Götter es wollen, werde ich noch manches Jahr zur Verfügung stehen.« Er reichte ihr einen Napf mit Haferbrei und beobachtete sie, während sie sich zwingen mußte, ihn zu essen. Als sie den Napf geleert hatte, nahm Drumold ihn ihr ab, stand auf und ging kurz nach draußen. Als er wieder hereinkam, lächelte er nicht mehr.

»Dies ist das Zelt des Wanax, und darum bezweifle ich sehr, daß es hier Ohren gibt, die nichts hören dürfen, aber es ist besser, sich zu vergewissern ...«

Jetzt schaute er noch finsterer drein. »Mädchen, es hat Gerüchte gegeben über das, was du gegen Ende der Schlacht getan hast. Oder vielmehr Gerüchte über das, was du nicht getan hast. Du hast dich nicht retten lassen, um auch noch am nächsten Tag kämpfen zu können. Ich will die Wahrheit wissen.«

Tylara hätte vor Erleichterung am liebsten geweint, als sie merkte, wie wenig von der Wahrheit ihr Vater erraten hatte, und über dieses Wenige konnte sie ohne Schwierigkeiten sprechen. Einen Augenblick später weinte sie dann wirklich in den Armen ihres Vaters.

Als sie sich endlich beruhigt hatte, nahm er ein Tuch und wischte ihr das Gesicht ab. Dann zog er einen Schemel ganz nahe an das Bett heran. »Ich will nicht sagen, daß eine verlorene Schlacht eine Kleinigkeit ist. Aber die Schlacht wurde nicht auf deinen Befehl eröffnet. Den Befehl gab Morrone, der den Wert der Stammesleute noch nie zu würdigen wußte.«

»Aber Vater, ich habe ihm gehorcht.«

»Das will ich auch hoffen! Oder möchtest du wie Dughuilas sein, der über jeden Befehl diskutieren wollte, bis irgend jemand ihn fortschickte, damit er mit Wotan weiterdiskutieren konnte?«

Tylara schauderte, aber Drumold bemerkte es nicht.

»Wenn du das getan hättest, würde ich mit dir nichts mehr zu tun haben wollen. Meine Tochter, mir ist es auch schon so ergangen wie dir am Tag der Schlacht von Piro's Hill. Lange bevor du geboren wurdest, führte ich die Stammesleute gegen römische Sklavenjäger. Ich führte sie auch zurück, aber ich führte viel weniger Männer zurück, als ich hinausgeführt hatte.

Ich dachte, die Götter hätten sich von mir abgewandt, und lange stand ich auf einer hohen Klippe und schaute auf das Meer hinab. Ich konnte die Stimmen der Götter nicht deutlich hören, aber ich erkannte meine eigene Schande. Und es erschien mir als Tat eines Feiglings, sich einfach davonzumachen.

Darum stieg ich von der Klippe herab, und als ich die Stammesleute das nächste Mal gegen die Römer führte, bluteten die Römer genausosehr wie wir. Damals focht ich Seite an Seite mit dem Stamm deiner Mutter, und so ist es gekommen, daß du jetzt meine Tochter bist.«

»Aber ...«

»Psst. Du hast mehr Glück. Ich mußte ein halbes Jahr warten, um zu erleben, daß das Glück wieder zu mir zurückgekehrt war. Du aber hast den Mann verzaubert, der dich gefangengenommen hatte, und jetzt denkt er sogar daran, alle Früchte seines Sieges preiszugeben.«

»Es mag ein falsches Versprechen sein.«

»Hah! Dein Bruder sagte es schon. Wer hat dich zuletzt genarrt? Mädchen, Mädchen, du darfst deinen Wert nicht zu gering einschätzen. Bescheidenheit ist keine Tugend für diejenigen, die gute Männer in die Schlacht führen.«

6

Das breite Tal war grün von Mais, der noch nicht hoch genug war, um Ähren zu bilden. An beiden Enden standen Zelte, grün und weiß im Norden und blau und gold im Süden. Als die Wahre Sonne hoch am Himmel stand, ertönte eine Trompete im südlichen Lager und wurde von einer aus dem nördlichen beantwortet.

Ganton stieg vorsichtig auf sein Pferd. *In den Sattel zu springen ist gut und schön, aber dies ist nicht der richtige Augenblick, sich ein Bein zu brechen. Oder Schmerzen zu empfinden.*

Balquhain half Drumhold in den Sattel.

»Mir gefällt das nicht«, sagte Hilaskos.

Ganton ignorierte ihn. Er befahl seinem Knappen, das Kriegsbanner zu hissen und voranzureiten. Ganton und Drumhold folgten.

»Schont den Mais«, sagte Ganton.

Drumold nickte. »Ja. Wenn dies hier nicht gutgeht ...«

Wenn dies nicht gutgeht, wird bald hier und in einem Dutzend anderer Täler nichts mehr stehen.

Eine Gruppe von drei Männern ritt vom anderen Ende des Tales her auf sie zu.

»Wir sind außerhalb der Reichweite *ihrer* Bogen«, sagte Drumold.

Und in der Mitte sind wir auch außerhalb der Reichweite unserer eigenen. Aber irgendwie hat Drumold recht. Ich möchte wissen, was für Befehle er seinen Stammesleuten gegeben hat. »Bei Yatar, er hat Apelles mitgebracht!«

»Dann planen sie also keinen Verrat«, sagte Drumold. »Oder Strymon ist der größte Narr in neun Königreichen.«

Gantons Knappe erreichte die winzige Flagge, die die Späher zwanzig Schritte vor der Mitte des Feldes eingepflanzt hatten. Er hielt an, und Ganton ritt weiter. Drumold wartete neben dem Knappen.

»Heil, Prinz Strymon.«

»Heil, Wanax Ganton.«

Er ist gut gekleidet. Ganton lächelte grimmig. Seine

Rüstung war noch staubbedeckt von den langen Ritten, und der an den Sattel gebundene Goldhelm zeigte Kampfspuren. Trotz der Proteste seiner Leibwachen hatte er seine Streitaxt zurückgelassen und führte ein Reichsschwert mit sich, dessen Knauf mit Juwelen besetzt und das für den Kampf kaum tauglich war. Sonst aber sah er ganz aus wie der Befehlshaber einer Armee.

Falls Strymon eine Rüstung trug, mußte sie unter seinem grünweißen Mantel und einem scharlachfarbenen Umhang verborgen sein. Sein Schwert hatte einen Knauf aus Elfenbein, und er trug goldene Ringe an den Fingern und an den Ohren.

Kein Helm und kein Schild. Ganton war erleichtert. Er nahm eine Flasche, die an seinem Sattel hing. »Wein, Lord?« Er nahm einen Pokal, den er ebenfalls mitgebracht hatte, füllte ihn, trank und drehte den Pokal um, damit Strymon sehen konnte, daß er leer war.

Strymon grinste. »Mit Vergnügen, Majestät.« Sie ritten näher aufeinander zu. Strymon nahm die Flasche, trank einen großen Schluck und reichte die Flasche zurück. »Ausgezeichneter Wein. Meine Weinbauern sollten sich einmal mit Euren unterhalten.«

»Danke.«

Plötzlich grinste Strymon nicht mehr. »Wenn die ZEIT uns in unseren Ländern überhaupt noch leben läßt. Vergebt mir, Majestät, aber wir haben wenig Zeit. Die Armee des Hohen Rexja rückt an, und ihre Vorhut wird morgen abend mein Lager erreichen.«

Ganton zuckte die Achseln. »Hoheit – Eure Armee steht in meinen Ländern, nicht meine in Euren.«

»Ja. Ich erhielt meine Befehle, und ich führte sie aus.«

»Wessen Befehle?«

»Ja. Ihr wißt es also. Befehle, die Wanax Palamos unterzeichnet, aber nicht geschrieben hat – und nicht *verstanden.*«

»Mit anderen Worten, Befehle von Toris.«

»Oder Issardos.« Strymon zuckte die Achseln. »Spielt das eine Rolle? Die Frage ist jetzt, schaffen wir es, Bedingungen auszuhandeln, die wir beide akzeptieren können? Ich gestehe, Majestät, ich war immer nur ein einfacher Soldat. Ich bin es nicht gewohnt, zu denken wie der Wanax von Ta-Meltemos. Mein Beruf war der Krieg. Nun muß ich an mein Volk denken.«

»Ich sehe, Ihr habt Apelles mitgebracht.«

»Ja. Er hat viel Erfahrung in dem, was er – *Verwaltung* nennt. Ich habe viel von ihm gelernt. Majestät, ich weiß, daß seine wahre Loyalität nicht mir gehört.«

»Mir auch nicht«, sagte Ganton. »Apelles dient Yanulf, der zwar mein Kanzler ist, in erster Linie aber Hohepriester Yatars. Ihr hättet einen schlechteren Ratgeber wählen können.«

Strymon zuckte die Achseln. »Außer den Offizieren der Soldaten gibt es niemanden in meinem Lager, von dem ich sicher sein kann, daß seine Loyalität nicht zuerst dem Kanzler Raukos und dessen Herrn Issardos gilt.«

»Hoheit, wenn Sie Apelles' Dienste auch in Zukunft in Anspruch nehmen wollen, ich bin sicher, daß Yanulf zustimmen wird.« *Das sollte er auch lieber.* »Dies ist ein seltsamer Augenblick. Wir haben beide eine Armee. Wir glauben beide, daß wir den Sieg erringen werden, wenn es zum Kampf kommt.«

»Und wir würden beide verlieren, ganz gleich, wie der Kampf ausgeht«, sagte Strymon. »Wenn es nicht wegen der ZEIT wäre, würde es – interessant sein zu erfahren, ob Eure *Kanonen* den Ausschlag geben könnten. Ich sage Euch, keine Armee, die ich führe, wird durch dieses Tal gegen neun dieser Ungeheuer anrennen.«

Ganton grinste gequält. »Eure Späher sind besser als ich gedacht hatte. Aber wir haben elf.«

»Neun. Eine hat ein Rad verloren, und eine ist gestern abend in den Fluß gefallen.«

Yatar, Christus und Wotan! »Nun ja. Eine Schlacht zwischen uns könnte sehr wohl interessanter werden, als uns beiden lieb ist. Aber Eure Armee muß mein Reich verlassen!«

»Selbstverständlich. Leider ist das nicht ganz einfach.«

Strymon sprach jetzt noch leiser. »Majestät, nicht einmal die Hälfte meiner Truppen stammt aus Ta-Meltemos.«

»Wieder Issardos.«

»Ja. Ich erkenne jetzt die Pläne, den Hohen Rexja zum Großen König aller Könige zu machen, und ich bin nur sein Werkzeug gewesen. Majestät, die gesamte Ritterschaft von Ta-Meltemos wird mir nach Norden folgen, der Rest wahrscheinlich nicht.«

Ein Problem, das ich nicht für dich lösen kann, mein Freund. »Wohin werdet Ihr reiten?«

»Zum Grünen Palast, um Rauros hinauszuwerfen! Es ist meine Pflicht, den Thron zu übernehmen, de facto, wenn nicht de jure.«

»Ein schwerer Entschluß.«

»Nicht so schwer. Mein Vater wird den Unterschied nicht merken.«

»Ihr habt mein Mitgefühl.« *Mein Vater wußte, daß er hinausgeworfen wurde. Du hast Glück, mein Freund.* »Nun zu den Bedingungen. Ihr werdet Eure Armee zurückziehen. Ta-Meltemos wird die Fünf Königreiche im Krieg gegen Drantos nicht mehr unterstützen. Es wird Drantos in jedem, außer einem gegen die Fünf Königreiche geführten Krieg unterstützen.«

Strymon überlegte. »Dem kann ich zustimmen. Ihr werdet für Schäden, die während dieser Kampagne in Eurem Land entstanden sind, keine Reparationen verlangen, und Ihr werdet Euer Wissen um die ZEIT mit uns teilen.«

»Darauf kann ich leichter eingehen, als Ihr denkt«, sagte Ganton. »Selbst wenn wir alle zusammenhalten, werden nur wenige die ZEIT und das *Himmelsfeuer,* das ihr folgt, überleben.«

»Also stimmen diese Geschichten?«

»Das werdet Ihr erfahren.« Ganton hob die Stimme. »Apelles!«

»Majestät?«

»Prinz Strymon, darf er sich nähern?«

»Selbstverständlich. Bitte, Apelles.«

Apelles kam herbeigeritten. »Majestät. Hoheit.«

»Apelles, von dem Augenblick an, wo Prinz Strymons Armee auf dem Weg nach Norden Drantos verlassen hat, wirst du ihm alles mitteilen, was du über die ZEIT weißt. Du wirst ihm genau erklären, wie wir uns auf die ZEIT vorbereiten. Nur deine Kenntnisse über unsere Truppenbewegungen während der letzten Zeit darfst du nicht weitergeben.«

»Alles.« Apelles legte den Kopf schief. »Alles?«

»Alles. Du darfst auch über den Himmelskasten reden, der sprechen kann, und über das große Himmelsschiff, das du gesehen hast. Alles.«

»Ich vermute, ich werde nicht so schnell nach Hause kommen, wie ich dachte«, sagte Apelles trocken.

»Ich bin sicher, daß Yanulf zustimmen wird«, sagte Ganton.

Apelles grinste. »Ich auch. Majestät, ich muß Briefe schicken.«

»Natürlich. Wir werden Gehilfen und einen Priester schicken, die dich unterstützen sollen. Das ist deiner neuen Stellung angemessen.«

Und Yanulf wird dich zum Erzbischof machen, oder er wird es in Zukunft schwieriger finden, seinen Zehnten einzutreiben.

»Darf ich einen Rat anbieten, Majestät?«

»Wozu bist du sonst hier? Sprich!«

»Ich bin nicht sehr froh über die Berichte, die ich aus dem Grünen Palast erhalte«, sagte Apelles.

»Was wißt Ihr über meinen Vater, das ich nicht weiß?« fragte Strymon.

»Nur, daß Rauros immer kühner wird. Hoheit, bedenkt, was geschehen könnte, wenn ein Bote eine königliche Verfügung unter dem Großen Siegel bringt, die Euch des Hochverrats beschuldigt. Oder die Wanax Ganton Grausamkeiten vorwirft und verlangt, daß seine Länder verwüstet werden. Oder ...«

»Ich verstehe. Ich muß sofort zurück.«

»Hoheit, das können Sie nicht«, sagte Apelles. »Ohne Euch wird Eure Armee mit den Kampfhandlungen beginnen.«

»Was muß denn getan werden?«

»Schickt den Prinzen Teodoros. Sofort.«

Lady Tylara hält nicht viel von Teodoros. Wie kann ich das sagen?

»Apelles, mein Bruder ist loyal, aber er ...«

»Ist kein Staatsmann«, sagte Apelles. »Das ist wahr. Er wird gute Beratung brauchen, und wir werden ihm oft schreiben müssen. Aber ich sehe keine andere Möglichkeit.«

Strymon überlegte. »Ich vermute, Ihr seid in der Lage, einen Ratgeber vorzuschlagen, der ihn begleiten kann?«

»Prakes, einen Priester Yatars«, sagte Apelles.

»Hmm. Ich hätte ihn für etwas zu jung gehalten, aber er hat wie kein anderer Kirchenmann den Respekt meines Bruders. Ich vermute, er ist zum neuen Glauben übergetreten ...«

Ich würde ein halbes Königreich wetten, daß er Konvertit ist, dachte Ganton. »Hoheit, wir müssen rasch handeln. Sollen wir Zeugen für unsere Abmachungen herbeiholen?«

»Ich bin bereit. Mein Knappe dort ist Bheroman Karimos. Ich habe nur wenige Offiziere, denen ich unsere Bedingungen anvertrauen kann.«

»Dann laßt ihn kommen. Ich werde Drumold rufen, und wir fünf werden Zeugen genug sein.«

»Ihr seid verrückt!« Bheroman Darkon schlug auf den Tisch im Verhandlungszelt. »Wir haben Zeit verloren, während Ihr Euch von dieser Hochlandhexe betören ließt, aber wir können immer noch in einem Zehntag die Mauern von Edron erreichen.«

Strymon schaute auf die Karte, die vor ihm auf dem Tisch lag. Dann schaute er in die Gesichter des Dutzends Lords und Offiziere, die um ihn herum standen. Die meisten waren wohl mit Darkon einer Meinung. »Vielleicht, wenn das Wetter sich hält«, sagte Strymon. »Und was dann?«

»Dann werden wir gewonnen haben!«

»Wir werden nichts gewonnen haben. Edron fällt nicht durch Drohungen. Laßt mich Euch daran erinnern, Lord Darkon. Nicht wir haben die *Kanonen*, sondern sie.«

Mindestens zwei der Barone murmelten Zustimmung.

»Dann müssen wir sie im Feld vernichten. Ihren Knabenkönig töten oder gefangennehmen. Das wird uns mit Sicherheit den Sieg bringen.«

»Es ist leicht, von Vernichtung zu sprechen, und ich zweifle nicht daran, daß wir Ganton empfindlich treffen könnten. Aber, Lords, der Trick liegt darin, daß wir vermeiden müssen, selbst vernichtet zu werden. Ihr habt die Berichte unserer Späher gehört. Bevor er uns mit seinen Männern auf so seltsame Weise verließ, erzählte Matthias uns, was *Kanonen* und Sternenwaffen auszurichten vermögen. Ganton sucht nicht den Kampf. Er wird sich eine günstige Stellung suchen und auf uns warten. Lords, ich zweifle keineswegs an Eurer aller Mut, aber dies ist nicht die richtige Art, Krieg zu führen.«

»Wenn Ihr Euch hier nicht so lange aufgehalten hättet«, sagte Darkon.

»Lords«, sagte Strymon höflich, »man befahl mir, hier auf die Armee des Hohen Rexja zu warten.«

»Dann dienen wir Narren – oder ...« Darkon verschluckte den Rest.

Schade. Hätte er ›Feiglinge‹ gesagt, hätte ich ihn töten können, ohne meine Ehre zu mindern. »Ich will nicht, daß so über unseren Hohen König geredet wird«, sagte Strymon. »Und auch nicht über mich, denn ich wäre in der Tat ein Narr, wenn ich hier bliebe, und der Armee von Drantos zu deren Bedingungen gegenüberstünde. Captain Ninas, wie lange wird das Futter reichen?«

»Hoheit, höchstens einen Zehntag. Schon jetzt geben wir den Pferden nur sieben Viertelscheffel statt der acht, die sie eigentlich brauchen.«

Bheroman Abados grunzte. »Und inzwischen wütet Gantons zahmer Wolf Morrone in *meinen* Ländern. Was immer die anderen tun, ich will die Erlaubnis, meine

Armee zurückzuführen, um dem einen Riegel vorzuschieben.«

»Ihr habt die Erlaubnis«, sagte Strymon.

Einige der anderen starrten ihn zornig an.

»Lords, die Länder einiger von Euch liegen weit entfernt von hier. Denkt an die ZEIT.«

»Legenden«, sagte jemand.

»Ist es eine Legende, daß das Meer anschwillt? Daß der Regen spät kommt und dann die Ernten in den Boden schlägt? Die Dämonensonne ist keine Legende.« Strymon zuckte die Achseln. »Ich weiß nicht, was die anderen Königreiche tun werden, aber Ta-Meltemos kann es sich nicht erlauben, gegen Menschen Krieg zu führen, wenn selbst die Götter einander über unseren Ländern bekämpfen.«

»Ihr sucht Frieden ohne die Erlaubnis des Hohen Rexja!« schrie jemand.

»Der Hohe Rexja ist *noch nicht* Großkönig«, sagte Strymon. »Und wer will hier, daß er es wird? Lords, wollt Ihr denn alle Issardos' Sklaven werden?«

»Bei Wotan, das ist Verrat!« schrie Darkon.

»Lords, Ihr solltet nicht so laut schreien, sonst könnten meine Wachen denken, Ihr bedroht mich«, sagte Strymon leise.

Darkon stürzte zum Zelteingang. »Soldaten! Hört mich! Prinz Strymon sagt sich vom Hohen Rexja los!«

Ein Dutzend Wachen in den grünweißen Farben von Ta-Meltemos stürmten mit gezogenen Schwertern auf das Zelt zu. Strymon hob die Hand. »Laßt ihn reden«, sagte er.

Darkon wollte schreien, aber dann sah er, daß alle Soldaten in Hörweite Grünweiß trugen. »Werdet Ihr mich zur gesamten Armee sprechen lassen?«

Strymon grinste. »Gewiß, Lord. Sobald wir die Grenze überschritten haben.«

Luna

Agzaral saß am Tisch den drei *Shalnuksi* gegenüber. »Meinen Dank dafür, Exzellenzen, daß Sie die Kabinentemperatur auf menschliche Bedürfnisse abgestimmt haben.«

»Es war uns ein Vergnügen«, sagte Karreeel.

Agzaral hatte mit den *Shalnuksi* lange genug zu tun gehabt, um ihren Tonfall zu deuten. Sie wollten etwas. Es würde einige Zeit dauern, bis er wußte, was. Die *Shalnuksi* lebten lange, und sie hatten sehr viel mehr Geduld als Menschen.

Die Sitzordnung folgte dem traditionellen Muster. Karreeel war der einzige, den Agzaral näher kannte; er saß in der Mitte. Das bedeutete, daß sein Rang niedriger war als der der anderen. Der *Shalnuksi* links von ihm trug den silberblauen Rock des Rates der Kaufleute. Auszeichnungen für zivile Verdienste schmückten seinen Kragen. Agzaral wußte nichts über ihn, außer daß er Lyaaarin hieß.

Der dritte *Shalnuksi* war Tsirovv, eines der neun Mitgliederr des als Wächter der Regierungsgewalt bekannten Komitees. Die *Shalnuksi* hatten ein kompliziertes Regierungssystem mit einer Vielzahl von Offizieren und Beamten und einem Großen Rat, der theoretisch die oberste Instanz darstellte. Die Wächter waren ein Mittelding zwischen Ephoren und Ombudsleuten und sollten die beste Geschäfts-Ethik der *Shalnuksi* repräsentieren.

Agzaral mußte lächeln. Die beste Geschäfts-Ethik hinderte den Wächter nicht daran, nach Luna zu kommen, um über etwas zu verhandeln, das, wenn es keine kriminelle Handlung war, so doch etwas, das die *Shalnuksi* die Föderation und ihren Rat nicht wissen lassen würden.

Tsirovv näherte sich dem Ende einer langen Karriere, die in dem Jahr angefangen hatte, in dem Ludwig XIV. von Frankreich starb. Er war einer der wenigen lebenden *Shalnuksi,* die als bedeutende Staatsmänner galten. Seine Anwesenheit in dieser unerwarteten Delegation konnte alles Mögliche bedeuten. *Die Angelegenheit ist wichtiger, als ich gedacht hatte.*

Agzaral übertrieb sein Lächeln. Den *Shalnuksi* fiel es schwer, einen menschlichen Gesichtsausdruck zu deuten; am besten war es deshalb, wenn man es eindeutig machte. »Exzellenz, wie kann ich Ihnen dienen?«

Karreeel gab etwas in den tragbaren Computer ein, der vor ihm auf dem Tisch stand, und neigte den Kopf dem Rat zu. Der Rat zog seinen Nasenschlitz zusammen, die *shalnuksianische* Entsprechung eines Stirnrunzelns. »Wollen Sie behaupten, daß die zusätzlichen schweren Waffen und die Munition von dem Sklaven Les beschafft und nach Tran gebracht wurden, ohne daß Sie davon Kenntnis hatten?«

»Beileibe nicht. Exzellenzen, meine Zeit gehört Ihnen, aber gewiß haben Sie nicht diese lange Reise unternommen, um über Trivialitäten zu reden. Ich habe Captain Galloway fast alles geschickt, was er brauchte, einschließlich Munition, Toilettenpapier, ein unter der Bezeichnung Präparat H bekanntes Produkt und Zigaretten einer bestimmten Marke. Sie haben doch ein Bestandsverzeichnis. Wenn nicht, kann ich Ihnen eines erstellen. Wollen Sie etwa andeuten, ich hätte Ihnen zuviel berechnet?«

»Nicht so voreilig«, sagte Karreeel. Er schaute nach links und nach rechts. »Wir müssen damit rechnen können, daß Sie eine Situation unter Kontrolle haben, die vielleicht – delikat werden könnte.«

Delikat. Wenn der Rat erfährt, was ihr hier tut, wird das Wort ›delikat‹ die Situation nur unzureichend beschreiben. Für euch und für mich. »Exzellenzen, ich habe auf viele Dinge zu achten, aber Sie können sicher sein, daß ich mich um Tran ausgiebig kümmere, und daß ich genau beobachte, was dort vor sich geht. Das kann ich dadurch beweisen, daß ich hier auf Luna mehr und besseres *Surinomaz* habe, als Sie in Ihrem ganzen Leben gesehen haben.«

»Aha.« Wieder schauten sich die drei an. »Wir wissen, daß wir eine gute Wahl trafen, als wir Sie engagierten, Inspektor.«

»Ich danke Ihnen. Sie sind zur rechten Zeit gekommen. Ich wollte gerade das *Surinomaz* an den gewohnten Ort schaffen. Jetzt können Sie es selbst mitnehmen und uns dadurch viel Mühe ersparen.«

»Danke. Aber wir sind nicht nur deswegen gekommen.«

»Nicht? Exzellenzen, ich vergesse meine guten Manieren. Darf ich Ihnen irgendeine Erfrischung anbieten? Ich habe eine gut ausgestattete Bar, und das Küchenpersonal wurde über Ihre Ankunft informiert. Luna ist nicht die Hauptstadt, aber unsere Provinzen sind nicht gerade unfruchtbar. Es gibt ein Getränk auf Äthanol-Basis, das als ›Grand Marnier‹ bekannt ist und das Ihnen gewiß schmecken wird.«

»Vielleicht einen kleinen Schluck«, sagte Karreeel. »Nachdem wir uns unterhalten haben.«

»Wie Sie wünschen, Exzellenzen.«

»Inspektor, Sie werden vermutlich oft zu Versammlungen der Hohen Kommission geladen.«

»Das stimmt, Exzellenzen. Natürlich nicht, seit ich nach Luna geschickt wurde.«

»Sie haben dort Agenten«, sagte Tsirovv. Es war das erste Mal, daß er das Wort ergriff.

Agzaral lächelte nur leicht, und in sofern war sein Lächeln zweideutig. »Exzellenzen, ich habe überall viele Freunde.«

»Wir wissen, wie sich wichtige Sklaven verhalten«, sagte Tsirovv. Wieder schaute er Karreeel an.

»Inspektor, wir haben beunruhigende Gerüchte über die Aktionen des Rates gehört«, sagte Karreeel.

Jetzt ist es Zeit, zur Sache zu kommen. »Ja, Exzellenzen?«

»Aktionen, die unseren Handel beeinträchtigen könnten.«

»Aha. Exzellenzen, wissen Sie denn nicht, daß niemand in meinem Rang jemals wirklich allein ist?« Übertrieben intensiv starrte er die Wand an.

Wieder tauschten die drei Blicke aus. »Wir vertrauen auf Ihre – Diskretion«, sagte Tsirovv. »Wenn Sie es wünschen, werden wir reden.«

»Wie kann ich Ihnen dienen?«

Karreeel riß seinen Nasenschlitz auf, und die Farbe seiner Augen ging in ein dunkles Blau über. »Inspektor, wir haben gehört, daß der Rat sich um Entscheidungen bemüht, die die weitere Entwicklung der Erde betreffen. Mittlerweile sind sie im Umgang mit Menschen sehr viel strenger. Wir haben gehört, daß es Anträge gibt, in denen die Bombardierung der Erde gefordert wird.«

»Von einer großen Mehrheit abgelehnt«, sagte Agzaral.

»Aber der Vorschlag wurde gemacht. Inspektor, wie viele im Rat wissen von der Existenz Trans?«

Nun kommen wir tatsächlich auf den Punkt. »Mehr als einer. Nicht alle.«

»Das ist keine befriedigende Antwort.«

»Eine bessere kann ich Ihnen nicht geben, Exzellenzen. Ich habe keine Informationen an den Rat weitergegeben. Ich weiß, daß mindestens eine Gruppe, nämlich ein Teil der Ader'at'eel, weiß, das Tran existiert, aber diese Gruppe scheint genauso entschlossen wie wir, das geheimzuhalten.«

Jetzt schwiegen alle sehr lange. Agzaral hatte sich schon immer gefragt, ob die *Shalnuksi* vielleicht telepathische Fähigkeiten hatten. Wenn das zutraf, waren sie einzigartig. *Andererseits kann es auch an der technischen Ausrüstung liegen. Sende- und Empfangsgeräte in den Köpfen. Bei Menschen hatte das noch nie funktioniert, obwohl es eigentlich möglich sein müßte.*

»Wir danken Ihnen«, sagte Karreeel.

Agzaral verneigte sich, um das Kompliment zu würden. *Hat euch überrascht, was? Gegen die Ader'at'eel könntet ihr nie etwas ausrichten. Das würde eine so große Koalition erfordern, wie ihr sie nie zusammenbringen könnt.*

»Was wird der Rat im Hinblick auf Tran unternehmen?« fragte Karreeel.

»Exzellenzen, ich weiß es nicht.«

»Wir wollen das gern herausfinden. Und wir werden nicht undankbar sein.«

»Es wird nicht leicht sein. Ich brauche – Mittel – um meine Freunde in der Hauptstadt bei Laune zu halten.«

»Das ist uns völlig klar«, sagte Tsirovv.

»Ich glaube, wir können helfen«, sagte Karreeel.

»Exzellenzen, ich werde mich bemühen, Sie zufriedenzustellen.«

Wodehouse habt ihr Arschlöcher bestimmt nicht gelesen. »Soll ich jetzt Getränke bringen lassen?«

TEIL SECHS
Kirche und Staat

1

Auf einem Hügel an der Grenze zwischen Drantos und den Fünf Königreichen erhob sich stolz die Burg Fasolt. Ganton hielt sein Pferd an. Von einem höher gelegenen Hügel aus beobachtete er die Burg durch sein Fernglas. In der frühen Morgensonne waren alle Einzelheiten zu erkennen. Der Boden um die Burg herum war eine römische Meile weit gerodet und umgepflügt worden. Die Burgtore waren geschlossen, und die einzige Straße zum Hügel hinauf war mit angespitzten Pfosten und Stacheldraht versperrt.

»Ich sehe keine Wasserläufe«, sagte Lord Enipses. »Vielleicht wird der Durst Ajacias dazu zwingen ...«

»Es gibt Zisternen und eine Quelle«, sagte Ganton. »Ich bin schon in der Burg gewesen.«

»Majestät, darf ich,«

»Natürlich.« Ganton trennte sich ungern von seinem Fernglas, nicht einmal für einen Augenblick, aber Lord Enipses' Bette war sachlich begründet. Er schlang ihm den Riemen über den Kopf, bevor er das Fernglas losließ. Die Handwerker an der Universität stellten einzelne Rohre her, die sie *Teleskope* nannten. Sie funktionierten ähnlich wie die Ferngläser, aber die Bilder waren nicht so klar. Einige standen sogar auf dem Kopf!

Ganton wartete, bis Enipses genügend gesehen und ihm das Sternengeschenk wieder zurückgegeben hatte. »Nun?«

»Es wird nicht leicht sein«, sagte Enipses zögernd. »Selbst mit den Großen Kanonen.«

Nur eins der Feldstücke war wirklich als Belagerungskanone geeignet. Die Geschosse der anderen waren zu leicht, um gegen Mauern etwas ausrichten zu können. Das hatte Ganton schon so oft gehört, daß er es allmählich glaubte, aber er verstand immer noch nicht, warum. Artillerie blieb eine schwarze Kunst, die von Zauberern ausgeübt wurde, meistens von Söhnen von Handwerkern. *Ich hätte beim Unterricht an der Universität besser aufpassen müssen, das weiß ich jetzt. Warum habe ich nur nicht aufgepaßt?*

»Aber wir müssen die Burg nehmen. Wir dürfen dieses Einfallstor nach Drantos nicht offenlassen.«

»Majestät«, sagte Enipses, »bei allem Respekt, aber können wir die Burg nicht auf eine ähnliche Weise einnehmen, wie wir Prinz Strymon aus Drantos vertrieben haben?«

»Was wißt Ihr darüber?« fragte Ganton.

»Majestät, das wissen alle. Lady Tylara hat irgendwie Prinz Strymon bezaubert. Der Hohepriester Apelles hat ihm das Wissen um den neuen Christus nahegebracht, und Eure Majestät haben ihm gezeigt, daß sein Eindringen in unsere Länder eine Sünde war. Das weiß jeder.«

»Das weiß also jeder. Hmm.« *Sie wissen meinen Erfolg nicht zu würdigen und loben mich deshalb nicht. Aber mein Anteil am Erfolg war der geringste. Lord Rick hat einmal gesagt, daß man alles schaffen kann, wenn man nur kein Lob dafür erwartet. Ich sehe, daß ich diese Lektion besser gelernt habe, als ich wollte.* »Weiß denn jeder, wie wir es schaffen werden, heute in dieser Burg zu übernachten?«

»Nein, Majestät, aber ich bin sicher, daß Ihr es wißt.«

Bei Yatars Zähnen. Ganton hob sein Fernglas und schaute noch einmal zu Burg Fasolt hinüber. *Ein Drittel oder mehr von den Männern, die ich auf den Mauern sehe, tragen Grünweiß.* Ganton lächelte. »Vielleicht weiß ich es, Lord. Aber nur vielleicht.«

Regen strömte auf das Lager nieder. Die Wachen hatten für ausreichenden Schutz gesorgt, so daß das königliche Lagerfeuer weiterbrennen konnte. Aber ganz konnte dieser Schutz den Regen nicht abhalten.

»Vielleicht«, sagte Enipses.

Ganton lachte. »Nicht einmal Könige bekommen immer ihren Willen. Aber wenigstens haben wir ein Feuer.«

»Und sie haben das Schloß.«

»Als ich Euch einlud, Morrones Stelle als Gefährte des Königs einzunehmen, wußte ich nicht, daß Ihr auch seine Manieren annehmen würdet. Gebt Ihr mir noch etwas Wein, bitte?«

»Sofort, Majestät.« Enipses schenkte aus einer Zinnflasche ein, die er direkt am Feuer erhitzt hatte.

In der Ferne schrie jemand: »Wer da?«

»Balquhain do Tamaerthon und Gäste.«

»Bleibt stehen, daß wir euch erkennen können!«

Enipses sprang auf die Füße. »Wachen ...«

»Das war Balquhain«, sagte Ganton. »Habt Ihr denn seine Stimme nicht erkannt?«

»Ja, Majestät.«

»Und er kommt bestimmt nicht ohne Grund. Setzt Euch, bevor Ihr ihn beleidigt.«

»Gäste, sagt Ihr.« Ganton betrachtete die in Mäntel gehüllten Gestalten an seinem Lagerfeuer. »Gäste. Prinz Strymon, was tut Ihr denn hier?«

Strymon lachte. »Majestät, ich komme als Flüchtling.«

»Ihr?«

»Ich hatte die Wahl, zu fliehen oder innerhalb meiner eigenen Armee einen Bürgerkrieg zu führen.« Er schaute nervös die anderen an, die immer noch um das Feuer herumstanden.

»Ich glaube, es ist nicht so wichtig, ob uns jemand hört«, sagte Ganton. »Dennoch ...« Er seufzte. »Lord Enipses, wenn ich Euch bitten darf, ich möchte mit Prinz Strymon und Lord Balquhain gern allein sprechen.«

»Majestät ...«

»Und Apelles natürlich.« Ganton schenkte Wein ein, während Enipses die anderen vom Schutzdach wegführte. »Nun, Hoheit, wenn Ihr es Euch bequem gemacht habt ...«

Strymon saß auf einem Holzklotz ganz nahe am Feuer. »Majestät, die Vorhut des Hohen Rexja traf auf uns, als meine Nachhut gerade die Grenze überschritt. Matthias führte die königliche Leibwache an. Er brachte eine direkte Verfügung von Toris mit, die mich meines Kommandos enthob und meine Verhaftung wegen Hochverrats befahl.«

»Ich – verstehe.« Ganton setzte sich auf einen Holzklotz Strymon gegenüber.

»Ich hatte die meisten meltemesischen Truppen meinem Bruder als Eskorte mitgegeben. Nur meine perrsönliche Leibwache blieb bei mir. Sie reichte aus, Matthias daran zu hindern, seinen Befehl sofort auszuführen, aber er und Bheroman Darkon wandten sich an die Soldaten aus den anderen Königreichen. Die Armee von Ta-Boreas versammelte sich um Darkon, und die anderen waren bereit, sich ihr anzuschließen.«

»Hoheit, hättet Ihr nicht Eure eigenen Truppen holen lassen können?« fragte Balquhain.

»Vielleicht, Lord, aber es erschien mir besser, sie weiterreiten zu lassen. Ich wollte lieber, daß mein Bruder den Grünen Palast sicher erreicht, als einen hoffnungslosen Bürgerkrieg, in dem noch mehr meiner Soldaten getötet worden wären.«

»Dann muß ich gestehen, Hoheit, daß ich nicht weiß, wie Ihr lebend hierher gelangt seid.«

»Lord Vater Apelles«, sagte Strymon. »Er tat, was ich nie hätte tun können. Als Darkon und Matthias die Truppen gegen mich aufbringen wollten und ich schon mein Schwert zog, ritt Apelles vor den angetretenen Truppen auf und ab und schrie den Neuen Christen unter ihnen zu: »Brüder! Wollt ihr gegen eure Brüder kämpfen? Wollt ihr die Waffen gegen den Nuntius des Erzbischofs Polycarp und den Hohepriester Yanulf erheben?«

Ganton schaute Apelles erstaunt an. Apelles' Gesicht verschwand noch tiefer in der Kapuze seiner Robe.

»Großer Yatar«, murmelte Balquhain.

»Man hörte also – auf ihn«, sagte Ganton.

»Die Armee löste sich auf. Einige kamen zu mir. Andere warfen ihre Waffen weg. Viele scharten sich um Lord Vater Apelles, um jeden von ihm ferzuhalten, der ihm etwas antun wollte.«

»Apelles ...«

»Vergebung, Majestät«, sagte Strymon, »aber er verdient den Titel.«

Ganton schluckte. »Lord Vater Apelles ...«

»Majestät?«

»Ich denke, wir werden später miteinander reden. Ich glaube auch, daß Hohepriester Yanulf etwas dazu zu sagen haben wird.«

»Ich zweifle nicht daran«, sagte Apelles. »Aber, Majestät – mir fiel nichts anderes ein. Und bald darauf ging Bheroman Darkon zu Prinz Strymon und bot ihm freies Geleit aus dem Lager an.«

»Er befahl mir zu verschwinden«, sagte Strymon, »und ich war froh, daß ich gehen durfte.«

»Wie viele Männer Eurer Armee sind Euch gefolgt?« fragte Ganton.

»Vielleicht einer von zehn. Mindestens ebenso viele sind einfach nach Hause gegangen.«

»Dann hat er ein Viertel seiner Stärke verloren.«

»Das waren nur Prinz Strymons eigene Soldaten, Majestät«, sagte Apelles. »Einer von zehn der Männer, die mit Matthias gekommen waren, haben das Wahre Licht erkannt. Sie stehen vor dem Lager und warten darauf, von Eurer Majestät inspiziert zu werden. Lord Drumold ist bei ihnen.«

Lord Rick sagte immer, es gibt bessere Methoden zu siegen als Schlachten und Kriege. Ich hätte ihm glauben sollen.

»Lord Vater Apelles, das habt Ihr sehr gut gemacht. Prinz Strymon, wer befehligt ihre Armee denn jetzt?«

»Sie lassen Prinz Akkilas holen.«

»Den Erben selbst? Sarakos' Bruder?«

»Ich glaube, einem anderen würde die Armee nicht folgen.«

»Er soll ein Hitzkopf sein«, sagte Ganton. »Hat sein Vater ihn deshalb vom Kommando ausgeschlossen?«

»Haha. Der Hohe Rexja Toris schickte den Jungen zu mir, damit er das Kriegshandwerk erlerne. Ich glaube, er hat zu viele Geschichten über die Heldentaten seines Namensvetters gehört. Nach einem Monat schickte ich ihn nach Teveron zurück, um Verstärkungen und Nachschub zu organisieren. Er ist recht intelligent, aber jung und ungestüm. Es ist gefährlich, einem solchen Mann Soldaten anzuvertrauen, die ihm blindlings folgen.«

Das muß ich mir merken. Lord Rick hätte mit diesem Wissen sehr viel anfangen können. Vielleicht kann ich das auch. »Nun, wie dem auch sei. Hoheit, ich heiße Euch willkommen und biete Euch meine Gastfreundschaft an.«

Strymon lachte. »Majestät, ich danke Euch, aber gestattet Ihr mir, Euch meine anzubieten? Ich kenne einen trockeneren Ort, an dem wir heute nacht schlafen können.«

Die stampfenden Füße der Schwerttänzer und die Dudelsäcke machten so viel Lärm, daß es im Großen Saal von Lord Ajacias Burg Fasolt so laut war wie auf einem Schlachtfeld. Wanax Ganton schaute vom Hohen Tisch aus zu. Prinz Strymon saß rechts von ihm und Lord Hohepriester Apelles zu seiner Linken. Diener füllten ihre Becher so schnell wie sie sie leerten.

Ganton dachte an seinen letzten Besuch. Damals hatte er auch an diesem Tisch gesessen. *Es ist weit über ein Jahr her. Ich hatte gerade einen Brief von Octavia bekommen. Ich glaube, zu dem Zeitpunkt wußte ich schon, daß wir heiraten würden.*

Auf Lord Ricks Rat hin hatte er Lord Ajacias mit einem königlichen Besuch beehrt. Der Besuch diente der Aufdekkung von Verschwörungen, die Ajacias vielleicht plante, und ihm sollte das Gold genommen werden, das er zu ihrer Verwirklichung brauchte.

Vielleicht hatte der Hohe Rexja Toris mehr Gold geschickt. Vielleicht war Ajacias auch ein größerer Narr, als man es sich hätte vorstellen können. Aus welchem Grund auch immer, aber dieser Plan Lord Ricks war gescheitert. Ajacias schmiedete weiter Komplotte, bis er schließlich Prinz Strymons Armee in Drantos einmarschieren ließ.

Und es ist Prinz Strymon zu verdanken, daß der Verräter nicht hingerichtet werden kann. Das war ein bitterer Gedanke. Bevor Strymon seinen Männern befahl, Ajacias zu vertreiben und das Burgtor zu öffnen, hatte Ganton ihm schwören müssen, Ajacias ins Exil zu schicken.

An seiner Stelle hätte ich nicht anders handeln können. Aber Lady Tylara wird sich nicht sehr freuen, und das gilt auch für

Lord Rick. Aber hatte ich eine Wahl? Ich hätte ein halbes Jahr gebraucht, diese Burg einzunehmen. Meine Leute sind besser beschäftigt, wenn sie die Äcker bestellen, damit wir für die ZEIT gerüstet sind.

Ganton nahm einen Schluck Wein und grinste. *Nur fünf Leute waren bereit gewesen, Ajacias zu begleiten. Er wird ohne Gold und ohne Freunde an einem fremden Hof leben. Vielleicht wird er eines Tages noch wünschen, er wäre gehängt worden.*

Bei jenem letzten Bankett war Lady Cara, Ajacias Tochter, die Tischdame des Wanax gewesen. Jetzt befand sie sich in der Obhut von Lady Tylara. Morrone war Gefährte des Königs gewesen und hatte den Hirschbraten tranchiert. Jetzt führte er eine Bande von zerlumpten Guerilleros an. Yatar mochte wissen wo. Und Lord Rick hatte von seinem eigenen Tisch aus zugeschaut, anstatt die Armee von Chelm irgendwo im Westen zu befehligen.

Im Kerzenrauch tauchte der zottelige Kopf von Oberkanonier Pinir auf. Prinz Strymon stand auf und hob seinen Weinbecher. »Hoh, Pinir, Sohn des Schmiedes!«

Pinir ging um die Tänzer herum und näherte sich dem Tisch. Er sah aus wie ein großes Pferd, das durch eine Herde von Jährlingen geht. Selbst wenn er kniete, waren seine Augen in einer Höhe mit denen Gantons.

»Eure Majestät, Eure Hoheit. Zu Euren Diensten.«

»In der Tat, es waren gute Dienste. Einen ganzen Tag lang hast du mich mit den Geheimnissen der großen Kanonen vertraut gemacht. Ich danke dir.«

»Hoheit, es war mir ein Vergnügen.«

Strymon lachte. »Matthias hat mir wenig genug übriggelassen, aber du verdienst mehr als Dank.«

Strymon stand auf, und klappernd fiel sein Stuhl um. Er nahm einen Ring vom Finger und gab ihn Pinir. »Trag diesen Ring als Zeichen meiner Dankbarkeit.«

Pinir stand auf und nahm den Ring. Er paßte kaum auf das erste Glied. »Wenn Eure Majestät gestatten …?«

»Nimm ihn schon.« Ganton winkte ab. »Aber ich frage Euch, warum maßen Sie sich an, *meinen* Oberkanonier zu belohnen?«

»Ist das eine so große Anmaßung?«

»Groß genug, um Satisfaktion zu verlangen.«

Strymon lachte. »Wir haben gegeneinander noch nie Lanzen gebrochen. Das bedaure ich.«

»Es tut mir genauso leid wie Euch. Aber ich denke, das ist ein Vergnügen, das wir uns nicht versagen müssen. Ein Gang mit der Lanze und dann zu Fuß mit meiner Axt. Ihr habt die Wahl Eurer eigenen Waffe.«

»Es wird das Schwert sein. Ah, was für ein großartiges Schauspiel wird das sein. Drei Ritter aus jeder Armee werden Schiedsrichter sein, und wenn nötig, wird Yanulf die endgültige Entscheidung fällen. Wir ...«

»Yanulf, Hohepriester Yatars und Ko-Vikar Christi auf Tran wird Euch bei Eurem närrischen Zweikampf nicht zur Verfügung stehen«, ertönte eine Stimme hinter Ganton. Ganton sprang auf und stieß sein Weinglas um. Der Wein tropfte auf seine Robe.

»Ich will mit diesem Zweikampf nichts zu tun haben. Wenn Ihr zu dieser Narretei fest entschlossen seid, werde ich mich mitten auf die Bahn stellen, und Ihr müßtet mich niederreiten!«

Ganton fühlte sich wie ein Sechsjähriger. Ohne sich umzudrehen, sagte er: »Lord Kanzler, das ist höchst anmaßend.«

»Ihr könnt das Amt haben.« Yanulf riß sich die Amtskette vom Hals, warf sie auf den Tisch und ging davon.

»Lord – Vater Apelles, redet mit ihm!« sagte Ganton. »Sagt ihm – sagt ihm was Ihr wollt, aber gebt ihm diese Kette zurück!«

»Sir.« Apelles nahm die Kette und folgte Yanulf zum anderen Ende der Halle.

»Er wird sie zurücknehmen«, sagte Strymon. »Majestät, ich denke, wir sollten dieses Turnier lieber aufschieben.«

»Ich habe darüber nachgedacht und bin Eurer Meinung«, sagte Ganton. Er schaute hoch und sah Pinir vor sich. Der Mann kniete immer noch mit dem Ring in der Hand. Sein Gesicht hatte die Farbe von schmutziger Kreide.

»Oberkanonier, ich denke, du wirst Geschichten zu erzählen haben. Erzähle sie gut. Du bist entlassen.«

»Majestät ...«

»Geh!« Er schaute nach unten und lächelte. »Schick Prinz Strymons Diener, damit sie ihn in seine Kammer tragen. Und wenn du diese Geschichte erzählst, dann sage, daß Wanax Ganton auf seinen eigenen Beinen in seine Kammer gegangen ist.«

»Herein«, hörte sie Yanulfs Stimme durch die schwere Eichentür.

Tylara atmete tief durch und öffnete die Tür. Die rostigen Angeln kreischten wie Dämonen; ihre mühsam aufrechterhaltene Fassung geriet ins Wanken. Sie betrat Yanulfs Kammer und stieß die Tür hinter sich zu.

Yanulf streute Sand auf den Brief, den er gerade geschrieben hatte, und verschloß das Tintenfaß. »Zum Gruß, Lady. Wie kann ich Euch dienen?« Nach einem zweiten Blick in ihr Gesicht stand er auf und schob ihr einen Schemel hin. Tylara setzte sich.

»Wie geht es Lady Cara?« fragte Yanulf wie beiläufig. »Wir sind Euch dankbar, daß Ihr sie in Eure Obhut genommen habt.«

»Ihr mögt es sein«, sagte Tylara amüsiert. »Aber sie nicht. Sie hat alles abgelehnt, was diese ›Tochter von Räubern aus dem Hügelland‹ ihr angeboten hat. Außerdem kichert sie dauernd. Aber erzählt das niemandem. Mein Bruder würde wütend werden, und mein Vater könnte ihn dann vielleicht nicht zurückhalten.«

»Ich verstehe.« Yanulf schürzte die Lippen. »Ich denke, ich werde vorschlagen, daß Lady Cara einen loyalen Ritter heiratet, dessen Länder weit vom Sutmarg entfernt liegen. Vielleicht kennt Ihr einen.«

»Nein.« Tylara wußte, daß sie zu schnell geantwortet hatte. »Ich freue mich, daß Ihr die Kette des Lordkanzlers tragt.«

Yanulf lächelte. »Männer können wie Knaben sein. Aber

ich glaube nicht, daß Ihr gekommen seid, mein Äußeres zu inspizieren.«

Tylara hatte einen trockenen Mund. Sie schüttelte den Kopf.

»Das dachte ich mir doch. Meine Tochter, ich weiß, daß es zwischen Euch und Eurem Lord nicht leicht gewesen ist. Ihr seid gekommen, um mit mir zu sprechen. Redet.«

»Es … ich … Apelles … Yanulf, ich bin entehrt in den Augen der Götter. Caradocs Blut klebt an meinen Händen.«

Ihre Worte kamen erst langsam, aber dann sprach sie immer schneller. »Lady Gwen hatte Caradoc geheiratet, wirklich geheiratet, vor allen Stämmen, aber dann konnte sie ihrem – früheren Gatten nicht widerstehen, als er von den Sternen zurückkehrte. Sie lag ihm bei. Sie hielt es nicht einmal geheim. Caradoc würde es erfahren, und wenn er es erfuhr, wäre alles verloren, was mein Gatte aufgebaut hat, und alles, was wir geplant haben. Im Namen Yatars, was hätte ich tun können? Ich hatte die Instrumente in der Hand. Vater Yanulf, ich schwöre, daß ich nicht geplant hatte, die Kinder Wotans auf diese Weise zu benutzen!«

Bevor sie geendet hatte, waren die Kerzen auf Yanulfs Tisch fast niedergebrannt.

»Komm, mein Kind.« Sie kniete vor ihm nieder und legte ihren Kopf auf seine Knie. Yanulf legte ihr die Hand auf die Schulter und räusperte sich. »Ich habe keine fertige Antwort, und ich glaube auch nicht, daß Ihr eine erwartet. Ja, ich glaube sogar, daß Ihr davon überzeugt seid, daß nur Euer eigener Tod eine Antwort wäre. Ist das nicht so?«

Tylara schauderte. »Ja, Vater.«

»Glaubt Ihr das immer noch?«

»Yatar sei mein Zeuge, aber ich weiß es nicht. Ich lebe, wo ich doch den Tod erwartet hatte. Ich habe vielleicht sogar Gutes für mein Volk bewirkt.«

»Allen ist klar, daß Ihr viel Gutes für Euer Volk bewirkt habt.«

»Wenn Ihr es sagt. Ich weiß es wahrhaftig nicht. Ich weiß nicht einmal, ob mein Leben die Götter beleidigt.«

»Apelles sagte, Ihr hättet geschworen ...«

»Nicht Hand an mich zu legen, solange ich in Prinz Strymons Gewahrsam bin? Das stimmt, und ich habe meinen Eid gehalten. Jetzt bin ich wieder frei.«

Tylara starrte in das Feuer. Yanulfs Schweigen dauerte Minuten. *Ich kann ihn nicht anschauen. Mein Schicksal steht in seinem Gesicht geschrieben.*

»Buße.«

»Was?«

»Buße. Ein Ritual der Christen. Man beichtet seine Sünden einem Priester, der geschworen hat, nie zu enthüllen, was er gehört hat. Der Priester befiehlt einem dann – bestimmte gute Werke zu tun.«

»Welche – welche Art von guten Werken?«

»Gebete, Pilgerfahrten, Darbringungen von Opfern ... wie es der Priester durch Gebete und Meditation ermittelt. Man tut diese Dinge und ist damit von seiner Schuld befreit, in den Augen der Menschen und in den Augen Gottes.«

»In den Augen Gottes – Yatars?«

»Ja. Tylara, Ihr habt nicht Angst um Euch selbst. Ihr fürchtet, daß sich der Zorn Gottes gegen Euren Gatten und Eure Kinder richtet. Angst um andere haben Euch dazu getrieben, gegen den Feind zu reiten. Wäret Ihr so böse, wie Ihr zu denken glaubt, hättet Ihr nur an Euch selbst gedacht. Ihr seid kein Ungeheuer, und weder Gott noch die Menschen werden Euch als solches bezeichnen, wenn Ihr ihnen Euer Herz öffnet.«

Alle Tränen, die Tylara so lange zurückgehalten hatte, flossen jetzt auf einmal. »Aber wie kann mein Gatte mir verzeihen? Ich habe ihm nicht erzählt, was ich getan habe. Und nun wird er Erben bei einer anderen suchen.«

»Wie kommt Ihr auf diesen Gedanken?«

»Er ist kalt. Er ist nie mit mir allein.«

Yanulf trocknete ihr die Tränen. »Tylara, habt ihr niemals daran gedacht, daß er Euer Geheimnis entdeckt haben kann? Und daß er kalt ist, weil er glaubt, daß Ihr ihm nicht traut?«

»Ich ... nein.«

»Ich wäre erstaunt, wenn er es nicht herausgefunden hätte. Er sucht Erben bei einer anderen? Es gibt sehr wenig, was ich nicht erfahre, und davon habe ich nie etwas gehört.«

»Nie?«

»Kein Wort.«

»Was soll ich denn tun?«

»Ihm alles sagen.«

»Nach fast zwei Jahren?«

»Ja. Es ist nur Euer Stolz, der Euch mit Zweifeln erfüllt. Die Christen zeigen große Weisheit, wenn sie den Stolz als eine der sieben Todsünden bezeichnen. Welchen Sinn hat es, das Schlimmste von Eurem Gatten zu denken, wenn Ihr nicht mit ihm sprechen wollt? Kann es denn so viel schwerer sein, mit ihm zu sprechen als mit mir?«

»Ihr habt viel über den Glauben der Christen gelernt. Habt Ihr Euch selbst taufen lassen, Vater Yanulf?«

»Kind, ich habe Euch heute abend nichts erzählt, das nicht in Büchern verzeichnet ist.«

»Diese – Buße. Kann sie denen angeboten werden, die nicht als Christen getauft wurden?«

»Christen oder Neue Christen. Im Glauben der neuen Christen sind Beichte und Buße Sakramente.«

»Dann könnt Ihr ...«

»Ihr habt Eure Beichte schon abgelegt.«

»Worin besteht denn meine Buße?«

»Kind, jetzt muß *ich* beichten. Dies ist so neu für mich, daß ich beten und meditieren muß. Ich weiß nur soviel, Ihr müßt Wiedergutmachung leisten.«

»Als Caradocs Kind geboren wurde, war ich Patin ...«

»Nicht an Caradoc. An den Kindern Wotans. Ihr habt sie ihrer Unschuld beraubt.«

Tylara wandte sich von ihm ab. Sie weinte hemmungslos. »Ich hatte – ich hatte das nicht gewollt. Sie waren verloren, und ...« Sie wartete und hoffte, daß Yanulf sie unterbrechen würde, aber er sagte nichts. »Sie waren verloren, und ich brauchte sie zu meinen Zwecken! Vater Yanulf, was soll ich tun?«

»Ihr müßt dafür sorgen, daß sie ein neues Gewerbe lernen. Ein ehrliches Gewerbe. Ihr könnt ihnen ihre Unschuld nicht zurückgeben, aber Glauben an sich selbst.«

»Ein ehrliches Gewerbe? Ihr einziges Gewerbe ist der Tod. Wartet! Vater – diejenigen, die die Kunst des Tötens kennen, können auch beschützen! Wenn es gilt, Schafe zu hüten, gibt es einen besseren Hund als den Wolf? Würde ich damit Buße tun können?«

»Lady Tylara, woran denkt Ihr?«

»Prinz Teodoros. Ich glaube nicht, daß er im Grünen Palast lange am Leben bleiben wird. Es sei denn ...«

Yanulf schwieg eine Weile. Er spielte mit dem Großen Siegel von Drantos an seiner Amtskete. »Ihr habt noch immer Macht über die Kinder?«

»Ja, Vater.«

»Dann – will ich es Euch auferlegen. Ein Teil Eurer Buße soll darin bestehen, daß Ihr die Kinder schickt, damit sie Prinz Teodoros beschützen.«

2

Ben Murphy tauchte seine Feder in das Tintenhorn.

Kampfverband Murphy Kriegstagebuch. Einsatztag dreiundzwanzig. Position siebzehn Kilometer WSW von Shora's Rift im nördlichen Teil des Sutmarg.

Tagesmarsch vierzehn Kilometer. Ausfälle des Tages ein Toter (Hitzschlag), ein Vermißter, sechs Pferde zusammengebrochen und aufgegeben. Stärke: Sieben Offiziere, vierhundertachtundsechzig Mann. Neunundzwanzig Verwundete, zwölf davon noch in der Lage zu kämpfen. Fünfhundertdreizehn Pferde. Verbleibende Munition: Zweiundzwanzig Prozent für Sternenwaffen, vierzig Prozent für Raketen, fünfzig Prozent für Pfeile.

Die Wiederbeschaffung von Pfeilen geht schneller als erwartet.

Kommentar: Es sieht so aus, als seien wir der ganzen westlichen Armee des Hohen Rexja entkommen. Nach meiner Schätzung haben drei Regimenter uns gejagt. Ich kann sagen ›Auftrag erfüllt‹ denn wir haben ihre Kavallerie auf uns gelenkt. Das Problem ist, daß wir hinter Prinz Strymons Armee stehen, und die steht zwischen uns und Drantos.

So weit ist alles in Ordnung. Wir haben gutes Wasser, und zwischen dem Buschwerk gibt es Weiden mit Gras, wie es auf der Erde wächst. Zusammen mit dem erbeuteten Hafer bedeutet das ausreichend Futter.

Die Pferde sollen sich ein paar Tage ausruhen. Wenn alle wieder fit sind, werde ich entscheiden, ob wir Strymons Nachhut angreifen oder nach Süden reiten, um uns Ganton anzuschließen.

Die Moral ist gut. Zwischen unseren Leuten und den Westmännern gibt es kaum Spannungen. Wegen der Sprachprobleme reiten die Westmänner und die Kämpfer von Drantos in getrennten Einheiten, aber die beiden Seiten trauen einander inzwischen. Sie haben drei Wochen lang einander immer wieder beigestanden.

»Sergeant?«

Murphy schaute hoch und sah Hal Roscoe, der gerade vom Pferd stieg. »Ja?«

»Die Späher sind gerade zurückgekommen. Etwa sechs Kilometer entfernt haben sie eine Nachschubkolonne gesichtet. Die Fahrzeuge sind zu einer Wagenburg zusammengestellt.«

»Befestigt?«

»Nur zusammengestellt. Über dem Kommandoposten wehen die Banner von wichtigen Leuten.«

»Verdammt gut.«

»Ja.« Die meisten seiner Leute waren früher Wilderer gewesen und würden das nicht erkennen. Und die Späher der Westmänner wußten nichts von Wappenkunde.

»Wollen Sie sich heranmachen, Sergeant?«

»Scheißt der Bär in den Wald? Sagen Sie den Leuten ›Gut gemacht‹, und ich komme in ein paar Minuten.«

»Okay, Sergeant«, sagte Roscoe, bestieg sein Pferd und ritt davon.

Glück gehabt, schrieb Murphy. Banner von wichtigen Leuten bedeuten Lebensmittel, Ersatzpferde und vielleicht wertvolle Beute. Wir werden die Wagenburg einnehmen, nachdem die Wahre Sonne untergegangen ist. Der Dämonenstern wird uns genug Licht geben.

Die Vatersonne war untergegangen, und das Kind war nur noch ein roter Fleck im Osten. Das unheilvolle Auge des Bringers des Todeswindes warf einen roten Schein über die Lichtung. In der Nähe des Waldes, wo Wilder Bärs Leute warteten, lag tiefer Schatten.

Die Feuerstöcke der Zauberer – die *Raketen* – zischten hinter den Pferdeleuten hoch und zogen einen Bogen über den Himmel. Zwei, drei vier von ihnen schlugen in der Wagenburg des Feindes ein.

Wilder Bär sah, daß einige seiner Männer Gesten machten, die böse Geister abwehren sollten. Andere hatten Mühe, ihre nervösen Pferde zu beruhigen. Er selbst fürchtete die Feuerstöcke der Zauberer nicht mehr, und er hatte auch keine Angst mehr davor, nachts zu kämpfen. Offensichtlich war die Magie der Zauberer stärker als die der Nachtdämonen. Deshalb mußte er auch stärker sein als die Männer im Lager, die sich bei Nacht nicht zu rühren wagten.

Nur ein Feuer flammte auf, wo die Raketen niedergegangen waren, aber es war so hell, daß man sehen konnte, wie Pferde und Ochsen wild herumrannten. Wilder Bär grinste, zog sein Schwert und wartete auf das Signal seines Häuptlings und Blutsbruders.

Murphys Trompete erklang, gefolgt von einem langen schrillen Pfiff auf seiner Eisenpfeife. Wilder Bär schlug die Fersen in die Weichen seines Pferdes. Jäh sprang das Pony aufwärts, und Wilder Bär schlug sein Schwert nach unten, wie er es bei Häuptling Murphy gesehen hatte. Dann nahm er sein Pferd zur Seite, um die Bogenschützhen vorbeizulassen.

Die Bogenschützen waren hundert Schritte vor Wilder Bär, als sie die Wagenburg mit ihren Pfeilen erreichen konnten. Einige Pfeile kamen ihnen entgegen, und zwei von Wilder Bärs Männern stürzten aus dem Sattel.

Gegen jeden Bogenschützen in der Wagenburg standen zwei Westmänner, und die Pfeile der Westmänner trugen weiter und trafen härter. Bald mischten sich die Schreie der Männer mit den Schreien der Pferde, und von der Wagenburg kamen weniger Pfeile geflogen.

Wilder Bär ritt an der Reihe seiner Bogenschützen entlang. Im Lager des Feindes entstand Bewegung. Fackeln flackerten, und gepanzerte Männer bestiegen ihre Pferde. Ein Knappe reichte einem der Ritter ein Banner. Das Banner trug dasselbe Wappen wie das, das über dem Zelt geflattert hatte. *Ah, der Häuptling des Lagers will den Kampf gegen uns aufnehmen. Vater, Donnerer, laß ihn Futter für meine Lanze werden.*

Wilder Bär schob sein Schwert in die Scheide zurück. Es war ein Eisenschwert, ein Geschenk seines Blutsbruders, und in geschickteren Händen wäre es gegen jedes Eisenhemd eine brauchbare Waffe. Es war gut, ein Eisenschwert zu haben, und es war auch nützlich zu lernen, wie die Eisenhemden kämpften, aber die Pferdemenschen übten mit Lanzen von dem Tag an, da sie in den Sattel gesetzt wurden. Eine Lanze würde immer Wilder Bärs erste Wahl sein. Seine stählerne Lanzenspitze war über fünf Generationen auf ihn vererbt worden.

Die feindlichen Reiter ritten zu viert. Einige der Bogenschützen schossen auf sie. »Das Lager!« schrie Wilder Bär. »Überlaßt die Reiter uns!« Wenn die Eisenhemden nicht mehr da waren, um das Lager zu verteidigen, würde es bestimmt fallen. Auch das hatte Wilder Bär von Murphy gelernt: Man muß immer das einmal gesetzte Ziel im Auge behalten. Man darf sich nie durch die Aussicht auf leichtere Beute ablenken lassen.

Die feindlichen Reiter massierten sich zum Angriff. Wilder Bär ritt ihnen mit seinen Lanzenreitern entgegen. Die Hörner der Feinde ertönten. Wilder Bärs Truppe sah sich einer fünffachen Übermacht gegenüber. »Die Dunkelheit muß unsere Freund sein!« schrie er seinen Männern zu. »Wenn sie näherkommen, reitet davon und führt sie weit weg von hier.«

Er trieb sein Pony an. Ein Eisenhemd ritt den anderen weit voraus. Wilder Bär riß sein Pony nach rechts, als wollte er dem Mann ausweichen. Sein Feind verfolgte ihn, aber sein schwereres Pferd war nicht so wendig wie Wilder Bärs Pony. Als er die Richtung änderte, ritt Wilder Bär auf ihn zu und stieß ihm die Lanze in die Kehle. Im Fallen riß der Mann die Lanze mit.

Zu seiner Linken erschlug ein Mann in silberner Rüstung zwei Westmänner. Wilder Bär schwenkte auf ihn ein, aber ein Dutzend Feinde kamen dazwischen. Der Häuptling zog sein Schwert und schrie sie an. Er wartete, bis sie nahe genug waren, seine Beleidigungen zu hören, und ritt vor ihnen davon. Er ritt langsamen Galopp und blieb gerade so weit vor ihnen, daß er sie vom Lager fortlocken konnte.

Als er sie weit genug gelockt hatte, wendete er nach rechts und ritt an den älteren Kriegern vorbei, die am Waldrand in der Dunkelheit warteten. Dann vergaß er sie und ritt zum Lager zurück.

Die meisten Eisenhemden waren am Rand des vom Feuer beleuchteten Kreises stehengeblieben, aber zwei waren weitergeritten. Einer von ihnen war der Mann in der silbernen Rüstung, der Wilder Bärs Stammesleute erschlagen hatte. Wilder Bär spürte Blutdurst in sich aufsteigen. Solche Gefühle waren immer gefährlich. Die Pferdemenschen hatten schon vor langer Zeit gelernt, daß es besser ist, den Feind zu ermüden und ihn dann im rechten Augenblick zu töten, als ihn anzugreifen, wenn er in seiner vollen Kraft antreten konnte.

Das Eisenhemd in der silbernen Rüstung schrie und ritt

auf Wilder Bär zu. Ein anderer folgte ihm, er war noch ein Knabe und trug ein Banner. Ein *Häuptling,* dachte der Westmann.

Er galoppierte auf den Feind zu und hielt sein Pferd drei Lanzenlängen vor ihm an. Dann ritt er nach links. Nachdem er zehn Pferdelängen weitergeritten war, hielt er wieder an, damit der Häuptling sein Lachen hören konnte.

Das Eisenhemd stieß Flüche aus. Wilder Bär konnte nicht alles verstehen, aber er hörte das Wort der Eisenhemden für ›Ehre‹ heraus. Er grinste und stellte sich in die Steigbügel. »Du hast keine Ehre!« schrie er.

Der Häuptling der Eisenhemden fluchte noch lauter und gab seinem Pferd die Sporen. Er ritt auf Wilder Bär zu. Wieder mußte der Westmann grinsen. Er hatte diesen Satz von Murphy gelernt. *Und mein Bruder wunderte sich, warum ich das wissen wollte!*

Wilder Bär ließ sein Pony über das Feld tanzen und blieb immer drei Pferdelängen vor seinem Feind. Das *Kind* stand schon so hoch, daß er den Schaum an den Flanken des anderen Pferdes erkennen konnte. *Ein wenig mehr,* dachte Wilder Bär. *Nur ein bißchen weiter.*

»Feigling!« brüllte das Eisenhemd und hielt sein Pferd an. Er schaute sich um und sah, daß er sich sehr weit von der Schlacht entfernt hatte. Sein Bannerträger war um fünfzig Pferdelängen zurückgeblieben.

Jetzt!

Wilder Bär galoppierte von hinten heran, schwenkte nach links und schlug mit dem Schwert zu. Der Hieb traf den Schild des Eisenhemdes. Wilder Bär galoppierte weiter, bis er zwanzig Pferdelängen von seinem Feind entfernt war. Der Bannerträger kam rasch näher. Zwei Eisenhemden zusammen waren immer einem Krieger der Pferdemenschen gewachsen. Dies mußte jetzt rasch erledigt werden.

Wilder Bär ritt vorwärts, und plötzlich ritt der Mann auf ihn zu. Er hatte ein besseres Pferd als Wilder Bär je eines gesehen hatte. Schnaubend und mit schäumenden Flanken stürmte es auf Befehl des Häuptlings vorwärts. Die Lanze des Eisenhemdes fuhr nieder und grub sich tief in die Kehle des Ponys.

Als das Eisenhemd die Lanze fahren ließ und sein Schwert zog, sprang Wilder Bär über den Hals seines sterbenden Pferdes hinweg nach links. Dann sprang er wieder über das Pony hinweg, rollte sich auf den Rücken und stieß sein Schwert tief in den Bauch des Pferdes seines Gegners.

Das Tier schrie und bäumte sich auf. Der Häuptling der Eisenhemden nahm die Füße aus den Steigbügeln, ließ sich nach hinten vom Pferd gleiten und landete auf den Füßen. Wilder Bär nahm eine Handvoll Sand und warf sie dem Eisenhemd ins Visier. Dann sprang er nach links und rollte sich ab, um dem Mann die Beine wegzutreten. Dann sprang er auf und stieß ihn zu Boden. Als das Eisenhemd mit den Füßen austrat, versuchte Wilder Bär, seinen Dolch durch den Augenschlitz des Visiers zu stoßen. Das Eisenhemd schlug ihm seinen Eisenhandschuh an den Kopf, und Wilder Bär sah Sterne vor den Augen. Sofort kam er auf die Füße und sprang zurück. Das Eisenhemd kam auf die Knie und holte mit dem Schwert aus. Dann sprang er auf, aber Wilder Bär war sofort wieder außer Reichweite. Er lief um das tote Pferd herum, und der Mann stellte sich ihm entgegen. Während der Westmann sich mühte, sein Schwert unter dem Pferd herauszuziehen, hatte das Eisenhemd seinen Schild vom Boden aufgehoben.

Der Bannerträger ritt auf sie zu. Er hatte das Banner fallen lassen und sein Schwert gezogen. Als er vorbeiritt, warf sich Wilder Bär zu Boden und sprang wieder auf, bevor das andere Eisenhemd zuschlagen konnte. Der Bannerträger hielt sein Pferd an und wendete.

Der Häuptling der Eisenhemden schrie Befehle, die Wilder Bär nicht verstehen konnte.

Wo sind meine Stammesleute? Der Westmann war schon im Begriff wegzurennen, als ein berittener Sternenmann erschien. Der Sternenmann schrie etwas, und der Bannerträger drehte sich zu ihm um. Die kleine Sternenwaffe, die sie ›Ingram‹ nannten, machte wieder das Geräusch, als würde Tuch zerrissen.

Das Silber auf der Brust des Häuptlings der Eisenhemden verwandelte sich in Rot. Der Bannerträger versuchte, mit seinem Schwert auszuholen, aber er hatte keine Kraft mehr und fiel aus dem Sattel. Wilder Bär stürzte herbei und packte das Pferd am Zügel, um es für den Sternenmann einzufangen.

Der Sternenmann schrie etwas und ritt davon. Wilder Bär schaute zum Lager hinüber. Die Bogenschützen hatten jetzt einen engeren Kreis um die Wagenburg gezogen.

Er ging zu seinem toten Pferd zurück und nahm ihm Sattel und Zügel ab. Dann schnitt er die Federn und Klauen ab, die in die Mähne des Tieres eingewoben waren.

Der Kampf war härter gewesen als es Murphy lieb war. *Verdammt starke Bewachung für eine einzige Wagenkolonne. Und noch nicht einmal sehr viel Beute. Gut, daß wir die Westmänner hatten und nicht die Ritter von Drantos; mit denen hätten wir so viele schwere Kavallerie nicht schlagen können.*

Murphy hatte einen Trupp Späher ausgeschickt, die die überlebenden Feinde noch weiter vom Lager wegtreiben sollten. *Und auch das ist komisch. Zuerst kämpfen sie wie die Tiger, und plötzlich können sie nicht schnell genug fliehen.* Er rechnete nicht damit, daß seine Männer die Überlebenden gefangennehmen würden. Verdammt, er *wollte* sie gar nicht gefangennehmen. Er wollte nur verhindern, daß sie sich zu einem Gegenangriff formierten.

Murphy ritt mit der Abteilung, die alle Gefangenen bewachte, die gehen konnten. Es war die einzige Möglichkeit zu verhindern, daß die Westmänner ihnen die Kehle durchschnitten. Die Westmänner machten keine Gefangenen, und noch unangenehmer war es ihnen, lebende Feinde hinter sich zurückzulassen.

Das Lager und die Verwundeten blieben der Garde der Westmänner überlassen. Wenn sie den Verwundeten die Kehle durchschneiden wollten, hätten die Männer aus Drantos sie nur durch einen Kampf daran hindern können. Aber ehe es dazu kam, wollte Murphy lieber wegen toter

Gefangener schlaflose Nächte erleben als einen Kampfverband führen, der sich im Land des Feindes selbst aufrieb.

Außerdem haben wir keine Ärzte. Wer so schwer verletzt ist, daß er nicht gehen kann und bei seinen Freunden so unbeliebt ist, daß sie ihn nicht tragen, wird ohnehin nicht überleben.

Er stand Wache, bis die Gefangenen außerhalb der Wagenburg ein provisorisches Lager errichtet hatten. Man hatte ihnen die Waffen und die Fußbekleidung abgenommen und trotz Murphys Bemühungen auch die meisten Wertsachen. *Ich kann diesen verdammten Narren nicht beibringen, das es besser ist, Hafer zu schleppen als Gold.*

Von den Wagen her hörte Murphy unanständige Gesänge. Jemand hatte den Wein gefunden. Er schickte zwei Sergeanten, die darauf achten sollten, daß die Männer nüchtern blieben, und betete, daß keine feindliche Eingreiftruppe in der Nähe war. *Ein bißchen anderes Gefühl, wenn man selbst Vietkong ist ...*

Die Disziplin war aber einigermaßen gut. Wahrscheinlich hatte jeder sich das eine oder andere Stück aus der Beute geklaut, ohne die allgemeine Verteilung abzuwarten, aber das war nichts Neues. Wichtig war, daß die Pferde und die Wagen in guter Verfassung waren.

Ein Bewaffneter kam Murphy entgegen, als er zu den Wagen hinüberritt.

»Lord. Arekor möchte, daß Ihr mit Wilder Bär und Lord Roscoe sprecht, bevor sie sich gegenseitig erschlagen. Er sagt, es ginge um seine Ehre.«

»Ach du Scheiße! Okay, ich komme.«

Als Murphy ankam, standen die drei Männer neben einem Feldbett im ehemaligen Kommandozelt. Auf dem Bett lag die Leiche eines blonden, etwa fünfundzwanzigjährigen Mannes. Man hatte ihm mindestens fünfmal mit einer Neun-Millimeter-Waffe in die Brust geschossen. *Ingram. Das war Roscoe. Na und?* »Gibt es Probleme?«

Wilder Bär brach sofort in einen Wortschwall aus, und er

sprach so schnell, daß Murphy höchstens eins von vier Worten verstehen konnte. Arekor versuchte zu übersetzen, aber er gab auf und übersetzte erst, als Wilder Bär fertig war.

»Er sagt, daß Lord Roscoe beleidigt ihn, denn er will ihm Prinz Akkilas Kopf geben, obwohl Wilder Bär so wenig getan hat.«

»Was, zum Teufel ...? Hal, ist das Prinz Akkilas, der jüngere Bruder von Sarakos? Wirklich?«

»Sergeant, er trug eine mit Silber eingelegte Rüstung. Auf seinem Schild trägt er Toris' Greifenwappen, das ebenfalls in das Lagerbanner eingewebt ist. Er hat ein Muttermal am linken Ohr und trägt einen silbernen Ohrring mit einem Greifen. Wer zur Hölle sollte er denn sonst sein,«

»Heilige Mutter Gottes«, sagte Murphy leise. »Kein Wunder, daß die Gefangenen sich so komisch benommen haben. Sobald das Banner gefallen war, rannten sie alle davon! Jenri, holen Sie mir ein paar von den gefangenen Offizieren.«

»Sir.« Seine Ordonnanz ging hinaus.

»Nun, nehmen wir einmal an, er ist es ...«

»Er ist es«, sagte Roscoe. »Glauben Sie es mir.«

»Ich glaube es ja. Aber das beantwortet noch nicht die Frage. Warum, zum Teufel, wollen Sie Wilder Bär einen Kopf geben, der nach seiner Meinung Ihnen zusteht?«

»Wilder Bär hat die meiste Arbeit getan. Er hatte ihn schon vom Pferd geholt, und in der nächsten Minute hätte er ihn getötet. Ich habe das Ganze nur ein bißchen beschleunigt. Verdammt, Sergeant, ich wollte nur höflich sein.«

»Ja«, sagte Murphy. Alle schauten ihn an. »Laßt mir eine Minute Zeit.«

Wilder Bär murmelte etwas, das Murphy nicht verstand.

»Arekor, sei ganz vorsichtig, wenn du dies jetzt zu ihm sagst. Sag ihm, Lord Roscoe hat ihm den Kopf angeboten, weil er der Bruder seines Häuptlings ist. Sag ihm, Lord Roscoe hat nicht gewußt, daß so etwas bei den Pferdemenschen nicht Sitte ist. Roscoe, und Sie nicken dazu wie verrückt, verstanden?«

»*Yes, Sir!*«

Arekor sprach schnell. Wilder Bär blickte finster. Dann schaute er Murphy an, dann Roscoe und dann wieder Murphy. Schließlich grinste er und fing an zu sprechen.

Arekor übersetzte. »Er sagt, er ist lange genug bei Euch gewesen, um etwas von den Sitten der Sternenmänner zu wissen, und Ihr braucht ihm nicht zu schwören, daß es wahr ist.«

»Gut. Und jetzt soll jemand etwas von dem verdammten Wein holen und auch etwas von der Stutenpisse, die mein Bruder trinkt.«

Seine Ordonnanz kam mit zwei Gefangenen herein. Murphy zeigte auf die Leiche. »Ist das Akkilas, Sohn des Toris?« Er wartete einen Augenblick. »Ich verstehe. Führen Sie sie hinaus. Jungs, dies ist für uns entweder sehr günstig, oder es ist ein verdammt heikles Problem.«

Als die anderen gegangen waren, schenkte Murphy für sich und Corporal Roscoe Wein ein. »Es kommt darauf hinaus«, sagte Murphy. »Könige haben es nicht gern, wenn Könige und Prinzen getötet werden, es sei denn, sie tun es selbst. Ich werde dieses Ding auf dem Dienstweg weiterleiten.«

»Wie, zum Teufel, wollen Sie das machen, wenn wir nicht einmal nach Hause kommen können?« fragte Roscoe.

»Zuerst nehmen wir diesem Kerl den Kopf ab und legen ihn ein. Wir behalten auch das Schild und das Banner. Dann geben wir den ganzen verdammten Mist dem ersten höheren Offizier, den wir treffen, und wir wollen verdammt hoffen, daß es Captain Galloway ist.«

»Das leuchtet mir alles ein«, sagte Roscoe. »Aber das ist unwahrscheinlich. Gantons Armee ist viel näher.«

»Ja, ich weiß«, sagte Murphy. »Ich habe mir überlegt, wie wir uns ihm am besten anschließen können. Natürlich wäre es hilfreich, wenn wir genau wüßten, wo er ist.«

»Sie könnten Westmänner als Späher schicken.«

»Das könnte ich, aber ich werde es nicht tun. Wir sind gemeinsam gekommen, und wir werden auch gemeinsam wieder gehen.« Murphy rollte eine Karte auf. »Als wir zuletzt etwas hörten, stand Ganton etwas südlich von Burg Fasolt. Seitdem wird er nicht sehr weit geritten sein. Morgen werden wir losreiten und ihn suchen.«

»Es wird auch Zeit. Wir haben zwar heute abend einiges erbeutet, aber trotzdem wird alles knapp. Besonders Pferde. Und auch Ihre Kumpels haben 'ne Menge von ihren Ponys verschlissen.« Roscoe kratzte sich den Kopf. »Sergeant, Sie müssen mir mal beibringen, wie man mit diesen empfindlichen kleinen Trotteln umgeht.«

»Haha. Wenn ich es selbst weiß, werde ich es Ihnen sagen. Aber ich weiß eins. Sie und Wilder Bär haben heute abend verdammt gute Arbeit geleistet. Das könnte Ihnen die Ritterwürde eintragen. Wissen Sie, daß seit Akkilas' Tod Ganton der nächste männliche Erbe des Hohen Thrones ist?«

»Tatsächlich? Aber der ist doch eigentlich nicht erblich.«

»Ja, ja, ich weiß. Das ist so: Wenn der leibliche Erbe ein Idiot ist, können sie sich einen kompetenten Mann suchen, der alles zusammenhält. Wer wäre ein besserer Kandidat als unser Wanax, besonders mit seinen römischen Verbindungen? Und außerdem hat er den Captain auf seiner Seite.«

»Sie meinen, Ganton könnte Hoher Rexja werden, weil wir Akkilas erledigt haben?«

»Der Gilb soll meine Unterwäsche fressen, wenn ich Sie verkohle.«

»Scheiße!« Das klang fast wie ein Gebet. Roscoe schüttelte den Kopf.

»Ich habe mich gefragt, wo Akkilas sein könnte«, sagte Murphy.

»Was? ja, ich vergesse immer wieder, daß Sie ein Einheimischer geworden sind, Sergeant.«

»Ach, hören Sie doch auf mit der Scheiße.«

»Ich habe es nicht ganz so gemeint, wie es sich anhörte.

Sie denken wie der Captain. Sie denken wie diese Leute. Ich gehe ganz einfach dahin, wo man mich hinbeordert. Sie sind ein gottverdammter Offizier, auch wenn ich nicht alle zwei Minuten ›Sir‹ zu Ihnen sagen muß.«

»Ja, natürlich. Danke. Wie dem auch sei, ich habe mich tatsächlich gefragt, wo Akkilas sein könnte.«

»Jetzt wissen wir es«, sagte Roscoe. »Wo sie ihn sicher glaubten. Der Kerl hatte mehr Mut als Verstand.«

»So geht es eben«, sagte Murphy. »Aber Verstand hatte er trotzdem, nicht nur Mut. Er kriegte seine Leute verdammt schnell auf die Pferde, und er ritt auch verdammt schnell los und wollte die berittenen Bogenschützen von der Flanke her angreifen. Er hätte wirklich Schaden anrichten können, wenn Wilder Bär ihn nicht so lange aufgehalten hätte, daß ich die Kavalleriereserve einsetzen konnte.«

Er schüttelte den Kopf. »Hal, manchmal habe ich Alpträume, wenn ich daran denke, daß die Gräuhäutigen uns vielleicht gerade dann nicht mehr mit Munition versorgen, wenn jemand gelernt hat, wie man uns bekämpfen muß. Eine Armee mit kombinierten Waffen, Schießpulver, Kanonen, Berufssoldaten, Logistik, der ganze Krempel. Kennen Sie die Definition des Zweiten Getzes der Thermodynamik?«

»Nicht, daß ich wüßte.«

»›Du kannst nicht gewinnen, du kannst nicht ungeschoren davonkommen, und du kannst mit dem Spiel nicht aufhören.‹ Manchmal sieht der Mist hier so aus. Es ist zwar besser als tot zu sein, aber trotzdem ...«

»Sergeant, Sie haben zuviel dem Captain zugehört und zu wenig getrunken. Macht es Ihnen etwas aus, wenn ich Akkilas' Privatvorräte anbreche?«

»Nur zu.«

Wilder Bär ging durch das Gelände, bis die Feuer um das Lager herum im Licht des aufgehenden *Kindes* verschwanden. Er stieß sein Schwert in den Boden, damit es die Kräfte der Erde in sich aufnehme, und setzte sich mit gekreuzten Beinen daneben. Es war gut, daß dies keine vorgeschriebene Wache war, denn zum ersten Mal in seinem Leben wußte Wilder Bär nicht einmal, was er die Götter fragen sollte, und er wußte auch nicht, was er von ihnen hören wollte.

Nach allen Rechten und Sitten des Krieges, die Wilder Bär kannte, war die Tötung des Prinzen Akkilas dem Krieger Roscoe zuzuschreiben. Und doch schien es sein höchster Wunsch zu sein, den Erfolg Wilder Bär zuzuerkennen, obwohl er damit nicht nur seine eigene Ehre, sondern auch die seiner Söhne gemindert hätte.

Vielleicht hatte er gar keine Söhne? Einige Krieger legten Gelübde ab, nicht bei ihren Frauen zu liegen, bevor sie eine große Tat vollbracht oder Rache geschworen hatten. Sie nahmen die Möglichkeit in Kauf, daß ihr Stamm mit ihnen aussterben könnte, bevor sie ihr Gelübde erfüllt hatten. Gewiß waren nicht alle Zauberer-Krieger so. Sein Blutsbruder hatte zweimal geheiratet, und zwischendurch hatte er Konkubinen gehabt.

Roscoe könnte ein solcher Mann sein – falls es solche Gelübde bei den Zauberer-Kriegern überhaupt gab. Wilder Bär wußte es nicht, und er hatte auch wenig Hoffnung, es bald zu erfahren. Die Götter hatten die Zauberer-Krieger geschickt und sie – oder wenigstens einige von ihnen – zu Freunden der Silberwölfe gemacht. Das war genug. Ein Krieger, der geschworen hatte, ihnen zu helfen – was sie auch sein mochten, ob die Götter ja oder nein sagten –, ein solcher Krieger hatte kaum Anspruch darauf, auf schwere Fragen leichte Antworten zu bekommen.

Wilder Bär befand, daß die Götter ihm mehr gegeben hatten, als er beanspruchen konnte. Er hatte sein Leben, seinen Verstand, seine Augen, seine Ohren und seine Zunge. Wenn er nichts davon verlor, würde er irgendwann alles erfahren, was er über die Zauberer-Krieger wissen mußte.

Die Zauberer-Krieger waren wie ein großer Sturm, der *Merkar*-Samen über das Land bläst. Sie führten einige Männer zum Sieg, andere zur Niederlage. Ihn hatten sie heute nacht zum Sieg geführt.

Wilder Bär legte ein erbeutetes Schwert neben sein eigenes, hob die Arme zum Himmel auf und sang seine Siegeshymne.

3

Captain Volauf betrat das Zelt, als Matthias sich gerade die Handschuhe anzog.

»Guten Tag, Lord. Ihr seid schon sehr früh wach.«

»Ich habe gebetet, daß Wotan uns günstig gesonnen sein möge.«

In Wirklichkeit hatte Matthias kaum geschlafen. In einer Schlacht konnte vieles passieren, und Wotan der Einäugige war bekannt für seine Launen, selbst denen gegenüber, die seine Ehre verteidigten. So war er schon immer gewesen. Aber dennoch war der Sache des Hohen Rexja unter dem Haus Wotan Erfolg beschieden.

Das war nicht alles. Diese verrückte neue Religion. Die Fieberphantasien der römischen Gelehrten, zusammen mit den schlimmsten Predigten im Namen des Hauses Yatar, hatten viele der Priester Yatars zu einer Allianz mit Wotan getrieben. Das hatte Matthias in den Fünf Königreichen und sogar in Drantos beobachtet. Diese Priester schickten zwar nur Informationen, aber auch das war hilfreich. Als die Ottarn-Brücke zusammenbrach und drei Packmaultiere in den Fluß gingen, hatte er es nur wenig später als Ganton erfahren.

»Captain, habt Ihr neue Berichte?«

»Nur einen, Euer Ehren. Außer Morrones Bande im Norden gibt es noch eine kleine Kampfgruppe, die von Westen gekommen ist. Der Offizier, der meine Späher befehligt, glaubt, daß es die Reste der Kampfgruppe sind, die sich gegen den Generalhauptmann Ailas wenden sollte.«

»Aha.« Ailas hielt Gantons westliche Armee in Schach. Er stand bereit, den High Way, der an Dranton vorbeiführte zu bedrohen. Durch seine bloße Existenz leistete er bessere Dienste als mancher General durch einen Sieg. »Keine weiteren Informationen über Morrone?«

»Nein, Euer Ehren. Unsere Nachschubkolonnen brauchen jetzt bessere Bewachung, aber Morrones Truppe ist eher eine Belästigung als eine wirkliche Bedrohung.«

»Gut. Wenn wir diese Schlacht gewonnen haben, werden wir uns ihm zuwenden.«

»Sonst, Euer Ehren, ist alles, wie es gestern abend war. Wir sind doppelt so stark wie Ganton. Unsere leichte Kavallerie steht hinter ihm. Das muß nicht unbedingt ein Vorteil sein, Euer Ehren. Wir können ihm den Nachschub abschneiden und jeden Rückzug in eine wilde Flucht verwandeln, aber das Wissen, daß der Gegner hinter ihnen steht, wird sie nur noch verbissener kämpfen lassen.«

Matthias lächelte grimmig. »Sie wissen nicht, wie stark die Streitkräfte sind, die hinter ihnen stehen. Ich möchte lieber, daß meine Feinde über die Schulter zurückschauen müssen. Und jetzt, wo eine ihrer größten Sternenwaffen auf dem Grunde des Ottarn liegt, um die Hydras zu amüsieren, haben sie sogar noch mehr zu fürchten.«

»Ich habe den Einsatz der Zauberkanonen noch nicht erlebt«, sagte Captain Volauf.

»Ich aber. Im Süden. Captain, Kanonen brauchen Feuerpulver. Das kann man nicht herbeizaubern, und ohne Feuerpulver sind die Kanonen so nutzlos wie ungespannte Bogen oder leere Köcher.«

Ich habe auch Freunde, die mit dem Verräter Strymon fortgezogen sind, aber das geht dich nichts an, Captain Volauf.

»Verzeiht mir, Euer Ehren, aber es ist meine Pflicht, Euch das zu fragen. Seid Ihr sicher, daß wir die Schlacht beginnen sollten, bevor Prinz Akkilas kommt, um die Armee anzuführen?«

»Es ist Eure Pflicht zu fragen. Einen Augenblick.« Matthias ging zu der Truhe, die neben seinem Bett stand und entnahm ihr ein Pergament. Er rollte es auf. »Ihr seht das Siegel des Issardos. Schaut her.«

Volauf las. »Ich verstehe. Er hat großes Vertrauen zu Euch.«

»Ihr meint, daß er dem Prinzen weniger vertraut. Captain, wir tragen Prinz Akkilas' Banner vor uns her, und wir geben unsere Befehle in seinem Namen. Die Barden werden sagen, daß er diese Schlacht gewonnen hat. Ihr und ich, wir werden es besser wissen.«

»Ihr und ich«, sagte Volauf. »Und Kanzler Issardos.«

»Ja, natürlich. Und wir werden Euch nicht vergessen, Captain Volauf.«

»Ich danke Euch, Euer Ehren.«

»Ich werde bald kommen.«

Ganton schaute gerade zu, wie die Zweite Division in Stellung ging, als ein Bote angeritten kam.

»Majestät, ein Bheroman aus Toris' Armee ist dicht an unsere Reihen herangeritten und fordert Euch zum Zweikampf heraus.«

»Wirklich?« sagte Ganton. »Und wie könnte er heißen?«

»Majestät, er gibt seinen Namen als Roald von Caemoran an. Er sagt, Ihr seid kein wahrer Wanax, wenn Ihr den Zweikampf verweigert und Euch hinter der Magie der Zauberer versteckt.«

»Tatsächlich?« sagte Ganton in einem Ton, der den Boten zusammenzucken ließ. »Lord Hilaskos, meine Knappen sollen mein Schlachtroß zu Prinz Strymons Banner bringen.« Er gab seinem Zelter die Sporen. Wenig später hatte er seine Wut heruntergeschluckt und hielt sein Pferd an, damit die Wachen, die ihn begleiteten, ihre Tiere nicht unnötig ermüden mußten. Heute könnte das Schicksal des Reiches Drantos davon abhängen, wie viele frische Pferde die Armee am Ende der Schlacht noch zur Verfügung hatte.

Als Ganton Strymons Banner erreichte, verhielt er sein Pferd und betrachtete das Gelände zwischen den beiden

Armeen durch sein Fernglas. Ein Mann in Rüstung ließ seinen braunen Wallach im Kreis herumlaufen. Das Rotweiß seines Schildes paßte zu der Farbe des Wimpels an seiner Lanze. Jedesmal, wenn er einen Kreis vollendet hatte, rief er: »Ich bin Roald von Caemoran. Ich fordere Wanax Ganton von Drantos zu einem ehrenhaften Zweikampf auf. Wenn er nicht kommt, ist er kein wahrer Wanax, sondern ein Feigling, der sich hinter gottloser Zauberei versteckt!«

Ganton hörte dreimal diese Beleidigung, während er auf sein Schlachtroß wartete. Endlich zog er seine Streitaxt, seine einzige Waffe, und schlang sich den Lederriemen um das Handgelenk.

»Eure Majestät!« rief Strymon. »Ihr werdet doch nicht ohne Waffen, ohne Rüstung und ohne Schlachtroß hinunterreiten, um mit einem schwerbewaffneten Mann zu kämpfen ...«

Ganton riß die Streitaxt hoch und ließ sie über seinem Kopf kreisen. »Diese Waffe reicht.«

»Euer ...« Strymon senkte die Stimme. »Ganton, mein Freund, es ist nicht gut, einen Wanax und meinen Verbündeten einen Feigling zu nennen, aber ...«

»Um so mehr Grund, es zu unterlassen. Ich weiß, was ich tue, aber ich glaube nicht, daß Roald von Caemoran es weiß.«

»Dann laßt mich wenigstens als Euer Streiter die Herausforderung annehmen!«

»Nein. Nicht Euch hat Roald einen Feigling genannt, der sich hinter Zauberern versteckt.«

»Mein Freund, Ihr habt mir gesagt, daß ein Wanax nicht handeln kann wie er will. Ich glaube das, aber ist es nicht närrisch, den Tag auf diese Weise zu gefährden?«

»Ich habe darüber nachgedacht, als ich herkam«, sagte Ganton. »Lord Rick ist nicht hier. Wir haben eine Sternenwaffe verloren, als die Brücke zusammenbrach. Die Wolken hängen so niedrig, daß der Ballon uns nichts nützen wird. Die Armee weiß, daß wir heute wenig Zauber einsetzen können, und uns stehen überlegene Streitkräfte gegenüber. Ich denke, es kann nicht schaden, unseren Männern zu zeigen, daß ihr Wanax die alten Gepflogenheiten nicht vergessen hat.«

»Aber seid vorsichtig, mein Freund.«

»Das werde ich sein. Haltet Euch bereit, mich zu rächen, wenn ich falle.« Er wandte sich an seine Stabsoffiziere. »Ihr werdet Prinz Strymon folgen, wie Ihr mir gefolgt seid.«

»Majestät ...«

»Kein Wort. Ihr habt Eure Befehle.« Er ließ sein Pferd antraben.

»Geht mit – Yatar und Gott«, sagte Strymon.

Als Ganton den Hügel hinabritt, schob er seinen Browning nach links, damit er ihn mit der linken Hand ziehen konnte, und entsicherte die Waffe.

Tylara konnte die Unterhaltung zwischen Ganton und Strymon nicht verstehen, aber sie sah, daß Ganton hinausritt, um sich der Herausforderung zu stellen.

Er ist kein närrischer Ritter, aber er handelt wie einer. Er handelt nicht so wie der Wanax, den ich im Rat erlebte. Ihr Herz wurde zu Blei. Einen Augenblick lang kamen ihr Apelles' und Yanulfs Versicherungen wie eitle Lügen vor. Sie hatte das Opfer nicht gebracht, das die Götter verlangten, und deshalb schienen die Götter die zu bestrafen, die Tylara nahestanden, und bei dem Wanax fingen sie an, den sie soeben mit Wahnsinn geschlagen hatten ...

Der Augenblick ging rasch vorüber. *Er ist in Reichweite unserer besten Bogenschützen. Nein. Unsere halbe Ritterschaft würde davonreiten, wenn sie glauben müßte, der Wanax habe so wenig Ehre.*

Angstvoll schaute sie zu, als Ganton den Hügel hinunterritt.

Als Ganton in den Kreis hineinritt, den Roald getrampelt hatte, schrie der Bheroman und spornte sein Pferd zu einem leichten Galopp an.

Sein Pferd ist müde, dachte sie. *Und Ganton hat ein frisches Pferd.*

Der Wanax ritt direkt auf Roald zu. Roald senkte die Lanze, und dann ritt der Bheroman scharfen Galopp. Drei Pferdelängen, bevor sie aufeinandertrafen, riß Ganton sein

Tier nach links. Roald versuchte, mit seiner Lanze der Bewegung zu folgen, aber ihre Spitze konnte Ganton nicht mehr erreichen. Dann ritt Ganton nach rechts und direkt auf Roald zu.

Ganton ritt direkt hinter dem Bheroman vorbei und schmetterte ihm mit der Rückhand die Axt in den Nacken. Roald sank zusammen und fiel aus dem Sattel, und Ganton ritt, ohne sich umzuschauen, zu den eigenen Linien zurück.

Eine Weile herrschte Stille. Dann spendete die Armee tosenden Beifall.

Der Kamm des Hügels lag niedrig, aber immerhin so hoch, daß man das Schlachtfeld überblicken konnte. Als Tylara zu Gantons Banner ritt, sah sie, daß der Stab einen Tisch aufgestellt hatte, auf dem Gantons Karten lagen.

Sie kam als letzte. Die meisten höheren Offiziere saßen schon am Tisch. Andere Stabsoffiziere standen hinter ihnen. Apelles saß am unteren Ende des Tisches und fühlte sich unbehaglich in der Robe, die man schnell geändert hatte, um seine neue Position zu kennzeichnen. Drumold zeigt auf einen Platz zu seiner Rechten, von dem aus sie über die Karten hinweg das Schlachtfeld überblicken konnte.

Rick hatte Jahre gebraucht, es ihr beizubringen, aber jetzt brauchte sie nur flüchtig nach unten zu schauen, um zu erkennen, was auf der Karte dargestellt war. Aber sie ließ sich Zeit. Durch ihr Fernglas betrachtete sie das Feld und schaute dann wieder auf die Karte.

Die Armee war in drei Divisionen aufgeteilt. Jede Division hatte Kavallerie, Fußvolk und Kanonen und war eine kleine Armee für sich. Ganton hatte von Rick gehört, daß so die Armeen in dessen Heimatwelt organisiert waren. Tylara fragte sich, ob das auch für diese Welt geeignet war, aber der Wanax war stolz auf das, was er getan hatte. Sie schaute über die Armee von Drantos hinweg zum Feind hinüber.

»Der Greif«, sagte sie wie im Selbstgespräch.

»Ja«, sagte Ganton. Er nickte ihr zu. »Vor einer Stunde haben sie das Banner des Prinzen Akkilas aufgezogen. Verzeiht, Lady, wenn ich nicht noch einmal von vorn anfange. Ich glaube nicht, daß wir noch sehr viel Zeit haben.«

Er zeigte wieder auf die Karte. »Das nennt man *echelon*«, sagte er. »Jede Division unterstützt die andere.«

Tylara erinnerte sich an das, was Rick ihr über Staffelung erzählt hatte. Ein deutscher Wanax, den man später den Großen nannte, hatte seine Armeen so aufgestellt. Jede Division konnte angreifen oder verteidigen, und jede schützte die Flanke der anderen. Kein Feind konnte eine Division vernichten, ohne mindestens mit einer anderen kämpfen zu müssen. Die Armee konnte nur im Ganzen geschlagen werden.

Ganton hatte auch zurückgehalten, was Rick immer die *Reserve* nannte. Die Reserve stand hinter der Zweiten Division: Die Sternenmänner und ihre Waffen, weitere Kanonen, die tamaerthanische Kavallerie, nikeianische Stadtmiliz, die mit großen Äxten kämpfte, und eine Handvoll Römer, die Larry Warner von der Universität mitgebracht hatte.

Der Ballon war nirgends zu sehen, und Tylara vermutete, daß die Wolken zu tief hingen, als daß er von Nutzen hätte sein können. Die Luft war schwer, und es roch nach Regen.

»Werden keine Römer kommen?« fragte Hilaskos.

»Nein, Lord. Unsere römischen Verbündeten tun uns gute Dienste, indem sie unsere südliche Grenze sichern. Wie lange ist es her, daß die Armee von Drantos nach Norden geschickt werden konnte, ohne sich um den Süden und den Osten kümmern zu müssen? Wenn wir nicht einmal eine unserer Grenzen verteidigen können, ohne nach den Legionären zu rufen, wären wir armselige Verbündete.«

»Wie lautet das Signal für den Angriff?« fragte Rudhrig.

»Wir werden nicht angreifen«, sagte Ganton. »Wir brauchen überhaupt keine Schlacht. Wir stehen hier an der

Grenze unserer Länder. Unser Nachschub funktioniert. Unser Feind steht weit hinten in Ta-Meltemos, einem Land, das sich immer mehr gegen ihn wendet. Lord Morrone stört seine Nachhut ...«

»Daran haben wir unseren Anteil«, sagte Rudhrig. »Wenn Eure Majestät verzeihen wollen.«

»Wenn Ihr im Rat etwas zu sagen habt, dann sagt es«, sagte Ganton. »Ich habe Euch nicht hergebeten, damit Ihr schweigt. Ich weiß genauso gut wie Ihr, daß uns fünfhundert Mann feindlicher Kavallerie im Rücken stehen. Sie werden von hiesigen Einheiten und unseren berittenen Bogenschützen verfolgt. Ich glaube nicht, daß sie uns noch sehr lange gefährlich werden können. Ganz bestimmt sind sie für uns nicht so gefährlich wie Lord Morrone für Akkilas.«

Rick sagte immer, daß man zwar in der Verteidigung stärker ist, aber kaum Entscheidungen erzwingen kann, dachte Tylara. Ich hoffe, daß Ganton heute recht behält, aber ich habe meine Zweifel. Sie schaute durch ihr Fernglas zum Feind hinüber.

Die feindliche schwere Kavallerie allein war stärker als Gantons gesamte Armee. Der Feind war außerhalb der Reichweite der Bogenschützen abgesessen. Die Männer standen oder saßen auf dem Boden, und sie schienen nicht ungeduldig zu sein. Kleine Gruppen Infanterie, hauptsächlich Männer mit Armbrüsten, füllten die Lücken zwischen den Formationen der feindlichen Kavallerie. Die feindliche Linie dehnte sich nach beiden Seiten länger aus als die Gantons. Rechts von den Rittern von Drantos lagen vier Stadien sumpfiges Gelände, das sich bis zum Fluß Ottarn erstreckte. Wenn Akkilas' Kavallerie durch das Sumpfland waten wollte, wäre sie kaum einem Angriff der Reserven vom Hügel herab gewachsen.

Die Linke der Ritter von Drantos stand an einem Steilufer. Die tamaerthanischen Bogenschützen und die übrigen Männer von Drantos standen ganz oben, und auf jeden Fall war das Gelände für Kavallerie viel zu steil.

Wenn wir verteidigen müssen, halten wir eine gute Stellung.

Dennoch wünschte ich, er hätte die Pikeniere und die Bogenschützen zusammengehalten. Darauf achtet Rick immer besonders. Und wo bist du, mein Gatte? Ich glaube, wir brauchen dich.

Und wenn wir dich nicht brauchen, dann wird Ganton bald beweisen, daß er auch ohne den Kriegsherrn von Drantos eine Schlacht gewinnen kann. Wie lange wird es dauern, bis Ganton diesen Posten für sich selbst in Anspruch nimmt oder ihn einem anderen überträgt?

Hörner ertönten auf dem Feld. Die feindlichen Soldaten standen. Die Kavalleristen saßen auf.

»Lord Vater Apelles, sagte Ganton. »Aber – bitte, faßt Euch kurz.«

Apelles schaute auf das Kampfgetümmel. Dann hob er segnend die Hand. »Geht mit Yatar und Christus, seinem Sohn.«

»Danke. Und nun auf Eure Positionen, Lords. Lady, geht mit Yatar und Christus.« Ganton hob die Hand und schlug sie scharf nach unten. Die Kanonen brüllten auf.

Bevor Tylara ihre Husaren erreichte, war das Schlachtfeld von Rauch verhangen.

Als die dritte Angriffswelle sich zurückzog, ritt Volauf zu Matthias hinüber. Er zog einen Pfeil aus seinem Sattel und einen zweiten aus dem Wams, das er über seiner Rüstung trug.

»Seid Ihr verwundet?« fragte Matthias.

»Ich bin schon von Bienen schlimmer gestochen worden. Nein, Euer Ehren, der Wähler hat mich noch nicht in seine Halle gerufen.«

»Er hat mehr gerufen, als mir lieb ist.« Tausend und mehr Männer lagen in Haufen auf dem Schlachtfeld. Sie lagen unter dem beizenden Rauch verborgen, der über dem flacheren Gelände lag.

»Und mir, Euer Ehren. Ich verfluche ihre Formation. Wir rücken gegen eine Gruppe vor, und die anderen stoßen uns in die Flanke oder beschießen uns mit Pfeilen. Und dann sind da immer noch die *Kanonen*.«

»Aber wenigstens wissen wir eins. Die Kanonen sind keine Zauberwaffen. Es sind nur Maschinen. Sie werden von Männern bedient, die sie mit Feuerpulver und Steinen füllen und Fackeln daranhalten, damit sie schießen. Tötet diese Männer, und die Kanonen sind so nutzlos wie jede andere Waffe.«

Volauf runzelte nachdenklich die Stirn. »Euer Ehren, das glaube ich Euch. Aber was ist mit den Sternenwaffen?«

»Ich glaube, bei denen ist das nicht anders«, sagte Matthias. »Sie sind nur stärkere Kanonen. Sie brauchen – Pfeile, Steine, Feuerpulver, genau wie die Kanonen, und sie müssen von Männern bedient werden.«

»Aber was können wir tun, Euer Ehren? Ich glaube, die Männer werden noch einmal angreifen, wenn ich sie führe. Für ein drittesmal kann ich nicht garantieren.«

»Wartet. Ruht Euch ein wenig aus und achtet darauf, daß eure Offiziere sich bereithalten. Ohne einen Plan werde ich Euch nicht wieder ins Gefecht schicken.«

»Alles ist bereit, Euer Ehren«, sagte Volauf. »Habt Ihr Befehle?«

»Ich glaube schon, Captain. Wann hören Bogenschützen auf zu schießen?«

»Sie hören auf zu schießen, wenn sie alle ihre Pfeile verschossen haben. Oder wenn der Feind unter ihnen ist.«

»Und wann sonst noch?«

»Ah! Wenn Freund und Feind einander so nahe sind, daß sie nicht sicher sein können, wen sie treffen.«

»Genau. Und das kann bei den Kanonen und Sternenwaffen nicht anders sein. Captain Volauf, reitet zu den Captains der Kavallerie und der Infanterie, denen Ihr am meisten traut. Sagt, daß wenn sie mir folgen, und sei es in Wotans Halle, wir immer noch dem Hohen Rexja den Sieg bringen können.«

»Der Rat der Captains ...«

»Den Rat der Captains sollen die Dämonen holen! Dies muß schnell getan werden oder überhaupt nicht!«

Larry Warner und seine Aeronauten wurden am Kommandoposten in Reserve gehalten. Der Ballon war nutzlos, und jetzt lag so dichter Rauch über dem Schlachtfeld, daß man über die Signalanlage kaum noch eine Botschaft durchgeben konnte. Warner hatte keine Befehle, und deshalb beobachtete er die Schlacht.

Larry hatte ein unangenehmes Gefühl, als er sah, daß der Verrückte in der Wotansrobe die Angreifer anführte. Er mochte verrückt sein, aber er hatte Mut, und seine Männer folgten ihm.

Der Angriff richtete sich gegen die Ecke der Dritten Division.

Sehr gescheit, dachte Warner. Die Ecke eines Vierecks ist immer die schwächste Stelle.

Die Bogenschützen und die Musketiere, die im Zentrum des Vierecks in Reserve standen, eilten zur Hilfe, aber bevor sie ankamen, griff die feindliche Kavallerie an. Der Kavallerie folgte Infanterie, dann weitere Kavallerie, und Warner hatte den Eindruck, daß sich die gesamte feindliche Armee an dieser Ecke massiert hatte.

Die Ecke brach zusammen. Pikeniere versuchten, die Lücke zu schließen, ohne daß ihre Formation in Unordnung geriet. Warner hielt in Gedanken die Daumen; es waren die Vierten Pikeniere, deren Moral nicht mehr so gut war, nachdem sie bei Piro's Hill hatten aufgeben müssen.

Eine Zeitlang hielten die Pikeniere sich, aber dann riß die Übermacht der Feinde zwei Löcher in die Linie. Kavallerie und Infanterie brachen durch. Die Bogenschützen der Dritten Division versuchten, über die Pikeniere hinweg auf die feindliche Kavallerie zu schießen, aber sie wurden durch die Pfeile berittener Bogenschützen gestört.

Die Musketiere formierten sich neu. Warner hielt den Atem an. Wenn er dem Captain der Musketiere nur eine Botschaft übermitteln könnte …

Die Musketiere feuerten in Wellen hundert Schuß ab. Es hörte sich an wie ein einziger lauter und langer Schuß. Die feindliche Kavallerie und die eigenen Pikeniere wurden zu gleichen Teilen von den Kugeln getroffen.

Die Front der Pikeniere wurde eingedrückt. Ein Teil der Pikeniere wandte sich ab und rannte davon. Dabei erschwerten die Männer den Bogenschützen das Zielen oder versperrten ihnen den Weg. Die tamaerthanischen Offiziere fluchten, und einige Pikeniere blieben stehen, um die Bogenschützen zu unterstützen, aber es waren nicht genug.

Die Front der Pikeniere war in Auflösung, und die feindliche Kavallerie stieß in die Lücke. Jetzt brach die ganze Ecke und die halbe Seite der Dritten Division zusammen. Leichte Kavallerie drang durch die Lücken und wütete mit Säbel und Lanze.

Und jetzt hatte jemand auf der anderen Seite erkannt, was hier ablief, und schickte die verdammte Infanterie ins Feld! Warner dachte an zwei interessante Arten der Bestrafung für den Hurensohn, der das LMG verloren hatte, und betete, daß Bisso endlich mit seinem Mörser das Feuer eröffnete. Sie hatten auf ein gutes Ziel gewartet, denn sie hatten nur noch fünfzehn Schuß, aber die massierte Infanterie mußte der Traum jedes Mörserkanoniers sein.

Als die feindliche Infanterie in sicherer Mörserschußweite war, bestand die Dritte Division nicht mehr aus einem Viereck, sondern sie war zu einem leicht ausgefransten Rechteck geworden. Wo der Feind zuerst zugeschlagen hatte, herrschte ein heilloses Durcheinander. Jeder hackte und stieß um das nackte Leben auf den anderen ein.

Der kommandierende Offizier der Division – Eqeta Rudhrig, wie Warner sich erinnerte – schien den Überblick behalten zu haben. Er zog Kavallerie heran, um die entnervten Pikeniere zu unterstützen und den Bogenschützen und Musketieren zu helfen, die nicht schießen konnten, weil sie Gefahr liefen, die eigenen Leute zu treffen. Sie schlangen ihre Bogen über die Schulter und gingen mit blankem Stahl in den Kampf, und vielleicht würde es reichen.

Vielleicht auch nicht, denn noch mehr feindliche Kavallerie war um die rechte Flanke der Division herumgeritten, wo diese keine Unterstützung hatte. Zeit, die Reserven einzusetzen, Ganton, alter Junge, und wo, zum Teufel, war dieser verdammte Mörser ...?

Die 81-mm hustete. Dicht vor der anrückenden feindlichen Infanterie stieg Rauch auf. Der nächste Schuß traf mitten zwischen die Feinde. Auch drei weitere Schüsse waren Volltreffer, und Warner atmete auf. Die Infanterie und weitere Kavallerie stießen in die Lücke zwischen der Dritten und der Zweiten Division, wo sie auch von der Zweiten angegriffen werden konnte. Das war Teuthras' Division, und mit ein wenig Unterstützung durch die Mörser könnte er ...

Scheiße!

Der nächste Schuß des Mörsers lag zu kurz. Er traf nicht den Feind sondern schlug direkt in eine Batterie von Vierpfündern ein. Nach dem vielen Qualm zu urteilen, mußte einige Munition hochgegangen sein.

Warner entsicherte seine G-3 und schob ein Magazin ein. Er war nicht ganz sicher, auf wen er schießen würde. Wahrscheinlich auf Toris' Leute, aber die Tatsache ließ sich nicht leugnen, daß die Schlacht plötzlich in einem kritischen Stadium war, und wenn jemand einen Sündenbock suchte, stünden die Sternenmänner ganz oben auf der Liste ...

Rudhrig, Eqeta von Harms, sah die Ecke seiner Division zerbröckeln. Er schrie nach Bogenschützen und Musketieren aus der *Reserve* in der Mitte des Vierecks. Dann dachte er noch rechtzeitig daran, Boten zu schicken. Die Kampfmethode der Sternenmänner bedingte ein so großes und lautes Schlachtfeld, daß die Stimme eines Captains nicht immer die erreichte, die ihn hören sollten.

Einige der Musketiere und noch mehr Bogenschützen warteten auf Befehle. Sie eilten zur Ecke des Vierecks, wo der Feind zugeschlagen hatte. Rudhrig winkte seinen Hausrittern zu und beteuerte ihnen, zur Seite zu reiten, damit seine Fußtruppen freies Schußfeld hatten.

Es war unritterlich, daß seine besten Männer die Flanke

von Bauernsöhnen aus Drantos und von Hügelbanditen sichern mußten. Aber es gab keine andere Möglichkeit, die Vernichtung seiner Division zu verhindern. Rasch leerten sich die Sättel, aber für jeden gefallenen Reiter traten zwei neue Männer an.

»Laß den Weißen Falken flattern, Guy!« schrie Rudhrig. »Sie sollen wissen, wen sie vor sich haben!«

Guy grinste und riß mit beiden Händen das Banner von Harms hoch und schwenkte es hin und her. Rudhrig betete, daß Guy heute keine gefährliche Arbeit mehr tun mußte. Als Sarakos mit seiner Armee in Drantos einmarschierte, hatte der Eqeta von Harms drei Söhne gehabt. Als die Armee wieder abzog, hatte er nur noch einen.

Die Kanonen schleuderten Steine in die Reihen der Feinde. Männer fielen und Pferde schrien. Dann hörte Rudhrig hinter sich wütenden Lärm, als die Musketiere anfingen zu feuern. Weitere Feinde fielen.

Auch Pikeniere fielen. Rudhrig schaute zu den Bogenschützen des Feindes hinüber und fluchte. Die Musketiere trafen nicht nur den Feind, sondern auch ihre eigenen Kameraden! In den Reihen der Pikeniere entstanden Lükken. Feindliche Infanterie mit Kurzschwertern drang in die Lücken ein. Die Männer schlugen wild um sich. Die Lükken wurden breiter, als die Vierten Pikeniere zurückwichen.

»Tod oder Ruhm!« Eine jugendliche Stimme schrie den Kampfruf des Eqeta von Harms. Rudhrig krampfte sich der Magen zusammen. Der Weiße Habicht schwebte den Hügel hinunter. Guy hielt das Banner in der einen Hand, sein Schwert in der anderen. »Männer von Harms! Zu mir!«

Der Junge erreichte die fliehenden Pikeniere, als die feindlichen Reiter durch die Lücke bei den Vierten Pikenieren stießen. Guy schlug mit dem Schwert um sich und versuchte die Fußsoldaten wieder zu sammeln. Dann verschwand er zwischen den Feinden.

Rudhrig hatte nicht mehr genug Atem, Befehle zu schreien. Er konnte nicht einmal mehr fluchen. Aber er brauchte auch nichts mehr zu befehlen. Wie ein Mann drang seine Truppe auf den Feind ein. Die Musketiere benutzten ihre leergeschossenen Waffen als Keulen. Die Bogenschützen schlangen sich die Bogen über die Schulter und zogen ihre Schwerter. Die Hausritter des Eqeta ritten auf das Banner mit dem Weißen Habicht zu, bevor ihr Lord seinem Pferd die Sporen geben konnte. Vor Rudhrig tauchten drei Reiter auf. Mit der Lanze holte er einen aus dem Sattel, zerschlug dem zweiten den Schild und versetzte ihm einen Hieb ins Gesicht. Der dritte Feind traf Rudhrigs Schild und seine Rüstung. Ein Mann mit einem Messer glitt heran.

Zwei Bogenschützen kamen Rudhrig zur Hilfe. Der eine erschlug den Messerkämpfer mit seinem Bogen, der andere tötete das Pferd des letzten Reiters. Das Tier bäumte sich noch einmal auf, und Rudhrig hatte ein leichtes Ziel. Er beendete den Kampf, indem er dem Mann sein Schwert in den Hals stieß.

»Meinen Dank!« keuchte Rudhrig und ritt den Hügel hinunter.

Die Bogenschützen und die Musketiere waren am Feind, bevor die Ritter sie erreichten. Die fliehenden Pikeniere konnten ein Pferd aufhalten, aber Fußsoldaten konnten zwischen ihnen durchschlüpfen. Jetzt zwangen die Bogenschützen die Pikeniere mit der Schwertspitze in die Linie zurück. Die Musketiere rannten an die Flanken. Der Weiße Habicht war nirgends zu sehen.

Tagvater, laß Guy am Leben, und du kannst alles haben, was du von mir verlangst.

Wieder sprengten feindliche Ritter auf den Eqeta zu, aber diesmal trafen sie auf seine Ritter. Zwei Ritter und sechs Feinde gingen zu Boden. Tamaerthaner rannten herbei und schnitten den Feinden so schnell, wie sie gefallen waren, die Kehle durch.

Rudhrig sah, daß die feindliche Infanterie in die Lücke zwischen den Resten seiner Dritten Division und der Zweiten Division zu seiner Linken vorstieß. Die Kanonen feuerten schneller, und die Steine, die sie schleuderten, rissen breite Schneisen in die Reihen der Feinde. Seine Pikeniere formierten sich neu. Musketiere und Bogenschützen schlossen sich ihnen an, und die feindliche Kavallerie konnte keinen Boden mehr gewinnen. Rudhrig schrie nach einem Boten. Wenn der Wanax nur seine Reserven gegen die Reiterei und die Fußtruppen der Feinde einsetzen würde!

Drei Bogenschützen und ein Musketier kamen aus dem Getümmel herausgerannt und trugen eine schlaffe Gestalt, die noch das Banner des Weißen Habichts in der Hand hielt. Jetzt hatte Rudhrig nicht einmal mehr Luft für ein Gebet.

Die schlaffe Gestalt hob den Kopf und schüttelte die Hände ab, die ihn festhalten wollten. Rudhrig war sofort an der Seite seines Sohnes. »Guy – mein Junge! Wie ist es ...«

»Ich bin nicht verletzt, Vater. Bitte, sag diesen Söhnen von Schweinehirten, daß sie mir nicht immer auf die Finger treten sollen!« Seine Stimme klang nicht nur empört, sie verriet auch Zuneigung zu seinem Vater. »Es tut mir leid, daß der Weiße Habicht ein wenig beschmutzt wurde.«

»Ebenso gut hätten sie Toris damit den Arsch wischen können!« Zur Hölle mit ritterlicher Sprache, dachte Rudhrig. Danke, Yatar, mein Sohn ist in Sicherheit. »Guy, du mußt Wanax Ganton eine Botschaft überbringen.«

»Vater, ich lasse mich nicht wegschicken wie ein ungehorsamer ...«

Die große Kanone der Sternenmänner eröffnete das Feuer. Rudhrig zählte fünf Schüsse aus dem – dem *Mörser*. Es gab eine laute Explosion, und eine große weiße Rauchwolke stieg hinter dem Feind auf. Rudhrig stieg wieder auf sein Pferd.

Der Rauch verzog sich, und er sah, daß ganze Fässer voll Feuerpulver explodiert sein mußten. Hatten die Mörser der Sternenmänner die eigenen Leute getroffen? Irgend etwas mußte zwei der Kanonen zerstört haben. Die Leichen der Bedienungsmannschaften lagen auf dem Boden.

Drei Kanonen waren noch übrig, und die Männer, die sie

bedienten, lebten noch. Humpelnd, mit schwarzen Gesichtern und zerrissener Kleidung, nahmen sie ihre Positionen wieder ein. Rudhrig erinnerte sich an das, was er über die Schlacht an der Großen Schanze gehört hatte: Wie die Kanoniere unter Rick angegriffen und ihre eigenen Kanonen wiedererobert hatten.

Mut tritt in vielen Formen auf. Auch Ehre. Und es gab Dinge, denen nicht einmal Ritter oder Eqetas unerschrokken gegenüberstanden.

Ganton sah, wie der Feind sich in die Lücke zwischen der angeschlagenen Dritten Division und Theuthras Zweiter warf. Ein Bote ritt zu Lord Drumold. Er sollte die tamaerthanische Kavallerie ins Gefecht führen. Dann ritt Ganton in die Lücke hinein.

Hilaskos und die Garde hatten gerade zu ihm aufgeschlossen, als die Sternenmänner das Mörserfeuer eröffneten. Die ersten vier Schüsse ließen Ganton hoffen, daß der feindliche Angriff die Kanonen nicht erreichen würde. Der fünfte Schuß zerschlug diese Hoffnung. Als der Rauch sich verzogen hatte, waren zwei der fünf Kanonen umgestürzt, und viele Kanoniere lagen am Boden. Ganton fluchte.

»Garde, halt! Erste Schwadron, sagt den Sternenmännern ...«

Sagt ihnen was? Daß sie nicht ihre eigenen Leute umbringen sollen? »Sagt ihnen, daß sie vorsichtig sein sollen. Ich werde die Kanoniere wieder sammeln.« Er schickte eine Botschaft an Lord Clavell und seine mit Äxten bewaffneten Nikeianer: Sofort beim Kriegsbanner von Drantos sammeln.

»Wo wird das sein, Majestät?« fragte der Bote.

»Bei den Kanonen«, sagte Ganton und zeigte nach unten. Der Bote schluckte, aber der eisige Blick des Wanax verhinderte jedes weitere Argument. Er ritt davon, als Hilaskos das Banner hochriß und der König und seine Begleiter den Hügel hinabritten.

Sie erreichten die Kanonen, als das Fußvolk des Feindes wieder Mut geschöpft hatte und angriff. Die Gardemusketiere feuerten aus dem Sattel; es war eine unvollkommene Salve, aber die Männer konnten ein so großes Ziel wie die anrückende Infanterie nicht verfehlen. An ihren weinroten Röcken waren die Feinde als Lanzenträger von Ta-Kartos zu erkennen.

Der Feind drang weiter vor. Die Garde stieg ab, um neu zu laden, die Bogen zu benutzen oder die Pferde zu halten. Oberkanonier Pinir rannte umher und benutzte einen Ladestock, um widerwillige Kanoniere an ihre Pflicht zu erinnern. Die Männer schienen vor ihm mehr Angst zu haben als vor dem Feind.

Hinter den Fußtruppen des Feindes fingen die feindlichen Bogenschützen an zu schießen. Sie schossen mit den kurzen Bogen, die im Norden üblich waren, und kaum einer ihrer Pfeile erreichte sein Ziel. Viele trafen das eigene Fußvolk. Der Angriff geriet ins Stocken, und er blieb ganz stecken, als die Musketiere der Zweiten Division das Feuer eröffneten.

Gantons Pferd war erschöpft. Er stieg ab. Minuten später war er mitten im Gefecht. Überall um ihn herum waren Feinde. Er zog sein Schwert und schlug um sich. *Lord Rick würde das niemals billigen. Ich bin jetzt nur ein gewöhnlicher Fußsoldat. Und wer kommandiert jetzt?* Er versuchte, sich den Weg nach hinten freizukämpfen, um wieder seinen Kommandoposten zu erreichen. Hier vorn konnte er nichts ausrichten.

Hilaskos focht neben ihm und hielt immer noch das Kriegsbanner hoch. Ein Lanzenträger traf seinen Oberschenkel. Hilaskos schlug dem Mann die Stange des Banners auf den Kopf. Als Hilaskos taumelte und stürzte, schlug ein Gardesoldat den Angreifer zu Boden. Ein Knappe rannte nach vorn und hob das Banner auf. »Halte es hoch!« schrie Ganton. »Ab sofort seid Ihr Ritter.«

Weitere Feinde mit Schwertern und eisenbeschlagenen Keulen tauchten auf. Ganton zerbrach sein Schwert an einer der Keulen, aber um ihn herum stand seine Garde. Die Männer hielten ihre Schilde hoch und bildeten einen Schutzwall. Ganton zog seinen Browning und feuerte zwischen den Schilden hindurch. Fünf Feinde gingen zu Boden. Andere hörten den Donner der Sternenwaffen und hielten sich zurück.

Inzwischen hatten sich weitere Männer der Armee von Drantos um das Kriegsbanner geschart, bis Gantons Freunde mehr Verwirrung stifteten als der Feind. Rudhrig schickte seine letzte Kavalleriereserve in den Kampf. Zu zweit und dritt ritten sie in die Lücke hinein. Mit Schwertern und Lanzen vertrieben sie die Feinde von den Kanonen und bildeten dann zwei Kolonnen. Eine links, die andere rechts, ritten sie an den Kanonen vorbei und griffen die feindliche Infanterie an.

Die Lanzenträger von Ta-Kartos waren weder so gut bewaffnet noch so gut ausgebildet wie Lord Ricks Pikenierregimenter; sie konnten den Angriff der Kavallerie nicht abwehren, und sie taten es auch nicht. Sie wären geflohen, wenn hinter ihnen nicht ihre eigene Kavallerie gestanden hätte. Wer nicht durch den Stahl der Ritter von Drantos starb, der starb durch die Pfeile und Kugeln beider Divisionen; die Bogenschützen und die Musketiere der Dritten bildeten wieder eine solide Formation.

Vor Ganton und den Kanonen lagen jetzt nur noch Leichen und Verwundete, die von der Kavallerie durch Lanzenstiche aus dem Sattel getötet wurden. Rudhrig hatte seine Ritter fest im Griff; Ganton brauchte nicht zu befürchten, daß sie zu weit vorstießen. Er sah, daß Hilaskos verbunden und fortgetragen wurde, und stieg wieder in den Sattel. Er schickte die mit Äxten bewaffneten Nikeianer an die rechte Flanke der Dritten Division. Ihre Äxte hatten lange Stiele und waren gegen Kavallerie und auch Fußtruppen gut zu gebrauchen, wenn nur die Vierten Pikeniere den Kampf nicht aufgaben.

Die Garde errichtete wieder ihren Wall von Schilden. Kurz zuvor hatte es wieder angefangen zu regnen. Eine nach der anderen verstummten die Kanonen. Ganton hatte Zeit, die Pfeile herauszuziehen, die in seinem Wams steckten. Keiner war durch die Rüstung gedrungen, die er darunter trug. Er lud seine Browning neu.

Bei dem Regen konnten die Kanonen und die Musketen nicht abgefeuert werden. Dicker Pulverrauch lag über dem ganzen Schlachtfeld. Die Bogenschützen konnten keine hundert Schritte weit sehen, und sie hatten keine Ziele.

Wer einen Angriff mit Kavallerie oder Infanterie durchbringen konnte, würde die Schlacht gewinnen. Es konnte keine Strategie mehr geben, und bei der schlechten Sicht waren die weittragenden Waffen nutzlos.

Wotan ist auf der Seite der stärkeren Divisionen. Das hatte Ganton schon als Kind gehört. Heute könnte das zutreffen.

Wieder erklangen die Trompeten des Feindes.

4

Tylara beobachtete die Schlacht, bis sie vor Regen und Rauch nichts mehr sehen konnte.

Balquhain kam herangeritten. »MacClallan Muir schickt mich. Ich soll dich fragen, ob du weißt, wer diese Armee befehligt.«

»Ganz bestimmt nicht ich.« Sie zeigte in den Rauch unten am Hügel. »Vor einer halben Stunde ist Wanax Ganton dort unten mit dem Kriegsbanner entlanggeritten. Seitdem habe ich ihn nicht mehr gesehen.«

»Ich glaube, unser Vater weiß das.«

»Und ich auch. Warum hat er dich also hergeschickt?«

Balquhain schüttelte den Kopf. »Du kanntest ihn immer besser als ich, aber ich glaube, er will, daß du das Kommando über die Armee übernimmst.«

»Das Kommando übernehmen ...«

»Tylara, du bist Eqetassa von Chelm und höchste Beamtin von Drantos. Der Wanax ist verschwunden. Irgend jemand muß die Armee befehligen.«

»Bruder, die Ritter werden mir nicht gehorchen. Ich bin Eqetassa, nicht Eqeta.«

»Die Ritter von Drantos würden eher dir gehorchen als mir oder MacClallan Muir.«

Yatar, ist dies Teil meiner Buße?

»Vater sagt, wir müssen etwas unternehmen oder die Schlacht geht verloren.«

Tylara starrte in den Rauch. Der Schlachtenlärm stieg den Hügel hinan. Pferde und Männer schrien, Schwerter und Schilde prallten aufeinander, und es gab Geräusche, die sie nicht deuten konnte. Aber nichts von alledem sagte ihr, was eigentlich geschah. Gerade bevor das Wetter ganz schlecht wurde, hatte sie gesehen, wie Prinz Akkilas Streitkräfte sich sammelten und noch einmal angriffen. Sie wußte nicht, ob sie Fortschritte machten. Ein großer Teil der feindlichen Truppen hatte die geschwächte Dritte Division angegriffen.

Ohne Befehle würden sich die anderen Divisionen nicht bewegen. Sie können sich nicht gegenseitig helfen, wenn sie nichts sehen können. Wir können immer noch einzeln geschlagen werden. Rick sagt, daß nur auf diese Weise Schlachten gewonnen oder verloren werden.

»Er mag recht haben. Willst du, daß ich das Kommando übernehme?«

»MacClallan Muir will es.«

»Dann reite zu Prinz Strymon. Biete ihm an, das Kommando über seine Division zu übernehmen oder ihm auf irgendeine andere Weise zu dienen, und bitte ihn herzukommen und das Kommando über die gesamte Armee zu übernehmen.«

»Tylara ...«

»Du wolltest Befehle, Balquhain. Du hast sie.«

»Du hast dich noch immer durchgesetzt. Ja, Schwester. Was meine Schwadronen betrifft ...«

»Schick sie mir. Sag ihnen, daß sie mir gehorchen sollen. Ich habe Arbeit für sie.«

»Darf ich fragen, welche?«

»Balkie, hier sind wir nutzlos, und in diesem Regen können die Kanonen unsere rechte Flanke nicht verteidigen.

Ich fürchte, daß der Feind hier durchkommt. Ich werde die Lücke durch die Stammesleute stopfen lassen.«

Balquhain grinste. »Hurra für Tilly! Das werde ich Vater sagen.« Er riß sein Pferd herum, blieb stehen und schaute zurück. »Tylara ...«

»Verschwinde!«

»Zu Befehl, Lady.«

Der Schlachtenlärm kam über den Hügel. Rick hielt sein Pferd an und lauschte. »Hier entlang!« schrie er und trieb sein Tier vorwärts.

»Colonel«, schrie MacAllister. »Es nützt niemandem, wenn wir mit toten Pferden ankommen!«

»Schei ...« Rick beherrschte sich. »Sie haben recht, Corporal.« Er ließ sein Pferd im Schritt gehen. »Wer hat das beste Pferd?«

»Sie«, sagte MacAllister. »Colonel, wir sind *alle* erschöpft, und das wissen Sie selbst am besten.«

Das war wirklich keine Hilfe. Irgendwo vor ihnen tobte eine Schlacht. Rick schaute auf den Zettel, auf dem die Botschaften der Signalanlage verzeichnet waren. Tylaras Lösegeld. Tylaras Feilassung. Strymon ein Verbündeter. Burg Fasolt eingenommen. Und jetzt eine Schlacht im Tal des Ottarn. Nur, daß diese Schlacht in den Botschaften nicht auftauchte. »Was, zum Teufel, geht hier vor?« sagte er laut.

»Ich habe keine Ahnung, Colonel«, sagte MacAllister. »Ich weiß nur, daß wir jetzt unsere Pferde führen müssen.«

»Scheiße. Okay, Corporal.« Als Rick vom Pferd stieg, wünschte er sich dringend ein Dreirad von Honda.

Tylara wartete ungeduldig auf Balquhains Schwadronen. Der Regen wurde immer heftiger. Er wusch den Rauch von den Kanonen, aber sie konnte im Tal immer noch nichts erkennen. Die Kanonen feuerten nicht mehr, aber der übrige Schlachtenlärm hielt unvermindert an.

Wo sind die Sternenmänner? Wichtiger noch, wo ist der König?

Das Geräusch von Pferdehufen. Drumold ritt durch den Regen heran. »Ich habe die Stammesleute mitgebracht, Tochter. Dein Bruder sagte, du könntest sie gebrauchen.«

»Könnte sein. Aber hier oben sind wir fehl am Platze.« Sie zeigte nach rechts. »Dort unten ist eine Lücke zwischen der Dritten Division und dem Dorf. Sie sollte von Kanonen geschützt werden, aber bei diesem Regen können sie nicht feuern.«

»Rückt der Feind dort denn vor?«

»Ich weiß es nicht, Vater. Ich weiß nur, daß es keinen Zweck hat, wenn wir hier warten, und wenn Akkilas seine Kavallerie hier durchbringt, sind wir verloren.«

»Wie ist der Boden da unten?«

»Am Hügel ist er fest. Unten liegt Schlamm.«

Drumold grinste. »Dann müssen sie aus dem Schlamm kommen, um uns auf festem Boden zu begegnen?«

Bevor sie antworten konnte, ritten zwei Kavalleristen den Hügel hinan. Sie hielten ihre Pferde an, und der ältere sagte: »Wir haben im Sumpfland Reiter gehört.«

»Wie viele?«

»Das wissen wir nicht. Der Lärm der Schlacht ist zu groß. Aber die Reiter rücken vor.«

»Gut gemacht«, sagte Drumold. »Meine Tochter, sollten wir ihnen nicht entgegenreiten?«

»Vater ...«

»Mädchen, ich bin MacClallan Muir, aber du bist die höchste Beamtin von Drantos. Ich erwarte deine Befehle.«

Sie nahm ihr Pferd herum und winkte der leichten Kavallerie zu. »Folgt mir.« Sie ritt den anderen voran den Hügel hinab.

Der Schlachtenlärm wurde lauter. *Zur Hölle mit den Pferden.* Rick stieg wieder auf und ließ sein Pferd traben. Als der Hügel steiler wurde, ritt er wieder im Schritt. Rick fluchte.

Ein Trost. Schritt bekommt meinem Arsch besser als Trab. Und Gott sei Dank hat Agazaral das Präparat H geschickt.

Im Dämmerlicht war ein Banner zu sehen. Grün und weiß und mit stilisierten Wappen – »Ta-Meltemos?« Er nahm das Papier mit der Botschaft, die er über die Signalanlage bekommen hatte, aus derr Gürteltasche. Die Botschaft war unmißverständlich.

STRYMON VON TA-MELTEMOS HAT SICH DER ARMEE VON DRANTOS ALS BUNDESGENOSSE ANGESCHLOSSEN

Ich habe mir zum ersten Mal Sorgen darüber gemacht, daß jemand den Kode der Signalanlage geknackt haben könnte.

»Wer ist da?« rief jemand.

»Eqeta Rick, Generalhauptmann von Drantos.« *Und ich sollte dir in den Arsch treten, weil du mich so nahe herangelassen hast.* »Bringt mich zum Wanax.«

Ein Offizier ritt heran. Ein Dutzend Gardesoldaten folgte ihm. Der Offizier starrte Rick an. »Vergebung, Lord. Wir hatten Euch nicht erwartet.«

»Ich habe über die Signalanlage eine Botschaft geschickt.«

»Wir haben seit zwei Tagen keine Botschaft über die Signalanlage erhalten. Prinz Akkilas' Kavallerie hat die Station südlich von Burg Fasolt zerstört.«

»Okay, aber jetzt bin ich hier. Wo ist der Wanax?«

Der Gardeoffizier wandte sich ab. Dann stotterte er: »Lord Rick, wir wissen es nicht.«

»Was? Wieso, zum Teufel, weiß seine Leibgarde nicht, wo er ist?«

»Lord, er befahl uns zu warten und ritt nach unten in die Schlacht.

»Lebt er noch?«

»Wir haben nichts gehört.«

»*Scheiße.* »Wer kommandiert hier?«

»Prinz Strymon, Lord.«

»Führt mich zu ihm.« *Verdammte Scheiße.*

Rick reichte Prinz Strymon die Hand.

»Lord«, sagte Strymon. »Ich – ich freue mich, Euch kennenzulernen, und ich bitte um Vergebung, wenn ich Eurer Lady Unannehmlichkeiten bereiten mußte …«

»Wir haben nicht sehr viel Zeit, Hoheit«, sagte Rick. »Ich habe schon erfahren, daß Lady Tylara in Sicherheit ist. Jetzt würde mich interessieren, was hier vor sich geht.«

»Ich wünschte, ich wüßte es.«

»Verdammt noch mal. Sie haben doch hier das Kommando.«

»Lord, vor einer Viertelstunde wurde ich von Lord Balquhain beauftragt, das Kommando über die Armee zu übernehmen. Es dauerte ungefähr genauso lange, ihn mit dem Kommando meiner Division zu betrauen und herzukommen. Als ich hier ankam, stellte ich fest, daß Wanax Ganton dort ist …« Er zeigte nach unten in den Regen und in den Rauch. »Es heißt, die Dritte Division habe Schwierigkeiten, aber ich weiß noch nicht, was das bedeutet und was ich tun soll.«

»Mein Gott! Könnt Ihr mir wenigstens sagen, wo die Dritte Division ist?«

»Sofort.« Strymon zog eine Karte aus seinem Mantel. Er rollte sie auf. Der Regen spritzte, und die Tinte fing an zu verschmieren.

Rick nahm die Karte und richtete sie nach der Himmelsrichtung aus. *Dort drüben steht der Feind. Aha, hier ist der Hügel, auf dem wir stehen.* »Dritte Division. Ist das diese?«

»Ja«, sagte Strymon.

»Und die anderen Divisionen? Was haben sie?«

Strymon zuckte die Achseln. »Alles. Pikeniere, Kavallerie, Bogenschützen …«

»Aha.« *Der verdammte Junge hat meine Lektion in napoleonischer Organisation zu ernst genommen.* »Aber die Erste und Zweite sind noch intakt?«

»Die Erste bestimmt. Aber ich glaube, die Zweite auch.«

»Reserven.« Rick zeigte auf die Karte. Aber inzwischen hatte der Regen die Markierungen fast weggewaschen. »Die Tamaerthaner stehen hier.«

»Nicht mehr«, sagte Strymon. »Sie wurden herumgeführt, um unsere rechte Flanke zu sichern. Eure Lady und ihr Vater haben das Kommando.«

»Gut.« *Okay, die rechte Flanke ist sicher. Wir brauchen nicht zu fragen, was mit den Kanonen passiert ist. Bei diesem Regen haben wir Glück, wenn sie jede Stunde einen Schuß abfeuern können.* »Hoheit, Ihr hattet die Erste Division?«

»Ja.«

»Irgendwelche Aktionen?«

»Wir wurden heute morgen von Kavallerie angegriffen. Das meiste haben die Kanonen erledigt. Ich hatte kaum Verluste.«

»Habt Ihr jemals Pikeniere befehligt?«

»Heute morgen zum ersten Mal.«

Ja. Aber als hervorragender Verbündeter solltest du ein passendes Kommando übernehmen. Die linke Flanke halten. »Euch wurde befohlen, die Front zu halten?«

»Ja. Ich hätte eine aktivere Rolle vorgezogen.«

»Die werdet Ihr bekommen.« Er stellte sich in die Steigbügel.

»Ark!«

Passovopoulos ritt auf einem Maultier. Kein anderes Tier konnte ihn längere Zeit tragen. »Sir!«

»Bringen Sie die Waffenschwadron dort nach unten.« Er zeigte nach rechts. »Dort den Hügel hinunter, bis Sie das Dort erreichen. Gehen Sie durch das Dorf hindurch, und bringen Sie die Waffen in Stellung wo Sie gutes Schußfeld haben.«

»Colonel ...«

»Ich weiß, ich weiß, Sie können nichts sehen. Tun Sie, was Sie können. Sie gehen in Stellung und warten. Sie sind der Amboß. Jemand muß mir ein frisches Pferd besorgen, und dann muß ich den Hammer suchen.«

Die Stabsoffiziere brauchten fünf Minuten, um Teuthras zu finden und hinter die Zweite Division zu bringen. Rick schaute immer wieder auf die Uhr. *Tylara, Tylara. Bist du in*

Sicherheit? Wo bist du, meine Liebste? Es hätte keinen Zweck, ihr nachzureiten. Die Schlacht mußte gewonnen werden. *Ich habe gehört, daß sie bei Piro's Hill in die feindlichen Linien geritten ist. So ist sie nicht. Warum also erzählen mir die Leute so etwas?*

»Lord Rick«, schrie Teuthras. »Willkommen.«

»Danke. Lord, was ist mit Ihrer Division?«

»Es ist wenig passiert. Wir hörten Kampfgeräusche von der Dritten her. Ich habe Kavallerie bereitgestellt für den Fall, daß uns befohlen wird anzugreifen, aber ...«

»Ich verstehe.« *Verdammter Mist. Seit Jahren versuche ich, sie dazu zu bringen, Befehlen zu gehorchen und nicht einfach im dichtesten Getümmel anzugreifen. Jetzt wäre es besser gewesen, wenn sie nie Disziplin gelernt hätten.* »Danke. Lord, ich werde die Erste Division an Eurer Front vorbeischicken, dann schwenken und dann auf Ottarn zumarschieren. Wir werden den Feind vor uns hertreiben und in das Feuer der Sternenwaffen jagen, die ich in der Nähe des Flußdorfes in Stellung gebracht habe.«

Teuthras grinste breit. »Und wie können wir helfen?«

»Die Zweite Division ist sehr wichtig. Wenn wir an Eurer Front vorbeigeritten sind, wird die feindliche Kavallerie aus Nordosten die Erste Division im Rücken angreifen. Wenn sie das tut, werdet Ihr zum Gegenangriff vorrücken und uns gleichzeitig den Rücken freihalten.«

»Aber gern.«

»Bei diesem Gegenangriff werden die Pikeniere die Vorhut bilden. Es könnte sein, daß ich sie persönlich anführen werde.«

Teuthras runzelte die Stirn. »Ich möchte sie nicht gern verlieren.«

Natürlich nicht. Du verstehst mehr von Pikenieren als jeder andere Divisionskommandeur. »Meinetwegen. Ihr könnt die Pikeniere der Ersten Division haben«, sagte Rick. »Ihr müßt die Pikeniere als Schutzwall aufstellen, um den Angriff der Ersten Division zu decken.«

Teuthras überlegte. Dann grinste er. »Geht in Ordnung!« Er wischte sich die Regentropfen aus den Augen. »Leider können wir sie nicht mit Bogenschützen unterstützen. Aber dann kann der Feind die Pikeniere auch nicht mit Bogenschützen angreifen. Lord Rick – wo ist der Wanax?«

Ich will verdammt sein, wenn ich das weiß. »Er sammelt die Dritte Division.«

»Das sieht Ganton ähnlich. Immer im dicksten Gewühl.« Wieder grinste Teuthras breit. »Ich wußte nicht, daß Ihr hier sein würdet, Lord, aber Ihr seid zur rechten Zeit gekommen.«

Balquhains Willkommensgruß war echt. »Ihr seid gekommen, um das Kommando zu übernehmen?«

»Mehr oder weniger. Prinz Strymon habe ich das Hauptquartier überlassen.«

»Habt Ihr Tylara gesehen?«

»Nein, verdammt noch mal! Und ich kann sie auch nicht suchen, bevor ich hier etwas in Bewegung gesetzt habe.«

»Ja. Was soll ich tun?«

Ein guter Mann. Rick hielt ihm das vom Regen verschmierte Pergament hin. Die Tinte war völlig auseinandergelaufen. Er zeigte auf einen Tupfer am linken oberen Rand. »Wir stehen hier. Wir werden Eure Kavallerie vorn an der Zweiten Division vorbei direkt nach Osten führen, dann auf die Zweite einschwenken und zum Fluß hinunterreiten. Passovopoulos ist dort mit seiner Waffenschwadron in Stellung gegangen.«

Balquhain runzelte die Stirn. »Lord – wird der Feind nicht durch die Lücke kommen, die ich gelassen habe, und die anderen von hinten angreifen?«

»Darauf wollte ich gerade zu sprechen kommen. Ihr greift mit der Kavallerie an. Wenn Ihr vorrückt, laßt Ihr die Pikeniere hinter Euch. Teuthras wird seine Pikeniere mit den Euren vereinen. Ich lasse zwei Sternen-Lords mit Gewehren dort. Das dürfte genügen, um die Front zu halten.«

Balquhain überlegte einen Augenblick. »Besonders bei dieser Verwirrung. Akkilas ist über diese Schlacht nicht besser informiert als wir. Gut. Noch eine Frage, Lord. Wir greifen von einer Seite an und treiben den Feind zum Fluß hinunter, aber was sollte sie daran hindern, nach Osten zu rennen?«

»Nichts. Das sollen sie ja gerade. Lord, wir versuchen hier nicht, einen großen Sieg zu erringen. Wenn diese Truppen erst einmal in diesem Regen durch den Schlamm laufen, wird es mindestens einen Zehntag dauern, bis man sie wieder zu einer kampfstarken Truppe machen kann. Bis dahin wird die restliche Kavallerie von Drantos eingetroffen sein.«

»Natürlich.« Balquhain grinste. »Und dann werdet *Ihr* das Kommando übernehmen.«

Balquhains Trompeten schmetterten. Seine Kavallerie formierte sich. Zum Klang von Trommeln nahmen die Pikeniere ihre Position ein. Hinter den Pikenieren standen die Bogenschützen. Die meisten von ihnen hatten die Saiten von ihren Bogen abgenommen, um sie unter ihrer Kleidung zu trocknen.

Zuerst gab es keinen Widerstand. Es regnete jetzt stärker. *Die Sicht ist vielleicht hundert Meter. Wenn überhaupt.* Rick schaute sich nach seinen Stabsoffizieren um, die meisten Knappen aus bedeutenden Häusern. Die Männer folgten ihm, wie er befohlen hatte. Sie waren nicht sehr glücklich darüber, daß sie am eigentlichen Kampf nicht teilnehmen durften, obwohl Rick ihnen gesagt hatte, daß Kommunikation die wichtigste Waffe sein würde, die Drantos hatte. Er schickte einen der Offiziere nach links. »Schaut nach, was dort vor sich geht, und vergewissert Euch, daß die Front hält«, sagte Rick. »Und wenn Ihr den Feind seht, reitet Ihr sofort wieder zurück. Aber greift nicht in den Kampf ein.«

»Yes, Sir.« Der Knappe war unzufrieden, aber er würde Ricks Befehl ausführen.

Die rechte Flankensicherung erreichte die Zweite Division. »Hier wird es kompliziert«, murmelte Rick. Er schickte einen Boten zur linken Flanke. »Sagt ihnen, daß sie angreifen sollen.« Als der Junge davongaloppierte, schickte er einen dritten Reiter nach rechts.

»Langsamer, verdammt noch mal!« schrie er die Truppen vor ihm an. »Wartet auf die Männer zu eurer Linken!« Er drehte sich zu seinen Offizieren um. »Reitet die Reihen entlang und sagt es den Leuten.«

Die Schwierigkeit bei großen Wendemanövern lag darin, daß die Truppen am Wendepunkt stehenblieben, während die am Ende einen großen Bogen beschreiben mußten. Da jeder die Wendung gern hinter sich bringen wollte, neigten die Männer in der Nähe des Wendepunktes dazu, sich zu schnell zu bewegen. Das konnte zu Lücken in der Formation führen, und, schlimmer noch, die halbe Front konnte zurückbleiben.

Der erste Botschafter, den Rick geschickt hatte, kam zurück. »Feind in Sicht. Leichte Kavallerie vor uns und zur Linken.«

»In welcher Richtung?«

Der junge Mann dachte einen Augenblick nach, dann zeigte er in die betreffende Richtung.

»Gut. Und jetzt sagt Lord Balquhain, er solle eine Kompanie der Reserve schicken, den Feind zu beobachten. Nur beobachten, sonst nichts.«

Sie rückten weiter vor. Rick starrte in den Regen vor ihm. Plötzlich rief ein Mann zu seiner Linken: »Da sind sie!«

Sie waren direkt vor ihnen. Eine unregelmäßige Front schwerer Kavallerie. Sie hatten fast Ricks Flanke erreicht. Sogar das Ende der Front war im Dämmerlicht zu erkennen: »Trompeter! Zum Trab blasen. Auf geht's!«

Der feindliche Kommandeur versuchte, seine Truppe zu ordnen, aber es war zu spät. Fünfzig Männer an der Rechten des Feindes wurden von der Flanke her angegriffen und sahen sich tausend von Ricks schweren Reitern gegenüber. Bevor Ricks Kavallerie die rechte Flanke des Feindes erreichte, löste sich die feindliche Formation auf, als zuerst einzelne Reiter, dann ganze Schwadronen in den Regen hinein davonritten. Innerhalb von Minuten war kein Feind mehr zu sehen. »Zum Schritt blasen«, sagte Rick. »Und stellt die verdammte Formation wieder her.«

»Ich hasse dieses Warten«, sagt Drumold.

»Ja.« Tylara hielt die Hand hinter das Ohr und lauschte. Es kommt näher, dachte sie. Draußen im Sumpf waren mindestens hundert Männer. *Wahrscheinlich mehr. Es wäre närrisch, nur hundert zu schicken.*

»Ich denke, wir könnten hier zu viele sein«, sagte Drumold.

Tylara zuckte die Achseln. »Wir können nur raten.«

»Ja. Ich weiß.« Er zeigte zu seiner linken Front hinüber. »Und da drüben ist der Boden fest genug, falls es nötig wird, daß wir in die Hauptschlacht eingreifen. Ich glaube, du hast gut gewählt.« Er hob die Schultern und zog den Mantel enger um sich.

Er sieht heute alt aus.

Hinter ihnen erschien ein Reiter. »Lady! Lord Rick ist angekommen!«

»Rick!« *Also werden Gebete doch erhört.* »Wo ist er?«

»Lady, er hat sich nach Euch erkundigt. Er kommt mit der Ersten Division der Dritten zur Hilfe.«

»Ich verstehe.« Tylara schloß die Augen und stellte sich die Schlacht bildlich vor. Sie sah, wie die Erste Division um die Zweite herumschwenkte und sich nach rechts bewegte. »Wo sind die Sternenkrieger?«

»Sie sollen das Dorf dort unten halten.«

Tylara runzelte die Stirn. Warum sollte Rick so etwas tun? Wieder machte sie sich ein Bild von der Schlacht. *Aha. Um sicherzustellen, daß der Feind nicht an uns vorbeikommt.* »Gut gemacht, Stammesgenosse. Nun sucht Lord Rick und sagt ihm, wo wir stehen und in welcher Stärke. Sagt ihm auch, daß MacClallan Muir und die Eqetassa von Chelm seine Befehle erwarten.«

Rick ritt zu Balquhain hinüber und brachte sein Pferd zum Stehen. »Das Schwierigste haben wir hinter uns«, sagte er.

Sie waren auf drei weitere Einheiten des Feindes gestoßen. Die dritte hatte einen fähigeren Kommandeur. Er sammelte seine Truppen zu so etwas wie einem Angriff, aber er konnte keine vernünftige Formation aufstellen. Sie kamen in kleinen Gruppen, statt massiert anzugreifen, und wurden davongejagt wie die anderen.

Rick zeigte nach vorn. »Wir brauchen jetzt nur noch vorzurücken. Teuthras kann unsere Nachhut sichern. Unsere Linke ist verwundbar, aber nicht, wenn wir die Reserve stehenlassen. Wichtig ist, daß wir die Reserve nicht verbrauchen, um Schatten zu jagen.«

Ein Kurier ritt heran. »Lord Teuthras sagt, daß die Pikeniere ihre Formation eingenommen haben.«

»Gut. Und jetzt berichtet Prinz Strymon. Sagt ihm, wo wir stehen und wo die Pikeniere stehen, und sagt ihm auch alles andere, was Ihr wißt.«

»Yes, Sir.« Der Knappe ritt davon.

»Er wird dies für einen sehr seltsamen Krieg halten«, sagte Balquhain. »Nur reiten und nicht kämpfen.«

»Ich wäre froh, wenn wir den Kampf hinter uns hätten, der uns noch bevorsteht.« *Aber das ist nicht der Fall. Wenn wir diesen Kasten zumachen …*

Wieder kam ein Kurier angeritten. *Aha. Das ist der Junge, der Rudhrig suchen sollte.* »Berichte, Junge!«

»Lord Rick! Ich bringe Befehle vom Wanax.«

Ich will zur Hölle fahren. »Und was befiehlt uns Seine Königliche Majestät?«

»Ich soll Euch in seinem Namen willkommen heißen, und er sagt, daß Ihr ihm zur Hilfe kommen sollt.«

»Danke.«

»Wie großzügig von ihm«, murmelte Balquhain.

»Ich nehme an, daß er Schwierigkeiten hat«, sagte Rick leise. Er hob die Stimme. »Wo ist der König?«

»Er sagte, ich soll sagen ›Ich stehe, wo das Banner der Dritten Division stand, als der Tag begann. Hundert Schritte entfernt steht der Feind.‹«

Aha. »Das dürfte in der Nähe des alten Zentrums des Vierecks sein. Lord Balquhain, ich denke, wir müssen nach rechts schwenken.«

»Ich bin einverstanden.«

Auf dem Exerzierplatz hätte ich einfach gesagt ›Rechts schwenkt, marsch!‹ Aber dies wird wohl ein bißchen schwieriger. Er rief seine Kuriere zusammen.

»Feind in Sicht!« Der Schrei kam von einem Dutzend Männern, als der Regen nachließ.

»Nun, Lord, jetzt haben wir den Kampf, den Ihr wolltet«, sagte Rick.

Balquhain grinste. Sie hatten die Stelle erreicht, wo vorher die Ecke der Dritten Division gestanden hatte. Jetzt stand hier überall der Feind. Tausende waren tot, aber Tausende lebten noch, und sie kämpften. Aber Rick wurde nicht angegriffen.

»Zum Angriff blasen!« befahl Balquhain.

»Verdammt richtig! Und dann vorwärts!« *Es geht nichts über eine nette kleine Überraschung.* »Kurier, Lord Teuthras soll alle Kavallerie schicken, die er entbehren kann.« Rick zog sein Schwert und stellte sich in die Steigbügel, als zum Angriff geblasen wurde.

Tylara hörte die Trompeten, als der Regen aufhörte. »Zu den Pferden!« schrie Drumold. »Mädchen, ich glaube jetzt wirklich, daß dein Gatte hier ist.«

Ha! Ich hätte nicht gedacht, daß unser erstes Wiedersehen auf dem Schlachtfeld stattfinden würde, aber warum eigentlich nicht?

Minuten später galoppierte Kavallerie heran. Als die Feinde die tamaerthanischen Reiter sahen, drehten sie ab.

»Sollten wir nicht angreifen?« fragte Drumold.

»Noch nicht.« *Rick, wo bist du?* »Ich glaube, bald werden noch mehr kommen. Es ist besser, wenn wir noch warten.«

In wenigen Augenblicken war der Feind nicht mehr zu sehen. Dann hörte Tylara plötzlich den Lärm von Sternenwaffen zu ihrer Rechten. Das – *leichte Maschinengewehr!* Lord Rick mußte ein zweites mitgebracht haben.

Drumold schob das Visier seines Helmes hoch und grinste. »Wer immer da unten im Sumpf herumtobt, wird gute Gesellschaft haben. Ich bezweifle, daß wir von der Seite her noch etwas zu befürchten haben.«

Tylara lächelte zustimmend. Nur wenige Captains schafften es, ihre Männer an fliehenden Kameraden vorbei vorrücken zu lassen. Gegen Sternenwaffen schaffte es keiner. »Ich glaube, das bedeutet, daß wir tun können, was wir für das Beste halten«, sagte Tylara.

Der Regen hatte jetzt ganz aufgehört, aber sie konnte immer noch nicht sehr viel sehen. Weit vorn und zu ihrer Linken standen die Pfähle, die das Terrain der Dritten Division nach hinten markierten. Rechts lag das Dorf, und irgendwo hinter dem Dorf standen Ricks Sternenmänner.

Wieder waren von links Trompeten zu hören. *Das muß Rick sein. Er muß es sein! Wer sonst könnte zwei Stunden nach seinem Eintreffen eine Schlacht entscheiden?* Sie drehte sich zu Drumold um und grinste. »Ist es nicht Zeit, daß die Stammesleute ihren Willen bekommen? Die Trompeten blasen zum Angriff. Sollen wir nicht gehorchen?«

Drumold zog sein Schwert und stellte sich in die Steigbügel. »Ja, Mädchen. Vorwärts!«

Tylara trabte an. Bald gelangten sie von dem feuchten Boden des Hügels in den tieferen Schlamm des Tales. Die tamaerthanischen Streitkräfte versuchten, sich links zu halten, um auf festerem Boden zu bleiben. Sie waren eine Viertelmeile geritten, als Tylara daran dachte, Kuriere zu Strymon, Rick und Ganton zu schicken, wenn sie die drei Männer überhaupt finden konnten.

Als sie an der Ecke des früheren Vierecks der Dritten Division vorbeiritten, fing es wieder an zu regnen. Jetzt kam von hinten Wind auf. *Ein gutes Zeichen. Er treibt den Regen dem Feind ins Gesicht, nicht uns.* Der Schlachtenlärm wurde lauter.

Sie wandte sich an einen ihrer Offiziere. »Reitet los und

sucht Lord Rudhrig. Sagt ihm, daß wir hier sind. Ich möchte nicht gern von seiner Reiterei angegriffen werden.«

»Da, Mädchen.« Drumold zeigte.

Eine Windbö fegte für Sekunden den Rauch und den Regen weg. Vor ihnen stand der Feind.

»Wir können keinen richtigen Angriff führen«, sagte Drumold. »Aber wir können es versuchen.« Er stellte sich in die Steigbügel. »Vorwärts!«

Hinten schrie jemand »MacClallan Muir!« und Tausende nahmen den Schrei auf. Kesselpauken und Hörner ertönten. Die Stammesleute galoppierten vorwärts.

Matthias verfluchte den Regen. Der Sieg lag weniger als hundert Schritte vor ihm, wo Ganton mit seinem goldenen Helm unter dem Kriegsbanner von Drantos stand. Sie brauchten nur Ganton zu töten, und der Krieg war vorbei. Akkilas würde keine Schwierigkeiten haben, die Barone von Drantos davon zu überzeugen, daß die Zeit des Knabenkönigs abgelaufen war.

Um ihn herum fielen die Männer, aber er blieb unverletzt. »Vorwärts! Vorwärts zum Sieg!«

Die Lanzenträger von Ta-Kartos rückten vor. Sie griffen Gantons Leibgarde an, die mit ihren Schilden ihren König schützten. Wenn ein Mann fiel, wurde er durch einen anderen ersetzt, und das galt für beide Seiten. Wieder hörte der Regen auf. Matthias schaute sich nach weiteren Truppen um, die seinen Angriff stützen könnten. Als er die Hörner der Feinde hörte, winkte er die nachfolgende Infanterie zu sich heran.

Es waren die Hörner der Ritter von Drantos. »Was ist das für ein Signal?« fragte er einen der Gehilfen.

»Sie blasen zum Angriff, Euer Ehren.«

Matthias fluchte. »Sie haben ihre Reserve ins Feld geführt.« Wo waren die Truppen, die das Zentrum des Feindes blockieren sollten? Aber das war jetzt nicht wichtig. Ganz offensichtlich waren sie davongejagt worden, und sie hatten nicht einmal Alarm gegeben. »Captain Volauf? Wir rücken vor! Ich will diesem Angriff begegnen.«

Ich glaube, er hat keinen Elan mehr. Besser, ich lasse ihn hier, als daß er davonläuft. Matthias gab den Männern seiner Leibgarde ein Zeichen. Viele von ihnen waren Veteranen aus den Kriegen im Süden. Es waren zweihundert Mann, aber mehr hatte er nicht. »Folgt mir! Tötet den feindlichen Kommandeur.« *Mehr können wir nicht tun. Aber vielleicht reicht es.*

Matthias bestieg sein Pferd. Es würde nicht leicht sein, durch seine eigenen Truppen hindurchzukommen, ob sie nun tot waren oder noch lebten, aber er mußte feststellen, daß die Streitkräfte von Drantos viel näher waren, als er erwartet hatte.

Der Tag ist verloren. Warum schenkt Wotan unseren Feinden den Sieg? Der Wind wurde zum Sturm, aber durch den dichten Regen hindurch erkannte er die Banner der Feinde. Es waren die Männer, die diesen neuen Angriff anführten.

Können wir dennoch siegen? Wir sind immer noch stärker als Ganton. Wir müssen die Anführer töten. Dann bricht dieser Angriff zusammen. Und ich komme zurück und töte Ganton. Wir haben noch nicht verloren. »Vorwärts!« Er galoppierte auf die Banner zu und freute sich, als er die Hufschläge seiner Kavallerie hinter sich hörte.

Die Wucht seines Angriffs durchbrach die erste feindliche Linie. »Kümmert euch nicht um diese!« schrie er. »Reitet zu den Bannern! Tötet die Anführer!«

Jetzt war er so nahe herangeritten, daß er die Banner deutlich sehen konnte, und er freute sich. Hier führte der Kriegsherr von Drantos! Sein Tod würde der Sache Drantos' fast genauso sehr schaden wie Gantons Tod.

Matthias' Pferd wurde müde. Ein Dutzend seiner Männer ritt an ihm vorbei. Sie rasten auf die Banner zu.

Tylaras leichte Kavallerie ritt Drumolds schweren Reitern voran. Die Überraschung war vollkommen. Die meisten feindlichen Kavalleristen waren abgestiegen, und ihre Infanterie stand links von Tylara. In der Ferne sah die

Schilde der Leibwache Gantons und dahinter seine Banner. Sie stellte sich in die Steigbügel und schaute sich nach Drumold um. Mit ihre Axt zeigte sie auf das Kriegsbanner.

Sie hörte seine Antwort nicht, aber er zeigte nach links, und seine Reiter griffen die Lanzenträger von Ta-Kartos von hinten an.

Tylara nickte zufrieden. Sie ritt mit ihren Männern dorthin, wo sie zuletzt Ricks Trompeten gehört hatte. *Das müssen seine sein. Und ich werde zu ihm reiten.*

Die tamaerthanischen Husaren durchbrachen die Front der schon in Auflösung begriffenen feindlichen Infanterie. Die Männer kämpften nur noch um ihr eigenes Leben, und sobald sie nicht mehr bedroht waren, rannten sie davon. Eine ganze Schwadron Kavallerie, von einem großen Banner angeführt, ritt hinten an Tylara vorbei. Infanteristen hielten sich an den Steigbügeln der Reiter fest, und alle flohen nach Osten. Andere rannten hinterher. Einige versuchten, ihre fliehenden Kameraden aufzuhalten.

»Wir haben gesiegt!« schrie Tylara. »Sieg! Für Yatar und Christus!« Regen fegte über das Zelt. Sie konnte nichts sehen, aber von vorn drang der Kampflärm herüber. Schwerter prallten auf Schilde. Dann hörte sie Gewehrschüsse. Pistolenschüsse.

»Rick!« Sie ritt auf die Geräusche zu und gab ihrem Pferd die Sporen. »Schneller, mein gutes Pferd!« *Wenn ich diesen Tag überlebe, wirst du jeden Tag Äpfel kriegen.* »Drantos! Für Yatar, Christus und Drantos!«

Vor ihr tauchte Kavallerie auf. Eine solide Formation …

»Drantos!« rief sie wieder.

Sie antworteten: »Drantos!«

Von rechts hörte sie wieder Gewehrschüsse, und jetzt ganz schnell hintereinander drei Pistolenschüsse.

Rick nahm die Flasche Brandy hoch und trank einen kräftigen Schluck.

Geschafft, dachte er. Der Feind konnte gar nicht schnell genug rennen. Der Angriff der Ersten Division durchbrach die feindlichen Linien, soweit sie überhaupt noch welche waren. Wer nicht wegrannte, den konnte man Teuthras und seinen Männern überlassen.

Jetzt muß ich Tylara suchen. Und den König. Er bedeutete seinen Männern, Schritt zu reiten. »Schont die Pferde«, rief er. »Gebt das weiter.«

Die Front zeigte Lücken, aber das spielte keine Rolle mehr. Widerstand gab es nur noch von völlig desorientierten Feinden, die nicht erkannten, daß der Weg nach Osten frei war, und die glaubten, kämpfen zu müssen, um fliehen zu können. Es dauerte nicht lange, sie zu töten oder davonzujagen.

Von Südwesten kam Wind auf, und die heftigen Böen brachten wieder Regen mit. Der Regen schlug Rick ins Gesicht, und er wischte sich die Augen. »Ich könnte heute abend ein schönes Fest gebrauchen.«

»Ich auch, Captain.« MacAllister ritt an ihn heran. »Ist noch was in der Flasche, Sir?«

Ich soll dir auch noch Vorschub leisten. »Natürlich.« Rick reichte ihm die Flasche. »Bei Ihnen war nicht viel los heute, was?«

»Mehr als genug, Captain.«

»Bei mir auch – Rick nahm den Helm ab und lauschte. »Was, zum Teufel, ist das?«

»Kavallerie ...« MacAllister nahm sein H & K-Sturmgewehr von der Schulter. »Sie kommen direkt auf uns zu, würde ich sagen.«

»Wer, zum Teufel?« Jetzt sah er die Reiter herangaloppieren. Rick stellte sich in die Steigbügel. »Drantos!« schrie er.

»Verdammte Scheiße!« schrie MacAllister. »Das sind ganz bestimmt nicht unsere!« Er legte an und feuerte langsam und überlegt. Einer nach dem anderen der feindlichen Reiter fiel aus dem Sattel. Aber sie griffen weiter an. »Mein Gott, Captain, sie haben es auf *UNS* abgesehen!«

Rick nahm sein Schwert in die linke Hand und zog seinen Colt. Er entsicherte ihn. *Ich wünschte, ich hätte selbst ein Gewehr. Mit diesem Ding war ich noch nie sehr gut ...*

MacAllister feuerte sein Magazin leer. Der Feind war nur

noch zehn Meter entfernt. Eine Gruppe ritt auf Balquhain zu. Seine Gefolgsleute scharten sich um ihn.

Ricks erster Schuß traf den Anführer der feindlichen Reiter direkt in die Brust. Er riß sein Pferd nach rechts, um dem zweiten Mann auszuweichen. Dann erschoß er ihn. Er hätte gern beide Hände an der Waffe gehabt, aber er wagte sein Schwert nicht loszulassen, und er hatte keine Zeit, es wieder in die Scheide zu stecken.

Er feuerte dreimal schnell hintereinander und betete darum, daß es MacAllister gelang, rechtzeitig nachzuladen. Dann war er von Feinden umringt, und seine Pistole war leer.

Er schaffte es gerade noch, seine Pistole in das Halfter zu schieben, und nahm das Schwert in die Rechte. In diesem Augenblick ritt seine Ordonnanz an seine Seite. »Euer Schild!« schrie Jamiy.

Bevor Rick es nehmen konnte, hatte ihn einer der Reiter erreicht. Rick konnte seinen Schwerthieb parieren, und der Mann ritt weiter. Rick sah nicht, was mit ihm geschehen war.

Vor sich sah er etwa zwölf weitere Feinde. Ihr Anführer trug die Robe eines Priesters Wotans über seiner Rüstung und hatte ein Schwert in der Hand. Er fluchte.

Rick drehte sich nach MacAllister um, aber er sah ihn nicht. Noch mehr Reiter kamen von vorn auf ihn zugeritten. *Das wär's wohl.* Ein Reiter in einem wehenden Umhang tauchte hinter der feindlichen Kavallerie aus dem Regen auf. Er hatte lange dunkle Haare. Eine Frau. Sie ließ eine Streitaxt über ihrem Kopf kreisen und stieß Kriegsschreie aus. *Mein Gott, eine Walküre!*

Der Priester Wotans drehte sich um. Er starrte die Erscheinung an und sank im Sattel zusammen. Dabei verlor er sein Schwert. »Vater Wotan, ich komme!«

Mein Gott, das ist Tylara!

Sie ritt an dem Priester vorbei und schlug ihn mit ihrer Axt. Er verlor seinen Helm und stürzte vom Pferd. Seine Begleiter hielten an. Sie hoben ihn auf und legten ihn quer über den Sattel seines Pferdes. Dann führten sie ihn davon.

Zwei von Balquhains Gefolgsleuten ritten hinterher, aber die beiden Begleiter wollten kämpfen.

»Laßt es!« schrie Balquhain. »Es gibt wenige genug, die so viel Mut haben.«

Tylara hielt neben Rick ihr Pferd an. »Mein Gatte. Ich bin gekommen.«

Rick atmete tief durch. »Das sehe ich. Wo hast du dich so lange aufgehalten?« Er stellte sich in die Steigbügel und schaute sich auf dem Schlachtfeld um. Der letzte der Feinde ritt nach links davon. Hinter ihm stand MacAllister neben seinem gestürzten Pferd auf. »Aber du bist gerade noch rechtzeitig gekommen. Ich grüße dich.« Rick steckte sein Schwert in die Scheide und zog seinen Colt. »Hast du noch Munition?«

»Nun – ja.«

»Warum, zum Teufel, hast du sie dann nicht gebraucht, anstatt diese verdammte Axt zu benutzen?« Er beugte sich zu ihr hinüber und berührte ihr Haar. »Um Gottes willen, du trägst ja nicht einmal einen Helm!«

Sie nahm seine Hand und hielt sie an ihre Wange. »Vergebt mir, Lord. Mein Gatte. Ich dachte nicht …«

»Ja. Keiner von uns hat in der letzten Zeit viel gedacht.« Er drückte ihre Hand und ließ sie wieder los. Dann gab er ihrem Pferd einen Klaps. »Reite zu Gantons Zelt zurück!«

Sie zügelte ihr Pferd und grinste zurück. Dann gaben sie ihren Pferden die Sporen und ritten gemeinsam in den Sturm hinein.

ENDE